国家社科基金重大项目

英国文学的命运共同体表征与审美研究 文献卷

The Representation and Aesthetics of Community in
English Literature　Literary Criticism

总主编：李维屏 / 主编：查明建 张和龙

文学中的共同体

—— 文学 – 政治介入的现实性

GEMEINSCHAFT IN DER LITERATUR

ZUR AKTUALITÄT POETISCH-POLITISCHER INTERVENTIONEN

玛戈·布林克 / 西尔维亚·普里奇 主编

谢建文 / 张潇 / 高歌 / 谢眉青 / 黄爱玲 译

上海外语教育出版社
SHANGHAI FOREIGN LANGUAGE EDUCATION PRESS

Königshausen & Neumann

图书在版编目（CIP）数据

文学中的共同体：文学–政治介入的现实性 / (德)
玛戈·布林克, (德)西尔维亚·普里奇主编；谢建文等
译. -- 上海：上海外语教育出版社, 2023
（英国文学的命运共同体表征与审美研究 / 李维屏
总主编）
ISBN 978-7-5446-7641-0

Ⅰ.①文… Ⅱ.①玛… ②西… ③谢… Ⅲ.①文学—
政治学—研究 Ⅳ.①I0-05

中国国家版本馆CIP数据核字（2023）第047495号

Gemeinschaft in der Literatur: Zur Aktualität poetisch-politischer Interventionen
Herausgegeben von
Margot Brink
Sylvia Pritsch
@ 2013 Verlag Königshausen &Neumann GmbH, Würzburg

本书中文版由Königshausen &Neumann出版社授权上海外语教育出版社有限
公司出版。
可在全世界范围内销售。

图字：09-2021-0225号

出版发行：**上海外语教育出版社**
（上海外国语大学内）邮编：200083
电　　话：021-65425300（总机）
电子邮箱：bookinfo@sflep.com.cn
网　　址：http://www.sflep.com
责任编辑：陈　懋

印　　刷：上海中华商务联合印刷有限公司
开　　本：890×1240　1/32　印张14　字数349千字
版　　次：2024年1月第1版　2024年1月第1次印刷

书　　号：ISBN 978-7-5446-7641-0
定　　价：65.00元

本版图书如有印装质量问题，可向本社调换
质量服务热线：4008-213-263

总论

英国文学典籍浩瀚、源远流长，自盎格鲁-撒克逊时期的开山之作《贝奥武甫》（*Beowulf*, 700–750）问世起，经历了 1 200 余年漫长而丰富的历程。其间，思潮起伏，流派纷呈，文豪辈出，杰作林立。作为世界文学之林中的一大景观，英国文学不仅留下了极为丰富的文学资源，而且也引发了我们的种种思考与探索。近半个世纪以来，我国学者对英国文学的研究取得了长足进步，并不断呈现出专业化和多元化的发展态势。时至今日，中国学者一如既往地以敏锐的目光审视着英国文学的演进，对其文学想象、题材更迭和形式创新方面某些规律性的沿革和与此相关的诸多深层次问题进行深入探索。

值得关注的是，长达千余年的英国文学史折射出一个极为重要的现象：历代英国作家不约而同地将"命运共同体"作为文学想象的重要客体。英国的经典力作大都是作家在不同历史阶段对社会群体和其中个体的境遇和命运的生动写照。许多经典作家在书写人的社会角色、话语权利和精神诉求时体现出强烈的"命运"意识和"共同体"理念。在对英国文学历史做一番哪怕是最粗略的浏览之后，我们不难发现，自开山之作《贝奥武甫》起，英国文学中的命运共同体表征一脉相承，绵亘不绝。例如，杰弗雷·乔叟（Geoffrey Chaucer, 1343-1400）的《坎特伯雷故事集》（*The Canterbury Tales*, 1387-1400）、托马斯·马洛礼（Thomas Malory, 1415-1471）的《亚瑟王之死》（*Le Morte d'Arthur*, 1470）、托马斯·莫尔（Thomas More, 1478-1535）的《乌托邦》（*Utopia*, 1516）、约翰·弥尔顿（John Milton, 1608-1674）的《失乐园》（*Paradise Lost*, 1665）和约翰·班扬（John Bunyan, 1628-1688）的《天路历程》（*The Pilgrim's Progress*, 1678, 1684）等早期经典力作都已不同程度地反映了共同体思想。从某种意义上说，英国文学不仅生动再现了共同体形态和社群结合方式的历史变迁，而且也充分体现了对命运共同体建构与解构的双重特征，因而在本质上是英国意识形态、文化观念和民族身份建构的深度参与者。此外，英国作家对共同体的着力书写也在一定程度上促进了文学批评与审美理论的发展，并引起了人们对共同体机制与悖反的深入思考与探索。显然，英国文学长达千余年的命运共同体表征已经构成了本体论和认识论评价体系。

一、"共同体"概念的形成与理论建构

英语中 community（共同体）一词，源自拉丁文 communis，意为"共同的"。从词源学意义上看，"共同体"概念形成于 2 000 多年前的古希腊时期，其思想的起源是对人类群体生存方式的探讨。早在公元前，古希腊哲学家柏拉图（Plato, 427-347 BC）在其《理想国》（*The Republic*, 约 380 BC）中以对话与故事的形式描绘了人类实现正义和理想国度的途径，并展示了其心目中"真、善、美"融为一体的幸福城邦。柏拉图明确表示，"当前我认为我们的首要任务乃是铸造出一个幸福国家的模型来，但不是支离破碎地铸造一个为了少数人幸福的国家，而是铸造一个整体的幸福国家"[1]。亚里士多德（Aristotle，384–322 BC）在其《政治学》（*The Politics*，约 350 BC）中提出了城邦优先于个人与家庭的观点。他认为，个体往往受到其赖以生存的城邦的影响，并从中获得道德感、归属感和自我存在的价值。"我们确认自然生成的城邦先于个人，就因为个人只是城邦的组成部分，每一个隔离的个人都不足以自给其生活，必须共同集合于城邦这个整体才能让大家满足其需要……城邦以正义为原则。由正义衍生的礼法，可凭此判断人间的是非曲直，正义恰正是树立社会秩序的基础。"[2] 在亚里士多德看来，城邦不仅是人们生存的必要环境，而且在本质上具有塑造人的重要作用，使人懂得正义和礼法。自柏拉图和亚里士多德以降，现代西方多位重要思想家如洛克、卢梭、黑格尔和马克思等也对个体与城邦的关系、城邦内的人际关系以及社会的公道与正义等问题发表过各自的见解，并且不同程度地对人类共同生存的各种模式进行了探讨。

应当指出，现代意义上的共同体思想主要起源于德国社会学家斐迪南·滕尼斯（Ferdinand Tönnies，1855–1936）的《共同体与社会》（*Gemeinschaft und Gesellschaft*，1887）一书。滕尼斯在其著作中采用了二元对立的方式，将"共同体"与"社会"作为互相对立的两极加以阐释，认为前者的本质是真实的、有机的生命，而后者则是抽象的、机械的构造。在他看来，"社会的理论构想出一个人的群体，他

1　柏拉图：《理想国》，郭斌和、张竹明译，北京：商务印书馆，1986 年，第 133 页。
2　亚里士多德：《政治学》，吴寿彭译，北京：商务印书馆，2009 年，第 8–10 页。

们像在共同体里一样，以和平的方式相互共处地生活和居住在一起，但是，基本上不是结合在一起，而是基本上分离的。在共同体里，尽管有种种的分离，仍然保持着结合；在社会里，尽管有种种的结合，仍然保持着分离"[1]。他直言不讳地指出，"共同体是持久的和真正的共同生活，社会只不过是一种暂时的和表面的共同生活。因此，共同体本身应该被理解为一种生机勃勃的有机体，而社会应该被理解为一种机械的聚合和人工制品"[2]。值得关注的是，滕尼斯在《共同体与社会》中从三个层面对"共同体"展开论述：一是从社会学层面描述"共同体"与"社会"作为人类结合关系形态的基本特征；二是从心理学层面解释在"共同体"与"社会"两种形态中生存者的心理机制及其成因；三是从法学与政治学层面阐释这两种人类生存的环境所具有的法律与政治基础。此外，滕尼斯从人类社会发展的基本规律出发，将血缘、地缘和精神关系作为研究共同体的对象，分析了家族、氏族、宗族、乡村社团和行会等共同体形式，并指出这些共同体存在的核心物质条件是土地。而在滕尼斯的参照系中，与共同体相对的"社会"则是切断了有机、自然关联的现代市民社会，维系社会的条件不再是自然、有机的土地，而是出于个人利益更大化需求所缔结的社会契约，其标志性符号则是流动的、可交换的货币。在分析共同体与社会两者内部的个体心理差异时，滕尼斯别开生面地使用了"本质意志"与"抉择意志"两个概念，并认为前者源于有机体，是不断生成的，其情感要素从属于心灵整体，而后者则纯粹是人的思维与意志的产物。从滕尼斯对共同体概念的提出与分析中，不难发现共同体理论内部两个重要的问题域：一是共同体或社会群体的结合机制，二是社会形态

---

[1] 斐迪南·滕尼斯：《共同体与社会——纯粹社会学的基本概念》，林荣远译，北京：商务印书馆，1999年，第95页。

[2] 同上，第54页。

的演变、发展与共同体之间的关联。上述两个问题域成为后来共同体研究与理论建构的重要内容。今天看来，《共同体与社会》一书对共同体思想最大的贡献在于系统地提出了自成一体的共同体理论，其二元框架下的共同体概念对现代西方的共同体研究产生了重要影响。显然，滕尼斯提出的共同体概念具有一定的逻辑性和说服力，不仅为日后共同体研究提供了宏观的理论框架，而且也在研究方法上具有重要的参考价值。

19世纪下半叶，西方共同体理论建构步伐加快，并折射出丰富的政治内涵。对政治共同体的探索因其在社会生活和历史进程中的重要性占据了政治与哲学思考的核心地位。缔结政治共同体所需的多重条件、复杂过程和理论挑战引起了一些西方思想家的兴趣与探索。法国社会学家埃米尔·涂尔干（Émile Durkheim, 1858-1917）的《社会分工论》（*De la division du travail social*, 1893）便是对共同体思想中"机械团结"与"有机团结"两个问题域的探究，但他与滕尼斯在面对传统与现代社会的态度方面具有明显差异。涂尔干采用"机械团结"和"有机团结"两个名称来解释不同社会结构中群体联系的发生方式。他认为"机械团结"产生于不发达的传统社会结构之中，如古代社会和农村社会。由于传统社会规模小、人口少，其中的个体在宗教观念、价值观念、生产生活方式和情感意识等核心问题上具有高度的一致性。虽然机械团结占主导地位的社会往往具有强烈的集体意识，并且能产生强大的社会约束力，但其中的个体意识主要被集体意识所吸纳。相较之下，"有机团结"产生于较为发达的现代社会，人口数量与密度的大幅提升导致生存竞争不断加剧，迫使个体需要拥有更为专业化的竞争技能和手段以赢取竞争机会。在此过程中，人际关系和社会分工变得更加错综复杂。在专业化程度不断提升的过程中，个体逐渐失去独自在发达社会中应对生存环境的能力，于是对社会的依赖程度反而提升。涂尔干对共同体思想的主要贡献在于他以带有历史纵深和现代关怀的客观视角分析了个人与社会结合所产生的诸多问题。如果说滕尼斯的"共同体"与"社会"二元框架具有整体论的特点，那么涂尔干的社会分工论则强调个体在整体和社会中的角色与功能。

此外，德国社会学家马克斯·韦伯（Max Weber, 1864–1920）也对政治共同体理论进行了有益的探索。他在《经济与社会》（*Wirtschaft und Gesellschaft*, 1922）一书中指出，政治共同体的社会行动之目的在于通过包括武力在内的强制力量，使人服从并参与有序统治的"领土"之中的群体行为。显然，韦伯探讨的是政治共同体运行的必要条件，即领土、强制约束力以及与经济相关的社会行为，其特点是从经济史视角出发，指出政治共同体离不开"领土"的经济支撑，而基于"领土"的税收与分配制度则构成了政治共同体必不可少的经济基础。就总体而言，韦伯阐述了实体或类实体政治共同体的经济基础与运行机制，但并未深入探究构建政治共同体的诸多理论问题及其在实践中突破的可能性。

值得关注的是，卡尔·马克思（Karl Marx, 1818–1883）对人类的政治共同体构想具有革命性的突破。尽管马克思的理论体系中并没有关于共同体的系统表述，但他的共同体思想贯穿于他对社会、政治、经济和文化等一系列问题的论述之中。马克思在引入阶级意识的同时，建构了一种具有未来向度的政治共同体形式。如果说强调民族意识的共同体思想认为人与人之间的联系纽带是建立在共同生存的空间之上的民族意识与精神情感，那么，在1848年欧洲革命的大背景下，马克思批判性地思考了此前法国大革命所留下的政治智慧和哲学资源，对社会结构的演变与人类结合方式进行了深刻思考与深入探索，指出阶级意识和共同发展理念是促使人类结合相处的强大而又根本的联系纽带。马克思将人的阶级意识、经济地位以及是否从事劳动视为明显的身份标记，从而为无产阶级政治共同体的建构提供了重要的理论依据。马克思先后提出了"自然的""虚幻的""抽象的"和"真正的"共同体的概念，并对人在不同共同体中的地位、权利和发展机会做了深刻的阐释。他认为，只有"真正的"共同体才能为人提供真正自由的发展空间，才是真正理想的、美好的生存环境。"只有在共同体中，个人才能获得全面发展其才能的手段，也就是说，只有在共同体中才可能有个人自由。在过去的种种冒充的共同体中，如在国家等中，个人自由只是对那些在统治阶级范围内发展的个人来说是存在的，他们之所以有个人自由，只是因为他们是这一阶级的个人。从前各个人联合而成的虚假的共同体，总是相对于各个人而独立的；这种共同体是一个阶级反对另一个阶级的联合，因此对于被统治的阶级来说，它不仅是完全虚幻的共同体，而且是新的桎梏。在真正的共同体的条件下，各个人在自己的联合中并通过这种联合获得自己的自由。"[1] 显然，马克思的共同体思想体现了深刻的政治内涵和伟大思想家的远见卓识，对我们深入研究文学中命运共同体的性质与特征具有重要的参考价值。

20 世纪上半叶，国外学界的共同体理论建构呈现出进一步繁衍与多元发展的态势，相关研究成果纷纷出现在哲学、政治学和社会学领域，其中对共同体思想的理论研究最为突出。社会学视阈下的共同体研究突出了其研究方法在考察城市、乡村和社区等社群结集的优势，着重探讨区域基础上组织起来的共同体及其聚合方式。其中，以美国的芝加哥学派在城市共同体方面的研究最具代表性。其研究方法秉承实证研究的传统，利用美国成熟且多样化的城市环境，对城市社

1　马克思、恩格斯：《德意志意识形态》（节选本），中共中央马克思恩格斯列宁斯大林著作编译局编译，北京：人民出版社，2018 年，第 65 页。

区中的家庭、人口、种族、贫民窟等问题展开调查分析，产生了一批带有都市社会学特色的研究成果。例如，威廉·I. 托马斯（William I. Thomas, 1863–1947）和弗洛里安·兹纳涅茨基（Florian Znaniecki, 1882–1958）的《身处欧美的波兰农民》（*The Polish Peasant in Europe and America*, 1918–1920）研究了 19 世纪末至 20 世纪初移居欧美各国的波兰农民群体；罗伯特·E. 帕克（Robert E. Park, 1864–1944）的《城市——有关城市环境中人类行为研究的建议》（*The City: Suggestions for the Study of Human Nature in the Urban Environment*, 1925）将城市视为一个生态系统，并使用生态学方法研究城市内的共同体问题；哈维·沃伦·佐尔博（Harvey Warren Zorbaugh, 1896–1965）的《黄金海岸与贫民窟》（*The Gold Coast and the Slum*, 1929）关注城市内部造成社会与地理区隔的原因和影响。总体而言，芝加哥学派的城市共同体研究关注城市内部的人文区位，研究其中的种族、文化、宗教、劳工、社会和家庭等问题，该学派擅长的生活研究法和精细个案研究是经验社会学方法，为共同体的细部问题研究提供了大量的史料文献，其主要不足在于扁平化的研究范式以及在共同体的理论探索方面表现出的形式主义倾向。

20 世纪下半叶，人类学和政治学视阈下的共同体研究进一步凸显了文化与身份认同在共同体中的作用。当代英国社会学家安东尼·保罗·科恩（Anthony Paul Cohen, 1946– ）的《共同体的象征性建构》（*The Symbolic Construction of Community*, 1985）一书认为共同体并不是一种社会实践，而是某种象征性的结构。这一观点与此前社会学家的研究具有很大差异，在一定程度上摒弃了空间在共同体中的重要性，将关注的焦点从空间内的社会交往模式转向了作为意义和身份的共同体标志。本尼迪克特·安德森（Benedict Anderson, 1936–2015）的《想象的共同体》（*Imagined Communities*, 1983）探讨了国族身份认同的问题，将共同体视为一种想象性的虚构产物，试图证明共同体是由认知方式及象征结构所形塑的，而不是由具体的生活空间和直接的社会交往模式所决定的。这类观点呈现出 20 世纪下半叶共同体研究的文化转向，事实上，这一转向本身就是对人类社会在 20 世纪下半叶所发生的变化，尤其是全球化的一种反映。值得一提的是，近半个世纪以来，一些西方社会学家对资本主义制度能否产生有效的共同体并未达成共识。例如，让-吕克·南希（Jean-Luc Nancy, 1940-2021）和莫里斯·布朗肖（Maurice Blanchot, 1907-2003）两位法国哲学家分别在《不运作的共同体》（ *La Communauté désœuvrée*, 1986）和《不可言明的共同体》（ *La Communauté inavouable*, 1983）中强调了人的自由与"独体"概念，不仅在理论上对共同体进行解构，而且否定人类深度交流与合作的可能性。南希认为，"现代世界最重大、最痛苦的见证……就是对共同体（又译共通体，communauté）的分裂、错位或动荡的见证"[1]。自 20 世纪 80 年代起，不少主张"社群主义"（Communitarianism）的人士在与自由主义的抗辩中进一步探讨了共同体的内涵、功能和价值。他们全然反对自由主义价值观念，认为自由主义在本质上忽略了社群意识对个人身份认同和文化共同体构建的重要性。总之，近半个世纪以来，国外哲学、政治学和社会学界对共同体众说纷纭，学术观点层出不穷，尽管分歧较大，但具有一定的理论建构意义和参考价值。

概括说来，自滕尼斯于 19 世纪下半叶开始对共同体问题展开深入探讨以来，近一个半世纪的共同体观念演变与理论建构凸显了其内涵中的三个重要方面。一是共同体的空间特征与区域特征。无论在历

1　让-吕克·南希：《无用的共通体》，郭建玲、张建华、夏可君译，郑州：河南大学出版社，2015 年，第 1 页。（该著作在本丛书中统一译为《不运作的共同体》。）

史纵轴上的社会形态发生何种变化，或者在空间横轴上的共同体范畴是小至村落还是大到国家，基于地域关联而形成的互相合作的共同体是其研究中不可忽视的重要主题。二是个体在共同体中的归属感与身份认同。如果说共同体的空间特征与区域特征研究的是共同体的客观物质环境以及存在于其中的权力组织、社会网络和功能性结构，那么归属感与身份认同研究的是共同体内个体的心理状况以及自我与他者关系这一永恒的哲学命题。三是伴随着经济社会的发展与变化，共同体的性质与特征随之产生的相应变化。从 19 世纪至今的共同体研究几乎都将共同体问题置于特定的时间背景之下进行剖析，这就意味着共同体研究具有历史意义和实践价值。尤其是面对高度分化的现代社会，如何挖掘共同体内个体的整合模式是未来的共同体研究需要解决的问题。如果说，100 多年来西方思想家对共同体的探讨和理论建构已经涉及共同体问题的诸多核心层面，那么，在当今学科分类日益精细、研究方法逐渐增多的大背景之下，不同学科与领域的共同体研究开始呈现出不断繁衍、分化和互涉的发展态势。

应当指出，近半个世纪以来，命运共同体在西方文学批评界同时引起了马克思主义文学批评家和解构主义批评家的高度关注。作为历史最久、书写最多的文学题材之一，共同体备受文学批评界的重视无疑在情理之中。英国马克思主义文学理论家雷蒙德·威廉斯（Raymond Williams, 1921–1988）在其《漫长的革命》（*The Long Revolution*, 1961）一书中对社会、阶级和共同体的性质与特征做了深刻阐述。他认为工人阶级是处于社会底层的贫困群体，"在许多人看来，工人阶级的名称仅仅是对贫穷的记忆"[1]。威廉斯明确指出，很多

1　Williams, Raymond. *The Long Revolution*. Beijing: Foreign Language Teaching and Research Press, 2019, p.381.

人并未真正理解共同体的性质，"如果我们不能采取现实主义的态度看待共同体，我们真实的生活水平将继续被扭曲"[1]。而法国著名解构主义批评家雅克·德里达（Jacques Derrida, 1930–2004）则认为，"共同体若要生存就必须培育其自身免疫性（autoimmunity），即一种甘愿破坏自我保护原则的自我毁灭机制"[2]。值得注意的是，威廉斯和德里达这两位在当代西方文学批评界举足轻重的学者对待共同体的态度存在明显差异，前者倡导"无阶级共同体"（classless community）的和谐共存，而后者则认为"每个共同体中都存在一种他称之为'自身免疫性'的自杀倾向"[3]。显然，20世纪下半叶西方批评家们对共同体态度的分歧正在不断加大。正如美国著名批评家 J. 希利斯·米勒（J. Hillis Miller, 1928–2021）所说，"这些概念互相矛盾，他们无法综合或调和"[4]。从某种意义上说，现代共同体思想在西方文学批评界的分化与20世纪西方社会动荡不安和现代主义及后现代主义文学对共同体的怀疑和解构密切相关。

综上所述，100多年来，共同体研究在理论建构方面取得了长足的发展，为当今的文学批评提供了重要的理论依据和研究思路。毋庸置疑，对文学的命运共同体表征与审美展开深入系统的研究是对历史上共同体理论建构的补充与拓展。以中国学者的视角全面考察和深刻阐释英国文学的命运共同体表征与审美接受不仅具有实践意义和学术价值，而且在理论上也必然存在较大的创造空间。

1　Williams, Raymond. *The Long Revolution*. Beijing: Foreign Language Teaching and Research Press, 2019, p.343.

2　Qtd. Derrida, Jacques. *Communities in Fiction*. J. Hillis Miller. Beijing: Foreign Language Teaching and Research Press, 2019, p.17.

3　Ibid.

4　Miller, J. Hillis. *Communities in Fiction*. Beijing: Foreign Language Teaching and Research Press, 2019, p.17.

二、英国的共同体思想与文学想象

英国长达千余年的文学历史表明，共同体思想与文学想象如影随形，密切相关。如果说英国文学充分反映了社会主体的境遇和命运，那么其丰富的文学想象始终受到历代共同体思想的影响。值得关注的是，英国作家对共同体的想象与探索几乎贯穿其社会与文学发展的全过程。早在公元前，当英伦三岛尚处于氏族社会阶段时，凯尔特族人由于血缘、土地、生产和宗教等因素生活在相互割据的部落或城邦之中。这种早期在恶劣环境中生存的氏族部落在一定程度上反映出人们互相依赖、合力生存的群体意识。雷蒙德·威廉斯认为，这种建立在血缘、家族、土地和精神关系上的"共同体相对较小，并具有一种直接感和地缘感"[1]。这便是英国共同体思想的源头。公元前55年，罗马人在尤利乌斯·恺撒（Julius Caesar, 100-44 BC）的率领下开始入侵不列颠，并于公元43年征服凯尔特人，这种原始的共同体意识也随之发展。在罗马人长达五个世纪的统治期间，不列颠人纷纷建要塞、修堡垒、筑道路、围城墙，以防异域族群和凶猛野兽的攻击，从而进一步确立了"抱团驱寒"的必要性，其实质是马克思所说的人类早期在劳动谋生过程中形成的"自然共同体"。公元5世纪中叶，居住在丹麦西部和德国西北部的盎格鲁-撒克逊人入侵不列颠，并最终成为新的统治者。从此，英国开启了历史上最早以盎格鲁-撒克逊氏族社会与文化为基础的古英语文学时代。

英国"共同体"思想在盎格鲁-撒克逊时期的社会分隔与治理

1　Qtd. Williams, Raymond. *Communities in Fiction*. J. Hillis Miller. Beijing: Foreign Language Teaching and Research Press, 2019, p.1.

中得到了进一步发展。在盎格鲁-撒克逊人的统治下，不列颠的大片土地上出现了许多大小不一的氏族部落。异邦的骚扰和侵犯不仅使部落族群常年处于焦虑和紧张气氛之中，而且还不时引发氏族部落之间的征战和倾轧。无休止的相互威胁和弱肉强食成为盎格鲁-撒克逊时期的氏族共同体挥之不去的噩梦，使其长期笼罩在命运危机的阴影之中。盎格鲁-撒克逊时期数百年的冲突轮回最终产生了七个军事实力较强、领土面积较大的王国，其中位于北方的诺森伯兰和南方的威塞克斯在政治、经济和文化方面最为发达，后者的繁荣与发展在很大程度上归功于其国王阿尔弗雷德大帝（Alfred the Great, 849-899）。经过联合、吞并和重建之后，不列颠剩下的这些部落和王国成为建立在文化、方言、习俗和生产关系之上的"氏族共同体"（tribal community），其结合机制、生产方式和价值观念与此前罗马人统治的"自然共同体"不尽相同。引人瞩目的是，自罗马人入侵到阿尔弗雷德大帝登基长达近千年的历史中，英国始终处于混乱无序、动荡不安之中。持续不断的异国入侵和部落冲突几乎贯穿了英国早期历史的全过程，从而强化了不列颠人的"命运危机"意识和加盟"共同体"的欲望。雷蒙德·威廉斯认为，历史上各类"共同体"大都具有"一种共同的身份与特征，一些相互交织的直接关系"[1]。从某种意义上说，盎格鲁-撒克逊时期的"氏族共同体"依然体现了个人需要联合他人，以集体的力量来弥补独立生存与自卫能力不足的社会特征。应当指出，作为人们互相依赖、合作谋生的社会组织，盎格鲁-撒克逊时期的"氏族共同体"在政治制度、生产方式和社会管理方面都比罗马人统治时期的部落城邦更加先进，并在一定程度上体现了人的社会

---

1 Qtd. Williams, Raymond. *Communities in Fiction*. J. Hillis Miller. Beijing: Foreign Language Teaching and Research Press, 2019, p.1.

性与阶级性特征。更重要的是，虽然盎格鲁-撒克逊人生活在诸多分散独立的氏族部落中，但他们似乎拥有某些共同的价值观念。除了具有相同的习俗和生产方式，他们似乎都向往大自然，崇拜英雄人物，赞美武士的勇敢和牺牲精神。由于盎格鲁-撒克逊时期的共同体人口有限、规模不大，其中的个体在宗教思想、价值观念、生产方式和精神诉求方面体现了威廉斯所说的"共同的身份与特征"。显然，部落族群的共同身份与共情能力为古英语诗歌的诞生奠定了重要基础。

在盎格鲁-撒克逊时期留下的文学遗产中，最重要、最有价值的无疑是英国文学的开山之作——《贝奥武甫》。这部令英国人引以为豪的民族史诗以古代氏族共同体为文学想象的客体，通过描写主人公为捍卫部落族群的生命财产奋力抵抗超自然恶魔的英勇事迹，深刻反映了古代族群的共同体理念，不仅为英国文学的命运共同体表征开了先河，也为历代英国作家提供了一个绵亘不绝的创作题材。"这部史诗的统领性主题是'共同体'，包括它的性质、偶然的解体和维系它的必要条件。"[1]不仅如此，以现代目光来看，这部史诗的价值与其说在于成功描写了一个惊险离奇的神话故事和令人崇敬的英雄人物，倒不如说在于反映了氏族共同体的时代困境与顽瘴痼疾：旷日持久的冲突轮回和命运危机。"这部史诗中的一个核心主题是社会秩序所遭受的威胁，包括侵犯、复仇和战争，这些都是这种英雄社会固有的且不可避免的问题，却严重地威胁着社会的生存。"[2]如果说，《贝奥武甫》生动反映了盎格鲁-撒克逊时期氏族共同体的衰亡，那么，作为人类集结相处、合力生存的场域，命运共同体从此便成为英国作家文学想象的重要题材。

---

1 Williamson, Craig. *Beowulf and Other Old English Poems*. Philadelphia: University of Pennsylvania Press, 2011, p.29.

2 Ibid., p.28.

在英国历史上，"诺曼征服"（Norman Conquest, 1066）标志着盎格鲁－撒克逊时代的终结和氏族共同体的衰亡，同时也引发了中世纪英国社会与文化的深刻变迁。"诺曼征服"不但开启了英国的封建时代，而且形成了新的社会制度、生产关系和意识形态，并进一步加剧了阶级矛盾和社会分裂。在近 500 年的中世纪封建体制中，英国社会逐渐划分出贵族、僧侣、骑士和平民等主要阶层，每个社会阶层都有一定的诉求，并企图维护各自的利益。封建贵族为了巩固自身的权力和统治地位，纷纷建立各自的武装和堡垒，外防侵略，内防动乱，经常为争权夺利而与异邦发生征战。构成中世纪英国封建社会统治阶级的另一股势力是各级教会。以大主教和主教为首的僧侣阶层不仅拥有大量的土地和财产，而且还得到了罗马教皇的大力支持，在法律和意识形态等重大问题上具有绝对的话语权。作为社会第三股势力的骑士阶层是一个虽依附贵族与教会却惯于我行我素的侠义群体。他们是封建制度的产物，崇尚道义、精通武术、行侠仗义，热衷于追求个人的荣誉和尊严。而处于社会最底层的是占人口绝大多数的被压迫和被剥削的平民阶层（包括相当数量的农奴）。因难以维持生计，平民百姓对统治阶级强烈不满，经常聚众反抗。始于 1337 年的英法百年战争和肆虐于 1349－1350 年的黑死病更是令平民百姓不堪其苦，从而引发了 1381 年以瓦特·泰勒（Wat Tyler, 1341－1381）为首领的大规模农民起义。总体而言，中世纪英国社会的主要特征表现为由封建主和大主教组成的统治阶级与广大平民阶级之间的矛盾。在新的历史条件下，英国人的共同体意识得到了进一步强化。封建贵族、教会僧侣、游侠骑士和劳苦大众似乎都出于维护自身利益的需要在思想上归属于各自的阶级，抱团取暖，互相协作，从而使英国社会呈现出地位悬殊、权利迥异、贫富不均和观念冲突的多元共同体结构。

　　"诺曼征服"导致的英国社群格局的蜕变对共同体思想的分化和文学创作的发展产生了直接的影响。从某种意义上说，"诺曼征服"这一事件本身并不重要，重要的是它为英国此后两三百年的意识形态、文化生活、文学创作和民族身份建构所带来的一系列变化。如果说此前异邦的多次入侵加剧了英伦三岛的战乱与割据，那么，"诺曼征服"不仅结束了英国反复遭受侵略的局面，逐步形成了由贵族、僧侣、骑士和平民构成的四大社会阶层，而且也为这片国土带来了法国习俗和欧洲文化，并使其逐渐成为欧洲文明的一部分。引人注目的是，当时英伦三岛的语言分隔对共同体思想的分化产生了显著的影响。在诺曼贵族的庄园、宫廷、法院和学校中，人们基本使用法语，教会牧师更多地使用拉丁语，而广大平民百姓则使用本土英语。三种语言并存的现象不仅加剧了社会分裂，而且不可避免地筑起了社会与文化壁垒，并导致英国各阶层共同体思想的进一步分化。当然，长达两百年之久的语言分隔现象也为文学的创作、翻译和传播提供了千载难逢的机遇。

　　在中世纪英国文学的发展过程中，社会各阶层的共同体思想分别在罗曼司（romance）、宗教文学（religious literature）和民间文学（folk literature）中得到了一定的反映。"中世纪英语文学以多种声音表达，并采用不同风格、语气和样式描写了广泛的题材"[1]，与此同时，中世纪法国文学、意大利文学以及欧洲其他国家的文学也相继在英国传播，尤其是但丁·阿利吉耶里（Dante Alighieri, 1265-1321）、弗兰齐斯科·彼特拉克（Francesco Petrarch, 1304-1374）和乔万尼·薄伽丘（Giovanni Boccaccio, 1313-1375）三位意大利人文主义作家的作品对

1　Abrams, M. H. *The Norton Anthology of English Literature*. Fourth edition. Vol. 1. New York: W. W. Norton & Company, 1979, pp.6-7.

中世纪英国文学中的人文主义和共同体思想的表征产生了积极的影响。

值得关注的是，罗曼司在反映中世纪骑士共同体方面发挥了难以替代的作用。作为以描写游侠骑士的传奇经历为主的文学体裁，罗曼司无疑是封建制度和骑士文化的产物。作品中的骑士大都出自贵族阶层，他们崇尚骑士精神（chivalry），即一种无条件地服从勇敢、荣誉、尊严、忠君和护教等信条的道德原则。骑士像贵族一样，属于中世纪英国封建社会中利益相关且拥有共同情感的上流社会群体。与盎格鲁-撒克逊时期的英雄史诗《贝奥武甫》不同的是，罗曼司中的主人公不再为民族或部落族群的利益赴汤蹈火，而是用所谓的"爱"和武器来捍卫封建制度和个人荣誉，并以此体现自身的美德和尊严。应当指出，中世纪罗曼司所反映的骑士群体既是英国历史上的"过客"，也是封建制度产生的"怪胎"，其社会角色在本质上只能算是统治阶级的附庸。事实上，罗曼司所描写的浪漫故事与传奇经历并不是骑士生活的真实写照，而是对英国骑士共同体的一种理想化虚构。

在描写骑士共同体的罗曼司中，马洛礼的散文体小说《亚瑟王之死》无疑是最具代表性和影响力的作品。《亚瑟王之死》生动塑造了英国小说的第一代人物，并开了小说中共同体书写的先河。这部作品以挽歌的情调描述了封建制度全面衰落之际骑士共同体的道德困境。整部作品在围绕亚瑟王的传奇经历、丰功伟绩和最终死亡展开叙述的同时，详尽描述了亚瑟王与以"圆桌"为象征的骑士共同体中其他成员之间的复杂关系和情感纠葛。骑士共同体中的兰斯洛特、特里斯川、高文、加兰德、帕斯威尔和佳瑞斯等人的形象与性格也描写得栩栩如生，他们的冒险、偷情和决斗等传奇经历给读者留下了深刻印象。书中既有共同体成员之间的争风吃醋和残酷杀戮的场面，也有男女之间花前月下的绵绵情意。在诗歌一枝独秀的时代，马洛礼别开生面地采用散文体来塑造封建骑士形象，获得了良好的艺术效果。应当指出，作者笔下的人物属于一个由少数游侠骑士组成的共同体。他们崇尚的行为准则和生活方式使其成为中世纪英国社会的"另类"，与普通百姓没有丝毫关系。显然，骑士共同体既是英国封建制度的代表，也是中世纪骑士文化的象征，对封建时代的上流社会具有明显的美化作用。然而，《亚瑟王之死》虽然试图歌颂骑士精神，却在字里行间暴露出诸多传奇人物的行为与骑士精神不相符合的事实。在作品中，人物原本以"忠君"或"护教"为宗旨，后来却滥杀无辜；原本主张保护女士，后来却因与他人争风吃醋而进行决斗；原本看似正直，后来却荒淫无度。此类例子可谓不胜枚举，其中不乏讽刺意义。显然，《亚瑟王之死》深刻揭示了中世纪英国骑士共同体的性质与特征，对当代读者全面了解英国历史上这一特殊社会群体具有参考价值。

同时，中世纪英国宗教文学也在社会中广为流传，为宗教共同体的形成与发展起到了推波助澜的作用。在"诺曼征服"之后的三四百年中，在地方教会和僧侣的鼓动与支持下，用法语、英语和拉丁语撰写的宗教文学作品大量出现，源源不断地进入人们的日常生活。这些作品基本摆脱了盎格鲁-撒克逊时期宗教诗歌中的多神教成分、英雄事迹和冒险题材，而是沦为教会和僧侣用以灌输宗教思想、宣扬原罪意识和禁欲主义以及教诲劝善的工具。中世纪英国的宗教文学作品种类繁多，包括神话故事、圣人传记、道德寓言、说教作品、布道、忏悔书和牧师手稿等。宗教文学在很大程度上强化了人们的赎罪意识和向往天堂的心理，助长了基督徒精神上的归属感。从某种意义上说，中世纪英国宗教文学不仅有助于巩固教会与僧侣的权威、传播基督教正统教义，而且也是各地教区大小宗教共同体（religious communities）形成与发展的催化剂。以现代目光来看，中世纪绝大多数宗教作品并无多少文学价值可言，只有《论赎罪》（*Handlyng*

Synne, 1303–1338?）、《良心的责备》（*Pricke of Conscience*, 1340?）和《珍珠》（*Pearl*, 1370?）等少数几部作品保留了下来。应当指出，虽然有组织或自发形成的各类宗教共同体唤起了人们创作和阅读宗教文学的兴趣，但中世纪英国文学的整体发展却受到了极大的限制，以至于批评界往往将英国文学的这段历史称为"停滞时代"（the age of arrest）[1]。由于人们的创作和阅读空间被铺天盖地的宗教作品所占据，英国其他文学品种的创作水平与传播范围受到限制。"读者会感受到这种停滞现象，15 世纪创作的罗曼司和 13 世纪的几乎毫无区别，两者往往分享类似的情节。"[2] 就此而言，中世纪宗教文学虽然在劝导教徒弃恶从善和激发他们的精神归属感方面起到了一定的作用，但明显缺乏原创性和美学价值。"中古英语缺乏原创性的部分原因是许多宗教和非宗教作家试图在其作品中反映中世纪基督教教义的僵化原则。"[3] 显然，中世纪宗教文学虽然在建构思想保守、观念僵化的基督教共同体过程中发挥了一定作用，但也在一定程度上影响了英国文学的创新发展。

乔叟的《坎特伯雷故事集》是中世纪英国文学的丰碑和宗教共同体书写最成功的案例。在这部故事集中，作者生动塑造了中世纪英国社会各阶层的人物形象，并巧妙地将形形色色的朝圣者描写成同时代的一个宗教共同体，充分反映了 14 世纪英法战争、黑死病和农民起义背景下的宗教气息和英国教徒的精神诉求。这部诗体故事集不仅展示了极为广阔的社会画卷，而且深刻揭示了英国封建社会宗教共同体的基本特征。在诗歌中出现的包括乔叟本人在内的 31 位前往坎特

1　Long, William J. *English Literature*. Boston: Ginn & Company, 1919, p.97.
2　Abrams, M. H. *The Norton Anthology of English Literature*. Fourth edition. Vol. 1. New York: W. W. Norton & Company, 1979, pp.7–8.
3　Ibid., p.7.

伯雷的朝圣者几乎代表了中世纪英国社会的所有阶层和职业，包括武士、乡绅、修女、牧师、商人、学者、律师、医生、水手、木匠、管家、磨坊主、自由农、手工业者、法庭差役和酒店老板等。《坎特伯雷故事集》在展示朝圣者的欢声笑语和打情骂俏情景的同时，反映了中世纪英国教会的腐败和堕落，并不时对共同体中某些神职人员的贪婪和荒淫予以鞭挞和讽刺。概括地说，《坎特伯雷故事集》在描写宗教共同体方面体现了两个显著的特征。一是人物形象的多样性。此前，英国文学作品中从未出现过如此丰富多彩的人物形象。高低贵贱、文武雅俗的人一起涌入作品，而且人人都讲故事，这无疑充分展示了中世纪英国宗教共同体形态的多元特征。二是人物形象的现实性。乔叟笔下的宗教共同体成员来自社会各个阶层，在现实生活中扮演着各自的角色。这些具有现实主义色彩的人物形象既是乔叟熟悉的，也是读者喜闻乐见的。这些形形色色的人物是中世纪英国社会的缩影，他们所讲的故事是现实生活的真实写照。总之，作为中世纪英国宗教文学的杰出范例，《坎特伯雷故事集》不仅生动描写了当时英国的宗教氛围和教徒的心理世界，而且反映了宗教共同体的结集形式与精神面貌，向读者展示了与罗曼司迥然不同的文学视角和社会场域。

此外，以社会底层尤其是被压迫农民为主的平民共同体也在中世纪英国文学中得到了一定的反映。普通大众的日常生活和精神诉求往往成为民谣和民间抒情诗等通俗文学作品的重要题材。从某种意义上说，英国平民共同体的发展与14世纪下半叶的社会动荡密切相关。日趋沉重的封建压迫、百年英法战争和肆虐横行的黑死病导致民不聊生，社会矛盾激化，从而引发了以瓦特·泰勒为首的大规模农民起义。在英国各地农民起义的影响下，平民共同体的队伍持续壮大，从而形成了英国历史上同感共情、人数最多的平民共同体。抗议封建压迫、反对残酷剥削和争取自由平等的思想情绪在当时的民谣、抒情诗和讽刺诗等通俗文学作品中得到了充分的展示。在反映平民共同体心声的作品中，有些已经步入了经典行列，其中包括约翰·高尔（John Gower, 1330?–1408）的《呼号者之声》（*Vox Clamantis*, 1382?）和民间诗人创作的《罗宾汉民谣集》（*The Ballads of Robin Hood*, 1495?）等作品。前者体现了贵族诗人高尔对农民起义军奋勇反抗封建统治的复杂态度，而后者则是匿名诗人根据历史事件采用简朴语体写成的歌谣，表达了普通百姓对农民起义的同情与支持。在反映中世纪平民共同体的生存状态和普通人的心声方面最成功的作品莫过于威廉·兰格伦（William Langland, 1332?–1400?）的《农夫皮尔斯》（*The Vision of Piers Plowman*, 1360?）。尽管这部作品因包含了说教成分而具有明显的历史局限性，但它抨击奢靡浪费和腐化堕落的行为，并倡导上帝面前人人平等和勤奋劳动最为高尚等理念，对英国中世纪以降的平民百姓具有一定的启迪作用。从某种意义上说，主人公皮尔斯既是真理的化身，也是平民共同体的代言人。由于平民共同体构成了中世纪英国通俗文学的主要读者群体，民歌、民谣和抒情诗的社会影响力也随之得到了提升。

英国文学的命运共同体表征在文艺复兴运动的催化下发生了深刻的变化。当欧洲人文主义思潮席卷英伦三岛时，各社会阶层和群体都不同程度地经受了一次思想与文化洗礼。毋庸置疑，文艺复兴是引导英国走出漫长黑暗中世纪时代的思想运动和文化变革，同时对人文主义共同体和新兴资产阶级共同体的形成起到了推波助澜的作用。随着新兴资产阶级社会地位的不断提升，绝对君主作为共同体中心的思想受到了挑战。在新的社会经济格局中，英国市民阶层逐渐形成了新的共同体伦理观念，人性中的真、善、美作为共同体道德原则的理念基本确立。应当指出，英国文学在文艺复兴时期空前繁荣在很大程度上得益于共同体思想的激励。在文艺复兴时期的共同体中，对文学想象影响最大的当属人文主义共同体。人文主义者不仅否认以"神"为中心的理念，反对封建主义、蒙昧主义和苦行禁欲思想，而且弘扬以"人"为本的世界观，充分肯定个人追求自由、财富、爱情和幸福等权利，并积极倡导个性解放和人的全面发展。威廉·莎士比亚（William Shakespeare, 1564-1616）、莫尔、汤姆斯·魏阿特（Thomas Wyatt, 1503-1542）、埃德蒙·斯宾塞（Edmund Spenser, 1552-1599）、菲利普·锡德尼（Philip Sidney, 1554-1586）和弗兰西斯·培根（Francis Bacon, 1561-1626）等人文主义作家以复兴辉煌的古希腊罗马文化为契机，采取现实主义视角观察世界，采用民族语言描写了广阔的社会图景和浓郁的生活气息。他们的作品代表了英国文艺复兴时期辉煌灿烂的文学成就，成为人文主义思想的重要载体。

英国文艺复兴时期的人文主义作家在作品中全面书写了人性的真谛，呼吁传统伦理价值与道德观念的回归，颂扬博爱精神，充分反映了人们对理想世界和美好生活的向往。显然，人文主义者的这种文学想象对促进人类社会进步具有积极作用。在莎士比亚等人的戏剧与诗歌中，对友谊、爱情、平等、自由等公认价值的肯定以及对美好未来的追求不仅体现了人文主义共同体的基本理念，而且成为日后作家大都认同和弘扬的主题思想。莎士比亚无疑是文艺复兴时期共同体表征的先行者。他在《威尼斯商人》（*The Merchant of Venice*, 1596）、《亨利四世》（*Henry IV*, 1598）、《终成眷属》（*All's Well That Ends Well*, 1602）、《李尔王》（*King Lear*, 1605）、《安东尼与克莉奥佩特拉》（*Antony and Cleopatra*, 1606）以及《科里奥兰纳斯》（*Coriolanus*, 1607）等一系列历史剧、喜剧和悲剧中不同程度地反映了共同体理念，并且生动地塑造了"王族共同体"（the community of royal families）、"封建勋爵共同体"（the community of feudal lords）、"贵族夫人共同体"（the community of aristocratic ladies）、"小丑弄人共同体"（the community of fools and clowns）和以福斯塔夫（Falstaff）为代表的"流氓无赖共同体"（the community of scoundrels）等舞台形象。如果说，莎士比亚加盟的"环球剧场"（Globe Theatre）的盛极一时和各种人文主义戏剧的轮番上演有助于共同体思想的传播，那么莫尔的《乌托邦》则是文艺复兴时期人文主义作家对未来命运共同体最具吸引力的美学再现。"《乌托邦》是莫尔对当时的社会问题认真思考的结果……其思想的核心是关于财产共同体的观念。他从柏拉图和僧侣规则中找到了先例，只要还存在私有财产，就不可能进行彻底的社会改良。"[1] 从某种意义上说，文艺复兴时期的人文主义作家在生动描写错综复杂且不断变化的现实世界的同时，对命运共同体给予了充分的审美观照和丰富的文学想象。

英国文艺复兴时期另一个重要的社会群体是新兴资产阶级共同体。如果说人文主义是英国工业革命前夕资产阶级上升时期反封建、反教会的思想武器，那么新兴资产阶级就是人文主义的捍卫者和践行者。16 世纪英国宗教改革期间顽强崛起的新兴资产阶级共同体对社会发展做出了积极贡献，其思想和行动在当时具有一定的进步意义。以城市商人、店主、工厂主和手工业者为代表的新兴资产阶级在与教会展开斗争的同时，在政治和经济上支持都铎王朝，不断壮大其队伍和力量。"支持都铎王朝并从中受惠的'新人'（the new men）比15 世纪贵族家庭的生存者们更容易适应变化了的社会。"[2] 生活在英国封建社会全面解体之际的新兴资产阶级共同体崇尚勤奋工作、发家致富的理念，旨在通过资本的原始积累逐渐发展事业，提升其经济实力和政治地位，并扩大其社会影响。这无疑构成了新兴资产阶级共同体

1　Abrams, M. H. *The Norton Anthology of English Literature*. Fourth edition. Vol. 1. New York: W. W. Norton & Company, 1979, p.436.

2　Ibid., p.418.

思想的基本特征。在反映新兴资产阶级共同体的价值观念和社会作用方面，英国早期现实主义小说家们可谓功不可没。他们致力于描写当时的社会现实，将创作视线集中在以商人、工厂主和手工业者为代表的新兴资产阶级身上，其别具一格的现实主义小说题材与人物形象颠覆了传统诗人和罗曼司作家的文学想象和创作题材，在同时代的读者中引起了很大的反响。在反映新兴资产阶级共同体的作家中，最具代表性的当属托马斯·迪罗尼（Thomas Deloney, 1543?-1600?）。他创作的《纽伯雷的杰克》（*Jack of Newbury*, 1597）等小说不仅生动描写了这一社会群体的工作热情、致富心理和冒险精神，而且还真实揭示了原始资本的积累过程和资本家捞取剩余价值的手段与途径。"托马斯·迪罗尼为标志着英国纪实现实主义小说的诞生做出了贡献。"[1] 应该说，文艺复兴时期日益壮大的新兴资产阶级共同体对包括"大学才子"（the university wits）在内的一部分作家的创作思想产生了积极影响，为英国现实主义小说的诞生奠定了重要基础。

17 世纪是英国的多事之秋，也是共同体思想深刻变化的时代。封建专制不断激化社会矛盾，极大地限制了资本主义的发展。资产阶级同封建王朝和天主教之间的斗争日趋激烈，导致国家陷入了残酷内战、"王政复辟"和"光荣革命"的混乱境地。与此同时，文艺复兴时期普遍认同的人文主义思想和莎士比亚等作家奠定的文学传统在动荡不安的时代面临危机。然而，引人瞩目的是，在伊丽莎白时代"快乐的英格兰"随风而逝、怡然自得之风荡然无存之际，出现了以托马斯·霍布斯（Thomas Hobbes, 1588-1679）和约翰·洛克（John Locke, 1632-1704）为代表的哲学家和思想家。他们继承人文主义传统，推进了英国哲学、社会科学研究和共同体思想的发

1　Neill, S. Diana. *A Short History of English Novel*. London: Jarrolds Publishers, 1951, p.25.

展。霍布斯肯定人的本性与诉求，强调理性与道德的作用，要求人们遵守共同的生活规则。他对英国共同体思想的最大贡献当属他的"社会契约论"（Social Contract Theory）。他以人性的视角探究国家的本质，通过逻辑推理揭示国家与个人的关系。他认为，若要社会保持和平与稳定，人们就应严格履行社会契约。如果说霍布斯的"社会契约论"为英国共同体思想提供了理论依据，那么他的美学理论也在一定程度上反映了共同体审美观念的差异性。在霍布斯看来，文学中的史诗、喜剧和歌谣三大体裁具有不同的美学价值和读者对象，分别适合宫廷贵族、城市居民和乡村百姓的审美情趣。显然，霍布斯不仅以人性的目光观察社会中的共同体，而且还借鉴理性与经验阐释人们履行社会契约的必要性，对文学作品与共同体审美接受之间的关系做了有益的探索。对 17 世纪英国共同体思想和文学想象产生积极影响的另一位重要哲学家是约翰·洛克。作为一名经验论和认识论哲学家，洛克在政治、经济、宗教和教育等领域都有所建树，发表过不少独特见解。像霍布斯一样，洛克在本质上也是资产阶级共同体的代言人。尽管他并不看好政治共同体在个体生活中的作用，但他批判"君权神授"观念，反对专制统治，主张有限政府，强调实行自由民主制度和社会契约的必要性。他认为，公民社会的责任是为其成员的生命、自由和财产提供保护，因为这类私人权利只能通过个人与共同体中其他成员的结合才能获得安全与保障。显然，霍布斯和洛克均强调公民的契约精神以及个人与社会的合作关系。这两位重要哲学家的出现表明，17 世纪是英国共同体思想理论体系形成与发展的重要时期。

17 世纪英国的社会动荡与危机激发了作家对新形势下共同体的文学想象。当时英国社会的主要矛盾表现为主张保王的国教与激进的清教之间的斗争。英国的宗教斗争错综复杂，且往往与政治斗争密切相关，因此催生了具有明显政治倾向的清教徒共同体。事实上，清教徒共同体是当时反对封建主义和宗教腐败的重要社会力量，其倡导的清教主义在一定程度上成为新兴资产阶级为自己的社会实践进行辩护的思想武器。然而，由于其思想观念的保守性和历史局限性，清教徒共同体的宗教主张与社会立场体现出两面性与矛盾性。一方面，清教运动要求清除天主教残余势力，摒弃宗教烦琐仪式，反对贵族和教会的骄奢淫逸。另一方面，清教徒宣扬原罪意识，奉行勤俭清苦的生活方式，倡导严格的禁欲主义道德，竭力反对世俗文化和娱乐活动。显然，清教主义是英国处于封建制度解体和宗教势力面临严重危机之际的产物。然而值得肯定的是，清教徒共同体对文艺复兴后期英国文学的发展具有积极的推动作用，清教主义作家对创作题材、艺术形式和人物塑造进行了有益的探索，取得了卓越的文学成就。从某种意义上说，弥尔顿和班扬两位重要作家的出现使17世纪英国文学的命运共同体书写跨上了一个新的台阶。

在倡导清教主义的作家中，弥尔顿无疑是最杰出的代表。面对英国政教勾结、宗教腐败和社会动荡的局势，作为文艺复兴人文主义的继承者，弥尔顿撰写了多篇言辞激昂的文章，强烈反对政教专制与腐败，极力主张政教分离和宗教改革，一再为英国百姓的权益以及离婚和出版自由等权利进行辩护。在史诗《失乐园》中，弥尔顿以言此而及彼、欲抑而实扬的笔触成功塑造了"宁在地域称王，不在天堂为臣"的叛逆者撒旦的形象。在《失乐园》中，撒旦无疑是世界上一切反对专制、挑战权威、追求平等的共同体的代言人。弥尔顿着力塑造了一位因高举自己、反叛上帝而沦为"堕落天使"的人物，在一定程度上折射出他内心的矛盾以及他对受封建专制压迫的清教徒命运的关切与忧虑。

清教徒共同体的另一位杰出代言人是"17世纪后半叶最伟大的

散文作家"[1] 班扬。在他创作的遐迩闻名的宗教寓言小说《天路历程》中，班扬假托富于象征意义的宗教故事和拟人的手法向同时代的人表明恪守道德与教规的重要性。从某种意义上说，《天路历程》的主人公基督徒是清教徒共同体的喉舌，其形象折射出两个值得关注的现象。其一，主人公在去天国寻求救赎的过程中遇到了艰难险阻，并遭受了种种磨难。这一现象表明，班扬不仅继承了英国文学中共同体困境描写的传统，而且使共同体困境主题在宗教领域得以有效地发展和繁衍。其二，与文艺复兴时期罗曼司中一味崇尚贵族风范、追求荣誉和尊严的"另类"骑士相比，《天路历程》的主人公基督徒似乎更加贴近社会现实。他虽缺乏非凡的"英雄气概"，但他关注的却是英国清教徒共同体面临的现实问题。面对当时的宗教腐败、信仰危机和人们因原罪意识而产生的烦恼与焦虑，他试图寻求解决问题的答案。毋庸置疑，作为17世纪最受英国读者欢迎的作品之一，《天路历程》对清教徒共同体思想的发展产生了重要影响。

在18世纪社会与经济快速发展的背景下，英国的共同体思想经历了深刻的变化。随着封建制度的全面解体，英国工业革命和资本主义经济步入上升期，中产阶级队伍日益壮大，海外殖民不断扩张。伏尔泰（Voltaire, 1694－1778）、孟德斯鸠（Charles-Louis de Secondat, baron de La Brède et de Montesquieu, 1689－1755）和让-雅克·卢梭（Jean-Jacques Rousseau, 1712－1778）等法国哲学家的启蒙主义思想席卷整个欧洲，也使英国民众深受启迪。与此同时，18世纪英国经济学家亚当·斯密（Adam Smith, 1723－1790）的《国富论》（*The Wealth of Nations*, 1776）奠定了资本主义经济的理论基础，为"重商

1　阿尼克斯特：《英国文学史纲》，戴镏龄等译，北京：人民文学出版社，1980年，第68页。

主义"（Mercantilism）的崛起鸣锣开道。哲学家和经济学家的理论对英国共同体思想产生了重要影响，催生了启蒙主义和重商主义两大共同体。如果说英国此前的各种共同体与英雄主义、封建主义、人文主义或清教主义相联系，那么 18 世纪的启蒙主义共同体则以"理性"为原则，对自然、秩序以及宇宙与人的关系进行探究，其基本上是一个由追求真理、思想开放的文人学者组成的社会群体。尽管当时英国本身并未出现世界级或具有重要社会影响力的启蒙主义思想家，但他们与法国启蒙主义运动遥相呼应，倡导理性主义和民主精神，成为英国社会反封建、反教会的先行者。英国启蒙主义共同体是一个松散的且思想与主张不尽相同的社会阵营，其成员包括无神论者、唯理主义者、空想社会主义者以及启蒙主义温和派和激进派等不同派别（其本身也是大小不一的共同体）。然而，他们都不约而同地批判封建制度的全部上层建筑，宣扬民主思想，其共同目标是唤醒民众、推进社会改革以及建立资产阶级民主国家。与启蒙主义共同体形影相随的是重商主义共同体。这是一个主要以资本家、公司经理、投机商人、工厂老板和手工业者为主的社会群体，其主张的是一种基于工商业本位并以发展生产与贸易为目标的经济理念。重商主义共同体是受工业革命和启蒙思想共同影响的产物。作为当时英国流行的经济个人主义的践行者，重商主义者相信人们可以在各类经济活动中获取最大的个人利益，从而达到增进国民财富与公共利益的目的。总体而言，18 世纪的启蒙主义者和重商主义者是英国工业革命时期中产阶级人生观与价值观的代言人，两者不仅同属于中产阶级群体，而且对英国当时势力庞大且地位不断上升的中产阶级共同体的整体发展起到了推动作用。

　　18 世纪英国启蒙主义和重商主义思想的流行以及中产阶级队伍的日益壮大进一步激发了作家对共同体的文学想象。在诗歌领域，亚历山大·蒲柏（Alexander Pope, 1688－1744）和塞缪尔·约翰逊

（Samuel Johnson, 1709–1784）等人遵循理性原则，在诗歌创作中追求平衡、稳定、有序和端庄的审美表达，与启蒙主义价值观念彼此呼应、互为建构，传达出一种带有古典主义风格的乌托邦共同体想象。尽管以理性为基础的共同体想象在诗歌中占据主导地位，但文学固有的情感特质并未消失。恰恰相反，诗人对情感始终不离不弃，情感主义的暗流一直在当时的诗歌中涌动，并最终在后来的浪漫主义诗歌中达到了登峰造极的地步。

　　引人注目的是，启蒙主义和重商主义的流行使小说的共同体书写迎来了黄金时代。英国小说家不约而同地运用现实主义手法积极推进共同体书写。正如英国著名文学批评家伊恩·瓦特（Ian Watt, 1917–1999）所说，"人们已经将'现实主义'作为区分 18 世纪初小说家的作品与以往作品的基本标准"[1]。毋庸置疑，18 世纪顽强崛起的小说成为英国共同体思想十分恰当和有效的载体。与诗歌和戏剧相比，小说不仅为人们在急剧变化的现实世界中的境遇和命运的美学再现提供了更大的空间，而且对各类共同体的社会地位和精神诉求给予了更加全面的观照。18 世纪英国小说的共同体书写之所以取得了长足的发展，除了文学作品需要及时反映现实生活的变化及其自身肌理演进的规律之外，至少有以下两个重要原因。一是文坛人才辈出，名家云集，涌现了丹尼尔·笛福（Daniel Defoe, 1660–1731）、乔纳森·斯威夫特（Jonathan Swift, 1667–1745）、塞缪尔·理查逊（Samuel Richardson, 1689–1761）、亨利·菲尔丁（Henry Fielding, 1707–1754）和劳伦斯·斯特恩（Laurence Sterne, 1713–1768）等一批热衷于书写社会主体的境遇和命运的小说家。英国文学史上首次拥有如此强大的小说家阵营，而他们几乎都把崇尚启蒙主义和重商主义的中产阶级人物作为

1　Watt, Ian. *The Rise of the Novel*. London: Chatto & Windus, 1967, p.10.

描写对象。笛福的小说凸显了重商主义与资产阶级道德对共同体想象的塑造，斯威夫特小说中的刻薄叙事对英国社会中共同体所面临的文明弊端和人性缺陷予以辛辣的讽刺，而菲尔丁、理查逊和斯特恩的万象喜剧小说和感伤主义小说则构建了市民阶层的情感世界。18 世纪小说家通过淡化小说与现实的界限并时而与读者直接对话的表达形式，已经将读者视为对话共同体的一部分。由于当时英国社会中十分活跃的共同体及其个体的境遇和命运在小说中得到了生动的反映，小说的兴起与流行便在情理之中。导致英国小说的共同体书写步伐加快的另一个原因是英国中产阶级读者群的迅速扩大。由于 18 世纪上半叶从事各行各业的中产阶级人数激增，教育更加普及，中产阶级的文化素养显著提高，小说在中产阶级读者群中的需求不断上升，而这恰恰激发了小说家对启蒙主义和重商主义共同体的文学想象。"在诸多导致小说在英国比在其他地方更早及更彻底地突破的原因中，18 世纪阅读群体的变化无疑是至关重要的。"[1] 显然，上述两个原因不仅与中产阶级队伍的发展壮大密切相关，而且对小说中共同体的表现形式和审美接受也产生了一定的影响。总之，在 18 世纪启蒙主义和重商主义思想的影响下，英国的共同体形塑在日益走红的长篇小说中得到了充分的展示，作家对共同体的文学想象也随之达到了相当自信与成熟的境地。

19 世纪，英国共同体思想在浪漫主义思潮、文化批评、宪章运动和民族身份重塑的背景下呈现出多元发展的态势。随着工业革命和资本主义经济的快速发展和海外殖民的不断扩张，英国哲学家、批评家和文学家们对资本主义社会的本质展开了新的探索。正如我们不能对 19 世纪的英国社会简单明确地下一个定义那样，我们也不能将当

1　Watt, Ian. *The Rise of the Novel*. London: Chatto & Windus, 1967, p.35.

时英国的共同体思想简单地视为一个统一体。19世纪英国社会各界对共同体的话题表现出浓厚的兴趣，并进行了广泛的讨论。约翰·罗斯金（John Ruskin, 1819-1900）、托马斯·卡莱尔（Thomas Carlyle, 1795-1881）、威廉·莫里斯（William Morris, 1834-1896）和马修·阿诺德（Matthew Arnold, 1822-1888）等著名作家分别从哲学、美学和文化批评视角对共同体做了有益的探索。在他们看来，封建社会留下的等级制度、资本主义社会的财富观念、生活方式以及充满文化因子的公共空间无时不在社会主体中构筑壁垒，从而催生了形形色色的共同体。事实上，19世纪英国上层建筑和意识形态的变化成为共同体演化的重要推动力，而英国文化观念的变化和差异则使共同体的类型更加细化。人们不难发现，维多利亚时代人们识别共同体的标签无处不在，例如家庭、职业、社交圈、生活方式、衣着打扮或兴趣爱好，甚至品什么酒、喝什么咖啡、读什么报纸或听什么音乐等，所有这些都可能成为识别个人共同体属性的标签。显然，英国社会的文化多元、价值多元和利益多元的态势不仅推动了共同体思想的现代化与多元化进程，而且也在一定程度上加快了民族文化身份的建构，使各种共同体的"英国性"（Englishness）特征日趋明显。在经济发展、文化流变和观念更新的大背景下，经过诸多具有洞见卓识的文人学者从哲学、文学和文化层面的探索与论证，19世纪英国共同体思想建构的步伐日益加快。

19世纪也是英国共同体的文学想象和美学表征空前活跃的时代。在文坛上，威廉·华兹华斯（William Wordsworth, 1770-1850）和乔治·戈登·拜伦（George Gordon Byron, 1788-1824）、珀西·比希·雪莱（Percy Bysshe Shelley, 1792-1822）和约翰·济慈（John Keats, 1795-1821）等浪漫主义诗人以及简·奥斯汀（Jane Austen, 1775-1817）、查尔斯·狄更斯（Charles Dickens, 1812-1870）、夏洛

蒂·勃朗特（Charlotte Brontë, 1816-1855）、乔治·爱略特（George Eliot, 1819-1880）和托马斯·哈代（Thomas Hardy, 1840-1928）等现实主义小说家都对共同体进行了生动的美学再现。尽管这些作家的社会立场与价值观念不尽相同，其创作经历与审美取向更是千差万别，但他们都对社会主体的境遇和命运表现出深切的忧虑，不约而同地将形形色色和大小不一的共同体作为文学表征的对象。从表面上看，维多利亚时代处于工业与经济发展的繁荣期，但隐藏在社会内部的阶级冲突与结构性矛盾使传统秩序和文化观念遭受巨大挑战。英国作家对现实社会大都体现出矛盾心理。"也许最具代表性的是阿尔弗雷德·丁尼生（Alfred Tennyson, 1809-1892），他偶尔表现出赞扬工业社会变化的能力，但更多的时候他觉得在工商业方面的领先发展是以人类的幸福为巨大代价的。"[1] 而莫里斯对英国的社会现状更是心怀不满："他对死气沉沉的现代工业世界越来越感到不满，到晚年时他确信需要开展一次政治革命，使人类恢复到工作值得欣赏的状态，在他看来工人受剥削在维多利亚时代的英国十分普遍。"[2] 此外，维多利亚时代晚期至爱德华时代的奥斯卡·王尔德（Oscar Wilde, 1854-1900）和萧伯纳（George Bernard Shaw, 1856-1950）等剧作家也向观众展示了工业化空前发展和城市消费文化日益流行的社会中的阶级矛盾和传统价值观念的消解。就总体而言，19 世纪英国文学不仅反映了各种社会问题，而且表达了深刻的共同体焦虑，其描写的重点是乡村共同体、阶级共同体、女性共同体和帝国命运共同体等。总之，19 世纪是英国共同体思想分化的时代，也是共同体书写空前活跃的时代。

1　Abrams, M. H. *The Norton Anthology of English Literature.* Third edition. Vol. 2. New York: W. W. Norton & Company, 1974, p.876.
2　Ibid., p.1501.

19 世纪初英国浪漫主义思潮的风起云涌成为诗人在大自然的怀抱中探索人类命运共同体的催化剂。作为一种反对古典主义和唯理主义、崇尚自然与生态、强调人的主观精神与个性自由的文学思潮，浪漫主义诗学无疑在抒发情感、追求理想境界方面与人们向往命运共同体的情结不谋而合。无论是以讴歌湖光山色为主的"湖畔派"诗人，还是朝气蓬勃、富有反叛精神的年轻一代诗人，都对工业社会中社会主体的困境表现出高度的关注，并对理想的世界注入了丰富的情感与艺术灵感。华兹华斯在一首题为《这个世界令人难以容忍》（"The World Is Too Much with Us"，1807）的十四行诗中明确表示，英国社会已经混乱无序，腐败不堪。在他看来，精神家园与自然景观的和谐共存是建构理想共同体的重要基础，人的出路就是到大自然中去寻找乐趣与安宁。在退迩闻名的《抒情歌谣集》（*Lyrical Ballads*, 1798）中，华兹华斯以英国乡村的风土人情和家园生活为背景，从耕夫、村姑和牧羊人等农民身上摄取创作素材，采用自然淳朴的语言揭示了资本主义社会中最欠缺的勤劳、真诚、朴实以及人道主义和博爱精神，充分反映了诗人对乡村共同体的褒扬。无独有偶，同样崇尚大自然的拜伦、雪莱和济慈等年轻一代浪漫主义诗人也在诗歌中不同程度地表达了对命运共同体的文学想象。他们崇尚民主思想与个性自由，支持法国革命和民族解放运动，通过诗歌美学形塑了一系列令人向往的理想共同体。拜伦的不少诗歌谴责政府专制与腐败，赞扬为争取工作权利反对机器取代工人的"卢德运动"（Luddite Movement），起到了批判资本主义、针砭时事、声援无产阶级共同体的积极作用。同样，拜伦的好友雪莱也在《麦布女王》（*Queen Mab*, 1813）、《伊斯兰的反叛》（*The Revolt of Islam*, 1818）和《阿童尼》（*Adonais*, 1821）等著名诗歌中对反资本主义制度的空想社会主义者、革命者和诗人等不同类型的共同体进行了深入探索，充分反映了其文学想象力与社会责任感。而三位诗人中最年轻的济慈则通过生动的美学再现，将田园风光与自然力量提升至崇高的精神境界，为其注入丰富的神话意蕴与文化内涵，以此激发读者的民族身份认同感，建构不列颠民族共同体。显然，与"湖畔派"诗人相比，浪漫主义年轻一代诗人无疑表现出更加积极的人生态度和远大的人类理想。

如果说 19 世纪浪漫主义诗人大都将美妙的自然景观作为共同体想象的重要基础，那么现实主义小说家则将社会生活中摄取的素材视为其共同体形塑的可靠资源。自 19 世纪 30 年代起，英国资本主义工业家基本取代了土地贵族的统治地位，而资产阶级的胜利则使其成为国家经济和政治的核心力量。随着贫富差距的不断扩大，社会阶层进一步分化，阶级矛盾日趋尖锐。英国各阶层的社会身份与地位的差别很大，其民族文化心理与精神诉求更是大相径庭，因此英国小说家的共同体思想往往蕴含了对平民百姓强烈的同情心，体现出明显的批判现实主义倾向。尽管从奥斯汀到哈代的 19 世纪英国小说家们的共同体思想不能被简单地视为一个统一体，但其小说体现出日趋强烈的命运意识和共同体理念却是一个不争的事实。奥斯汀通过描写一个村庄几个家庭的人际关系、财富观念以及对婚姻与爱情的态度揭示了社会转型期乡村共同体在传统道德观念与世俗偏见影响下对幸福问题的困惑。狄更斯"以极其生动的笔触记录了变化中的英国"[1]，对英国城市中的社会问题和底层市民共同体的关注超过了同时代的几乎所有作家。勃朗特深刻反映了 19 世纪英国女性的不良境遇、觉醒意识和对自由平等的热切追求，成为书写女性命运共同体的杰出典范。爱略特通过对家庭和家乡生活的描写揭示了呵护血缘关系和亲情对乡村共同体的重要性，其笔下人物的心理困惑与悲惨命运在一定程度上反映了

1　Leavis, F. R. *Lectures in America*. London: Chatto & Windus, 1969, p.8.

作者对外部世界的无序性和对共同体前途的忧虑。如果说这种忧虑在狄更斯等人的小说中也是显而易见的，那么在哈代的小说中则完全成为浓郁的悲剧底色了。

20世纪咄咄逼人的机械文明和惨绝人寰的两次世界大战使整个西方社会陷入极度混乱的境地，英国共同体思想建构也随之步入困境。在政治、哲学、宗教和道德等领域的秩序全面解体之际，笼罩着整个西方世界的绝望感和末世感在英国文坛产生了共鸣，从而使共同体思想不仅面临了前所未有的质疑，而且不时遭遇解构主义的冲击。在西方文化与道德面临严重危机的大背景下，19世纪诗歌中曾经流露出的共同体焦虑在20世纪的诗歌中得到更加充分的展示，其表征形式更为激进，更具颠覆性。事实上，在西方文明全面衰落的大背景下，英国的诗歌、小说和戏剧中的共同体表征体现出空前绝后、异乎寻常的形式革新。叶芝（W. B. Yeats, 1865-1939）的民族主义诗歌、意象派的实验主义诗歌以及爱略特的碎片化象征主义诗歌均不同程度地反映了诗人对现代西方社会共同体的忧思、解构或嘲讽。在小说领域，亨利·詹姆斯（Henry James，1843-1916）和约瑟夫·康拉德（Joseph Conrad, 1857-1924）通过描写人物在海外的坎坷经历展示了笼罩着共同体的西方文明与道德衰落的阴影。在现代主义思潮风起云涌之际，崇尚"美学英雄主义"（Aesthetic Heroism）的詹姆斯·乔伊斯（James Joyce, 1882-1941）、弗吉尼亚·伍尔夫（Virginia Woolf, 1882-1941）和D. H. 劳伦斯（D. H. Lawrence，1885-1930）等小说家义无反顾地反映现代人的精神危机，深刻揭示个体心灵孤独的本质，追求表现病态自我，从而进一步加深了个体与共同体之间的鸿沟。然而，现代主义作家并未放弃对共同体的观照。如果说乔伊斯在《尤利西斯》（Ulysses, 1922）中深刻反映了笼罩在"道德瘫痪"（moral paralysis）阴影下的都柏林中产阶级共同体的道德困境，那么伍尔夫在《海浪》（*The Waves*, 1931）中成功描写了青年群体在混乱无序的人生海洋中的悲观意识和身份认同危机。总之，现代派作家不约而同地致力于异化时代"反英雄"共同体的书写，深刻反映了第一次世界大战以后英国的社会动荡和精神危机。20世纪下半叶，塞缪尔·贝克特（Samuel Beckett, 1906-1989）的荒诞派戏剧充分展示了现代人的精神孤独，深刻揭示了个体的绝望和共同体的消解。同时，哈罗德·品特（Harold Pinter, 1930-2008）等剧作家也纷纷揭示了战后英国的阶级矛盾和日趋严重的共同体困境。20世纪末，在后现代主义的喧嚣之后，融合了各种文学思潮的新现实主义作品以其特有的艺术形式对共同体展开了新的探索。与此同时，V. S. 奈保尔（V. S. Naipaul, 1932-2018）等英联邦移民作家纷纷对族裔共同体、民族共同体和世界主义共同体给予了丰富的文学想象。就总体而言，受到战争爆发、机械文明压抑和传统价值观念崩塌等因素的影响，20世纪的英国文学不仅体现了浓郁的悲观主义色彩，而且在美学形式上对各类共同体进行了不同程度的质疑与解构。

21世纪初，英国文学的共同体想象虽然在全球化、逆全球化和多元文化主义进程中拥有了更加广阔的空间，但其题材和形式却不时受到全球百年未有之大变局的影响。一方面，恐怖主义、新殖民主义、民粹主义、英国脱欧、环境污染、气候变化和资本霸权等问题的叠加干扰了作家对共同体的认知和审美。另一方面，新媒体、高科技、元宇宙和人工智能在连接现实世界与虚拟世界的同时，映射出全新的数字空间与人际关系，从而进一步拓展了文学对共同体的想象空间。以石黑一雄（Kazuo Ishiguro, 1954- ）为代表的作家着力表现了克隆人共同体、人机共同体、身体命运共同体和"乌托邦"精神家园等题材，深刻反映了当下日新月异的高科技、人工智能和数字生活给人类伦理观念与未来社会带来的变化与挑战。此外，21世纪的英国文学往往超越现实主义与实验主义之间的对立，不仅关注本国共同体的境遇和嬗变，而且也着眼于全球文明与生态面临的挑战，反映全球化语境中的共同体困境。总之，21世纪英国文学反映的前所未有的题材与主题对深入探讨人类命运共同体的构建具有重要参考价值。

综上所述，自盎格鲁-撒克逊时代起，英国的共同体思想与文学想象形影相随，关系密切，对英国文学的历史沿革起到了重要的推动作用。在英国的千年文学史上，共同体思想持续演进，其内涵不断深化，影响了历代作家的创作理念和美学选择，催生了一次次文学浪潮和一部部传世佳作。无论是在工业化、城市化和现代化步伐日益加快的进程中，还是在全球化、信息化、智能化和数字化突飞猛进的时代里，英国文学的命运共同体表征不仅一以贯之、绵亘不绝，而且呈现出类型不断繁衍、内涵日益丰富和书写方式日趋多元的发展态势。时至今日，英国作家对命运共同体美学再现的作品与日俱增，生动反映了大到世界、国家和民族，小到村镇、街区、社团和家族等社会群体的境遇和命运。英国共同体思想的演进及其审美观念的变化将不断为我们深入研究其表征和审美双维度场式的历史、社会与文化成因等深层次问题提供丰富的资源。

三、英国文学中命运共同体的审美研究

在全球化（亦有逆全球化）和多元文化主义进程日益加快的世界格局中，以一个具有连贯传统和典型意义的国别文学为研究对象，深入探讨其命运共同体书写是对共同体理论的拓展，也是对文学批评实践性的发扬。今天，英国文学中"命运共同体"的文学想象与审美接受已经成为国内外文学批评界的热门话题。作为英国文学史上繁衍最久、书写最多、内涵最丰富的题材之一，共同体书写备受批评界关注

无疑在情理之中。概括地说，英国文学中命运共同体的审美研究已经成为当今国内外文学批评界的"显学"，其意义主要体现在以下三个方面。

（一）英国是一个在历史、文化、经济和政治等领域都颇具特色和影响力的西方国家，其作家对"命运共同体"1 000多年的书写与其国内的社会现实乃至世界的风云变幻密切相关。就此而言，英国文学为人们提供了一个历史悠久的共同体书写传统。这一传统对发生在英国本土及海外的社会、政治、经济和文化变局以及受其影响的各种共同体做出了及时的反应，产生了大量耐人寻味、发人深省的文学案例，对我们深入了解英国乃至整个西方世界各种命运共同体的兴衰成败具有一定的现实意义和参考价值。

（二）迄今为止，对共同体的研究主要出现在哲学、政治学和社会学领域，其研究对象与参照群体往往并非取自堪称"人学"的文学领域。在当今全球化（亦有逆全球化）和多元文化主义背景下，对文学的命运共同体表征与审美双向互动关系的深入研究无疑有助于拓展以往共同体研究的理论范畴。以宽广的社会语境和人文视野来考察命运共同体书写与审美过程中的一系列重要因素将对过去以哲学、政治学和社会学为主的共同体研究加以补充，对大量文学案例的剖析能引发人们思考在当代日趋复杂的世界格局中构建命运共同体的有效途径。

（三）我国对外国文学中命运共同体表征与审美的研究起步不久，而这种研究在当下"构建人类命运共同体"理念不断深入人心的背景下显得尤为迫切，是对国家发展战略和重大理论问题的有益探索。深入探讨不同时期英国文学中受"命运"意识支配的各种共同体的性质与特征及其美学再现的社会意义，将为我国"构建人类命运共同体"的倡议提供有价值的文学阐释和有针对性的学术视角。

　　无论是在哲学、政治学、社会学，还是在人类学领域，国外 100 多年的共同体研究虽然路径和方法大相径庭，但是它们对共同体形成了一套外延不尽相同、而内涵却较为相近的解释。共同体研究兴趣本身便是应世界变化和历史演进而生。工业化、现代化和全球化（亦有逆全球化）所带来的生产力发展和城乡关系的变化，使传统的社会秩序和价值观念不断受到冲击，社会向心力的缺失成为社会学家和作家共同关心的话题，他们试图从各个层面辨析出或大或小、或具体或抽象的共同体形态，试图寻找加强共同体联结纽带的良方。由于共同体的审美研究本质上要面对的是社群的共同情感和集体意识，它天然具有宏观向度，并在历时与共时两个维度都与"命运"这一具有宏观要旨的话题密切相关。

　　毋庸置疑，源远流长和体量巨大的英国文学为我们全面系统地研究共同体提供了极为丰富的文学资源。对具有世界影响力的英国文学在不同历史语境中的共同体书写展开深入研究，既符合英国文学创作与批评的发展逻辑，也有助于人们从其纷繁复杂的文学案例中探索社会主体的境遇和命运，厘清共同体形塑与崩解的社会成因。应当指出，注重文内与文外的勾连，平衡文本分析与历史考据，在现象研究的基础上建构文学表征视阈下的共同体批评理论与学术范式具有重要的现实意义。"构建人类命运共同体"理念是一种具有原创性的构想，它一方面回应了当下人类社会高度分化但社会责任却无法由传统共同体有效承担的形势，另一方面也是对马克思主义共同体构想的发展。笔者认为，中国学者在开展英国文学中命运共同体的审美研究时应认真做好以下五个方面的工作。

　　（一）中国学者从事英国文学中命运共同体的审美研究须肩负破题之责。我们不但要对命运共同体做出正确的释义和界定，而且还应阐释命运共同体与英国文学之间的关系，深入探讨英国历史上发生的一系列社会、政治、经济和宗教领域的重大变化以及民族文化心理的共情意识对共同体书写发展的影响，科学分析历代英国作家对共同体做出的种种反思与形塑。同时，我们也应关注英国文学中的共同体在道德伦理的建构、价值观念的塑造和审美范式的生成方面所发挥的重要作用。

（二）中国学者应全面了解共同体知识谱系，积极参与共同体学术体系的建构，充分体现学术自信和理论自信。我们既要正确理解西方文化传统和价值体系中的"命运观"，也要认真把握西方传统文化视阈下"命运观"的内在逻辑。尽管其发展脉络与东方传统中的"命运观"有相似之处，但其词源学上的生发过程蕴含了许多不同的指涉。西方传统中"命运"一词的词源有其具象的指代，它发源于古希腊神话中执掌人类命运的三位女神，其神话指代过程包含了一整套宇宙演化观，凸显了"命运"与必然、本质、责任和前途的关系。西方传统文化视阈下的"命运观"对历代英国作家的共同体文学想象无疑具有渲染作用，因而对英国文学中命运共同体的审美研究具有一定的参考价值。

（三）中国学者在开展英国文学中命运共同体的审美研究时还应仔细考量英国思想传统中的经验主义和保守主义。由于受该思想传统的影响，英国人在较早的历史阶段就因为对普遍利益不抱希望而形成了以反复协商、相互妥协为社会变化主要推动方式的工作机制，更以《大宪章》（*Great Charter*, 1215）和议会的诞生为最显著的标志。在现实的社会生活中，英国人深受保守主义观念的影响，主张在维护传统的主基调上推动渐进式的改变，缓和社会矛盾，以此维护共同体的秩序。显然，英国文学中命运共同体的审美研究既要关注保守主义与经验主义的影响，又要揭示文学的批判功能和伦理建构意图，也要探讨社会现实的美学再现和有关共同体的构想。

（四）英国文学中命运共同体的审美研究应凸显问题意识，我们应该认真思考并解答一系列深层次的问题。例如，英国文学在演进过程中回应和观照了社会中或大或小的共同体所面对的哪些必然因果、重大责任、本质关切和共同前途？文学的命运共同体想象和批判与现实之间具有怎样的联系、差异、张力和悖反？在这一过程中，社会群体所认同的道德伦理是如何建构的？其共情的纽带又落脚于何处？所有这些以及其他各种深层次问题都将纳入其审美研究的范畴。为回应命运共同体所包蕴的必然、本质、责任、前途等重要内涵，审美研究还应围绕"文学–思想传统""文学–资本主义""文学–殖民帝国"和"文学–保守主义文化"等在英国历史和文学书写中具有强大影响力和推动力的维度，对英国文学中的命运共同体展开深度理论阐释。

（五）中国学者在开展英国文学中命运共同体的审美研究时需要采取跨学科视角。尽管命运共同体研究如今已成为我国文学批评界的一门"显学"，但其跨学科研究却并未引起学者应有的重视，而高质量的学术成果也相对较少。跨学科研究是文学批评在专业化和多元化进程中的新路径，也是拓展文学批评范畴、深度挖掘文本潜在内容的有效方式。事实上，命运共同体研究可以从其内部和外部两条路径展开。内部路径探讨共同体的性质、特征、诉求、存续方式和美学再现，而外部路径则研究共同体形成的历史背景、社会现实、文化语境以及与其相关的政治、经济、哲学、宗教、医学、伦理学、心理学等社会科学和自然科学因素。跨学科研究的一个重要任务是建立两条路径之间的阐释通道，发掘共同体表征背后的文学意义、历史作用、意识形态和价值取向，成为一种探讨共同体思想、形式和特征的有效路径。跨学科研究能极大程度地发挥文学研究的社会功能，使文学批评在关注"小文本"中共同体形塑的美学价值时，有效地构建促进人类社会发展的"大文学"话语体系。

迄今为止，在英国文学的命运共同体研究领域，国外最重要的相关成果当属英国批评家威廉斯的《漫长的革命》和《乡村与城市》（*The Country and the City*, 1973）以及美国批评家米勒的《小说中的共同体》（*Communities in Fiction*, 2015）。毫无疑问，他们是目前在文学中的命运共同体研究方面最具影响力的批评家。在《漫长的革命》中，威廉斯论述了小说主人公在反映共同体方面的重要作用。他充分肯定了乔伊斯在《尤利西斯》中深刻反映中产阶级共同体精神世界的意识流技巧："乔伊斯在《尤利西斯》中展示出这种技巧的卓越优势，他不是通过一个人物而是三个人物的视角来反映世界……事实上，这三个世界构成了同一个世界。"[1] 在《乡村与城市》中，威廉斯对英国文学中的乡村与城市的共同体形态及其社会困境做了论述。他认为，英国浪漫主义作家笔下田园牧歌般的乡村生活只是一种虚构的、理想化的现代神话，英国的乡村与城市在本质上均是资本主义唯利是图与弱肉强食之地，毫无共同利益与价值可言。米勒也是在文学中命运共同体的研究方面最具影响力的批评家之一。在其《小说中的共同体》一书中，米勒在呼应威廉斯的共同体思想时明确指出，"在威廉斯看来，自 18 世纪以来英国历史的主要特征是资本主义的逐渐上升及其对乡村共同体生活的破坏"[2]。同时，米勒深入探讨了英国作家安东尼·特罗洛普（Anthony Trollope, 1815－1882）、哈代、康拉德和伍尔夫等作家的小说所蕴含的共同体意识，深刻揭示了他们在共同体表征方面的共性与差异。米勒认为，"如何看待个体性和主体间性的本质，基本

1　Williams, Raymond. *The Long Revolution*. Beijing: Foreign Language Teaching and Research Press, 2019, pp.327－328.

2　Miller, J. Hillis. *Communities in Fiction*. Beijing: Foreign Language Teaching and Research Press, 2019, p.3.

上决定着一个人对共同体的看法……这部或那部小说是否表现了一个'真正的共同体'构成了这种关于共同体的复杂且经常矛盾的思维传统的前提"[1]。毋庸置疑，威廉斯和米勒等批评家的研究对文学中共同体的审美研究具有重要参考价值。

近十年，随着"构建人类命运共同体"理念的广泛接受与传播，我国学者对外国文学中的共同体研究也产生了浓厚的兴趣。尽管我们对这一话题的研究起步较晚，且涉及的作家与作品较为零散，但还是出现了一些高质量的文章，体现了中国学者的独特见解，其中殷企平教授的研究独具特色。他就维多利亚时代小说和浪漫主义诗歌中的"幸福伦理"与"共同体形塑"等问题撰写了多篇具有独创见地的论文，对多位 19 世纪作家的共同体书写做了深刻剖析。引人注目的是，近几年我国学者对外国文学中共同体书写的学术兴趣倍增，纷纷对世界各国文学作品中的命运共同体展开了全方位、多视角的探析。与此同时，国家、教育部和各省市社科基金立项名单中关于共同体研究的课题屡见不鲜，而研究共同体的学术论著更是层出不穷。种种现象表明，文学中命运共同体的审美研究正在成为我国外国文学批评界的热门话题。然而，我们应该明白，文学中的命运共同体在本质上是某种虚构的文学世界，与现实世界和人类历史进程中的共同体不能混为一谈。它所反映的是在特定历史语境中作家对过去、当下或未来某种共同体的深切关注与文学想象。因此，文学中共同体的审美研究必须深度引入具有各种创作理念、审美取向和价值观念的作家所生活的时代与社会，包括特定的历史语境、意识形态、文化观念以及地理环境等外在于文本的因素，同时还应考量文本中命运共同体的审美接受与各

1　Miller, J. Hillis. *Communities in Fiction*. Beijing: Foreign Language Teaching and Research Press, 2019, p.17.

种外在于文本的因素之间的双向互动关系。

综上所述，国内外文学批评界对命运共同体的审美研究取得了长足的发展，为共同体学术话语体系的进一步建构与发展奠定了重要基础。就《英国文学的命运共同体表征与审美研究》这一项目而言，研究对象从以往哲学、政治学、社会学和人类学视阈下的共同体转向了文学作品中命运共同体的书写与审美。这种学术转型要求我们不断加强学习，注重学术创新，不断提升研究能力。笔者希望，在学者们的执着追求与通力合作下，我国对英国文学中命运共同体的审美研究将前所未有地接近国际学术前沿，并且为文学的共同体批评话语建构做出积极贡献。

《英国文学的命运共同体表征与审美研究》是 2019 年国家社科基金重大项目（编号：19ZDA293），包括《理论卷》《诗歌卷》《小说卷》《戏剧卷》和《文献卷》五个子项目。全国 20 余所高校和研究机构的 30 余位专家学者参加了本项目的研究工作。多年来，他们崇尚学术、刻苦钻研，不仅体现了中国学者的独特见解与理论自信，而且表现出令人钦佩的专业素养与合作精神。本项目的研究工作自始至终得到我国外国文学批评界同行的关心与帮助。上海外语教育出版社孙玉社长、谢宇副总编、孙静主任、岳永红主任、刘华初主任以及多位编辑对本套丛书的出版全力支持、尽心尽责，请容笔者在此一并致谢。由于英国文学典籍浩瀚，加之我国的共同体研究起步不久，书中难免存在误解和疏漏之处，敬请学界同仁谅解。

李维屏

于上海外国语大学

2022 年 10 月

《文献卷》总序

　　《英国文学的命运共同体表征与审美研究　文献卷》（下文简称《文献卷》）是一套西方共同体文论与文学批评译丛。这套译丛共有著作七种，主要译自英、美、德、法、西等国学者的共同体著述，是多语种团队协作翻译的成果。本套译丛以文学学科为中心，以其他学科为支撑，重点选择欧美学术界，尤其是文学研究界的共同体著述，通过学术导论或译序的方式对相关著作进行译介与研究。从著作类型来看，其中两种是共同体理论著作，分别是杰拉德·德兰蒂的《共同体》（第三版）与安东尼·保罗·科恩的《共同体的象征性建构》；另外五种是文学学者的共同体批评著作，分别是 J. 希利斯·米勒的《小说中的共同体》、赛琳·吉约的《文学能为共同体做什么？》、雷米·阿斯特吕克主编的《重访共同体》、玛戈·布林克与西尔维亚·普里奇主编的《文学中的共同体——文学-政治介入的现实性》、杰拉尔多·罗德里格斯-萨拉斯等人主编的《共同体与现代主义主体新论》。下面对这七种著作及相关背景略做介绍，以便读者对这套丛书有一个基本的了解。

一

西方共同体学术传统源远流长，最早可以追溯到亚里士多德（Aristotle, 384-322 BC）。他在《政治学》（*The Politics*, 约 350 BC）一书中所探讨的"城邦"（polis）可以看作共同体思想的雏形。从中世纪奥古斯丁（Saint Aurelius Augustinus, 354-430）的友爱观到 17、18 世纪托马斯·霍布斯（Thomas Hobbes, 1588-1679）、约翰·洛克（John Locke, 1632-1704）、让-雅克·卢梭（Jean-Jacques Rousseau, 1712-1778）等人的社会契约论，其中都包含着一定的共同体意识。此后，19 世纪的卡尔·马克思（Karl Marx, 1818-1883）、伊曼努尔·康德（Immanuel Kant, 1724-1804）、G. W. F. 黑格尔（G. W. F. Hegel, 1770-1831）、埃米尔·涂尔干（Émile Durkheim, 1858-1917）、斐迪南·滕尼斯（Ferdinand Tönnies, 1855-1936）等思想家对共同体均有论述。20 世纪更是不乏专门探讨。国内译介早、引用多的共同体著述是德国社会学家滕尼斯的《共同体与社会》（*Gemeinschaft und Gesellschaft*, 1887）与爱尔兰裔政治学家本尼迪克特·安德森（Benedict Anderson, 1936-2015）的《想象的共同体》（*Imagined Communities*, 1983）。此外，齐格蒙特·鲍曼（Zygmunt Bauman, 1925-2017）的《共同体：在一个不确定的世界中寻找安全》（*Community: Seeking Safety in an Insecure World*, 2001)、让-吕克·南希（Jean-Luc Nancy, 1940-2021）的《不运作的共同体》（*La Communauté désœuvrée*, 1986）、莫里斯·布朗肖（Maurice Blanchot, 1907-2003）的《不可言明的共同体》（*La Communauté inavouable*, 1983）、吉奥

乔·阿甘本（Giorgio Agamben, 1942-）的《即将到来的共同体》（*La comunità che viene*, 1990）等理论名作也都被翻译成中文，在中国学界引起越来越多的关注。

鉴于上述译介现状，本套译丛选择了尚未被译介的两本英国学者的共同体理论著作：一本是英国社会学家杰拉德·德兰蒂（Gerard Delanty, 1960-）的《共同体》（第三版）（*Community*, Third Edition, 2018），另一本是英国人类学家安东尼·保罗·科恩（Anthony Paul Cohen, 1946-）的《共同体的象征性建构》（*The Symbolic Construction of Community*, 1985）。在西方学术传统中，英国学者的共同体思想，从霍布斯和洛克古典哲学中的共同体意识到 20 世纪社会学家鲍曼与文学批评家威廉斯的共同体理念，一直占有重要的一席之地。因此，将德兰蒂与科恩的共同体著作译为中文，对于了解英国的共同体思想传承、探讨英国文学中的共同体审美表征以及促进当代中英共同体思想交流，无疑具有一定的理论价值与现实意义。

在《共同体》（第三版）中，德兰蒂提出了以归属感和共享感为核心的"沟通共同体"（communication community）思想，代表了英国学术界对共同体理论的最新贡献。德兰蒂考探了"共同体"概念的起源与流变，描绘出共同体思想在西方的发展脉络图，相对完整地梳理了自亚里士多德以来西方理论家们的众多学说，其中所涉及的很多共同体概念和类型，如阈限共同体、关怀共同体、歧见共同体、否定共同体、断裂共同体、邪恶共同体、流散共同体、跨国共同体、邻里共同体等概念和思想尚未引起中国学界的足够重视。德兰蒂按照传统、现代、后现代、21 世纪等四个不同的时间段剖析共同体的基本性质，但着重考察的是当代共同体的本质特征。德兰蒂指出，当代共同体的流行可以看作对全球化带来的归属感危机的回应，而当代共同体的构建是一种以新型归属感为核心的沟通共同体。在他看来，共同体理念尽管存在各种争议，但之所以能引起广泛关注，是因为共同体与现代社会不安全的背景下人们对归属感的追寻密切相关。而共同体理念之所以具有永久的魅力，无疑源自人们对归属感、共同感以及地方（place）的强烈渴望。

德兰蒂的共同体思想与英国社会学家鲍曼的共同体思想一脉相承。鲍曼将共同体视作一个温馨的地方，一个温暖而又舒适的场所，一个内部成员之间"能够互相依靠对方"的空间场域。鲍曼认为，当代共同体主义者所追求的共同体即是在一个不安全环境下人们所想象和向往的安全感、和谐感与信任感，从而延续了他在其他著述中对现代性与全球化的反思与批判。追根溯源，鲍曼、威廉斯、德兰蒂等英国学者所继承和认同的是滕尼斯的共同体思想，即充满生机的有机共同体的概念。尽管在后现代或全球化的语境下，他们的理论取向与价值维度各有不同，但是他们的共同体思想无一不是建立在归属感或共同纽带基础之上，并将共同体界定为一种社会现象，因而具有实在性或现实性的存在特征，"场所""空间""归属""身份""共同性""沟通"等构成了共同体的核心内涵。正如德兰蒂所说，他强调共同体作为一种话语的沟通本质，是一种关于归属的体验形式……共同体既不是一种社会交融的形式，也不是一种意义形式，而是被理解为一个关于归属的开放式的沟通系统。

科恩的《共同体的象征性建构》进入译介视野，是因为其共同体理念代表了 20 世纪下半叶西方共同体研究的另一条学术路径。它与安德森《想象的共同体》均出版于 20 世纪 80 年代，被视作共同体研究新方法的肇始。19 世纪的滕尼斯以及后来众多理论家们大多将共同体看作以共同纽带为基础、具有社会实践性的有机体。与他们不同的是，安德森、科恩等人主要将共同体视为想象、认知或象征性建构的产物。中国学界对安德森的"想象共同体"早已耳熟能详，但是对科恩的"象征性共同体"（symbolic community）仍知之甚少，因此将《共同体的象征性建构》译入，有助于中国学界进一步了解西方共同体理论建构的另一个重要维度。

科恩的学术贡献不在于对归属感或共享感的论述，而在于探讨共同体如何在自我与他者的互动关系中通过边界意识和象征符号建构出来。在科恩看来，共同体不是纯粹的制度性或现实性的存在，而是具有象征性（符号性）和建构性的想象空间。科恩从文化建构主义的角度来看待共同体的界定，试图揭示同一共同体的成员如何以象征符号的方式确立共同体的边界，如何运用象征符号来维系共同的身份、价值、意义以及心理认同。科恩把共同体看作一个文化场域，认为它一方面拥有复杂的象征符号系统，其意义和价值是建构性的，但另一方面对象征符号的认知也是具有差异性的。换言之，不同的成员既有相同或共通的认同感、归属感，但同时也会存在想象性、虚幻性的误区，甚至其认同感与归属感还会出现本质性的差异。科恩指出，与其说符号在表达意义，不如说符号赋予我们创造意义的能力。因此，象征与符号具有消除差异性并促进共同体建构的积极意义。

科恩的象征性共同体不同于滕尼斯的有机共同体，也不同于德兰蒂的沟通共同体。科恩主要受到了英国人类学家维克多·特纳（Victor Turner, 1920-1983）象征人类学理论的影响。科恩与特纳都被批评界视作"象征性共同体"的重要代表人物。特纳将共同体理解为某种"交融"（communitas）状态，强调共同体是存在于一切社会中的特殊社会关系，而不是某种仅仅局限于固定不变、具有明确空间范畴的社会群体。特纳认为，"交融"不仅表达了特定社会的本质，而且还具有认知和象征的作用。而科恩对共同体边界的论述，为"交融"提供了与特纳不同的阐释。科恩共同体思想的优点在于将共同体视作一种开放的文化阐释体系，认为符号是需要阐释的文化形式，从而避免了简化论，但是他过于强调共同体的象征性维度，因此也忽视了共同体建构中的其他重要因素。

德兰蒂与科恩的共同体思想及其社会学、政治哲学、文化人类学等理论视角对于文论研究与文学批评的意义和价值是毋庸置疑的。无论是德兰蒂的归属感、共有感、沟通共同体，还是科恩的象征共同体以及对边界意识与符号认知的重视，不仅可以拓宽国内共同体研究的视野和范围，也可以为共同体的文学表征与审美研究提供新视角、新材料。尽管近年来国内有学者反对"场外征用"，即反对在文学研究中征用其他学科理论，但正如英国批评家特里·伊格尔顿（Terry Eagleton, 1943-）所说，根本不存在一个仅仅来源于文学且只适用于文学的文学理论。换言之，不存在一个"纯粹"的与其他学科知识了无关涉的文学理论，希望"纯粹地进行文学研究"是不可能的。更何况德兰蒂在论述共同体时所探讨的乌托邦性、"美好生活"等概念，科恩所阐述的象征符号、自我与他者关系等，都与文学研究中的很多学术命题直接相关。因此，对于国内共同体文论研究与文学批评而言，这两本著作的汉译显然是有一定的借鉴意义与学术价值的。

二

随着当代共同体理论研究的兴起，西方批评界对共同体在文学中的表征与审美研究已取得不少成果，如英国文学批评家雷蒙德·威廉斯（Raymond Williams, 1921-1988）的《乡村与城市》（*The Country and the City*, 1973）、《关键词》（*Keywords*, 1976），美国文学批评家 J. 希利斯·米勒（J. Hillis Miller, 1928-2021）的《共同体的焚毁》（*The Conflagration of Community*, 2011）、《小说中的共同体》（*Communities in Fiction*, 2015）等。威廉斯的共同体思想在中国学界影响较大，他的两部著作都有中译本问世，其中《关键词》已出了第二版。米勒与中国学界交往密切，他的很多名作也已被翻译成中文，包括《共同体的焚毁》。本套译丛选择国内关注不多的《小说中的共同体》，可以让中国学界对米勒的共同体思想以及共同体理论在批评实践中的具体运用窥斑知豹。下面对威廉斯与米勒两位文学批评家的共同体思想做简要梳理。

在《关键词》中，威廉斯继承滕尼斯的共同体思想，认为"共同体"体现了共同的身份与特征，具有共同的习惯、记忆以及共同的生活方式。他还特别强调共同体内部的情感纽带与共同关怀以及共同体成员之间的亲近、合作与和谐关系。威廉斯主要从历史语义学和文化批评的角度对"共同体"概念进行了考辨与分析。《关键词》虽然不是专门的文学批评著作，但是它在国内的引用率与学术影响远超其文学批评著作《乡村与城市》。在《乡村与城市》中，威廉斯探讨了文学中的"共同体"问题，分析了 19 世纪英国小说对共同体危机的再现，批判了资本主义生产方式对乡村共同体的摧毁。威廉斯在具体的作品分析时提出了"可知共同体"（knowable community）的概念，与早期著作中关于"共同文化"的理想以及对"共同体"的追寻有一脉相承之处。

美国学者米勒也是一位长期关注共同体问题的文学批评家。他一生共出版学术著作 30 多种，其中《共同体的焚毁》与《小说中的共同体》是两本以"共同体"命名的文学论著。在《共同体的焚毁》中，米勒解读了几部重要的犹太人大屠杀小说，认为"纳粹在欧洲实施大屠杀意在摧毁或极大地削弱当地或更大范围内的犹太人共同体"。在《小说中的共同体》中，米勒则是从共同体的角度研究了西方六部（篇）小说，探讨这些作品所描写的社会群体能否成为共同体，以及沟通能力与叙事手段在共同体形塑过程中的重要性。与威廉斯不同的是，米勒在两种著作中都对西方共同体理论做出了评述和回应，其中论及南希、雅克·德里达（Jacques Derrida, 1930-2004）、布朗肖、威廉斯以及马丁·海德格尔（Martin Heidegger, 1889-1976）等人的共同体思想。例如，在《共同体的焚毁》第一章"共同体理论"中，米勒对比了南希与华莱士·史蒂文斯（Wallace Stevens, 1879-1955）所代表的两种不同的共同体理念：一种是南希提出的现代世界对"共同体崩解、错位和焚毁的见证"，另一种是史蒂文斯在诗歌中对"隔绝的、原生的共同体生活"的颂扬。米勒将共同体哲学与共同体的审美表征并置讨论，但是其主导意图在于借用共同体的理论视角来评析弗兰兹·卡夫卡（Franz Kafka, 1883-1924）、托马斯·肯尼利（Thomas Keneally, 1935- ）、伊恩·麦克尤恩（Ian McEwan, 1948- ）、托妮·莫里森（Toni Morrison，1931-2019）等人的小说。米勒似乎并不完全认同共同体的崩溃或"不运作"的观点，并在对具体作品解读分析时赋予共同体历史性的内涵，认为大屠杀小说中的共同体走向分崩离析，反倒说明共同体历史存在的可能性。这一批评思路比较契合威廉斯的思想，即共同体曾经或依然以一种古老的方式存在着。

如果将滕尼斯、鲍曼、威廉斯一脉的共同体理论称作人文主义思想传统，那么以南希、布朗肖、德里达等法国学者为代表的共同体理论则代表了当代否定主义或解构主义共同体思潮。米勒作为曾经的美式"解构主义四学者"成员，似乎游走在这两类共同体思想之间。在《小说中的共同体》一书中，米勒对比分析了两种针锋相对的共同体立场，一个是威廉斯对共同体及其积极意义的肯定与赞美立场，另一个是海德格尔对共同体的批判立场以及阿甘本、布朗肖、阿方索·林吉斯（Alphonso Lingis, 1933- ）、德里达等当代思想家对共同体的怀疑立场。米勒习惯性地在著作开头对各家共同体观点进行梳理，如海德格尔的"共在"（Mitsein）思想、南希不运作的共同体，阿甘本与林吉斯的杂乱或毫无共同点的共同体、布朗肖不可言明的共同体、德里达自我毁灭的自身免疫共同体，但是对六部（篇）小说的分析并不拘泥于任何一家理论或学说，也没有将文学文本以外的共同体理论生搬硬套在对小说的分析中。米勒的文学批评更多探讨这些小说对不同社会群体的再现以及这些群体能否构成真正的共同体，从而回应当代理论家们关于共同体是否存在或者是否可能的论说，其中浸润着英美批评界源远流长的人文主义思想传统。正如译者陈广兴所言，米勒在本书中研究不同小说中的共同体，而他所说的"共同体"就是常识意义上的共同体，即基本上能够相互理解、和谐共处的人构成的群体。不过，米勒的共同体理念一方面所表达的是他面对当代美国现实的一种个人信念，即对威廉斯"友好亲密"共同体的亲近与信仰，但另一方面，因为受到当代法国共同体理论的影响，他也不无焦虑地流露出对当代共同体的某种隐忧。他表示希望自己能够相信威廉斯无阶级的共同体，但害怕真正的共同体更像德里达描述的具有自我毁灭的自身免疫特性的共同体。

米勒这两种著作的独特之处在于梳理各家共同体理论之后，通过具体作家作品分析，深入探讨了共同体的审美表征或美学再现。因此，从文学批评的角度来看，米勒的共同体研究明显不同于威廉斯的共同体研究。威廉斯在《关键词》中的研究更多着眼于文化层面，是关键词研究方法的典型代表，具有鲜明的文论色彩。《乡村与城市》则探讨了文艺复兴至 20 世纪英国文学中乡村与城市意象的流变及其文化内涵，其中所论述的"可知共同体"与"情感结构"（structure of feeling）在文学研究领域影响深远，但共同体只是这部名作的重要命题之一，而不是主导或核心命题。与之不同的是，米勒的《共同体的焚毁》基于西奥多·阿多诺（Theodor Adorno, 1903–1969）关于奥斯维辛文学表征的伦理困境展开论述，虽然研究的是大屠杀文学（Holocaust Literature），但"共同体"作为主导命题贯穿他对六位作家批评解读的始终。其姊妹篇《小说中的共同体》择取六部（篇）小说，从16世纪米格尔·德·塞万提斯·萨维德拉（Miguel de Cervantes Saavedra, 1547－1616）到现代英国作家安东尼·特罗洛普（Anthony Trollope, 1815－1882）、托马斯·哈代（Thomas Hardy, 1840－1928）、约瑟夫·康拉德（Joseph Conrad, 1857－1924)、弗吉尼亚·伍尔夫（Virginia Woolf, 1882－1941），再到当代美国作家托马斯·品钦（Thomas Pynchon, 1937－　），横贯现实主义、现代主义、后现代主义三个历史时期，但其中所论所评无一不是围绕小说中特定空间场域中的特定社会群体展开。米勒结合理论界对于共同体概念的不同界定与认识，就每一部小说所描写的特定社群以及社群关系提出不同的共同体命题，如特罗洛普笔下的维多利亚共同体、《还乡》（*The Return of the Native*，1878）中的乡村共同体、《诺斯托罗莫》（*Nostromo*, 1904）中的殖民（非）共同体、《海浪》（*The Waves*, 1931）中的同一阶层共同体、品钦和塞万提斯的自身免疫共同体，并探讨不同共同体的内涵特质及其审美表征方式。因此，这六部（篇）小说或许可以称为"共同体小说"。换言之，对于文学研究来说，米勒研究的启示意义不仅在于如何以修辞性阅读方法探讨共同体的文学表征问题，而且也在于文学场域之外的共同体理论如何用于文学批评实践，甚至有可能促使文学研究者思考是否存在"共同体小说"这一文类的可能性。

三

《文献卷》第一批五种著作中，除了上述三种英语著作外，还包括法国学者赛琳·吉约（Céline Guillot）的《文学能为共同体做什么?》(*Inventer un peuple qui manque: que peut la littérature pour la communauté?*, 2013)、德国学者玛戈·布林克(Margot Brink)与西尔维亚·普里奇(Sylvia Pritsch)主编的《文学中的共同体——文学-政治介入的现实性》(*Gemeinschaft in der Literatur: Zur Aktualität poetisch-politischer Interventionen*, 2013)。与威廉斯、米勒等人所探讨的共同体审美表征略有不同的是,法、德学者对共同体的研究侧重于文学与共同体的关系。吉约在著作的标题中直接提出其主导命题,即"文学能为共同体做什么",并探析文学或诗歌对于呈现"缺席的共同体"的诗学意义。两位德国学者在著作的导论中也提出类似问题,即"共同体遇到文学时会发生什么""文学与文学写作如何构建共同体",并试图探讨文学与共同体的共振和互动关系。

从西方共同体理论的起源与流变来看,文学领域的共同体研究必然是跨学科、跨语种、跨文化的学术探讨。文学研究中的共同体命题既内在于文学作品的审美表征中,也与文学之外的政治学、社会学、哲学、宗教学等学科中的共同体命题息息相关。细读法国学者吉约的论著《文学能为共同体做什么?》,不难发现其文学批评的跨学科性与包容性表现出与威廉斯、米勒等英美学者并不相同的学术气质。这其中的主要原因可能在于法国文学的精神特质毕竟不同于英美文学的精神特质,也在于当代法国学者的共同体理论别具一格,特色鲜明。值得注意的是,英美学界在论述共同体命题时常常倚重以法国为代表的欧洲大陆共同体思想。例如,米勒用德里达自我毁灭的自身免疫共同体来影射当代美国社会,甚至还将南希的"共同体的焚毁"作为书名,法国学者的共同体思想对英美学界的影响可见一斑。

吉约主要依托欧陆思想家乔治·巴塔耶(Georges Bataille, 1897-1962)、布朗肖、南希、阿甘本、汉娜·阿伦特(Hannah Arendt, 1906-1975)等人的共同体理论,极少引用英美学者的共同体著述。吉约在

第一章探讨"内在主义"导致共同体传统模式失败与共同性的本质性缺失时，纵横勾连，不仅对比引述了意大利思想家阿甘本的"即将到来的共同体"模式与德国思想家阿伦特的"公共空间"概念，还从布朗肖的"非实在化"共同体引出法国思想家巴塔耶关于献祭概念与共同体实现之间的跨学科思考。吉约最后以布朗肖的《亚米拿达》（*Aminadab*, 1942）、《至高者》（*Le Très-Haut*, 1949）、《田园牧歌》（*L'Idylle*, 1936）等多部文学作品为论述中心，探讨共同体政治与共同体诗学相互关联但并不重合的复杂关系。

　　吉约文学研究的跨学科性在第二章四个场景的探讨中体现得更加充分。场景一"无神学"讨论巴塔耶与布朗肖，场景二"世界末日"讨论亨利·米肖（Henri Michaux, 1899-1984）与布朗肖，场景三"任意之人"讨论米肖与阿甘本，场景四"拉斯科"讨论布朗肖和勒内·夏尔（René Char, 1907-1988）。巴塔耶与布朗肖既是著名思想家，又是著名文学家与文学批评家；阿甘本是意大利哲学家与美学教授；布朗肖、米肖、夏尔又都是法国战后文学的杰出代表。吉约的论述纵横驰骋于这些思想家、哲学家与文学家的著作与思想中，尤其是对米肖与夏尔诗歌创作的细致分析，试图从法国式"否定的共同体"角度建构某种"共同体的诗学"，探讨法国文学作品对"共同体的缺席"的艺术思考，从而追寻共同体的根源并深刻思考通过文学重构人类共同体的可能性。正如吉约所说，通过上述四个标志性场景的展示，旨在"呈现文学如何担负否定性以及联结的缺失"，即"如何在一种共同体诗学中担负'缺席的共同体'"，同时也"展现文学在其与宗教（无神学）、与历史（世界末日）、与个体（任意之人）、与作品（拉斯科）的关系中，如何重拾并追问共同体的根源，并在歪曲的象征与鲜活的形象中，赋予某种'如一'（comm-un）的事物以形象，来重新组织起共同体"。

在第三章也是本书最后一章"孕育中的共同体"中，吉约以米肖、夏尔两位法国诗人的作品为论述中心，分析主体、他者、友谊、死亡等与共同体密不可分的主题，揭示诗歌对于建构人类共同体的诗学意义。布朗肖曾在文学批评著作《不可言明的共同体》中以法国作家玛格丽特·杜拉斯（Marguerite Duras, 1914–1996）的小说《死亡的疾病》（*La Maladie de la mort*, 1982）为中心，探讨了以伦理和爱为中心的"情人的共同体"概念，而吉约在这一章论述诗学共同体，在一定程度上呼应了布朗肖的论述。尤其是在分析文学写作与共同体关系时，她提出的"共同体诗学"与布朗肖的"书文共同体主义"有异曲同工之效。如果说米勒在《小说中的共同体》中隐含了"共同体小说"的可能性，那么吉约承续了布朗肖、南希、德里达等人的共同体思想衣钵，探讨了20世纪上半叶因为世界大战、极权主义等导致"共同体失落"之后"文学共同体"存在的可能性及其存在方式。中国学界对巴塔耶、布朗肖、南希、德里达等人的共同体思想关注较多，吉约这本书的出版将有助于国内读者进一步了解法国文学批评界的共同体研究动态。

德国学者布林克与普里奇主编的《文学中的共同体——文学–政治介入的现实性》是一部文学批评文集，收录了19篇学术论文与导论文章《文学中的共同体：语境与视角》。这部文集是德国奥斯纳布吕克大学一次跨学科研讨会的成果。德国存在着一个历史悠久的共同体思想传统，尤其是19世纪马克思、黑格尔、康德、滕尼斯等人的共同体思想影响深远。进入20世纪后，由于国家社会主义对共同体的挪用导致共同体社会实践遭遇重大挫折，共同体概念在德语区，尤其是德语文学与文化研究领域一直不受重视，甚至遭到排斥。20世纪80年代，西方学术界对社群主义与自由主义的论辩引发了欧美政治学、哲学、社会学领域内对共同体探讨的热潮，在全球化影响不断加深、传统共同体逐渐解体的背景下，德国批评界举办了这次重要的共同体跨学科研讨会。此次会议旨在从德语和罗曼语族文学、文化研究以及哲学角度探讨文学审美中的共同体命题。此次会议的召开也充分表明德国文学批评界开始对共同体问题给予关注和重视。

在导论中，两位德国学者充分肯定了共同体研究的当下意义与价值。在他们看来，共同体是一个在日常与政治社会话语中具有当下意义的术语。它不是中性的或纯描述性的，而是一个高度异质性、意识形态性、具有规范性与情感负载的概念，也总是体现着政治伦理内涵。他们还借用荷兰学者米克·巴尔（Mieke Bal，1946- ）的观点，将共同体视作一个"旅行概念"，认为它在不同时代、不同学科、不同文化和不同社会环境中不断迁徙。编者以德、英、法三种语言中的"共同体"（Gemeinschaft, community, communauté）概念为基础，试图说明其多向度、跨学科的旅行轨迹，佐证其意义与内涵的差异性和变化性以及共同体主题探讨的多种可能性。两位学者认为，在文化上，［共同体］是在法国、德国、加勒比地区、拉丁美洲和美国的文学与理论间旅行，也是在具有特定跨文化背景作家如加缪、庞特或罗曼语族文化圈作家的创作间旅行；历时地看，是自古代至后现代的文本间的旅行，相关的重点集中在现代性上；在跨学科方面，论集中的共同体概念是在日耳曼学研究、罗曼语族研究、哲学和社会学之间迁徙；在理论上，它已进入与其他概念如团结、革命、颠覆、新部落主义、共同生活知识、集体身份或网络形成的多层面张力和共振关系中。

两位学者还指出，概念与理论的不同迁移运动产生了四个不同的共同体主题范畴，即特殊性与共同体、危机与共同体、媒介共同体以及共同体的文学-政治。文集按照这四个共同体问题范畴，将18篇论文分为四组，按照时间顺序编排，为文学共同体研究中的不同学术命题提供了一个相对清晰的时间结构框架，由此覆盖了 19 世纪浪漫主义文学以及众多现当代德国、法国、拉丁美洲等国家或地区的文学。在每一个主题范畴内，研究者所探讨的学术命题各不相同，如第一组论文涉及 19 世纪德国浪漫主义文学中的个体与共同体关系、同质化的民族共同体、共同体免疫逻辑问题以及法国作家阿尔贝·加缪（Albert Camus, 1913－1960）的"反共同体"观等；第二组论文探讨共同体主义与社会危机之间的联系；第三组论文考察共同体与特定媒介表达之间的相互作用；第四组论文讨论文学共同体建构中的政治与伦理责任。

这部文集中的 18 篇论文以德语文学和法语文学为主要研究对象，在理论上呼应了德国、法国共同体思想传统，并将法语文学及其理论体系中深厚的共同体传统与 20 世纪德国共同体研究受挫的状态进行了对比。两位德国学者在对法国共同体理论家，尤其是后结构主义思想家表达足够敬意的同时，并不排斥英、美、意以及德国本土的共同体理论。文集中的德国学者一方面从后结构主义／后现代主义的角度研究德法文学中的共同体命题，同时也将文学看作文化的存储库，甚至是文化记忆的组成部分，视之为共同体反思与共同体知识建构的核心媒介和重要形式。他们发出呼吁，曾经被德国文学研究界一度忽视的共同体概念或命题"不能简单地束之高阁，被别的术语或新词所替代"。文集中的德国学者对文学共同体命题的探讨，容纳了 20 世纪 90 年代以来西方学术界对集体身份、文化记忆、异质性、延异性、新部落主义、网络、多元性、独一性等相关问题的探讨，揭示了德法文学中的共同体表征与审美形式以及共同体概念从哲学、政治学、社会学等领域迁徙至德国文学批评与美学中的独特面相。

此外，从两位德国学者的批评文集及其所引文献来看，德语区关于共同体的研究并不少见，而是多有建树。然而，除了滕尼斯的《共同体与社会》外，其他共同体著述在国内的译介寥寥无几。例如，赫尔穆特·普莱斯纳（Helmuth Plessner, 1892–1985）于 1924 年出版的《共同体的边界》（*Grenzen der Gemeinschaft*）立足于哲学人类学视阈，在继承滕尼斯"共同体"思想传统的基础上，探讨了 20 世纪早期德国激进主义共同体实践运动，赋予了共同体理论图式不同的价值内涵。这本著作迟至 2022 年 8 月才被译成汉语。又如，德国学者拉斯·格滕巴赫（Lars Gertenbach）等人的《共同体理论》（*Theorien der Gemeinschaft zur Einführung*, 2010）是文集中不少学者频繁引用的一部当代名作，但中国学界几无关注。这部著作在探讨现代共同体思想时，清晰地勾勒出两条共同体理论发展脉络：一条脉络是早期浪漫派对共同体及其形式的思考与设想，民族国家对共同体理念的推进，早期社会主义和共产主义运动对共同体理念的实践，以及 20 世纪种族主义/法西斯主义对共同体理念的破坏；另一条线索是当代西方社群主义对共同体理念的维护以及后结构主义/解构主义对共同体概念的消解与重构。因此，这部文集的翻译出版，可以让国内读者在了解英、美、法三国共同体理论与文学批评外，能对德国理论界和批评界的共同体研究有一个简明、直观的认识。

四

《文献卷》原计划完成一套包容性强的多语种共同体丛书。然而，列入版权购买计划的俄国学者叶莲娜·彼得罗夫斯卡娅（Елена Петровская）的《匿名的共同体》（*Безымянные сообщества*, 2012）、德国学者罗伯特·明德（Robert Minder）的《德法文学中的共同体本质》（*Das Wesen der Gemeinschaft in der deutschen und in der französischen Literatur*, 1953）、日本学者大冈信的《昭和时代诗歌中的命运共同体》

（昭和詩史：運命共同体を読む，2005）与菅香子的《共同体的形式：意象与人的存在》（共同体のかたち：イメージと人々の存在をめぐって，2017），因为版权联络不畅，最后不得不放弃。第二次版权购买时，拟增补四种共同体文献，但出于同样的原因，仅获得以下两种著作的版权，即雷米·阿斯特吕克（Rémi Astruc）主编的《重访共同体》（La Communauté revisitée, 2015）与杰拉尔多·罗德里格斯－萨拉斯（Gerardo Rodríguez-Salas）等人主编的《共同体与现代主义主体新论》（New Perspectives on Community and the Modernist Subject, 2018）。目前，前五种文献即将付梓，但后两种文献的翻译工作才刚刚开始。下面对这两本著作做简略介绍。

《重访共同体》是巴黎塞纳大学法语文学与比较文学教授阿斯特吕克主编的法语论文集，分为共同体理论、多样性的共同体实践以及法语共同体三个部分，共收录共同体研究论文 10 篇，以及一篇共同体学术访谈。这本著作的"重访"主要基于法国批评家南希的共同体理念，即共同体问题是我们这个时代的根本问题，与我们的人性密切相关，并试图探讨全球化背景下人类社会的最新状况与共同体之间的复杂关系。第一部分三篇文章，包括阿斯特吕克本人的文章，侧重理论探讨，主要对南希的共同体理论做出回应或反拨。阿斯特吕克并不完全赞同南希的"否定的共同体"思想，认为共同体先于集体，是一股"自然"存在于异质性社会中的积极力量。另外两篇文章分别讨论否定共同体、共同体与忧郁等问题，在法国后结构主义之后对共同体理论做出重新审视。第二部分三篇文章讨论音乐、艺术、网络写作等对共同体的建构作用，揭示当下人类社会多样化的共同体实践所具有的理论价值和意义。第三部分四篇文章探析法语文学和法语作家在形塑"法语共同体"方面所发挥的重要作用，并将非洲法语文学、西印度群岛法语文学纳入考察范围，不仅凸显了文学与写作对于共同体构建的意义，也特别强调同一语言对于共同体的表达与形塑的媒介作用。作为曾经的"世界语言"，法语自 20 世纪以来不断衰落，法国学者对"法语共同体"的追寻试图重拾法语的荣光，似乎要重回安德森所说的"由神圣语言结合起来的古典的共同体"。他们将法语视作殖民与被殖民历史的共同表征媒介，其中不乏对欧洲殖民主义历史的批判与反思，但也不免残留着对法兰西帝国主义的某种怀旧或留恋。《重访共同体》的译介将有助于国内学界更多地了解法语文学批评中的共同体研究状况，也希望能引起国内学者对全球法语文学共同体研究的兴趣。

与《重访共同体》一样，西班牙学者罗德里格斯－萨拉斯等人主编的《共同体与现代主义主体新论》也是一本学术文集。文集除了导论外，共收录学术论文 13 篇。文章作者大多是西班牙学者，其中也有美国、法国、克罗地亚学者。这本文集主要从共同体的角度重新审视 20 世纪英美现代主义小说中的主体性问题，试图揭示现代主义个体与共同体之间的辩证关系。20 世纪英美学界普遍认为，"向内转"（inward turn）是现代主义文学创作的根本特征。很多学者借用现代心理学、精神分析学等批评视角，探讨现代主义文学对内在现实（inner reality）或自我内在性（interiority）的表征。近 20 年兴起的"新现代主义研究"（New Modernist Studies）采用离心式或扩张式的批评方法，从性别、阶级、种族、民族等不同角度探讨现代主义文学，体现了现代主义研究的全球性、跨国性与跨学科的重要转变。然而这本文集则是对当下"新现代主义研究"的反拨，旨在"重新审视传统现代主义认识中的核心概念之一——个体"。但本书研究者并不是向传统现代主义研究倒退，而是立足于西方个人主义与社群主义大论争的学术背景，准确抓住了现代主义文学研究中的核心问题，即个体与社群的关系问题。在他们看来，传统现代主义研究大多只关注共同体解体后的个体状况，经常将自我与现实、自我与社会完全对立起来，却忽视了小说人物对替代性社群纽带的内在追寻。著作者们主要运用当代后结构主义共同体理论视角，就现代主义个体与共同体的关系问题提出了很多独到的见解。

米勒在《小说中的共同体》中说，如何看待个体性和主体间性的本质，基本上决定着一个人对共同体的看法。从这本文集的导论来看，学者们主要依托南希和布朗肖对运作共同体与不运作共同体的区分，探寻现代主义小说叙事中的内在动力，即现代主义作家们一方面在表征内在自我的同时背离了现实主义小说对传统共同体的再现，另一方面也没有完全陷入孤独、自闭、疏离、自我异化等主体性困境，而是以直接或间接的方式探寻其他共同体建构的可能性。在该书编者看来，现代主义叙事大多建立在有机、传统和本质主义共同体与不稳定性、间歇性和非一致性共同体之间的张力之上。该书的副标题"独一性、敞开性、有限性"即来自南希"不运作的共同体"（又译"无用的共同体"）理论中的三个关键词。三位主编以及其他作者借用南希、布朗肖、阿甘本、罗伯托·埃斯波西托（Roberto Esposito，1950-）、德里达等当代学者的理论，从后结构主义共同体的批评角度对现代主义主体重新定义，就经典现代主义作家，如亨利·詹姆斯（Henry James, 1843-1916）、康拉德、詹姆斯·乔伊斯（James Joyce, 1882-1941）、伍尔夫、威廉·福克纳（William Faulkner, 1897-1962）等，以及部分现代主义之后的作家，如萨缪尔·贝克特（Samuel Beckett, 1906-1989）、詹姆斯·鲍德温（James Baldwin, 1924-1987）等，进行了新解读，提出了很多新观点。这本文集既是对"新现代主义研究"的纠偏或反拨，也是对传统现代主义研究的补论与深化。这本文集的翻译与出版对国内现代主义共同体表征研究不无启发意义。

五

《文献卷》共有著作七种，其中六种出版于近 10 年内，而过去 10 年也是国内文学批评界对共同体问题高度关注的 10 年。因此，这套译丛的出版对于批评界研究文学中的共同体表征，探讨文学与共同体的双向互动关系，以及文学视阈下的共同体释读与阐发，无疑能起到积极的作用。将西方最新共同体研究成果译入中国，还可以直接呼应当代中国推动人类命运共同体构建的价值共识，也有助于当代中国马克思主义批评视角下的共同体研究。

《文献卷》七种著作得以顺利问世，首先应当感谢所有译者。没有他们的敬业精神与专业水准，在极短的版权合同期限内完成译稿是不可能做到的。其次，这是一套多语种译丛，原作的筛选与择取非一二人之力可以完成，尤其是非英语语种共同体批评著作的梳理，若非该语种专业人士，实难进行。这其中凝聚了很多人的汗水和劳动，在此衷心感谢！他们是上海外国语大学德语系谢建文教授及其弟子、南京大学法语系曹丹红教授、上海交通大学外国语学院吴攸副教授、上海外国语大学日本文化经济学院高洁教授、上海外国语大学文学研究院助理研究员张煦博士。

最后，特别鸣谢上海外语教育出版社孙玉社长、谢宇副总编、版权部刘华初主任、学术部孙静主任、多语部岳永红主任，以及编辑苗杨、陈懋、奚玲燕、任倬群等。没有他们的支持与热心帮助，《文献卷》的问世是不可想象的。

张和龙　执笔

查明建　审订

于上海外国语大学

2022 年 10 月

多元共同体：以文学作为优先发展之地

——译序

　　在不同的动机、视角、关系和语境中，特别是在不同历史条件下，共同体作为理念、概念、想象、设计、方案、主张与倡议，乃至作为包括政治伦理、文化政治等在内的政治实践，在目标与路径兼备的意义上，被提出、推展、变革乃至颠覆。它并不仅仅只是一个晚近的现代性问题，在亚里士多德所处的时代，既已见之于城邦和个体政治实践层面的共存问题。而在东方，它也久远地振响于中国"和"的理念与日常实践。

　　学术讨论中的共同体在概念意义上有着清晰的历史性和语境性，具有视角和范畴的区分，也不可避免地涉及价值判断。玛戈·布林克和西尔维亚·普里奇以共同体的历史路径为考察支点来分析现代性发展轨迹时，一定程度上提示了共同体涵盖的复杂性："它［现代性的发展］贯穿于滕尼斯对社会和共同体很有影响的极化分类从学术上所做的确认，涂尔干与赫尔穆特·普莱斯纳的社会学反设计，以及直至

20 世纪种族主义 / 法西斯主义对（人民）共同体的设想。在更近或新近的当下，其发展体现于社群主义者对地方共同体的公民社会组织的设想，以及后结构主义对不以身份和本质为基础的共同体性所做的重新解释。这条线还可以扩展至关于网络形式和 / 或媒体中介性联合的观点。"[1] 对于共同体指涉的复杂性，欧阳景根同样也不免要感叹："此词［共同体］的所指过于广泛，指社会中存在的、基于主观上和客观上的共同特征（这些特征包括种族、观念、地位、遭遇、任务、身份等等）（或相似性）而组成的各种层次的团体、组织，既包括小规模的社区自发组织，也可指更高层次上的政治组织，而且还可指国家和民族这一最高层次的总体，即民族共同体或国家共同体，这既可指有形的共同体，也可指无形的共同体。[2]

然而，区分性的思考角度与依据，并不妨碍我们现象性归类共同体。这其间，广义的社会共同体涉及氏族、部落、民族、国家、阶级、政党、公开抑或秘密的社会团体以及家族、生产与学术组织，指向比较稳定的关系或关系结构。在本体论意义上，共同体涵指相关共同体成员之间共同的价值认同与生活方式、共同的利益、需求或义务等，但也并不而且不能排斥多元、差异、变化、开放性与矛盾性。

在全球化与逆全球化激荡相博的今天，在政治、社会、经济、文化危机，尤其是卫生、生态、能源乃至军事危机及其克服成为紧迫需要甚至构成最严重挑战的时刻，当地缘政治与体制竞争呈现日益尖锐的对抗性，意识形态化操弄愈益公开与体系化之时，当发展也常常不

1　Margot Brink / Sylvia Pritsch: Gemeinschaft in der Literatur‑Kontexte und Perspektiven. In: Margot Brink / Sylvia Pritsch (Hg.): *Gemeinschaft in der Literatur. Zur Aktualität poetisch-politischer Interventionen.* Verlag Königshausen & Neumann GmbH, Würzburg 2013, S. 14.
2　欧阳景根：译注①。见齐格蒙特·鲍曼著《共同体，在一个不确定的世界中寻找安全》，欧阳景根译，南京：江苏人民出版社，2003 年第 1 版，第 1 页。

得不身处极其复杂、多变的纠葛境地，共同体及其问题的探讨，无疑具有强烈的现实性。

面对百年未有之大变局，当下中国贡献给世界的一个方案就是："构建人类命运共同体"。这一清晰、有力的主张得到国际社会高度评价和响应，多次被写入联合国决议，正成为我们与世界真实相遇时努力在世界之中共同实施的行动。当然，我们也清醒地看到，这一方案及其实践遭遇了多种针锋相对的对抗，让我们真切体会到共同体是一个复杂而深刻的体系化命题。因此，今天思考和讨论共同体问题，并展开共同体实践，尤其需要有深邃的历史眼光与深切的现实关怀。

翻译布林克和普里奇主编的学术论文集《文学中的共同体——文学-政治介入的现实性》，是一次非常有价值的学术尝试，在思想交流与反思的意义上可推动我们当前的共同体问题探讨和实践。

《文学中的共同体——文学-政治介入的现实性》系"萨尔布吕肯比较文学与文化研究论文集"丛书第 57 卷。丛书自 2009 年至今已出版 89 卷，语言为德语和法语，涵盖文学的跨学科研究、经典诗学理论发展、重大人文主题的文学阐释、国别文学的传播与接受等主题。丛书出版人为德国萨尔大学致力于文学与比较文学研究的克里斯蒂安讷·佐尔特-格雷塞尔教授与曼弗雷德·施梅林教授。

《文学中的共同体——文学-政治介入的现实性》围绕"共同体"这一核心主题，集纳德语、法语和西班牙语区文学与文化研究领域内十几位专家学者的研究成果，主要以文学文本为考察对象，辟出"特殊性与共同体""危机与共同体""媒介共同体"与"共同体的文学-政治"这四组主题，在历时与共时之间，不同文化语境之间，哲学（康德、卢梭、伏尔泰、柏格森）、社会学（齐格蒙特·鲍曼、费迪南德·滕尼斯、让-吕克·南希、奥特马尔·埃特、米歇尔·马费索利、乔治·阿甘本、罗兰·罗伯逊）、人类学与民族学（阿诺尔德·范·热内普、维克多·特纳）等不同学科之间，在不同媒介之间，对作为理论、现象与方案的"共同体"进行了多层次、多视角、多路径的内外部探讨。这种探讨借助文学这一优先方式来展开，充分展现了特色鲜明而深致的研究视角与逻辑。其特别的意义，不在于与传统之间展开的区分性讨论、类型化探索和范例性确证，而在于在一些特定关系框架的选择中，确立某些共同体话语的范畴，并在历史性、语境性与超越既存的创新性思考基石上呈现讨论的联系性、深切性、异质性、不确定性以及由之而形成的某种新的发展可能性。

论文集中所分析的文学作品在地域上来自德国和法国等国家，（创作）时间跨度为 18 世纪欧洲启蒙时期至第二次世界大战之后，其中包括《儿童的奇异号角》《新爱洛伊丝》和《基本粒子》等国内读者熟知的名著。这些作品所展现的共同体形式和形态多种多样，揭示了不同的思想题旨。

多里特·梅斯林在"'作为个体的我，听从共同体的召唤'：论弗里德里希·施莱格尔个体化和公共精神张力场中的诗学"一文中指出，弗里德里希·施莱格尔在其古代研究中，通过对古希腊喜剧、悲剧和诗歌的探讨，试图发掘其中所见出的共同生活与公共精神，并通过分析古希腊城邦生活，以确定古代城邦的公共交流联系体性质和发现城邦生活所体现的正义与公平。德国浪漫主义理论的这位奠基人，重视自由与共同体之间的关系，认为"共同体和自由并存才是至善"[1]，推崇与个体自我实现和自由要求相联系的共同体。他像其兄长

---

1 Schlegel, Friedrich: Kritische Friedrich-Schlegel-Ausgabe, hg. v. Ernst Behler u.a, Paderborn u.a. 1958ff. KFSA Ⅲ, S. 46−47. Zitiert nach Dorit Messlin:„,Ich der Einzelne, fürs Gemeinsame berufen'−Friedrich Schlegels Poetik im Spannungsfeld von Individualisierung und Gemeinsinn". In: Margot Brink / Sylvia Pritsch (Hg.): *Gemeinschaft in der Literatur. Zur Aktualität poetisch-politischer Interventionen.* Verlag Königshausen & Neumann GmbH, Würzburg 2013, S. 50.

威廉·施莱格尔那样为古代喜剧辩护，同样认为古代喜剧的政治功能就在于建立一个解决冲突的社会空间；而且，他通过深入研究亚里士多德的著作《政治学》，并借助后者的观点，在语言共享的意义上发展了一个公共精神概念。此外，在早期浪漫派受古代研究启引的共同体理想和思考的研究中，体现了一种清晰的对对话性思维方式的偏好和将古代作为普遍性互动状态来建构的特征。然而，按照梅斯林的观点，在施莱格尔这里，古代城邦固然是多元化和平等主义政治理解的典范，但其共同体模式在日益分化的现代并不能相应地得以改造并成为现实，因为所依据的文化与社会基础等已发生根本改变。

乌尔斯·布特纳以浪漫主义后期海德堡浪漫派代表人物之一——路德维希·阿希姆·冯·阿尼姆为考察对象，研究了他和克莱门斯·布伦塔诺 1806 到 1808 年间出版的民歌集《儿童的奇异号角》，探讨了其中的纲领性文章"论民歌"中体现的后期浪漫主义学者的共同体思想。阿尼姆和布伦塔诺希望通过搜集民歌，复兴古德国文化，唤起德意志民族的民族精神。在"论民歌"中，阿尼姆分析了理想的共同体图景：第一种是有机体图景，这种图景早在古希腊罗马时期就已经出现。在这一图景中，个体被紧密地团结于一个整体之中，但个人发展不被重视；第二种是平衡图景，这种图景以天平装置为灵感，是 19 世纪自由主义的理想图景。在这一图景中，人的个性得到最充分展现，但个体之间的联结较为松散。学界此前主要关注阿尼姆所阐述的有机体图景，而布特纳研究的则是阿尼姆在民族国家日渐式微的时候，如何以平衡图景弥补有机体图景之不足并提出兼顾有机体和平衡图景的新构想。布特纳认为，阿尼姆试图通过民歌集传播新的图景，民歌将成为构建共同体的介质，民歌的吟唱者不仅将自己视为具体合唱团的一分子，也将自己想象成更宏大民族和声中的一个声音。在此新图景中，个体化和差异化不再会导致民族国家的削弱，而是能为民族共同体的建构提供新的动力。

浪漫主义通过文化传统和民族身份所构建的共同体被本尼迪克特·安德森（1983）称为"想象的共同体"，而在罗伯托·埃斯波西托（2004）看来，这种同质化的民族共同体其实遵循着一种"免疫逻辑"，免疫原本是与疾病和健康相关的术语，但埃斯波西托将共同体身体化，将共同体以外的人描述为疫病或者异物，以"免疫逻辑"描述共同体成员识别并排除异物和陌生疫病的机制。在 20 世纪，"免疫逻辑"曾被法西斯和集权主义意识形态利用，造成了毁灭性后果。

而克里斯蒂安·施密特则是尝试以"免疫逻辑"考察 19 世纪中期文学作品中的共同体想象。他在"'接触、感染、传播'：论阿达尔贝特·施蒂弗特的《沥青烧制人 / 花岗岩》中共同体的免疫逻辑"一文中研究了施蒂弗特作品中的疾病隐喻和共同体书写。施密特以全新方式解读施蒂弗特的作品，认为其作品重新界定了共同性的边界。施密特援引了埃斯波西托的"免疫逻辑"论，并将 19 世纪的医学-流行病学话语纳入考量，认为文章用沥青暗示来自共同体外的"异物"，以沥青为代表的共同体之外的一切都是具有传染性的，共同体的成员通过集体行为模式的内化和集体记忆的传承，才能对外界产生免疫，否则就会受到污染，这会使整个共同体感染疫病。施密特认为，施蒂弗特在内层叙事中讲述了一个排斥和敌视外来人士的村庄阴差阳错暴发瘟疫的故事，他以这种方式呈现了"免疫逻辑"的局限性和片面性，由此引起读者对"免疫逻辑"的反思。

卡罗琳·本岑在论文"沉沦的寄宿生：论罗伯特·瓦尔泽作品《雅各布·冯·贡腾》中的共同体概念——仆役"中，借用人类学家热内普与特纳关于"阈限"与"越界"的观点，考察小说《雅各布·冯·贡腾》中的共同体，重点分析了空间性之于共同体的意义。瓦尔泽对内向型共同体与外力促成的社会的截然对立发出质疑。通过叙述者对人称代词的使用可以发现，学校中仆人共同体的归属性同时意味着其封闭性与同质性。作为小说关键词、备受研究者引用与关注的"滚圆的零蛋"说明了所有成员自我迷失甚至自我否定的状态，这也突出了个体与共同体之间的矛盾。仆人共同体不符合社会发展之要求与趋势，因而注定沉沦。此外，小说人物的对话也揭示出在许多经典作家笔下共同体基础要素——宗教、历史学知识、传统伦理价值与道德准则等——的脆弱性与衰落的趋势。在资本主义大行其道的世界里，金钱成了新的准则。在个人成功与自由发展的欲望与使个体趋同的社会机制、自然人与社会人的张力关系中，主人公生发了对自然条件下生成的共同体的向往，并决定逃离共同体。值得关注的是，民族学著作《过渡礼仪》中礼仪的"分离""过渡"与"聚合"阶段分别对应小说主人雅各布脱离入校前的旧环境、在仆人学校中以及遁入荒漠的阶段。而"过渡"的实现要求个性的丧失，也意味着重新塑造，并必然伴随着自我认知与对自我在共同体中之定位的混乱。雅各布这样一个典型的"过渡人物"，也是瓦尔泽长于塑造的一类人物。然而，作者笔下的仆人共同体尽管难逃没落的结局，却非毫无意义，而是作为一种过渡与"革新的催化剂"推动着个人的进步与社会的发展。

布里吉特·桑迪格在论文"异见和共同体：论伯纳诺斯和加缪的'局外人'"中探讨了20世纪两位法国著名文学家贝纳诺斯和加缪刻画的共同体愿景。二人因为纳粹时期相似的黑暗经历，都对希特勒式与斯大林式、资本主义与社会主义式的意识形态与社会制度持反对态度，并认为，信仰并非共同体建立的障碍，以金钱与效率为核心的资本主义方式才是。他们主张一种高扬人与其尊严的、建立在共同道德准则基础之上的共同体，即一种独立思考、坚持真理、勇于反抗、团结一致的少数人的共同体，并认为这是法国实现统一与自由所必须的。

　　玛戈·布林克在其论文"共同体作为文学中的危机话语：卢梭与维勒贝克思想研究"中，以卢梭的《新爱洛伊丝》与维勒贝克的《基本粒子》来研究共同体与社会危机的密切关系。她首先指出，两部小说都反映了个体与共同体、自由与安全的关系，并分别映射了市民社会产生初期与没落阶段的社会现实。《新爱洛伊丝》中刻画的三处场所——瑞士上瓦莱州的乡村、巴黎的上层社会以及小乡村克拉朗里的一处住宅——代表三种共同体模式。第一种共同体状态介于自然与社会之间，建立在共同的风俗传统与价值伦理基础上，以自由平等、无私博爱、淡泊名利为显著特征，是对启蒙思想无法革除的传统封建制度的反抗。第二种巴黎上层社会共同体与前者截然相反，以目的理性和利己主义为准则。而第三种共同体则介于前两种之间，作为一种共同生活与工作的社会与经济机体，体现出自觉互利、性别互补的特征，并就后者特别刻画出女性在共同体建设与维护上的重要作用。《基本粒子》则通过讲述性格迥异的兄弟二人的失败人生，揭示出20世纪六七十年代道德与经济解放潮流、女性解放运动等对家庭共同体的冲击。作者总结道：两部小说都产生于社会危机时期，都展现了个人利益高于共同利益的风气下共同体的丧失，对女性地位的认识有一定的时代先进性；都流露出作者对共同体其他可能形式的倾向，即有一定同质性的、基于共同伦理价值的有限的共同体（卢梭）与带有新保守主义或右倾色彩的共同体（维勒贝克），但同时也指出现代共同体的复杂性。

　　克里斯蒂安讷·佐尔特-格雷塞尔在论文"命运共同体：论伊莎贝尔·德·查里埃作品中的团结与差异"里，以小说《三个女人》为研究对象，分析了主人公——三位从法国移民德国乡村的女性——及其建立的命运共同体。小说情节以法国大革命爆发后不久为时代背景，涉及殖民主义、文化适应、身份认知等重大问题；并与一年前问世的康德的《实践理性批判》形成了对话，通过三位女性面临的道德困境探讨了义务问题。作家通过设计多层次叙述，转换交叠叙事视角，广泛涉及了民族学、性别研究甚至教育学领域的知识，勾勒了包含一致与差异、自由与安全、解放与依赖、个人主义与融入群体等张力关系的共同体模式，揭示出共同体对内与对外、接纳与排斥的双重立场。作家在指出共同体的一些隐形规则——道德品质、包容尊重、慷慨互爱、放弃特权、宗教宽容等——的同时，并未给出明确的准则或有普遍适用性的模式，而是游戏似地、实验性地呈现了不同的共同体理念，邀请读者一同想象与体验共同体。作家不仅通过透视法、多音部、图像演绎与广泛互文赋予小说极高的艺术水准，更在小说中融入了当时康德、卢梭、伏尔泰等关注共同体的思想家的谈论语境，并从内部叙述结构上表现出文学阅读对人物认知的促进作用，进而说明了文学作为"共同生活知识"的存储器的角色以及模拟、构建与实践共同体的特殊作用。

尤利亚讷·舍恩艾希的论文"在记忆与虚构之间：论民主德国作家文本中确证身份的叙事策略"以伴随着德国重新统一出现的个体经历与集体记忆的矛盾为切入点，分析了民主德国作家 1989 年以来创作的若干代表性作品。作者梳理了转折期文学等具有争议与不确定性的概念；指出民主德国内部的代际分裂与同代人的东西分裂导致的文学特殊性；并总结了民主德国作家书写方式的共同点，即对日常生活的重视、对童年回忆与生活空间的回溯、与"他者"的区分、全面批判社会的趋势以及不可靠叙述者的角色。由此可见民主德国作家面对联邦德国的界限意识与确立身份的需求。此外，借由叙述角色显示出的官方记忆话语，一方面具有不完整性与不确定性，另一方面也对文化选择与重建发挥着积极作用。与年代统一体密切相关的集体记忆可以帮助特定群体进行自我建构。坚持"东部身份"的作家刻画的特定小群体的集体记忆是对尚不完整的整个德国集体记忆的补充，"东部身份"与整个德国的国家身份并非截然对立。而文学则是构建"叙述与记忆共同体"以及塑造个人与集体的重要因素，并通过对社会的批判甚至抵抗，观照着当下经验。

伊达·丹丘的论文"安东尼奥·何塞·庞特《影子走私》中共同生活的城市岛与全球本土化要素"聚焦创作于社会政治不稳、经济危机加重的后苏联时期的小说《影子走私》，分析其中展现的一种矛盾重重、极不稳定的共同生活。丹丘通过突出文化、性别与危机问题，揭示出古巴与罗伯逊所言"全球本土性"这一概念的对比，并基于卢德默关于"共同生活的城市岛"的表述，使用"城市岛"这一比喻研究了小说的内部空间与小说中共同体的内部差异，凸显了成员间孤立与交际的矛盾状态，并总结出一种由一群既在内、又在外的流散者组成的联合体。此外，丹丘还参考了马费索利对于社会的定义，指出一种既非政治性，也非乌托邦式的，具有"吸引–拒斥"模式的"共同生活"，以展现社会、共同体或群体与个体之间界限的流动性。马费索利的"大众部落辩证法"也可以用来解释小说中同性恋人士等社会局外人在跳出自己与融入凝结体两极中徘徊的处境。小说中描绘的废墟之景、惩罚同性恋行为的宗教仪式等都折射出特殊时期古巴碎片化、野蛮化的社会现实，进而思考了全球化、殖民化与岛国政治等问题。最后，物历史也为构建一个跨越时间与空间的共同体提供了契机。小说人物的生存困境则说明了传统共同体政治话语的陈腐性与表面性。总结而言，作家通过揭示共同生活在结构与情感方面上的问题，暗示了古巴社会乌托邦的裂痕与人类历史中全球性计划的矛盾性。

沃尔夫冈·阿肖尔特则在其论文"当代法国小说中失落的共同体与共同体乌托邦"中致力于探索，文学在与社会科学（奥特马尔·埃特、费迪南德·滕尼斯）、生命哲学（亨利·柏格森）的互动中构建更广共同体知识体系的可能性。他借助南希的"不运作的共同体"与哈特和内格里的"群众"理念阐明：文学书写着共同体，表达了共同体反抗敌对力量的政治层面。他还指出：鲁欧的《荣誉领域》、维勒贝克的《基本粒子》以及邦的《大宇》这三部文学诞生于不同的社会背景，作品以不同形式描述了共同体的失落，都说明了文学在生命认知和与社会互动等方面特有的叙说与体验共同体的功能。

斯蒂芬妮·邦格在论文"即兴诗与群体构建：作为关系空间的17世纪法国'沙龙'"中，从共同体和文学的关系出发，探讨了17世纪法国"沙龙"作为一种群体共同体，为即兴诗产生和流传所起到的作用；同时从雅致的名字出发，探讨沙龙的内部，由之展现的文学世界和现实生活的关系。雅致的名字类似于笔名，建构了一个虚拟的有个性的个体，"这种虚构性不仅是世俗文学的特征，也是由此生成的共同体的特征"。17世纪的法国文学具有建构共同体的作用。当时的读者"可以选择是否寻找现实的参考，即那些让他参与到虚拟世界的东西，或者他也可以选择是否依赖文本的虚拟身份，以及是否取消掉这个现实参考"。

卡伦·斯特鲁夫的论文"'一个由学者组成的社会'：狄德罗与达朗贝尔所编《百科全书》中的共同体、社会与学者（1751—1772）"从狄德罗和达朗贝尔编辑的《百科全书》说起，两位主编和众多匿名的编者作为一个集体作者构成一个共同体——"文人协会"。这批文人"高屋建瓴般地站在这个时代繁复的知识之上，并且拥有足够的理智，整理、标记这些知识并使之让所有人都能够理解"。百科全书派作为一个共同体，"通过他们在文学和科学领域的双重专业知识和权威，获得了收集知识甚至是构建知识结构的合法性"，并且还在社会、民族形成方面树立了古典启蒙目标。他们为自己也为后人定义了一个"文人"的条目：有能力构建这个世界的认知，严谨的理智惠及整个民族，摧毁社会的错误评价和偏见。作为一个团体，"文人协会"赋予自己的形象是反对神学教义和迷信，致力于人类平等与知识自由传播的启蒙者。他们代表了一个神话，代表了一个"自然"的人类社会，并成为现代意义上的思想共同体。论文从个体与共同体的关系、成员共同体、想象共同体和思想共同体这四个方面，探讨了文学以何种方式和形式对社会政治和文化进行干预与影响，并发挥巨大的思想作用。

西尔维娅·普里奇的论文"作为媒介-政治的'多元书写'：论如何通过多重作者身份更新共同体"，从作者身份的多样性角度来探讨写作的另一种可能性——多元书写。它本质上是一个出版计划，即"通过合作的、多人参加的和跨国界的工作方式"来实现一种共同创造的写作可能性。在这其中，网络的作用凸显出来。网络的传播使得其用户成为共享知识的生产者，产生出不同的共同体形式；而另一方面，文学杂志作为一种60年代兴起的新兴媒体，成为一种"应该被确定成反映世界，表达世界"的新的表现方式，一个"让文学、哲学、政治和社会问题［……］成为公共问题的地方和手段"。但又因为其传统思维的禁锢以及相对封闭的方式，限制了跨国际的合作写作。而网络艺术项目则借助网络技术快速发展，产生出不同的共同体形式。人们在网络艺术项目中尝试用不同的方式促成互联网媒体产品间的相遇，形成共同体构建的表达空间。

同时，论文还将文学与政治联系起来，分析了"文学共产主义"，并探讨艺术和政治之间的交际共同体。在这里，共同体被表达为一种经验的分享、感动和差异的体验。与技术媒体传播交流相比，情境体验并没有失去意义。"多元书写"成为实现共享和多样化作者身份的方式。

塞西尔·科瓦夏齐的"我写作，所以我被排除在共同体之外"结合作者个人的经历，阐述少数族裔吉卜赛人的语言——罗姆语——及其文学的发展。吉卜赛文学（特指书面语）的发展经历了一个漫长而艰难的时期，从语言和文学建构起来的民族意识中产生了吉卜赛人文化共同体，却未形成政治意义上的吉卜赛人共同体。因此，吉卜赛作家相应地处在一种比较尴尬的境地：在一种特定的文化氛围中经营一种特殊的生意或从事少数族裔职业；所使用的为书面表达，而吉卜赛人的文化则一直主要采用口述形式。

但吉卜赛作家表达自己并将这些文字发表出来，在沉默的法则下建立起共同体身份。此处的"沉默"系指：不去谈论自己的风俗习惯和标准，不向社会外部妥协，放弃自己的文化特殊性。沉默信条被视为吉卜赛文化的特征。

然而，吉卜赛文学虽然获得认可，对非吉卜赛人来说却是"无趣"的，而且，这一文学内部的审美标准等也存在矛盾相悖处。科瓦夏齐提出了如何让吉卜赛文学为非吉卜赛人的外部世界有效接受的问题。

维姆·佩特斯在"共同体套话——波朗、布朗肖与贝克特思想研究"一文中揭示了现代社会中语言意义的解构。他把社会交际中约定俗成的表达描述为修辞性的"陈词滥调"。这种社会语言在本质上具有矛盾性：一方面，社会成员以此为基础达成相互理解，交流共同体得以构建；另一方面，这种社会语言作为某种法则存在，体现的是一种经由语言实施的强权。佩特斯着眼于"陈词滥调"的内在矛盾性，探讨逃离这种"代表性"语言的可能性和途径。他研究波朗、布朗肖和贝克特的语言批判，认为贝克特的观点与波朗相似，二人提倡用暴力对抗这种语言强权，要求以文学自由之名彻底否定共同性语言。这是一种为了反抗"语言强权"而实行的"恐怖主义"。在比德斯看来，这种摧枯拉朽的语言恐怖主义只会使词句和意义都不再受到限制，导致"陈腔滥调"和文学的泛滥，造成一切语言的崩坏。通过对波朗、贝克特和布朗肖的研究，比德斯试图在语言与死亡以及语言与革命性转折的关系中廓清可被言说之物的界限，揭示了语言的暴力性和无穷性，探讨了如何确定共同体的边界与如何以同样方式带来共同体的彻底变革。

在西欧学者开始厌倦本我文化的规则和语言时，大洋彼岸的另一群学者则对后殖民主义语境下共同体接纳和排斥机制提出了质疑。马库斯·维法恩在"阅读共同体——理查德·罗蒂的文学与团结"一文中以美国人种学家克利福德·格尔兹和社会学家、哲学家理查德·罗蒂的学术之争为切入点，探讨罗蒂的阅读共同体构想。美国医疗史上曾有一个经典案例，案例中的病人是北美印第安人。他罹患肾脏疾病，需要透析，在得到透析机会后却不遵医嘱，在治疗期间大量饮酒。其行为不仅浪费了来之不易的透析机会，最终也导致了自己的死亡。两位学者就这个案例发表了截然不同的看法。格尔兹认为，这一事件证明了来自美国西南方的印第安人和来自东北方的医生们之间存在一种相互的不理解，体现了文化分隔和文化封闭这一普遍趋势；与之相反，罗蒂则认为这是一个不可思议的成功案例，因为它使美国社会再度意识到印第安人这个族群的存在。这种对某个群体存在的敏感化，正是共同体接纳这个群体的第一步。罗蒂以此为出发点，揭示了文学对共同体的建构作用：通过对文学作品的阅读，共同体成员能够更为敏感地察觉到共同体之外"他者"的存在。他认为新共同体的构建并非通过颠覆原有的共同体身份或是打破旧的权利秩序，而是通过扩大原有共同体的边界，认为个体能够通过文学被书写、被"读"进共同体。维法恩一方面肯定了罗蒂"阅读共同体"的构想，另一方面也揭示了其局限性。在维法恩看来，罗蒂仅以19世纪的社会小说为例说明了文学的融合作用，在后者的构想中，只有共同体内部的成员能够通过"敏感化阅读"意识到其他个体的存在，共同体之外的个体不能发挥任何主动作用，也感受不到共同体的任何变化。因此，与其说共同体内部成员通过阅读扩大共同体的边界，接纳新的成员，不如说他们只是单方面地成为这些外来者的代言人，真正的融合并未发生，而这正是罗蒂的理论需要考虑的问题。

莱昂哈德·福斯特在"矮人的政治：论当代文学和哲学中一个特殊共同体的建构"一文中，以"外迁者""亡灵回归"和"炼金术和微观政治学"三个主体部分讨论在文学作品中矮人何以离开人类世界的问题，重点分析了矮人形象与矮人群体如何在 20 和 21 世纪的文学中复归，并具有怎样的文学政治意义。

在世界祛魅的过程中，矮人就像亡灵一样被遗忘了，主要是他们因为不屑于再与人类为伍，便离开了这个世界，彻底消失了。而曾几何时，他们是人类的他者，是可与人类交往的他者。因此，在泽巴尔德和阿甘本的文本中对矮人多有描述。

泽巴尔德要复振文学中的矮人形象和共同体，主张与矮人们平等交流。当宏观政治学不可抗拒却也让人们对之心生厌倦的时候，恰恰是被排斥和遮蔽的矮人与亡灵所构成的共同体，展现出一种微观政治；矮人所体现的忧郁，在祛魅的历史传统与现实中，也恰恰体现了抵抗的性质。虽然这种抵抗在政治上无效，矮人的到来与复归不再与生机勃勃的乌托邦相关，但能让人类在一种复归的传统中，在观念、心性，尤其是情感上，从他者的视角来反观自身。

吉奥乔·阿甘本则认为，在哲学、文学和宗教已经失去自己的力量，堕落成私人表演的时候，就像泽巴尔德那样，要与医生和占星家帕拉塞尔苏斯建立起联系，以追踪元素精灵，探索事物的特征，并像沃伯格一样，梦想着激情公式和动态图，重塑已被消费产业和喧嚣社会据为己有的语言，在接续神秘主义和炼金术传统的过程中，"将语言作为一种档案空间和知识、思维和经验的媒介来保存"，且最终象征性地以这种新的语言"作为解毒剂来治疗很普遍的注意力集中障碍症"，并通过关注作为"准炼金术政治的代表"的矮人群体及其共同体来关注差异。

奥特马尔·埃特在论文"追寻失落的共同生活：论马里奥·巴尔加斯·略萨《公羊的节日》里关于融洽的文学知识"中，以略萨的长篇小说《公羊的节日》为研究对象，分析女主角乌拉尼娅试图在曾长久离开的家乡，以重新开始的个体生活赢得或重建失去的本质性的融洽，也就是人与人之间，尤其是家人之间那种亲密的关系。小说描述的已成为过去的特鲁希略独裁政权，在女主人公所回到的故乡海岛上，其影响力已被集体性地排斥至背景之中，"一种势所必然而又普遍的失忆症，构成了岛上仍在继续的后特鲁希略时代共同生活的基础"。但对女主人公来说却恰恰相反，过去令人窒息的记忆和对现在强烈的负面影响仍时时处处存在。因此，这种内、外对比性反差，交集在女主人公返回故乡后的生活与她同家人的关系上。"乌拉尼娅像得了强迫症似的试图去深入探究那些决定性地影响了多米尼加共和国生活、她家庭、她父母、但首先是她自己生活和她自己身体认知的权力与暴力机制"。她通过调查自己家庭与当初那个独裁政权之间的关系，来揭示这所有野蛮的暴力何以成为可能，同时也反思其童年时期家庭共同生活的虚像与并不存在的融洽。一方面，她要弄清楚过去在独裁政权下的家庭与国家记忆；另一面，她又竭力想摆脱这些可怕的记忆，摆脱受这些记忆困厄而在自己职业生活取得巨大成功时仍感到不幸的状态，从而面向未来，这其中包括建立家庭层面的融洽等。她对小玛丽亚妮塔讲述她过去生活中在独裁者"红木之家"中度过的那几个可怕的小时，叙述对小玛丽亚妮塔产生了身体上直接的作用，似乎由此激发起家庭性质的融洽氛围，进而仿佛在某种程度上重建了一个曾失去的家庭共同体。

论文揭示文学叙述的作用，将之"转变成一种治疗乌拉尼娅的力量"，借此揭示了寄寓文学的效能。文学使其特定的知识运动和流转起来，真正的力量在于：对历史暴力具有强有力的对抗作用，反抗暴力话语和话语暴力，创造一个与现实生活世界相分隔的世界，而且"作为高度动态性和互动性生活知识的存储器与发生器"，以浓缩的形式存有"关于生活、继续生存与共同生活之知识的核心要义"，从而"对我们地球及其殊异的生命形式之未来"产生"决定性意义"。

在概要呈现《文学中的共同体——文学-政治介入的现实性》各篇论文的主要观点之后，尚可照应性地就讨论所涉及的共同体再作几点归纳：

相关共同体多由少数或边缘群体组成，其内部成员往往兼具同质性与异质性、陌生性与亲密性，共同体与外部则构成鲜明的对比甚至对立关系。

共同体话题必然涉及个人与群体、自由人与社会人、自由与义务、特殊性与共同性之间的张力关系，而社会、共同体或群体与个体之间的界限又具有变动不居性。

共同体在特定社会环境与条件下形成，而且与危机紧密相关，带有鲜明的时代印记。在西方文化语境中则常与现代性问题密切相关，涉及传统道德伦理的现代价值、殖民化与全球化的动态关系、女性的社会地位与角色、移民的文化适应与身份认知等具有显著社会现实意义的重大问题。

共同体的构建涉及宗教信仰、历史经验、传统伦理价值与道德准则、意识形态与社会制度等基础要素，这也造成共同体及其认知与评价的复杂性与矛盾性。

这里所研究的文学中的共同体，其实经常只作为一种设想与实验，经受着没落或失败的命运，而并未充分体现为明确的解决方案或具有普遍适用性的模式。当然，这也并不妨碍文学对共同体及其相关的一系列历史与现实问题展开积极思考与勇敢探索，成为共同体最具蕴含性的深刻的优先发展与展现之地。

翻译《文学中的共同体——文学–政治介入的现实性》这部学术论文集，对译者是相当有要求的。移易之间，总感到挑战的意味。

其一在于语言转换。文集所论作品语言上涉及德文、法文、英文与西班牙文，而且研究这些对象的论文，虽刊行时以德语出之，但颇让人疑心的是，探讨法文、英文与西班牙文来源作品的论文，似系用相关语言写成后译为德文，因而语法、语用、语境和思维逻辑方式等彼此间的差异已内含在其中；且在论文语符层面，相当多的概念、术语和专有名词，因为表达的需要有意多语并置或变体呈示，更兼有的论文作者独创概念，如此一来，便导致译入全然处于不同语言体系中的汉语时会出现"一对多""多对一"或"一对零"等不对等的情况，从而增大了译者翻译时理解、加工与表述的难度。

其二在于所论主题"共同体"的理论与思想含量。"共同体"及其问题的探讨，在视角和方法路径上涉及哲学、政治学、伦理学、社会学、宗教学、医学和化学等多个领域，也就是具有跨学科性质；且与"社会""社区""群体""共通体"等相邻概念之间存在交叉叠合处，要准确理解相关概念或理论讨论并传述，往往要求译者具备相应的专门和专业知识。同时，随着对西方理论认识的深入，国内学界近年来对共同体理论相关术语或概念的表达、翻译和阐发经历了历时性变化，甚至存在矛盾的情况，因此需要译者参考国内已有研究，进行反复和深入地查勘。

其三也在于文化语境差异和论文作者风格差异的协调之难。中外之间存在历史文化背景、学术理论体系等方面的差异，这就要求译者对相关概念与理论的阐释与翻译兼顾中外（中德）学术呈现的规范与内在要求。鉴于论文集中的不同作者表达风格的差异其至落差，译者得敏锐地认识这种区分和落差，并在把握好论文集整体写作风格的基础上协调地转换。同时，因本论文集的中文翻译是数位译者分工协作的成果，因此要求译者之间能统筹、协调，把握好关键概念的译法与不同译笔间译文风格的差异性，从而尽可能保持论文集逻辑和行文上整体的连贯性和统一性。

相应地，译者在翻译和校稿时遵循了以下几个原则：

第一，尽可能忠实体现论文集作者的行文特色：保留了不同作者的人称使用方式、语体文风特点、文献引用格式等；保留了每篇论文文末的参考文献原文，以便读者搜索查证。

第二，在"信"的翻译原则下，兼顾汉语语用习惯和规范：对原文中用于强调的斜体部分在译文中进行了加粗标示；在确保原文思想内容准确无误的前提下，适当采取了语句切分、合并与移位，补译与缩译等手段，对缩略词进行了补充解释，在冷僻词、关键词等之后以括弧列示原文。此外，尚对极个别概念加了译注。

第三，遵照专业规范：对人名、地名等专有名词的翻译以商务印书馆出版的《德语姓名译名手册》《法语姓名译名手册》与《外国地名译名手册》为据，同时参考了公认的通用译名；对已有通行中译本的引用文献，斟酌后基本按已有中译本译出，对尚无通行中译本的，译者之间商定统一译法，并保留了文末的原文文献。

第四，兼顾论文集统一性与单篇论文的相对独立性：统一术语、专有名词与关键词，保证论文集表达的规范性、准确性以及内在的连贯性；为了保证每篇论文的相对独立性与读者选择性阅读的方便，对每篇论文的注释单独编号，并对多篇论文中均出现的人名、地名、著作名等专有名词（至少在第一次出现时）保留全称。

总之，《文学中的共同体——文学-政治介入的现实性》中文翻译是五位译者勉力合作的尝试和呈现。其中，谢建文翻译玛戈·布林克和西尔维亚·普里奇所作的序言并对全论文集的翻译质量负责；张潇翻译卡罗琳·本岑、布里吉特·桑迪格、玛戈·布林克、克里斯蒂安讷·佐尔特-格雷塞尔、尤利亚讷·舍恩艾希、伊达·丹丘和沃尔夫冈·阿肖尔特的论文；高歌翻译斯蒂芬妮·邦格、卡伦·斯特鲁夫、西尔维娅·普里奇和塞西尔·科瓦夏齐的论文；谢眉青翻译多里特·梅斯林（与黄爱玲合译）、莱昂哈德·福斯特和奥特马尔·埃特的论文；黄爱玲翻译多里特·梅斯林（与谢眉青合译）、乌尔斯·布特纳、克里斯蒂安·施密特、维姆·佩特斯与马库斯·维法恩的论文，尚译论文作者简介，并负责论文的初步编辑工作。

感谢国家社科基金重大项目"英国文学的命运共同体表征与审美研究"首席专家李维屏教授、项目子课题负责人查明建教授与张和龙教授信任，邀请加入项目研究并展开相关翻译工作；感谢相关专家审读译稿并提出修改建议。

谢建文　张潇　高歌　谢眉青　黄爱玲

2022 年 9 月于上海

目录

玛戈·布林克／西尔维亚·普里奇
文学中的共同体：语境与视角

　　巴塔耶将文学同确立共同体的抱负严格区分开来："给集体必要性确定秩序,不可能是文学的任务"[1]。尽管如此,如南希所述[2],无论在共同体的作品意义上,在神话意义上,还是与之相反,在对共同体质疑与消解的意义上,文学依然是形-成共同体的优先之地。本论集研究文学中共同体建构的不同形式。

　　在一个全球化日益彰显的世界里,传统的共同体形式日渐解体,与此同时,时间和空间上重新构建的联盟和网络也正在形成。鉴于全球化世界的影响力,就像追问共同体、共同生活和团结的边界在哪里一样,追问其表现的形式在今天何以设想,显然尤为紧迫。共同体是一个在日常与政治社会话语中具有当下意义的术语。这其间,它不是中性的甚或纯描述性的,而是一个高度异质、意识形态性、具有规范性与情感负载的概念,也总是体现着政治伦理层面[3]。在这类社会政治讨论中,共同体经常成为具有意识形态色彩的斗争性概念,这些概念

1　乔治·巴塔耶:《完成的工作》,巴黎,1967年,转引自让-吕克·南希:《不可描述的共同体》(德译版),斯图加特,1988年,第151页。
2　让-吕克·南希:《不可描述的共同体》(德译版),斯图加特,1988年,第153页。
3　拉尔斯·格滕巴赫,亨宁·劳克斯,哈特穆特·罗莎,大卫·斯特雷克尔(编):《共同体理论引论》,汉堡,2010年,第12页。

以民粹主义的方式挑动情绪与怨愤，而且为排斥和区分的合法化服务，比方说，就像时下在公共领域，涉及从西欧驱逐上千名罗姆人问题和高档"门禁社区"[1]日益增多问题时所显现的那样。这种情况在过去几年德国主流文化探讨或法国的民族身份讨论中，同样可解读出来。

同样重要的是，对新的共同体形式，例如"大众"[2]或数字网络时而简直是极其兴奋地占有，一方面说明这个主题具有传染性，另一方面也表明的确有必要对含糊不清的、历史上一直以来有很大争议的共同体概念进行批判性反思。

自 20 世纪 90 年代以来，在欧洲和美国，共同体（Gemeinschaft/community/communauté）主题在学术话语中重获深入讨论，并且自 21 世纪以来还有增强的趋势。受 20 世纪 80 年代初关于自由主义和社群主义辩论的启发与影响，目前这场讨论主要是在政治理论和哲学以及社会科学中进行[3]。安德森在 20 世纪 80 年代初就已指出（国家）共同

1　齐格蒙特·鲍曼：《共同体：在一个不确定的世界中寻找安全》，法兰克福（美因河畔），2009 年，第 67 页等。

2　参见迈克尔·哈特，安东尼奥·奈格里：《帝国时代的大众、战争与民主》，纽约，2004 年。

3　讨论涉及的部分重要篇目：朱妮安·施皮塔：《身份之外的共同体？论政治观念矛盾性的复苏》，比勒费尔德，2012 年；格滕巴赫等（编）：《共同体理论》，2010 年；鲍曼：《共同体》，2009 年；菲利普·桑德曼：《共同体新论：着眼于福利体系改革的解释学观点》，比勒费尔德，2009 年；珍妮·伯克尔曼，克拉斯·莫尔根罗特（编）《共同体政治：论当代政治之物的构建》，比勒费尔德，2008 年；罗兰德·赫茨勒，安妮·霍讷，米凯拉·普法登豪尔（编）：《后传统共同体：理论与民族志学诊勘》，威斯巴登，2008 年；吉奥乔·阿甘本：《未来的共同体（1990）》，汉堡，2005 年；让-吕克·南希：《直面共同体》，巴黎：伽利略，2001 年（德译版《受到挑战的共同体》，苏黎世 / 柏林，2007 年）；罗兰·巴特：《共存之道：特定日常生活空间的非纪实模拟。法兰西学院 1976—1977 年课程与讨论笔记》，巴黎，塞伊出版社（等），2002 年；弗兰克·欧斯特坎普：《共同体与社会：区分的困难。费迪南德·滕尼斯基本理论方案的重构》，柏林，2005 年；罗伯托·埃斯波西托：《公社：共同体的起源和路径》（德译版），柏林，2004 年；罗伯托·埃斯波西托：《免疫：生命的保护与否定》（德译版），苏黎世 / 柏林，2004 年；（转下页）

体的想象性构成与小说重要的共同体构建功能等问题[1]。然而，在文学和文化研究中，特别是在德语区，由于民族社会主义的盗用，共同体概念长期以来被认为不适合用之于学术研究，在上述学科中明确探讨这个问题和共同体概念也一直属于例外[2]。

（接上页）米夏埃尔·欧皮尔卡：《生活中的共同体：黑格尔和帕森斯意义上的社会学》，威斯巴登，2004 年；乌多·蒂茨：《我们的界限：共同体理论》，法兰克福（美因河畔），2002 年；伊萨贝尔·温茨勒-施托克：《分裂与抵抗：费迪南德·滕尼斯与赫尔穆特·普莱斯纳共同体设计的基本模式》，法兰克福（美因河畔），1998 年；让-吕克·南希：《单数即复数》，巴黎：伽利略，1996 年（德译版：《单数即复数》，苏黎世／柏林，2004）；查尔斯·泰勒：《共同体需要多少民主？政治哲学论文》，法兰克福（美因河畔），2001 年；埃米尔·安格恩，伯纳德·巴奇（编）：《共同体与自由》，伯尔尼／斯图加特／维也纳，1995 年；约瑟夫·佛格尔（编）《共同体：对政治哲学的立场》，法兰克福（美因河畔），1994 年；阿克瑟尔·霍讷特（编）：《社群主义：一场关于现代社会基础的辩论》，法兰克福（美因河畔）／纽约，1993 年；本尼迪克特·安德森：《民族的发明：论一个有重要结果之方案的成功》，修订版，法兰克福（美因河畔），1986 年（英文原题：《想象的共同体：民族主义的兴起与传播》，伦敦／纽约，1983 年）；拉尔斯·克劳森，拉尔斯施·吕特尔（编）：《"共同体与社会"百年：国际讨论中的费迪南德·滕尼斯》，奥普拉登，1991 年；让-吕克·南希：《不运作的共同体》[1983 年]，巴黎：布尔古瓦，1986 年；莫里斯·布朗肖：《不可言明的共同体》，巴黎，子夜出版社，1983 年（德译版：《不可承认的共同体》，柏林，2007 年）。

1　本尼迪克特·安德森：《民族的发明：论一个有重要结果之方案的成功》，第32 页等。

2　例如，其中包括：奥特马尔·埃特：《融洽：天堂之后的文学与生活》，柏林，2012；同上（编）：《共同生活知识形式与标准：文学、文化、历史和媒介》，柏林／波士顿，2012 年；同上：《共同生活知识：全球化标准下的狡计、重负、快乐、文学的融洽》（关于生活知识Ⅲ），柏林，2010 年；部分：贝阿特·弗里克，马库斯·克拉默尔，斯特凡·诺伊讷：《图像与共同体：艺术、文学与理论中的政治和美学的一致性问题研究》（文名需全文统一，故改为图像与共同体），慕尼黑，2011 年；克里丝塔·埃伯特，布里吉特·岑迪希（编）：《东方和西方共同体观念与图景》，法兰克福（美因河畔），2008 年；埃塞尔·马塔拉·德·马扎：《被书写的身体：政治浪漫主义中有机共同体方案》，弗赖堡（布赖斯高地区），1999 年；乌韦·赫伯库斯，埃塞尔·马塔拉·德·马扎，阿尔布雷希特·科乔克（编）：《政治之物：浪漫主义之后社会身体的形象学》，慕尼黑，2003 年；彼得·伊林：《神话与现实间的青年共同体：1990—1940 年法国青少年小说母题类型学研究》，波恩，1989 年。按照弗里克等人的观点，其中，在德语区，共同体主题讨论的（转下页）

本论集是奥斯纳布吕克大学一次跨学科研讨会的成果。会议自德语和罗曼语文学与文化研究及哲学角度探讨文学审美中的共同体概念。考虑到共同体主题的当下性以及尚有待建立的与国际范畴内相关研究的联系，"文学中的共同体：是神话还是可能性？关于诗学与政治介入的现实性问题"研讨会，旨在清理和整合法语区与德语区文学和文化研究领域内现存的观点（Ansätze）。着眼的主要问题包括：哪些神话化要素与共同生活的替代可能性被写入了现代以来之美学与文学方案中的共同体理念？独特性和共同体之间的关系在文学中是如何构设的？对于传统的差异和排斥机制，有哪些替代方案？文学能在何种程度上成为共同体的媒介？如何让从文学领域获得的研究成果对当前关于当代社会塑造的社会辩论与关于共同体的学术讨论产生效用？

情况表明，在很多非常不同的地方正研究大量有趣的相关观点[1]。这些观点在这里首次以提要的形式呈现出来，同时也就观点可能的一致性和差异性以及共同体方案的分析范围提出了问题。

本论集自视为在探讨一个迄今为止在文学和文化研究中极少被关注的主题时做出了一份贡献。该主题之所以极少被关注，不是因为它涉及共同体乌托邦设计问题，甚至也不是因为要在误以为团结精神正消失的时代"拯救"共同体的问题，更多的是因为，一方面，共同体在当前的政治背景和公共辩论中发挥着核心作用，而且往往扮演着意识形态危机的角色；另一方面，是因为共同体概念承载着其整体的

（接上页）"兴盛主要见之于文学研究和政治理论领域"，但这点现在恰恰不可以说（参见贝阿特·弗里克，马库斯·克拉默尔，斯特凡·诺伊讷：《共同体生产的图片视界：引论》，见：同上（编）：《图像与共同体：艺术、文学与理论中的政治和美学的一致性问题研究》，第11—37页，此处引自第11页。

1　参见：大会报道"文学中的共同体：是神话还是可能性？关于诗学与政治介入的现实性问题"（奥斯纳布吕克，2010年10月28—30日），载：《罗曼语文学史杂志》（36）2011，第217—224页。

多样性意义和历史上的意义重负，既存在于日常语言也存在于政治话语，忽视它就意味着不假追问地继续任凭它被意识形态收编。

然而，这样就不免会产生一个问题：为什么不避而选择历史负担较轻的其他方案，以探讨共同体构建的形式与过程问题？自 20 世纪 90 年代以来，一些相邻的或替代的方案被带入讨论中，要么体现为（集体）身份和（文化）记忆的主题化（Halbwachs, Le Goff, Assmann 等），异质性（Spivak, Bhabha 等）与延异（Derrida）概念，要么就是集体性身体（Matala de Mazza 等）的隐喻化。此外，也体现为新部落主义（Maffesoli）、网络、多元性（Hardt 和 Negri）、独特性和联盟（Nancy，Benhabib）的讨论，特别是与文学相关时也涉及共同生活的知识（Ette）（见下下段落）。

然而，后结构主义深入的和部分由新马克思主义所激发的关于共同体概念问题的讨论，恰好表明，共同体方案（Konzept der Gemeinschaft）不能被简单地束之高阁和被别的术语或新词所替代。共同体尽管与刚才提及的多种理论观点存在多方面的共振关系，但只要它不仅是日常语言中的核心术语，而且首先是现代性的一个关键方案，那么它作为一个概念和方案仍旧是绕不开的。在欧洲资本主义社会发展过程中，共同体方案是作为（通常被评价为是契约性和机械性的）社会的对立面并因此作为对（"冰冷的"）现代性的批判而展开的 [1]。所以，共同体概念是现代性危机话语的基础性组成部分：

1　根据滕尼斯的观念，这一方案因此也被性别化，以至共同体被当做女性方案而置于男性意义之社会的对立面，参见卡琳·豪森：《"性别特征"的极化：职业生活与家庭生活解体的一种映照（1976）》，缩减版见：扎比内·哈克（编）：《中断与连续：女性主义理论》，第二修订版，威斯巴登，2007 年，第 173—196 页。关于共同体的性别研究层面，例如可参见丽贝卡·德蒙特，妮可·波尔：《1600—1880 年间的女性共同体：文学的视界与文化现实》，浑密乐斯出版社等，2000 年，尤其可参见本论集中布林卡、邦格和佐尔特-格雷塞尔的论文。

[……] 正是在这方面，共同体［仍然］是一个完完全全现代的方案，这就是为什么这个概念直到今天仍内含某种矛盾性：即使在极端情况下，它表现为直接与社会概念和现代性概念相对立——就其本身而言，只要它对现代社会的经验作出了反应，它是至为现代性的[1]。

1. 共同体作为现代性的一个异质性关键方案

如果试图在学术话语中重构共同体概念令人惊异的可变性和层次上的丰富性，且撇开不同国家的研究文化不谈，我们会遇到这样一个特别的现象：对共同体概念很少有系统性和理论性的研究。如果按照格滕巴赫（Gertenbach）等人《共同体理论》的解释，可以从这个概念使用的异质性和这个方案的政治与伦理承载中找到原因。

迄今为止，对话语场进行归类的尝试要么以历史线索展开（Vogl, Riedel）[2]，要么是按历史-系统性方式（Gertenbach 等人，Fricke 等人修改，Spitta）[3]进行。从历史上看，人们常常为现代性画出一条发展线路。其开端起于早期浪漫派对共同体生活与思考形式的设计、民族国家所推动的共同体方案（例如在德国浪漫主义语境下）以及早期社会主义和共产主义的共同体乌托邦。这条路径在 19 世纪和 20 世纪得到延续。它贯穿于滕尼斯（Ferdinand Tönnies）对社会和共同体很有影响的极化分类从学术上所做的确认、埃米尔·涂尔干（Émile Durkheim）与赫尔穆特·普莱斯纳（Helmut Plessner）的社会学反设

---

1 格滕巴赫等（编）:《共同体理论》，第 38 页。
2 曼弗雷德·里德尔:《共同体》，载:《哲学历史辞典》，约阿希姆·利特尔（编），巴塞尔/斯图加特，1974 年，第 239—243 页；弗格尔（编）:《共同体》。
3 参见第 002 页注 3。

计，以及直至 20 世纪种族主义／法西斯主义对（人民）共同体的设想。在更近或新近的当下，其发展体现于社群主义者对地方共同体的公民社会组织的设想，以及后结构主义对不以身份和本质为基础的共同体性所做的重新解释。这条线还可以扩展至关于网络形式和／或媒体中介性联合的观点。这类联合因时间限制和目标导向上的强化而显得十分突出，而且，这其间围绕这些联合已形成自己的话语[1]。抵抗的希望和通过协作的出版形式构建公共反力量的希望，以及建立新的、地方性和全球性共同体结构的希望，都与互联网媒介及其发展密切相关。当然，在技术创新确立并商业化的过程中，特别是涉及数码技术的大型项目时，这类希望也同样常常落空。就在最近，关于全球公民社会可以在"脸书"等商业社交网络的帮助下产生，或者至少传统共同体的要素能够被重新激活的观点，被批评为是将共同体概念"简化为由营销利润塑造、在对用户劳动进行剥削基础上所建立的共同体"（政府的标准化效果不可太过低估）[2]。然而，仍然可以观察到这样的应用方式：它们在大型项目之外致力于构建"其他"交流空间的应用方式。

凭借此处只能大致勾勒的历史序列，可对共同体各种观点进行语境性归类，并指出其差异性，但对结构性–系统性关联却只能提供很少的认识。在系统化问题上，格滕巴赫等人（Gertenbach u.a.）对共

1　从跨学科角度，参见：海纳·方热劳（编）：《网络：一般性理论或科学中的普遍隐喻？跨学科概览》，比勒费尔德，2009 年；克里斯蒂安·沃茨尼基（编）：《网络化》，柏林，2009 年；从社会学领域角度，例如可参见：米夏埃尔·波默斯／薇罗尼卡·塔克（编）：《功能差异化社会中的网络》，威斯巴登，2011 年；从传媒学角度总结性地看，参见：安德烈亚斯·赫普：《媒体文化：媒体化世界的文化》，威斯巴登，2011 年。

2　马克·安德烈耶维奇：《脸书作为新的生产方式》，载：奥利弗·莱斯特尔特，特奥·罗勒：《脸书一代：社会网络中的生活》，比勒费尔德，2011 年，第 31—49 页，所引为第 48 页。

同体进行了本体论层面和政治-伦理层面的区分。这种区分是有帮助的，因为它允许将"关于人类共存和社会性问题的主要属于非历史性的基础问题（本体论层面）"与"对共同体具体表现形式（政治-伦理层面）所进行的分析、构建和评价"区分开来[1]。本论集不同的论文也采用了这种区分方式。坦率地说，这里缺少的是两个区分范畴之间的交叠。这一点在涉及后结构主义-解构主义观点分类时，也就是涉及那些明确与文学和文学语言相关的观点分类时成为问题，因此，叠合处的问题对本论集主题来说具有特别重要的意义。在《共同体理论》中，这些观点呈现为共同体理论化的暂时性终点。共同体在此处是作为"基础社会性"[2]意义上的本体论范畴来理解的。共同体发端于从根本上把人定义为政治动物的亚里士多德，经由海德格尔对人的基础性共在这一观念，黑格尔关于个体的社会氛围以及个体基本伦理的观点，马克思关于社会先在性的假设，至20世纪和21世纪，在列维纳斯、南希、埃斯波西托和阿甘本的解构主义观点中得以重构。实际上，解构主义思想家并不关心如何论证积极的共同体观点，而非常关注伦理-政治实践，即关注政治行动能力的替代形式。这些替代形式指的是不以实体论或身份逻辑为基础的联盟、网络和共同体。这是解构主义思想家与政治理论和政治哲学领域其他作者如朗西埃、哈特和内格里或巴特勒共享的一个设想，一个旨在解构例如"本体论"和"伦理-政治"固定界限的一个设想[3]。

　　另一方面，如果我们把共同体当作一个旅行性概念，那么，这种

1　格滕巴赫等（编）：《共同体理论》，第20页。
2　同上，第22页。
3　弗里克等人在共同体讨论中将共同体区分"保守"（本体化和自然化）一极与"建构主义"（去自然化与强调偶然）一极，这同样是有问题的，在涉及解构和"建构"观念难以置信（而且实际上在文本中又被收回了的）对立时尤其有问题［参见弗里克，克拉默尔，诺伊讷：《图像与共同体》第14页］。

移动或相交，当然还包括出乎意表的一致或矛盾，便会以另外的方式进入视野。米克·巴尔（Mieke Bal）将共同体方案描述为在不同时代、不同学科、不同研究文化和不同社会环境间迁移的方法论要素[1]。这些概念的生产潜能因此在于，它们能成为与其他方案和不同学科处于互动关系的"想象和富有想象力的隐喻"[2]，同时，能产生新的意义，发生改变或被遗忘[3]。这些方案因此体现为一个意义纽结——"一个巧合点，一种凝聚和一个聚集"[4]。这个意义纽结在时间和语境上都有标记，也就是像很多理论那样内涵着一部意义史。因此，共同体方案从来不仅仅是描述性的，而总是纲领性和规范性的。它们产生并非必定具有连续性的特殊效果，也不会建立连贯性[5]。相反，巴尔把它们称为"振动中心"："概念产生谐振，而不是连贯"[6]。因此，她采用文化分析的方法，不是为了提供一个连贯的概貌或定义，而是要把注意力集中在概念的落实上，把注意力放在一种态度上，后者的特点在于"灵活、密切地关注概念可以（帮助我们）做什么"[7]）。

正是这里所介绍的旅行概念特征，可以用来描述共同体概念的矛盾性，并有助于解释共同体概念为什么如此难以系统化，也有助于解释它何以很难摆脱意义的传统[8]。在根据具体的论文介绍（文学）共同体在不同时代和文化之间、在不同学科和媒体之间以及不同方案/概

1　米克·巴尔：《人文学科中的旅行方案：概要性指南》，多伦多等，2002 年。
2　同上，第 53 页。
3　"但这类方案不是固定不变的。它们在不同学科、不同学者和不同历史阶段间旅行，在地理上分散的学术团体间旅行。在不同学科间，其意义、边界和运营价值是不同的。这些不同的过程需要在每一次'旅行'之前、之中和之后进行评估"（同上，第 24 页）。
4　同上，第 51 页。
5　同上，第 21 页。
6　同上，第 51 页。
7　同上，第 27 页。
8　同上，第 253 页。

念之间[1]的各种迁移运动之前，首先应该对文学中和通过文学来展现的共同体关联展开一些基本性的思考。

2. 文学中和通过文学来展现的共同体

那么，共同体方案在与文学相联系时有何作为呢？当共同体方案遇到文学时会发生什么呢？或者反过来说，文学和文学写作如何构建共同体？这里存在两条特殊的概念联结路径，它们为了确定共同体与文学的共振关系和相互关系准备了相关观点，因此应纳入考察重点：一方面，涉及后结构主义/后现代主义来源的观点。这些观点主要是在负面情况下努力避免共同体的同质化和固化，同时将文学写作与文字解释成共同体的核心媒介。另一方面，涉及（文化研究）文学研究背景下的理论设计。在这些理论设计中，文学作为文化记忆的一部分，作为一个存储库，同时也作为反思的媒介和共同体知识的塑造者而被概念化。

法语文学和理论体系具有一个丰富的、对当下的共同体问题讨论很重要的传统（如卢梭、涂尔干、巴塔耶、布朗肖、巴特、南希、沙莫伊索和格里桑），而日耳曼学中纳粹主义对共同体概念的占有与歪曲，导致这一概念事实上不再被视为适合于学术用途。批评性检视自身的（专业）史无疑是必要的，但它却导致了一个影响深远的接受与

1　鲍姆巴赫等提出了四"旅行轴线"一个更普遍的体系化方案：在不同学科、不同民族之研究文化之间，历时地看，在不同历史时期之间，共时地看，在不同功能的亚体系间迁移（参见西比尔·鲍姆巴赫，比阿特丽丝·米夏埃利斯，安斯格尔·钮宁："旅行概念和旅行隐喻引论：文学与文化研究中旅行概念的风险与允诺"，载：同上（编）：《旅行概念、象征和虚构。跨学科研究时代的文学与文化研究》，特里尔，2012年，第1—11页，所引为第6页；另参见比尔吉特·诺伊曼，安斯格尔·钮宁（编）：《文化研究中的旅行概念》，柏林/波士顿，2012年。

反思的障碍。今天，这一障碍从目前的讨论情况来看表明是没有什么成效的。虽然约瑟夫·沃格尔（Joseph Vogl）20世纪90年代中期部分性地向德语读者介绍了这些观点，但关于共同体主题的独立探讨并没有在文学研究中得到发展[1]。

正是让-吕克·南希（Jean-Luc Nancy），其间追溯海德格尔、巴塔耶和布朗肖的思想，为后结构主义重新解释共同体方案提供了基本动力。后者对远远超出法国的解构主义批判产生了极具启发性的影响。与海德格尔类似，南希以人类存在根本性和基础性的共在为出发点。共在是一个基本的本体论假设，旨在对现代的主体概念以及自由主义进行批判。鉴于许多现实性共同体的同质性、排斥性和身份固化问题，南希不是为某些共同体形式辩护，而是在宣传非成品性质的共同体概念。这类共同体概念恰恰并未完成，因而没有固化成自成一体的"作品"，而是相反，永久地反对排斥机制并支持对差异的认可。根据南希的观点，只有在共同体的未完成态中，个人之间的共在、分享和彼此间兴趣的基本敞开性才是可能的，并且可以被保留下来[2]。其他后结构主义哲学家，如阿甘本或埃斯波西托——不一定会分享南希的本体论基础——在批评传统共同体思维，例如经常与之相关的"始

1　不过，日耳曼学中缺乏有关共同体的专门性讨论，并非意味着选择性地缺乏关于这一主题的出版物。参见第003页注解2。此外，尤其是在中世纪研究中可以寻绎若干针对共同体主题的新论文，例如，卡罗拉·L.戈兹曼：《亚瑟王诗歌中的共同体和个体结构：解释与类型学》，柏林，2009年；阿尔布雷希特·克拉森：《绝望与希望：寻求中世纪德语文学中的交流共同体》，法兰克福（美因河畔）等，2002年，以及几项个人研究：马蒂亚斯·宣宁：《崩解的共同体：德国1914—1933年间的战争小说和战时动员》，哥廷根，2009年，与克劳迪娅·施瓦嫩贝格-里贝特：《从共同体到孤独：论威廉·拉贝作品中文学社会学现象的出现》，法兰克福（美因河畔）等，1992年。

2　南希：《不可描述的共同体》。埃尔克·比普斯，约尔格·胡贝尔，桃乐茜·里希特：《共在与共同体：本体论与政治视角》，维也纳，2010年，与南希这一观点的本体论和政治意涵展开了讨论；也可参见：克里斯蒂安·沃兹尼基：《谁对共同体怀有恐惧？与让-吕克·南希对话》，柏林，2009年。

源神话"、完成和一致性神话[1]那些成问题的基本假设时，也走向了类似的方向。共同体的免疫逻辑通过回溯一个共同起源、一种身份或类似东西而将自己与他者隔离开来。针对这一问题，埃斯波西托指出，共同体不是先在的东西，正是相反，正如他从"共同-义务"（communus）一词中引申出来的，是一种负担，一种分担的任务，必须反复承担而又永远不可能完成或结束的任务[2]。总而言之，后结构主义观点关注的是"没有共同体的共同体"[3]这一自相矛盾的思想诉求。在"没有共同体的共同体"思想中，持久性地解构固化和同质化的共同体观念与形式，似乎是一项无止境的任务。

在这样一个解构主义的视角里，文学和写作被赋予一个决定性功能。在"文学共产主义"[4]和"写作的共产主义"[5]名称下，布朗肖和南希考察了一种在写作和阅读行为中存在的共同体形式。写作和阅读创造了一个表达的空间样板。在此空间中，一方面开启了分享的可能性。在南希这里，舒展为一个跨时空链条的阅读行动成为了样板。在解读巴塔耶的恋人共同体概念最后，南希引证了巴塔耶的阅读经验："我内心产生交流的欲望，是因为一种把我与尼采联系在一起的共同体意识，而不是源于一种孤立的独创性"[6]。巴塔耶是读过尼采，后来写尼采；南希是读了巴塔耶（和马克思），开始写作并继续传递。在这个无法结束的续写链中，为南希铺展出这样一个集体任务："我们不能停止写作，必须不知疲倦地让我们共在的个性轨迹呈现出来。"[7]另一

1　埃斯波西托：《公社》，第 31 页。

2　同上，尤其是第 11—16 页，以及同上，《免疫》。

3　格滕巴赫等：《共同体理论》，第 169 页。

4　南希：《不可描述的共同体》，第 168 页。

5　布朗肖：《作品集》，第 99 页。

6　乔治·巴塔耶：《神圣的爱欲》，载：《全集Ⅲ》，巴黎，1967，第 39 页（和第 264 页），转引自南希《不可描述的共同体》，第 89 页。

7　同上，第 88 页。

方面，写作使人们能够表达对意义封闭的抵制，并确保意义不会固化，就像在政治性共同体思想的具体化过程中必然会发生的那样。从这个角度来看，文学的言说（并非无所限制地与文学等同）[1]因此就似乎是使共同体可能并且不一定会使之推延的优先媒介。这里重要的是写作的"实施"。由这一实施，共同体才得以建立，但也可能遭到破坏。

哈特和奈格里等作者在展开他们的多元方案时，也提到了文学对构建政治行动能力和当代替代性共同体形式所具有的示范意义。涉及的是巴赫金的复调叙事（polyphonic narration）文学理论方案。复调叙事系指多声部（现代）叙述，具有异质性、差异性和多样的互文联系，是巴赫金用以与独白式叙事相对照的一种叙事方式。对哈特和奈格里来说，多声部叙述成为在全球化世界条件下网络沟通与政治行动能力新形式的模板。网络沟通与政治行动能力基于临时性的联盟而不是基于身份[2]。

正如这里简要勾勒的，哲学和文学之间的迁移运动，并不只是围绕着"对象的给定性方式"——按照霍恩等人（Horn et. al.）的观点，这是哲学与文学共同的关注点[3]——这个一般性问题展开的，而是会由写作媒介推导出作为共同体可能性条件的伦理方案。该方案以开放性、模糊性和交流性等特征为基础[4]。这一点可以被理解为对文学

---

1 乔治·巴塔耶：《神圣的爱欲》，见：《全集Ⅲ》，巴黎，1967，第39页（和第264页），转引自南希：《不可描述的共同体》，第168页及后页。
2 "巴赫金的多元叙事，换言之，用语言学术语来表达，展现了开放、分散之网络结构中共有物生产的理念"（哈尔特，内格里：《大众》，第211页）。
3 夏娃·霍恩，贝廷·梅恩克，克里斯托夫·梅恩克：《引言》，载同上（编）：《文学作为哲学，哲学作为文学》，慕尼黑，2006年，第13页。
4 关于文学与哲学间写作的这一伦理学维度，参见玛戈·布林克，克里斯蒂娜·佐尔特-格雷塞尔：《写作：文学与哲学边界之外的思考与写作方式》，图宾根，2004，第9—20页。

政治功能化的回应与拒绝。政治功能化问题在本论集中的几位作者看来，体现在萨特的文学介入方案中。与文学共同体消极方案形成对照的，是文学具有直接构建共同体这一功能的积极方案。理查德·罗蒂从社会哲学角度以"文学团结"的观点发展了这样一个积极方案（详见 3.4 节）。

在刚才简述的观念中，文学作为一种多逻辑和多义性交流形式，从根本上来讲是构建现实的优先模式，以及非同一性、开放性和非完成性共同体的媒介，而在其他理论中，重点放在文学对文化历史、价值和规范的传承功能上。哈布瓦赫、勒高夫、阿莱达·阿斯曼、扬·阿斯曼以及厄尔（Halbwachs，Le Goff，Aleida und Jan Assmann sowie Erll）所阐述或进一步发展的文化记忆方案，在此具有重要意义[1]。这一关于超个体与集体记忆建构问题的方案，也直接影响了共同体的不同理解和形态。

在过去十年里，关于知识特殊的文学形式问题，继续处于文学研究的前台。这些问题的产生，也是因为文化学发展方向，在语文学专注于虚构性之方法论建构问题的背景下，承受着合法性压力。西格丽德·魏格尔（Sigrid Weigel）主张不要将文化学和语文学的关切对立起来。在她的地形学读解中，文学反而被证明是"文化史的先决条件"，因为文学既作为文化史知识的档案又作为诗意的建构，具有特定的认知能力，而语文学则是"研究其他意义和符号系统的"基础："正是因为其独特的认知与表述方式——这其中，知识和经验以互动

1　文化记忆的方案，按照扬·阿斯曼的观点，在此被理解为一个集合概念，"用以描述每个社会与每个时期所独有的重用文本、图像和仪式存贮量。在这些文本、图像和仪式'照料'下，社会与时代使它们的自我图像稳定下来并加以传递，传递这种优先针对（但并非唯一针对）往昔的由集体分享的知识"［扬·阿斯曼：《集体记忆与文化身份》，载：同上，托尼奥·霍尔舍（编）：《文化与记忆》，法兰克福（美因河畔），1988 年，第 9—19 页，此处所引为第 15 页］。

的方式出现，而不是按目录和学科分隔呈现——文学被证明是文化学的先驱。"[1]

在日耳曼学研究中，重点放在政治、神话、科学和艺术方式的文化实践与文学之间或在文学之中的话语交织问题上，而罗曼语研究学者奥特马尔·埃特（Ottmar Ette）呼吁为文学研究建立一个生命科学的基础。在此处，他赋予文学在"生活知识"生产方面一个特殊的功能，其途径是把文学同时定义为这种知识的存储器、生成器和协调媒介：

因为正是在历史积累的重负（Last）、美学反思的狡计（List）和常以未来为方向的快乐（Lust）所构成的三角关系中，文学将其知识展开为一种经验性知识，这种知识不仅可丰富特定空间和特定时间的标志圈与图形圈，而且也将其转化为可生之物和可重新体验之物[2]。

在这一框架下，埃特自 2007 年以来在其出版的著作中一直在发展研究共同生活知识（ZusammenLebensWissens）和融洽（Konvivenz）这两个具有激发力的概念[3]。一方面，他在讨论具体文本的过程中梳理出其中所包含的共同生活知识，另一方面，将文学作为生命科学来确立，也表达了一种科学政治的介入和立场。这种介入与立场关注的是，不仅仅将关于生活的和围绕生活的知识完全交给生命科学，

1　西格丽德·魏格尔：《文学作为文化史的先决条件：自莎士比亚至本雅明的舞台》，慕尼黑，2004 年，第 11 页及其后页。

2　奥特马尔·埃特：《文学作为生命科学：人文科学年之方案文存》，载：沃尔夫冈·阿肖特，奥特马尔·埃特：《文学研究作为生命学科：方案、规划和视角》，图宾根，2010 年（《反响》，第 20 期），第 11—38 页，所引为第 29 页；首先发表于《反响》，第 126—127 期（2007），第 7—32 页。

3　参见第 003 页注 2，第 38 页。

从而将其留给自然科学和技术。这种凭借"人文科学年之方案文存"（2007）介入文学和文化研究话语的努力，引发了一场跨学科层面的激烈争论 [1]。之所以有这样的争论，不仅是因为"生命科学"概念在历史上背负了民族社会主义的包袱 [2]，而且也是因为文学再次被视作是社会介入的这一观点。在此观点下，"世界的文学"被解释为现阶段全球化条件下可能的共同生活形式的"尝试与实验区"，并意欲"为未来提供前瞻性知识" [3]。

这两个视角都在宽泛的意义上，以各自不同的方式赋予文学以反思和构建共同体的核心意义。（后结构主义）的问题涉及：文学 / 写作中和与文学 / 写作相关的共同体，其异质性与非完成性是否允许存在和如何产生；另一个问题关涉文学中 / 通过文学形成的特殊的共同生活知识。

3. 本论集中共同体的问题化

如果我们将共同体视为一个旅行的概念，则可以发现相关的对应关系和相似性模式，它们在时间顺序和系统秩序构建尝试所形成的连接线上移动，并朝这类连接线横向移动，正如上文重建这些对应关系和相似性时所显现的那样。在本论集论文中，共同体（Gemeinschaft, community, comunauté）方案是作为一个多方面"在迁延"且其意义内涵随之发生改变的主题来讨论的：在文化上，是在法国、德国、加

---

1 继方案文存出版后，又有三个卷宗研究这个主题，载：《反响》，第 126—127 期与第 128 期（2007）及 129 期（2008）。
2 参见克劳斯·米夏埃尔·博格达尔：《生物学之物与历史之物：边缘地带的运动》，载：阿肖特，埃特：《文学作为生命科学》，第 85—92 页。
3 埃特：《融洽》，第 233 页。

勒比地区、拉丁美洲和美国的文学与理论间旅行，也是在具有特定跨文化背景作家如加缪、庞特或罗曼语文化圈作家的创作间旅行；历时地看，是自古代至后现代的文本间的旅行，相关的重点集中在现代性上；在跨学科方面，论集中的共同体方案是在日耳曼学研究、罗曼语研究、哲学和社会学之间移动；在理论上，它已进入与其他概念如团结、革命、颠覆、新部落主义、共同生活知识、集体身份或网络形成的多层面张力和共振关系中。共同体方案的其他运动模式，在本论集中产生于跨媒介视角，虽然讨论的是文学，却是在更宽广的视域上着手探讨，因为情况表明，恰恰是在政治危机时期，传统文学叙事形式之外的其他媒介和表达方式，例如杂志或当下能形成多媒介共同体景象的数字媒体，具有越来越重要的意义。此外，某些特定的地点，例如 17 和 18 世纪的沙龙，也可以成为共同体的媒介与舞台。这里的共同体是表演性地通过与文学展开的讨论建立起来的。

在上述不同的迁延运动中，产生了以下四个共同体问题范畴，当然，这些问题范畴也不应被理解为彼此之间具有严格的区分性。具体是：1. 特殊性与共同体；2. 危机与共同体；3. 媒介共同体；4. 共同体的文学－政治。在下面所介绍的这几个部分，文稿按时间顺序编排，意在兼顾研究所选取的从现代性开始至当代的这样一个时间框架。

3.1　特殊性与共同体

"在共同体中生活"，其优先权是要付出代价的——只要共同体仍然是一个梦想，那么，这代价也就微不足道了。支付这一代价的货币被称为自由；它也可以被称为"自主权""自我主张的权利"或"个性的权利"。[……] 对于这种困境，我们几乎无能为力——我们只能在风险自负的意义上否认这一优先权。

（齐格蒙特·鲍曼：《共同体：在一个不确定的世界中寻找安全》。法兰克福（美因河畔）2009 年，第 11 页等）

齐格蒙特·鲍曼（Zygmunt Bauman）论及的共同体与个人、安全和自由间的紧张关系，从一开始就对哲学形成了困扰。当然，"我们"和"我"之间的关系过去和现在都不总是被理解为一种两难困境。虽然对某些人来说，"我"如果没有共同体存在就无从谈起，而且个人似乎总是与共同体融为一体，至少在本体论思考的层面上，例如在亚里士多德、海德格尔或南希那里是如此，但是，本体论的个人主义者如霍布斯或卢梭反驳说，人在根本上就是一个个体。在霍布斯那里，以反社会的孤独战士形象出现，而在卢梭那里则更多地体现为一个与自己和平相处的孤独者。在本体论的个人主义者看来，这个个体可以而且必须首先被"人为地"融入社会，甚或按照社会契约被强迫纳入社会。

这一点尤其体现在上面已提及的共同体和社会概念的区分上。在18 世纪，共同体和社会概念基本上是作为同义词使用的。而在现代，个人和共同体之间的关系与调节问题以一种决定性的方式高度尖锐化。随着传统社会秩序逐步解体，启蒙运动对形而上学确定性提起质疑，出现多层面经济发展变化（变化导致工作领域和知识生产领域的劳动分工与差异化加剧），与"我"和"我们"之间关系相关的这些发展过程，其整个矛盾性就显现了出来。个人自主权的获得同时也出现了共同体中安全丧失的问题，反之，向集体回归的主张意味着对个人发展可能性的限制。

在德国浪漫主义的各种潮流中，可以特别清晰地看到自由和共同体之间的紧张关系，看到对个体塑造的生活形式所存渴望与对集体调节而得的安全和自信所怀愿望之间存在紧张关系。整体来说，德国浪漫派时期是一个深入讨论共同体问题的阶段。多里特·梅斯林（Dorit Messlin）和乌尔斯·布特纳（Urs Büttner）的论文表明，共同体概念在与德国浪漫派的其他概念和隐喻相关联时经历了怎样完全不同的构形。在"'作为个体的我，听从共同体的召唤'：论弗里德里希·施莱格尔个体化和公共精神张力场中的诗学"中，梅斯林（Messlin）以弗里德里希·施莱格尔对古代的研究为出发点，并基于其研究中所开发出的以古代城市为导向的交流共同体模式，修正了浪漫主义研究中关于浪漫派共同体观念的排他性和民族色彩的常见论调。从对施莱格尔著作以及对哲学和社交的早期浪漫派概念和生活模式的分析中，她得出的结论是，针对社会的反现代主义反对立场同耶拿与柏林浪漫派的城市公共精神格格不入，而古代城邦的共同体模式却成了公民自由和公民社会开放、自由概念的合法性基础。然而，由于这种共同体思维的导向性理想是在古代文化和社会形式基础上获得与发展的，梅斯林在这里谈到了一种"不合时宜的现代主义"。后者在早期浪漫派理论家弗里德里希·施莱格尔的思想中具有某种矛盾性。

在现代性条件下，协调个性与共同体，个人自由和集体抱团的尝试，也是阿希姆·冯·阿尼姆（Archim von Arnim）和克雷门斯·布伦塔诺（Clemens Brentano）1806年出版的民歌集《儿童的奇异号角》的明确意图之一。就像乌尔斯·布特纳（Urs Büttner）从收入民歌集中之《论民歌》所含纲领性文字出发，在自己的文章"共同体图景：《儿童的奇异号角》中阿希姆·冯·阿尼姆对民族的召唤"里所解释的那样，这种尝试一方面是从清晰的失落的视角表达的，另一方面本质上受到了拿破仑军队所带来的政治威胁这一具体历史情景的影响。根据布特纳的解释，作者希望通过出版民歌集传播这样的图景：它们"为每位歌手创造了一种可能性，让他们不仅能将自己理解为其所在歌唱团体的一部分，而且令他们想象自己就是某个跨地区性的国家合唱团的声音表达"。迄今为止的研究都集中在共同体图景，特别是确实发挥着核心作用的有机体图像的分析上，而布特纳揭示了阿希姆·冯·阿尼姆是如何在他的文本中，通过将图像问题与平衡这一隐喻联系起来而重新处理这一图像方案的。之所以重新处理，是因为鉴于"国家躯体"正在瓦解，完全重拾有机体隐喻已不再可能。按照论文的观念，阿希姆·冯·阿尼姆试图通过平衡问题的图像方案来补偿被视为失落与弱点的现代性的个体化和分化过程，并构建一个民族共同体。

海德堡浪漫派试图通过复振的传统和身份来创建一个同质的、民族的共同体，用安德森的话说，就是一个"想象的共同体"。这类尝试遵循一种"免疫逻辑"。罗伯托·埃斯波西托（Roberto Esposito）用"免疫逻辑"概念来描述这样一种关于共同体和身份的思维模式。该模式以健康和疾病术语运作，将他者当作"异物"和作为"外来的瘟疫"来排斥，正如阿希姆·冯·阿尼姆在《论民歌》中所表述的那样，从而给出了免疫逻辑的一个鲜明例证[1]。

克里斯蒂安·施密特（Christian Schmitt）在其论文"接触、感染、传播：论阿达尔贝特·施蒂弗特的《沥青烧制人／花岗岩》中共同体的免疫逻辑"中探讨了19世纪中期共同体这一免疫逻辑的模式。该模式在20世纪的法西斯和极权主义意识形态中产生了难以想象的破坏性作用。按照施密特的观点，《花岗岩》（1853）等文本包含了对现代共同体前提的复杂思考，这些思考绝不逊于当前理论的思索。作者从以下论点出发：与一般的读解相反，施蒂弗特的小说不是对被认为已经失去的前现代集体形式的反拨性回归，而是可被解读为对文学

1　路德维希·阿希姆·冯·阿尼姆：《论民歌》，载：《儿童的奇异号角：古老的德国民歌》，阿希姆·冯·阿尼姆与布伦塔诺收集整理，评注版，斯图加特，1987年，卷1，第389—414页，此处所引第410页。

重新定义的尝试，这一尝试一再触及共同体的基本边界。按照埃斯波西托的共同体免疫逻辑概念，并在引入 19 世纪医学–流行病学话语的情况下，对小说展开的区分性解读显现了共同体化过程是如何隐喻性地实现的。通过这些过程，个体由纪律化、（行为）准则实践和集体记忆而被公共化，从而对被定义为传染性的外界产生免疫力。这些过程的免疫逻辑可借助文学文本来识别并因此也能加以批评。

能够识别对特殊性和共同体之间关系具有决定性意义的共同体化结构与逻辑，也是卡罗琳・本岑（Carolin Benzing）在其论文"沉沦的寄宿生：论罗伯特・瓦尔泽作品《雅各布・冯・贡滕》中的共同体概念——仆役"中所处理的中心主题。为了一般性展现瓦尔泽文本中的共同体概念和重点揭示其个体与共同体之间的关系，本岑主要侧重于分析文学文本中的空间性和共同体之间的关系。她借鉴了阿诺德・范・根纳普和维克多・特纳等人类学家所阐述的阈限期和越界观念。其重要观点是，在小说空间结构方面，一方面虽与外部相区分而另一方面却也在努力扩展的内在，是作为共同体来描述的。在本岑看来，罗伯特・瓦尔泽在 20 世纪第一个十年就对世纪之交很流行的二分法提出了质疑。他模糊了二者之间的界限，使之达到了瓦解的程度。按照这种二分法，共同体被视为一种内向的、自由选择的联合，而社会被当作一种从外部强加的结构。在这方面，该篇论文也揭示了失败可能是某些共同体固有的、但并非必定是破坏性的组成部分。

布里吉特・桑迪格（Brigitte Sändig）在她的论文"异见和共同体：论伯纳诺斯和加缪的'局外人'"中，揭示了加缪针对 20 世纪 40 年代当时的状况产生了哪些"反共同体"观点，以及这些观点与法国天主教革新派代表人物乔治・伯纳诺斯的文章和檄文有哪些相似之处。加缪和伯纳诺斯都把他们的希望寄托在一个构建共同体的思想社区上。这一思想社区是一个关于法国政治未来的共同想法，是"自由人共同体"的基础。这个共同体本身将按照（基督教）人文主义的原则行事，其任务是借助责任感和义务意识以及"清晰说出"的能力即说实话的能力，组织一场超越法西斯主义和斯大林主义教义的集会运动。与《百科全书》的作者集体不同，这个从其地位来看属于先锋派的（作者）群体，通过其言论和著作所传达的，在这里与其说是知识体系，不如说是一种团结的伦理态度。按照桑迪格的观点，这种态度是从一个局外人视角中生发出来的。

3.2　危机与共同体

共同体与社会，或 communauté 和 société 这两个表示社团的法文词，直到 18 世纪几乎都是作为同义词使用的[1]。在 18 世纪末，随着资产等级社会的兴起，伴随着社会、经济和政治的根本性变革，才形成了对这些概念的两极化定义。在文学中，可以反复观察到共同体主题与社会危机诊勘之间的联系。我们不仅可以在德国早期浪漫派那里找到这方面最初的观点，而且也可在法国，例如在卢梭这样的作家那里，发现社会和文明批评与对共同体替代形式的思考结合了起来。

然而，社会和共同体概念的极端两极化是德国人特有的思维形象，在英语和法语区是难觅其踪影的[2]。19 世纪，在建立社会学的过

1　参见格滕巴赫等（编）：《共同体理论》，第 30 页，关于概念史："在很多这类讨论中，共同体概念在这其间很奇怪地显得无力且面目不清。这种并不令人满意的状态，直到进入现代以后而且因共同体与社会之间清晰的对立关系才从根本上发生改变。在此之前，这两个概念多数情况下被用作同义词或总是一再被混用［……］"。同上。

2　关于概念使用的这类民族差异性，参见朱利安·施皮特：《共同体、多元或社区：民族辨识与集体占有张力场中的概念视角》，载：《平面图：左派理论与讨论杂志》2010 年第 35 期（重点：社区作为备选方案？共同之物的讨论与批评），（http://www.schattenblick.de/infopool/medien/altern/grund027.html, 6.3.2013）以及曼弗雷德·里德尔：《共同体》，见：《哲学历史辞典》，第 239—243 页。

程中，对这两个概念进行了深入的讨论，特别是由滕尼斯从术语上将这种极化区分固定下来。而这也带来了持久的后果，正如莫根罗特在《共同体政治》一书的导言中所说："根据莱因哈特·索南施密特（Reinhart Sonnenschmidt）对'人民共同体'的民族社会主义政治的灵智派解读，'危机'和'共同体'形成了一个不幸的组合，一个在寻求救赎的过程中吞噬一切的组合。"上文引证过的索南施密特的书名——《作为现代灵智派的民族社会主义》，只展示了"共同体身份逻辑思维中固有的""致命后果"[1]。尽管社会学内部存在如涂尔干或赫尔穆特·普莱斯纳这样重要的反对声音，反对滕尼斯将社会和共同体的两极化规范性描述确立为社会学的基本概念，但所有理论的共同点是对危机的诊勘。

因此，当社会被认为处于危机之中，当团结和公共精神似乎正消退的时候，共同体主题似乎特别受欢迎。这也可与 20 世纪 80 年代的社群主义辩论以及政治哲学和社会科学领域内刚开始时属于重构性质的共同体当下的讨论联系起来。相关辩论和讨论可解释为对全球化新自由主义所做出的反应。

在与文学相关时，所提出的问题是它在这一危机话语中有怎样的特殊作用：关于共同体的文学讨论在多大程度上受制于这类危机的发展趋势？或者说，文学作为共同体的储存和反思媒介，其一般与不变的功能在危机时期"只是"被特别利用了？[2]

在"危机与共同体"主题下所收集的论文，讨论的是确实与历史危机或转折点相关的文学和哲学文本：文本所涉范围从法国大革命之前旧秩序后期（让-雅克·卢梭）和法国大革命（伊莎贝尔·德·沙

1　克拉斯·摩尔根罗特：《引论：共同体政治》，载：伯克尔曼（编）：《共同体政治》，第 11 页。
2　此处要感谢卡伦·施特鲁韦关于共同体（作为危机话语）主题的建设性讨论。

里埃、塞缪尔·贝克特等）到 20 世纪末的法国（米歇尔·维勒贝克、让·鲁奥德、弗朗索瓦·邦）和德国（克尔斯廷·亨塞尔、托马斯·罗森洛赫、托马斯·布鲁斯希、英戈·舒尔策或克尔斯廷·詹茨）——其标志为柏林墙的倒塌和由此产生的意识形态战线的解体、乌托邦的丧失和全球化——一直延展到最近的 90 年代以来危机四伏的古巴（安东尼奥·何塞·庞特，Antonio José Ponte）。这些文学例证表明，危机与共同体之间的联系并非必定是"不幸的"。这些实例让与共同体主题有关的特殊知识在虚构作品框架内展开、检验并成为现实。

在比较法国文学的两个核心文本时，玛戈·布林克重点选择的是卢梭的《新爱洛伊丝》（1761）和维勒贝克的《基本粒子》（1998）。这两个文本反映了资产等级社会产生和解体的条件。她探讨了共同体主题和危机之间的联系以及共同体概念下的文学创作。其论文"共同体作为文学中的危机话语：卢梭与维勒贝克思想研究"解释了两位作家如何深切地从失落角度探讨共同体主题及其作为对社会危机诊勘结果的回应问题，尽管《新爱洛伊丝》与《基本粒子》这两部小说提供的答案完全不同。另一方面，特别是结合卢梭的作品，论文研究了哪些共同体替代方案与这种对社会的消极观点相对立：例如，传统的乡村社区，以及与克莱伦斯庄园相关的替代性共同生活和共同劳作项目。这一项目被解释成传统社区和现代社会之间的一种调和。从性别角度来看，两个文本中的共同体设计很明显都有一个补充性的性别模式支撑。模式将一种特殊的共同体构建（同时也破坏共同体的）功能赋予其中的女性角色。然而，虽然卢梭明确地探讨了其女主人公的（自我）牺牲，从而也在他的复调性危机文本中写入了特殊性与共同体的矛盾性，但在维勒贝克意在挑衅的反乌托邦设计中，这个方面的要素却被隐匿了，而且，共同体的失败在这里本质上被归咎于女性争取解放的努力。因此，布林克的结论是，"事实证明，卢梭的文本在（今天）虽是不再具有挑衅性的文本，但却是如此不同的生动的审美虚构性创作，从而为现代社会中共同体的矛盾性提供了一种特殊的文学知识"。

克里斯蒂安讷·佐尔特-格雷塞尔（Christiane Solte-Gresser）在她的论文"命运共同体：论伊莎贝尔·德·夏里埃作品中的团结与差异"中，也展示了文学关于共同体特殊的、跨学科的知识是如何在虚构作品框架内展开并获得生机的。重点研究的是伊莎贝尔·德·夏里埃于大革命后不久写成的小说《三个女人》（1795），其中探讨了小说发展了哪些共同体方案和它们如何在美学维度上展开的问题。佐尔特-格雷塞尔令人印象深刻地说明了这一文学文本非凡的现实性。在这部作品中，三位女性在流亡的特殊情况下走到一起。相关的主题涉及"文化适应和身份认同之间的紧张关系，民族、性别和社会差异，殖民主义的政治与伦理问题，也涉及基于共同道德和意识形态基础展开讨论时的融合或排斥问题"。差异在小说中恰恰是作为自由与依赖之间的张力场内脆弱的共同体所具有的潜力出现的。佐尔特-格雷塞尔特别分析了小说中是如何形成文学上特定的共同生活知识（Ette）的。小说的原创性主要体现在美学方法上。凭借这类美学方法，共同体得以通过文学来传递，同时说服力也得以呈现出来。通过"对具体生活故事进行视角化、复调性、形象化和场景化处理，以及借助伦理与美学之间的特定联系"，形成了一种跨话语的知识，一种"以抽象和概括为基础的理论或哲学无法用此种方式来传递的"知识。伦理与美学间的特定联系是"通过采用令人印象深刻的图像、文字表述、修辞手法或互文联系来'生动'展现某些情境而产生的"。

沃尔夫冈·阿肖尔特（Wolfgang Asholt）在其"当代法国小说中失落的共同体与共同体乌托邦"一文中也强调，文学在共同体主题方面具有特殊的认知潜力。按照阿肖尔特的观点，特殊的共同生活知识和文学的抵抗潜能——让-吕克·南希将这种抵抗潜能归之于文学作为解构媒介的性质和共同体的不可占有性——首先体现在，文学与其他话语相比，不仅将个人经验、共同体的社会后果或共同体丧失的后果作为主题并加以反思，而且同时还使之可从情感上再度经历。然而，正如阿肖尔特通过让·鲁奥德、弗朗索瓦·邦和米歇尔·维勒贝克的部分作品所展示的，并不是每部作品都能同样以不同的方式成功展现这种特定的文学潜能。从这三位作家身上，我们可以清楚地看到，尽管他们都确证了共同体在当下的失落问题，并在他们的文本中进行了相关的文学处理，但他们给这一诊勘提供了无论是内容上还是美学上非常不同的答案。挑衅性的夸张处理，例如维勒贝克的夸张处理，虽能产生公共性影响，但导致了窄化成意识形态对峙和口号性表达的情况，而不是增强了反思与情感的密度，从而使鲁奥德与邦的文本在艺术上展现出特色。

尤利亚讷·舍恩艾希（Juliane Schöneich）的论文"在记忆与发明之间：论东德作家文本中确证身份的叙事策略"尤其表明，共同体的概念和相邻的概念如集体身份、集体记忆和文化记忆之间存在多方面的联系。她讨论了 1989 年后东德作家文本中的国家认同和共同体建构问题。其分析是以这一确认为出发点的：对东德时期的"传记性个人记忆"与政治-社会话语之间存在矛盾。对东德时期的回忆当然包括了真实存在的社会主义制度下生活的积极方面，政治-社会话语则主要强调了这一制度的非人性方面。从这一矛盾出发，以上论文讨论了在克尔斯廷·亨塞尔、托马斯·罗森洛赫、托马斯·布鲁斯希、英戈·舒尔策或克尔斯廷·詹茨的文本中采用了哪些写作策略和是否可以从中可得出建立、恢复或拒绝共同体身份的结论。

舍恩艾希揭示了如何优先地从非虚构体裁出发，同时在记忆和虚构之间的变化过程中使新旧共同体方案语境中的叙事身份脆弱性呈现出来。不可靠叙述者以及狂欢式和流浪汉题材元素，在此经常作为叙事策略发挥作用。这些叙事策略制造出讽刺和距离效果。相关讽刺和距离针对仍是从失落角度加以描述的共同体。舍恩艾希在她的研究中得出的结论是，在年轻作者的文本中坚持"东方身份"，不仅是为了后补性地构建一个经验与叙事共同体，从而建立一个较小代际单位的集体性记忆共同体，而且也是为了补充被认为是有缺陷的全德国性集体记忆。

在伊达·丹丘（Ida Danciu）的论文"安东尼奥·何塞·庞特《影子走私》中共同生活的城市岛与全球本地化要素"中，"转折点"或苏联解体后的危机也起到了核心作用。古巴作家庞特自 2006 年以来一直在西班牙流亡，他的小说以 20 世纪 90 年代初以来所谓和平年代的特殊时期为背景。这一时期受到经济危机的影响，并向古巴社会愈发不稳定的方向发展。丹丘特别选取多层面空间结构角度，分析了全球和地方对后现代个体所提要求之间的冲突及其对日常共同生活的破坏性影响是如何在小说中展开的。她借助对后现代部落主义（米歇尔·马费索利，Michel Maffesoli）、全球本地化问题（罗兰·罗伯逊，Roland Robertson）和散居生活政治（何塞菲娜·路德墨斯，Josefina Ludmers）所做的理论思考，展现了庞特的文本是如何呈示如下趋势的：一种构建临时共同体，将个体从传统社会形式中解脱出来，直至偶尔共享不稳定联合关系的趋势。这其间，恰恰是同性恋者这样的社会局外人，作为异质性行动者进入叙事中心。丹丘通过小说中描述的文化、性和危机关联，揭示了共同生活的全球本地化要素。

3.3 媒介共同体

本单元的论文考察共同体与表达的特定媒介间的相互作用。虽然大部分论文都描述了文学或语言共同体的构建，但最后一篇论文指出了人们对文学破坏（文盲）共同体的担忧。

本尼迪克特·安德森已经描述了小说和报纸在涉及民族共同体时的共同体建构功能[1]。前三篇论文借助不同的发表形式指明，除了小说和报纸外，还存在大量集体出版物。它们不仅通过媒介，而且作为作者集体，在神话–想象与现实层面上建立共同体。

18 与 19 世纪的文学沙龙代表了一种机构化的文学共同体形式。斯蒂芬妮·邦格（Stefanie Bung）在其论文"即兴诗与群体构建：作为关系空间的 17 世纪法国'沙龙'"中质疑，这一点在多大程度上像通常出现的情况那样，可以事实上回溯到 17 世纪的法国。她指出，这一时期的即兴诗被赋予了特殊的共同体建构功能，因为它以口传或手写轶事、书信和即兴诗的形式在作者和接受者的小圈子里流传；但与此同时，它也可以以印制的文集形式让更广大的读者群接触。对作者姓名的周详提示，让人感到有先在的作者群存在，然而，在没有进一步相关知识的情况下，作者群体的实际内涵仍处于不确定状态。因此，邦格的结论是，我们不能肯定地谈论物理意义上的沙龙。相反，她建议将沙龙理解为一个文学的、表演性的网络。在这个网络中，虚构的人和真实的人之间、社会游戏与文学之间不同层面上的跨界是决定性的。此外她还指出，今天的接受者仍然无可挽回地被排斥在彼时之文学共同体的解密游戏之外，由于缺乏来源，知识的语境已经无法重建。另一方面，这又隐含着现时的联结点，因为虚构姓名的游戏——究竟所指何人？——根本上还属于今天文学生活的一部分，如此一来，弄清楚真实姓名，不仅事关声誉，而且还可能带来法律后果。

1　安德森：《发明》，第 32—42 页。

　　沙龙式的文学共同体注重的是作为一个群体的自我展示，而18世纪的百科全书派则旨在对社会进行启蒙式的介入。卡伦·斯特鲁夫在"'一个由学者组成的社会'：狄德罗和达朗贝尔（1751—1772）所编《百科全书》中的共同体、社会与学者"一文中，揭示了语言和知识共同体理念本身是如何作为神话构建的基础发挥作用的。因此，《百科全书》的出版者将他们的自我形象塑造成一个学者共同体。他们以文学和科学的双重能力与特定的"哲学精神"而著称。然而，个人交流实际上只发生在一个小圈子里，因此，文人协会更像是安德森意义上的一个想象的共同体。鉴于这种形式的共同体主要是在文学设计中建立起来并得到保证的，斯特鲁夫就把这一方案解释为一种诗意-政治介入。这一介入为启蒙运动服务，为出于道德动机的知识传播和社会塑造服务。因此，正如斯特鲁夫所指出的，文学-政治介入并非必然与政治实践介入——例如以参加法国革命这种形式相对应。

　　鉴于20世纪欧洲危机局势的威胁，以集体方式介入政治-社会状况的必要性再次呈现在作家们面前。事实证明，杂志（或报纸）是一种尤其在危机时期蓬勃发展的有效媒介。它们往往是"另一种形式共同体"[1]短暂的尝试之地，也就是说，不单是借助其媒体反映来体验自己是一个"作家共同体"[2]，而且要补充的一点是，也是通过政治斗争的共同体来体验的。例如，加缪在阿尔及利亚反对殖民压迫和德国反法西斯主义斗争中所从事的新闻活动就是如此（见3.1）；或者说，由萨特和波伏娃在第二次世界大战后创办的著名文学政治杂志《现代》也是如此。此外，文学界还出现了其他期刊项目，其中包括《国际

1　埃马努埃尔·阿洛尼：《没有样板：诺瓦利斯、本雅明和布朗肖眼中写作者共同体的乌托邦》，载：弗里克等（编）：《图像与共同体》，第315—338页，此处所引为第315页。
2　同上。

评论》（Revue Internationale）的跨国项目。该项目直到近期才有些名气，在法国方面，是莫里斯·布朗肖（Maurice Blanchot）在其间发挥了决定性共同塑造作用。项目的政治-文学方案，与萨特的介入文学（littérature engagée）在当代的主导性诉求明显不同，在1960—1964年间，主要是在法国、德国和意大利的编辑组中实施。它可以被理解为对不同危机事件如阿尔及利亚战争和柏林墙修建等作出的反应。这些危机令西欧和东欧国家的知识分子感到震惊。同时，由于保守政府和共产党都失去了说服力，形成政治真空，因此，对一些知识分子来说，必须进行政治上的重新定位。政治真空将由明确的文学-政治性和跨国家性期刊实验来填补。按照布朗肖的观点，这将能够"提供答案，解开一个时代向另一个时代过渡的重大谜团"[1]。

正如西尔维娅·普里奇（Sylvia Pritsch）在她的论文"作为媒介政治的'多元书写'：共同体革新中的作家多重身份研究"中所解释的那样，这个答案中包含了多元书写（écriture plurielle）的诗意概念和编辑概念。在面对政治威胁事件时，布朗肖不是在"清晰"（加缪）或"平淡"（萨特）的语言中，而是在写作的复调性中寻找真正的言说。对他来说，作家的责任在于允许这种复调性存在，或通过多重作者身份构建这种复调性，从而使差异呈现出来。从20世纪60年代的后结构主义方案出发，普里奇追问多重作者身份的概念在多大程度上具有可比性，想弄清这些概念怎样与数字媒体，特别是与21世纪初的网络艺术项目联系在一起。它们的确显示出了结构上的相似性，但媒体环境已经发生改变，因此，不仅多种声音可以表达自己，而且还产生了新的导向必要性。有趣的是，不管是共产主义还是无政府主义的政治自我理解，那些自由论者的共同体观念都体现了一个共同的政

1　布朗肖：《作品集》，第61页。

治倾向。

迄今所提到的媒体共同体形式，均基于集体性作者身份或至少是共同的接受语境——这点与小说不同，例如麦克卢汉就指责小说在接受方面是孤立性的。塞西尔·科瓦夏齐（Cécile Kovacshazy）在"'我写作，所以我被排斥在共同体之外'：罗姆作家研究"一文中，以罗姆作家为例说明文学不仅不能产生共同体构建效果，相反还会对现有的文化共同体形式，尤其是对那些基于口述传统和无声模仿要素的共同体产生简直是毁灭性的影响。科瓦夏齐描述了罗姆人成为作家时产生的生存冲突：虽然他们把自己看作共同体的代言人，并被文学公众这样接受，但他们的作品在罗姆人社区被视为对共同体的背叛。人们对此的反应就是排斥作家。因此，可以得出这样的结论：媒体不仅产生了集体性自我[1]，而且它们的运用也会使集体性自我被质疑。

本节的论文提供了有趣的线索，展示共同体是如何通过书面或口头形式的文学网络建立起来的。即使文学共同体设计和自我理解同 20 世纪和 21 世纪的沙龙、百科全书或出版形式不同，但从中仍可察觉到一种与文学媒介相联系的先锋姿态——显而易见，在 17 世纪的即兴诗、20 世纪和 21 世纪的百科全书和批评性文学期刊以及互联网项目那里，都不涉及当时声誉卓著的文学体裁。无论如何，不论是在 17 世纪"沙龙"的知情者共同体意义上，还是在启蒙运动真正的代表性言说意义上，或者是在对写作的颠覆性言说（布朗肖）意义上，文学的视角都表明是享受优先权的。反过来说，（文学）写作的力量表明，可以设定不受控制的意义，也就是比方说在罗姆人共同体背景下被体验为威胁的东西。

1　西格弗里德·杰林斯基：《[……据媒体]：20 世纪末的消息》，柏林，2011 年，第 20 页。

3.4 共同体的文学-政治

到目前为止所有已介绍的论文都表明，文学和共同体之间的关系问题总是指向一个社会政治维度。而本章节的文稿探讨的是文学和文学批评家是否以及以何种形式肩负具体的政治-伦理责任。在现代性和后现代性中，对这个问题的回答往往是在文学共同体建构的积极模式和消极观点之间游走。消极观点不是将文学的影响确立在肯定性陈述中，而是将之系于审美-解构性写作的方法。这类方法对意义的开放和推延具有影响作用。

维姆·佩特斯在"共同体套话：波朗、布朗肖与贝克特思想研究"（Paulhan, Blanchot und Beckett）一文中提出了对意义否定和解构的激进方法。重点是修辞学套话的矛盾性。这类套话构成了交流共同体的基础，但同时又作为集体性法律权力表达与暴力相关。这就提出了一个矛盾的问题：是否以及如何借助语言，即借助被设定为"直接"交流的文学语言，抵达这类（代表性）语言的外部。贝克特所期待的答案同样也是暴力形态的，而且借用波朗的话说，是以"恐怖统治"（terreur）的隐喻来装扮的，这一隐喻成为一种激进性否定的体现。其中的蕴含是公共语言必然会"消亡"，并假借着文学思想的自由之名。但最终，言语和意义是不可以被围堵的，这不仅有利于修辞短语的普遍性，也有利于文学。佩特斯在此借助贝克特、波朗的观点并再一次依凭布朗肖的"共产主义共同体"概念，探讨了在语言与死亡之间或语言与革命性变革和爆发事件之间的关系中，可言说之物的界限何在。由此可以看到，暴力形式和语言的不竭性是如何既为共同体设置界限，又使共同体发生变革的。

如果说在这些西欧作家这里，一开始就存在对自己文化的规则和语言感到厌倦的情形，那么，因为引入移民和（新）殖民主义经验，后殖民语境下约定俗成性的排斥与包容机制问题便具备了另一种存在的紧迫性。从后殖民主义角度追问的是"地缘政治空间作为地方或跨国的现实，可能是什么"的问题[1]，因此霍米·巴巴（Homi Bhabha）呼吁"彻底修改人类共同体概念"。艺术和文学的功能是作为第三空间发挥作用，作为质疑共同体、国家和现代性的地方。这一空间使受压抑之物被记录下来成为可能，并成为"文化翻译反叛行为"意义上求"新"的起点[2]。只要文学保存有历史的情境，那么文学批评家也就有一份伦理责任："[……] 理论家必须尝试充分认识那些萦绕于历史当下的未曾说出并未被描述的过往，并为之肩负起责任"[3]。这也包括了相关的分析，即行动能力如果经由话语的意义赋予过程成为可能或被改变。

美国社会科学家和哲学家理查德·罗蒂（Richard Rorty）以其文学团结的概念提出了一个第一眼看上去颇为相似的主张。马库斯·维法恩（Markus Wiefarn）在"阅读共同体：理查德·罗蒂的文学与团结"一文中对罗蒂的这一概念进行了批判性反思。从文化局外人怎样变成局内人的问题出发，罗蒂将文学经验作为共同体构建的动机来宣传。他尤其认为小说有能力推动转变与整合过程，并通过可产生移情作用的具体感化功能来传递未知的视角。然而，正如韦法恩批判性阐述的那样，罗蒂设计了一个美学和政治上有所限制的模式：文学作为情感移入之传递工具的概念，仅限于 19 世纪的现实性社会小说，据此，社会被排斥者的写入只能由社会局内人来完成。因此，不仅是阅读共同体受到了限制，而且作家共同体即便能接纳社会边缘人和被排斥者的声音，也只能是作为代言人来发挥作用。

1　霍米·巴巴：《文化的本土化》，图宾根，2007 年，第 8 页。
2　同上，第 10 页。
3　同上，第 18 页。

因此，与巴巴相比，罗蒂从一个相反的角度设计了一个积极的文学共同体建构模式，其目的不是从根本上质疑社共同体身份，打破权力等级制度，而是在其框架内扩展现有的共同体，将迄今为止的被排斥者纳入其中。

莱昂哈德·福斯特（Leonhard Fuest）在他的论文"小矮人的政治：论当代文学和哲学中特定共同体的构建"中，也提到了这一诉求：借助文学来重新写入从文化史中被排斥的东西。他举证本雅明、卡夫卡、泽巴尔德和阿甘本等人，从解构角度主张要重视"微小美学"。小矮人、鬼魂、侏儒等小角色，从他们自己"自下而上"的角度，以及自他们经常被忽视的事实出发，在非常不同的文学体裁中创造了一个特殊的知识空间。在那里，被遗忘者和被压抑者的记忆得以保存，这点在危机时期尤有清晰体现。科学和艺术领域之间的这类空间需要保留或推进，福斯特将这一点作为文学与文学研究服务于共同体的微观政治策略来加以宣传。

与此题旨相反，奥特马尔·埃特（Ottmar Ette）要求在生命科学语境下对文学和文学研究进行全面的重新定位（参见本论文中第3部分）。他在其"追寻失落的共生：论马里奥·巴尔加斯·略萨（Mario Vargas Llosa）《公羊的节日》里关于欢乐的文学知识"一文中研究了拉丁美洲文学史中的核心问题，即在经历了残酷的暴力之后，共生的形式——欢乐如何竟能成为可能。借助略萨的小说《公羊的节日》，埃特分析了文学文本将经验和虚构要素浓缩成一种"生活知识"形式的力量。像巴巴一样，埃特不仅将一种补偿（"治愈"）效能归于文学叙事——因为被压抑、被禁止或失去的东西现在得到了承认，而且还将一种未来的力量归结于它，以提示新的共存形式。在这类共存形式中，断裂、多元文化要素、语际和跨语言元素是理所当然的事。对埃特来说，这恰恰是融洽概念的潜力所在，融洽概念应发展成一个关键概念；通过这个关键性概念，这种知识也可以在文学框架之外寻求新的共同体形式时富于成效。

所以，对文学和文学批评的伦理-政治责任问题的回答，彼此间是相当不同的。似乎存在这种一致性：文学在涉及共同体问题时具有在文学范畴之外也很重要的知识和认知潜能。然而，如何运用这些潜能，仍然是一个策略选择问题：要么是如第一篇论文所示，通过语言的暴力揭示共同体在可言说之物边缘处的边界；要么就是如第二篇论文所展示的，通过文学的写入来扩展共同体边界；要么就是通过颠覆性或前瞻性重写来实现（参见福斯特和埃特）。文学的表演潜力似乎可在为共同体构建服务的过程中展现出来，但根据所选择的积极或消极策略，其直接形式有所不同。在埃特的模式中，美学否定性因素与文学积极的虚构塑造力最终以一种方式结合在一起。这类要素使这些文学方法间的严格对立，因为全球化世界的多层面性而不过是作为西欧文学史过时的遗产显现出来。这也可以被视为对巴巴所提要求——在后殖民主义符号下重写现代——的回应。

因此，在概述中可以看出共同体诸要素间多样性的游迁。本论集所做的范畴划分被证明是暂时性的，每个范畴都是为了集中探讨共同体某个特定的方面，而在许多情况下，这些范畴区分实际上已被打破。共同体话语是危机的一种表达，几乎所有论文都揭示了这一点。对个人和共同体之间的关系问题或伦理潜能问题，同样也多有研讨。政治-文化性质的共同体之特定的性别结构层面，尽管只有几篇论文明确对之展开了研究（参见邦格、佐尔特-格雷塞尔、布林克），但也被证明是本论集所讨论的关键问题。对文学和其他文化语境中共同体问题未来要展开的跨学科研究来说，这里所提及的理论与主题交集点，或许能标示出不同概念、时代和文化以及学科和媒介之间（文学）共同体游迁的一些核心路径。

鸣　谢

　　最后，我们真诚地感谢所有对会议举办和论集出版做出了贡献的人与机构。从资金支持和组织角度看，我们首先要感谢奥斯纳布吕克大学的罗曼语研究所，感谢它对会议和论集给予的慷慨支持。此外，中央研究池和奥斯纳布吕克大学联合会的资金以及与西下萨克森文学之家的合作，也为整个项目的成功做出了贡献。我们还要特别感谢沃尔夫冈·阿肖特教授（Wolfgang Asholt），感谢他从一开始就对会议和出版计划提供了实践与观念上的支持，还要感谢丛书出版人克里斯蒂安讷·佐尔特-格雷塞尔教授（Christiane Solte-Gresser）和曼弗雷德·施梅林教授（Manfred Schmeling），他们为本项目提供了合适的出版契机。上述所有人与机构一起努力，跨越学科界限，以投入和耐心为促进与推动文学之中并通过文学所展现的共同体神话与共同体可能性的学术探讨做出了贡献。

参 考 文 献

Agamben, Giorgio: *Die kommende Gemeinschaft* [1990], Hamburg 2005.

Anderson, Benedict: *Imagined Communities. Reflections on the Origin and Spread of Nationalism* [1983], London/New York 1991.

Andrejevic, Mark: Facebook als neue Produktionsweise, in: Leistert, Oliver/Röhle, Theo (Hg.): *Generation Facebook. Über das Leben im Social Net*, Bielefeld 2011, S. 31–49.

Angehrn, Emil/Baertschi, Bernard (Hg.): *Gemeinschaft und Freiheit. Communauté et Liberté*, Bern/Stuttgart/Wien 1995.

Arnim, Ludwig Achim von: Von Volksliedern, in: *Des Knaben Wunderhorn. Alte deutsche Lieder*, gesammelt v. Achim von Arnim u. Clemens Brentano, krit. Ausgabe, Stuttgart 1987, Bd. 1, S. 389–414.

Asholt, Wolfgang/Ette, Ottmar (Hg.): *Literaturwissenschaft als Lebenswissenschaft. Programm-Projekte-Perspektiven*, Tübingen 2010 (edition lendemains Nr. 20).

Assmann, Jan: *Das kulturelle Gedächtnis. Schrift, Erinnerung und politische Identität in frühen Hochkulturen*, München 1999 (5. Aufl.). Ders.: Kollektives Gedächtnis und kulturelle Identität, in: ders./Hölscher, Tonio (Hg.): *Kultur und Gedächtnis*, Frankfurt/M. 1988, S. 9–19.

Auerbach, Nina: *Communities of Women: An Idea in Fiction*, Cambridge/MA 1978.

Bal, Mieke: *Travelling Concepts in the Humanities. A Rough Guide*, Toronto/ Buffalo/London 2002.

Barthes, Roland: *Comment vivre ensemble: simulations romanesques de quelques espaces quotidiens; notes de cours et de séminaires au Collège de France, 1976–1977*, Paris: Seuil [u.a.], 2002 (dt.: *Wie zusammen leben. Simulationen einiger alltäglicher Räume*, Frankfurt/M. 2007).

Bataille, Georges: Der heilige Eros, in: *Œuvres complètes* III, Paris 1967.

Bauman, Zygmunt: *Community. Seeking Safety in an Insecure World*, Cambridge/ Oxford/Boston 2000 (dt.: *Gemeinschaften: auf der Suche nach Sicherheit in einer bedrohlichen Welt*, Frankfurt/M. 2009.

Baumbach, Sybille/Michaelis, Beatrice/Nünning, Ansgar (Hg.): *Travelling Concepts, Metaphors, and Narratives. Literary and Cultural Studies in an Age of Interdisciplinary Research*, Trier 2012.

Benhabib, Seyla: *Selbst im Kontext: kommunikative Ethik im Spannungsfeld von Feminismus, Kommunitarismus und Postmoderne*, Frankfurt/M, 2002.

Bhabha, Homi: *Die Verortung der Kultur*, Tübingen 2007.

Bippus, Elke/Huber, Jörg/Richter, Dorothee (Hg.): *Mit-Sein, Gemeinschaft- ontologische und politische Perspektiven*, Wien 2010.

Blanchot, Maurice: *La communauté inavouable*, Paris: Minuit 1983 (dt: *Die uneingestehbare Gemeinschaft*, Berlin 2007).

Böckelmann, Janine/Morgenroth, Claas (Hg.): *Politik der Gemeinschaft: zur*

Konstitution des Politischen in der Gegenwart, Bielefeld 2008.

Bogdal, Klaus Michael: Das Biologische und das Historische. Bewegungen im Grenzgebiet, in: Asholt, Wolfgang/Ette, Ottmar (Hg.): *Literaturwissenschaft als Lebenswissenschaft. Programm – Projekte – Perspektiven*, Tübingen 2010 (edition lendemains Nr. 20), S. 85–92.

Bommes, Michael/Tacke, Veronika (Hg.): *Netzwerke in der funktional differenzierten Gesellschaft*, Wiesbaden 2011.

Brink, Margot/Solte-Gresser, Christiane (Hg.): *Écritures. Denk- und Schreibweisen jenseits der Grenzen von Literatur und Philosophie*, Tübingen 2004.

Caduff, Corina/Sorg, Reto (Hg.): *Nationale Literaturen heute – ein Fantom? Die Imagination und Tradition des Schweizerischen als Problem*, München 2004.

Classen, Albrecht: *Verzweiflung und Hoffnung: die Suche nach der kommunikativen Gemeinschaft in der deutschen Literatur des Mittelalters*, Frankfurt/M. u.a. 2002.

Clausen, Lars/Schlüter, Lars (Hg.): *Hundert Jahre „Gemeinschaft und Gesellschaft“: Ferdinand Tönnies in der internationalen Diskussion*, Opladen 1991.

D'Monte, Rebecca/Pohl, Nicole (Hg.): *Female Communities 1600–1800. Literary Visions and Cultural Realities*, Houndmills u.a. 2000.

Ebert, Christa/Sändig, Brigitte (Hg.): *Ideen und Bilder von Gemeinschaftlichkeit in Ost und West*, Frankfurt/M. 2008.

Erdrich, Heid E./Tohe, Laura (Hg.): *Sister Nations: Native American Women Writing on Community*, St. Paul/Minn. 2002.

Erll, Astrid: *Kollektives Gedächtnis und Erinnerungskulturen. Eine Einführung*, Stuttgart/Weimar 2005.

Esposito, Roberto: *Communitas. Ursprung und Wege der Gemeinschaft*, Zürich/Berlin 2004. Ders.: *Immunitas. Schutz und Negation des Lebens*, Zürich/Berlin 2004.

Ders.: *Immunitas. Schutz und Negation des Lebens*, Zürich/Berlin 2004.

Ette, Ottmar: *Konvivenz. Literatur und Leben nach dem Paradies*, Berlin 2012.

Ders. (Hg.): *Wissensformen und Wissensnormen des ZusammenLebens. Literatur – Kultur – Geschichte – Medien*, Berlin/Boston 2012.

Ders.: *ZusammenLebensWissen. List, Last und Lust literarischer Konvivenz im globalen Maßstab*, Berlin 2010.

Ders.: Literaturwissenschaft als Lebenswissenschaft. Eine Programmschrift im Jahr der Geisteswissenschaften, in: *Lendemains* 126–127 (2007), S. 7–32.

Ders.: *ZwischenWeltenSchreiben: Literaturen ohne festen Wohnsitz*, Berlin 2005.

Ders.: *ÜberLebenswissen. Die Aufgabe der Philologie*, Berlin 2004.

Fangerau, Heiner (Hg.): *Netzwerke: allgemeine Theorie oder Universalmetapher in den Wissenschaften?: ein transdisziplinärer Überblick*, Bielefeld 2009.

Fricke, Beate/Klammer, Markus/Neuner, Stefan (Hg.): *Bilder und Gemeinschaften: Studien zur Konvergenz von Politik und Ästhetik in Kunst, Literatur und Theorie*, München 2011.

Gertenbach, Lars/Laux, Henning/Rosa, Hartmut/Strecker, David (Hg.): *Theorien der Gemeinschaft zur Einführung*, Hamburg 2010.

Gotzmann, Carola L.: *Gemeinschafts- und Individualstruktur in der Artusdichtung: Interpretation und Typologie*, Berlin 2009.

Hardt, Michael/Negri, Antonio: *Multitude, War and Democracy in the Age of Empire*, New York 2004.

Hausen, Karin: Die Polarisierung der „Geschlechtscharaktere". Eine Spiegelung der Dissoziation von Erwerbs- und Familienleben [1976], gekürzt in: Hark, Sabine (Hg.): *Dis/Kontinuitäten. Feministische Theorie*, 2. aktual. u. erw. Aufl., Wiesbaden 2007, S. 173–196.

Hebekus, Uwe/Matala de Mazza, Ethel/Koschorke, Albrecht (Hg.): *Das Politische. Figurenlehre des sozialen Körpers nach der Romantik*, München 2003.

Hepp, Andreas: *Medienkultur. Die Kultur mediatisierter Welten*, Wiesbaden 2011.

Hitzler, Roland/Honer, Anne/Pfadenhauer, Michaela (Hg.): *Posttraditionale Gemeinschaften. Theoretische und ethnografische Erkundungen*, Wiesbaden 2008.

Hobshawn, Eric: *Nations and Nationalism since 1780, Programme, Myth, Reality*, Cambridge/New York/Melbourne 1990.

Honneth, Axel (Hg.): *Kommunitarismus. Eine Debatte über die Grundlagen moderner Gesellschaften*, Frankfurt/M./New York 1993.

Ihring, Peter: *Die jugendliche Gemeinschaft zwischen Mythos und Wirklichkeit. Motivtypologische Studien zum französischen Adoleszenzroman von 1900 bis 1940*, Bonn 1989.

Matala de Mazza, Ethel: *Der verfaßte Körper: zum Projekt einer organischen Gemeinschaft in der politischen Romantik*, Freiburg im Breisgau 1999.

Michael, Magali Cornier: *New Visions of Community in Contemporary American Fiction: Tan, Kingsolver, Castillo, Morrison*, Iowa 2006.

Nancy, Jean-Luc: *La Communauté désœuvrée* [1983], Paris: Bourgois 1986 (dt.: *Die undarstellbare Gemeinschaft*, Stuttgart 1988).

Ders.: *Être singulier pluriel*, Paris: Éditions Galilée 1996 (dt.: *singulär plural sein*, Zürich/Berlin 2004).

Ders.: *La Communauté affrontée*, Paris: Galilée 2001 (dt.: *Die herausgeforderte Gemeinschaft*, Zürich/Berlin 2007).

Neumann, Birgit/Nünning, Ansgar (Hg.): *Travelling Concepts für the Study of Culture*, Berlin/Boston 2012.

Opielka, Michael: *Gemeinschaft in Gesellschaft. Soziologie nach Hegel und Parsons*, Wiesbaden 2004.

Osterkamp, Frank: *Gemeinschaft und Gesellschaft: über die Schwierigkeiten einen Unterschied zu machen; zur Rekonstruktion des primären Theorieentwurfs von Ferdinand Tönnies*, Berlin 2005.

Plessner, Helmuth: *Die Grenzen der Gemeinschaft. Eine Kritik des sozialen Radikalismus* [1924], Bonn 1972 (2. Aufl.).

Pritsch, Sylvia: Auf der Suche nach dem Third Space: hybride (Geschlechts-) Identitäten jenseits von Fremdem und Eigenem, in: jour fixe initiative berlin (Hg.), *Wie wird man fremd?*, Münster 2001, S. 171–206.

Dies.: *Rhetorik des Subjekts. Zur textuellen Konstruktion des Subjekts in feministischen und anderen postmodernen Diskursen*, Bielefeld 2008.

Rancière, Jacques: *La Mésentente. Politique et Philosophie*, Paris: Galilée 1995 (dt.: *Das Unvernehmen. Politik und Philosophie*, Frankfurt/M. 2002).

Raulet, Gérard/Vaysse, Jean-Marie (Hg.): *Communauté* et *modernité*, Paris: L'Harmattan 1995.

Riedel, Manfred: Gemeinschaft, in: *Historisches Wörterbuch der Philosophie*, hg. v. Joachim Ritter, Basel/Stuttgart 1974, S. 239–243.

Rothstein, Sigurd: *Der Traum von der Gemeinschaft: Kontinuität u. Innovation in Ernst Tollers Dramen*, Frankfurt/M. u.a. 1987.

Sasse, Sylvia/Wenner, Stefanie (Hg.): *Kollektivkörper. Kunst und Politik von Verbindung*, Bielefeld 2002.

Sandermann, Philipp: *Die neue Diskussion um Gemeinschaft. Ein Erklärungsansatz mit dem Blick auf die Reform des Wohlfahrtssystems*, Bielefeld 2009.

Schöning, Matthias: *Versprengte Gemeinschaft: Kriegsroman und intellektuelle Mobilmachung in Deutschland 1914–1933*, Göttingen 2009.

Schwanenberg-Liebert, Claudia: *Von der Gemeinschaft zur Einsamkeit: Studien zum Auftreten eines literatursoziologischen Phänomens im Werk Wilhelm Raabes*, Frankfurt/M. u.a. 1992.

Spitta, Juliane: *Gemeinschaft jenseits von Identität? Über die paradoxe Renaissance einer politischen Idee*, Bielefeld 2012.

Dies.: Gemeinschaft, Multitude oder das Kommune. Begriffsperspektiven im Spannungsfeld zwischen nationaler Identifikation und kollektiver Aneignung, in: *grundrisse-zeitschrift für linke theorie & debatte*, Herbst 2010 (35) (Schwerpunkt: das commune als alternative? debatten und kritiken des gemeinsamen); (http://www.schattenblick.de/infopool/medien/altern/grund027.html, Zugriff: 6. 3. 2013).

Taylor, Charles: *Wieviel Gemeinschaft braucht die Demokratie? Aufsätze zur politischen Philosophie*, Frankfurt/M. 2001.

Tietz, Udo: *Die Grenzen des Wir. Eine Theorie der Gemeinschaft,* Frankfurt/M. 2002.

Tönnies, Ferdinand: *Gemeinschaft und Gesellschaft. Grundbegriffe der reinen Soziologie* [1887], Darmstadt 1969.

Vogl, Joseph: *Gemeinschaften. Positionen zu einer Philosophie des Politischen*, Frankfurt/M. 1994.

Weigel, Sigrid: *Literatur als Voraussetzung der Kulturgeschichte. Schauplätze von Shakespeare bis Benjamin*, München 2004.

Wenzler-Stöckel, Isabel: *Spalten und Abwehren: Grundmuster der Gemeinschaftsentwürfe bei Ferdinand Tönnies und Helmuth Plessner*, Frankfurt/M. 1998.

Woznicki, Krystian: *Wer hat Angst vor Gemeinschaft? Ein Dialog mit Jean-Luc Nancy*, Berlin 2009.

Ders. (Hg.): *Vernetzt*, Berlin 2009.

Zielinski, Siegfried: [*...nach den Medien*]. *Nachrichten vom ausgehenden Zwanzigsten Jahrhundert*, Berlin 2011.

特殊性与共同体

多里特·梅斯林

"作为个体的我，听从共同体的召唤"[1]：论弗里德里希·施莱格尔个体化和公共精神张力场中的诗学

由弗里德里希·施莱格尔（Friedrich Schlegel）本质性决定的早期浪漫派形象，常常在解释上具有一种明显的矛盾性。一方面，那时的美学和诗学正朝着现代性的方向发展，文学的研究兴趣在于早期浪漫主义对这种美学和诗学的概念化；另一方面，早期浪漫主义诗学和哲学中具有现代批判性的一面又把学界的目光引向了浪漫主义同前现代的或是同极权主义的共同体形式的密切联系上。因此，这一文学现象在文学研究中被描绘为一个封闭的交流共同体[2]，这类共同体在有意识地、秘传性地与社会相分隔的情况下形成，是对前现代"有机共同体"[3]

---

1 这个表述最早来源于品达诗歌的弗里德里希·施莱格尔译本，载：《弗里德里希·施莱格尔文集评述版》，恩斯特·贝勒主编，让·雅克·昂赛克和汉斯·埃希纳编，帕德博恩等地，1958—1960年。（下文简写为 KFSA 加卷数），此处：KFSA I，第558页。

2 德克·冯·彼得斯托夫：《神秘传说：浪漫主义知识分子的自我认识研究》，图宾根，1996年。

3 埃塞尔·马塔拉·德·马扎：《被书写的身体：有机共同体方案》，弗赖堡，1999年。埃塞尔·马塔拉·德·马扎针对这一主题撰写的正式文献并没有论及弗里德里希·施莱格尔早期撰写的文章中给他留下深刻印象的早期浪漫主义共同体概念。

思想的概念化，也是作为共同体思维政治上的二律背反问题加以讨论的。在这种共同体思维中，"极权主义、人民和国家本质的基本动因在不断强化"[1]。

早期浪漫主义既可被视作现代性的角力场，又可被视为扭转现代倾向之尝试，即便人们不对它的这种矛盾形象提出全然质疑，也能通过对早期浪漫主义的诗学和文化理论的考察而发现，目前存在将"共同体"概念与保守文化内涵相勾连，并将它同现代"社会"这一概念明确对立的趋势，而仅将浪漫主义的共同体思想置于这种趋势下观察是不妥当的。恰是这一与社会之间的反现代性对立，与耶拿和柏林浪漫派的城市公共精神格格不入。这点可以从早期的城市共同体概念中读解出来。该概念在早期浪漫派诗学不同的文学–审美语境中发挥着作用。因此，应当呈现以此概念为基础的生活实践设计。根据这些设计，当有可能发展出密切的共同生活形式，并将之与个体自我实现和自由的要求联系起来。这一主张在《雅典娜神殿》的预告中指引方向性地被提了出来：

> 我们彼此之间有许多共同的观点，但并不打算把对方的观点变成自己的观点。[……]更不应该为了平庸的一致性而哪怕牺牲分毫精神的独立性，因为只有这样，有思想的作家的事业才能蓬勃发展。因此，在本杂志的发展过程中，可能经常会出现不同的意见。[2]

---

1 约瑟夫·福格：《共同体：政治哲学立场研究》，法兰克福（美因河畔），1994年，第10页。
2 奥古斯特·施莱格尔，弗里德里希·施莱格尔：《前记忆》，载：《雅典娜神殿：奥古斯特·威廉·施莱格尔和弗里德里希·施莱格尔的杂志》第3卷。（恩斯特·贝勒，达姆施塔特，1992年，再版，第1卷，第1、2册，第1页。）

早期浪漫派整个的理论建构都渗透着这一基本主题的不同变奏。它包括了对各自之当下的个性与社会性之间关系的追问，并最终向早期浪漫派生活艺术（作为自由、解放之精神的共同体）的方案化发展。在耶拿开设的"超验哲学"（1800/1801）讲座中，弗里德里希·施莱格尔借助统一性与多样性的人类学和社会学思考形象表达了其思想中非常核心的自由与共同体主题：

社会既是多样性的统一，也体现为统一的多样性；但如果自由是绝对的，就不可能有共同体，**反之亦然**。因此，我们必须寻求一个中间概念，将这两个概念联系起来，并使之成为可能。这就是平等的概念［……］**共同体和自由并存才是至善**。

至善学说［自由和共同体，A.d.V.］与人类理论相当一致。至善应当是并决定着所有目的的目的［……］。[1]

这一纲领性表述中值得关注的一点是，这里所表达的平等主义共同体理念并不完全符合传统定义。在传统定义中，与整个社会公共性相对立的浪漫派排他性共同体本身是自相矛盾的。如果我们关注早期浪漫派诗学在何种程度上是从施莱格尔对古代文化的古典学研究中产生的，那么，这一点就更加清楚了。弗里德里希·施莱格尔在早期浪漫派理论构建时期的诗学纲领是"本质上的现代与本质上的古代相融合"[2]。其间他从古代研究中吸取了文化理论方面的观点。在这些研究中，他将希腊诗歌和哲学的特殊性——也就是"本质上的古代"之所指——定位于一个以"所有个体的社会性和共性"[3]为特征的共同体

---

1 KFSA Ⅲ，第 46—47 页。
2 KFSA XXⅢ，第 185 页。
3 KFSA Ⅰ，第 563 页。

中。古代诗歌的审美典范性是建立在希腊人的习俗共同体上的，与现代性的分裂状态形成对照，是一种以之解释现代诗歌的分析性背景。施莱格尔将希腊诗歌的特殊性同公共精神的观念联系起来。这一观念的参照点是古代城邦。城邦被想象为矛盾性意志与观点构建的公共交流联系体。

悲剧和喜剧理论中共同体的视觉化

早期浪漫派对阿提卡戏剧的研究表明，在早期浪漫主义诗学中，对古代诗歌的探讨是如何作为公共政治表演的视觉化活动展开的，是怎样在生动的政治共同体场景中呈现的。自 1793 年以来，弗里德里希·施莱格尔在对古希腊进行研究的过程中一直对阿提卡喜剧感兴趣；在这一时期，他告知其兄长奥古斯特·威廉·施莱格尔一个不同寻常的计划：撰写"阿里斯托芬的辩护词"[1]。一年后，"论希腊喜剧的美学价值"（1794）一文发表，其中已预先展示了在科隆开设的"欧洲文学史"（1803/1804）讲座中介绍文学史时的基本诗学立场。[2] 从其古代研究到开设大型讲座这段时间，弗里德里希·施莱格尔将阿提卡喜剧理解为公共道德独特的希腊表达形式。这一表达形式被他赋予了共同体构建的政治功能。[3][4] 在施莱格尔的理解中，希腊人的宗教、道德、政治和艺术是一种共同生活展开的不同形式。如果着眼于"酒神节"之机构性的确立，在施莱格尔看来，共同生活的展开见之于宗教

1　奥斯卡·瓦尔泽（编）：《弗里德里希·施莱格尔给兄长奥古斯特·施莱格尔的信件》，柏林，1890 年，第 194 页。
2　讲座内容同施莱格尔撰写的数篇以欧洲文学研究为主题的遗作一并收录于 KFSA Ⅲ。（KFSA Ⅺ，第 86—89 页。）
3　参见，KFSA Ⅰ，第 13 页。
4　同上，第 182 页、第 185 页。

祭祀和政治-公共生活之间的联系之中。

　　施莱格尔认为，古代雅典在宗教和政治的相互作用中产生的绝对审美自主性，源于"共和主义自由的特性"，并借由其对公共生活语境所具有的显著意义呈现出来。[1]奥古斯特·威廉·施莱格尔通过他以戏剧艺术和文学为主题的讲座使自己弟弟的喜剧诗学为大众所知，他在研究这种引人注目的奇特[2]艺术形式时，也认为其中最为核心的事实是"古代戏剧［……］曾和雅典的自由同时繁荣发展［……］"。[3]在希腊喜剧中，"创造性机智的任意性占有绝对的统治地位"。这种喜剧的文学形式世界"向来都是政治性的"[4]。兄弟二人都认为喜剧是"民主的诗歌"，因为它受这样一种原则支配："宁可忍受无政府状态的混乱，也不限制所有精神力量、所有意图，甚至个体思想、观念和影射的普遍性自由。"[5]

　　古代喜剧的主题是公共生活，它在希腊人的讽刺诗中受到批判性审视。施莱格尔兄弟从这种讽刺诗中看到了一种诗意的政治实践。在此实践中，公共事务成为主题，关于共同利益的建议被提出。因此，他们将喜剧解释为一种在现代诗歌中未见有相应体现的政治机制。

　　施莱格尔兄弟从这个角度出发，为启蒙运动后期文化中评价不高的阿里斯托芬喜剧诗歌作了辩护。奥古斯特·威廉·施莱格尔与他弟弟的观点一致，指出备受指责的阿里斯托芬并不是一个"伤风败俗的丑角"，因为他的"感观的闹剧"至少是为了"可以说出大胆的真相"：[6]

1　**KFSA Ⅺ**，第 87 页。
2　《全集》第 5 卷，第 178 页。
3　同上，第 189 页。
4　同上，第 182 页、第 185 页。
5　《全集》第 1 卷，第 182 页。
6　《全集》第 1 卷，第 190 页。

从来没有一个君主，也就是雅典民众，允许别人在自己心情大好的情况下告知最有冲击力的真相，甚至能任其当面嘲讽。即使是国家治理的弊端并未因此而被革除，但他们能容忍这些弊端被无情地揭露，也是一件大好事。[1]

奥古斯特·威廉·施莱格尔在此勾画了一种高度发达的辩论文化的图景。这种辩论文化使针对时弊的诸如此类的批评在公开辩论中成为可能。早期浪漫派对阿提卡喜剧的研究是一种文化写照。这种文化对尚可容忍之争辩的边界定得很宽，即便是那些让人不快的真相——那些人们因为对公开争辩怀有优雅的兴趣而能忍受的真相——也可在其中被揭露出来。

弗里德里希·施莱格尔将"巨大的影响力"归功于喜剧的政治效果，因为希腊戏剧，正如《关于诗的对话》（1800）一书中所说，"最有效地干预了［公共］生活"。[2] 喜剧的诗学并没有被施莱格尔兄弟理解为一套既定的美学规则，而是被理解为公开辩论、批评和挑衅之无限敞开的艺术形式。据此，古代戏剧的政治功能就在于建立一个解决冲突的社会空间。[3] 在这种情况下，如果弗里德里希·施莱格尔为古代喜剧依当代人的趣味来判断显得有失体统的粗鄙风格进行辩护，那就应该强调，古代文化中公共生活的喜剧表演之概念化，存在不合时

1　《全集》第1卷，第189页。弗里德里希·施莱格尔在于科隆举办的"欧洲文学史"讲座上曾作出过相似的政治阐释："仅是共和主义的宪法——它在某些特定节日上给予平民最高程度的自由，甚至允许人们相互以讽刺诗嘲弄对方，而不必顾及官职和个人情况——就孕育出了不同的诗歌戏剧类型，这些类型在君主制的国家永远不可能出现，因为在那样的国家，最高程度的自由无论如何不可能出现"（KFSA XI，第59页）。

2　KFSA IX，第187页、第293页。

3　参见会议文集，乌维·褒曼等：《辩论文化：文学、历史和艺术中的西方辩论传统》。哥廷根，2008年，第11页。

宜的平等主义的顽固性：

> 希腊喜剧用民众的语言对民众说话，对我们来说就是有失体统；
> 我们要求艺术是高贵的。但快乐和美丽并非学者、贵族与富人的特
> 权；它们是人类神圣的财富。希腊人尊重民众；而希腊缪斯女神懂得
> 如何使未受教化的头脑，使粗鄙的人也能理解最崇高的美，她的这一
> 优秀之处并非不值一提。[1]

在古人的公共生活中，"所有个体的社会性与公共性"感知也
影响了施莱格尔兄弟对阿提卡悲剧的看法。[2] 弗里德里希·施莱格尔
在《论希腊悲剧作家特点》一文中将合唱团视作悲剧的原始形式，认
定合唱团诞生于希腊城邦政治-社会领域。施莱格尔在合唱中看到了
"民众的代表性"[3]。合唱作为公共生活的主管机关发挥作用，从而象征
性地表达了希腊人对公共生活的重视：

> 在古人那里，重大行动不公开是不可想象的。因此，这也成了
> 为合唱辩护而且为什么组织合唱的众多原因之一 [……]。古人设想
> 每一个重大行动都是在生活的公共舞台上展开的，而且认为，几乎不
> 可能有任何一项活动隐蔽地展开，而不是在人类、公民和民众面前进
> 行，却可被视为是大型活动。[4]

因此，就阿提卡悲剧展开的讨论，也决定于对政治要素的意义建

1　KFSA I，第 26 页。
2　同上，第 563 页。
3　KFSA XI，第 208 页。
4　同上，第 206 页。

构性表演的感知。这一感知决定了施莱格尔对政治的看法。他将政治视为对共同体生活性质、起源与目的的追问。

古希腊罗马时期城市生活（Urbanitas）面面观

仔细考察施莱格尔古代研究中政治共同体的概念化问题，就可清晰地发现它们在多个要点上与亚里士多德的联系是多么紧密。如果我们将施莱格尔对古典城邦思想的回溯纳入视野，就会见到其与亚里士多德大量的联系。亚里士多德作为希腊哲学家，在哲学传统中最明确地确立了人作为政治存在的这一观念。在弗里德里希·施莱格尔所深入分析的亚里士多德的著作《政治学》中，从语言角度理解的逻各斯是所有社会互动的基础，就此而言，也是政治共同体的基础。人天然具有"共同体的本能"，而所有国家共同体因此是"自然地"存在，这点在亚里士多德看来，是基于人比所有其他生物更早被赋予语言的事实。这一事实保证了道德观念的共通性，而国家的基础就在于此。[1]

同样地，施莱格尔在其讨论共和主义的文章中，从交流性互动的建构性意义中导出了作为实践哲学的政治，并将其建立在语言的基础之上：

除了纯粹孤立的个体所拥有的能力之外，人在与其种属的其他个体的关系中也被赋予了传达**的能力**（告知其余所有能力之活动的能力）；人的个体一直真实地处在相互自然影响的关系中，或是能够处

1　亚里士多德：《政治学》，1253a (a 10)，载：亚里士多德：《文集》德译版，恩斯特·格鲁马赫（编），达姆施塔特，1956—1957年，第1册，1991年。

于这样的关系中。从上述理论信息中，纯粹的实践要求得到了一个**新的非常不同的修正**。这一修正成为了一门新科学的基础和研究对象。一句话：自我必须在；这句话在特别前提下也写成：**人类的共同体必须在，或者说自我必须被传达。**[1]

施莱格尔借助亚里士多德，在语言上共享的意义上发展了一个公共精神概念。其希腊文学史也显示了他解读亚里士多德的痕迹：他试图将希腊文化诗性优点的形成与社会平衡的理念联系起来。在很多段落中，他将"雅典的平等"理想化为"最公正宪法的基础"。[2] 在这种情况下，最具说服力的当然是他对阿提卡教育的描述。他认为，"一种令人钦佩的民主的法律平等"是教育的基础，是"正义和立法智慧的杰作"。[3] 在这个意义上，施莱格尔将雅典的公共评判归因于力求平衡的立法；这一点"非常出色，以至于在雅典没有乞丐，但过度的财富也罕见，而且很难维持很久"[4] 在另一处地方写道："在一个国家，法律从未如此公正，自由从未如此完美，仁慈和公平不仅是立法者的目标，而且是人民的普遍精神。"[5] 施莱格尔认为，阿提卡的"公民精神"是从这种立法的形式中产生的。"公民精神可授权在君主制或寡头制下被称为乌合之众的广大民众"，[6] 按照"普遍、平等的分配"方式来决定现有的资金。[7] 在这里，亚里士多德正义概念的回声是明确无误的，特别是其分配公正性的概念。这一分配概念指的是社会物品

1　KFSA Ⅶ，第 14—15 页。
2　KFSA Ⅰ，第 135 页。
3　KFSA Ⅺ，第 255 页。
4　KFSA Ⅰ，第 114 页。
5　KFSA Ⅺ，第 257 页。
6　同上。
7　同上。

的分配。施莱格尔可能是从《尼各马可伦理学》和从那里所发展出来的分配正义原则中获得了国家分配任务方面的提示。只要施莱格尔把社会正义概念与希腊诗歌的高质量联系起来，就可以说是把亚里士多德的正义概念融入了古代研究的文学概念中。[1] 社会正义概念是希腊文化中社会合作与个体生活实践之间关系的核心。

古希腊罗马时期的"礼俗共同体"[2] 和
其现代适应性的窘境

同样要强调的是，亚里士多德的修辞学对施莱格尔的**城市生活相关事物**（*das Urbane*）这一概念产生了影响。城市概念在早期浪漫派文化哲学中发挥了重要作用。在维兰德编撰的《阿提卡博物馆》（1796）中，施莱格尔写道，亚里士多德在他的《修辞学》中给出了一个"城市生活的例子"，这"对古代的研究者来说是一个珍贵的宝藏，现在可以给任何敢于对城市的性质作出完整而严格解释并科学地确定同一概念的人提供许多思考的机会"[3]。接下来他写道：

普通生活和交往也有它们的艺术语言；谁知道如何把它与构成

1　当然，在亚里士多德看来，享受到分配公平的人的范围很有限，只有城邦中的成年男性保有这项权利，其他人都被排除在这个范围外。施莱格尔出于构建自己理想典范的考量通常撇去这一情况不谈，但他对希腊民主制的历史局限性显然是持批判态度的。例如在《阿提卡悲剧史》一书中，施莱格尔就批判了"奴隶制"和"对女性的压迫"，称其为"从前遗留下来的糟粕"（KFSA XI，第 217 页）。施莱格尔对古希腊罗马城邦和在城邦基础上建立的文化哲学体系的看法虽然受到亚里士多德的启发，但他从这些启发中发展出的理念却适应了他所处时代的社会条件。

2　KFSA VII，第 18 页。

3　弗里德里希·施莱格尔：《吕西亚斯的墓志铭》，见克里斯托弗·马丁·维兰德（编）：《阿提卡博物馆》，莱比锡，1796 年，第 I 卷，I/2，第 257 页。

大千世界本质的法律自由和相互交流的自由规律性，与诗人、思想家
和演说家的语言巧妙地结合起来，谁就拥有了伟大的城市表达艺术
[……]。[1]

    有教养的都市风格的早期浪漫派世界主义，要归功于亚里士多德
修辞学所起的决定性启发作用。古代研究中公共政治表现的可视化，
其平等主义特征受到亚里士多德的启发，与城市生活艺术意识结合在
一起。必须强调的是，城市生活艺术的概念化是多么强烈地被这样一
种文化的观念内容所占据了。这是一种情感上高度流动的、健谈的、
机智的、巧妙和活泼的文化，是施莱格尔从他对古代共同体的感知中
获取的。施莱格尔在古代研究中，用"阿提卡的热烈"一词来描述这
些印象，并将妇女们的群众集会也纳入了这一生动的政治共同体的可
视化中。据施莱格尔的表述，在那些妇女集会上，"场面也是颇为活
跃的"[2]。

    在这种背景下，早期浪漫派的"协作哲学"和"社会交际"可
以被解读为现代语境下革新古希腊罗马时期**城市生活**（*urbanitas*）和
共同体的一种尝试。这种思想的影响范围几乎延展至早期浪漫派理论
建构的所有主题领域，并决定了早期浪漫派诗歌和诗学的对话与交际
取向。施莱格尔的协作哲学概念产生于对古代研究的文化–哲学意义
的反思。这些概念揭示了对话式交流是一种自由与共同体性质兼备的
自我思考的形式，并对其社会性意义条件进行了反思："如果没有一

---

1   同上。老年的施莱格尔将希腊人修辞上的都市风格看成是诗歌中一种破坏要
    素和受政治激发的修辞，也就是将修辞置于与诗的尖锐对立中："在现代，诗
    歌中满满的都是批评与学问，就像在希腊人那里［……］尤其充满了修辞那
    样。这也导致了某些完全错误的追求与失败的尝试。埃斯库罗斯的民主、共
    和精神也是修辞性的。"（KFSA XⅧ，第 69 页［190］）
2   KFSA Ⅰ，第 110—111 页。

个生机勃勃的精神共同体和这些精神间的相互影响，那么，仅仅属于一个个孤独的思想家的哲学又会是什么样子？"[1]因此，早期浪漫派的教育概念被设想成对知识的共同探索。从人类学角度来看，人不是从"我"的自我角度，而是放在密切的相互交流关系中来设想的。这些关系使构成个体之个人品格的东西成为可能。与单纯的自我肯定不同，对人的社会关系的强调性重估，旨在将人的可臻完善性概念在社会伦理中确定下来。

由于明确坚持对话性主体间性的首要地位，因此强调个体自我的实现是在与他者相联系的情况下展开的，而且强调所有主观的自我形成间的相互关系。这一理论构想反映了以自我为中心的主体哲学的转向。对对话性思维方式的强烈偏好与一种紧张、充实生活在社会层面的渴望图景（以古代为样板而形成）是相一致的。这种生活被想象成具有互补和互惠的特性。在这样的语境中，可经常遇到施莱格尔特有的命令式表达。这些表达提示该主题非常凸显："为了通过形式消除所有片面性"，例如他写道，"必须有对话"[2]。

然而，如果成功的生活作为主体间相互刺激和提升的化身出现，不仅是为了单纯的自我肯定，而且是为了互补的互惠，那么，使这类经验成为可能的社会空间的缺乏，就应被视为是一个基本的缺陷。正是在这一空白处，产生了早期浪漫派的交际理论。施莱格尔从语言哲学上将交际系之于人们对表达的需求，而这种需求只有在交际中才会是生机勃勃的。个人教育经由交际在与他人有教养的互动过程中展开。这种思想的理想参照点在此就是整个人类的思想。交际也决定了施莱格尔投向古代的眼光。对弗里德里希·施莱格尔来说，典型性的

---

1   KFSA Ⅲ，第 99 页。
2   KFSA Ⅱ，第 143 页。

是，这种教育方案的交际伦理以将古代作为普遍性互动状态的一种建构为基础。通过这种建构，整体性教育的思想朝着以传播理论修正有关古代的规范性话语这一方向发展。整体性教育在启蒙运动后期被典范性地认定为古典时代的文化成就。

弗里德里希·施莱格尔在对希腊诗歌和哲学的研究中发现，希腊文学与现代文学在内容、形式和交流方式上存在着根本性区别。正如他不厌其烦地指出的那样，古代诗歌完全是受实用的公共性影响，在此意义上，完全缺乏现代诗歌所特有的内向性维度。它是在个体直接的实践行动中，而且几乎总是在与其他人相联系的共同体中展开个体。

由于觉察到希腊文化中社会共性和公共共享交流的巨大重要性，施莱格尔仿佛站在看到自己在这种反思中回到了自我内在性的现代主体性意识的门槛边。通过这一意识，现代作家能够相当明确地认识到，他所处的当下缺少一个共同的政治交流场所。年轻的施莱格尔因为感觉到交流具有当即共享的效力（使人们在某一共同的时间和某一共同的地点感受到相同程度的现实和具体性），显然曾思考过这样一个他一再将之置于其反思中心的现象，也就是他所注意到的现象："在希腊人那里，公共的一般精神［……］以如此相同的力量支配着人们。"[1]

想象性的政治-社会关联，其意义上的充盈受到了希腊诗歌启发。它进入施莱格尔的文学理论，首先在他的客观诗歌概念中产生共振。例如，在提到希腊文学时，施莱格尔指出："但人类从其全部丰富的力量中设计出来的诗歌不需要为自己辩护；它是至高无上者。"[2] 这就

1　KFSA XI，第 50 页。
2　KFSA XI，第 91 页。

是施莱格尔的整体性概念，后者在古代研究中成为其美学标准。然而，这不仅就像在非政治性的魏玛古典主义纯审美的个人主义那里，意味着个体的整体性，而且意味着根据古代城邦模式想象出来的交流之公共语境的政治意义多样性。

然而，共同体概念化的核心内含着一种结构性困境，它影响了施莱格尔从与古代政治文化展开的讨论中得出的文学理论和文化哲学设计[1]。一方面，古代城邦对施莱格尔来说，成了多元化和平等主义政治理解（应推动现代社会的解放力量）的典范，但另一方面，作为共同体生活中意义建构性政治表演的理想形态，也暗含着向社会共同体的一种古代形式靠拢。这种社会共同体在日益分化的现代不再可能实现。在"**礼俗共同体**上，现代人的政治文化与古人的政治文化相比，仍然处于童年状态"[2]——施莱格尔这样来表达他以古代城邦为样板的社会政治取向。从中还可看出，施莱格尔对共同体古代文化模式的改造寄予了多高的期待。在这里，现实的理想构建需求显然超过了对根本性历史差异的思考。对现代社会中日益减少的共性的自我反思认知，在前现代文化的审视中出现了，并与"重建和复振精神的内在联系与共同体"[3]这一实际期待相结合。这种对现代中社会结合力与共同点正消失的认识，以及对这一过程进行修正的尝试，后来实际上成为了保守主义文化批评的普通概念。现代以此来面对其历史的危机。[4]

但针对社会的反现代对立立场，不能被视作是早期的耶拿浪漫

1　多里特·梅斯林：《古希腊罗马时期和现代：弗里德里希·施莱格尔的诗学、哲学和生活艺术》，柏林/纽约，2011年。

2　KFSA Ⅶ，第18页。

3　KFSA Ⅲ，第96页。

4　吉拉德·劳雷：《"共同体"的现代性》，见豪客·布鲁恩科斯特，米卡·布尔姆里克：《共同体和公正性》，法兰克福（美因河畔），1993年，第73—92页，此处第77页。

派与晚期的柏林浪漫派之城市公共精神的特征，因为见之于弗里德里希·施莱格尔古代研究的文化哲学反思并体现在其当代文学政治设计中的古代市民精神，是 1800 年前后，尤其对柏林浪漫派城市空间与浪漫派文学圈而言很典型的多元文化氛围的一部分。在这些圈子里，施莱格尔与奥古斯特·费迪南德·伯恩哈迪、克里斯蒂安·威廉·许茨、约翰·伯恩哈德·维梅伦和路德维希·弗里德里希·海因多夫等语言学家、作家和学者交往沟通，古代城邦的共同体模式成为公民自由和公民社会开放与自由之概念的合法基础。然而，由于这种共同体思想方向性的理想是基于古老的文化与社会形式获得并发展的，因此，在此可以说这是一种不合时宜的现代主义。这种现代主义体现了早期浪漫派理论家弗里德里希·施莱格尔思想上的某些矛盾性。

参 考 文 献

Aristoteles: Politik, in: *Werke in deutscher Übersetzung*, begr. u. in dt. Übersetzung hg. v. Ernst Grumach, Darmstadt 1956ff., Bd. 1: Politik. Buch 1, übers. u. erläutert v. Eckart Schütrumpf, Darmstadt 1991.

Baumann, Uwe (Hg.): *Streitkultur. Okzidentale Traditionen des Streitens in Literatur, Geschichte und Kunst*, Göttingen 2008.

Disselkamp, Martin: Altertumskunde als kulturelles Handeln. Überlegungen zur Antikerezeption in Berlin um die Wende vom 18. zum 19. Jahrhundert, in: Seidensticker, *Bernd/Mundt*, Felix (Hg.): *Altertumswissenschaften in Berlin um 1800 an Akademie, Schule und Universität*, Hannover 2006, S. 39–65.

Matala de Mazza, Ethel: *Der verfasste Körper. Zum Projekt einer organischen Gemeinschaft*, Freiburg 1999.

Messlin, Dorit: *Antike und Moderne. Friedrich Schlegels Poetik, Philosophie und Lebenskunst*, Berlin/New York 2011.

Petersdorff, Dirk von: *Mysterienrede. Zum Selbstverständnis romantischer*

Intellektueller, Tübingen 1996.

Raulet, Gérard: Die Modernität der 'Gemeinschaft', in: Brunkhorst, Hauke/ Brumlik, Micha (Hg.): *Gemeinschaft und Gerechtigkeit*, Frankfurt am Main 1993, S. 72–93.

Schanze, Helmut: *Romantik-Handbuch*, Stuttgart 1994, S. 42.

Schlegel, Friedrich: *Kritische Friedrich-Schlegel-Ausgabe*, hg. v. Ernst Behler u.a, Paderborn u.a. 1958ff.

Vogl, Joseph (Hg.): *Gemeinschaften. Positionen zu einer Philosophie des Politischen*, Frankfurt/M. 1994.

Walzel, Oskar (Hg.): *Friedrich Schlegels Briefe an seinen Bruder August Wilhelm*, Berlin 1890.

乌尔斯·布特纳

共同体图景：《儿童的奇异号角》中
阿希姆·冯·阿尼姆对民族的召唤

只有当共同体的存在不再是理所当然时，它才受到特别的重视。近代早期以来，许多领域的发展导致等级社会被逐渐侵蚀。个人既可以将这场解放运动哀悼性地视为异化和安全感的丧失，也可将此运动视为自由的获得和个体性的发展而表示欢迎。尽管表面上看，这种失去安全感的经验占主要地位，但仔细观察后可以发现，19世纪大多数知识分子对此都持矛盾态度，因为他们想通过自己的共同体构想达成两全其美的目标：旧的安全感和新的自由。[1] 他们一方面有着这样的愿望；另一方面，其中的矛盾性是不可能从单方面得到解决的，从中便产生了一个问题视域。个体参与整体需要遵循融入原则，而共同体基于其内部的异质性也有自己的差异化理念，融入原则必须与共同体的理念相协调。人们除了回答内部秩序的问题，还需弄清共同体对外同什么相区分，也就是什么不属于其间的问题。

第一批与共同体设计相关的重要观点是在 1800 年左右为了德意志民族而提出的。这有内部和外部原因。在那个时期，德语语言与文化空间所在的地区分裂成许多独立领地，它们作为德意志民族神圣罗

1　参见哈特穆特·罗莎等：《共同体理论》，汉堡，2010 年，第 9—39 页。

马帝国一部分的政治统一性也逐渐消解，直到 1803 年，它们的统一在名义上也完全瓦解。市民阶层的兴起同时也呈现出同等级制国家构想的不兼容性。人们因此需要能实现某种新型统一的后续方案。而对于政治是否能且应该成为共同体化过程的驱动力量这一问题，却尚无定论。当时有来自外界的决定性压力：拿破仑的军队彼时已经统治了德意志领土，并对其他地区产生了直接的战争威胁。德意志的王侯们却反应犹豫迟缓，事实上，他们也极少在军事上反击拿破仑。

正是在这种情形下，在普鲁士尚未在耶拿-奥尔施泰特战役中战败之时，阿希姆·冯·阿尼姆（Achim von Arnim）和克雷门斯·布伦塔诺（Clemens Brentano）编写并出版了民歌集《儿童的奇异号角》第一卷，两年后其余两卷陆续出版。[1] 第一卷末尾收录了阿希姆·冯·阿尼姆早在 1805 年写就的纲领性文章《论民歌》，它是海德堡浪漫主义最重要的诗学方面的文章。文章提出的构想与其他早期浪漫派共同体设计的不同之处在于，它不仅设计了理论上的方案，还阐明了随着民歌集的出版应当一道被付诸实践的种种要求。阿尼姆详尽地解释了"旧"时代之共同体的丧失体现在哪些方面，后又致力于寻找其原因并描述个性化过程在不同社会领域带来的后果。他认为，当代的危机在于政治还完全没有获悉这种社会变化过程。如果政治在干预过程中始终局限于以旧的共同体构想为导向，它将无法做出任何补救，只会加剧社会危机。阿尼姆和布伦塔诺的民歌集直面当时的社会条件，并且尝试以此为出发点，促成新共同体的联结。

---

1 L. 阿希姆·冯·阿尼姆，克雷门斯·布伦塔诺（编）:《儿童的奇异号角：古老的德国民歌》，三卷版，海德堡 / 法兰克福（美因河畔），1806 年（第 1 卷），1808 年（第 2 卷、第 3 卷），此处第一卷，第 425—463 页。转引自克雷门斯·布伦塔诺:《作品与书信全集》，第六至九卷，海因茨·罗乐科编，斯图加特等地，1975—1977 年（下文简写为 FBA［专业领域文章］，卷数，页数）

就民歌集这个被印刷了数百次的文本而言，二人的想法并不是一种苛求。以当时的媒体条件为前提，独特的共同体化模式应运而生。通过吟唱民歌，人们应能感到彼此通过共同的文化遗产相互联系，这种共同体的体验应当对人们的所有日常活动产生积极影响。然而，这场景尽管对于一小部分亲身体验过这种感觉的在场者来说也许还能想象，但一个民族的数百万人却几乎无法在同一个地方像一个合唱团一样被真正聚集起来。《儿童的奇异号角》的编者们当然也清楚这一点，他们因此希望通过出版书籍来传播图景。这些图景为每一个民歌的吟唱者创造可能，使他们不仅将自己视为某具体歌唱团体的一分子，也还能将自己想象为一个跨地区民族合唱团中的一个声音。[1] 阿尼姆在文章中着重论述了以下两个共同体图景：**有机体**（*Organismus*）和**平衡**（*Gleichgewicht*）。[2] 国家政体相关的图景自古希腊罗马时期以来就已存在，在浪漫主义的共同体构想中又得到了极大的丰富和发展。[3] 而与此相对，平衡图景则是对启蒙时期国家机械图像的进一步发展，国家机械图像的范式从钟表装置转换到天平装置，并似乎由此发展成为 19 世纪自由主义的理想图像。[4] 从理论美学上讲，有机体图景和平

1　想象的共同体化这一想法得以形成理论，首先是在寇尼利乌斯·卡斯托里阿迪斯的《想象中的社会机构》（巴黎，1975 年）和本尼迪克特·安德森的《想象的共同体：民族主义的兴起与传播》（伦敦，1983 年）两书中。查尔斯·泰勒则是在不久前用"社会想象的模板"（英语：Social Imaginary）这一概念分析补充了文学对于建构和推广想象中的共同体构想的意义，肯定了文学在其中的作用。参见查尔斯·泰勒：《一个世俗的时代》，法兰克福（美因河畔），2009 年，第 295—296 页。

2　参见图景的独特作用，贝阿特·弗里克，马库斯·克拉默，史蒂芬·诺依那：《共同体产物的绘画视域：导论》，见同上《图景和共同体：艺术、文学和美学中政治与美学的一致性研究》，慕尼黑／帕德博恩，2011 年，第 11—40 页。

3　参见托马斯·弗兰克等：《虚构的国家：欧洲历史中政治体的构建》，法兰克福（美因河畔），2007 年。

4　参见奥托·麦尔相关论述：《钟表装置与天平：近代早期的权威、自由和技术系统》，慕尼黑，1987 年。

衡图景的主要区别在于：有机体图景描述了元素间较为稳固的联系；而在平衡图景里，这些元素彼此间只有松散的关联。这个区别既描述了两个图景各自的优点，又体现了它们的薄弱之处。因此，在尝试对有机体图景进行阐释的时候，应致力于在介绍有机体内部功能位置和发展法则的同时，为单个元素的变化性保留足够的自由度；反之，在解释平衡图景的时候，也必须在介绍各个基础元素独特性的同时，尽可能维持总体关联，使人们在自身得到发展的同时，也能获得身份认同。[1]

学界对浪漫主义的研究至今还几乎只聚焦于有机体图景的研究。[2]本文的研究则将按照狄特马·派尔的要求，关注阿希姆·冯·阿尼姆的《论民歌》一文中多图景的互动模式。[3]

亚特兰蒂斯和金色羊毛

阿尼姆在他的《民歌》一文中讨论了将不断增强的个体化问题，并将之视作德意志民族超差异化的危险。德意志人利用自己的自由权利仅去追逐自身的局部利益，并且作为愈发独立的个体日益分散，德意志民族的统一因此面临着无法实现的危险。阿尼姆认为，与这一分析相对的是一个"旧时代"的有机融合的等级社会。但在阿尼姆看来，"旧时代"不能与任何真实的样板相关联，它既不同于古希腊城

1　参见史蒂芬·C. 佩帕：《世界假说：系统哲学绪论与完整的形而上学研究》，伯克利等地，1942 年，第 186—231、280—316 页以及维尔纳·史塔克：《社会思想的基本形式》，伦敦，1962 年，第 17—202 页。

2　参见文章《论民歌》的缩略文本，埃塞尔·马塔拉·德·马扎：《被书写的身体：政治浪漫主义中有机共同体方案》，弗赖堡（布赖斯高地区），1999 年，第 353—355 页。

3　参见狄特马·派尔：《对图像理论的思考》，载：《德意志语言与文学史》（曾用名：《保罗与布劳纳斯文稿集》），1999 年第 112 卷，第 209—241 页。

邦，也不指向中世纪，人们无法对它进行准确的历史定位。这个"旧时代"仅是作为对照物和具有批判性的反面构想而存在，并将为当代的危机诊断发挥启发性作用。阿尼姆把他所处的时代与过去时代的关联空间化，以探索之旅为喻解释了两个时代的关系，但他却警告人们不要升锚起航："人类已经环行过地球，我们不再对世界尽头抱有隐秘的恐惧，它就在前方，安全且确定，就像我们的死亡。"[1]阿尼姆这番话的关键在于：

他所处的时代同早期历史有着非常普遍的联系，这是一切思考的基础。我们可以思索这样的情景，在黑暗颠簸的思想之舟上，我们四处张望寻找紫茉莉、睡莲，它们镶满远处的海岸线，黑暗中我们只看到一处在闪闪发光，舵手朝那处望去，那是他手里的风向玫瑰，它稳定不变地移动着，稳妥地将我们指向远方。[2]

此处的风向玫瑰意象有双重意义：一方面，罗盘保障着航行的安全；另一方面，即使它披上花朵图案的外衣，也无法流溢出"紫茉莉"那般具有异国风情的诱惑力。人们为这失去魔力的世界而感到忧郁的哀伤，这种情感便是历史联系的表现。阿尼姆因此也描述了两种乌托邦作为探索航行的目的地：一个存在于被掩埋在海浪下的稳固城基、沉没的城市、古老的街道和广场中。[3]他在此处不仅提到了亚特兰蒂斯——它是最为出名的起源学传说故事之一，还进一步回溯、改写了亚特兰蒂斯的传说。早在古希腊罗马时期，柏拉图就已将亚特兰蒂斯视为理想城邦的范本，他认为亚特兰蒂斯是另一个希腊，是不可

1　FBA 6，第414页。
2　同上。
3　同上，第410页。

挽回的失落之城。[1] 第二个航行目的地也是一个存在于古老的神话里的失落之地。就像"阿尔戈船的英雄们"要航海去拜访科尔基斯的国王埃厄忒斯，阿尼姆认为，"我们所有人也在寻找某种更高层次的东西，就像金羊毛，它属于所有人，是我们整个民族的财富，构成了民族自身内部活着的艺术，像一个纺织品，在它身上交织着长久的时间和强大的力量"[2]。阿尼姆在此处借用了故事中原有的织物隐喻——这两个目的地都体现了人类对理想社会形式和相应艺术形式的追求。但同样清楚的是，世上不可能有重返过去的路，理想的图景必将以一种与当今时代相符的方式实现于当下。

人们生活的当下离这种理想的社会形式还很远，阿尼姆用一种简明扼要的双重表达对当代问题作出了诊断，论述了"民族的没落"和"许多地区民歌的彻底消亡"。[3]"民歌"是社会差异化情况的指示器。它之所以特别适合成为指示器，是因为它曾在"旧时代"完整地参与到共同体化最多样化的表现方式中，因此现在也取决于当代社会最不同的各个独立领域的发展。阿尼姆希望能在此基础上单单通过"民歌"便对社会各个领域发挥反向的作用。

危机诊断学

一系列的社会发展导致了当代的困境，阿尼姆清晰地描述了这些发展的脉络。他认为，当代困境的其中一个根源在于禁欲的宗教改革运动。改革运动仇视世俗欲望，坚持增强宗教的自涉性，要求更多地转向个体的精神性，它们因此削弱了共同的信仰，也削弱了神圣宗教

1　皮埃尔·维达-那克：《亚特兰蒂斯：一个梦的历史》，慕尼黑，2006 年。
2　FBA 6，第 441 页。
3　同上，第 429 页、417 页。

节日的仪式和习俗所拥有的、能构建共同体并跨越阶级的、融合的力量。阿尼姆回忆，自己在孩童时期曾常常听到"民间"的圣歌，据他了解，现如今小孩们已经不常听到这些歌了。

此外，阿尼姆认为，职业领域和文化领域中的经济化过程使人们建立了一种目的理性的逻辑。由于这种逻辑，贫穷在下层阶级中蔓延，工作过程的异化也在不断扩散。规训社会只传授能够直接应用的知识，同时，它会追究无用者和流浪者，还对空闲时间作出了限制，使人没有时间丰富自身的经历、增长自己的知识并了解陌生的国家。

手工业者的漫游会受到限制，或者至少被慢慢减少，人们不能再在陌生国家服兵役，他们在祖国的土地上处处寻找智慧传授给学生们，并且预先强制要求他们留在这片土地，然而事实上，空闲的自由年月带来的最大的益处，正是以全部的力量去接受陌生事物，并因此使本土事物获得平衡。[1]

正因为旅行的时光给人留下许多新印象，才让新的民歌得以诞生，民歌有即使在异乡也能使人相互联系的力量，旅行的时光借助这种力量，使民歌不断被传唱并保持着旺盛的生命力。正是基于自己从旅行时光中产生的思考，阿尼姆才写出上述这短短的几句话，从旅行时光中他认识到，文化的进步不仅与保护本土文化有关，还与思考和吸纳外来文化元素息息相关。"空闲的时间"越来越少，文化的交流也越来越匮乏，这便会导致一系列的后果。所有阶级的文化水平都会降低，共同的归属感也会受到波及。

即便是艺术也无法在各领域朝超差异化发展的过程中独善其身。

1　FBA 6，第 421 页。

资本化直接导致了民族传统的消亡，因为娱乐消遣活动取代了业已发展成熟的婚姻家庭制度。那些娱乐消遣活动只能一次次暂时抑制自发形成的对新奇短暂刺激的嗜好；更糟糕的是，娱乐消遣活动逐渐吞噬了现存的传统风俗，然后，这些传统风俗又在利润最大化的考量下重新兴起，或是立刻被新的艺术"民歌"替换掉，然后在一些新杜撰出来的"民族节日"上被重新展示出来。在本"民族"重构传统并推进共同体化的过程中，这些以不同方式重新出现的传统风俗自然缺乏长远的作用。只要艺术消费变成一种商业事物，那么批评机制就会应运而生，并会演变成一种被用来明确区分"市民社会不同阶级"[1]的策略。

阿尼姆讨论的最后一个发展趋势是政治和社会的分离化。二者无法再在"国家"中保持统一性。政治作为早已专业化的、具有自我逻辑的功能领域同社会区分开来。随着时间的流逝，政府失去了对个体的信任和关注，只独断专行地、选择性地倾听人民的意见，对此，阿尼姆感到十分惋惜。这导致"人们会相信，一个偶然得到要职、身居高位的人，能完全地代表民意，好像整个民族都在通过他发声"，这样的结果便是，"整个民族走到这样一种境地，他们像看待一场暴风或者任意一种非人力量一样看待法律，以武装、躲藏或者绝望来应对它"[2]。

如果现在"国家不再是为了居民，而只是作为一个理念而存在"[3]，那么自然而然地，人们对自己国家的爱国主义热情就再也无法被激起了。政治希望在需要人们保卫国家的时候才表现出它的欺骗性，"许多人聚在一起也许能取得任何个人都不必实现的（胜利）"[4]。

1　FBA 6，第 411 页。
2　同上，第 417—418 页。
3　同上，第 415 页。
4　同上，第 418 页。

政治对社会的认识完全错误，社会早已同政治一样发展成为一种社会性的自我逻辑体了。

　　所以，任何人都不该成为士兵，他们应该被赶去过安定和富足的生活，他们应该放弃同异国人的无止境的争端。人们不需要士兵，但人们需要军队，人们需要精神性，但人们不需要单独个体的精神。在所有力量遭遇全面危机之前，教师阶层和军队阶层的所有体现积极实干性的事物和诗意的事物都被逐渐取缔。只有农民阶层不能被如此不加限制地摧毁，因为每个人都需要食物，即便它或许少得可怜。因此，我们找到了这首新的民歌，在它起源的地方，它跟适度的爱有关，它包含手艺人和生意人的抱怨诉苦，讲到了天气的变换和耕作的春天。但在那古老的寓言里，不论讲到什么主题，只要谈到身体部位就定会提及胃，反之亦然，因此，即便是农民阶层也在传统中逐渐受到限制，愈发失去快乐，变得更为贫穷和拘束［……］。[1]

德意志的自我灭亡

　　在这种情况下，如果还继续用有机体图景将现存的政治共同体——或者最好表述为个体分散各处的、超差异化状态——描述为"国家"，那便会产生尤为严重的后果。有机体图景在双重意义上都是不适宜的，因为它以一些不复存在的前提为出发点，因此从概念上讲不能适当地描述现实的危机。这一概念的运用恰恰会导致问题被掩盖，而解决问题的方法虽然在图景之内是合理的，却与事实不符，只

1　FBA 6，第 418 页。正因为在朴实的乡村人中还保留着"民族活动"的遗风，所以阿尼姆才会承认他们在"再共同体化"的过程中所发挥的核心作用。

会将情况变得更加糟糕。从循环论证的角度看，有机体图景没有定义融合问题，因为它将个人理解为民族整体的组成部分，而且还反过来将个人视为整体的代表，甚至是整体的化身。由此，个体和整体在有机体图景的想象中是可以相互交换的，对二者的考量也必须将其交织在一起来进行。对"旧时代"的共同体而言，有机体图景的前提是存在的；而在这个"新时代"，阿尼姆也期盼这种团结统一能再度出现，哪怕是以别的形态。本着"旧时代"的精神，这个有机体的融合理念认为，个人在其异质性中也依然以某种适宜的方式与某个整体相联系，而阶层的等级制度则在其中发挥了相互补充的辅助作用。但是，整体内部各个部分的互动却很匮乏。查尔斯·泰勒论述道，这个与身体相似的有机体图景虽然原则上讲以"社会有一个从发展趋势上看会长期自我维持的'正常'秩序"这一考量为出发点，但这个图景也始终将危险考虑在内：这种自我维持的运动也许会偏离方向，由此，集体

可能会由于某些发展而受到伤害，这些发展一旦越过某个临界点，便可能导致一切陷入破坏与内战中，并完全失去正确的形式。我们立足于"疾病"和"健康"两个关键概念所作出的想象，可以拿来同我们对社会的理解作对比。[1]

"旧时代"的"国家"认为，其成员在实现自己想法时，会自发地追求自身的完美，"国家"也以此为一切的出发点。但在"新时代"，所有的目的与原因都变得值得怀疑，人们提出另一种理解，认为人应该协助社会变得完美，要实现这点，规训和系统化引导看起来

1　泰勒：《一个世俗的时代》，第 314 页。

似乎是合适的手段。而阿尼姆认为，恰恰是这些发展变化导致了有机融合的失败。如果现在人们继续使用这种有目的、有组织的语言，那么指导政治行动的将变成某种对社会的新理解，人们很快就会为这种新的社会理解引入更为适宜的"机器"图景，在这个图景里，仅统治者一人担任着"社会工程师"的角色，他懂得预测那些被以同样方式驯服的臣民的行为方式，有时也需担任事后校准的工作。[1]

阿尼姆认为，当前的政治沿用了有机体图景并诊断出了当下的病症。如果说整个民族的疾病隐喻贯穿阿尼姆的文章，那么可以说，阿尼姆实际上选择了一种间接性的描述方式。他非常敏锐地沿用了政治的话语方式，以期从内部解构它。阿尼姆尝试说明一点，即有机体图景已经无法明确地解释，为何个体会自我理解为一个既定整体的某部分。相反地，有机体图景已然分崩离析，变成某种思想的前提条件，从实践经验上讲彻底瓦解，变成更微小的单个要素。将自己视为"首脑"的那批人还在持续使用这个不合时宜的有机体图景，在阿尼姆看来，这本身就是一种危机的表现。政府没有意识到这种瓦解现象，它只是处理了这现象的一些表征，并未根除问题，甚至在这个过程中反而对那些有自我治愈效果的力量起了相反的作用。

政府视平息人民（因民族事务式微而产生）的悲伤为自己的义务，而不让其发泄于自身，但它其实也屈从于同样的时代精神，它不去做更高尚的事，而是去进行一些起相反作用的（反诗意的）努力，它认为，只要自己削弱了身体的全部力量，那么身体的高烧应当也会减退，它丝毫想象不到，这高烧有什么样的意义，对它来说，这场高烧仅是一种错位的表现，除此之外什么也不是。[2]

1　参见泰勒：《一个世俗的时代》，第 213 页。
2　FBA 6，第 415 页。

"民歌"本身就诉说着自身的衰落,政治将"民歌"连同这种衰落一并废止了,因此并没有阻止民歌的衰落,反倒是助长了这种趋势。从这种局面中却发展出一种不断强化的、向下的螺旋式运动,不论是对于"民族事务"还是对于政治而言。阿尼姆谈到"德国的自我灭亡"[1]时并不是毫无讽刺之意的,通过这个表达,他不仅以有机体图景的逻辑描述了政治所缺乏的治疗手段,也同时从现实层面上,以外部视角描写了个体向整体的有机融合的终结,这种融合曾被人们视为自我理解的一部分。

德国的重生

《儿童的奇异号角》既不寄希望于宗教和经济,也不寄希望于政治来把人民重新凝聚成一个民族统一体,它尝试靠自己来达成这一目标。个体间几乎不再有紧密的联系,他们的出发点是:以构建一个有机共同体为目标。阿尼姆和布伦塔诺不是一开始就着眼于整体的。他们首先将市民公众作为立足点,公众早已成为一个被机构化的集群,这一集群拥有同一个共同体方案与交流平台,即便它还远不能将整个社会囊括其中。《儿童的奇异号角》采用的媒体策略尝试理解公众的各项原则,然后试着去修正它们,最终把被转化过的公众发展成德意志"文化民族"共同体。[2]

公众认为自己是**自发组织起来的**,因而自己的诞生建立在平衡图景下自由主义模板的基础之上。[3]对阿尼姆而言,这一图景方案从两

1　FBA 6,第 415 页。
2　参见伯恩哈德·吉森的相关论述:《知识分子和民族:德国的轴心时代》,法兰克福(美因河畔),1993 年,第 130—162 页。
3　参见泰勒:《一个世俗的时代》,第 229—320 页。

方面讲都是具有吸引力的，因为它提供了一个既**向内**也**向外**的差异化方案，相比政治利用有机体图景能做到的，阿尼姆相信这个方案能够使目前的情况变得更公平。

向内，公众将自己理解为一个整体，整体内部的不同部位相互关联，所有的发言都是对彼此的回应，这些发言也因此具有特殊的意义。这种平衡向外呈现出中立的统一性，同时又不会消解内部张力。阿尼姆对此进行了思考，他的研究视角也发生了转变，从以个体为出发点变为以被差异化了的整体为出发点。面对共同的语言行为，对话性的东西便让步了。阿尼姆对公众的发展做出设想，他的出发点是认为市民公众中存在某些符合公众生活最基础要求的个体或者团体，他们不会仅单方面地、以自我为中心地与他人划清界限，而是与他人处于一种相互的关联与联系中。阿尼姆以戏剧中的地域方言为例解释了这一点——为了将自己的戏剧与民间的滑稽戏区分开，高贵的阶级将方言逐出舞台。"然而，（宣扬）软弱的道德原则才真正限制了戏剧，一切普遍的存在都诅咒这种限制，因为从中永远无法产生热情洋溢的东西"[1]，阿尼姆如是说。他联想到自己在旅游时期产生的一些思考，认为市民戏剧的表演者和民间艺术家是截然相反的存在——原则上讲，民间艺术家可以变成任何人。这些民间艺术家已然认识到，"他要如何伪装，也认识到，一个人的存在对他人而言是必要的"[2]。因此对民间艺术家来说，"方言就是他的语调，如果他只能通过某种语调才能寻到自己所扮演角色的轮廓，那么他就不能忽视任何一种语调"。阿尼姆还曾描述过如何使人与人之间的相互交流同交流者本人的坚定立场相关联，他的这段谈话可被奉为典范：所有人都能"在民歌中遇

1　FBA 6，第 411 页。
2　同上。

到彼此，就像一只只趣味小船，才刚刚从某个共同的谈话中离开，在黑暗中四散离去，很快就又聚在一起，通过学习和持续的努力，马上就又理解了彼此，即使对每个趣味小船来说，谈话所指的方向各不相同"[1]。然而，人际交流中的这种交互关系还称不上平衡。歌谣和演讲词之间的决定性差异是此处的关键所在。在合唱时，只有少数的声音能被听众区分出来。但越多的声音一起合唱，一个由如此多声线构成的合唱确实才越能给听众留下更深的印象。"在合唱中，每个人都能将平时通过自己的声量只能表达很少一部分的东西大声地呼喊至全世界的心中，他歌唱着，在一个新的时代，把因为语言和国家的偏见、宗教的误会以及许多无益的新消息而四散分开的民族聚集到他的旗帜之下。"[2] 阿尼姆寄希望于一种双重的动态关系：共同体吸纳的矛盾越多，那么这些矛盾对个人和整体的影响就越小。整体中的个人会像其他人一样，越来越能感觉到自己德意志人的身份，但同时，他的声音也不会被忽视。合唱发出的声音会让人感觉是一个整体的声音，它能盖过单个不和谐的声音。这种民族统一的构想就是建立在平衡图景的基础之上。

向外而言，这种平衡是相对开放且容易拓展的。这对阿尼姆来说是最重要的一点。公众曾将自身理解为一种不在场者之间的沟通形式，它因而必须将单个发言想象为一系列跨空间对话的一环。阿尼姆在《论民歌》中曾谈及这种想象，他把莱茵河视为德意志的源泉，用其比喻歌唱共同体，赋予这种想象民族爱国主义的色彩[3]。《儿童的奇异号角》想要成为被重新聚集起来的德意志"民族"的歌谣集。哪

1　FBA 6，第 412 页。
2　同上，第 441 页。
3　格特鲁德·策普-考夫曼，安雅·约翰宁：《莱茵神话：一支河流的文化史》，达姆施塔特，2003 年，第 80—97 页。

里常常唱起民谣，哪里就为这跨空间之整体的形成做出了贡献：就像"莱茵河的数支源泉向下奔流，发出清脆之声，其间总有新的水流和声音被联系在一起，它们从奔涌的内卡河隆隆而来，汹涌的内卡河在美因茨与美因河相连，二者只能通过颜色相互区分，水流奏响来自两条河流的二重奏，在日复一日的新鲜活力中将旧日的时光环绕"，德意志民族也当如河流一样"联系在一起，成为一曲变换着的、或喧嚣或沉静的思想合唱"[1]。

如果说阿尼姆在思想上曾一度将整个德意志民族凝聚到这种程度，那么他必然是运用了某种图像逻辑，这种对称性逻辑指向了有机体图景自我消除的矛盾形象。有机体在超差异化过程中瓦解为无数个体，这些个体无法再融合进民族统一的方程式当中。那么现在阿尼姆的想法则变成了，既然平衡图景的关系结构会协调一切矛盾，而个体已被吸纳入这种关系结构之中，那么这些个体将形成一个新的统一体，他期望，这个新的统一体能再度将自身视作一个有机体。阿尼姆曾这样写道：

德国将再度重生于何处，谁能说清，承载着这一切的人将感觉到某种东西在强有力地活动着——就好像一场严重的高烧化为一种饥渴［……］如此，好像健康的未来时代正在这些歌谣中欢迎着我们［……］在对这种生机勃勃的艺术的感知中，我们身体中原本将患病的地方，会变得健康［……］"。[2]

阿尼姆曾为"旧时代"有机体的消逝感到十分惋惜，但他提出的

1　FBA 4，第434—435页。
2　FBA 6，第437页。

这种新有机体的方案，却与"旧时代"的有机体截然不同。阿尼姆在新有机体方案中重新回归平衡图景，他的这种尝试不仅体现了对过去历史的哀悼和释怀，也体现了对新情况的认可。只有当文学创作能对当下情况作出现实性评估并以此为出发点，它才能真正有助于改善现状。新的有机体将会继承平衡图景的想法，要求每个人都必须自觉承担责任，为整体做出贡献，而相应地，整体要想真正凝聚成一个统一体，就要先自行对自身的差异化进行组织安排。而以这种方式形成的新统一体，现在即便面对拿破仑的军队也有抵抗之力了。

参 考 文 献

Anderson, Benedict: *Imagined Communties. Reflections on the Origin and Spread of Nationalism*, London 1983.

Arnim, L. Achim von/Brentano, Clemens (Hg.): *Des Knaben Wunderhorn. Alte deutsche Lieder*, 3 Bd. Heidelberg /Frankfurt/M. 1806 (Bd. 1), 1808 (Bd. 2 u. 3).

Brentano, Clemens: *Sämtliche Werke und Briefe*, Bd. 6–9, hg. v. Heinz Rölleke, Stuttgart u.a. 1975–1977.

Castoriadis, Cornelius: *L'institution imaginaire de la société*, Paris 1975.

Cepl-Kaufmann, Gertrude/Johanning, Antje: *Mythos Rhein. Zur Kulturgeschichte eines Stromes*, Darmstadt 2003.

Frank, Thomas et. al.: *Der fiktive Staat. Konstruktionen des politischen Körpers in der Geschichte Europas*, Frankfurt/M. 2007.

Fricke, Beate/Klammer, Markus/Neune, Stefan: Piktorale Horizonte der Gemeinschaftsproduktion. Zur Einleitung, in: Dies. (Hg.), *Bilder und Gemeinschaften. Studien zur Konvergenz von Politik und Ästhetik in Kunst, Literatur und Ästhetik*, München/Paderborn 2011, S. 11–40.

Giesen, Bernhard: *Die Intellektuellen und die Nation. Eine deutsche Achsenzeit*, Frankfurt/M. 1993.

Matala de Mazza, Ethel: *Der verfasste Körper. Zum Projekt einer organischen*

Gemeinschaft in der Politischen Romantik, Freiburg i.Br. 1999.

Mayr, Otto: *Uhrwerk und Waage. Autorität, Freiheit und technische Systeme in der Frühen Neuzeit*, München 1987.

Peil, Dietmar: Überlegungen zur Bildtheorie, in: *Beiträge zur Geschichte der deutschen Sprache und Literatur* (PBB) 112. Jg (1990), S. 209–241.

Pepper, Stephen C.: *World Hypothesis. Prolegomena to a systematic Philosophy and complete Survey of Metaphysics*, Berkeley/Los Angeles/London 1942.

Rosa, Hartmut et.al.: *Theorien der Gemeinschaft*, Hamburg 2010.

Stark, Werner: *Fundamental Forms of Social Thought*, London 1962.

Taylor, Charles: *Ein säkulares Zeitalter*, Frankfurt/M. 2009.

Vidal-Naquet, Pierre: *Atlantis. Geschichte eines Traums*, München 2006.

克里斯蒂安·施密特

"接触、感染、传播":
论阿达尔贝特·施蒂弗特的《沥青烧制人/花岗岩》中共同体的免疫逻辑

阿达尔贝特·施蒂弗特（Adalbert Stifter）的小说虽已得到过比较全面的评述，但迄今为止还极少在共同体视角下被品读过。[1] 例如施蒂弗特创作的小说《花岗岩》(1853) 曾对现代共同性的前提进行过多层次的反思，这些反思在任何方面都不逊于当前其他理论所做出的思考，颇令人惊讶。[2] 施蒂弗特的小说，依照笔者的观点，完全不是在反动性地回顾那些曾被信仰过的、已经失落的前现代集体形式，而更多的是在对集体形式从文学上进行新界定的尝试，这一尝试一再触及共同体性问题的根本边界，而且是发生在一个广泛的社会重构的时代。在这样的时代，共同体主题极富争议性。"漫长的" 19 世纪不仅是一个个性化持续推进的世纪，也是一个处处都在形成新集体形式的世纪。这些形式作为某种"共同体"，同时（必然地）也与开始自定义为现代"社会"的存在处于一种紧张关系

1　此篇文章展现的是关于项目"施蒂弗特笔下的共同体——在复辟的时代跨越集体身份认同的边界"的一些初步的思考。该项目是笔者在明斯特精英集群的"现代及前现代文化中的宗教与政治"研究框架下进行的探讨——作者注。
2　参见哈特穆特·罗莎等人的概览:《共同体理论引论》, 汉堡, 2010 年。

中。[1] 此外，这一时期也产生了知识领域的分化，不同的知识领域和集体的话语之间产生了具有创造性的相互作用，其路径是，这些知识领域能够为集体的话语提供必要的、象征性的上层建筑——例如在小说《花岗岩》中，医学便扮演着这样的角色，下文将对其加以探讨。

对沥青的兴趣

《花岗岩》是由一篇业已出版过的小说改编而来的，原名为《沥青烧制人》，原书早在 1849 年便已出版。小说的开头描述了一个比任何事物都更适合体现连续性的东西，对叙述者来说，这说的是一个"大的、八角形的［……］"（第 23 页）确切来说"四角形的"（P，第 11 页）[2] 石头，这石头不仅仅是一个与众不同的记忆触发点，也体现了一种跨越时间的归属，曾经，"我们家族最最年长的老人［……］就在这个石头上坐过［……］我们家族最年轻的一员，也就是童年时代的我自己，也曾坐在这个石头上面过"（第 23 页）。这块石头，或许是块花岗岩，体现了家族共同体的连续性，同时也体现了叙述者同这个共同体的归属关系。这种联系的稳定性也在小说中得到了双重的证明：一方面，它通过坐下这样一个行为的反复得以实现，这个行为与这个物体之前的使用者的行为是一致的，而同时，这种对同一事物的接触所体现的转喻逻辑也保证了此联系的稳定性。在这个石头的上

1　建立在伯恩哈德·吉森的文化符号学模型之上的共同体概念将是下文思考的基础：《集体身份认同：知识分子与国家》Ⅱ，法兰克福（美因河畔），1999 年。
2　所有引用均出自施蒂弗特作品历史批评版全集（HKG）：阿达尔贝特·施蒂弗特：《作品与书信：历史批评版全集》，阿尔弗雷德·多普勒，沃尔夫冈·弗雷瓦尔德，斯图加特，1987—2003 年。《花岗岩》的引用以文中注的形式直接加页码标出，报刊版本《沥青烧制人》的引用以文中注形式出现，页码前加字母 P 以示区分。

方，叙述者在身体上与他的祖先有了联系。

表面上看，《花岗岩》通过历经几代人的石头这样一个意象强调了家族共同体的连续性，但这也许还不会让那些把施蒂弗特视为反动作家的人感到吃惊，因为他们认为，在施蒂弗特的小说中，连续性和固有流程总是能通过持续抵御暂时的干扰得以维持[1]。在《花岗岩》/《沥青烧制人》中，导致这种干扰的是沥青留下的痕迹。叙述者逾越了清晰标注出的界限，造成了沥青痕迹的产生，这也致使他被暂时排除在家族共同体之外。事情就是以上述这块石头为开端的：那时，叙述者还是个小男孩，有一天，当他正坐在这块石头上观察周围时，一个骑车路过的商人凑近他，开玩笑地在男孩的脚上涂上了沥青，男孩立刻跑回了家里的房间，骄傲地想向母亲展示他的双脚。在这过程中，他涂上沥青的双脚在刚打扫好的房间里到处都留下了"脚印"（第26页），而母亲的反应也让小男孩感到惊讶。事情的结尾，小男孩因为这场恶作剧被赶了出去，先是被赶出家门，又被枝条打了脚。他认为这整件事意味着"一切事情的可怕转折"（第27页），像是"同样被摧毁了似的"（同上）留在原地。幸运的是，好心的祖父出现并照料他，给他洗了脚，又带他一同去散步。一群燕子见证了这个家庭的秩序受到干扰的始末，直到文末，燕群才终于重归平静，小男孩也又被带回家中。

这个小孩到底为什么会被赶走呢？把家里弄脏是最表层的原因，而这个原本并不引人注目的过程从一开始就被加上了一层语义学的编码。**沥青**，这种弄脏小孩家中房间的物质，逐渐同另一个能指紧密联

1　就"连续性"而言，赫尔穆特·巴赫迈尔将其与被称为"软性法律"的施蒂弗特的诗学思考进行了对照。参见赫尔穆特·巴赫迈尔：后记，载：阿达尔贝特·施蒂弗特：《彩色石头：中篇小说集》，斯图加特，赫尔穆特·巴赫迈尔编，1994年，第363—391页，此处第372页。

系在一起，这个能指便是**瘟疫**，小说的内层叙事详尽讲述了与瘟疫这一能指有关的事件。沥青（Pech）和瘟疫（Pest）这两个能指在发音上相似，而二者在语义上的相近之处也建立在语音的基础之上。这种相近之处导致在上述那则短小家庭故事里发生的一切不仅与沥青带来的脏污有关，还涉及另一种由沥青痕迹代表的、被它从记忆中唤醒的污染形式：在小说的逻辑里，沥青痕迹在家庭小屋的蔓延与传染病在乡村共同体的传播是对应的。从这种意义上讲，男孩逾越的边界同时也是一种象征意义上的边界。不洁之物带来的污染也被视为具有传染性，而具有传染性的物质是和苦难的集体记忆相关的：传染病（即使已被战胜）仍是乡村共同体的威胁。

其中最引人注目的是沥青这种存在争议的物质展现的奇特矛盾性。此处所指的是商人涂到小男孩脚上的那种"沥青"，而绝不是那种令人厌恶的黑色物质——正如文中那位女读者所猜到的那样。仔细阅读便能看出，小说将沥青置于某次极为有趣的经历中，这经历与某种令人愉快的物质有关[1]："这液体在皮肤上漫开很大一片，有着极为清澈的金棕色，升腾起令人愉悦的树脂的香气。"（第25页）文中的"沥青"所指的并非焦油状的一团黑色物质，而是很清楚地指"黄色的沥青"，正如小男孩后来观察到的那样，他在一颗针叶树旁看见"一颗像金色水滴一样的沥青"（第33页）。符号的矛盾性在物质的概念史中是有记载的。[2]而小说中符号矛盾性的出现则遵循了某种方法，它通过一种与沥青及其代表的有趣经历相反的语义序列得以呈现，它

1　参见拉夫·西蒙：《施蒂弗特〈花岗岩〉的结构性解读》，载：《JASILO》，1996年第3期，第29—36页。
2　人们可以从根本上区分"黄沥青"（松脂）和"黑沥青"（焦油）。参见布罗克豪斯，1846年版《现实＝百科》的说明：《德国的普遍现实＝受教育阶级的百科辞典：百科全书》第11卷，第9版，莱比锡，布鲁克豪斯出版社，1846年，第20页。

以"黑色"这个形容词为出发点，又提出了一种更为常用的从"黑色"到沥青然后再到瘟疫，即"黑死病"的联想方式。在小说的叙述过程中，这个被赋予消极内涵的序列逐渐替换了之前那个令人感到愉快的序列。沥青与瘟疫愈发趋近，不仅是从隐喻这一方面讲，例如曾被提到的颜色的相似性，更体现在转喻的层面上，以至于后来小说内层叙事一讲到沾染瘟疫的沥青烧制人，就能直接地（一部分是依照谱系学的方式[1]）让人联想到家庭小屋的沥青。以此为背景，人们才能够理解小男孩母亲的反应。她会有这种反应是因为她对沥青作了消极的语义解读。她的这种解读方式是被自动激活的——因为她是这个共同体的一部分，这个共同体都有着同样的理解方式：她早就知晓沥青烧制人和瘟疫之间的联系，而小男孩则是后来才从祖父那里听到相关的解释，在这篇小说的逻辑里，沥青总是会让人想起会对共同体造成威胁的瘟疫。由此，小男孩的行动才会被解读为一种象征意义上的传染过程，他因而必须被驱赶出去。

连续性和记忆

在沥青和小男孩的故事中，家族共同体的连续性存在着中断的可能，小说将这种可能性刻画为某种短暂出现的危险，这样一来，才能在接下来的故事中通过精妙的叙事安排去除这种可能性，并展示如何（再重新）建立连续性：通过记忆的牢固化。《花岗岩》讲述了祖父将小男孩重新带回家族共同体的过程，该过程可被解读为集体知识的入门，祖父在同小男孩散步途中向他传授了这些知识。本质上讲，这篇

---

1 两个故事的谱系学联系在后文中才得以揭示：阅读到后面人们才知道，这个身份成谜的沥青商人安德烈亚斯是文本内层叙事中沥青烧制人的后代。

小说展示了传统是如何产生的，并且将传统评价为孩童共同体化和共同体联系形成的决定性因素。对小男孩来说，祖父在散步途中和他玩的"问答游戏"便是一种参与传统的证明：

"你可以告诉我，那儿是个什么地方吗？""当然，祖父"，我回答道，"那里是阿尔卑斯山，夏天，山上会有牛群，到了秋天，牛群又会被赶到山下去"。"那继续留在阿尔卑斯山上的又是什么呢？"祖父又提了一个问题。"是木屋和森林"，我回答道。"那阿尔卑斯山和木屋森林的右边呢？"（第33—34页）

属于这些集体知识的不仅仅有对地点的描述，还有当地的历史，其中包括瘟疫的历史，占据小说很大篇幅的内层叙事便讲述了和这场瘟疫有关的事，这瘟疫在许多地方留下了痕迹，很多地点以它命名："例如瘟疫草地、瘟疫小径、瘟疫山坡。"（第44页）

在相关研究中，对这场散步（和其中蕴含的教育学方案）的讨论还存在争议。即使讨论能达成共识，认为这涉及入门的过程，然而，对小男孩究竟是被引入了什么领域里面这一问题，学界却众说纷纭。其中，赫尔穆特·巴赫拜耳（Helmut Bachmaier）的论断尤为不恰当，他将散步理解成"为了学会准确洞见和贴近物的本质而进行的一次训练"[1]。这一观点与小说所表达的内容截然不同，人们可以用阿尔布雷希特·科朔尔克（Albrecht Koschorke）的观点来进行反驳。与巴赫拜耳相反，后者认为，文化会预先影响人们看的方式，而这场散步便

---

1 "祖父提出的问题让人用不虚伪的眼光去看现象。小孩是在没有前备知识的情况下看这些事物的，他没有别的意图。这种'纯粹的'目光才能逼近事情本身。"巴赫迈尔，《后记》，第380页。

是为了小男孩能学会这种看的方式而进行的训练。[1] 这种训练绝不是为了使人看到任何一种"物本身",而是看到文化想让孩童看见什么。只有这样,融合进(由那些已经能成功看见的人构成的)共同体和它的记忆中去才成为了可能[2]。根据文章所描述的,决定这个过程是否成功的是以下三大要素:空间形象、被仪式化了的特征和口头的传授。空间形象这一要素可以追溯至古典修辞学的记忆模型,古典修辞学在记忆理论中对空间与知识二者的关系排布进行了设计,这关系排布与小说中祖父和孙子所做的完全一致。从这个角度看,行走这一动作在施蒂弗特文本中的作用也能得到解释:通过持续地、缓慢地步行观赏地形风光,人们能确保自己不会忘记这些地方(和它们的任何一段历史)。在这种逻辑里,只要空间不变,记忆也不会变;这样一来,地形风光便成为了集体记忆连续性的保障。而问答游戏被仪式化了的特征,正如文本通过公式化的布景所复刻的那样,则指涉了日常生活固有流程这一话题,这个特征将连续性确立于对相同事物[3]尽可能准确的重复中。而知识的连续性最终则通过语言的媒介得以具体地呈现。根据文章所说,知识的成功流传是依赖于口头表达的,而正是通过这一点,《花岗岩》继承了自柏拉图的《斐德罗篇》以来众所周知的西方语言怀疑的传统。在知识的文字流传的过程中,每一代人都面临着

---

1 参见阿尔布雷希特·科索科:《被拼读出的全景图:针对施蒂弗特中篇小说〈花岗岩〉中的一个段落》,见《VASILO》,1989 年第 38 卷,第 3—13 页,此处第 6 页。

2 准确来说,此处涉及一种记忆形式,它介于社会记忆和集体记忆之间——这种区别可以追溯到阿莱达(和扬)·阿斯曼的理论。参见阿莱达·阿斯曼:《社会和集体记忆》,演讲,2006 年:http://www.bpb.de/files/0FW1JZ. pdf vom 30.06.2011。

3 针对施蒂弗特文本中被仪式化之物的作用分析参见卡塔琳娜·格雷茨:《被叙述的仪式——被仪式化的叙述:阿达尔贝特·施蒂弗特的文学阐释策略》,载:萨比娜·贝克,卡塔琳娜·格雷茨(编):《秩序—空间—仪式:阿达尔贝特·施蒂弗特的人造现实主义》,海德堡,2007 年,第 147—173 页。

不理解前代知识的危险，而在施蒂弗特的故事中，祖父则寄希望于口头的传授，这种口头传授包括在事情发生的原始地点对流传下来的事物进行考察。知识的连续性通过一种直接的、身体的接触获得保证：通过不同代际的人的对话。

虽然在小说的最后，一切似乎都因此再度回归最佳秩序，但重新被家族共同体接纳的小孩也付出了一定的代价。当故事的叙述者——也就是那个小男孩——讲述他所做的一个令人不安的梦时，他似乎清楚地证实了这个入门过程的结果："许多东西环绕在我周围，已死之人、将死之人、得疫病的人、三叉松、林间小女孩、强壮的工人、邻居家的山梨树，老安德烈亚斯又往我身上涂了沥青。"（第60页）人们肯定能猜到，在这一过程中，小男孩对沥青的兴趣已然烟消云散。西蒙非常准确地总结了最后的结果："小说触动人的地方在于——以比喻的方式说——让象征意义上的传染能够变成象征意义上的预防接种。"[1] 借助于"教育上的严格要求"[2]，沥青这种物质被树成了某种典型：个体与这种物质有关的有趣经历被消除，如此，他才能够变成集体及其象征秩序的一部分[3]。同时，同一个陌生人的（皮肤）接触——那个男孩儿因为前者对其"举止亲近"而感到"受尊重"（第25页）——也由此（正如我想补充说明的）被打上了危险和传染的记号。

传染物接触（Contagium）与瘴气（Miasmus）

然而，小男孩的入门真的成功了吗——过程真如目前为止的考量

1　西蒙：《结构性解读》，第32页。
2　同上，第36页。
3　参见同上。

所推测的那样顺利吗？仔细看来其实情况并非如此。如果人们认真阅读小说的内层叙事讲述的祖父辈的故事，便会发现，框架叙事所讲述的这次成功的免疫，似乎并没有全然完成。一开始，小说内层叙事似乎在证实一种传染逻辑。瘟疫顶着陌生事物的标签进入了森林居民所构成的共同体里，在集体中形成病灶，但之前"没人相信，它将会进到我们的森林里来，因为在它真的到来之前，从来没有陌生事物进入我们之中"（第37页）。同陌生人的接触，后来也成为了这则故事的其中一个主角——一个来自沥青烧制人家庭的父亲——试图避免的东西。他的理论很简单，而且看起来似乎有道理：这位父亲相信，自己能够通过将家人隔离在乔木林里来拯救他们。在他看来，他们似乎只有避免与外界的任何接触才有幸存的可能。

这个接触禁令基于明确的界限划分，并通过任何他能想到的方法得以贯彻。不论是他自己的小孩，还是那些最终依然出现了的陌生人，都受到暴力威胁，被禁止逾越那条用树枝标明的界线："不要碰到任何我这边的人可能会踩到的草茎，也不要在我这边的人会呼吸的地方呼气。"（P，第35页）最能和父亲共情的儿子后来却违背了父亲的这条禁令，还差点导致整个家庭完全覆灭。对其余的村庄住户来说，这个病"传染性很强"是明确的事实，他们（至少在《花岗岩》版本中）在小说的最后擦洗整座房子，烧掉了"生病者所有的床铺和其他的东西"（第39页）。小说中如果能有谁给这些人指明疾病的传染路径（并证实那位父亲的传染逻辑），那么故事中的一切从根本上都可以变得更容易解决。但是《沥青烧制人》和《花岗岩》两个版本都没有这么写。祖父的对瘟疫的解释也显得自相矛盾，他认为，人们试图避免瘟疫发生是因为得到了神的诱导。"在这之前，它已经长久地存在于其他遥远的国度"（第36页），他还曾这样描述瘟疫：

它突然进入到我们之中。人们不知道它是怎么来的：是人类把它带来的吗，它是合着温和的春日气息一并来到的吗，还是被风和雨云托来的：它来的规模够大了，并且传播到了我们周围的所有地方。（第37页）

此处提及人类传播疾病的可能性和空气传播疾病的可能性，如果人们关注到这点，那便能发现，这二者刚好复述了那时的医学认识已然提出的两种疾病传播路径。[1]这些流行病学话语的痕迹被书写进施蒂弗特的小说中。小说面世时，流行病学话语正值热门的时候，尽管那个时候处于医学关注焦点的是其他疾病，而非瘟疫——瘟疫那时在中欧还很少出现。[2]在施蒂弗特的几部小说陆续出版期间，医学界对流行病学相关知识进行了前期研究，这些知识后来被巴斯德（Louis Pasteur）和科赫（Robert Koch）完善为细菌理论，完全改变了人类对疾病的理解。细菌学知识从根上看是在两种直到19世纪下半叶都还颇受拥护的传染理论间建立了一种平衡。

雅各布·亨乐（Jakob Henle）医生（1809—1885）是细菌学的开拓者，也是科赫的老师，曾在自己的著作《病理学研究》（1840）的第一部分探讨过细菌学理论。第一种细菌学理论叫**瘴气**理论（*Miasmus*-Theorie）。该理论的出发点是认为疾病是由于地理气候学原因产生并会通过空气传播。亨乐提到了一种"被混入空气造成空气毒

1　参见布里吉特·普鲁迪对此作出的富有启发性的评述：《在传染与毁灭之间：施蒂弗特瘟疫叙事研究，〈沥青烧制人〉vs.〈花岗岩〉》，见《牛津日耳曼研究》，2008年第37卷第1期，第49—73页。

2　例如（亚洲的）霍乱，它自19世纪30年代以来一再侵扰中欧。参见曼弗雷德·法索尔德的相关叙述：《流感、瘟疫和霍乱：欧洲瘟疫史》，斯图加特，2008年（主要为第109—110页）。另参见克劳斯·贝格多特：《瘟疫：黑死病的历史》，慕尼黑，2006年。

化的物质"。[1] 与**瘴气**理论相对，**传染物接触**理论（*Contagium*-Theorie）的出发点则是认为存在一种"能够被肉眼观察到的"、通过人与人之间的直接接触传播的"致病能力"。**瘴气**和**传染物接触**这两种理论都获得过实践性成果。根据这两种不同的假设，人们会选择不同的途径来终止传染性疾病的传播。在**传染物接触**理论指导下最成功的途径便是各种形式的隔离，比如中断商贸路线。相对应地，**瘴气**理论则建议从公共卫生入手，遏制"含瘴"空气的产生。奥拉夫·布里泽不久前曾在对 19 世纪 30 年代欧洲流行性霍乱的研究中探讨了这些理论被政治工具化的可能性。[2] 根据他的观察，传染物传播理论首先是给诸多政治操作提供了空间，这些政治操作对所有参与者的生活都影响深远。如果传染病以这种方式使政治权力能够调查居民及每个个体的生活，那么很明显，这便会涉及福柯理论视域下的生物政治学。[3] 在这一视角下，《花岗岩》所描述的沥青烧制人父亲，也许就是一个小圈子里的精明的生物政治家，虽然他的一切行为归根结底都是以当下的传染病防护计划为依据的。

传染病与共同体

施蒂弗特的小说不仅仅暗示了流行病学知识的（生物）政治维度，还反思了这些知识给共同体想象带来的后果。早在 19 世纪以前，

1　雅各布·亨乐：《病理学研究》，柏林：奥古斯都·希尔施瓦尔德出版社，1840 年，第 3 页。下一引用同上。
2　奥拉夫·布里泽：《霍乱时代的恐惧：论细菌的文化起源——瘟疫警戒线》Ⅰ，柏林，2003 年。
3　米歇尔·福柯：《死亡的权利和管理生命的权力》，载：同上：《认知的意志（＝《性经验史》Ⅰ）》，法兰克福（美因河畔），1983 年，第 159—190 页，主要引用自第 170 页。

传染病与共同体的关系就是文学作品经久不衰的保留主题。"传染病会动摇社会安全结构"[1]——薄伽丘《十日谈》(约 1350 年)的内容就能证明这点,书中,鼠疫的流行导致了共同体的瓦解,这种瓦解在父母与小孩关系的毁灭中达到了巅峰。[2]这些叙事作品证明了传染性事物叙事和共同体话语之间的紧密关系。传染病对共同体而言是一种危害,并不仅仅因为它会毁灭共同体,抑或是会对传统的等级制度提出质疑。传染病也会对共同体的语义学上层建筑造成影响,而这些上层建筑中往往蕴含着集体身份认同构建的密码。在欧洲的传统中,这些上层建筑常会以身体形象出现。"这些共同体不会形成任何身体的样子",克里斯蒂娜·冯·布劳恩(Christina von Braun)这样总结道,"但是每个共同体[……]都试图通过同个人身体和有机体的类比营造出自己是一个活生生的、自成整体的躯体的假象"[3]。通过同身体相关联,共同体给人一种具有完整性、自然性及不可分割性的印象——它以这种方式才成为了想象中的统一体。[4]然而这个统一体却面临传染病——这种具有传染性且大规模出现的致死性疾病——的威胁。就像真实的疾病会对身体产生威胁一样,传染病也威胁着共同体的"身体"。从另一方面讲,这种类比也能产生象征性作用,共同体处于与身体相同的视域中,便能塑造新形式的、想象中的内外界限。共同体

1　鲁道夫·凯瑟:《瘟疫如何被叙述,又通往怎样的结局?文学性瘟疫呈现的文化作用研究》,载:《ISAL》,2004 年第 29 卷第 1 期,第 200—227 页,此处第 215 页。

2　人们可以通过坡(《红死病的假面》)和戈特黑尔夫(《黑蜘蛛》)轻而易举地对这种视域进行追溯,甚至可以在当代电影中找到它的痕迹。参见亨德里克·布鲁门塔特针对吸血鬼电影的论述:《血的图像:体液的媒体循环》,比勒费尔德,2004 年,主要引用自第 74—76 页。

3　克里斯蒂娜·冯·布劳恩:《集体身体和它的血液》,载:西莉亚·萨瑟,史蒂芬妮·维内尔(编):《集体身体:联系的艺术和联系的政治》,比勒费尔德,2002 年,第 301—315 页,此处第 301 页。

4　布鲁门塔特:《血的图像》,第 26—28 页。

中的人将能够捕捉到对共同体产生威胁的事物，还能够指出敌人的名字——尤其是当他们以**传染物接触**论为理论基础时。

在接触的过程中形成的传染视域可以用来塑造共同体同外界的接触方式。按照"传染物传播的"感染理论的逻辑，陌生事物可以被想象为突破自己身体界限的异物，这个异物侵入了身体，还在身体内部造成伤害。此外，传染病话语对共同体来说还有更多的功能：它使人能够以新的形式表达差异，而共同性正是由这些差异构建的——其中最主要的差异便来自"所属的"或是"陌生的"——共同体以这种方式证明集体的身份认同。[1] 传染病话语准许人们将共同性的东西归因于一个主要编码——身体——上，以这种方式将共同性的东西自然化。它还通过被回忆的疫病的形式标记出一个个时间节点，这些节点由个体各自的体验中产生，却能创造一种超越时间的共同经历。

另一种共同体？

然而施蒂弗特的小说在接下来的迂回叙事中却没有证实这位沥青烧制人父亲的理论。在小说逻辑里，避免同陌生事物的联系并不是一个好的解决办法。相反，《沥青烧制人》中这则和瘟疫有关的故事实则勾画了共同体性的另一形式：这种形式——就像它一开始促成了两个孩子的相遇那样——就是通过建立联系发展出来的，这种联系的建立看起来有意忽略了传染的风险。此外，施蒂弗特在小说中还将最有可能的疾病"携带者"——一个木勺——写入了一种具有矛盾性内涵的、相互传递和共同进餐的话语中。

---

1 吉森：《集体身份认同》。

他（那个男孩）给了他（那个陌生男人）自己带来的唯一一个木质的勺子。那个男人却将勺子给了那个女人，这个女人则将它给了孩子们。孩子们吃了东西，在他们吃了一些东西过后，父亲和母亲也拿起木勺吃了东西，然后又将勺子给了孩子们。（P，第38页；此处是笔者分析的重点）

一方面，小说表现出了同当时的医学知识的关联，因此这个场景被轻易解读成了疾病传播过程中的关键性场景。[1]另一方面，这个场景似乎并没有在这个作用上有进一步发展。在对"给"这个动作十分突出地强调中，在这冗余的表述和共同进食的题材中，我能感觉到另一种共同体性存在的可能，正如后来幸存的两名小孩所体现的那样。报刊版小说在讲述孩子们返回村庄共同体这件事的时候，十分清晰地展示了这种可能的存在。现在看来，正是传染病的存在使人们有了接纳陌生人的理由："因为瘟疫在村庄中流行，一个接着一个的人死去，人们就不再害怕陌生人并且接纳了他们。"（P，第52页）如果小说赞同的是这种共同体模式，那么它也会坚持这一观点，即共同体只有通过联系才能形成——即便这种联系需要容忍传染的风险。相应地，作为沥青烧制人的父亲所代表的完全相反的立场——特别是他将自己儿子丢弃在山崖上（一块较宽的石头上）这种残忍的报复行为——便被评价为是错误的。这则故事也给框架叙事造成了影响，在框架故事里同样出现了一把"木勺子"（P，第13页），而且是在沥青商人给小男孩涂抹沥青这一语境里。同样具有积极内涵的联系逻辑还体现在祖父帮小男孩洗脚这一情节中，它将《旧约》中的受害者逻辑替换成了

---

1 亨乐的文章就对这种"携带者"做了说明，他将他们定义为"无生命的，或者至少与生病的个体不存在联系的身体""在他们身上附着着感染物［……］"（亨乐：《病理学研究》，第8页）。

《新约》里的图景。日常生活的固有流程在小说里总是被刻画为维护秩序的存在，而这个图景则超越了这些无处不在的、富有宗教意义的固有流程。

*

由此可见，与其说施蒂弗特的小说仅仅讲述了传染病烙印下的共同体故事，倒不如说，它似乎是在暗示一种机制，一种或许完全是为了现代的共同体性而出现的免疫逻辑。意大利哲学家罗伯托·埃斯波西托（Roberto Esposito）曾尝试在这种逻辑下从免疫范式出发，对欧洲共同体方案进行思考，并从中引申出构建共同体性的其他可能的模式，这些模式与之前的相反，强调了**义务**（*munus*）——即分享性的给予——的观念。[1] 他的想法似乎刚好与施蒂弗特的小说所间接呈现的共同体的另一种形式相符。这种义务——即给予——的逻辑在勺子仪式化的传递过程中以及共同体在传染病肆虐时却仍然接纳小孩的行为中体现得一清二楚。联系总是在共同体形成之初就存在，认可并记住它，这即便有风险，也是值得一做的。

施蒂弗特的小说真的在结尾勾勒了一个具有另一种共同体性的乌托邦形式吗？这种共同体性建立在联系必要性的基础上，只要每一代人都愿意承担联系的风险，这种共体同性或许便能长久存在。单看小说本身，这个问题的答案必然是具有矛盾性的：在小说末尾可以看出，与其说可能是那种自发产生的、即便有传染风险也愿意开放自己的共同体体验在起作用，不如说集体记忆的力量更强。因为这种记忆

1　参见罗伯托·埃斯波西托：《公社：共同体的起源和路径（1998）》，柏林，2004 年，以及罗伯托·埃斯波西托：《免疫：生命的保护和否定（2002）》，柏林，2004 年。

可靠地保存并代代传递着那些具有威胁性和传染性的痕迹。（在两个版本的小说中）瘟疫都导致了其他的象征意义上的牺牲者出现。《沥青烧制人》更几乎是顺带地将瘟疫刻画为历史的幽灵。这一幽灵徘徊在自己消逝的地方："平原的人们不喜欢去胡特兰，直到今天他们都不去那边，因为他们觉得还会看见死去的沥青烧制人在一块石头上坐着。"（P，第 53 页）不仅仅是这个地方（而且：又是一块石头）被持续地污染了。接触异物的恐惧也作为"厌恶感"被保存在记忆里。这种"厌恶感"既约束着人对瘟疫的应对方式，也管束着人们对待沥青及其生产者的方式：在小说内层叙事中，小孩们面对父母的尸体"十分厌恶"（P，第 51 页）地转过身，而在框架故事中，与沥青有关的是一个绿色釉面的盆子，"所以人们因为厌恶感再也没有继续使用它"（第 59 页）。这个小男孩正是在这个绿色釉面的盆子里洗了脚。虽然再度变整洁了，但他用过的这个盆子却似乎会长久地保留着那些痕迹，所以祖父推测，盆之后肯定会被销毁。从根本上看，这个共同体最终会囿于一种免疫逻辑。我认为，共同体最后会使自己免疫于自身的死亡——这种极端陌生的可能性作为共同体内部的界线必将被书写进共同体自身。而使共同体回忆起这种可能性的沥青烧制人则必定成为他者，被长久地排除在共同体之外（但同时被包含在集体记忆之中）。

但小说中也存在着另外一线希望，因为在结尾处，记忆的有效性再一次被相对化了。那块在小说开头出现的石头早已不再是连续性的象征，日益年迈的母亲从石头上望向"世界各地的方向［……］，她的儿子们就分散在那些地方"（第 60 页）。家族共同体只存在于记忆中了。《花岗岩》结尾的这些话并未再次证实记忆的可靠性，反而更多地成了遗忘的证据，遗忘也是对个体及集体身份认同而言都必不可少的部分。"能把什么都引来的沥青的痕迹"后来遭遇何种命运，叙述者不得而知，他即使后来问了母亲，"也每次都会遗忘"（同上）。

参 考 文 献

Allgemeine deutsche Real = Encyklopädie für die gebildeten Stände. Conversations-Lexikon, 9. Aufl., Bd. 11, Leipzig: Brockhaus 1846.

Assmann, Aleida: Soziales und kollektives Gedächtnis, Vortrag, 2006, online unter: http://www.bpb.de/files/0FW1JZ.pdf vom 30.06.2011.

Bachmaier, Helmut: Nachwort, in: Stifter, Adalbert: *Bunte Steine. Erzählungen*, hg. v. Helmut Bachmaier, Stuttgart 1994, S. 363–391.

Bergdolt, Klaus: *Die Pest. Geschichte des schwarzen Todes*, München 2006.

Blumentrath, Hendrik: *Blutbilder. Mediale Zirkulationen einer Körperflüssigkeit*, Bielefeld 2004.

Braun, Christina von: Der Kollektivkörper und seine Säfte, in: Sylvia Sasse/ Stefanie Wenner (Hg.): *Kollektivkörper. Kunst und Politik von Verbindung*, Bielefeld 2002, S. 301–315.

Briese, Olaf: *Angst in den Zeiten der Cholera. Über kulturelle Ursprünge des Bakteriums. Seuchen-Cordon I*, Berlin 2003.

Esposito, Roberto: *Communitas. Ursprung und Wege der Gemeinschaft* (1998), Berlin 2004.

Esposito, Roberto: *Immunitas. Schutz und Negation des Lebens* (2002), Berlin 2004.

Foucault, Michel: Recht über den Tod und Macht zum Leben, in: Ders., *Der Wille zum Wissen* (= *Sexualität und Wahrheit I*), Frankfurt 1983, S. 159–190.

Giesen, Bernhard: *Kollektive Identität. Die Intellektuellen und die Nation II*, Frankfurt 1999.

Grätz, Katharina: Erzählte Rituale – ritualisiertes Erzählen. Literarische Sinngebungsstrategien bei Adalbert Stifter, in: Sabina Becker/Katharina Grätz (Hg.): *Ordnung – Raum – Ritual. Adalbert Stifters artifizieller Realismus*, Heidelberg 2007.

Henle, Jakob: *Pathologische Untersuchungen*, Berlin: Verl. August Hirschwald 1840.

Käser, Rudolf: Wie und zu welchem Ende werden Seuchen erzählt? Zur kulturellen

Funktion literarischer Seuchendarstellung, in: *IASL* 29,1 (2004), S. 200–227.

Koschorke, Albrecht: Das buchstabierte Panorama. Zu einer Passage in Stifters Erzählung *Granit*, in: *VASILO* 38, 1/2 (1989), S. 3–13.

Prutti, Brigitte: Zwischen Ansteckung und Auslöschung. Zur Seuchenerzählung bei Stifter, *Die Pechbrenner* versus *Granit*, in: *Oxford German Studies* 37,1 (2008), S. 49–73.

Rosa, Hartmut/Gertenbach, Lars/Laux, Henning/Strecker, David: *Theorien der Gemeinschaft zur Einführung*, Hamburg 2010.

Simon, Ralf: Eine strukturale Lektüre von Stifters *Granit*, in: *JASILO* 3 (1996), S. 29–36.

Stifter, Adalbert: *Werke und Briefe. Historisch-kritische Gesamtausgabe*, hg. v. Alfred Doppler und Wolfgang Frühwald, Stuttgart 1978–2003.

Vasold, Manfred: *Grippe, Pest und Cholera. Eine Geschichte der Seuchen in Europa*, Stuttgart 2008.

卡罗琳·本岑

沉沦的寄宿生：论罗伯特·瓦尔泽作品《雅各布·冯·贡滕》中的共同体概念——仆役

引　言

　　本研究的基本立场是：瓦尔泽文学作品中的仆人团体是一个对于主人公的身份构建起着决定性作用的共同体。但这一观点不无问题，因为主人公雅各布始终否定自己的身份，并将自己视为局外人。在《雅各布·冯·贡腾》中，身份否定与身份塑造这两大机制的共存是班雅曼塔学校这一共同体模式的一大显著特征。下文中，笔者将对此做详细阐释。在对瓦尔泽作品中的共同体设想进行概述，并着重阐释个人与共同体的关系时，笔者主要参考了人类学家阿诺尔德·范·热内普（Arnold van Gennep）与维克多·特纳（Victor Turner）关于"阈限"（Liminalität）与"越界"（Schwellenüberschreitung）的观点，借此可以详细描述《雅各布·冯·贡腾》中独特的空间性，进而思考共同体的诸种结构。根据上述理论观点可以知道，失败是某些共同体中必然的，却未必会带来毁灭性后果的组成部分。本研究的核心观点是：小说中除了一个框架性的外部空间，还存在着一个以共同体形式展现出来的内部空间，后者一方面与前者泾渭分明，另一方面也对前者进行了拓展。对于自由组合形成的内向型共同体与在外力作用下形成的社会之间这种世纪之交常见的二元对立关系，罗伯特·瓦尔泽早在 20 世纪初就提出了质疑，并将二者之间的界限抹除净尽。这样一来，寄宿生组成的共同体并非一个反抗权威、追求自由的共同体。而小说结尾主人公遁入荒漠的情节却为一种新的、从西方文化视角来看至少在字面意思上具有无政府主义色彩的社会文化，即漂泊文化，提供了可能性。而这种文化，恰是前者所远不能及的。[1]

共同体概念：基于文本的（初步）界定

志在将自己培养成仆人的雅各布·冯·贡腾是进入班雅曼塔学校学习的最后一个寄宿生。除他之外，还有六个男孩一同生活在这个以服从、驯顺与听话为基石的学校墙垣之内。小说的第一句就告知了读者主人公雅各布·冯·贡腾的姓名，副标题则说明了小说的"日记体"形式，并揭示出雅各布所融入、并——至少在彼时——对其有归属感的共同体。"**人们**在这里所学甚少，师资匮乏，**我们这些班雅曼塔里的少年们**终将一事无成，换言之，**我们所有人**将来都会成为极其渺小卑微之人。"[2]（JvG 7）句首的不定代词**人们**（man）很快就由"**我们这些班雅曼塔里的少年们**"（wir Knaben vom Institut Benjamenta）明确清晰地指示出来。此外，这种小说开头部分就显示出的个人与共

1　彼得·格罗斯（Peter Gross）认为，这种漂泊文化在当今社会中更具积极意义，也适用于当今社会的整体结构。参见同上：《漂泊者》，载：斯蒂芬·莫比乌斯 / 马库斯·施罗尔：《女星、黑客、投机者：当代社会人物》，柏林，2020 年，第 316—325 页，此处第 318 页。瓦尔泽的《雅各布·冯·贡腾》也倾向于对这种当代语境中漂泊文化的理解。

2　罗伯特·瓦尔泽：《雅各布·冯·贡腾：一本日记（1909）》，法兰克福（美因河畔），1985 年，第 7 页。下文中，对出自该小说的原文将以"JvG + 页码"的形式标注。引文中的斜体部分均为笔者所作标记。

同体的对立关系也成了整部小说，更是寄宿生这一动机展开过程中的一条重要线索。尽管单纯从语法上看，**人们**这个没有明确指示对象的代词未必指向个人；但通过分析整部小说，尤其是分析主人公自我定义式的表述，可以知道：雅各布口中的**人们**所指代的更应是他不确定的自我，而非一个不确定的、普遍意义上的整体。甚至"我"这一称呼的一再使用也更多地表明了主人公对其内在自我的疏离而非亲近。[1]以上引文揭示出的另一个重要信息是：对于雅各布来说，将自己划入某个集体——**我们这些班雅曼塔里的少年们**——比肯定自己更容易。雅各布认为，自己是这样一个清晰明确的实体中的一部分。**我们所有人**这一表述的一再使用表明，全部成员都包含在内，毫无例外。这一点凸显了该共同体的封闭性。从指代不确定的一般性群体的**人们**到指代确定的人群（**我们**以及之后**所有人**这一强化补充）的这一明显变化之所以十分重要，还因为这样的归类方法对雅各布而言更多地意味着缺乏主见，而非自信笃安。由此可见，不管是班雅曼塔学校这个共同体，还是雅各布对共同体的设想本身，都不能保持小说开篇展示的那种稳定。

开篇句预告了寄宿生将变成渺小、卑微的仆人，并揭示了班雅曼塔这一共同体的宗旨，后者在小说的其他部分中也有体现。这样的宗旨已被雅各布内化，成了其自我认知的一部分，这一点通过第一人称的频繁使用表现出来，也成了贯穿小说的另一条重要线索。小说主人

1　参见小说中另一处强有力的例证："我并未在发展进步。[……]我只是在变老。然而我并不担心，也无丝毫恐惧之感。我毫不尊重我的自我，我只是在关照它，对它全无兴趣。"（JvG 144）其他关于雅各布自我认识之不确定性的研究有阿涅斯·卡迪纳尔：《瓦尔泽作品中的矛盾与文化悖论》，载：克劳斯·迈克尔-欣茨，托马斯·霍斯特（编）：《罗伯特·瓦尔泽》，法兰克福（美因河畔），1991年，第70—86页，此处第70—72页；或丹妮拉·莫尔：《漂泊的主体：罗伯特·瓦尔泽散文中的自我边界解除》，法兰克福（美因河畔），1994年，此处第8—10页。

公自白中被引用得最多的是第一段结尾的那句："往后的人生中，我将成为一个讨人喜欢的、滚圆的零蛋。"（JvG 8）从小说的开篇便可以看出，瓦尔泽在其中刻画了个人与共同体之间复杂多面的关系，并始终关注人物的自我定位。这句引文后面是雅各布对于自我之虚无性的认识："日后，已是老翁的我将要么不得不伺候那些年纪轻轻、自以为是、缺乏教育的粗鄙之人；要么以乞讨为生；要么干脆一死了之。"（JvG 8）低贱的仆人身份、乞讨的生活与沉沦的结局这一三角模式生动地揭示出作者早已宣告的个人与共同体都毫无价值的观点。雅各布既是寄宿生群体中与众人无异的一个，又通过其作为叙述者的独特地位展现出独特性，并通过自身的例子表明：就所有共同点与共同体而言，群体终究是由若干个体组成的。借此，陌生与熟悉之间的界限几乎彻底消除，对浪漫而脆弱的共同体构想的一种全新、有趣、又具有现代性的视野也由此打开。[1]

易逝的共同体世界

仆人学校的规章制度确定了对寄宿生的培养方式。而学校关于建立个人身份与实现自我发展的既定又明确的任务，以及学生终身为仆的生活形式，却与社会的发展变迁有着不可避免的冲突。[2] 正因如

1　哈特穆特·罗莎认为，与"社会"构成对比的"共同体"被赋予了积极浪漫的意涵，这源自人们对于这种结合形式的永久稳定性以及对 19 世纪中叶以来社会政治动荡与危机的认识。参见哈特穆特·罗莎等：《共同体理论引论》，汉堡，2010 年，此处第 35—36 页。瓦尔泽尽管保留了这种意涵的积极基调，但仍弱化了"无差异个体组合到一起"这种形式的积极意义。雅各布的自我认识始终处于一种矛盾暧昧的"之间"状态：既是众多寄宿生中普通的一个，又拥有自己独特的个性。

2　就这几点而言，我们可将雅各布的生平简历视为一种颠覆性的模式。瓦尔泽的《雅各布·冯·贡腾》也探讨了身份否定及其可能产生的积极作用。（转下页）

此，不仅刻板严格的学校领导者招不到新生，学校现有的为数不多的寄宿生在学成离校后也很难找到合适的工作。雅各布人生的新阶段恰与仆人学校这一共同体开始走向没落的时期重合在一起。从根本上看，可以说，这种不稳定性正是该共同体中相对稳定的部分与固有的特质。对此，哈特穆特·罗莎（Hartmut Rosa）等学者在其研究中甚至言及一种"对**失落**的叙事"；在进一步的理论阐释中，他更确切地指明这是一种"对共同体之失落的叙事"。这一论述对关于共同体的学术讨论产生了巨大影响。[1]学界关于共同体的最新理论大多继承了以乔治·巴塔耶（Georges Bataille，《无神学大全》，巴黎：2002）与让-吕克·南希（Jean-Luc Nancy，《直面共同体》，巴黎：2001）的研究思路，强调"易逝性"乃当今社会共同体的一个重要标志。这一看法是对将共同体视为"结构稳定的组织"之观点的反叛。[2]前者考虑到"对共同体之脆弱性的经历"，突出了"程序性的视角"。[3]有意思的是，《雅各布·冯·贡腾》中寄宿生的共同体并非唯一一个走向没落的例子。小说中还有一些其他形式的共同体，它们都无法适应时代要求。在小说前三分之一的某处，雅各布在他的一次渎神言论中对看似睡着了的老师说道："您睡着了吗，牧师先生？那么，您就继续睡吧。您睡也无妨。反正您上那些宗教课也是在浪费时间。宗教，您看，现在已经毫无用处了。"（JvG 58）在雅各布看来，宗教共同体早已不能作为确立身份的手段。而他所在的仆人共同体也将如此。尽管雅各布在他的这番言论中并未表现出十分的笃定，但如果将宗教共同

（接上页）服侍过程中的卑屈同时也是一种提升，更多参见马丁·尤尔根：《身份的任务：罗伯特·瓦尔泽笔下的英雄》，载：《文本与批评》，2004 年第 12/12a 期，第 69—82 页；或克里斯蒂安·安格勒：《角色扮演：瓦尔泽·罗伯特早期与柏林时期作品中的社会角色行为与身份否定》，斯图加特，1995 年。

1　罗莎等：《共同体理论引论》，第 54、165 页。

2　同上，第 175 页。

3　同上，第 176 页。

体视为作为上帝之仆人的共同体，那么小说中的这些"过时之物"的共通性便一目了然了。雅各布认为，宗教已经不再是当今时代中共同体的重要基石了；此外，历史学也不再能给当代人提供多少指导与启发——它本身也是反动的。另一次他对历史老师梅尔茨博士发表的言论也同样值得注意："相当一段时间以来，世界不再由历史事件所塑造，而是围着金钱转。您口若悬河地讲出的所有那些年代久远的英雄美德，您迟早会认识到这一点，都早已微不足道。"（JvG 59）在那个资本经济的准则正四处延伸的时代——雅各布还只是一个少不更事的孩子——历史课老师通过各种英雄传说想要传授的价值理念与道德准则已经显得陌生且落后。笔者认为，小说中，雅各布猛烈批判了这一系列试图借助宗教或历史学确立身份的、根据罗莎等人的三分定义法以及政治-标准的共同体构想，他的这一行为并非空穴来风。[1] 读者可以明显感受到，雅各布所在的寄宿生共同体偏离了穆齐尔（Robert Musil）或黑塞（Hermann Hesse）等作家确立的文学传统。小说展现的寄宿生共同体的支柱不再是宗教或历史了，[2] 毋宁说，班雅曼塔共同体设想基于对通常被认为是成功人生的一致否定，或者反过来说，基于对失败的肯定。

雅各布对历史老师梅尔茨博士所说的话中还包含了另一个与小说所描述的共同体相关的关键概念。他提到金钱的权力，金钱成了世界围之转动的新的中心点。**世界**（Welt）一词多次出现在《雅各

1　罗莎除了指出这些被认为可用于确立身份的、符合政治准则的"共同体"外，还提到，如今的"共同体"已被赋予了许多日常化、世俗化的用法，诸如"合租群体"（Wohngemeinschaft）或者"结伴出行群体"（Fahrgemeinschaft），也已成为社会学中的一种分类标准。参见罗莎等：《共同体理论引论》，第174—175 页。

2　关于寄宿学校的历史发展渊源及其与宗教信仰的密切相关性，参见克劳斯·约翰的阐述，载：克劳斯·约翰：《边界与依靠：规则世界中的个体——德语寄宿学校文学探析》，海德堡，2003 年，此处尤见第43—45 页。

布·冯·贡腾》的重要部分中。原因之一在于，小说中的确不断展现出各种各样的内部与外部世界；另一方面，**世界**在多重层面上被雅各布设想为寄宿生共同体的对立面。在接下来雅各布对于"世界"概念的叙述中，还提到了这一和其他两极性的例子。

实际上，那些在世界上努力取得成就的人都非常相似，惊人地像。他们有着同样的面孔。本来他们并不相同，但事实上却是如此[……]世间悲苦与诸般忧虑让他们变得和蔼友善。然后，每个人都想让自己得到尊重。这些就是所谓的骑士。他们似乎从未完全自在过。把心思全都放到获得世人的关注与夸赞的人，又怎么可能自在呢？因此，我相信，这些已是社会人而非自然人，他们身后总有追随者。（JvG 115）

这段引文清晰地表明了小说中雅各布持有的几种截然不同的处世方式。他指出，那些希望"在世界上取得成就"的**他们**，正处于他所认同的班雅曼塔学校秉承的教育理念的对立面上。由此可以发现一种同质性与异质性的并存状态，这正是寄宿生彼此间所处的状态。寄宿生们彼此相像，但若从同一化视角出发，仍会发现他们是一个个独立的个体。[1]雅各布认为，即便在寄宿学校这一共同体之外，也存在着这种使不同个体趋同的机制。事实证明，不是活在世界上的每个人都能怡然自得。而使自己不被这种对怡然自得的愿望所束缚的艺术，正是雅各布希望在班雅曼塔学校里学到的东西之一。在这些对世人进行

1　鉴于后尼采主义的教育理想即"模仿"观，这种趋同的发展模式的弊端总体而言也鲜被提及。参见艾娃·格伦：《教育狂热及其意义（尼采）》，载：艾娃·格伦，尼古拉斯·佩西斯（编）：《乌托邦与解放之外：当代教育话语的文化学研究》，弗赖堡，2007 年，第 221—237 页，此处尤见第 233—235 页。

新的、却并不清晰的划分过程中，有一点尤其值得注意，即在上处引文末尾雅各布对社会人与自然人的区分。雅各布不仅指出了普遍意义上的社会与班雅曼塔共同体的区别，还指出了倾向于自然与倾向于文化的区别。显然，雅各布更倾向于前者，尽管他所在的寄宿生共同体无法达到这样的理想境界。这一观点在小说最后雅各布与班雅曼塔学校的校长在谈论他们遁入荒漠的心愿时得到了证实。论述及此，我们可以暂且将对于（相对于强制性的社会化）自然发生的共同体模式的热衷作为一种排他性的选项。[1]纵览整篇小说后却会发现，这种二元对立的关系并非坚不可摧。下面将以班雅曼塔仆人共同体的衰落为切入点对此进行论述。

共同体作为持续过渡的结构

瓦尔泽作品中的共同体，不论是宗教性的，还是历史性的，又或是为了实现某一特定的人生目标而建立的，都不具有持续性。《雅各布·冯·贡腾》中的共同体作为由若干个体组成的组织，尽管具有不稳定性与短暂性，且始终受到人际的、社会的，以及个人本身变化的冲击。但另一方面，这种存在危机并不意味着该共同体只是乌托邦式的、无法运行的，甚至因而多余的。小说中的共同体模式更应被视

---

[1] 在对"共同体"概念进行理论探索时，通常也会将"社会"这一概念纳入研究范畴，后者与前者或处于互补关系或对立关系中。罗莎等致力于"共同体"理论研究的学者在对"共同体"概念进行第三种方法的描述——作为社会学的研究范畴——时指出，共同体与社会的关系是复杂多元的。这第三种描述方法认为，共同体是"社会化的一种特殊形式，能促成团结，以共同的标准规范为基础，还常伴有成员的情绪化行为。从这种意义上讲，便可将共同体形式与社会形式的社会关系加以区分。前者更有利于培养共同体中个体成员的身份认知，而后者则更体现出一种工具性。"参见罗莎等：《共同体理论引论》，第 175 页。

为一种革新的催化剂 [1]。小说结尾处提及的界限的突破，即从班雅曼塔到沙漠的转折点，明确指出了瓦尔泽所设想的共同体的脆弱性与过渡性，并预告了一种新的开始。还需注意的是，如上所述，雅各布人生新的开始与班雅曼塔学校的没落重合在一起。接下来笔者将论证，这个转折点在小说中两度，甚至多次为实现一种过渡提供了契机。[2] 雅各布以为，通过在班雅曼塔学校里学习，他将会找到人生的方向。这样一来，学校便起到了一种稳定的作用。但另一方面，早在雅各布明确感受到一种转折与进退维谷的状态前，小说就多次暗示了班雅曼塔学校并不能满足其学生自我确定的愿望。"没错，这儿正酝酿着一些不太健康、不太自然的东西：我们所有人，不管是管理别人的，还是服从管理的仆人，**都仿佛已身在别处**。仿佛我们只是**暂时地**待在这里呼吸、吃饭、睡觉、教课、上课。"（ JvG 127。加粗处为笔者的标记）学校的日趋没落让寄宿生们感到不安；也让他们认识到，在里面不会得到对人生真正的认识。然而，出路还是有的。出路就在于班雅曼塔共同体所处外部环境的可渗透性中。这种可渗透性主要通过小说跌宕起伏的情节结构得以强调，笔者稍后会再次谈到这一点。在此之前，笔者要先展开分析另一条对共同体构想起着基础性作用的思路。

作为"阈限人物"的雅各布

我认为，从班雅曼塔到沙漠的转折及相关事件能很好地反映共

---

1 在故事结尾时尤其明显的这种革新也得到其他学者的关注，如吕迪格·坎普：《罗伯特·瓦尔泽的结构小说〈雅各布·冯·贡腾〉》，载：鲁道夫·贝伦斯，约恩·斯泰格瓦尔德（编）：《权力与想象》，维尔茨堡，2005 年，第 235—250 页，此处第 250 页。

2 关于空间的讨论另参见马克·奥热：《非场所：超现代性人类学简介》，巴黎，1992 年。

同体的存在状态。一群有着相同目标的个体基于共同利益要求自愿地
建立一种紧密却未必持久的联系，进而构成一个不稳定的、暂时性的
组织。经典现代文学中出现的这种结构组织表现为一种独特、典型的
共同体范式，我们一直以来都致力于对此的研究。有趣的是，阿诺尔
德·范·热内普也将共同体纳入其民族学研究之中。热内普——其代
表作《过渡礼仪》（*Les Rites de Passage*, 1909）与《雅各布·冯·贡
腾》同年问世——试图通过"过渡礼仪"（Passagenriten）这一范式来
界定与分析传统共同体的过渡结构。阿诺尔德·范·热内普的研究
对几十年后苏格兰社会与文化人类学家维克多·特纳（Victor Turner,
1920—1983）的研究产生了巨大影响。二者都认为，人类组成的共
同体是一种绝对的，同时又是程序性的、流动的、变动不居的结构，
各种社会力量之间矛盾、复杂而多面的相互关系导致了前者的发展
变化。

　　社会（societas）更应是一个发展的过程，而非一件固定的实物，
它包含了组织（structure）与共同体（communitas）的一系列辩证发
展的阶段。用一种不无争议的方式来说，人类的某种特定"需要"在
这两种形式中都发挥着重要作用。在日常活动中迫切需要这些集合形
式的人会在礼仪文化中寻找实现的途径。[1]

　　上述引文表明，特纳的研究结论是：社会由两种互相影响、交替
出现的形式——组织与共同体——构成。这一观点依据的认识则是：
社会组织是由具有不同身份与角色之人的相互关系构成的。特纳还认
为，要想全面认识社会，仅通过上述提到的那类社会组织是远远不够

1　维克多·特纳：《仪式过程：结构与反结构》，纽约，1969年，第203页。

的，还要考虑到其他形式的社会关系，包括各种共同体形式。后者在很多方面都与更普遍意义上的社会结构模式有很大区别。最主要的区别就在于其被社会赋予的，甚至是要求扮演的角色，以及真实、自然的个体成员。

本质上讲，共同体由一群具体的、历史的、独特的个体组成。这些个体没有被赋予形形色色的角色与身份，而是处于一种像马丁·布伯（Martin Buber）所言的'我和你'的相互关系中。不同个体之间这种直接的、即时的、全面的交往形式揭示出一种同质的、无组织性的共同体的发展趋势；而理想状态下，不同人种的人会形成不同的共同体。[……]然而，共同体的自发性和即时性——这与社会组织的法律政治特征形成了鲜明对比——却很难长期维持。[1]

本论文旨在论证：小说中雅各布对意义与自我的追寻——尽管他始终否定自己的身份——也可被视为对一种共同体生活、对一个理想的共同体的追寻。当这个由成员的直接交往构成的共同体发展到极致时，便会显示出前述特纳所言的两大核心特点：易逝性与多变性。在下文中，读者若跟随范·热内普对有着特定礼仪的过渡阶段的阐释思路，则会发现，在瓦尔泽的作品中，共同体的发展同样经历了三个阶段。而在此发展过程中，间接性不断减弱，最终，个人将在这个归属于自然而非属于某一文化的漂泊者共同体中得到发展。

范·热内普在他的同名专著中指出了"过渡礼仪"的三大发展阶段，即"分离"（séparation）、"过渡"（marge）与"聚合"（agrégation）；三者分别伴随着"预备礼仪"（rites préliminaires）、"开

1　维克多·特纳：《仪式过程：结构与反结构》，纽约，1969 年，第 131—132 页。

始礼仪"（rites liminaires）与"后续礼仪"（rites postliminaires）的实施。[1] "因此，我将**预备礼仪**称为从原有世界脱离出来的礼仪，将**开始礼仪**称为过去阶段的礼仪，将**后续礼仪**称为进入新世界的礼仪。"[2] "过渡礼仪"以及一个共同体过渡到另外一个范式的三个阶段及其伴随的相应礼仪也可透过瓦尔泽的《雅各布·冯·贡腾》来理解。雅各布进入班雅曼塔学校的同时也脱离了旧的、曾经所处的世界。伴随着这一"脱离"过程进行的礼仪表明，雅各布已经放弃了他原来的生活以及一切相关的准则与规范。维克多·特纳认为，这一状态是"阈限"的一大典型特征。"［……］我们若将阈限视为从常规的社会行为模式中退出的时间与空间所在，便也可将其视为对其所处文化的核心价值与公理的审查。"[3] 对雅各布而言，标志着他脱离社会公认的行为方式的事件即他撰写生平简历的尝试。雅各布成了班雅曼塔学校的寄宿生之后，本应撰写自己的生平简历。然而多次尝试均无果而终。他最终放弃了这一艰难的任务，只留下了如下文字："执笔人：雅各布·冯·贡腾，正派人之子，某时某刻出生，某处某地长大，成为了班雅曼塔学校的学生，将要学习仆人所必需的各种知识技能。"（JvG 50-51）根据简历这一文体的一般要求，其中需要包含被介绍人的详细信息，以使读者可以判断前者是否具备从事某一活动的资历。小说中雅各布的简历也不例外。雅各布一方面对自己的过去三缄其口，另一方面对自己的未来并不担忧。他几乎否定自己出身的这一立场一方面通过他对未来道路漠不关心的态度折射出来，另一方面也凸显了主

1　参见范·热内普：《过度礼仪：仪式的系统研究》，巴黎，1909 年，第 14 页。
2　同上，第 27 页。笔者将在后续论述中以"前礼仪"（*vorliminale Riten*）指称脱离旧世界的礼仪，以"礼仪"（*liminale Riten*）指称过渡阶段的礼仪，以"后礼仪"（*postliminale Riten*）指称进入新世界的礼仪。
3　特纳：《仪式过程》，第 167 页。

人公身份的缺失。这一点不仅是仆人这一职业的理想前提，也恰是范·热内普和特纳所研究的、在文化民族学意义上过渡阶段的一个核心特征。在维克多·特纳看来，从一个旧的共同体脱离并进入一个新的共同体必然伴随着个性的丧失。

> 因此，阈限常常被比作死亡［……］隐形物、黑暗［……］阈限实体，例如参加入会仪式或青春期仪式中的新成员，会展现出一无所有的处境。他们可能装扮成怪物，只穿一件衣服，甚至赤身裸体，以表明他们作为阈限人物没有地位、财产、徽章、表明等级或角色的世俗服装、在亲属系统中的地位等——简而言之，他们与其他新成员和即将入会者毫无二致。他们的行为通常是被动或谦卑的；他们必须无条件地服从他们的导师，毫无怨言地接受任意的惩罚。似乎他们正被削减或压缩到一个统一的状态，等待重新塑造，并被赋予额外的能力，以使他们能够适应生活中的新地位。[1]

此处提到的过渡阶段的许多特征在瓦尔泽的《雅各布·冯·贡腾》中多次得到惊人的映射。班雅曼塔学校的规则和制度决定了，那些追求仆人职业生涯的申请者都会从独立的少年变成毫无差异的下等人共同体的一员，他们的特点不仅体现为相同的发型，也体现为绝对服从的态度。过渡阶段之后，归属于寄宿生共同体的状态构成了接下来的后续礼仪阶段，该阶段的推进伴随着对学校礼仪的适应，并再次通过雅各布发现内室一幕部分折射出来。笔者认为，内室反映了过渡状态的本质，因为雅各布在其中——现有相关研究也时常将其进入学校内室的行为阐释为一次开端性的旅行——经历了人之存在面临的各

1　特纳:《仪式过程》，第 95 页。

种困惑，这也为其决心开始一种漂泊生活起到了极大的推动作用。雅各布得以进入一个新的共同体的确与其遁入荒漠，并满足对一种新的、漂泊的共同生活形式之渴求密不可分。就进入过渡阶段而言，作为书写仪式的人生简历具有否定性作用；相应地，归入新的漂泊者共同体也的确伴随着具有仪式性的对文字的放弃。

脱离过渡状态不仅对雅各布而言，也对仆人共同体而言同时意味着终点与重生，并形象地揭示出共同体结构的基本特点。共同体解体，一无所剩，同时又能从中酝酿出新的产物。考虑到这一方面，我们便可将雅各布解读为阈限人物（liminale persona）、亦即维克多·特纳所言的过渡机体（Schwellenwesen）了。

阈限实体（Liminal entities）既不在此处，亦不在彼处；他们介于法律、风俗、传统和仪式所分配与排列的位置之间。因此，他们模糊、不确定的属性便通过将社会和文化转型仪式化的、分属不同社会的各种符号表现出来。[1]

在特纳的理论视角下，之所以说雅各布符合一种这样过渡角色的条件，是因为他正可以被视为这样一种中间状态的具象表现。雅各布介于不同的世界、不同的共同体，介于"我们"与"我"之间。他的位置（以及自我定位）可以说是多义且不确定的——他似乎注定如此。

在漂泊状态中挽救共同体

在本文的最后一段中，笔者想强调，罗伯特·瓦尔泽作为经典

---

1 特纳：《仪式过程》，第 95 页。

现代文学的主要代表人之一，在其作品中反复刻画了这样一类个体形象：他们难以被归入任何一种类型；他们流变不定，被困于短暂易逝的、或上文所述的过渡性状态中，因而适合借之将不断变化的共同体这一现象通过文学表现出来。瓦尔泽作品中的共同体都内在地具有短暂易逝的特点，这不仅推动了时而被赋予贬义色彩的传奇故事的发展，也在《雅各布·冯·贡腾》中有所体现。瓦尔泽通过经典的断裂写法在寄宿生与整所学校组成的共同体的消亡中嵌入了一个新的开始。班雅曼塔小姐死了，绝大多数寄宿生也离开了学校。雅各布始终感觉到自我个性的虚无。"倘若我碎裂、腐烂，那么是什么破碎、朽坏了呢？一个零蛋而已。**我这个人**只是一个零蛋。"（JvG 164, 粗体部分为笔者所作标记）但共同体会先于个体沉沦。雅各布觉得，"这个世界里似乎出现了一条介于一个空间与另一个对立空间的炽热的、燃烧着的、崩裂着的裂缝。"（JvG 155）我们根据主人公的这一感觉可以做出如下阐释：班雅曼塔学校这一共同体构成了现实与社会以及无法进行任何归类的乌托邦式共同体这两极之间的一种过渡空间。随着寄宿生共同体的没落，小说的叙述也戛然而止，主人公必须做出抉择。而"内室"恰可以作为幻想之破灭，作为真实世界与另一个世界之间过渡空间的表征。"内室"的展现打破了班雅曼塔兄妹以及整个学校所处的那种神秘氛围。神秘莫测的内室对寄宿生们来说曾是十分隐秘、不可触及的共同体源头，如今已经消失，已经被一种"冷峻的现实"（JvG 133）占据，用雅各布的话来说则是"被偷走了"。（JvG 133）最后，雅各布对共同体的失落已不再感到痛心。他绝望地承认，自己对扎根于寄宿生学校那神秘莫测的坚定信念不复存在。然而，随着幻想的破灭，小说仍在最后一刻为共同体谱写了一篇充满希望的终曲。好似背负着被视作零蛋和虚无的身份认同，尽管遁入了渺无一物的荒漠，却仍未脱离班雅曼塔学校的影响，他也绝非孑然一身。仆人共同体并未彻底湮没，而是随着班雅曼塔和雅各布的漂泊生涯开始萌芽。雅各布做出了决定。他选择了一个新的乌托邦——漂泊的生活方式。就此而言，共同体总体来看尽管短暂易逝，却绝非可有可无。甚至班雅曼塔学校的核心也得以保留，因为雅各布代替了女教师丽莎·班雅曼塔，与校长"继续"——既是"继续"，又是"向前"——保持着一种象征性关系，只不过是在一个更加陌生的环境中。可以说，雅各布最后那句悲伤的感叹"永别了，班雅曼塔学校"（JvG 164）同时暗示了一种希冀，即一个新的共同体模式正在形成，旧共同体的核心也得以保留。

参 考 文 献

Angerer, Christian: *Rollenspiele. Soziales Rollenverhalten und Identitätsverweigerung in Robert Walsers Texten der frühen und der Berliner Zeit*, Stuttgart 1995.

Augé, Marc: *Non-Lieux. Introduction à une anthropologie sur la surmodernité*, Paris 1992.

Bataille, Georges: *La somme athéologique. 1: L'expérience intérieure. Méthode de meditation*, Paris 2002.

Campe, Rüdiger: Robert Walsers Institutionenroman *Jakob von Gunten*, in: Behrens, Rudolf/Steigerwald, Jörn (Hg.): *Die Macht und das Imaginäre*, Würzburg 2005, S. 235–250.

Cardinal, Agnès: Widerspruch und kulturelle Paradoxien in Walsers Werk, in: Hinz, Klaus Michael/Horst, Thomas (Hg.): *Robert Walser*, Frankfurt/M. 1991, S. 70–86.

Certeau, Michel de: *L'invention du quotidien. 1: Arts de faire*, Paris 1990.

Geulen, Eva: Der Erziehungswahn und sein Sinn (Nietzsche), in: Dies./ Pethes, Nicolas (Hg.): *Jenseits von Utopie und Entlarvung. Kulturwissenschaftliche Untersuchungen zum Erziehungsdiskurs der Moderne*, Freiburg 2007, S. 221–237.

Gross, Peter: Der Nomade, in: Moebius, Stephan/Schroer, Markus (Hg.): *Diven, Hacker, Spekulanten. Sozialfiguren der Gegenwart*, Berlin 2010, S. 316–325.

Johann, Klaus: *Grenze und Halt: Der Einzelne im Haus der Regeln. Zur deutschsprachigen Internatsliteratur*, Heidelberg 2003.

Jürgens, Martin: Die Aufgabe der Identität. Robert Walsers Helden, in: *text+kritik*, 12/12a (2004), S. 69–82.

Mohr, Daniela: *Das nomadische Subjekt. Ich-Entgrenzung in der Prosa Robert Walsers*, Frankfurt/M. 1994.

Nancy, Jean-Luc: *La communauté affrontée*, Paris 2001.

Rosa, Hartmut u.a.: *Theorien der Gemeinschaft zur Einführung*, Hamburg 2010.

Turner, Victor: *The Ritual Process. Structure and Anti-Structure*, New York 1969.

van Gennep, Arnold: *Les Rites de Passage. Etude systématique des rites,* Paris 1909.

Walser, Robert: *Jakob von Gunten. Ein Tagebuch* (1909), Frankfurt/M. 1985.

布里吉特·桑迪格
异见和共同体：论贝纳诺斯和加缪的"局外人"

关于本次大会主题所揭示的问题，笔者已经思考了很长一段时间 [1]——为什么呢？除了个人原因，即文学兴趣之外，还因为对该问题的认识能使我们对 20 世纪法国文学两大代表人物有更深入、独特的见解。笔者今天要重点讨论的就是这两位：乔治·贝纳诺斯（Georges Bernanos）和阿尔贝·加缪（Albert Camus）。首先，"共同体"这一理念——就这个话题而言，笔者的兴趣已不局限于文学领域——是我们这个时代的需要，甚至是必需品。因为作为个体的人，现代社会的杰作，毫无疑问已经触及到了社会与心理界限，并在寻找联系、共同体、团结，以及本次大会主题所说的一个大有裨益的反向潮流的"可能性"。这种反向潮流与社会实践密切相关，对后者而言也是必不可少的。考虑到公共财产的所有权等问题，该潮流更是有着直接的现实意义。对于社会重新燃起的对共同体的追求，此处可略举三例加以证明。德新社在一篇题为《自我者的终结》[2]的最新报道中引

1　布里吉特·S. 桑迪格：《阿尔贝·加缪：自主与团结》，维尔茨堡，2004 年；克里斯塔·艾伯特，布里吉特·桑迪格（编）:《东西方共同体思想与图景》，法兰克福（美因河畔），2008 年。

2　《明镜日报》（*Tagesspiegel*）2010 年 10 月 1 日版，第 19 页，德新社报道。

用了一位未来学家的观点。作为导论的《共同体理论》一书的作者指出了"关于共同体之讨论的复兴"现象，并将其视为危机的信号[1]。社会学家齐格蒙特·鲍曼（Zygmunt Bauman）认为，我们所处的当今世界的一个"最突出的特点即对共同体的狂热追求"[2]。这种社会急需的共同体显然并非费迪南德·滕尼斯（Ferdinand Tönnies）描绘的那种传统遗留的、完美无缺的现成模式[3]。齐格蒙特·鲍曼讲到了寻找新型共同体模式的困难：

[……]须得通过选择、分离与排除，将一切同质化成分从繁杂多样的形式中"剔除"，须得全面**建立统一**，这是一种只能通过"外力促成"的统一。共同体认识必须通过**努力获得**。[4]

鲍曼之所以对上述新型共同体持有既怀疑、又认同的矛盾态度，就怀疑的一方面来说，既是因为"共同体"概念一度被毫无人道的独裁政权滥用，也是因为后现代享乐社会总是为"契机共同体"（鲍曼）[5]的产生提供毫无意义的催化剂。就认同的一方面来说，鲍曼在述及"两种共同体"时，介绍了建立在道德伦理基础上的共同体。它们"由长期的约束关系、不可转让的权利与不可撼动的义务构成"，鲍曼还用虚拟语态继续说道，"这些使共同体成为伦理共同体的约束关系

1　拉尔斯·格滕巴赫等：《共同体理论引论》，汉堡，2010 年，第 59—60 页。
2　齐格蒙特·鲍曼：《现代性与矛盾性：单义性的终结》，汉堡，1992 年，第 303 页。
3　费迪南德·滕尼斯：《共同体与社会：纯粹社会学的基本概念》，达姆斯塔特，1991 年，第 17—19 页。
4　齐格蒙特·鲍曼：《共同体：在一个不确定的世界中寻找安全》，法兰克福（美因河畔），2001 年，第 21 页。
5　同上，第 24 和第 88 页。

存在于'兄弟般的责任'中［……］"。[1]

若将贝纳诺斯和加缪追求的那种共同体按照上述特征与标准衡量，可以得到如下结论：他们想要实现的共同体同样属于一种"契机"共同体，但这种契机却并非毫无意义；在纳粹德国残暴行径面前的民主的失败，以及法西斯主义对人身体与精神的摧残，促使他们开始呼吁反共同体模式，这些模式本质上带有自然属性，因为其构成基础是伦理责任感。

具体来说是怎样的呢？我们在详细阐述前，还需对两位作家加以介绍。尽管二人在人生经历、宗教信仰与艺术风格方面都有差异，但将他们相提并论不无道理：二人都是 20 世纪法国文坛的重要人物，尽管加缪的影响力比之贝纳诺斯可能更大些。二人也都因时势所迫脱离了——贝纳诺斯坚决彻底，加缪则是阶段性地——纯粹的艺术活动；取得胜利的德国纳粹主义带来的灾难迫使他们几乎仅仅通过出版文字的方式表达观点——贝纳诺斯在巴西撰写文章、报告与战斗檄文；加缪则留在被占领的法国，活跃在反对阵营的报刊上。其间，他们利用了各自曾为记者的经验；在纳粹灾难之后继续了记者工作。下文中将引用的二人关于共同体性、**共同体**与团结的思考和论述也是出自特殊的时代背景。年长一些的贝纳诺斯在 1940—1944 年间，加缪（从 1942 年起加入反抗行列）则是在 1944—1948 年间发表了以下言论。二人都经历了——用贝纳诺斯的话说——"史上最大的灾难"[2]，并成为了少数反抗斗士之一。这必然影响了他们对于共同体可能性的思考，并最终体现在其实际要求上。二人的言论都十分直截了当，没有丝毫投机取巧的意味和知识分子的思维陈规；让尼夫·盖兰

1　齐格蒙特·鲍曼：《共同体：在一个不确定的世界中寻找安全》，法兰克福（美因河畔），2001 年，第 90 页。
2　乔治·贝纳诺斯：《散文与战斗文集（二）》，巴黎，1995 年，第 190 页。

（Jeanyves Guérin）在他关于**公民**加缪的著作中写道："只是贝纳诺斯对政治规则和利益表现得（比加缪）更不在乎"[1]。

年轻一点的加缪则以更加成熟老练的作家贝纳诺斯为标杆。后者早在 30 年代就通过其在西班牙战争中的表态赢得了加缪的敬佩[2]。1945 年年中，贝纳诺斯从巴西返回法国的消息刊登在了加缪主编的报刊《战斗报》（Combat）首页，贝纳诺斯后来也在该报刊短期工作过。1948 年，加缪称贝纳诺斯为一个"伟大的基督徒"[3]，说后者若还在世，也会赞同他关于弗朗哥领导下的西班牙的论断。二人尽管身处法国，却都曾，并始终感觉像在逃亡。[4]——这虽是出于个人原因，但也包含与我们讨论主题密切相关的其他因素：贝纳诺斯和加缪都坚信，在一个以收益、效率与成功为准绳的社会中，共同体始终只能是少数人、局外人之事。他们感到，也承认——贝纳诺斯甚至一回到法

1　杰尼夫·盖林：《加缪对作为公民的艺术家的描写》，巴黎，1993 年，第 38 页。只有贝纳诺斯（与加缪等人相比）表现出对政治传统与机会并不怎么感兴趣的姿态。

2　影响加缪的主要是贝纳诺斯的文章《月下的墓地》（Les Grands Cimetières sous la lune , 1938）。另参见加缪发表于 1939 年 7 月 4 日《阿尔及尔共和党人》报（Alger républicain）的对贝纳诺斯《真相的丑闻》（Scandale de la vérité）一文的评论文章，他在其中写道："这位血统纯正的作家值得所有自由人的尊重和感激"。阿尔贝·加缪：《全集（一）1931—1944》，巴黎，2006 年，第 844—846 页。

3　加缪在 1948 年给加布里埃尔·马塞尔（Gabriel Marcel）——马塞尔考虑到东欧国家，认为不宜将卡迪斯（Cadix）作为戏剧《围城状态》的情节发生地点——的回信中说道："如果最初不是那两位伟大的基督徒——一位是贝纳诺斯，今日不幸逝世；另一位是何塞·波尔加明（José Bergamín），业已逃离他的国家——站出来发声的话，西班牙的整个教会都会因主教为行刑的枪支祝福而陷入空前的丑闻。贝纳诺斯是不会说出您所写的这些话的，他早就知道我要给我的戏剧编写的谢幕词——西班牙的基督徒们，上帝离开你们了。"阿尔贝·加缪：《全集（二）1944—1948》，巴黎，2006 年，第 486 页。

4　参见贝纳诺斯 1946 年撰写的短文《流放的重量》（Le Poids de l'exil），其中说道"流放的重量有时在本国比在异国他乡更令人更难以承受"。参见贝纳诺斯：《散文与战斗文集（二）》，第 1115 页。

国（之后很快又再次出国了），加缪则在持续多年的觉醒过程中逐渐认识到——自己就是局外人。二人都坚信自己的观察与思考，坚持一种简单明了、经得起事实检验的真理的概念，并防止其受到列宁-斯大林式的美好承诺及其扭曲变质了的共同体理念的侵蚀；不论希特勒还是斯大林——仅举这些人名为例——对他们而言都是专制与国家恐怖主义的代名词。

贝纳诺斯与加缪的一大根本区别在于：贝纳诺斯是虔诚、公开的基督徒；而加缪则如他自称的那样，是个"不信教者"[1]；对于前者来说，上帝是至高无上的；对于后者来说，人无疑是最重要的。这一差异尽管对二人的思想、情感与生活方式有巨大的影响，却对他们关于人类共同体之可能性与目标的思考几无影响。因为不管对贝纳诺斯还是对加缪而言，人的存在都是首要的，具有不容置疑的意义。对此，贝纳诺斯说："人就像基督教对其的定义那样［……］是一种存在，其内在矛盾赋予了世界意义。"[2]加缪也说："人是什么？［……］他是确实之物的力量，人类的这种实在性需要我们保护［……］存在这些保有意义之物。"[3]

保护人类使其免受自己制造的灾难当然并非个人所能实现；因此，贝纳诺斯和加缪才大声疾呼志同道合的盟友，并始终铭记、坚信他们至少能争取到一小部分人。但他们仍受到两千年历史中那些正面事迹的激励，尽管那些事迹中都包含了牺牲。对贝纳诺斯而言，"若想彻底破除体制，就得像两千年前那样进行一场精神革命

1　参见加缪 1948 年在多明我会的修道士面前做的题为《不信教者与基督徒》（*L'Incroyant et les chrétiens*）的报告。加缪：《全集（二）》，第 470—472 页。

2　贝纳诺斯：《散文与战斗文集（二）》，第 1130 页。相关内容已体现在正文中——译注。

3　加缪：《全集（二）》，第 15 页。相关内容已体现在正文中——译注。

[……]”[1]，加缪则说：“[……] 我想 [……] 我们正冒着两千年前苏格拉底之死那种一再重复的危险。”[2]

现在回到我们的主题，即贝纳诺斯和加缪在前述时期内发表的文章与报刊中或明确阐述或附带提及的异于主流的共同体理念[3]。这些设想通过大量“我们”相关的表述表达出来，其中既有尖锐的批判（亦即“我们”所反对的说法），也有坚决的拥护。不管批判还是拥护，在笔者看来，都显示出一种发展趋势，即从希望人类建立的价值观能够具有普遍约束力，到这些约束力能局限到一部分特定的受众上。在战争的最初几年里，时居巴西的贝纳诺斯写道：“若没有共同的理念，不论个体间还是民族间都不可能有真正的统一 [……]”[4]“[……] 最重要的是，要开启一种新的生活，确立一种适用于所有人的人生意义。”[5]这一理念或思想对贝纳诺斯来说是被占领期内一个统一、自由之法国的蓝图。“没有两个法国，只有一个法国 [……] 我们会在奋斗中共同追寻”[6]，因为“我们要争取国家统一，这是为了所有法国人的福祉，因为如果没有统一，即便迎来了和平时期，我们的国家也无法完成其使命，即用它千年来的经验，用它的热情与理智为世界发展

1　贝纳诺斯：《散文与战斗文集（二）》，第1187页。相关内容已体现在正文中——译注。

2　加缪：《全集（二）》，第473页。相关内容已体现在正文中——译注。

3　笔者关于共同体的理解一方面与艾里希·弗洛姆（Erich Fromm）的观点一致。后者在其《占有还是生存》（*Haben oder Sein*）一书中写道："人的那种渴望，即想要体验与他人同一的感觉，植根于人类这一物种的生存条件中，且构成了人类活动最主要的驱动力之一"（第104页）。此外，笔者也认同霍斯特-埃伯哈德·里希特（Horst-Eberhard Richter）的见解，后者在其《上帝情结》（*Der Gotteskomplex*）中提到了一种"追求社会联结的自然的原始需求"（第268页）。

4　贝纳诺斯：《散文与战斗文集（二）》，第145页。相关内容已体现在正文中——译注。

5　同上，第543页。相关内容已体现在正文中——译注。

6　同上，第547页。相关内容已体现在正文中——译注。

做出贡献"[1]。加缪不像贝纳诺斯那样恳切决绝，也没有放眼全球，而是首先从法国实际出发，于 1944 年写道："[……] 国家的希望在于，那些懂得说不的人将来也敢于以同样的决心与无私表达支持的立场 [……]"[2]。贝纳诺斯的法国构想在 1945 年年中上升到了更高远的境界，他怀着明显的犹豫心态写道：

> 世界要求我们——我羞于启齿——，世界要求我们 [……] 我胆敢写出这番话来，请您见谅——，世界 [……] 要求我们——天哪，我能付诸文字吗，这不会很可笑吗？——，世界要求我们通过史上最大的一场革命实现对人类精神全面彻底地修复。[3]

贝纳诺斯所说的"我们"是一个由自由人组成的共同体，自由，是因为他们不受制于"资本主义的或马克思主义的机器人式的专制"[4]，其言行乃是遵循自己培养的价值观。加缪也持有相同的观点："我们需要的集体运动是由这样一群人发起的，他们下定决心，勇敢发声，全身全心挑起重任。"[5] 这种共同体终将是一个小型共同体，用加缪的话说就是"一小拨人"[6]，用贝纳诺斯的话则是"[……] 几千法国人而已，他们并不在乎保养皮肤、守住财富 [……]"[7]。

那么，他们所要求、所期盼、所宣称的人类共同体是按照何等标

1　贝纳诺斯：《散文与战斗文集（二）》，第 571 页。相关内容已体现在正文中——译注。

2　加缪：《全集（二）》，第 397 页。相关内容已体现在正文中——译注。

3　贝纳诺斯：《散文与战斗文集（二）》，第 1091 页。相关内容已体现在正文中——译注。

4　同上。相关内容已体现在正文中——译注。

5　加缪：《全集（二）》，第 472 页。相关内容已体现在正文中——译注。

6　同上，第 474 页。相关内容已体现在正文中——译注。

7　贝纳诺斯：《散文与战斗文集（二）》，第 1214 页。相关内容已体现在正文中——译注。

准建立的呢？在这一点上，加缪比贝纳诺斯的表达更明确、更言简意赅。比如，他在 1944 年写道："[⋯⋯] 一条简单的中间道路，坦诚无妄 [⋯⋯] 一心关注高扬人的尊严。"[1] 几年之后，他又写道：

> [⋯⋯] 一群人，他们下定决心，不管遭遇怎样的处境，都以一己之力勇敢对抗权力，通过发表言论对抗统治者，通过对话对抗羞辱，通过单纯的荣誉观对抗诡计；一群人，他们拒绝当今社会的一切特权，只承担将他们与他人联系在一起的义务与重担 [⋯⋯] 这些人并非出于不切实际的幻想，而是依据经过思考的真实现状来行动。[2]

在一封写给罗兰·巴特（Roland Barthes）的信中，他将自己的文学之路描述为"[⋯⋯] 从孤独的反抗到对认同共同体立场的转变，并且人人都应加入共同体的抗争中"[3]。加缪那"简单的中间道路"以及"与他人的联结"让笔者不禁想到霍斯特-埃伯哈德·里希特（Horst-Eberhard Richter）关于有意义的共同生活的描述："[⋯⋯] 那些人中等身高；他们与共同体中的其他成员处于相同的地位；他们愿在这个共同体中，而非针对这个共同体施展自由；他们不会将成员间的依赖视为单向的压迫关系并憎恨或惧怕之，而是将其视为一种合理、平衡的互相依靠并赞同之。"[4] 作为一种平衡关系的对话也是对加缪的写作与处世起着决定性作用的价值观[5]。1948 年，他在多明我会修道士面前的发言中说道："[⋯⋯] 世界需要真正的对话 [⋯⋯] 对

1　加缪：《全集（二）》，第 398 页。相关内容已体现在正文中——译注。
2　同上，第 453 页。相关内容已体现在正文中——译注。
3　同上，第 286 页。相关内容已体现在正文中——译注。
4　里希特：《上帝情结》，第 218 页。
5　参见加缪于 1948 年撰写的题为《走向对话》（*Vers le dialogue*）的文章。加缪：《全集》（二），第 454—456 页。

话的反面既是谎言，也是沉默［……］对话只有在坚守这一本质并实话实说的人中才是可行的"[1]。众所周知，1956 年，加缪在阿尔及尔试图劝说愈演愈烈的阿尔及尔解放战争的前线士兵开展对话却未成功。加缪一切行动的意义、目标与意图都是维护人性的脆弱与独特之处[2]。前文中，笔者已提及加缪在《致一位德国友人的信》中说到的"人性的明显性"的观点，后来，加缪又选用了"为了人之独有的东西"[3]的表述方式并解释道："［……］我们希望在这样一个残忍的世界中，坚守人身上那些脆弱的东西。如果有人问我，为什么要关心人类的弱点？那我要说，是因为我们得为人类的伟大之处做些什么。"[4]

在贝纳诺斯看来，人类共同体的核心意义是什么呢？他指出了其成员所具有的品质，只有不附和现代社会，而是归属于一个"足够古老的社会"之人才有这样的品质，即"［……］基于自觉承担义务形成的紧密团结使其每位成员都能成为自己权力的仆人、自己义务的主人。"[5]更明确地说，就是指：不从普遍利益中获利，而是为共同体贡献力量。贝纳诺斯呼吁其读者，要有一种"普遍性意识"，为此，需满足两大条件：

> ［……］普遍意识，关乎您，我亲爱的读者，关乎我，关乎我们，它能否实现，取决于我们大家［……］在过去的几年里（贝纳诺斯是

---

1 加缪：《全集》（二），第 471 页。相关内容已体现在正文中——译注。
2 参见加缪于 1946 年 3 月游历美国期间发表的题为《人的危机》（*La Crise de l'homme*）的演说。加缪：《全集（二）》，第 737—748 页。
3 加缪：《全集》（二），第 494 页。相关内容已体现在正文中——译注。
4 同上，第 727 页。相关内容已体现在正文中——译注。
5 贝纳诺斯：《散文与战斗文集（二）》，第 217 页。相关内容已体现在正文中——译注。

在1942年写下这段文字的，笔者注），每当我们以挽救声誉、保护人类为借口，而没有见证真相，完全的真相［……］就是对普遍意识的猛烈一击。普遍意识，取决于我们，前提是我们要独立思考与判断［……］[1]

加缪所言的"实话实说"与贝纳诺斯所言的"见证真相"都是共同体性的条件；二人都十分强调真相，或言人们对何为真实的判断，并反对诡辩主义者对于真相之不可知性的论断。贝纳诺斯下面这段话，连加缪也会赞同："当一个人所言即所想时，他就说出了真相。当所言即所想时，他便坦白了自己所知的全部真相，旁人不能再向他要求更多了，连敬爱的上帝也不能再要求什么。"[2]此外，贝纳诺斯还说道："［……］在我眼中，唯有一个人拥有一定真相时，才可称得上是人。"[3]

贝纳诺斯对于团结的理解从基督教信仰中汲取了营养，他说："除在基督之怜悯中的灵魂合一外，再无其他可能的合一了。"[4]另一方面，信仰却并非共同体的排他性标准，恰恰相反，贝纳诺斯明确表示："不管信徒还是非信徒，基督教精神的每次衰弱对我们每个人来说都是灾难。面对这一危险，我们是团结一致的：我们要么一起得救，要么一起沉沦。"[5]1941年，面对全国性经济崩溃时，贝纳诺斯还写道："时候到了，我们没有更好的选择，只能团结起来，信徒和非信徒一起，兄弟一样地一同为错误悔改，因为我们也将为错误一同受

1　贝纳诺斯：《散文与战斗文集（二）》，第401页。相关内容已体现在正文中——译注。
2　同上，第1216页。相关内容已体现在正文中——译注。
3　同上，第1189页。相关内容已体现在正文中——译注。
4　同上，第641页。相关内容已体现在正文中——译注。
5　同上，第119页。相关内容已体现在正文中——译注。

到惩罚。"[1]加缪在根本上与贝纳诺斯立场相同，只不过是从另一个方面强调了共同体性；1948 年，他在多明我会修道士面前的发言中说道："[……]我斗胆[……]要求您履行一些义务，这是当下每个人都不得不履行的，不管是基督徒还是非信徒。"[2]他在此次发言的最后还要求信徒，将自己放在人道主义秤盘上量一量："[……]倘若基督徒们果断行动起来，那么世界上[……]数百万人将加入少数那些[……]为人类发声的仁人志士的行列。"[3]由于贝纳诺斯和加缪这两位极端人道主义者对共同体之意义、目标与意图的认识相似，甚至相同，信仰问题——在这个层面上——则显得无足轻重了。

在此还需简要列举——这本身也是一个重要主题——几条引文，来说明在贝纳诺斯和加缪看来，建立在金钱与效率基础上的资本主义社会对共同体性会产生极其恶劣的影响。1944 年，加缪就当时政策的弊端说道："倘若没有一种破除金钱特权、以实际工作为依据的集体主义经济，一切宣称维护自由的政策都是欺骗。"[4]两年后，他又以惯常的"我们"的口吻表达了他的心愿："[……]我们想要的，是[……]再也不需屈从于金钱[……]的权力。"[5]贝纳诺斯则在逝世前写道："[……]当今世界在一种令人咋舌的浑浑噩噩中变得脆弱不堪。因为它只关心技术，而技术只关心效率。又因为效率的集中会带

1 贝纳诺斯：《散文与战斗文集（二）》，第 301—302 页。相关内容已体现在正文中——译注。
2 加缪：《全集（二）》，第 470 页。相关内容已体现在正文中——译注。
3 同上，第 474 页。相关内容已体现在正文中——译注。加缪的这一要求让笔者不禁想起卡尔·埃默里（Carl Amery）在其《全球》（Global Exit）中提出的观点："可以预想到，我们熟知和生活在其中的世界在刚刚开始的新世纪里会土崩瓦解，我们将无法生存。可以预想到，基督教会很快，或许就在这个世纪里，丧失一切意义。需要说明的是，若将这两种观点对照来看，则会认识到二者都揭示出一项关键义务，并包含一次关键机会。"（第 9 页）
4 同上，第 539 页。相关内容已体现在正文中——译注。
5 同上，第 751 页。相关内容已体现在正文中——译注。

来效益，因此，当今世界，不管它愿意与否，也终将变成一个被压缩的世界。"[1]

由于贝纳诺斯和加缪就这一主题阐发的言论委实重要，笔者在此便不能详细介绍二人在艺术领域的相关贡献，这也属于另一个研究范畴。但笔者仍想做两点说明：贝纳诺斯在他最著名的小说《乡村神父日记》(*Tagebuch eines Landpfarrers*) 中，让十分贴近他本人的主人公反复说道："人不再爱的时候，一切便成为地狱。"[2]1946 年，他在向被流放者致以的敬辞中也说了同样的话。[3] 而加缪的小说《生长的石头》(*Der treibende Stein*) 中的最后一句话也表明了其在所有文章里表明的坚定立场："坐到我们旁边吧。"[4]

参 考 文 献

论 文 集

Bernanos, Georges. *Essais et écrits de combat II* . Paris, 1995.
Camus, Albert. *Œuvres complètes II , 1944–1948*. Paris, 2006.

专 著

Améry, Carl. *Global Exit. Die Kirchen und der Totale Markt.* München, 2002.
Bauman, Zygmunt. *Gemeinschaften. Auf der Suche nach Sicherheit in einer*

1　贝纳诺斯：《散文与战斗文集（二）》，第 1209 页。相关内容已体现在正文中——译注。
2　贝纳诺斯：《小说集》，巴黎，1961 年，第 1157、1163 页。相关内容已体现在正文中——译注。
3　贝纳诺斯：《散文与战斗文集（二）》，第 1166 页。
4　加缪：《全集（四）1957—1959》，巴黎，2008 年，第 111 页。相关内容已体现在正文中——译注。

bedrohlichen Welt. Frankfurt/M., 2009.

Bauman, Zygmunt. *Moderne und Ambivalenz: das Ende der Eindeutigkeit.* Hamburg, 1992.

Ebert, Christa, and Brigitte Sändig, ed. *Ideen und Bilder von Gemeinschaftlichkeit in Ost und West.* Frankfurt/M. u.a., 2008.

Fromm, Erich. *Haben oder Sein: Die seelischen Grundlagen einer neuen Gesellschaft.* München, 2010.

Gertenbach, Lars, et al. *Theorien der Gemeinschaft zur Einführung.* Hamburg, 2010.

Guérin, Jeanyves. *Camus portrait de l'artiste comme citoyen.* Paris, 1993.

Hardt, Michael, and Negri, Antonio. *Empire.* Cambridge, 2001.

Hardt, Micheal, and Negri, Antonio. *Multitude. Krieg und Demokratie im Empire.* Frankfurt/M. u.a., 2004.

Kim, Hansik. *Poétique et rhétorique du récit dans les écrits de combat de Georges Bernanos entre 1940 et 1947.* Paris, Univ.-Diss. 1994.

Nancy, Jean-Luc. *Die undarstellbare Gemeinschaft.* Stuttgart, 1988.

Nancy, Jean-Luc. *Die herausgeforderte Gemeinschaft.* Zürich, 2007.

Richter, Horst-Eberhard. *Der Gotteskomplex. Die Geburt und die Krise des Glaubens an die Allmacht des Menschen.* Düsseldorf/München, 1997.

Sändig, Brigitte. *Albert Camus, Autonomie und Solidarität.* Würzburg, 2004.

Sändig, Brigitte. *Erzählen vom Menschen.* Würzburg, 2009.

Taylor, Charles. *A secular age.* Cambridge, 2007.

Ziegler, Jean. *L'Empire de la honte.* Paris, 2005.

论文集中的文章

Jurt, Joseph: Bernanos, Ecrivain de la résistance extérieure au Brésil, in: Gosselin, Monique (Hg.): *Bernanos et le monde moderne*, Lille 1989, S. 171–183.

Storelv, Sven: Bernanos: Discours pamphlétaire et discours apocalyptique, in: Ders.: *Peguy, Bernanos: choix d'articles*, Oslo 1993, S. 147–155.

期刊中的文章

Renard, Paul: Convaincre et émouvoir. Le style de Bernanos pamphlétaire, in: *Europe*, 73 (1995), S. 95–102.

Sändig, Brigitte: La culture éthique de Bernanos face à l'Allemagne nazie, in: *Romanistische Zeitschrift für Literaturgeschichte/Cahiers d'Histoire des Littératures romanes*, 33 (2009), H. 3/4, S. 347–356.

Sändig, Brigitte: Camus est-il moderne? in: *Présence Albert Camus*, H. 2, 2011, S. 38–49.

危机与共同体

玛戈·布林克

共同体作为文学中的危机话语：
卢梭与维勒贝克思想研究

共同体是现代的一个核心概念，因其"反映着现代社会经验"[1]。即便共同体概念"在极端情况下会与'社会'或'现代'的概念截然对立"[2]，共同体与社会的区分仍是现代思维的一部分。[3] 这一时代语境下，共同体成为了备受关注的话题。特别在社会危机时期，关于共同体的讨论会尤其激烈：

总的来看，在社会面临危机的时代，人们对共同体的呼声尤其之高，这一点显而易见。如此说来，我们也可将其视为一种缺乏的信号——或是为每个个体提供的社会保障的缺乏，又或是社会运转所需

1　参见拉尔斯·格滕巴赫，亨宁·劳克斯，哈特穆特·罗莎：《共同体理论引论》，汉堡，2010 年，第 38 页。

2　同上。

3　在不同国家的文化语境中，这一区别自然有不同的表现形式，比如共同体与社会的极端对立就是一种典型的德国思维模式。参见该论文集的引言部分以及尤丽安讷·斯皮塔：《共同体、多样性或社区：国家认同与集体占有之张力关系中的概念视角》，载：《概论：左翼理论与辩论杂志》2010 年第 35 期。重点为"作为替代方案的社区？关于社区的辩论和批评"，参见 http://www.schattenblick.de/infopool/medien/altern/grund027. html, Zugriff: 6.3.2013。

的稳定性的缺乏。[1]

在接下来的论述中，笔者将联系关于共同体讨论与社会危机之密切关系的这一社会学论点，通过两部极其重要的法国文学作品——以卢梭的《新爱洛伊丝》（*Nouvelle Héloïse*, 1761）为重点，兼论维勒贝克的《基本粒子》（*Particules élementaires*, 1998）——思考如下问题：**共同体**这一主题具体是如何（在文学中）被塑造成一种危机话语的。分析的中心是关于**共同体**的不同理念，囿于篇幅限制，本文中无法就共同体的文学呈现进行面面俱到的论述，而是围绕几个关键点展开研究。

如何说明，将这两篇截然不同的小说加以比较，并进行一次从启蒙时期到后现代或现代晚期的两百多年的历史跨越，是科学合理的呢？合理性首先体现在，笔者选择的两部小说均反映了市民社会的产生与消亡条件，因而为该主题的探讨构建了有趣的历史框架。其次，两部小说都集中体现了个人/自由与共同体/安全这两方面之间的张力；而这一张力关系在齐格蒙特·鲍曼（Zygmunt Bauman）看来恰恰揭示出了现代共同体理念的根本矛盾。这种矛盾无法解决，因而更需要对此进行长期的理论研究与实际权衡。[2] 第三，两部小说都可归为**实验小说**（romans expérimentals），作为虚构的实验范本，通过典型人物与情景反映社会的发展与问题，并且是以一种高度互文，涵盖多种话语范畴的形式进行的[3]。最后一点同样重要，即两部小说在读者群

1　格滕巴赫等（编）：《共同体理论》，第59—60页。

2　齐格蒙特·鲍曼：《共同体：在危机世界中找寻安全感》，法兰克福（美因河畔），2009年，第11—12页。

3　卢梭的书信体小说与维勒贝克的反乌托邦叙事都通过参照各个领域的科学探讨与理论，最大程度地发挥了文学在沟通不同话语范畴方面的特殊潜力。

体中，在文学与科学批评界都引起了巨大反响，因而也应在对共同体的文学探讨框架内，在相关话语范畴中占据一定位置。[1]

因此，宜将两部小说从性别理论、叙事研究以及福柯话语分析的视角，在当时代的社会政治、科学、哲学与文学话语范畴内考察。在接下来的分析中，笔者将依据林克（Link）和林克－黑尔（Link-Heer）的相关观点，从狭义角度将文学作为一种旨在融入多种话语范畴的特殊话语模式来探讨。[2]

卢梭小说《新爱洛伊丝》（1761）中共同生活的模式：瓦莱州的乡村共同体与巴黎社会

卢梭的书信体小说《新爱洛伊丝——阿尔卑斯山下一座小城中两个恋人的信件》[3]不仅呼应了为人熟知的中世纪阿贝拉尔与海萝丽丝的通信，讲述了发生在贵族朱莉·埃唐什和她的家庭教师平民圣普乐之间一段热烈真挚，却因阶层差异而无法实现的爱情故事。该作品也是一部**实验与哲理小说**（*roman expérimental et philosophique*）。卢梭在两篇参加征文竞赛的论文——《论科学与艺术》（*Discours sur les sciences et les arts,* 1750）与《论人类不平等的起源和基础》（*Discours sur l'inégalité,* 1755）——中阐发的文明批判的观点，在《爱弥儿》（*Émile,* 1762）中表达的教育理念以及在《社会契约论》（*Contrat*

---

1 尽管卢梭的小说比维勒贝克的作品受欢迎得多，但后者仍被译为 25 种语言，并（即便在德国的知名度不算高）被翻拍成了电影。
2 参见尤尔根·林克，乌尔苏拉·林克－海尔：《话语／话语间与文学分析》，载：《文学研究与语言学杂志》（*Lili*）1990 年第 20/77 期，第 88—99 页。
3 《朱莉或新爱洛伊丝——阿尔卑斯山下小城中一对恋人的信件》，赫尔曼·丹哈特译，慕尼黑，1978 年。以下脚注中的所有译文若无特别说明均译自该版本。

social, 1762）中论述的关于社会民主法律的基本思想都在该小说中留下了痕迹。特殊性与共同体或社会之间的张力关系问题贯穿了卢梭所有的文字。在《新爱洛伊丝》中，这一张力借由主人公们的人生规划得以凸显。这一文学实验的具体历史背景由当时的社会环境构成，瑞士的共和国模式与法国的封建体制形成了鲜明的对照。

小说中可以发现共同体/社会的三种基本模型，这三种模型也对应了三个具体场所：瑞士上瓦莱州的乡村共同体、巴黎的上层社会以及朱莉与其丈夫德·沃尔玛在日内瓦湖附近的小乡村克莱伦斯里的一处住宅。

作者以一种多样、复合的视角刻画了这些场所，这通过选取书信体小说这一文学体裁体现出来。这一选择对该小说中共同体主题整体的文学刻画来说至关重要。因为通过书信体形式，既能单独观察、思考所有细节；这些细节又非单独、自足的，而是如南希所说，始终处于"彼此间兴趣"的状态中[1]。这样一来，小说中的个人立场都被赋予了最大的空间，都同时对其他个体的立场表现出了**彼此间兴趣**（*Interesse*），也借此赋予了整部小说意义。此外，写信者组成了一个基于友谊与相同价值观的共同体，而这一共同体不仅包括两位相爱的主人公，还包括两位与其关系密切的朋友等。小说中的这一共同体不仅通过特定内容得以构建与展现，还通过美学形式以及人物生动的发言；这些言语又借由感叹、重复、夸张的表述，反问与省略句结构表达了丰富的情感，也十分贴近实际对话[2]。

1　让-吕克·南希：《作为单数的复数》，巴黎：伽利略出版社，1996 年。

2　这一具有明显个体性的彼此间兴趣（Interesse）通过苦恋中的圣普乐的笔触流露出来，比如后者写道："你做了什么，哦！你做了什么啊，我的朱莉？你本想奖励我，却失去了我。我喝醉了，又或是愚蠢至极。我所有的感官都发生了变化，所有的能力都被这一致命的吻扰乱了。"让-雅克·卢梭：《朱莉或新爱洛伊丝》，巴黎：卡尼尔出版社，1967 年，第 33 页。

在贯穿小说始终的多声部对话与复合性视角中，我们得以发现对不同共同生活模式的描述，比如瑞士的乡村共同体。圣普乐为了远离他所爱的，为父所迫要嫁给贵族德·沃尔玛的朱莉，不得已离开。他最先到了瓦莱州，一个位于阿尔卑斯山下、日内瓦湖东部的地方。他在写给朱莉与朋友爱德华绅士的信中描述了自己的印象。

卢梭使其主人公在瓦莱州丰富多样的景观中漫游并讲述之——从山巅与冰川那狂野、原始的自然景观到上瓦莱州的村庄，再到低洼的下瓦莱州山谷，借此一并展现了瓦莱州多种多样的地区与生活面貌，如佩里·赖斯维茨（Perry Reisewitz）所说，那是"一个社会发展的动态模型"[1]。从原始自然到上瓦莱州传统的共同体，再到下瓦莱州基于经济发展的共同体形式，人类发展过程中时间的推进，正如卢梭在其《论人类不平等的起源和基础》（Discours sur l'inégalité）中勾勒的那样，也在这里通过文学的笔触体现为空间的延续[2]。也就是说，在发展史脉络上，乡村共同体成了卢梭笔下的一个中间空间：不再处于自然状态，也尚未形成社会形式。

圣普乐在阿尔卑斯山下的这座村庄中度过了一段时间，并激动万分地向朱莉描述他在那里的共同生活：

我整个旅行过程中原本只想沉浸在自然景色带来的幸福之中，却在与本地居民们的相处中体会到了更大的幸福。通过我的描述，您将能够一瞥他们的风俗、他们的淳朴、他们始终一致的性情与从容的平静，他们的幸福感更多是来自无忧无虑的自由状态而非对享乐的追求。我无法向您描述，您也难以想象他们无私的博爱，以及他们对所

1　佩里·莱塞维茨：《有益的幻觉：让-雅克·卢梭的小说〈新爱洛伊丝〉作为对"话语"哲学人类学的美学延伸》，波恩，2000年，第201页。
2　参见同上。

有外来访客的殷勤与好客。这些访客要么由于偶然的机遇，要么出于好奇来到了他们那里［……］[1]

这一乡村共同体的一大突出特点即成员"无私的博爱"。小说围绕这一伦理基础构建了一个广阔的词汇场域：单纯、平衡、和平、宁静、好客、无心享乐以及关于"经济增长不能促进共同体的幸福与公正"的认识——这些都是核心要素。正因如此，这里禁止居民对村庄附近的金矿滥加开采。毋庸置疑的是，这些伦理价值准则都暗含了对法国社会的批判，尽管市民阶级日益壮大，尽管也有启蒙批判之声，但法国社会仍旧被封建制度统治并深受其害。在饭桌共同体或言大家庭共同体的图景中，正如圣普乐亲身经历的那样，可以看到这样一个共同体：孩童、侍从与农民一律平等，围桌而坐，菜肴简单却丰盛，并由女性准备。在这一模式中也融入了一种传统的父权共同体设想。[2]

按照格滕巴赫（Gertenbach）等学者描述具体的伦理-政治共同体时的三大基本原则，即相同的价值观、共同体的范围与界限以及个人与共同体的关系[3]，那么乡村共同体将展现出如下图景：这是一个不断扩大的、通过风俗传统彼此联系的、相对同质化的生活共同体，该共同体因其偏僻的地理位置而拥有一个天然的界限。但这一界限并非牢不可破，如上述引文所说，它也乐于接纳出于兴趣来访的客人。而山谷地区的居民及其以利益最大化为导向的生活方式则与这种乡村共

1　卢梭：《朱莉》，第46页。脚注中所引文字，系论文正文中相关法文表达的德语翻译，已体现在正文中，因此不再重复呈现——译注。德译版出自卢梭：《朱莉或新爱洛伊丝》，第79—80页。
2　卢梭：《朱莉》，第47—48页。
3　格滕巴赫等（编）：《共同体理论引论》，第28页。

同体截然不同。乡村里的所有成员尽管从事不同的工作，处于不同的经济关系中，但仍能保持相对平等的人际关系，人人都能满足其生存需要，同时必须遵从共同体的伦理规范与实践准则。

圣普乐一方面将这种处于相对平等、自由与淳朴状态中的，无任何等级差异的共同生活形式[1]理解为一种可行的，甚至他认为在瑞士已经实现的[2]国家形式的影射；另一方面，也将这种乡村生活视为他个人渴想的状态。这一理想基于他对于朱莉与他所处的另一种现实的认识：

哦，我的朱莉，我轻柔地对你讲，为何我终究不能与你在这陌生的地方共度时光；幸福源于你我同在的幸福，而非旁观别人的幸福！[……]而生活在这群幸福的人民中，我们将以他们为榜样，重视生而为人的一切义务；我们将一直共同做正确之事；在我们与世长辞之前，也会经历人生的丰富。我收到了信件[……]啊！我曾沉浸于想象的场景而感到幸福；现在我的幸福却随之消逝；如今我要走向何处？[3]

圣普乐在周游巴黎的后续过程中也不断经历这样的现实。小说将巴黎的**世界**作为一个虽然不完全，但在很大程度上被贵族统治的上层社会圈子[4]，刻画成了乡村生活的对立面。城市与乡村，上流社会与乡

1　"[……]在这样一群为了生活，而非为了利益或光鲜而活着的人中，我们该如何生活呢？真是幸福的人啊，能成为这样的人，也是何等幸事！"德译版出自卢梭：《朱莉或新爱洛伊丝》，第80页。

2　"[……]寻常百姓家与整个共和国里都是一样的自由；家庭就是国家的写照"。德译版出自卢梭：《朱莉或新爱洛伊丝》，第80页。

3　卢梭：《朱莉》，第49页。德译版出自卢梭：《朱莉或新爱洛伊丝》，第83页。

4　"世界"这一概念包含不同的意义层面，此处可理解为"社会的方面或部分，不同于人类生活其他方面的社会生活"。在巴黎社会这一语境中的"世界"狭义上尤指"社会生活，特别是在奢侈品和娱乐方面；所有过着这种生活的人"（*Petit Robert* 1986，关键词"世界"）。

村共同体，诡计与淳朴，伪装与坦诚，功利性的人际交往与无私的好客之道——通过巴黎与瓦莱州的所有这些特征，小说展现了一种建立在自私自利的个人利益基础之上的社会与传统共同体那种积极有益的人道主义之间的对立。

相应地，圣普乐眼中的上瓦莱州绿意盎然，热情好客；而巴黎的世界却是一副荒漠景象。

满怀莫名的恐惧，我踏进了这片无边的荒漠。一切混乱展现出来的无非是一片可怕的荒野，到处是阴森的沉默。我压抑的灵魂试着舒展，却被四面禁锢。一位古时的智者曾说，'我从未比我独自一人时更孤独'；现在的我也感觉到身处人群中的孤独，因为我不能为你或其他任何人所属。我愿倾吐衷肠，却感到无人愿意倾听。我的心想要回答，却无人能把什么说到我的心里去。我听不懂这里的语言，也没有人理解我的语言。[1]

一个社会的游戏规则有如下特征：具有目的理性，个人利益互不干扰以及**存在**（être）与**生成**（paraître）之间存在差距。这些规则对圣普乐来说不仅是陌生的，后者基于自己的伦理准则与个人需要也将其一概视为消极无益的，这一点通过荒漠与混乱的隐喻以及确证无疑的（心灵）语言共同体的缺失表现出来："我愿倾吐衷肠，却感到无人愿意倾听。"[2]

按照圣普乐的观点，**世界**的根本问题是：人们对于共同福祉既没有责任意识也没有责任感："[……] 由于人人都只顾自己的好处，却

1　卢梭：《朱莉》，第 163 页。相关内容已体现在正文中——译注。德译版出自卢梭：《朱莉或新爱洛伊丝》，第 237 页。
2　同上。

无人关心共同利益，而个人利益间又常常发生冲突，这样便总会激发阴谋诡计，也会不断产生各种偏见［……］"[1]

克莱伦斯的住处或是社会与共同体和解的途径

卢梭通过位于克莱伦斯的住处勾勒了一个介于上述乡村共同体与巴黎社会之间的模式。克莱伦斯不同于瓦莱州的村庄，不是一个自然发展成型的共同体，而是一个有着明确目标和系统组织的共同生活与工作的社会与经济机体。作者使圣普乐在其写给爱德华绅士的一封洋洋洒洒的长信中描绘了这一机体[2]。在文学塑造方面，值得注意的是，小说中往往占据主导地位的个人视角退居其次，大段大段的描述逐渐转为论文与思辨的形式，包含了作者主观观点的零聚焦叙述方式以及一种以'共同整体'为导向的视角占据了主导地位。这样一来，小说中的文学表现形式就刻画出了克拉郎这种共同体模式。

圣普乐将之描述为一个"［……］简简单单的、打理得妥帖舒适的房子，充满着秩序、安宁与纯朴，并不奢华，也不壮丽，是一个整体，这才符合人真正的本性啊！"并且"［……］这座房子不仅会给主人带来幸福，也让所有住在其中的客人感到快乐［……］"[3]。这种简单、纯朴、安宁的状态；为了真正有用的东西，为了所有生活、工作在克拉郎的居民之共同福祉而拒绝奢侈、剥削与利益最大化，这些都

1　卢梭：《朱莉》，第165页。相关内容已体现在正文中——译注。德译版出自卢梭：《朱莉或新爱洛伊丝》，第240页。
2　卢梭：《朱莉》，第329—352页。
3　同上，第329—330页。相关内容已体现在正文中——译注。德译版出自卢梭：《朱莉或新爱洛伊丝》，第461页。

是该共同体模式的特点，也将之与阿尔卑斯山地区传统共同体的价值追求结合了起来。这里的人与阿尔卑斯山区的人遵循着同样的伦理准则。朱莉和她的丈夫也不例外："他们没有另外一套道德标准"[1]。但这并不意味着，在这一共同体中毫无等级之分。教导师们制定出一系列规则，构成了共同体生活实践与道德品质的基础。也是他们督促成员严格遵守这些规则。在这一点上，朱莉扮演了极其重要的角色，因为她不仅遵照规则与理性行事，像她的丈夫一样，也能约束自己的感情与喜好，表现出模范化的品德。由此可见，克莱伦斯的共同体理念建立在一种性别互补的模式基础上，即男性的理性与女性的美德和细腻互相补充。卢梭——启蒙运动时期极力推动了该模式的规定与实行[2]——甚至认为女性在共同体社会凝聚力方面发挥着至关重要的作用。然而，小说中女性这种美德与情感的"力量"却只能在社会地位与父权制下家庭结构的边缘得以发展：朱莉被迫与沃尔玛结婚，被迫牺牲自己对圣普乐炽热的情感[3]。

克拉郎住宅里的职工都是经过挑选的，优先考虑周边的年轻人而非陌生人。这个具有差异性的体系中结合了经济奖励、家长式关怀以及伴随着惩罚与驱逐压力的认同，其中的成员都被束缚在这一共同体及其伦理基础之上。如此一来，便产生了一个界限分明、高度同质化、由一群理念相同的人组成的共同体。

---

1 卢梭：《朱莉》，第 351 页。

2 参见利索特·斯坦布吕格：《道德性别：关于法国启蒙运动中女性本质的理论与文学设计》，斯图加特，1992 年。

3 朱莉不想，也不敢允许自己陷入激情与性的混乱之中，这种混乱也是共同体不允许的。始终需要注意的是：女性与男性职员的工作区间要远远地隔开（"此外，男女之间的交流也很少，这里非常重视这一准则。"参见卢梭：《朱莉》，第 336 页。相关内容已体现在正文中——译注）

维勒贝克的《基本粒子》（1998）：享乐主义时代家庭与共同体替代形式的丧失

维勒贝克小说的关键点同样是社会危机中特殊性与共同体的张力关系问题——只不过他刻画的**历史**主题并非正在兴起的，而是 20 世纪末正在衰落中的市民社会。小说中的故事由一个多重叙事的编年史家讲述。后者从 2079 年回顾过往，描述了西方社会尤其是 20 世纪 70 年代到 90 年代末期间的发展。故事借由法国一对同母异父的兄弟——迈克尔和布鲁诺——的人生经历展开。叙事框架由一个与赫胥黎的《美丽新世界》（*Brave New World,* 1932）形成互文的反乌托邦世界构成。在这个新社会中，人们被克隆，因而没有个性、自我，也没有了性与经济的竞争。叙述者从这个新社会的视角出发，在带有距离感的零聚焦与贴近人物形象的内聚焦之间切换游走，再现了旧人类的没落。

这种没落在兄弟二人身上得到了体现，二人也代表了两种类型的人：迈克尔，生物学家，为培养新型人类打下了科学基础，代表着缺乏感情、有交际障碍的理性主义者；作为教师的布鲁诺则想通过在性方面征服年轻女性确立自身价值，却鲜有成功，并表现出与其性冷淡的兄弟类似的冷漠与孤僻。兄弟二人为什么都交际无能又心情抑郁呢？

小说中，男性主要角色失败的核心原因是 20 世纪六七十年代道德与经济解放的潮流。同时，作家也用多重笔墨刻画了家庭共同体的解体，他在小说的第一部分中分别详细介绍了同母异父的兄弟俩上溯几代的家庭史，并揭示出，本应对布鲁诺和迈克尔的母亲珍妮以及两位父亲承担的家庭责任是如何中断的：

当时，他们这一对处于一种人们后来称为"现代婚姻"的关系模式中，在珍妮不经意间怀上了丈夫的孩子之前就是这样了。但她仍坚持生下这个孩子。她觉得，做母亲是一个女人必须要有的经历[……] 1956 年 3 月，布鲁诺出生了。但他们两个很快就意识到，养育小孩所要付出的一切艰辛的照顾与他们个人自由理想产生了不可调和的冲突。于是，征得外祖母的同意后，布鲁诺 1958 年被送到了后者在阿尔及尔的住处。与此同时，珍妮再次怀孕，只不过，这次孩子的父亲成了马克·杰尔津斯基。[1]

对第二个孩子迈克尔，珍妮也不悉心照顾，因为她只想尽情满足自己的欲求。小说通过这样的母亲形象，一部分也通过男性／父亲形象表明，六七十年代的父母对于自我与个性追求的高涨带来了哪些社会与个人心理方面的负面影响，而女性追求解放的潮流对于家庭共同体的崩溃则起到了主要作用。小说中，传统的家庭共同体以及家庭团结与责任的理想状态已一去不复返[2]，只能在祖母一辈的人物形象中找到[3]。

读者还可以从小说中看到，随着传统共同生活形式的解体，在性解放、嬉皮士运动与"新时代运动"的背景下，产生了其他形式的共同体：珍妮先是生活在加利福尼亚的一处社区中，然后到了浦那的薄伽梵公社，后来又去了法国当时的一个嬉皮士社区。布鲁诺一度致力于融入裸体主义与"新时代运动"营中那些追求性吸引力与性成功者的共同体中，最后却精神失常；而哥哥迈克尔则选择了自杀。

---

1 米歇尔·维勒贝克：《基本粒子》，巴黎：弗拉马利翁出版社，1998 年，第 36—37 页。相关内容已体现在正文中——译注。德译版为《基本粒子》，乌利·维特曼译，柏林，2006 年，第 29 页。
2 参见海德·鲁托什：《家庭的终结：历史的终结：托马斯·曼、加夫列尔·加西亚·马尔克斯与米歇尔·维勒贝克的家族小说》，比勒费尔德，2007 年。
3 维勒贝克：《基本粒子》，第 115 页。

结论：共同体作为文学中的危机话语
——丧失的视角与建设性的矛盾

上述两部小说尽管分别诞生于市民社会的早期与晚期，处于不同的社会历史与文化背景中，但仍有一大共同点：对共同体的探讨与社会危机联系在了一起。卢梭笔下新兴市民阶级的利益追求与传统贵族对地位名望的要求交织在一起，构成了巴黎社会充满虚假、利己与不公的景象，维勒贝克笔下的社会同样处于一场深重的危机之中。两部小说中，个人利益都压倒了**共同利益**（*bien commun*）。《新爱洛伊丝》与《基本粒子》无疑展示了不同社会群体的利益；卢梭为 18 世纪末的个人解放大声疾呼（反对等级规定），而维勒贝克则批判了 20 世纪末的极端个人主义与自由主义。

两部小说尽管有上述不同之处，但有一点是共通的：都突出了一种丧失的视角，即将共同体刻画成一种业已丧失的事物；同时又在一定程度上对其进行了美化，而未将传统的共同生活形式及其强制要求的解体视为一股解放的力量。这样的视角是对两性关系的一种冲击。两部小说都基于一种互补式的性别模式，赋予女性既能促成，又能摧毁共同体的核心作用。这类形象在启蒙运动时期还是十分新颖的，甚至包含了一定的解放成分；在后现代时期则成了一种保守的视角。

通过刻画危机时期的社会，维勒贝克将部分关注点，卢梭则将全部关注点放到了共同生活其他的可能形式上。卢梭展现了人道的乡村共同体与腐化的巴黎社会的极端对立。随着现代社会的产生而丧失的传统关系网络激发了卢梭对共同体，对有限的、相对同质化的、由共同伦理价值联系起来的团结的群体的向往，这一点借由克莱伦斯的住宅，借由通信人组成的对话与价值共同体形式的文学刻画表达出来。

维勒贝克的小说则没有提供这种和解模式，而是通过文学反乌托邦突出了团结、责任与家庭共同体的解体。

罗伯托·埃斯波西托（Roberto Esposito）认为，卢梭对**共同体**的（也包括美学的）设想中包含着一种"原初极权主义危险"[1]，因为个人与共同体的观点全面渗透其中。这样一来，就走向了一种有绝对内在自主性的共同体理念，这种共同体自成一体，自给自足，并具有同质性。[2] 就维勒贝克而言，其作品中有不少具有明显的新保守主义甚或右倾立场的声音[3]。这些评价不能说完全错误，但在笔者看来却有些片面。对此，笔者想在报告的最后再探讨一下关于**共同体**的文学刻画中蕴含的多重逻辑性与多重语义性。

《基本粒子》通过明显极端夸张的叙述方式给出了不仅包含单一视角的答案。共同体的解体尽管通过戏剧化的、基于性别差异的、以一种引发质疑或者说刻意挑衅的方式展现出来，但却未加剧其退步。通过这位来自未来、回溯过去的编年史学家独特的言辞与聚焦点，读者就应对社会危机得到的更将是一种困惑不决、充满矛盾的答案：在克隆人的反乌托邦中，特殊性与共同体的一切张力矛盾都悬置了起来。这样一来，问题思考的主动权便交给了读者，后者需要认真思考个人自由与共同体之间的张力关系。

---

1 罗伯托·埃斯波西托：《公社：共同体的起源和路径》，苏黎世 / 柏林，2004年，第 84 页。

2 对卢梭复杂的共同体设想的考察与阐述并非仅仅聚焦原初极权主义这一方面。他也指出了卢梭的尝试所面临的困窘，即在"孤独的形而上学"与"共同体的哲学"之间的张力中徘徊。卢梭在《新爱洛伊丝》中想象出了"一个带有全面的孤岛风格的绝对个人化共同体"（同上），而在《社会契约论》中则表达了一种"作家面对其个人目的时采取的批判性距离"（同上，第 85 页）。

3 参见笔者在下述文章——《保守的文化批评：米歇尔·维勒贝克的诗歌研究》，见吉塞拉·费贝尔，汉斯·格罗特（主编）：《诗歌现状》，法兰克福（美因河畔）等，2003 年，第 347—359 页——中的论证。

卢梭的小说也没有一个和谐的结局:尽管借由克莱伦斯住宅想象了一种生活与工作共同体可能的模式,但小说同时表明,个体为此要付出巨大的代价。作为个体的他或她不得不彻底放弃自己的个性以及(尤其是)炙热的感情。作者对这种放弃并非隐而不谈,而是在通信人之间的对话共同体中明确表达了出来。这一点在朱莉这一人物形象身上体现得尤其明显,后者作为一个新的共同体理想的完美彰显在生命结束前承认,她始终爱着圣普乐,并感到自己模范化的品德实乃一种牺牲("极大的牺牲"[1])。在小说的结尾,她在救她溺水的孩子时丧生。在这次的女性牺牲后,小说中克莱伦斯的男性人物组成了一个生活共同体,共同坚守已故之人的精神遗产。通过这一故事结局——这在大的文化语境中无疑也有积极意义,**且只有通过她的死亡**才能实现这种意义[2]——卢梭正是旨在将共同体的矛盾性以一种最有效的方式展现在读者面前。

而在维勒贝克那里,这种矛盾性则通过小说本身挑衅性的叙述方式被隐去;他也否定了个人牺牲,特别是在谈及女性在共同体建构上的作用时:"历史上有过这样的人。他们忙碌一生,艰辛劳苦,仅仅出于奉献与爱;又因着奉献与爱,完全奉献了生命;却从不认为这是一种牺牲[……]现实生活中,这样的人几乎都是女性。"[3]

在对作为文学中危机话语的共同体进行内容上的探讨与形式上的刻画时,卢梭的小说尽管(在今天来看)不(再)具有挑衅性,却用一种独特的、生动且有美感的叙述方式,阐明了他关于现代共同体之矛盾性的特定文学认识。

1　卢梭:《朱莉》,第 565 页。
2　伊丽莎白·布朗芬:《除非她死:死亡、女性与美学》,慕尼黑,1994 年。
3　维勒贝克:《基本粒子》,第 115 页。相关内容已体现在正文中——译注。德译版出自《基本粒子》,2006 年,第 102 页。

参 考 文 献

Baumann, Zygmunt: *Gemeinschaften: auf der Suche nach Sicherheit in einer bedrohlichen Welt*, Frankfurt/M. 2009.

Brink, Margot: Konservative Kulturkritik? Die Lyrik von Michel Houellebecq, in: Febel, Gisela/Grote, Hans (Hg.): *L'état de la poésie aujourd'hui. Perspektiven französischsprachiger Gegenwartslyrik*, Frankfurt/M. u.a. 2003, S. 347–359.

Bronfen, Elisabeth: *Nur über ihre Leiche: Tod, Weiblichkeit und Ästhetik,* München 1994.

Esposito, Roberto: *Communitas. Ursprung und Wege der Gemeinschaft*, Zürich/ Berlin 2004.

Gertenbach, Lars/Laux, Henning/Rosa, Hartmut/Strecker, David (Hg.): *Theorien der Gemeinschaft*, Hamburg 2010.

Houellebecq, Michel: *Les particules élémentaires,* Paris: Flammarion 1998.

Houellebecq, Michel: *Elementarteilchen*, übers. v. Uli Wittmann, Berlin 2006.

Link, Jürgen/Link-Heer, Ursula: Diskurs/Interdiskurs und Literaturanalyse, in: *Lili* 20.77 (1990), S. 88–99.

Lutosch, Heide: *Ende der Familie–Ende der Geschichte: zum Familienroman bei Thomas Mann, Gabriel García Márquez und Michel Houellebecq*, Bielefeld 2007.

Nancy, Jean-Luc: *Être singulier pluriel,* Paris: Éditions Galilée 1996.

Reisewitz, Perry: *L'illusion salutaire: Jean-Jacques Rousseaus* Nouvelle Héloïse *als ästhetische Fortschreibung der philosophischen Anthropologie der* Discours, Bonn 2000.

Rousseau, Jean-Jacques: *Julie oder Die neue Héloïse. Briefe zweier Liebenden aus einer kleinen Stadt am Fuße der Alpen,* übers. v. Hermann Denhardt, München 1978.

Ders.: *Julie ou la nouvelle Héloïse,* Paris: Flammarion 1967.

Spitta, Juliane: Multitude oder das Kommune. Begriffsperspektiven im Spannungsfeld zwischen nationaler Identifikation und kollektiver Aneignung, in: *grundrisse– zeitschrift für linke theorie & debatte*, Herbst 2010 (35) (Schwerpunkt: das commune als alternative? debatten und kritiken des gemeinsamen); (http://www.schattenblick.de/infopool/medien/altern/grund027.html, Zugriff: 6.3.2013).

Steinbrügge, Lieselotte: *Das moralische Geschlecht. Theorien und literarische Entwürfe über die Natur der Frau in der französischen Aufklärung*, Stuttgart 1992.

克里斯蒂安讷·佐尔特－格雷塞尔

命运共同体：论伊莎贝尔·德·查里埃作品中的团结与差异

1. 追问共同体：关于主旨与问题的思考

齐格蒙特·鲍曼（Zygmunt Bauman）认为，在一个充满不确定性的世界中，人们对于生活在共同体中，对于感到生存的安稳以及在这样一个群体中发展个性的需要增强了[1]。他所说的不确定性指的是政治威胁、地理和精神上的漂泊无依，或是伦理－道德方面的茫然状态[2]，而这种不确定性往往会导致自我存在之意义的丧失。

法国大革命对于当时的贵族来说是大变革的时代，极大冲击了人们对于自我与世界认知的基石。惊慌失措、孤立无援的个人为了寻求依靠，不得不构建一个社会、政治与世界观的新范式[3]。在伊莎贝尔·德·查里埃在大革命爆发后不久创作的小说《三个女人》（*Trois*

---

1   鲍曼在他《共同体：在一个不确定的世界中寻找安全》一书中的副标题就提到了这一点。参见哈特穆特·罗莎，拉尔斯·格滕巴赫（编）：《共同体理论引论》，汉堡：尤尼乌斯出版社，2010 年，第 45 和第 60 页。

2   鲍曼：《共同体》，第 123—135 页。

3   对此，鲍曼使用了个人化／私人化（Individualisierung）的"雅努斯神的面孔"（Janusgesichtigkeit）这一表述（鲍曼：《共同体》，第 30 页）。该表述准确简要地概括了现代社会中个体的处境。参见罗莎，格滕巴赫（编）：《共同体理论引论》，第 56—57 页。

femmes, 1795）中，几位女主人公就面对着这样的挑战[1]："现今的时代艰难［……］"，作家写道，"国王与大大小小的民族都要认清自己的处境。人生的轨道已经中断［……］道阻且长，任何的分散都是危险的"（第 98 页）[2]。三个从法国移民德国的女人在威斯特法伦地区的一处村庄中相遇，并在那里竭尽全力摆脱困境：她们将各自的诉求、能力与想法汇聚在一起，这样一来，从一个命运共同体中便产生了某种形式的居住共同体。随着小说情节的展开，该共同体又逐渐发展为一个拥有社会变革目标的规范的乡村共同体。在当时社会中共同体讨论——布鲁姆利克（Michael Brumlik）或沃格尔（Joseph Vogl）对此提出过重要表述——的背景下，小说中共同体的参与者不得不积极应对的几大重要问题都具有重大的现实意义[3]：这关涉移民经历，即文化适应与自我身份之间的张力关系，民族、性别与社会差异，殖民主义的政治与伦理问题，以及在共同的道德与意识形态基础之上的融合与排斥问题。

在接下来的报告中，笔者将深入分析查里埃的小说在主题与叙述技巧方面的特别之处，以及她在怎样的层面上构建、探讨、尝试了哪些不同的共同体理念。尤其需要关注的是，在这一语境下，文学作为埃特（Ottmar Ette）所说"共同生活的知识"的存储器扮演了怎样的角色[4]。因为我们将会看到，对于三位女性移民而言，文学中的共同

1　参见梅达－尼罗迪·尔马卡尔：《夏里埃夫人与思想革命》，纽约等：彼得·朗出版社，1996 年。

2　相关内容已体现在正文中——译注。所有引文均系笔者译自原著伊莎贝尔－德·查里埃：《三个女人》（克莱尔－雅基尔作序），洛桑：人类的时代出版社，1996 年。

3　参见米歇尔·布鲁姆利克，豪克·布伦霍斯特：《共同体与公正》，法兰克福（美因河畔）：费舍尔出版社，1993 年，第 9—16 页；约瑟夫·沃格尔：《共同体：对政治哲学之立场》，法兰克福（美因河畔）：苏尔坎普出版社，1994 年，第 7—27 页。

4　奥特马尔·埃特：《共同生活知识：全球化标准下的统计、重负、快乐、文学的融洽》，柏林：卡德莫斯出版社，2010 年。

生活的知识无疑也是一种生存知识。至关重要的一点是：这样一种生活认识在查里埃小说中的文学形象身上体现得淋漓尽致。此外，我们也会就该小说探讨埃特所宣称的文学的另一大潜能，即指涉某一时代不同的知识领域并将其联系在一起，比如当时的道德话语、哲学知识以及教育理念。对于这些方面我们都会进行反思。关键之处在于，该小说明确谈论了这一事实并指出了相关问题，的确"模拟、实践、勾勒、浓缩了生活的不同模式"[1]。

2. 讲述共同体：小说的演绎

1795 年在莱比锡首次出版[2]的这部复杂小说是生活在瑞士的荷兰女作家伊莎贝尔·德·查里埃在对义务问题的激烈讨论这一时代背景下创作的。引发这一系列讨论的主要是康德的《实践理性批判》（ *Kritik der praktischen Vernunft,* 1788 ）一书。当时的启蒙学者在沙龙中讨论的首要问题是定言命令，这在今天仍可作为一切共同体得以运行的决定性前提。[3]按照查里埃本人的说法，小说旨在对康德式的道

1　参见奥特马尔·埃特：《文学作为生命科学：人文科学年之方案文存》，载：奥特马尔·埃特、沃尔夫冈·阿肖尔特（主编）：《文学研究作为生命学科：方案、规划与视角》，图宾根：纳尔出版社，2010 年，第 11—38 页，此处第 18 页。

2　1795 年在莱比锡首次出版了德译版（译者为 Ludwig Ferdinand Huber），1796 年法文版首次在伦敦出版，1798 年首次作为合集《阿贝·德·拉图尔的短篇小说与杂文集》（ *L'Abbé de la Tour ou receuil de nouvelles & autres écrits divers* ）的第一部分出版。1981 年，包含了续篇的小说《三个女人与三间套房》（ *Trois femmes et la Suite des Trois femmes* ）全文才在查里埃《作品全集·卷 9 小说、故事与短篇小说集》（ *Œuvres complètes,* Bd. 9: *Romans, contes et nouvelles,* tome II（ 1798—1806 ））中出版。

3　"只按照你同时希望它成为一般法律的准则行事。"参见伊曼努尔·康德：《实践理性批判》，载：威廉·魏施德尔（编）：《康德作品（十二卷本）》，法兰克福（美因河畔）：苏尔坎普出版社，1956 年，第 7 卷，第 51 页。这是对抽象的、具有普遍实用性的规范的严格要求，无论个人情况如何，或对（转下页）

德准则加以检验。作家显然并未撰写一篇哲学论文，或拟定某个抽象的理论，或制定道德行为准则；而是如她对众多笔友中的一位所言，是

一篇改写成故事情节的，或者毋宁说是通过故事情节表现的关于义务的小论文。不是为了给出人人必须效法的模式，而是为了说明，恶习与弱点是可以饶恕的，与义务观或义务感以及有罪或应被谴责者的道德意识也并非势不两立。（*Œuvres complètes*, V, 354）[1]

所以说，查里埃关心的是将伦理问题融入三个女人每天的生活现实中。她们都面对一系列具体的道德困境，且不得不在如下一种现实环境中克服之：对普遍法规死板的遵守以及对超个人规范的应用都到了非人道的地步，或言至少已经问题百出[2]。与个人履行义务密切相关的条件、矛盾与结果就像小说法文版卷首的这副插图所展示的，被搬上舞台，被演绎出来，被编织进一个故事中，而且是——正如插图

（接上页）个人可能造成怎样的后果，都必须遵守。参见威廉·温德尔班德，海因茨·海姆塞特：《哲学史教科书》，第 15 版，锡贝克：摩尔出版社，1957 年，第 6 卷，第 456—487 页。查里埃不认同该论点。

[1] 相关内容已体现在正文中——译注。参见查里埃于 1797 年 10 月 13 与 14 日写给查比尔·德·奥利尔斯（Chambier d'Oleyres）的信件。所引资料来自查里埃：《全集》罗马数字为卷次，阿拉伯数字为页码。查里埃本人对该理念的现实可行性问题的阐述参见克里斯蒂安讷·佐尔特-格雷塞尔：《对话中的生活：玛丽·德·塞维涅和伊莎贝尔·德·查里埃信件中的自我保证方式》，陶努斯：乌尔里克·海尔默出版社，2000 年，第 235—147 页（页码疑有误——译注）。

[2] 另参见塞西尔-帕特里克·科特尼，《伊莎贝尔·德·查里埃传记》，牛津：伏尔泰基金会，1993 年，第 661 页。查里埃对于普遍化与抽象化的彻底批判，对于一切未能在具体生活现实中得以保存下来的认识的质疑在她与多年好友本杰明·康斯坦特（Benjamin Constant）的大量来往信件中体现得尤为明显。（如参见查里埃《作品全集·卷 5》，第 220 页等）

1798 年版本的卷首插画

上的缪斯或基鲁比尼形象所揭示的——借由艺术，并通过一种譬喻性的、生动的、复调式的、间或有些混乱的方式，且始终游戏似的展现出来[1]。

那么这部小说到底讲了什么呢？年轻、单纯又有些腼腆的艾米莉；她那贴近现实、大度宽容、醉心艳遇的婢女约瑟芬；以及生活经验丰富、深谙世事人情、极富同情心，又从她在国外殖民地进行见不得人勾当的家族获得家产的寡妇康斯坦斯：这三个女人形成了一个小说结尾所描述的"小型社会"。她们在这个共同体中积极、坚定地计划着未来（以及参与其中的男性的未来），克服了一个个道德困境，通过主动与村庄居民、宫廷家族以及为外人提供栖身之所的邻居们交流，逐渐融入侨居之地。这个共同体逐渐扩大，收纳了新来的穷苦无依的难民，或是现有成员的熟人、亲友以及个别成员的侍从，最终形成了一个共同的未来计划：一次面向村庄居民的全面"教育改革"以及更广泛层面上的社会公平的实践。这一系列理念的实现及其矛盾所在、成功之处与长远目标，读者会通过一系列信件知晓，这些信件也构成了小说的第二部分。

整个故事被嵌入了这样一个框架结构中：它由小说的单一叙述者男爵夫人阿贝·德·拉图尔讲述，因而也被置于其所在的沙龙展开的关于义务问题的各种讨论的背景中。可见，该小说的叙述结构十分复杂多面。[2] 小说不仅铺展了多个叙述层面，不仅在零聚焦与作为特奥

1　对于卷首插画的阐释也参见莫尼克·莫瑟－维雷：《与歌德的〈赫尔曼和多罗泰〉和伊莎贝尔·德·夏里埃的〈三个女人〉的相遇》，载：让－皮埃尔·杜博斯特：《欧洲小说中的邂逅地形图》，克莱蒙费朗：布莱斯－帕斯卡尔大学出版社，2008年，第363—387页，此处第375页。

2　参见苏珊·范迪克：《女性的时间性：关于伊莎贝尔·德·查里埃和其他一些小说家》，载：丹尼尔·马赫：《旧时代小说中的叙事时间性题材》，圣弗伊：PUL出版社，2006年，第39—56页。莫尼克·莫瑟－维雷也特别强调了小说的开放性，参见莫瑟－维雷：《维雷：雕刻的遭遇》，第378页。

巴尔德朋友的叙述者的内部视角中时常转换；小说第二部分中，通过阿贝男爵讲述给其夫人的信件，同样交叠穿插了多个视角。小说进入后半部分时，寡妇康斯坦斯才开始讲述其个人经历[1]，这段叙述则在她述及叔父——被其女奴比安卡在一次追求解放的反叛行动中所杀——在国外的生活时中断了。内部叙述、外部叙述、元叙事甚至元元叙事等所有这些层面[2]都指涉了——笔者将会在本论文中加以阐释——共同体的可能与界限。而该主题又在所有这些叙述层面上与文学，确切地说，与文学手段的潜力、弊端与特有功能密切联系在一起。

　　小说对于从根本上而言关乎一切共同体的问题展开了清晰、独到的探讨，如关于——在这里尤其是德法——民族刻板印象与偏见，关于性别差异［对查里埃关于生理性别与社会性别之思考的理解完全可以参考波伏娃（Simone de Beauvoir）或朱迪斯·巴特勒（Judith Butler）的理论观点］，关于融入能力与教育之间的关系，关于教育学的根本问题以及一种道德理念，这种理念与塞拉·本哈比（Seyla Benhabib）关于两性道德的观点又有相近之处[3]。对于这些凸显了查里埃的这部小说极大先进性的话题，可惜我们在这里无法系统深入地解

1　小说中的套房迄今为止鲜被关注，现有研究参见阿里克斯·德吉赛：《三个女人：夏里埃夫人的世界》，日内瓦：斯莱特金出版社，1981 年，以及玛丽-海伦·夏布特：《引领创新：伊莎贝尔·德·查里埃的〈三个女人〉》，载：埃尔兹别塔·格罗德克主编《撰写狡猾的人》，阿姆斯特丹 / 亚特兰大：罗多比出版社，2000 年，第 241—251 页，尤见第 247—248 页。

2　波尔斯特拉从道德角度对小说中建筑的研究（主题研究与文本研究）值得参考。详见沃迪·波尔斯特拉：《〈三个女人〉：道德的架构》，载：伊维·温特-道斯特主编《伊莎贝尔·德·查里埃：从书信到书信体小说》，阿姆斯特丹 / 亚特兰大：罗多比出版社，1995 年，第 127—139 页。

3　塞拉·本哈比布：《自我定位：当代伦理中的性别、共同体与后现代主义》，剑桥：政体出版社，1992 年。关于小说中几种代表性伦理道德理念的深入分析可参见克里斯蒂安娜·佐尔特-格雷塞尔：《寻找鲜活的道德：伊莎贝尔·德·查里埃的〈三个女人〉与当下伦理学论述》，载：《德祖伦与杜邦特往来信件》2002 年第 27 卷，第 7—10 页。

析。但确定无疑的是：一致与差异、自由与安全、解放与依赖、个人主义与融入群体之间的张力贯穿于一切共同体的形成与维持过程中，也是贯穿该小说全部章节与思想意涵的一个核心元素。

3. 反思共同体：共同生活作为 展开、探讨对象与叙事动机

小说中理想的共同生活这一主题是如何展现的呢？小说在两个层面上探讨了共同体的潜力与局限：就其内在本质而言，成员们通过人际关系，通过爱情与友谊联系在一起（三位女性、她们的丈夫以及各自的家庭与侍从）；而范围更广的共同体（即从教育改革中获益并将成为"**小社会**"一部分的整个村庄）中，成员之间的联系就没有那么密切了。倘若读者认为，小说对于共同生活的思考揭示了明确的标准、有普遍适用性的模式或是作者对更高现实的权威阐释，那就误读了整部小说的核心要义。恰恰相反：小说引人入胜的一点在于，它游戏似、实验似的展现了不同的共同体理念，刻画了在一个与现实生活无限接近的具体故事背景下共同体的实现，又在情节中融入并探讨了建立共同体所需的一切条件。

这样一个"有感情的灵魂共同体"[1]之凝聚力的基础是人类诸多的价值观念与道德品质，若是没有这些，在千差万别的个体[2]中间便根本不可能产生一种团结，即博爱——与他人的命运产生共情的能力，

1　相关内容已体现在正文中——译注。保罗・佩尔克曼斯（Paul Pelckmans）认为，在觉醒的孤立个体与共同体重新和解的时期的文字中，"有感情的灵魂的共同体"这一理念屡见不鲜。参见保罗・佩尔克曼斯：《敏感：敏感的灵魂共同体》，载：《18 世纪年鉴》，2009 年第 41 卷，第 264—282 页。
2　出身各异的女性是查里埃大部分小说中出现的一类形象。另参见《纳沙泰尔信件》与《从洛桑与卡利斯特寄来的信》。

不单在乎自己的命运以及**慷慨大方的姿态**[1]（générosité du cœur）。此外，还要认同与他人在年龄、性别、生活经历、经济水平与教育情况等方面不容忽视的差异。因为，正是这些差异使共同体得以将个体潜在的特定能力吸收进来。同时，通过避免对物质利益和精神财富狭隘片面地锱铢必较，也避免了小说人物之间过分强烈的依赖关系。

共同生活的一些隐性规则通过一系列对冲击着共同体的矛盾得以体现。为了避免德国男爵与从法国移民来的那位女士相爱之初产生的矛盾进一步激化，就得在不放弃原本的民族身份，不对其他文化刻意谄媚的同时，适应迁入地的文化。除了这一规则外，还应清楚地认识并认可自己的出身，努力学习新的语言以及始终既从自己、又从他人的不同视角思考。此外，还要极其宽容，比如当一个困窘无助的人加入之后，不管他多么蛮横霸道、招人厌烦，也得供应他生活所需。这便涉及另一个问题，即共同体的排斥原则或言自愿归属性问题，要让那些娇生惯养的贵族明白，他们应适应当地的习俗，与人为善，否则就该另寻他处。就这一问题而言，还需注意共同体另一个重要的前提条件：放弃特权。从理论上讲，这在人与人的共同生活中是理所当然的，但人们必须在日常生活中遵守这些前提条件。这在查里埃小说中通过一项明智的要求得以明确解释：个人在共同体中的位置不应受血缘、家庭或既有地位出身[2]的影响（第125页）[3]。

共同体组织面临严重危机的首要原因是宗教宽容的缺乏：那位特

1　德文为"慷慨""大度"（Großherzigkeit）。
2　另参照查里埃早期创作的一部趣味性极强的小说《贵族》（Le Noble）。
3　可惜在此无法对查里埃在小说中勾勒的共同体模型丰富多样的内涵以及本报告涉及的关于共同生活的其他有启发意义的理念深入讨论，就此，可参照前述佩尔克曼斯的文字，尤其是狄德罗（Diderot）与达朗贝尔（d'Alembert）所编《百科全书》对"communauté"（共同体）与"amitié"（友谊）词条极富启发性的解释。

地从荷兰"引进"的、在宫殿巴洛克式花厅里的乡村学校任教的教师就俨然一个极端无神论者的样子。他因不愿在学生面前隐藏自己的宗教立场，便干脆与他们达成了一项保密协定，由此将宗教立场变成了个人隐私问题（第112—113页）。此外，他还充分利用了自己临场发挥的潜能以及乐于实验的特点。

这一点通过三个事例体现出来：其一，通过对双胞胎分别进行对立性别的教育来证明生理性别的社会化发展（第127—128页）。其二，仆人刚出生的孩子与一个贵族婴儿不经意的调换是第二个实验，即对二者进行同样的教育，使其成为在社会上难以区分的人。其三，一个诡计多端的亲属在艾米莉和特奥巴尔德的婚礼一事上从中作梗，使得年轻的男爵夜里慌乱地把心爱之人拐走，经过细心谨慎的寡妇康斯坦斯一番描述，两人的行为也显得没有那么不道德了。这一情节也体现了共同体对外具有的功能。共同体在接纳与排斥之间徘徊，对外人一贯的生活提出了质疑，这种做法既有积极意义也有消极意义：宫殿里的住户和访客将其他（人构成）的共同体要么视为对自身安全的威胁；要么视为将他们从一种深感厌烦的冷漠枯燥中拯救出来、充实人生的力量。

共同体里的首要规则是：任何规则都不能过分死板地执行，一切理论都要在日常生活与具体情境中实践，即便有时不得不对一些看似不容置疑的条例进行有些主观化的解释。[1] 在这样的背景下，康斯坦斯通过"一朵修辞艺术的小花"[2]（第53、58页）促成了仆从与他怀了身孕的侍女的结合，也将她自己通过不明途径获得的财富按照"最佳

---

[1] 这点可以通过共同体中的一条规定说明：村庄里八到十五岁的男孩中，家中只有最小的儿子可以上学。该规定却忽视了众多求知若渴的女孩，因此不能得以实施。

[2] 相关内容已体现在正文中——译注。

用途"[1]（第 38 页）的原则为众人之最高福祉所用。从中可以发现，此处勾勒的共同体模式及其道德前提与时下一种性别伦理观具有相似之处，后者始终以实实在在的他人和美好生活之理想为导向[2]。但值得注意的是，查里埃似乎意欲将这场辩论中一切可以从本质层面得以阐释的论点扼杀在萌芽状态。

这些故事的情节、观念和道德深意都是从小说外部框架，通过不同沙龙成员之口得以阐释、比较，并就其说服力展开探讨，也借此融入当时康德、卢梭以及其他关注共同体的思想家的讨论语境。小说第二部分里几位女人的信件也属于关于共同生活形式的单层叙述对话，这一点也说明了查里埃赋予文学的意义。的确，在小说的各个层面上都能见到文学文本，后者也始终与共同体问题密切相关。作为讲述的内层故事的主题，作为互文的结合点，作为小说外层框架情节的出发点与当前叙述场景，作为元叙述的插入成分，并为作家与读者间展开的阅读与后续书写空间提供了共同体方案。

4. 书写共同体：文学之中、通过 文学与作为文学的共同生活

首先，文学读物是小说描绘的世界中至关重要的一部分，不仅是故事中促成共同体——又或指出其问题——的一大讨论对象，也直

1　相关内容已体现在正文中——译注。

2　参见本哈比布：《自我定位》，尤其是该书第二部分"自治、女权主义与后现代性"。关于性别伦理这一话题的其他观点见苏珊·J. 海克曼：《道德的声音，道德的自我：卡罗尔吉利根和女权主义道德理论》，剑桥：政体出版社，1995年；达里尔·科恩：《重思女权主义伦理：关怀、信任与同情》，伦敦/纽约：劳特利奇出版社，1998年以及鲍尔-斯图德·赫林德：《正义的彼岸：性别批判背景下的道德理论》，柏林：学术出版社，1996年。

接参与了情节的发展。小说中的人物谈到了伏尔泰和康德，讨论了卢梭的《爱弥儿》（第 28 页）[1]，并就村里孩子宜读的读物进行了认真思考。最后，大家一同阅读了德弗拉豪夫人的小说《阿黛尔·德·塞南格斯》（*Adèle de Senanges*），并在元叙事层面上提到了民族与文化差异导致的主人公之间的人际矛盾（第 62 页）：女主人公卖俏轻浮的举止激怒了德国男爵特奥巴尔德，后者一气之下把书扔进了烟囱的火苗里，从法国移民来的艾米莉劝导无果，没能救下那本书。

总体来说，读物本身就被赋予了一种特定的道德价值：不阅读的人，比如那位有些迟钝、思想僵化的老男爵，与那些通过共同读物达到对世界认知的人相比，更不容易适应共同体的生活。但阅读又不仅仅是阅读：那种幼稚的、一目了然的、浪漫-感伤类的阅读方式，就像伯爵夫人阅读她所喜欢的所有流行小说的方式，反倒是众人口中的笑料。侍女约瑟芬十分严肃地告知她那脱离社会的女主人，倘若她阅读时多留心些，早就会知道自己与邻居的情事了。

那些读物如果不能使您比我们更有先见之明，而只是在事情发生后才后知后觉的话，有什么好处呢？我甚至敢冒昧地说，如果一种所谓良好的教育不能让您看清世上每天发生之事，那就是相当糟糕的。我有几次翻看过您的书，有散文也有诗歌，但几乎都乏善可陈（第 11 页）[2]。

1　查里埃对卢梭思想的认识颇深，也受后者影响；但尤其在男女教育权利问题上，也在对共同体的看法上与后者立场截然不同。参见雷蒙德·特鲁森：《让-雅克·卢梭的捍卫者与反对者：从伊莎贝尔·德·查里埃到查尔斯·莫拉斯》，巴黎：冠军出版社，1995 年。

2　相关内容已体现在正文中——译注。

查里埃小说中的文学，如果人们真正懂得阅读的话，可以成为生活知识，并且一定程度上是"共同生活的知识"[1]的存储器：小说中的不同文本从正面或反面展现了共同生活的运作方式及其面临的阻力。

小说的第二部分，即整个故事中几乎是独立出来的书信小说部分，还打开了另一个元叙述的层面：叙述者介绍了一项他与朋友编纂辞典的计划，该计划可视为一份成功的共同生活的指南，也（作为尚不完善的版本）以文中文的形式展现给了读者：这部《政治、道德与农村生活辞典》旨在汇集时代知识，并让村里的居民都有机会读到。其中关于共同体这一话题的表述不乏讽刺意味，比如谈论到康德定言命令的疑难时是这样说的："是义务还是责任，要求这些的人和被要求这些的人会有不同的说法，我对此也无法下定论"（第149页）[2]。《词典》尽管没有直接列出"共同体"（communauté）或"社区"（société）这样的条目，却明确要求读者参与其制定过程，共同完成这项开始的计划（"现在正需要德意志最有智慧的头脑来帮助我们实施这一事业"，第132页）[3]。此外，"村庄"（Hameau）[4]一章在整部《词典》中占有特殊的地位，因为它不仅构成了小说的结尾，也得以全文引用，并在一种元元叙事的层面上勾勒了成功的共同体生活的图景：这一章的核心关键词是"认识自己""一个人的痛苦将是所有人的不幸""远离苦难"以及"彼此相爱"（第141页）[5]。

作为读者的我们不仅要一同构建共同生活的蓝图，从如下几个方面来看，我们也得主动思考：通过（不同书信中体现出的）不同视角

1　参见埃特：《共同生活知识》。
2　相关内容已体现在正文中——译注。
3　相关内容已体现在正文中——译注。
4　相关内容已体现在正文中——译注。
5　相关内容已体现在正文中——译注。

的交叉融合，通过所描述故事的绝对开放性（我们不知道新一轮政治动荡之后的共同体会何去何从），通过不同观点的并置（关于符合具体生活现实的道德准则的讨论尚无定论），通过拥有全知视角的叙述者（来做出评判，或者给出更高真理）的缺席，作者没有就"一个成功的共同体是什么样子的"这一问题给予我们明确答案。生活实际太过复杂、矛盾与不稳定（第98页），难以通过放之四海而皆准的规则来掌控。毋宁说，我们被邀请参与到所讲述的故事中，即一同对共同体展开想象。

查里埃关于共同体模式的构想并不能算是全新的，但某些视角的先进性却的确是值得关注的。颇具新意之处在于刻画这种共同体的方式及其极高的信服力。总结来说，这体现了文学在谈论共同体这一话题时具有的潜力，对具体生活故事进行视角化、复调性、形象化和场景化处理，以及借助伦理与美学之间的特定联系，这种联系是通过采用令人印象深刻的图像、文字表述、修辞手法或互文联系来"生动"展现某些情境而产生的。通过这些描述与证明的策略，查里埃——没有像康德那样要求"只按照你同时能够愿意它成为普遍法则的那个准则去行动"，而是将不同人物行为的方式、原因与后果一一列出——实现了一种对这个世界、对共同生活这一问题既近又远的独特效果。这一"既近又远"恰恰应是文学构建共同生活认识之潜力的重要部分。

故事中的主要人物认识了共同体，听闻过它的沙龙成员对此进行了反思，小说本身对其也着墨刻画[1]。只有当人们勇于冒险犯错、试验或是实践不同模式时，共同体才能得以构建。通过这种方式获得的知

1　查里埃传记与该小说的众多一致之处以及其他副文本指出，作家自己也切身经历实践着她的这些构想。参见佐尔特–格雷塞尔，2000年，第135—148页。

识是基于抽象与概括的理论或哲学无法提供的。使共同体可被理解、可被体验、可被感知，并借此在伦理与道德层面上也具有信服力，查里埃在她的文学中、通过她的文学做到了这一点。

参 考 文 献

Bauman, Zygmunt: *Gemeinschaften: Auf der Suche nach Sicherheit in einer bedrohlichen Welt*, Frankfurt/M.: Suhrkamp 2009.

Benhabib, Seyla: *Situating the Self: Gender, Community and Postmodernism in Contemporary Ethics*, Cambridge: Polity Press, 1992.

Brumlik, Michael/Brunkhorst, Hauke: *Gemeinschaft und Gerechtigkeit*, Frankfurt/M.: Fischer 1993.

Chabut, Marie-Hélène: Louvoyer pour innover. Trois femmes d'Isabelle de Charrière, in: Elzbieta Grodek (Hg.): *Écriture de la ruse*, Amsterdam/Atlanta: Rodopi 2000, S. 241–251.

Charrière, Isabelle de (Belle van Zuylen): *Œuvres complètes*, hg. v. JeanDaniel Candaux u.a., Genève/Amsterdam: van Oorschot 1979–84.

Charrière, Isabelle de (Belle van Zuylen): *Trois Femmes* (Vorwort von Claire Jacquier), Lausanne: L'Âge d'Homme 1996.

Courtney, Cecil Patrick: *Isabelle de Charrière (Belle de Zuylen). A Biography*, Oxford: The Voltaire Foundation 1993.

Déguise, Alix: *Trois femmes. Le monde de Mme de Charrière*, Genève: Slatkine 1981.

Ette, Ottmar: Literaturwissenschaft als Lebenswissenschaft. Eine Programmschrift im Jahr der Geisteswissenschaften, in: Ders./Asholt, Wolfgang: *Literaturwissenschaft als Lebenswissenschaft. Programm – Projekte – Perspektiven*, Tübingen: Narr 2010, S. 11–38.

Ette, Ottmar: *ZusammenLebensWissen. List, Last und Lust literarischer Konvivenz im globalen Maßstab*, Berlin: Kadmos 2010.

Hekman, Susan J.: *Moral Voices, Moral Selves. Carol Gilligan and Feminist Moral*

Theory, Cambridge: Polity Press 1995.

Kant, Immanuel: Kritik der praktischen Vernunft, in: Ders.: *Werke in 12 Bänden*, hg. v. Wilhelm Weischedel, Frankfurt: Suhrkamp 1956, Bd. 7.

Karmarkar, Medha Nirody: *Mme de Charrière et la Révolution des idées*, New York u.a.: Peter Lang 1996.

Koehn, Daryl: *Rethinking Feminist Ethics. Care, Trust and Emphaty*, London/ New York: Routledge 1998.

L'Encyclopédie de Diderot et d'Alembert, hg. v. Denis Diderot und Jean Le Rond d'Alembert, Marsanne: REDON 2000.

Moser-Verrey, Monique: Rencontres gravées pour Hermann und Dorothea de Goethe et Trois femmes d'Isabelle de Charrière, in: Jean-Pierre Dubost (Hg.): *Topographies de la rencontre dans le roman européen*, Clermont-Ferrant: Presses Universitaires Blaise Pascal 2008, S. 363–387.

Pauer-Studer, Herlinde: *Das Andere der Gerechtigkeit. Moraltheorie im Kontext der Geschlechterkritik*, Berlin: Akademie Verlag 1996.

Pelckmans, Paul: Sensibilité. La communauté des âmes sensibles, in: *Dixhuitième siècle*, revue annuelle, 41 (2009), S. 264–282.

Poelstra, Wardy: Trois femmes. Architecture d'une morale, in: Yvette Went-Daoust (Hg.): *Isabelle de Charrière. De la correspondance au roman épistolaire*, Amsterdam/Atlanta: Rodopi 1995, S. 127–139.

Rosa, Hartmut/Gertenbach, Lars u.a.(Hg.): *Theorien der Gemeinschaft zur Einführung*, Hamburg: Junius 2010. Solte-Gresser, Christiane: A la recherche d'une morale prise sur le vif: *Trois Femmes* de Belle van Zuylen et le discours éthique actuel, in: *Lettre de Zuylen et du Pontet*, 27 (2002), S. 7–10.

Solte-Gresser, Christiane: *Leben im Dialog. Wege der Selbstvergewisserung in den Briefen von Marie de Sévigné und Isabelle de Charrière*, Taunus: Ulrike Helmer Verlag 2000.

Trousson, Raymond: *Défenseurs et adversaires de Jean-Jacques Rousseau. D'Isabelle de Charrière à Charles Maurras*, Paris: Champion 1995.

Van Dijk, Susan: La temporalité au féminin: à propos d'Isabelle de Charrière et de quelques autres romancières, in: Daniel Maher (Hg.): *Tempus in Fabula. Topoi de la temporalité narrative dans la fiction d'Ancien régime"*, Sainte-Foy: PUL 2006, S. 39–56.

Vogl, Joseph: *Gemeinschaften: Positionen zu einer Philosophie des Politischen*, Frankfurt/M.: Suhrkamp 1994.

Windelband, Wilhelm/Heimsoeth, Heinz: *Lehrbuch der Geschichte der Philosophie*, 15. Auflage, Siebeck: Mohr 1957, Bd. 6.

尤利亚讷·舍恩艾希

在记忆与虚构之间：论民主德国作家文本中确证身份的叙事策略

关于国家身份建构与共同体形式的问题并非柏林墙倒塌以及两德统一之后才受到关注，但近几年以来，人们对个体经历与回忆以及集体记忆之矛盾的讨论尤其激烈。尽管"日常生活的记忆文化"同样强调民主德国社会主义时期生活的积极方面[1]，但在政治社会话语范畴内仍在凸显该体制的非人道之处。笔者的这篇报告以此为出发点，旨在探究如下问题：民主德国作家在 1989 年以来创作的文学作品中使用了哪些写作策略，这对一种共同身份的建立、修复或抵制是否产生了影响。

"民主德国已不复存在"[2]这一口号强调一种经历与叙述共同体。该共同体基于个体回忆，具有部分集体身份归属性，与整个德国的集体记忆话语形成并列或是对立。构建这种共同体有很多原因。其中一个原因在于，对一部分人来说，以一种自我保卫的姿态面对一种他们认为存在缺陷的官方记忆文化应是很有必要的。另一方面的原因可能

1　一般评价通常介于常态化与理想化这两极之间。

2　安讷·哈特曼：《来自民主德国的"过境"诗歌》，载：威尔弗里德·巴纳等：《1945 年以来的德语文学史》，慕尼黑，2006 年，第 1065—1079 页，此处第 1068 页。

在于对官方记忆文化的接受，因后者通常会删减一部分话题与题材[1]。

我们假定，能够在民主德国作家作品中发现典型的书写方式，并能借此发现某种形式的叙述与记忆共同体。那么，在讨论"小规模的记忆集体"的那种"东部-身份"[2]时就要避免关于"多愁善感"与"东德情结"的一系列固有偏见与片面认识。这样的话，在研究该现象时就要兼顾两种不同的视角。一方面，要探究作家回顾历史时如何展现了共同体以及用了哪些方法来协调官方表述与个体回忆。另一方面，还应思考当今学界强调的在确证身份问题上仍然存在的差异与隔阂。此外，研究重点应放在作家展现身份与回忆的脆弱性与多变性时运用的文学处理手段上。

需要研究的领域不仅十分广阔，而且具有风险。涉及的核心概念无法清晰界定，恰恰相反："转折期文学""民主德国文学"或"出自民主德国的文学"，以及"身份"本身[3]——这些术语都有模糊性和争议性。此外，这些概念还具有隐性意涵与价值取向，处于不同影响因素的张力关系中，且不单属于文学理论范畴，更属于政治、社会、经济话语以及历史书写与国家身份范畴。

1　该主题（至少在德国之外的德国学研究中）始终是学界讨论的热点，帕特里夏·赫明豪斯（Patricia Herminghouse）在 2012 年德国研究协会 GSA（German Studies Association）的一项调查研究说明了这点，后者发现纯粹的"民主德国女作家"这一身份分配被视为"受限的接受"。[http://h-net.msu.edu/cgi-bin/logbrowse.pl?trx=vx&list=h-germanistik&month=1201&week=b&msg=GvwAw%2b/LAMWHVJo1ho/3%2bQ& user=&pw=;letzterZugriff18.01.2012].

2　托斯滕·普弗鲁格马赫：《制造距离：1989 年以来自传作品中被记忆的媒体和记忆的媒体》，载：克雷门斯·卡姆勒，托斯滕·普弗鲁格马赫（编）：《1989 年以来的当代德语文学总结、分析与传递视角》，海德堡，2004 年，第 109—125 页，此处第 109 页。

3　此处使用的"东部身份"这一概念也可以（或者更宜）表述为"东德情结"，以便探讨"必须与某些事物相同"这一观念。参见丹尼拉·达恩：《关于民主德国身份不合时宜的思考（1994）》，载：丹尼拉·达恩：《驱逐到天堂》，莱茵贝克，1998 年，第 104—106 页，此处第 104 页。

1. 民主德国的文学

1989/1990 年之前的学术研究就始终在讨论"到底有几个德国文学"这一问题。[1] 即便在两德统一之后，对于"当下是否存在文学共同体"这一问题，就像对于与重大政治事件发展具有一致性的文学史的分期问题，始终尚无定论。其中一个例子是，各类小品文始终不懈地寻找"那种"转折期小说——既是对历史的梳理也是对其的清算，并为过去的一切问题画上句号，来为关于整个德国国家与文化的认识厘清道路。这的确涉及对文化过往与社会历史、个人信念与道德观点的评价问题。这一方面通过对"转折期文学"的不懈寻找体现出来；另一方面，两德文学关于（又或不是）克里斯塔·沃尔夫（Christa Wolf）的经典争论中，对精神与权力或道德与美学的清算也说明了这一点。[2]

在比阿特丽斯·朗纳（Beatrix Langner）看来，"总的来说，民主德国文学［……］正式的死亡证明"是 20 世纪 90 年代中期开

1　另参见弗里茨·J·拉达茨：《时代的德国文学（三）之第三种德国文学：当代文学关键词》，莱茵贝克，1987 年。关于两种德国文学的简介另可参见珍妮·路德维希，米尔亚姆·默瑟：《在这个更好的国度：四代文学家的民主德国文学史》，载：珍妮·路德维希，米尔亚姆·默瑟（编）：《没有国籍的文学？统一德国中民主德国文学的书写策略》，弗赖堡，2009 年，第 11—68 页，此处第 16—18 页。

2　如参见托马斯·安兹（编）：《"问题不在于克里斯塔·沃尔夫"：统一德国中的文学之争》，法兰克福（美因河畔），1995 年；卡尔·代里茨，汉尼斯·克劳斯（编）：《两德文学之争或"朋友们，被捆绑的舌头说不好话"》，汉堡，1991；伯恩德·维特克：《统一中之德国的文学之争：关于克里斯塔·沃尔夫的争论与报纸和杂志中的当代两德文学分析》，马尔堡，1997 年以及伦纳特·科赫：《克里斯塔·沃尔夫与莫妮卡·马龙的道德美学：从转折时期到 90 年代末的文学之争》，法兰克福（美因河畔），2001 年。

具的[1]，而伊利斯·拉迪施（Iris Radisch）在 2000 年时仍将两个德国的文学分而论之，并认为 90 年代初显现出二者间"一种文化之争的端倪，通常表现为关于道德与纳粹的问题，根源则在于对丧失整个国家、民族与政治身份的评判"[2]。为了摆脱这种意识形态的束缚，沃尔夫冈·艾默里奇（Wolfgang Emmerich）呼吁一种"对民主德国文学从神化到历史化的必要转变"[3]。在偏向于历史化评判与历史主义的同时，仍存在对表面上的封闭性与客观性的顾虑——本雅明（Benjamin）已指出胜利者对历史的选择过程与建构方式。笔者之后将阐释在记忆问题上前述那种选择过程的必要性，现在先要赞同艾默里奇的观点，即"人们已脱离那种认为德国当代文学结构紧凑、定义明确，甚至已标准化的流派与群体的观点，更是脱离了德国文学的理想境界一说"[4]。

从文学界对民主德国文学的划分中可以发现，除了文学史与政治发展的一致性之外，还存在一种基于经历共同体的年代模式。但涉及转折后的时期，便不仅存在民主德国内部代际分裂的问题，也存在来自东部与西部的同一代代表人物之间的区分问题。这种情况的产生除了有社会层面的原因，也有文学本身的原因。从社会层面上看，差异带来的优越感是不言而喻的。卡尔·曼海姆（Karl Mannheim）通过区分"年代关系"与"年代统一体"这两个概念对由原生环境决定的年代层次进

1 参见比阿特丽斯·朗纳：《死后飞跃.民主德国文学晚期经典十六论：克里斯塔·沃尔夫与沃尔克·布劳恩》，载：海因茨·路德维希·阿诺德（编）：《文本与批评：90 年代的民主德国文学》，特辑 IX/00，慕尼黑，2000 年，第 48—61 页，此处第 57 页。
2 参见伊利斯·拉迪施：《分裂的两大文学区：90 年代的民主德国与联邦德国文学》，载：阿诺德（编）：《文本与批评：90 年代的民主德国文学》，第 13—26 页，此处第 16 页。
3 参见沃尔夫冈·艾默里奇：《民主德国文学简史》，柏林，2000 年，第 9 页。
4 同上，第 525 页。

行了划分 [1]。曼海姆特别将同一年代统一体成员的生活经历与行为反应与青年时代的重大经历（"自然的世界图景"）紧密联系起来 [2]，这也证明了如下观点：同一年代关系中的人即便某一时间阶段内属于同一群组，也总会因不同的社会化经历存在差异。这一方面或许可以解释来自东部与西部作家之间文学风格的巨大差异，即一种显著的异质性；另一方面也证明了拉迪施的看法，即可以"认为，存在两种德国文学，二者唯一的共同点在于：二者之间有着天壤之别" [3]。近年来，二者的这种差异已有缩小。但仍出现了一些特定的书写方式，这些都源于特定的经历与记忆话语，后者恰恰表明，民主德国里的新一代作家无疑"将一种新的书写方式引入了这个崭新的国家" [4]。

2. 书写方式

这种"新的书写方式"具体是怎样的呢？探讨这一问题，同样要考虑文本之间的异质性，但在年轻一代的作家 [5] 克尔斯廷·亨塞尔（Kerstin Hensel）、托马斯·罗森洛赫（Thomas Rosenlöcher）、托马斯·布鲁斯希（Thomas Brussig）、英戈·舒尔策（Ingo Schulze）或

1　"关注相同的历史与时下问题的一群人之间存在着一种'年代关系'，处于同一'年代关系'中以不同方式对待这些问题的人则相应地组成了同一'年代关系'中不同的'年代共同体'。"曼海姆，卡尔：《年代问题》，载：阿玛利亚·巴尔沃萨，克劳斯·利希特布劳（编）：《经济社会学与文化社会学论稿》，威斯巴登，2009 年，第 121—166 页，此处第 148 页。
2　同上，第 142 页。
3　拉迪施：《分裂的两大文学区》，载：阿诺德（编）：《民主德国文学》，第 23 页。
4　沃尔克·韦德曼：《光年：1945 年至今的德国文学简史》，科隆，2006 年，第 238 页。
5　此处按照年代进行的分类并不具有绝对普适性，因为赫尔加·科尼格斯多夫（Helga Königsdorf）、布里吉特·伯迈斯特（Brigitte Burmeister）、库尔特·德拉维特（Kurt Drawert）或是安吉拉·克劳斯（Angela Krauß）这些作家也具有相似的书写方式。

者克尔斯廷·詹茨（Kerstin Jentzsch）[1]的作品中仍能发现一些共同点，比如：日常生活逐渐成为主要内容，对童年时代的回忆与生活空间的回溯，与"他人"的区分、对社会进行全面批判的趋势以及不可靠叙述者的叙述角色。

除了充满刻板印象的东德情结和东部记忆中的物件目录外，20世纪90年代末以来的文学就已相当关注民主德国记忆中的日常生活了，后者一方面得以将常态生活作为对过往的辩护，另一方面也通过不同的过往经历突出了一种变化性：

到20世纪90年代末的很多小说里，民主德国开始作为叙述普遍主题所需的"正常"背景出现。[……]许多年轻的民主德国作家从上世纪90年代后期开始用"东部差异"来变化叙述方式，以凸显他们在一个日益同质化的世界中的特定身份[2]。

那些原本"不仅涉及纯粹的民主德国问题"的作品中也出现了一种特殊的"东部-语气"[3]，而一些算不上民主德国情结，甚至描述当下经历的作品也提及了民主德国，并将其作为重要背景。作家们试着

1　高布乐还列举了安妮特·格雷施纳（Annett Gröschner）、雅各布·海因（Jakob Hein）、贾娜·亨塞尔（Jana Hensel）、法尔科·海宁（Falko Henning）、安德烈·库比切克（André Kubiczek）、约琴·施密特（Jochen Schmidt）以及尤里·肖克（Juli Schoch）等例子。参见沃尔夫冈·加布勒：《书写的先锋：当代青年作家小说中的民主德国》，载：沃尔夫勒姆·毛瑟，约阿希姆·菲佛（编）：《记忆》，弗赖堡文学心理学对话，第23卷，柯尼希斯豪森·诺依曼出版社，2004年，第165—175页，此处第166页。

2　斯图尔特·塔本纳：《90年代以来的德语文学：标准化与柏林共和国》，罗切斯特，2005年，第54页。

3　科杜拉·斯滕格：《来自民主德国的简单故事？论年轻一代作家如何用文学讲述经历》，载：汉斯-克里斯蒂安·斯蒂尔马克（编）：《回顾民主德国文学：阿姆斯特丹最新日耳曼研究文集（第52卷）》，阿姆斯特丹/纽约，2002年，第389—415页，此处第412页。

"刻画一种体验空间，该空间打上了新要求的印记，且以民主德国历史为背景"[1]。对童年回忆的回溯与对身份的寻找紧密相关：

> 那些在柏林墙倒塌时还不到 30 岁的作家选取童年作为文学创作的素材，这一点可以说明当下的身份问题：许多年轻一代的作家更多地将转折与统一的经历作为一个新开始的契机，同时却仍认为自己需要捍卫他们的根和一直以来的生活模式［……］由此可见一种趋势，即对童年生活空间与社会条件的探究，因为这些对他们当下的主观感受起到了至关重要的作用[2]。

日益盛行的地区性童年叙事及其体现出的"无迹可寻却又无处不在的小城市风格"尽管可以摆脱民主德国文学–联邦德国文学的划分[3]，但若将联邦德国作为"另一种"空间[4]彻底排除在外的话，也必然成了民主德国文学独特的区域性特征。由于在这些文学作品中，"西部是作为他者被体验的，而且在作品中并未体现出其独特性，或者几乎完全被排除在外"，因而可以得出结论："对地区性的强调实则体现了两德统一后的身份追寻，即确立自己东德人的身份并与西德人划清

---

1 科杜拉·斯滕格：《来自民主德国的简单故事？论年轻一代作家如何用文学讲述经历》，载：汉斯–克里斯蒂安·斯蒂尔马克（编）：《回顾民主德国文学：阿姆斯特丹最新日耳曼研究文集（第 52 卷）》，阿姆斯特丹 / 纽约，2002 年，第 389—415 页，此处第 412 页。

2 罗斯维塔·斯卡雷：《追寻家乡？民主德国年轻一代作家 1990 年以来作品中刻画的童年家乡》，载：格哈德·费舍尔，大卫·罗伯茨（编）：《转折之后的写作：1989—1999 的十年德语文学》，图宾根，2001 年，第 237—252 页，此处第 238 页。

3 尤尔根·克雷策尔：《长成：两个德国的喜与悲》，载：阿诺德（编）：《文本与批评：90 年代的民主德国文学》，第 27—47 页，此处第 29 页。

4 罗斯维塔·斯卡雷：《追寻家乡？》，载：费舍尔，罗伯茨（编）：《转折之后的写作》，第 238 页。

界限"[1]。这种与联邦德国的界限划分在很多情况下包含了明显的社会批判。对社会权力结构的刻画，对既作为权力利益关系中之棋子也处在最小层面上的无能为力的个体，对同侪压力、所受压迫与强制适应的要求等的刻画都揭示了跨越制度体系、无涉特定意识形态的社会机制。

年轻一代的民主德国作家常用的另一种书写策略是不可靠叙述者的引入，后者通常借由讽刺与戏谑、荒诞与狂欢性元素得以强化。对民主德国情感上的疏离使作家们更易以讽刺性的姿态保持距离，采用一种讽刺漫画式的眼光，将毫无意义、荒诞不经之事入木三分地刻画出来。他们没有一种基于乌托邦式乐观意识形态的愧疚感，而是深切意识到了体系制度的弊端与荒谬之处，继而将其刻画出来。他们那种表现形式在现有研究文献中通常被称为流浪汉小说的复兴或新德语流浪汉小说。[2]

显然，很多年轻作家通过使用传统流浪汉与质朴英雄的形象表达他们的独特观点。流浪汉视角让他们对民主德国当时的社会状况发出强烈质疑，而无需亲身参与其中、做一次赤裸裸的清算。他们面对道德的沦丧，对权威的盲从以及畸形化了的家庭与教育方式表现出悲观态度。此外，流浪汉也是被利用的群体，是关系的产物，而他们自己对这些关系结构却无法看透，也无力改变[3]。

1　罗斯维塔·斯卡雷：《追寻家乡？》，载：费舍尔，罗伯茨（编）：《转折之后的写作》，第 239 页。

2　如参见塔尼娅·瑙瑟：《展演单纯：转折期后文学叙事策略的趋势和特征》，莱比锡，2002 年；米尔贾姆·格鲍尔：《转折期危机：90 年代德国小说中的小丑》，特里尔，2006 年以及克尔斯汀·莱曼：《转折之后的写作，写作之中的转折：1989/90 年以来的文学反思》，维尔茨堡，2008 年。

3　斯滕格：《来自民主德国的简单故事？论年轻一代作家如何用文学讲述经历》，载：斯蒂马克（编）：《回顾民主德国文学：阿姆斯特丹最新日耳曼研究文集（第 52 卷）》，第 400—401 页。

流浪汉以社会环境的受害者的形象出现，作家们有意使用这一视角不仅旨在清楚地展现权力关系，更是为了将其反转。在意识到并选择了这一立场后，作家们将看似真实可信的被动的受害者形象置于故事背景中，并通过所刻画事件的可疑性突出了这些人物形象的创造功能。选择有着或多或少不可靠性的叙述者，即瑙瑟（Nause）所称的"被展演的单纯"，可能有两个原因：一来，这样可以弥补低人一等之感，并通过狂欢式的反转与推翻权力来揭露权力结构；二来，则揭露了历史书写以及作为对过往现实部分性展现与扭曲的集体记忆那种虚假的客观性。未来可能性比过往历史更加重要，这充分说明了记忆的脆弱与多变。这一点通过半自传式元素的融入超出了纯粹的文本层面，一方面强调了真实性——要就民主德国时期的**真实**生活进行**真实**的描述[1]；另一方面，这种真实性又在虚构层面上被悬置，并通过掌握话语权的作家将事实与虚构的糅合，通过对自传规则的戏耍或打破，揭示了记忆与历史书写本身的建构性与虚构性。这与集体记忆话语显然是相悖的。此外，很多民主德国作家都持有"一种十分排斥西德的态度"[2]，且带着充满怀疑的眼光看待两德合并与统一的过程。这种批判性态度不仅针对过去的合并过程，也针对当下的社会情况，尽管人们更希望能在公共认知与文学批评领域消除这一立场，但这仍可算作民主德国时期许多文学作品的另一大特点[3]。倘若"广义上文学的社会批判［……］不再受到特别的重视。尤其是出自民主德国的文学

1　参见乌尔里希·普伦茨多夫：《人不打死狗（后记）》，载：乌尔里希·普伦茨多夫，吕迪格·达曼：《一个名叫民主德国的国家》，法兰克福（美因河畔），2005 年，第 199—200 页，此处第 200 页。粗体为笔者标注。

2　斯滕格：《来自民主德国的简单故事？论年轻一代作家如何用文学讲述经历》，载：斯蒂尔马克（编）：《回顾民主德国文学：阿姆斯特丹最新日耳曼研究文集（第 52 卷）》，第 412 页。

3　参见路德维希，默瑟（编）：《没有国家的文学？统一德国中民主德国文学的书写策略》。

作品",那么对不断的"陌异性与他者性的生产与再生产"[1]就要从民主德国与联邦德国两方面纠因了。

3. 集体记忆

如上所述,自传式元素的痕迹与对个人经历的捍卫、按照时间顺序的定位、排斥联邦德国的趋势、社会批判以及对记忆话语虚构性的揭示都可视为小集体身份的特征,并且展现了"那个——尚存的——两种德国集体记忆的现象",对此,年轻一代的作家试图"从更小的记忆集体的视角加以描述"[2]。另一方面,这种身份归类一旦演化成"应对一种实际体会到的集体附属性"[3]的"少数群体身份"[4]的确立,又通过内部与外部的隔离得以巩固的话[5],便隐含了"旨在将民主德国人从联邦德国社会活动与话语领域中排除出去的排外的民族化"[6]

---

1 沃尔夫冈·加布勒:《我们成了从未成其所是的民主德国公民:作为民主德国文学主题的另类性和民主德国人的种族化》,载:古特贾尔,奥特鲁德(编):《他者,弗赖堡文学心理学对话》,第 21 卷,维尔茨堡:柯尼希斯豪森·诺依曼出版社,2002 年,第 143—158 页,此处第 151 页。

2 普弗鲁格马赫:《制造距离》,载:《1989 年以来的当代德语文学》,第 109 页。

3 洛塔尔·弗里茨:《对所过生活的认同:新联邦中有东德情结吗?》,见拉尔夫·阿尔滕霍夫、埃克哈德·杰西(编):《统一的德国:总结与视角》,杜塞尔多夫,1995 年,第 275—292 页,此处第 287 页。

4 加布勒:《我们成了从未成其所是的民主德国公民》,载:古特贾尔(编):《他者,弗赖堡文学心理学对话》,第 153—155 页。

5 对"隔离的身份"这一概念参见德特勒夫·波拉克:《民主德国身份:一种多维现象》,载:海纳·默勒曼:《统一德国的价值观和民族身份:对调查研究的不同阐释》,奥普拉登,1998 年,第 301—318 页,此处第 311 页;以及克劳迪娅·里特尔:《新联邦州的政治身份:统一后的差异化要求与文化差异》,载:赫尔穆特·维森塔尔(编):《统一为第一要务:民主德国转型的比较视角》,法兰克福(美因河畔),1996 年,第 141—187 页,此处第 143 页,转引自卡佳·内勒:《民主德国怀旧情结:东德人对前东德的定位及其成因与政治内涵》,威斯巴登,2006 年,第 54—55 页。

6 加布勒:《我们成了从未成其所是的民主德国公民》,第 152 页。

危险。在此，笔者首先要聚焦一种可能的民主德国身份的文学表现形式，而非着力探讨时代背景与社会的隔离机制，因此无法深入研究这一问题。另外，对抵制"少数群体身份"的潜在要求这一问题同样无法详细讨论。前述文学特征表明，似乎的确存在一种东部身份。即便东部身份与民主德国身份不能完全等同[1]，回溯历史时，仍可将民主德国视为那些"主动与西部划清界限"[2]的年轻一代作家经历与叙述共同体的文化背景。对很多作家来说，"民主德国［……］（是也将）始终是本源，是印记"[3]。笔者认为，我们所说的再度盛行的书写策略很好地揭示了对一种"部分国家性的'我们-情感'"[4]的明确捍卫，而这种情感是在民主德国历史背景下从转折时期的经历中培养起来的。叙述模式与记忆模式的结合表明：当下社会批评的诸方面与借由叙述角色显示出的官方记忆话语的不稳定性与多变性同时包含积极方面。

仍有问题尚未解答，即哈布瓦赫（Halbwachs）所言的"集体记忆"与阿莱达·阿斯曼（Aleida Assmann）和扬·阿斯曼（Jan Assmann）所言的"文化记忆"这两大范式是否指涉了民主德国历史，因为我们可以认为，"［……］就民主德国存在的时间而言，显得过短，它不仅关乎民主德国的历史，还追溯到更早的时候"[5]。即便如此，

---

1 关于"东部身份"与"民主德国怀旧情结"或"东德情结"的论述同上，参见前述加布勒，第53—55页。
2 迈克尔·鲁基：《民主德国何以产生的：作品集》，载：《信使》，1995第49卷，第9/10期，第851—864页，此处第856页，转引自弗朗克-托马斯·格鲁布：《德语文学之镜中的"转折"与"统一"》，第1卷，柏林，2003年，第583页。
3 同上。
4 内勒：《民主德国怀旧情结》，第55页。
5 迈克尔·斯特鲁贝尔：《1989年以来德国电影中的情结与解构：追寻失落的身份？》，载：沃尔夫冈·伯格姆，莱因哈德·韦塞尔（编）：《德国虚构：文学和电影之镜中的德国统一、分裂与联合》，柏林，2009年，第190—204页，此处第192页。

我认为有些方面仍是可取的。一方面，通过上述真实性问题，或更委婉地说，通过揭示记忆的多变性，我们得以认识哈布瓦赫研究得出的文化重建与选择过程。另一方面，显而易见的是，集体记忆与年代统一体结合到了一起，"每一种集体记忆都由一定空间与时间内的某一群体承载着"。[1]

扬·阿斯曼将集体记忆的深刻影响称为交往记忆，后者首先包括口头流传的生平记忆，以及跨越年代、塑造着文化身份的文化记忆。阿莱达·阿斯曼将文化记忆进一步划分为存储记忆与功能记忆。存储记忆具有记录保存的功能，功能记忆则进行选择——它与"政治需要联系在一起，即塑造出一种独特的身份"[2]。透过民主德国年轻一代作家文学作品的不稳定性，可以明显看到这种选择与历史构建的过程。不可靠的叙述角色更是凸显了通过各种媒介进行的历史书写与描述的虚构性。国家或历史性集体记忆的不完整性同时指出了修正或补充功能记忆的可能性："若总是进行超出现实需要的回忆，便可以看到功能记忆的界限"[3]。官方的记忆话语，连同其特有的线性特征、明确的分类、真实的史料以及所要求的客观性，在那些作家笔下却似是而非，并发挥了一种旨在稳定当前社会形式的"宣传记忆"的功能。将小集体的记忆连同其不稳定性补充进去，似乎成了那些作家的书写任务。此外，还可以发现，年代统一体及其集体记忆互相制约，因为"集体记忆确保了某一群体的独特性与连贯性，而历史记忆则没有

1　哈布瓦赫转引自扬·阿斯曼：《文化记忆：早期高级文化中的文字、回忆和政治身份》，慕尼黑，2002 年，第 43 页。阿斯曼参考了莫里斯·哈布瓦赫：《集体记忆》，1950 年。

2　阿莱达·阿斯曼：《回忆空间：文化记忆的形式和变迁》，慕尼黑，2006 年，第 140 页。

3　同上。

类似保障身份的功能"[1]。这样看来，前述文学作品使某一群体的记忆保有活力，同时，这一群体也通过这些记忆进行着自我建构。文学被赋予了这样一种维护身份与建构身份的任务，这一点也通过文学与记忆、叙述与记忆之间的互动关系体现出来："对历史的叙述［……］构建了一种记忆与叙述共同体；［……］也是塑造个人与集体身份的一大重要因素。"[2]

就前述社会批判谈到的对当下的探讨也表明，这些文学不仅指向过去，更是一种"抵抗的记忆"，回应着"充满怀疑、厌恶、失望乃至拒斥情绪的"当下经验[3]。另一方面，笔者仍然认为，年轻一代作家的作品中那种"东部身份"不仅是建立一个小的年代共同体的集体记忆共同体的尝试，更是对尚不完整的整个德国集体记忆的尽力补充。通过回顾历史与划清界限进行的身份确立尽管从表面上看（加之集体记忆话语留下的印记）与统一的理念相悖而行；但一种即便是文学刻画出的"东部身份"的建立与整个德国的国家身份并非截然对立。恰恰相反，倘若我们不将民族文化视为"统一的东西，而是一种阐释性的构想［……］这种构想将差异展现为统一或身份"[4]的话，那么一切"关于德国统一、分裂与合并等的探讨与叙述［……］即便这一概念本身已然失效，都能够促进对德国身份的理解"[5]。

1　阿莱达·阿斯曼：《回忆空间：文化记忆的形式和变迁》，慕尼黑，2006 年，第 131 页。

2　沃尔夫冈·贝尔根：《讲述的故事：叙事中浓缩的政治与社会现实》，载：伯格姆，韦塞尔（编）《德国虚构》，第 207、210 页。

3　加布勒：《书写的先锋》，载：毛瑟，菲佛（编）：《记忆》，第 174 页。

4　乌尔里希·梅勒姆（编）：《斯图尔特·霍尔：种族主义与文化认同》（文选 2），汉堡，1994 年，第 204 页，转引自沃尔夫冈·贝尔根：《讲述的故事》，载：贝尔根，韦塞尔（编）：《德国虚构》，第 210 页。

5　同上，第 209 页。

参 考 文 献

专 著

Assmann, Aleida: *Erinnerungsräume: Formen und Wandlungen des kulturellen Gedächtnisses*, München 1999, 3. Auflage 2006.

Assmann, Jan: *Das kulturelle Gedächtnis. Schrift, Erinnerung und politische Identität in früheren Hochkulturen*, München 2002.

Emmerich, Wolfgang: *Kleine Literaturgeschichte der DDR*, Erweiterte Neuausgabe, Berlin 2000.

Grub, Frank Thomas: , Wende' und, Einheit' im Spiegel der deutschsprachigen *Literatur*, Bd. 1, Berlin 2003.

Mannheim, Karl: *Schriften zur Wirtschafts- und Kultursoziologie*, hg. v. Amalia Barboza und Klaus Lichtblau, Wiesbaden 2009.

Nause, Tanja: *Inszenierung von Naivität: Tendenzen und Ausprägungen einer Erzählstrategie der Nachwendeliteratur*, Leipzig 2002.

Neller, Katja: *DDR-Nostalgie. Dimensionen der Orientierung der Ostdeutschen gegenüber der ehemaligen DDR, ihre Ursachen und politischen Konnotationen*, Wiesbaden 2006.

Plenzdorf, Ulrich/Dammann, Rüdiger (Hg): *Ein Land, genannt die DDR*, Frankfurt 2005.

Tabener, Stuart: *German literature of the 1990s and beyond. Normalization and the Berlin Republic*, Rochester 2005.

Weidermann, Volker: *Lichtjahre. Eine kurze Geschichte der deutschen Literatur von 1945 bis heute*, Köln 2006.

论 文 集

Arnold, Heinz Ludwig (Hg): *DDR-Literatur der neunziger Jahre*, Text + Kritik, SonderBand IX/00, München 2000.

Kammler, Clemens/Pflugmacher, Torsten (Hg.): *Deutschsprachige Gegenwartsliteratur seit 1989. Zwischenbilanzen – Analysen – Vermittlungsperspektiven*, Heidelberg 2004.

Bergem, Wolfgang/Wesel, Reinhard (Hg): *Deutschland fiktiv. Die deutsche Einheit, Teilung und Vereinigung im Spiegel von Literatur und Film*, Berlin 2009.

论文集中的文章

Bergem, Wolfgang: Erzählte Geschichte(n). Verdichtung politischer und gesellschaftlicher Wirklichkeit in Narrationen, in: Ders./Wesel (Hg): *Deutschland fiktiv*, S. 207–236.

Dahn, Daniela: Unzeitgemäße Gedanken über ostdeutsche Identität (1994), in: Dies: *Vertreibung ins Paradies*, Reinbeck bei Hamburg 1998, S. 104–106.

Fritze, Lothar: Identifikation mit dem gelebten Leben. Gibt es DDRNostalgie in den neuen Bundesländern?, in: Altenhoff, Ralf/Jesse, Eckhard (Hg.): *Das wiedervereinigte Deutschland. Zwischenbilanz und Perspektiven*, Düsseldorf 1995, S. 275–292.

Gabler, Wolfgang: ‚Wir wurden zu DDR-Bürgern, die wir nie waren.‘ Alterität als Thema ostdeutscher Literatur und die Ethnisierung der Ostdeutschen. In: Gutjahr, Ortrud (Hg.): *Fremde. Freiburger Literaturpsychologische Gespräche*, Band 21, Königshausen & Neumann, Würzburg 2002, S. 143–158.

Gabler, Wolfgang: Schreibende Pioniere. Die DDR in der Gegenwartsprosa junger AutorInnen, in: Mauser, Wolfram/Pfeiffer, Joachim (Hg.): *Erinnern*. Freiburger Literaturpsychologische Gespräche, Band 23, Königshausen & Neumann 2004, S. 165–175.

Hartmann, Anne: Lyrik ‚im Transit‘ aus der DDR in: Barner, Wilfried u.a. (Hg.): *Geschichte der deutschen Literatur von 1945 bis zur Gegenwart*, München 2006, S. 1065–1079.

Krätzer, Jürgen: Hineingewachsen. Von Lust und Frust im Dreibuchstabenland, in: Arnold (Hg.): *DDR-Literatur der neunziger Jahre*, S. 27–47.

Langner, Beatrix: Salto postmortale. Sechzehn Thesen über die verspäteten

Klassiker der DDR-Literatur: Christa Wolf und Volker Braun, in: Arnold
(Hg.): *DDR-Literatur der neunziger Jahre*, S. 48–61.

Ludwig, Janine/Meuser, Mirjam: In diesem besseren Land – Die Geschichte der
DDR-Literatur in vier Generationen engagierter Literaten, in: Dies. (Hg.):
*Literatur ohne Land? Schreibstrategien einer DDR-Literatur im vereinten
Deutschland*, Freiburg 2009, S. 11–68.

Pflugmacher, Torsten: abstand gestalten. Erinnerte Medien und Erinnerungsmedien in
der Autobiographie nach 1989, in: Kammler, Clemens/Ders. (Hg): *Deutschsprachige
Gegenwartsliteratur seit 1989. Zwischenbilanzen – Analysen – Vermittlungspersp
ektiven*, Heidelberg 2004, S. 109–125.

Radisch, Iris: Zwei getrennte Literaturgebiete. Deutsche Literatur der neunziger
Jahre in Ost und West, in: Arnold (Hg): *DDR-Literatur der neunziger Jahre*,
S. 13–26.

Skare, Roswitha: Auf der Suche nach Heimat? Zur Darstellung von Kindheitsheimat
in Texten jüngerer ostdeutscher Autorinnen und Autoren nach 1990, in: Fischer,
Gerhard/Roberts, David (Hg.): *Schreiben nach der Wende. Ein Jahrzehnt
deutscher Literatur. 1989–1999*, Tübingen 2001, S. 237–252.

Stenger, Cordula: „Simple Storys" aus dem Osten? Wie eine Generation junger
Autoren und Autorinnen ihre Erfahrungen in Literatur verwandelt, in:
Stillmark, Hans-Christian (Hg.): *Rückblicke auf die Literatur der DDR.*
Amsterdamer Beiträge zur neueren Germanistik, Band 52, Amsterdam/New
York 2002, S. 389–415.

Strübel, Michael: Ostalgie und Dekonstruktion im deutschen Film nach 1989.
Auf der Suche nach der verlorenen Identität?, in: Bergem/Wesel (Hg):
Deutschland fiktiv, S. 190–204.

伊达·丹丘

安东尼奥·何塞·庞特《影子走私》中共同生活的城市岛与全球本土化要素

引 言

小说《影子走私》（*Contrabando de sombras*）2002 年在巴塞罗那出版时 [1]，作者安东尼奥·何塞·庞特（Antonio José Ponte）正生活在处于特殊和平时期的哈瓦那。这一时期从 20 世纪 90 年代后苏联时代开始，伴随着严重的经济危机，后者导致了社会的日益不稳定。世纪之交的古巴国内的改革大刀阔斧，又在实用主义与一种"稳定的萧条" [2] 之间摇摆不定。这一系列改革带来了诸多挑战以及对未来可能发生的政治与社会变化的矛盾愿景。

庞特 2006 年流亡至马德里。在对古巴的设想和古巴人民的生活条件方面，他与反对一种目的论式的国家建设方案的作家持有相同立场。[3] 何塞·莱扎马·利马（José Lezama Lima）在阐述古巴式"岛国

1　安东尼奥·何塞·庞特：《影子走私》，巴塞罗那，2002 年。下文中将以缩写"Cds"表示。
2　汉斯−尤尔根·伯查特：《古巴 90 年代的长征：分阶段概述》，载：奥特马尔·埃特，弗朗茨巴赫·马丁：《今日古巴：政治、经济、文化》，法兰克福（美因河畔），2001 年，第 327 页。
3　参见安东尼奥·何塞·庞特：《始祖丢失的书》，塞维利亚，2004 年。

传奇",后称"岛国目的论"上发挥了重要作用。这一"岛国传奇"包含了返回原初的思想,即回到一种纯粹的美国形式。莱扎马·利马用极具诗意的修辞艺术勾勒了"岛国主义"理念,后者旨在在西班牙与欧洲国家面前强调古巴文学的文化独立性。他试图建立一种世界的诗意体系,在诗中走向自由。古巴的主流知识分子将这一诗意乌托邦解读为一种社会政治乌托邦,以此将革命政权刻画为历史发展的终点。[1] 庞特则将"岛国目标"视为虚构的理想,视为一种进步的单一国家主义,应予以否定与破除。[2]

本文将研究以古巴为故事发生地的小说《影子走私》中的内部世界如何勾勒了共同生活。显而易见,既有虚构性又有封闭性的小说空间中展现了有关社会、文化、性别与本体论的多种矛盾,这些构成了一种不稳定的共同生活。[3] 笔者认为,共同生活的形式与历史变迁的诸多问题密切相关。在此基础上,笔者提出了第一个论点,即小说《影子走私》中有一种建立临时性共同体,以及个体脱离传统社会形式进而间或参与不稳定联合体的发展趋势。社会的局外人,比如同性恋人士,被作为异类置于小说叙述的中心。小说人物出身的家庭都由于内部暴力或外部战争与流散而在情感上带有缺陷。由此可以得出另外两个论点:其一,小说《影子走私》通过文化、性别与危机问题凸显了共同生活的去全球本土性方面。"全球本土性"(das Glokale)这一概念是罗兰·罗伯逊(Roland Robertson)提出的,指的是全球化发

1　参见安娜·塞拉:《古巴的"新人类":革命期间的文化与身份》,盖恩斯维尔,2007年,第147—149页。

2　参见安东尼奥·何塞·庞特:《为了原处的岁月》,载:《工会杂志》7/18,拉哈瓦那,1995年,第45—52页,此处第51—52页。

3　笔者在另一论文(载于由米奇·施特劳斯菲尔德与苏珊娜·克伦格尔出版的论文集《最新拉丁美洲文学》)中探讨了《影子走私》中通过幻想性、狂欢-荒诞性与异质性元素体现出的本体论矛盾问题,并将其视为危机意识的表达。下面将在该研究基础上阐释几个方面。

展与区域性共同体发展趋势的共存关系。[1] 笔者直接使用罗伯逊的这一定义来阐释全球化融合与全球本土化互动所包含的机遇与局限性，这些都通过小说人物孤立与关系的矛盾关系体现出来。此外，小说人物这种暗含危机的交际活动与不对等的外在条件也暗示出对实现"融合神话"[2] 的质疑。在古巴的文化语境下，这一神话常被用于鼓吹建立一个为人公认的古巴社会。

共同生活的岛屿与部落主义——概念运用

笔者的论证基于阿根廷学者约瑟芬娜·卢德默（Josefina Ludmer）在文化理论方面的观点（2004）。在接下来的论述中，笔者也会引用米歇尔·马费索利（Michel Maffesoli 1988）以及前述罗兰·罗伯逊（1995）等人的理论。

笔者提出"**共同生活的城市岛**"这一表述是基于从瑟芬娜·卢德默对于拉丁美洲当代文学以及 1990 年后古巴"政治"文学的定义。她定义的标准涉及生活政治，不同于国家政治。具体来说，是"关于性别、疾病［……］情感（害怕与惊恐）与信念的政治"。[3] 这种生活

1　参见罗兰·罗伯逊：《全球本土化：时间-空间与同质性-异质性》，见迈克·费瑟斯通，斯科特·拉什与罗兰·罗伯逊（编）：《全球现代性》，伦敦／千橡市／新德里，1995 年，第 25—44 页。

2　参见阿依达·博皮德：《锁链中的自由：古巴书信中的牺牲、厄运与宽恕》，纽约，2010 年。博皮德研究了古巴国内关于自由的声音，后者取决于古巴拒绝或确认"融合神话"（mito integracionista，第 5 页）的立场。在这一"融合神话"包含了神话与现代思想，循环时间观与线性时间观，是"古巴'岛国目标'的元叙事"（Metanarrativik der kubanischen „Inselteleologie"，第 7 页）的源头。脚注中的译文均为笔者所译。

3　约瑟芬娜·卢德默：《近年来的古巴小说：政治文学问题》，载：安克·比肯迈尔，罗伯特·冈萨雷斯-埃切瓦里亚（编）：《古巴，一个世界的文学（1902—2002）》，马德里，2004 年，第 357—371 页，此处第 362 页。

政治创造了城市居民的共同之处，这些居民住在并无严格界限划分的
区域里，这些区域更像是"另外的空间，像岛屿一样，介于碎片与废
墟之间"。[1] 笔者用**"城市岛"**这一比喻，一来是为了研究小说情节的
内部空间，即卢德默称作"地下"[2] 的一种地下的或隐秘的空间；二来
也是为了考察小说中共同体的内部差异，城市中那些处于孤立与矛盾
关系中的人物的岛屿式生活形式决定了这种内部差异。卢德默基于
"流散"这一概念定义了虚构的主体性。[3] 在她看来，"流散"既指脱
离了一个国家性联合体的个人与集体，也指，或言更指人物在其所属
国家内部的流动。流散者在"城市、国家、社会、工作、法律或理性
范围外-范围内。他们既在其外，又在其内：实质上脱离了这些范畴，
名义上却仍束缚于其中。他们的个人与公共领域也已交叉重叠"。[4] 简
言之，流散者即脱离一个更大联合体的人，他们所展现的共同生活的
形式与传统意义上的并不相同。

卢德默坚持流散的主体性这种"在内-在外"状态。这些人处于
极度边缘化的位置，与社会的关系几乎断裂。[5] 这些个体从社会中的
脱离使共同生活的基础结构显得更加重要，而标准社会的影响力与
形态却在不断消减。卢德默所说**"社会的消失或自然化**［……］（它）
既不能自我改变，也无法继续发展，而是被困于一种'自然的、既
定的'境况中"[6] 也是这个意思。卢德默诸如此类的表述——"'自然

---

1 约瑟芬娜·卢德默：《近年来的古巴小说：政治文学问题》，载：安克·比肯迈
　尔，罗伯特·冈萨雷斯-埃切瓦里亚（编）：《古巴，一个世界的文学（1902—
　2002）》，马德里，2004 年，第 358 页。相关内容已体现在正文中——译注。
2 同上，第 362 页。
3 参见同上，第 359 页。
4 卢德默：《近年来的古巴小说》。相关内容已体现在正文中——译注。
5 参见同上，第 359 和第 364 页。
6 同上，第 359 页。相关内容已体现在正文中——译注。

状态'向人性与社会性的渗透"[1]与"一种人类的生物学基础、前个体特征与公共特征共存的个人化原则"[2]等"**城市岛**"居民的特征——在一定程度上涉及了本体论方面，而后者同样与前述"政治"问题密切相关[3]。在卢德默看来，"**社会的自然化**"不仅是历史发展的反历史化停滞，也不仅与相应社会秩序的消解有关[4]。从这种意义上来说，小说的作家明确指出了拉丁美洲与古巴当代文学中的一种差异化（desdiferenciadora[5]）现象。与此相对，作家所刻画不同人物的立场恰恰具有一定的矛盾色彩，"因为他们并不承认意识形态的割裂与不同表征［……］：他们既在社会之内，又在社会之外，以［……］证明人类经验的划分危机"。[6]当作为个体的人物从社会的多元秩序中脱离出来，政策的这种矛盾的、在内与在外的视角便凸显了其多样性以及共同生活的多样性。

笔者所说的"**共同生活**"既非一种非政治性的毗邻而居；也非一种乌托邦式的，没有等级、矛盾或极点的相互依存，而是包含着内部与外部、吸引与排斥、融入与脱离之间的诸多张力、关联与动荡的结构。笔者所言共同生活的理念可以类比前述米歇尔·马费索利关于社会的定义。

社会［……］从最广泛的意义上说，通过个体与其所属的各种群

1　卢德默：《近年来的古巴小说》。相关内容已体现在正文中——译注。
2　同上，第 360 页。相关内容已体现在正文中——译注。
3　参见拉尔斯·格滕巴赫，亨宁·劳克斯，哈特穆特·罗莎，大卫·斯特雷克尔（编）：《共同体理论引论》，汉堡，2010 年，第 20 页。其中区分了本体论的、"主要是关于人类共存和社会性的非历史问题"与共同体的政治伦理类别。后者围绕着"共同体具体形式的分析、构建和评估"。二者在理论上经常重叠。
4　参见卢德默：《近年来的古巴小说》，第 363 页。
5　同上，第 361 页。
6　同上，第 362 页。相关内容已体现在正文中——译注。

体的际遇、情形和经历来体验和组织。这些群体互相交叠，既构建起一个无内部差异性的大众，也构成高度多样化的两极。[1]

马费索利将其作为当代社会关系之"**情感**"基础的"**吸引-排斥**"模式（attraction-repulsion[2]）与卢德默所说的"**选择性政策**"有异曲同工之妙，正是这种策略激发了（同时）处于不同空间与联合体之内与之外的矛盾立场。这样一来，社会、共同体、群体与个体之间的界限便是流动性的，因为它们都处于一种"吸引与拒斥皆是'相对主义'的因与果"[3]的关系中。

笔者之所以在不同语境下使用"**社会**""**共同体**"或"**群体**"这些不同的概念，是因为它们都具有"共同生活"的意涵，彼此难以辨明。即便如此，笔者仍要强调，这些概念并不能准确描述一些具有明确本质的确定现象。马费索利的"大众部落辩证法"（mass-tribe dialectic）[4]理念便揭示了这种区别：

> 我们都处在一种"大众部落"（mass-tribe）的辩证关系中，这是当代城市的一个特征；"大众"包含一切极点，"部落"则代表一个特定的凝结体。一切社会生活都是围绕着这两个极点组织起来的，并且处于一种无休止的发展运动中。[5]

马费索利的"部落主义"包含了邻里关系、利益群体和关系网

1　米歇尔·马费索利：《部落时代：大众社会中个人主义的衰落》，唐·史密斯译，伦敦 / 千橡市 / 新德里，1996（1988），第 88 页。
2　同上，第 88 页。
3　同上，第 89 页。
4　同上，第 129 页。
5　同上，第 127 页。

络，这些都是不稳定的，因而都展现出一种模棱两可、矛盾丛生的结构。[1] 此外，马费索利的"大众部落辩证法（mass-tribe dialectic）"[2] 还暗含着一种去中心化、去边界化了的形式[3]，这种形式使得本土性的、全球性的与情感因素之间的联系成为可能。[4]

"大众"这一概念是不言而喻的，"部落"一词则可作为共同体与较小规模群体的近义词。[5] 马费索利认为，这一社会现象也包含着"跳出自己"与"跳出空间"（ex-stasis[6]）两部分。**"脱离静止"** 暗示着某一运动的开始，以及共同生活中发生的、却并非始终塑造着前者的变化过程。[7] 这也符合一种酒神精神[8]，与小说接下来的表述也相关，因为它创造了一种以同性恋为标志的神圣而混乱的背景，这一背景下的主人公处于这样一种社会场域中：人们一方面对过去进行着清理；另一方面，过去却又偷偷潜入被压抑着的、迷惑不清的当下。该社会场域在这两极之间不断摇摆。

马费索利认为，从较小规模的群体实现"跳出空间"[9] 更好[10]。这一

1　参见米歇尔·马费索利：《部落时代：大众社会中个人主义的衰落》，唐·史密斯译，伦敦／千橡市／新德里，1996（1988），第127页。

2　同上，第129页。

3　参见同上。

4　参见同上，第128页。

5　参见同上，第19页。

6　同上。

7　笔者将马费索利的 "*ex-stasis*" 翻译成了"脱离–静止"，以便在德语中将该词所表达的心理与生理之外的空间方面的意义一并表达出来。

8　参见莱纳·凯勒：《欢迎来到欢乐屋？所感受社区化的稳定性与短暂性》，载：罗兰·希茨勒，安妮·霍纳，米凯拉·普法登豪尔（编）：《后传统共同体——理论与民族志研究》，威斯巴登，2008年，第89—111页，此处第101页："酒神原则［……］不是拯救者，不是乌托邦式的［……］改善世界的基础，而是融入日常生活之各个方面与瞬间的生存辅助。"另参见马费索利：《部落时代》，第19页。

9　马费索利：《部落时代》，第19页。

10　参见同上。

观点为笔者研究小说中不同小规模联合体之间的交流提供了恰当的理由。

不稳定的共同生活

　　小说情节发生的空间，其地缘政治与历史背景是模糊不清的。这也暗示出该问题的普遍性。即便如此，我们仍能辨别出叙述当下的情节空间是 20 世纪 90 年代早期的哈瓦那。"战后国防部"[1] 这一譬喻指出了小说主体情节发生的历史阶段，指涉了小说之外的、处于"和平期间的特殊时期"[2] 之古巴的真实现实，并揭示出当时矛盾的政治思潮。

　　不同情节线中小说人物的生活经历交织在一起，并以主人公弗拉基米尔的行动为中心。弗拉基米尔需要完成女律师卢拉给他的一项任务：为一位外国摄影师关于废墟与公墓的照片配字。该任务还涉及一位年轻的（黑人与白人）混血女士，亦即摄影师的女友。为了完成该任务，弗拉基米尔时常去往公墓。他在那儿遇到一群同性恋者，他们都被一个噩梦所折磨，这一噩梦并不具体，而是直指存在层面："（克里亚图拉说道：）我做过那个梦［……］其他人也做过。始终是同一个梦。"[3] 这一噩梦形象地再现了几百年前人们庆祝的一项宗教仪式，即将同性恋海员烧死。[4] 摄像师的一本书里也有对该事件的记载。[5] 似乎恐同行为在小说叙述之时再度出现。这也威胁到了弗拉基米尔和他

1　庞特：《影子走私》，第 85 页。相关内容已体现在正文中——译注。
2　相关内容已体现在正文中——译注。
3　同上，第 155 页。相关内容已体现在正文中——译注。
4　参见同上，第 116 页。
5　参见同上，第 54、116、126、157—158 页。

的同性恋人塞萨尔，后者住在一处公墓地穴里，与摄影师已故的青年时代的恋人很像。[1] 在律师卢拉的帮助下，弗拉基米尔和塞萨尔得以在不同时间、不同情况下先后摆脱这一威胁。[2]

弗拉基米尔的一位女性朋友苏珊，其住处就在公墓附近。公墓既是小说叙述的出发点，又是构成城市岛的场所，也以一种神秘而神圣的方式吸引着弗拉基米尔与苏珊的共同好友雷南。[3] 公墓在不同情景中的反复出现及其反常规的用途使其成为一种差异化社会的多元异质空间。福柯将公墓划入了异托邦范畴，后者指那些存在于社会之中，并将"社会关系悬置、消解或扭转"[4] 的空间。

小说叙事暗含了古巴自排斥性取向"不正常"者，处于没落破败的社会境况以来的历程。小说对后者的表述如下：

（都是关于）空无一人的街道、将被拆毁或已是一片狼藉的建筑的照片。简言之，就是废墟 [……] 弗拉基米尔翻开那本书 [……] 惨遭战争蹂躏的贝鲁特的街道同样是城市景观的一部分，摄影师与穆拉提卡是从阳台上拍摄这座城市的。[5]

观察者的视角从内部（照片簿）转到外部，让读者可以概览文字之外、现实之中的废墟。故事外叙述者对废墟的描述也渗透进了小说不同人物的内部视角中。这些描述并未被质疑，而是对既有设定进行

1　庞特：《影子走私》，第 62、151 页。
2　同上，第 117、147 页。
3　同上，第 7—54 页（第一章）。
4　米歇尔·福柯著：《其他空间》，沃尔特·塞特译，载：马丁·温茨（编）:《城市空间》，第 2 卷，法兰克福（美因河畔）/纽约，1991 年，第 65—72 页，此处第 68—69 页。
5　庞特：《影子走私》，第 22—23 页。相关内容已体现在正文中——译注。

了强化。[1] 此外，社会的碎片化也通过建筑反映出来。这种充满矛盾的"去差异化"[2] 在情节发生地与贝鲁特的对比中达到顶峰。这也照应了处于同样普遍性矛盾的两大独立群体之间的相关性。[3]

小说对真实的历史时期与当下全球化阶段的关涉实现了本土事件的交融：黎巴嫩战争背景下哈瓦那与贝鲁特的对比、第二次世界大战、16 世纪的圣克拉拉与普托岛、弗拉基米尔这个名字以及"战后国防部"。这些都肯定了古巴在全球体系内开放的可变性，并动摇了一种自给自足的岛国政治理念。这暗含着从全球化与殖民化进程中古巴（藉由普托岛——小说中 16 世纪男同性恋者要被送去受刑的地点[4]——刻画出来）的客观角色，到革命初期（借由圣克拉拉——弗拉基米尔的朋友雷南在该地附近丧命[5]——表现出来）的主人公角色，再到古巴在小说叙述当下的特殊角色（通过与文本之外的"特殊时期"及其艰难条件的映照体现出来）。小说中对当前全球化发展最集中的关照体现在那位外国摄影师身上，正是后者推动了与当地艺术代理人的经济与文化交流。[6]

此外，小说中几经易主的各种物件也提供了一个跨越时间与空间、建构着共同体的角度，并暗中勾勒出一段"物历史"，比如摄影

1　参见庞特：《影子走私》，第 22—23 页。相关内容已体现在正文中——译注。
2　参见卢德默：《近年来的古巴小说》，第 361 页。
3　参见以斯帖·惠特菲尔德：《废墟中的当下》，载：特蕾莎·巴西勒（编）：《古巴守夜人：关于安东尼奥·何塞·庞特》，罗莎里奥，2008 年，第 73—82 页。惠特菲尔德通过这一对比认识到了作品的一种意识形态功能：否定了作为利用废墟谋利之策略的对两座城市的对比，呼吁一种再政治化（参见第 80—81 页）。作家并未给"全球化"下定义，而是让读者产生一种印象，即全球性与本土性是对立的，激发一种本土化立场，即积极回应、满足与认同外国的兴趣（参见第 77 页）。鉴于此，笔者试图阐释小说中体现出的全球性与本土性之间的矛盾关系，并探讨小说同样涉及的全球化的历史进程。
4　参见庞特：《影子走私》，第 54、126 页。
5　参见同上，第 13 页。
6　参见同上，第 23—25 页。

师那本书的断简残编就体现出其毁坏、丢失与复得的整条脉络，也虚构或见证着过往的时代。[1] 这一状态既揭示出历史的连续性，也表明当前时代与殖民时期的断裂。弗拉基米尔那本书书页的缺损[2] 则暗示着一种遗忘或解放，一种可能的反殖民化形态。在该小说中，殖民化进程的社会后果通过民族间的不平等与对同性恋者的歧视体现出来。

作为一种"跨历史"交通工具的"审判船"[3] 被嵌入叙述当下，[4] 旨在将遥远的过去与当下社会中一种压迫的环境凸显出来。船只的作用并不明确，既可体现在本体论层面（现实或幻想，当下或过去），也可体现在小说里的交流层面（内层叙述或文内叙述），[5] 这折射出一种创伤的不确定性，并激发了读者的危机意识。各种压迫现象与社会朝向"共同生活之岛屿"的解体相辅相成。

共同生活之岛屿中崩塌的社会形式

与一处住所、一座公墓这类较小空间相比，较大空间所具有的不确定性显示出：内部共同体比民族身份更加重要。不仅如此，接下来的例子还将表明与全社会一体化所需规则之间的一种矛盾关系：小说人物都无业可从，都被生存问题所困扰。这些方面都是悲剧-酒神式的[6]，

1 参见庞特：《影子走私》，第 53—54 页。
2 参见同上，第 158 页。
3 同上，第 157 页。相关内容已体现在正文中——译注。
4 参见同上，第 123、157—158 页。
5 参见第 180 页注 2。
6 参见弗里德里希·尼采：《悲剧的诞生》，载：沃尔夫勒姆·格罗德克，迈克尔·科伦巴赫（编）：《尼采作品集：修订版全集（Ⅲ 5/1）》，由乔治·科利和马齐诺·蒙蒂纳里评注，柏林/纽约，1997 (1927)，第 209—347 页。尼采认为，悲剧与酒神精神源自"一种不同于日神精神（严肃的、外观美丽的）艺术领域：二者升华了这样一个领域——欲望［……］不和谐［……］以及恐怖的世界图景［……］激动人心地走向陨落，并都采取冷漠的姿态［……］都为一个无比糟糕的世界作着辩护"（第 300 页）。

揭示出"其他空间"里、阴影中，以及——与**影子**构成语义副文本的——生存的迷惑状态中一种令人不安的生存（幸存）境况，同时也包含了对这一异质性的相对化与狂欢化[1]。正常事物那种充满矛盾的**"排斥-吸引"**状态通过小说主人公及其身边环境得以暗示出来。

（弗拉基米尔说道：）当你开始思考所谓正常事物之时［……］你就已经迷失了。我们不应该站在那些正常人的立场上评判，一开始就不应该［……］因为我们或许会发现，他们眼中的世界与你我眼中的世界并没有什么不同。[2]

此外，小说中还暗示道：融入传统的共同体礼仪还要求就其某种形式进行伪装——"弗拉基米尔是死者家庭允许出现在葬礼花圈上的唯一一位男性朋友的名字［……］但要以苏珊丈夫的名义出现。"[3] 而"战争"[4]一词则揭示出雷南的同性恋朋友与其家人之间无法逾越的隔阂。同样的语境下，有关共同体构建的政治话语也体现出其陈腐性："雷南的父亲称他们同志［……］这个老顽固不会用其他词了。"[5] 大家的一致看法——"纪念雷南最好的方式，就是讲说他最珍视的东西。"[6]——显示出，情欲与幽默的成分渗透进了严肃话题中，也渗透进了弗拉基米尔和苏珊组成的无关性欲的小共同体中。这一点同样与小说《影子走私》中共同生活的酒神色彩相吻合。

小说还说到了社会交际方面的质的区别。塞萨尔应是被排斥者

1　参见第 180 页，注 5。
2　庞特：《影子走私》，第 45 页。相关内容已体现在正文中——译注。
3　同上，第 13 页。相关内容已体现在正文中——译注。
4　同上。
5　同上，第 16 页。相关内容已体现在正文中——译注。
6　同上，第 17 页。相关内容已体现在正文中——译注。

与替罪羊的典型代表：没有住处，脱离了礼仪规范，也没有亲密的家人。[1] 他的处境是暴力接纳导致的，反映了其被孤立的社会地位：

塞萨尔在对未来毫无指望的状态下长大。每次寻求出路，试图逃离，最终都会被困得更深［……］（警方调查员说道：）你别想从这里出去。只有我们让谁出去，谁才能出去。你必须得待在这儿［……］（母亲）和警员就空间问题进行着交涉［……］关于监狱的边界。塞萨尔只能去少数几个地方，即他的住处和墓穴，以及监管最松的地方，即公墓那里。[2]

相较之下，弗拉基米尔则可以将这段历史记录下来：摄影师给他的任务也是某种意义上"对（哪怕是一种杜撰出的）共同体的'设计任务'"[3]，是一种政治的、社会性的行为。[4] 弗拉基米尔似乎比塞萨尔有更大的行动自由：他可以离开公墓，去往自己的住处或城里的其他地方，但最后都要回到公墓。除了那些处于社会之内与之外，生活在其"其他空间"的边缘化与移民人物形象外，卢德默还将未来的缺失视为 1990 年后古巴文学的另一大特征。[5] 小说的结尾处，弗拉基米尔回到了公墓，[6] 这体现了一种反历史的进步的停滞。

一系列事件松散地编织在一起，有关求而不得、遭到破坏或未

1　庞特：《影子走私》，第 92—97 页。
2　同上，第 96—97 页。相关内容已体现在正文中——译注。
3　格滕巴赫，劳克斯，罗莎（编）：《共同体理论引论》，第 21 页。
4　奥约拉将弗拉基米尔置于集体主义的对立面上，她并未提及这一方面。参见贡萨洛·奥约拉：《在追寻美之伤痕时感受美》，载：特蕾莎·巴西勒（编）：《古巴守夜人：关于安东尼奥·何塞·庞特》，罗莎里奥，2008 年，第 145—161 页，此处第 154—156 页。
5　卢德默：《近年来的古巴小说》，第 357—390 页，此处第 358—360 页。
6　庞特：《影子走私》，第 158 页。

得回应之爱情的故事，以及破裂的家庭关系，都构成了一种稳定的社会结构的反面。这种社会碎片化现象依然是由移民问题导致的。卢拉童年时期经历了她意中人的离开，[1] 苏珊对自己家庭的日渐破裂[2]感到惋惜，塞萨尔一家离开的计划则因一场邻里间的暴力冲突没能实现。[3] 这一背景下，"派对"与"暴力舞蹈"[4]"破口大骂的愉悦感"[5]之间的隐秘关联尤其值得注意。这些都揭示出小说隐晦地描绘的社会的野蛮化。

房子在小说中已不再是传统的家庭隐喻。"**空巢**"成了社会解体的表征。完美的家庭关系与充满情欲色彩的远近关系由亲密的朋友关系所替代，后者也是小说中唯一一种能够长久保持的关系模式。[6] 这样一来，友谊便代表了全球化背景下家庭共同体的一种变体，也符合卢德默关于"**城市岛**"中可能的生活政治的设想。

《影子走私》中还展现了一种介于接纳与排斥之间的、具有不稳定开放性的行动自由：苏珊坚信，是时候让她的儿子奥斯卡离家闯荡了。他必须能在她生活的困境中生存下去。[7] 其揭示的不得不离开的绝境在后续情节发展中稍得缓和，小说一开始就已提及难以预料的变数。[8] 这些变数激发着对重新开放社会系统与各种界限的期望。然而，这种变化却是艰难且不确定的，又以政治与社会层面的接纳阶段为前

1　庞特：《影子走私》，第 136 页。

2　同上，第 119 页。

3　同上，第 95 页。

4　同上。相关内容已体现在正文中——译注。

5　同上，第 135 页。相关内容已体现在正文中——译注。

6　参见威廉·施密特：《生活艺术的哲学：根本问题阐释》，法兰克福（美因河畔），1998 年，第 261—264 页。哲学家施密特参考了福柯的理论，列举了涉及社会中生存模式的不同关系。

7　庞特：《影子走私》，第 46 页。相关内容已体现在正文中——译注。

8　同上，第 87 页："正是现在［……］不可思议的转变开始发生。"相关内容已体现在正文中——译注。

提条件与后续保障。塞萨尔一次次遭到惩罚的逃跑经历就见证了这一点。他家人想要移民的愿望即便是在一个看似可行的时代也遭破灭。[1] 在他以后的人生中，塞萨尔由于两次非法潜逃受到惩罚。他在那样一个边界开放的时期却没能成功逃离，这的确令人费解。[2] 故事情节发生时间与小说叙述展开时间的关系尚不明朗。小说内部的现实世界中，面对外部世界日益开放的阶段与具有对外威胁性的、绝对孤立的阶段不断交替，这也证实了变化的不确定性。文本内部的本土—外界关系体现出一种从孤立到放逐的孤岛式状态。[3]

虚构的共同生活：破灭的神话与禁忌之镜

埃特将"'囚禁状态'的日常在场"[4] 视为古巴文学的一大特征。庞特的小说《影子走私》一方面就延续了这种特征。另一方面，小说在述及性与古巴国家等问题时冲破了界限，同时又赋予将本土均衡化与现代化的全球化神话以相对的意义。这样看来，《影子走私》符合当代文学的一大特征，即否定或终结本国与世界范围内的和谐状态。

与外部世界的联系体现着古巴与其他国家联系的能力，在本土范围内却显示出一种矛盾性。一方面，小说凸显了本土现象在世界范围内的普遍存在性：废墟与文学成了全球消费的本土与国家资源。古巴这个国家也参与着全球想象。另一方面，庞特的社会乌托邦日渐颓

1　庞特：《影子走私》，第 92 页："那年夏天，塞萨尔和父母离开这个国家时，他将满四岁。边境刚刚开放，谁也说不准多久"。相关内容已体现在正文中——译注。参见同上，第 95 页。

2　同上，第 66 页："［这是］矛盾的，在因非法离开该国而两次受到惩罚后，塞萨尔在边境开放时也并未离开。"相关内容已体现在正文中——译注。

3　奥特马尔·埃特：《在世界之间写作：漂流不定的文学》，柏林，2005 年，第 143 页："孤立与流放［是］加勒比文学的基本经验。"

4　奥特马尔·埃特：《在世界之间写作：漂流不定的文学》，第 149 页。

败，国外游客却有将后者美化的倾向。小说论及的本地的仇视同性恋心理在外国摄影师那里却不是问题。

庞特的《影子走私》是对"去-遮蔽"的一种带有乌托邦色彩的虚构，揭示出：过去无法解决的矛盾冲突仍会存留到当下。小说讲述的共同生活在结构与情感方面上的问题是对古巴社会乌托邦之裂痕与人类历史中全球性计划之矛盾性的譬喻。小说人物所处境况与所持想法指明，异事物要融入社会是天方夜谭。我们可以通过文学这面镜子思考特殊时期古巴共同生活的孤立、变化与迁移等现象。

参 考 文 献

Beaupied, Aída: *Libertad en cadenas. Sacrificio, aporías y perdón en las letras cubanas*, New York 2010.

Burchardt, Hans-Jürgen: Kubas langer Marsch durch die Neunziger–eine Übersicht in Etappen, in: Ette, Otmar/Martin Franzbach (Hg.): *Kuba heute. Politik. Wirtschaft. Kultur*, Frankfurt/M. 2001, S. 313–335.

Ette, Ottmar: *ZwischenWeltenSchreiben. Literaturen ohne festen Wohnsitz*, Berlin 2005.

Foucault, Michel: Andere Räume, übers. v. Walter Seitter. in: Wentz, Martin (Hg.): *Stadt-Räume*. 2, Frankfurt/M./New York 1991, S. 65–72.

Gertenbach, Lars/Laux, Henning/Rosa, Hartmut/Strecker, David: *Theorien der Gemeinschaft zur Einführung*, Hamburg 2010.

Keller, Reiner: Welcome to the Pleasuredome? Konstanzen und Flüchtigkeiten der gefühlten Vergemeinschaftung, in: Hitzler, Roland/Honer, Anne/Pfadenhauer, Michaela (Hg.), *Posttraditionale Gemeinschaften. Theoretische und ethnografische Erkundungen,* Wiesbaden 2008, S. 89–111.

Ludmer, Josefina: Ficciones cubanas de los últimos años: el problema de la literatura política, in: Birkenmaier, Anke/González Echevarría, Roberto (Hg.): *Cuba. Un siglo de literatura (1902–2002)*, Madrid 2004, S.357–371.

Maffesoli, Michel: *The Time of the Tribes. The Decline of Individualism in Mass Society*, übers. v. Don Smith, London/Thousand Oaks/New Delhi 1996 (1988).

Nietzsche, Friedrich: Die Geburt der Tragödie aus dem Geiste der Musik, in: *Nietzsche Werke. Kritische Gesamtausgabe.* III 5/1, hg. v. Wolfram Groddeck/ Michael Kohlenbach, begründet v. Giorgio Colli und Mazzino Montinari, Berlin/New York 1997 (1927), S. 209–347.

Oyola, Gonzalo: Palpar la bellezza en busca de sus cicatrices, in: Basile, Teresa (Hg.): *La vigilia cubana: sobre Antonio José Ponte,* Rosario 2008, S. 145–161.

Ponte, Antonio José: *Contrabando de sombras*, Barcelona 2002.

Ponte, Antonio José: *El libro perdido de los Origenistas*, Sevilla 2004.

Ponte, Antonio José: Por los años de Orígenes, in: *Revista Unión.* 7/18, La Habana 1995, S. 45–52.

Robertson, Roland: Glocalization: Time–Space and Homogeneity–Heterogeneity, in: Featherstone, Mike/Lash, Scott/Robertson, Roland (Hg.): *Global Modernities*, London/Thousand Oaks/New Delhi 1995, S. 25–44.

Schmid, Wilhelm: *Philosophie der Lebenskunst. Eine Grundlegung,* Frankfurt/M. 1998.

Serra, Ana: *The "New Man" in Cuba. Culture and Identity in the Revolution*, Gainesville 2007.

Whitfield, Esther: El presente en ruinas, in: Basile, Teresa (Hg.): *La vigilia cubana: sobre Antonio José Ponte,* Rosario 2008, S. 73–82.

沃尔夫冈·阿肖尔特
当代法国小说中失落的
共同体与共同体乌托邦

文学研究家约瑟夫·沃格尔（Joseph Vogl）在十几年前出版了一本影响深远的论文集《共同体：政治哲学之立场》（*Gemeinschaften. Positionen zu einer Philosophie des Politischen*）。通过这一标题我们就能得知，政治方面的问题是其核心主题，[1] 本册论文集的几位主编也强调了这一主题的重要性。但笔者认为，沃格尔编撰的这部论文集中的大部分文章，除了吉亚尼·瓦蒂莫（Gianni Vattimo）的那篇关于阐释学的文章外[2]，对于深入理解文学中共同体的独特性并无太大的参考价值。三年前，奥特马尔·埃特（Ottmar Ette）在《未来》杂志（*Lendemains*）发表的一篇纲领性文章所引发的"生命科学大讨论"里，本可以发掘"共同体"这一概念的重大意义。但即便很多标题或副标题中包含"共同体"相关字眼的文章[3] 都鲜有提及共同体与社会

---

1 约瑟夫·沃格尔（编）：《共同体：政治哲学之立场》，法兰克福（美因河畔）：苏尔坎普出版社，1994年（首版1881年）。

2 詹尼·瓦蒂莫：《共同体的阐释与模式》，见约瑟夫·沃格尔（编）：《共同体：政治哲学之立场》，法兰克福（美因河畔）：苏尔坎普出版社，1994年，第208—222页。

3 安斯加尔·努宁在第四部分中说道："关于以生命科学为导向的文学研究的社会相关性"或维多利亚·博尔索"作为政治的生命形式与知识"部分几乎没有提到共同体视角"。参见安斯加尔·努宁：《文学创造世界的生活 （转下页）

的问题，甚至文学与文学研究似乎乐于摆脱长期以来理论建构的社会科学转向，并对共同体研究的哲学理论转向丝毫不感兴趣。但费迪南德·滕尼斯（Ferdinand Tönnies）的《共同体与社会》（*Gemeinschaft und Gesellschaft,* 1887）与亨利·柏格森（Henri Bergson）的《论意识材料的直接来源》（*Essai sur les données immédiates de la conscience,* 1889，英译本题为《时间与自由意志》）几乎同时出版这一事实或许不只是历史巧合，前者这位德国社会学家的"有机统一体与契约式联盟"[1]与后者这位法国哲学家的"生命哲学"的理论也并非只在诞生时间上有相关性。

在柏格森看来，文学是哲学研究的一个重要方面。但如前述论文集所显示的，当今的哲学—政治学研究，抛开少数例外不谈，却并未给予文学足够的重视。那么就更该思考这样一个问题：文学，就笔者的考察而言还应包括当代文学，能否构建、保存以及讨论一套与我们密切相关，并拥有更广泛意义的关于共同体的知识体系。与长期以来将个体存在的美学重新作为文学与文学研究重要话题的"生活艺术"或"关心"[2]相比，共同体与社会并未得到类似的关注度。文学与文学研究谈及"个体与共同体的交织"时，用"征稿启事"的原话来说，只是"涉及性别、种族/民族（或）性问题"，却极少顾及政治、历史与社会维度；后者却是乔治·阿甘本（Giorgio Agamben）

（接上页）实验与方式：基于生命科学的文学研究的任务与展望》，载：奥特马尔·埃特、沃尔夫冈·阿肖尔特（编）：《文学研究作为生命学科：方案、规划和视角》，图宾根：纳尔出版社，2010 年，第 45—63 页；维多利亚·博尔索：《生态诗学：文学与艺术中的生命知识》，同载：阿肖尔特·埃特（编）：《文学研究作为生命学科》，第 223—246 页。

1　约瑟夫·沃格尔："引言"，载：约瑟夫（编）：《共同体：政治哲学之立场》，第 11 页。

2　威廉·施密特：《生活艺术的哲学：根本问题阐释》，法兰克福（美因河畔）：苏尔坎普出版社，1998 年；或文学研究领域内的玛丽亚·穆勒-格鲁内瓦尔德（编）：《自传写作与哲学自忧》，海德堡：温特出版社，2004 年。

的"生活-形式"理论或其《即将来临的共同体》(*La comunità che viene*)一书(Merve 2003)的基础。就这一点而言,诸如凯瑟琳·科基奥(Catherine Coquio)那部《探讨集中营,思考种族灭绝》(*Parler des camps, penser les génocides*, Albin Michel 1999)或论文集《孩子与终于灭绝——大屠杀时期的童年记忆》(*L'enfant et le génocide. Témoignages sur l'enfance pendant la Shoah*, Laffont-Bouquins 2007)等研究仍是少数,当然,部分原因也在于该主题本身。

笔者这篇论文的题目已表明,接下来将深入研究法国几部当代小说中的社会维度。作为理论基础,笔者并未过多借鉴阿甘本的"生活与共同体形式"或雅克·朗西埃(Jacques Rancière)关于"同类人的共同体"理论,而是更多参考了让-吕克·南希(Jean-Luc Nancy)的"不运作的共同体"以及笔者个人十分赞赏的迈克尔·哈特(Michael Hardt)与安东尼·内格里(Antonio Negri)的"群众"理念[1],二人在同名章节里对"群众"概念的定义如下:

> 群众组成了一个不可拆分的多元体,构成群众之基础的各种社会差异必须能够得以自由表达,不能沦为单一、统一、相同与冷漠[……]是共同行动的众多个体。[2]

这种个体化不会妨碍共同的政治与社会方案,恰恰相反,哈特与内格里指出,"物质劳动"与"非物质劳动"相比已丧失其绝对主导地位。但二人过分专注于后者这种新型劳动模式,以至于几乎完全忽视了与物质性工厂劳动相关的所有其他劳动。与此同时,他们基于对

1　迈克尔·哈特,安东尼·内格里:《群众:欧洲的战争与民主》,法兰克福(美因河畔):坎普斯出版社,2004 年。
2　同上,第 123 页。

当代发展趋势的观察，将工人群体更多地视为"不断打破帝国本体架构的危险群体"[1]而非穷人与移民。二人基于马克思主义关于在工作中实现主体建构的论点，将"穷人"定义为"可以使得普遍意义上的社会成为不可分割之整体的唯一一类人群"。[2]在这一框架内，集体内的诸多个体通过"习惯"形成，与"习惯"促成的"共同的生产与生产力"相应而生的"群众"概念也可以在当代小说中得以阐释。"从习惯到行为的过渡构成了共同生产的核心概念"，而共同体正是基于这种共同生产。[3]习惯与行为以"书写真实"——这也是多米尼克·维亚特（Dominique Viart）认为的当代法国文学的标志之一[4]——的形式展现出来；迈克尔·谢林汉姆（Michael Sheringham）也在其新近研究中，将文学中日常与日常性的意义视为过去几十年文坛中成果最丰的领域之一[5]；而"行为"对米歇尔·德赛都（Michel de Certeau）而言早已意味着对日常生活的掌握："通过与他者的接触，日常实践的主体有能力参与到表明特定身份模式的占有或重新占有的过程中。"[6]

让-吕克·南希的《不运作的共同体》一文对文学与共同体之关系进行了深刻的发问。南希的开篇语多次被引："现代世界最重大、最痛苦的见证［……］就是对共同体的分裂、错位或动荡的见证。"[7]

1　迈克尔·哈特，安东尼·内格里：《群众：欧洲的战争与民主》，法兰克福（美因河畔）：坎普斯出版社，2004年，第158页。
2　同上，第172页。
3　同上，第224页。
4　多米尼克·维亚特，布鲁诺·韦尔西尔：《当代法国文学》（第2版），博尔达斯，2008年，第三部分，第一章"书写真实"。
5　迈克尔·谢林汉姆：《日常生活：超现实主义至今的理论与实践》，牛津大学出版社，2006年。德国的研究参见克里斯蒂安讷·佐尔特-格雷塞尔：《日常生活的活动空间：德语、法语和意大利语叙事文学中日常生活的文学塑造（1929—1949）》，维尔茨堡：柯尼希斯豪森·诺依曼出版社，2010年。
6　同上，第232页。笔者此处引用了谢林汉姆的结论。
7　让-吕克·南希：《不运作的共同体》，布儒瓦，2004年（1986），第11页。德译版参见让-吕克·南希：《不运作的共同体》，斯图加特：帕特里夏·施瓦茨出版社，1988年，第11页。

共同体对后来的巴塔耶（Bataille）而言也不再是工作："共同体不能消除其暴露出的暂时性。共同体本身，简言之，就只是这种暴露。"（第 68 页）[1] 然而，"不运作的共同体"的这种"暴露"构建了一个语境，需要特定的形式："人们能否实现某种'政治'的意义［……］这意味着，人们已参与到共同体之中，也就是说，人们正将其作为某种交流方式体验着：这又意味着写作。"（第 100 页）[2] 而"写作"则指明，文学是最佳展现形式："文学存在着，因为共同体存在着。文学书写着共同的存在"（第 167 页）[3]。甚至我们可以更进一步说：文学才是"不运作的共同体"的根本表现。

南希将文学的这一功能称为"文学共产主义"（详见其论文集的第三部分）。由于这一功能，文学也肩负起一项任务与意义，这并非"共同体的意义"，而是"共同的与个人的意义取值无尽的源头"（第 195 页）。[4] 在这种意义上，"文学中的共同体"也与前述"生命科学大讨论"——奥特马尔·埃特不久前发表于《美国现代语言学协会会刊》（PMIA）的那篇关于"文学作为生命科学"的纲领性文章使得该讨论在全球范围内获得了广泛关注——产生了关联。[5] 南希明确强调了其共同体理念的政治意涵，指出该理念更多涉及"政治家"而非"政治"；而书写，亦即文学创作，则自始至终都包含政治层面（第 100 页）。

南希在总结其观点时，比较直接地论及笔者所选三篇小说中的至少一篇："文学共产主义至少说明一点，即共同体在对抗一切欲将

---

1 相关内容已体现在正文中——译注。德译版参见让–吕克·南希：《不运作的共同体》，斯图加特：帕特里夏·施瓦茨出版社，1988 年，第 60 页。
2 相关内容已体现在正文中——译注。德译版出处同上，第 87—88 页。
3 相关内容已体现在正文中——译注。德译版出处同上，第 141 页。
4 相关内容已体现在正文中——译注。德译版出处同上，第 167 页。
5 奥特马尔·埃特：《文学作为生命知识，文学研究作为生命科学》，载：《美国现代语言协会文集》，2010 年 10 月，第 125 卷，第 4 期，第 977—993 页。

其消灭（或遏制）之力量的无休止反抗中展现出一项不可抑制的政治需求；而这种政治需求又要求文学书写人们这种无休止的反抗。"（第198 页）[1] 文学作为个体的表达与彰显，作为对话，以及作为若干个体共同组成、又可以与其他个体分享交流的声音复合体，也应当是一种反抗文学，尽管有时无法明确瞄准或限定所要反抗的东西，就像"文学共产主义"这一概念所引用的"共产主义"在历史上的发展经历一样。

笔者将尝试通过三部创作于 1990—2004 年间的小说来阐释本人关于"失落的共同体"和"共同体乌托邦"的观点，这三部小说是让・鲁欧（Jean Rouaud）的《荣誉领域》（*Les champs d'honneur*, 1990）、米歇尔・维勒贝克（Michel Houellebecq）的《基本粒子》（*Les particules élémentaires*, 1998）和弗朗索瓦・邦（François Bon）的《大宇》（*Daewoo*, 2004）。尽管这几部小说并非最具代表性的作品，但三位作家却代表了各不相同的小说理念，且都蜚声文坛，因此，有必要探讨这三部小说。让・鲁欧凭借其小说处女作《荣誉领域》一举斩获龚古尔文学奖（Le Prix Goncourt），并著文发表在论文集《面向世界文学》（*Pour une littérature-monde*, Gallimard 2007）上，借此加入关于叙述之回归以及文学特有之知识的大讨论。[2] 米歇尔・维勒贝克同样因其《基本粒子》一举成名，并一度成为绯闻作家，自那以后始终致力于进行一次类似西方后现代社会的回顾总结，又在 2010 年 9 月份出版了小说《地图与领土》（*La carte et le ter-ritoire*, Paris:

1　相关内容已体现在正文中——译注。德译版出自南希：《不运作的共同体》，斯图加特：帕特里夏・施瓦茨出版社，1988 年，第 169 页。

2　让・鲁欧，米歇尔・勒布里斯：《为了世界文学》，巴黎：加利马德出版社，2007 年。此前已有同名"草稿"发表在法国《世界报》书评（*Le Monde des Livres*, 2007 年 2 月 16 日版）上。

Flammarion）。弗朗索瓦·邦在近 30 年来也出版了几部广受关注，至少值得关注的小说，他推崇一种"充满世界的书"[1]，后者以笔者早前所言"对现代的哀悼"为标志。[2]

三位作家都刻画了南希所说的"失落的共同体"，但对这一"失落"的反应却不相同。鲁欧在"寻找失落的共同体"的过程中对百年里失落的情况做了总结分析，并在《大战》（*Grande Guerre*）中考察了极端世纪的灾难起源，后者在今天仍以某种特定的方式影响着法国。维勒贝克则指出现代性的一部颓败史，反抗传统文化与意识形态的"68 学生运动"使得这一颓败趋势不可逆转；他还认为，唯有一个在（自然）科学方面永远驯顺的人类组成的美好新世界，或者如他最近一部小说展现的那样，一个使人类变得无关紧要的、自然再度战胜人类文化的世界才有希望。弗朗索瓦·邦虽然也将"不运作的共同体"视为我们所处时代的一个特征，但并非像南希那种视其为"唯一可能的形式"[3]，而是深入研究了其发展轨迹与所经历的斗争，而这些恰恰不能说明所谓的"失落"就是"空白"，况且从社会影响来看也不可能成为空白。

米歇尔·维勒贝克的那部《战线的延伸》（*Extension du domaine de la lutte,* Paris: Nadeau 1994）深得莫里斯·纳多（Maurice Nadeau）之心；此后，他又凭借《无爱繁殖》（*Les particules élémentaires*, Paris: Flammarion 1998）一举成为冠军销量作家。在《无爱繁殖》中，维勒贝克将其上一部小说中的当代研究与一种乌托邦视角联系起来，进行

1　邦在 1989 年 6 月 15 日的《文学双周刊》（*Quinzaine littéraire*）上表明，"深入我们生活的书籍，充满世界的书籍"是他的目标，是他始终不渝所追求的。

2　参见章节"对现代的哀悼"，载：沃尔夫冈·阿肖尔特：《80 年代的法国文学》，达姆斯塔特：WGB 出版社，1994 年，第 113—151 页。

3　参见约瑟夫·沃格尔：《共同体：对政治哲学之立场》，第 22 页。

了明确的总结。读者则早已料到书中内容：

> 这本书讲的主要是一个男人的故事，他生活在 20 世纪后半叶，在西欧度过了他的大部分人生［……］爱情、温情与博爱早已消失殆尽，他所处的各种人际关系都显示出同代人通常具有的那种冷漠甚至残酷的姿态［……］"[1]

这段内容节选自小说的第一段。共同体的解体是作者所作总结的重要内容，与完满人性之乌托邦这一话题密切相关。下面这段出自一首讴歌新时代之诗的形式自由、斜体打印的诗节也不厌其烦地强调了这一点：

> 现在，我们已感受到包围着我们的光，/ 现在，我们已经实现目标 / 已经战胜分裂的世界。（第 13 页）[2]

小说三部分中的前两部分里就列举了大量失落的共同体的例子，第一部分的标题"失落的王国"（第 15 页）就已明确指出这一问题。失落的王国指的是同父异母的两兄弟米歇尔和布鲁诺的童年。小说里写道："最后的童年时光""充满回忆与影响深远的经历"（第 83 页）[3]。但米歇尔将要脱离童年时代时却看清了悲惨的现实："人的存在［……］令人失望,尽是压抑与痛苦"（第 85 页）[4]。兄弟二人都切身经

1　米歇尔·维勒贝克：《基本粒子》，巴黎：弗拉马里恩出版社，1998 年，第 9 页。相关内容已体现在正文中——译注。德译版出自米歇尔·维勒贝克：《基本粒子》，乌利·维特曼译，2000 年，第 7 页。
2　相关内容已体现在正文中——译注。德译版出处同上，第 10 页。
3　相关内容已体现在正文中——译注。德译版出处同上，第 72 页。
4　相关内容已体现在正文中——译注。德译版出处同上，第 74 页。

历到，在一种新自由主义市场经济体制下不会再有共同体了，而且，正如《战线的延伸》里精辟的论断，"性别［……］就是一种社会阶级体系"[1]，掌控着生活的方方面面，甚至几乎决定着每个人幸运与否。在第二部分（"奇怪的时代"）的结尾处，布鲁诺对自己的人生做了总结："他知道，在他还浑然不知的时候，他的人生已到尽头。一切都始终是黑暗的、痛苦的、模糊的。"（第 311 页）[2] 与此同时，他的兄弟米歇尔也提早退休了，为了不受打扰地进行他那关于发展新人类的生命科学研究："（这些研究的）目的当然是［……］象征性地指出共同体内部独立小团体的形成所带来的危险后果。"（第 390 页）。[3] 在他去世 20 年后，他的研究有了成果：2029 年诞生了第一位人造人；又过了 50 年后，原本的人类几乎灭绝。"我们甚至惊讶不已［……］人类带着怎样一种隐秘的解脱感赞同自身的灭绝"（第 393 页）。[4] 新人类的共同体乌托邦是没有共同体生活的同类人组成的共同体，也是不仅不再需要共同体生活，更是将其彻底克服了的共同体。小说开头那首诗的结尾被放到了小说的最后，内容如下：

分裂的世界已被战胜
想象中分裂的世界
［……］
今天
第一次

1　维勒贝克：《奋斗领域的延伸》，由莫里斯·纳多出版，1994 年，第 106 页。相关内容已体现在正文中——译注。德译版译者为沃尔夫冈·阿肖尔特。
2　相关内容已体现在正文中——译注。德译版出自米歇尔·维勒贝克：《基本粒子》，乌利·维特曼译，2000 年，第 284 页。
3　相关内容已体现在正文中——译注。德译版出处同上，第 353 页。
4　相关内容已体现在正文中——译注。德译版出处同上，第 356 页。

我们追问起旧秩序的终结。（第 13 页）[1]

共同体时代已经过去，因为人们不再需要共同体了。与南希"不运作的共同体"观点不同，维勒贝克认为，促成共同体的反抗行动不但不是文学的一个，或言根本任务，而且还是不合时宜的：生命科学接替了文学知识，但并未将其废除。"共同的与个人的意义取之不尽的源头"已毫无意义，人们也不再需要它了。

1990 年，让·鲁欧的处女作小说《荣誉领域》由午夜出版社（Minuit）出版时，多米尼克·维亚特（Dominique Viart）所断言的法国当代小说"书写历史"的趋势刚刚开始。[2] 此后，"找寻失落的共同体"的家族小说逐渐扩展为五卷本的鸿篇巨制，其核心内容是从第一次世界大战开始的极不平凡的 20 世纪对法国西部小城里一个家庭的影响。作者以一种望远镜式的目光，变换着观察距离与视角，时而通过追溯历史阐释当下；时而反过来，渲染了一种愈加浓重的幻灭感。

很长时间以来，人们都以为，至少在第一场世纪大灾难之前，在这片天主教化的乡村地区刚开始受到现代化发展的影响之前，在家庭和教区里有着类似共同体的存在。那段关于伊普雷（Ypern）毒气战的、用近整页长的句子写成的长达数页的描述为人熟知，那场毒气战中，叙述者的一个孙子不幸遇难。这使得读者认为，伴随着该事件及其造成的家庭与集体创伤，曾经健全完好的共同体也开始消解。但这个一直留存到 20 世纪中叶的共同体留下的蛛丝马迹表明，它始终具有一定的"惰性"。主人公的家族——祖父母在世纪之初经营起日用

1　相关内容已体现在正文中——译注。德译版出自米歇尔·维勒贝克：《基本粒子》，乌利·维特曼译，2000 年，第 10 页。
2　多米尼克·维亚特：《第二部分：书写历史》，维亚特，韦尔西尔：《当代法国文学》，第 127—204 页。

品生意，父亲于二战后接管了生意——可被视为一个共同体，因为它在亲缘共同体中加入了经济因素，而后者日益暴露出问题。一位祖父与一位祖母的例子表明，一度支配着整个小城的天主教信仰，连同那些深刻影响着日常生活的礼仪以及被视作理所应当的各种要求自始至终就注定会"消解""偏移"与"焚毁"。祖父定期去修道院的行为与其说出于一种宗教共同体的情感，更应说是为了与门房修士谈论关于共同体的事："不，事实上，倘若这个东西对外行人毫无敌意的话，他们就会大加畅想［……］并且试图找出建设一个更好的未来的方法"。[1]而祖母也只有在不得不彻底放弃自己青年时代的未来计划时，才会寻求宗教的帮助："她回想着，多少青年时代的幸福已经消逝，她得出的结论也是痛苦悲哀的：她承受了太多，却获得了太少。"（第162 页）[2]

这一系列在小说人物所处时代就已问题百出的共同体经历通过当下读者对过去历史的反观具有了相对性。在前述地点与时间产生的类似共同体的存在在当时就已不合时宜了。悲剧，尤其是一战的悲剧，戏剧化地揭示了这一点；而现代化推动了一场无法遏制的转变过程，该过程由于世纪中叶以来的"光辉三十年"得以加速发展，并将共同体幻想的经济与意识形态根基一并抽离。小说的结尾在一场令人难忘的场景中对这些做了总结。1941 年的万圣夜那天，叙述者的父亲站在他不久前逝世的父母的坟墓前说道："那些支撑着他走到这里的力量似乎流失殆尽［……］他还想再使使劲。他同这个顽固矮小的人（他指的是姨姥姥）走在中间过道上［……］哦，一切都结束吧"（第178

1　让·鲁欧：《荣誉领域》，午夜出版社，1990 年，第 40 页。相关内容已体现在正文中——译注。德译版参照让·鲁欧：《荣誉领域》，卡丽娜·冯·恩岑贝格，哈特穆特·赞恩译，慕尼黑：派珀出版社，1993 年，第 47 页。
2　相关内容已体现在正文中——译注。德译版出处同上，第 202 页。

页）[1]——小说正是以这段话结尾了。

读者知道，这名二十岁的哀悼者后来又活了二十年，无数的死亡与亡魂不仅是整个世纪的标志，任何一个人的死亡也都使得人们再难维持对一个能够承受，甚至弥补一切损失的共同体的幻想。除非是一种通过死亡或在死亡中才能达到的共同体，即南希所说的，以"对通过死亡达到的共在或同在的揭示，围绕其成员之死亡的共同体的精炼，意即围绕着'其（不可能的）固有性之丧失'"[2]（第39—40页）为特点的一种共同体。

死亡这一巨大损失也凸显了弗朗索瓦·邦笔下共同体的缺失。他早在《一生之久》（*C'était toute une vie,* Verdier 1995）中就表现了这一主题，其中一位女主人公之死在十年后出版的《大宇》中同样起着核心作用。在他20世纪90年代创作的作品中，女主人公之死指涉了童年与青年时代丧失与被破坏了的共同体[3]，而在那部以韩国巨头企业命名的小说中，共同体的毁灭与丧失也通过一名女工（西维娅）之死得以凸显。小说的开篇语——"抵挡。反抗一切消除"[4]——从一开始就表明其与南希"分裂""错位"与"动荡"三点论的吻合，并非作为破灭的幻想，而是当下对抗一系列损失的努力。另一方面，小说的简介里说道："现在该如何面对空洞的日常生活，后者对孩子、对时间、对自己的人生设想而言又意味着什么？"[5]。这又表明，为共同体所

---

1 相关内容已体现在正文中——译注。德译版参照让·鲁欧：《荣誉领域》，卡丽娜·冯·恩岑贝格，哈特穆特·赞恩译，慕尼黑：派珀出版社，1993年，第220—221页。
2 相关内容已体现在正文中——译注。德译版参见南希：《共同体》，第36页。
3 沃尔夫冈·阿肖尔特：《回归现实主义？弗朗索瓦·邦与米歇尔·维勒贝克的每日箴言》，见安德烈亚斯·盖尔兹，奥特马尔·埃特主编：《当下法语小说：法国与法语国家的小说理论与理论小说》，图宾根：施陶芬堡出版社，2002年，第93—110页。
4 弗朗索瓦·邦：《大宇》，巴黎：法亚德出版社，2004年，第9页。相关内容已体现在正文中——译注。德译版参照了沃尔夫冈·阿肖尔特的译本。
5 相关内容已体现在正文中——译注。

做的奋斗最先促成了共同体的产生，但同时，一切奋斗，连同对共同体曾有的幻想，都无果而终。

《大宇》这部**小说/戏剧**看上去像一篇报道，其中基于典型的"邦式"声音复合体而具有的异质性在此处通过拼接手段（官方文件、报刊文章等）以及戏剧与"小说"两种文学类型的结合得以强化。[1]小说主要讲述了一群女性反抗由于韩国大宇工厂（亦即她们所在的电视机工厂）关闭的罢工运动，此外，还关闭了洛林的另外两处工厂，并在去工业化了的法国东部靠补贴维持十五年后再度东迁，为了争取更多补贴，并进一步压低工人薪水来提高利润。小说实质上展现了两大共同体，其中的一个共同体在既定的社会条件下只能作为关于另一种生活的梦想而存在，就像《狗狗的各各他》（*Calvaire des chiens*,Minuit 1990）里的那句引文所说："当我们将关于另一种幸运的梦想当作生活本身"（第128、135页）[2]，而这另一种幸运只存在于罢工运动中，不仅随着社会和经济关系的失败而破灭，领导罢工者也不得不为此付出更加沉重的代价（西维娅由于参与工会活动，名气太大，以至于后来再也找不到其他工作，最终不得不结束生命）。

自那之后，共同体便只存在于戏剧情节里了：曾经罢工的女职工们在舞台上回忆着工厂被占领期间大家"共同生存的方式"（该表述在小说原文第256—261页里出现了10次）[3]：

那是一段美好的时光。工厂里的夜晚分外宁静，艾夏给我们煮好了茶，其他人带来了蛋糕，我们互相展示照片，讲述一些通常不会诉与人知的事情。我们四个人，如您记忆中的那样，决定要在工厂里见

1　《大宇》剧场版于2004年阿维尼翁音乐节上由查尔斯·托季曼上演。
2　相关内容已体现在正文中——译注。
3　相关内容已体现在正文中——译注。

识所有我们不熟悉的事物，商铺、办公室、储藏室。现在你看，工厂已空空如也（第257页）[1]。

随后，另一位比较活跃的女职工总结道："和别人一起时，你会不知道自己在做什么。你做一些事，是因为你就是整个团队的集合体。"（第260页）[2]

通过罢工的女职工及其占领工厂的行动，小说刻画出哈特与内格尔所言的"群众形势"，尽管哈特与内格尔两人几乎没有关注小说中那种老旧的、"物质性"的劳动形式与劳动结构。但文学知识却比政治哲学走得更远，它不仅基于集体经验，还能充分考虑到社会影响与个人反应。因此，弗朗索瓦·邦的这部小说是对一种（过于）乐观主义的群众论的批判。尽管"从习惯到行为的过渡"对那些罢工女性而言也构成了作为共同体之基础的"共同生产的核心概念"，但罢工期间的共同生活行为，如"在一起的途径"所揭示的，恰恰是实践出来了的共同体。但邦对于长久维持这种共同体生活模式的看法却更加冷峻与消极——"倘若工人都已无处立足，那就把这部小说当作回忆录吧"（摘自小说简介）[3]，这一立场与他本人的"写作工作坊"经历不无关系。可惜小说中的女职工没能拥有哈特与内格尔所说的新型穷人——他们称之为"始终破坏着帝国本体架构的危险阶级"——的历史地位。从全球范围内的群众斗争来看，小说所刻画的斗争是争取业已陈朽的社会地位的斗争，因而也是无关紧要的。但这或许恰恰是文学的一个优势，即不用某些标准来衡量，而是把罢工失败的女职工的亲身经历与生活认识视为我们自身经历中同样重要的一部分，而自身

1　相关内容已体现在正文中——译注。
2　相关内容已体现在正文中——译注。
3　相关内容已体现在正文中——译注。

经历不仅限于那些无疑更有公共影响力的、哈特与内格尔认为更合时宜、更会成功的历史斗争（生命政治斗争与移民的奥德赛）。

《大宇》里的叙述者详细引用了西维娅在心怀不甘地自杀前写给工会的信，这绝非偶然。所引内容为："不。有时在您的理智可以找到正当的反抗理由前，反抗的念头就已经在您里面产生了。内心坚定的'不'的声音始终在我脑海中回荡，这也是我个性的根基。"（第276页）[1] 接下来的情节清楚地显示出，西维娅更在意的是行为的优先性，而非"从习惯到行为的过渡"。她在信里也明确指出，这种个体的执行力才使得共同体成为可能："我们在否定，一种甚至不需要解释的否定［……］一个姿势就够了［……］我们自然不是孤立无援的。我们团结在一起，不会逃避你。"（第277页）[2] 这种个人与集体的行为在写信的当下已经实现，而他们共同体的优势却也使得这种行为难以保持："而现在，一切皆空。"（第257页）[3]

另一方面，西维娅写下这封"遗书"却非无中生有。她的书写与行动都成了罢工关键时刻的"反抗"行动。这样看来，她的这封信与《大宇》整部小说都可作为让-吕克·南希所说"文学共产主义"的例证：西维娅的信与小说的字里行间都表明这一语境下什么叫做对想要摧毁（achever）共同体的一切力量"反抗到底"。

这样看来，该小说符合共同体对"文学"的要求，即始终作为（南希所说的）"反抗到底的铭文"。维勒贝克的小说则刻画了一种克服了当下与过去的问题与矛盾的新人类形象，借此避开了这类的反抗情节。约恩·斯泰格瓦尔德（Jörn Steigerwald）在最近一篇颇具创见的研究维勒贝克的文章中指出："人们起初认为的 20 世纪 90 年代末

1　相关内容已体现在正文中——译注。
2　相关内容已体现在正文中——译注。
3　相关内容已体现在正文中——译注。

人类博爱的丧失因而首先在美好新世界中的新型博爱概念，及其对已有的、自身的人类形象的解读中获得了真正的意义。"[1] 维勒贝克关于人类知识的模型从当前社会中共同体的不可能性出发，见证着"共同体的消解、偏移与焚毁"。这些模型从中得出了（后）伦理结论，即利用生命科学为文学的生命认知以及一个不同的、美好的、全新的共同体设想开辟可能性。鲁欧则让我们在他"对失落的共同体的找寻"中看到共同体生命认知的、在社会与文化现实中从未有过的美好方面。但幻想的破灭与找寻的无果而终凸显了与这种回溯式共同体乌托邦相关的各种损失，并通过这些损失揭示出文学潜在具有的反抗力量。

参 考 文 献

原 始 文 献

Bon, François: *Daewoo*, Paris: Fayard 2004.

Ders.: *Pour une littérature-monde*, Paris: Gallimard 2007.

Houellebecq, Michel: *Les particules élémentaires*, Paris: Flammarion 1998.

Ders.: *La carte et le territoire,* Paris: Flammarion 2010.

Ders.: *Extension du domaine de la lutte,* Paris: Maurice Nadeau 1994.

Rouaud, Jean: *Les Champs d'honneur*, Paris: Minuit 1990.

研究性文献

Asholt, Wolfgang/Ette, Ottmar (Hg.): *Literaturwissenschaft als Lebenswissenschaft. Programm – Projekte – Perspektiven*, Tübingen: Narr 2010.

1　约恩·施泰格瓦尔德：《（后）道德叙事：米歇尔·维勒贝克的〈基本粒子〉》，《明日》Nr. 138/39 (2010)，第 191—208 页。

Ders.: Die Rückkehr zum Realismus? *Ecritures du quotidien* bei François Bon und Michel Houellebecq, in: Gelz, Andreas/Ette, Ottmar (Hg.): *Der französischsprachige Roman heute. Theorie des Romans – Roman der Theorie in Frankreich und der Frankophonie*, Tübingen: Stauffenburg 2002, S. 93–110.

Ders.: *Der französische Roman der achtziger Jahre*, Darmstadt: WGB 1994.

Coquio, Catherine: *L'enfant et le génocide. Témoignages sur l'enfance pendant la Shoah*, Paris: Laffont-Bouquins 2007.

Dies.: *Parler des camps, penser les génocides*, Paris: Albin Michel 1999.

Ette, Ottmar: Literature as Knowledge for Living, Literary Studies as Science for Living, in: *Publications of the Modern Language Association of America*, October 2010, Bd. 125, Heft 4, S. 977–993.

Hardt, Michael/Negri, Antonio: *Multitude. Krieg und Demokratie in Europa*, Frankfurt: Campus 2004.

Moog-Grünewald, Maria (Hg.): *Autobiographisches Schreiben und philosophische Selbstsorge*, Heidelberg: Winter 2004.

Nancy, Jean-Luc: *La communauté désœuvrée*, Paris: Bourgois 2004 (1986).

Ders.: *Die undarstellbare Gemeinschaft*, Stuttgart: Patricia Schwarz 1988.

Rouaud, Jean/Le Bris, Michel: *Pour une littérature-monde*, Paris: Gallimard 2007.

Schmidt, Wilhelm: *Philosophie der Lebenskunst. Eine Grundlegung*, Frankfurt: Suhrkamp 1999.

Sheringham, Michael: *Everyday Life. Theories and Practices from Surrealism to the Present*, Oxford UP 2006.

Solte-Gresser, Christiane: *Spielräume des Alltags. Literarische Gestaltung von Alltäglichkeit in deutscher, französischer und italienischer Erzählprosa (1929–1949)*, Würzburg: Königshausen & Neumann 2010.

Steigerwald, Jörn: (Post-)Moralistisches Erzählen: Michel Houellebecqs *Les particules élémentaires*, in: *Lendemains,* Nr. 138/39 (2010), S. 191–208.

Viart, Dominique/Vercier, Bruno: *La littérature française au présent*, Paris: Bordas ²2008.

Vogl, Joseph (Hg.): *Gemeinschaften. Positionen zu einer Philosophie des Politischen*, Frankfurt: Suhrkamp 1994 (es 1881).

媒介共同体

斯蒂芬妮·邦格

即兴诗与群体构建：作为关系空间的 17 世纪法国"沙龙"

　　圣伯夫有一句名言：用人去填满（营造）一个沙龙，是不够的。[1] 这个文字游戏（原文为法文）很有启发性：法国的沙龙史书写早在产生之初，就表明，我们对沙龙的想象不仅仅是关于用四面墙围起来的同名屋宇而已——沙龙，就其作为一个地点意义来看，"是宾客们围绕着女主人并在其组织下进行的有教养的谈话"。[2] 这一点比上述圣伯夫用他在《周一的谈话》中提到的女性形象去构建一个现代沙龙概念（结果是此概念已经影响到了近现代），更加令人印象深刻。充满感伤地回顾 19 世纪，也将其视为"一种对逝去时代的寻找"，这种寻找，我们知道普鲁斯特为其设立了一个介于嘲讽和幻想之间的纪念碑，已渐渐消逝在 20 世纪早期的沙龙研究中，变成了历史的必然：在路易十三时期，法国谈话风尚已具雏形，比如说它们显现在 17 世纪大量的巴黎沙龙中。[3] 然而这种历史的确定性又缺少明确的定义："沙龙"

1　夏尔·奥古斯丁·圣伯夫：《周一的讨论》第二卷，巴黎，1850 年，第 309 页。
2　罗伯特·西马诺夫斯基：《引言：作为三维体传播媒介的沙龙》，载：罗伯特·西马诺夫斯基：《欧洲——一个沙龙？关于文学沙龙的国际化文集》，哥廷根，1999 年，第 8—39 页，这里第 9 页。
3　这里笔者引用一些早期法国沙龙研究中的作品，如莫里斯·马让迪：《法国 17 世纪从 1600 年至 1660 年的社交礼仪和守信理论》，巴黎，1925 年；（转下页）

这个表达在此时期，还不是社会性的实践，而仅仅是用于接待公共人物的大厅，[1] 它与市民阶层的客厅（现代沙龙概念的具象化实体）不具可比性，这个缺少反思的事实抛出了这样一个问题：这里描述了一个什么样的事实？本论文的论点确切的表述应该是：在 17 世纪的法国是否存在"沙龙"？

沙龙、共同体与文化

首先需要解释的是，在共同体和文学交互产生联系之后，一个批判性的、但绝不是挑衅的、对沙龙概念的理解性探讨如何变成这册书需要对认识进行引导的问题。17 世纪语言使用中的词汇空缺并不是相应地否定了一种社会实践，对于我们来说，正是通过承载着历史并且裹挟着众多问题的沙龙概念，将这种社会实践与包含有女性意味的法式聊天文化联系起来。对这种实践的分析，虽然已深深烙印上了琼·德让的常用公式"沙龙书写"的特点[2]，然而它却有一定的先决条件，人们要考虑到所援引沙龙研究文章来源的特殊性。然而如果它更多的是关于轶事、书信和即兴诗，那么它们给出了我们想要的信息，同时这些信息又是内容的组成部分。鉴于以上背景缘由，历史学家尼古拉斯·夏皮拉认为这一点也是合理的："[……] 基于一种文本的分析，人们将这些谈论世俗实践的文本看作实践，而不是将其看作是

（接上页）古斯塔夫·雷尼尔：《17 世纪的女性》，巴黎，1929 年；罗杰·皮卡德：《文学沙龙和法国社会，1610—1789》，纽约，1943 年。

1　"Grande sale fort élevée, & couverte en cintre, qui a souvent deux étages [...] . On reçoit d'ordinaire les Ambassadeurs dans un *salon*." (*Dictionnaire universel*, hg. von Antoine Furetière, Bd. III, Paris 1690, o. Seitenangabe) "宽阔的，非常高的，一般是两层的圆顶大厅 [……] 通常人们在这样的沙龙大厅里接待外访来使。"法语引文的翻译，不是来自其他出处，而是这篇文章的德语作者。

2　琼·德让：《温柔地理：女性与法国小说起源》，哥伦比亚，1991 年，第 95 页。

反思性文本的实践。"[1]然而，到目前为止，出自接近观察本身的结果惊人的稀少。一直都存在着这样一种趋势，即从文本中滤出有关"具体"空间的信息，它有可能是朗布依埃侯爵夫人的《蓝色房间》或者是玛德琳·德·斯库德里的花园，同时，我们没有认识到这些文本的表现性潜质，这些文本分别配置了每一个像是来自于他们自身的空间。因此，一个关于早期沙龙的印象最后与'思想的盒子'联系起来，将其想象成一个容器空间，在里面参与者的互动行为如同实验要求一样被观察。[2]然而，如果人们把文本看作是社会实践的重要组成部分，那即兴诗就可以理解为是用于群体构建的措施，它可以允许将所谓'沙龙'的社交–社会空间看作是关系现象。正如前面研究的观点，这种空间尤其通过一种最初的美学–文学性的聚合因素表现出来，此因素赋予了该群体俏皮–健谈的性格特点，也是法国谈话文化出名的原因所在。在一个社会中，个体要如此强烈地通过所属关系归到一个共同的群体之中才能被定义，而这样的一个群体要尽可能引人注目，同时享有极高声望，很明显，这样的归属性有其重要意义。[3]团体的声望和知名度反过来既受益于其成员的社会地位，也受益于其成员的文学才华，并且可以通过固定的纳入和撤销机制来获得调节，比如说通过支配和拥有某些只有一部分参与人员才能掌握的关键信息。接下来根据所选文本，我将分析这种调节的方式，但是在此之前，我必须要讨论研究一些来源情况，比如说 17 世纪即兴诗的出版形式、

---

1 尼古拉斯·夏皮拉：《17 世纪的一位人文学者——瓦伦丁·康拉特：一本社会历史》，尚普瓦隆，2003 年，第 236 页。
2 参见如费思·E. 比斯利：《沙龙，历史和 17 世纪法国的创造性：掌控记忆》，奥尔德肖特／伯灵顿，2006 年。
3 针对这样的问题，社会状况特别是其中的文人如何服务于差别制造。参见克里斯蒂安·若豪：《文学的力量：一个悖论的历史》，巴黎，2000 年，以及夏皮拉的《一个人文学者》。

流通方式以及有关他们的"沙龙属性"。

借用阿兰·格内蒂奥特的说法，我理解的即兴诗是一种情境文学，它服务于不同的大众并且用于世俗的目的，并且在一个中心区域的模式里展现出来：

> 人们只能将读者作为围绕作者中心区域的一个连续体来定义：第一类读者，处在世俗圈子内，也就是他的朋友和社会关系处在紧密联系的社交网络之中（沙龙、学术圈、客户圈），包括一些大人物，在这样的环境下，作者和他们处于紧密的关系之中；[……] 第二类读者，指的是读一些纸质书籍著作的读者，他们对那些自诩为上流社会中有教养的作者来说，是次要的。因为根据贵族范式，这样的作者不会将他的才能变成一种职业，也不用去关心其文章的后续出版问题，他更愿意为第一类选定好的读者做准备，这类读者可以直接地并且以口头形式，在对话框架内获悉其文章。[1]

作者活动交际的第一个圈子，通过世俗的人际网络构成，已与一些群体相重合，就是今天通常意义上的"沙龙"。这些以口头或是手写形式流通的文本，通常情况下是为一个固定的缘由所书写，然而原则上每一个主题和几乎每一个类型都非常适用于世俗的用途。这样的即兴诗可以但不需要进入第二种与纸质书籍相联系的交际圈子。事实上，作者也冒着因为这样的出版形式被认为是职业作家的风险，然而站在此立场上的格内蒂奥特的表达令人有些误解——绝不能总是挡着作者、完全有意识地走这条路，而是要积极地出版他的作品。为了保

---

1 阿兰·格内蒂奥特：《世俗休闲诗学，从汽车到拉封丹》，巴黎，1997 年，第359 页。

存贵族式的习惯或是这样的表象，同时还不会放弃自己文本广泛流传的机会，匿名化就够了，或者——我需要追溯一下——寻找一个彬彬有礼的匿名。然而印刷对于出版业来说既不重要，也并不必然地标志着这个过程的结束，特别是对于较为短小的文章，都可以用不同的方式——印刷或手写的方式——保存和恢复，同时提出如下问题也是错误的，用哪些媒介可以找到诗作、书信或是自画像的权威版本，即被授权的正式的版本。

在不同的形式下，即兴诗以一种样式走进我们，其中"诗集"的形式最为突出，根据《法语字母词典》，这是一种"介于选集和期刊样式之间的一种书籍"样式。[1] 弗雷德里克·拉切夫尔在 1597 至 1700 年编制这些混合体裁书籍的庞大参考书目[2] 时显示了这个世纪后半叶编辑出版工作的重点。"雅致文集"——在标题中已经用形容词指示出了所收纳文本的世俗来源和用途[3]，德尔芬·丹尼斯也正是从这个所谓的"雅致文集"真正的时尚出发。具有启示意义的是这些出版物的前言，在里面出版者有时会给出关于他们出版人的哲学思想以及出版这一系列读物的缘由。比如说，书籍零售商皮埃尔·杜·马尔托写在他的《一些新的雅致作品合集……》正文前面的一些话：

亲爱的读者，我为您呈现的是一部独一无二的作品集，它是由我们这个时代无论是在散文还是在韵文体创作中都才华横溢的作家写就。在它到我手里的时候，在它以手写的形式在感兴趣的人们那里流

1　《17 世纪法语字母词典》，帕特里克·丹德雷等，巴黎，1996 年，第 1082 页。["介于人类学和杂志的书籍"]
2　弗雷德里克·拉切夫尔：《从 1597 年至 1700 年已出版诗集收藏目录》第四卷，巴黎，1901—1905 年。
3　德尔芬·丹尼斯：《文雅诗歌：17 世纪文学类别的机制建立》，巴黎，2001 年，第 11 页。

传了一段时间之后，我认为，如果之后只有很少的一部分人才能够阅读它们，而它们值得被全世界的人去阅读时，这便是对作者做了不公义的事情。当事实表明，您不讨厌这个，那我将继续，为您提供一些不会比这个差的作品。再见。[1]

　　这个前言不仅仅通过它的简短和质朴赢得了好感，而且它也佐证了格内蒂奥特的关于即兴诗的"读者中心圆结构"论点。这里出版商给予关切，令其读者可以获得这些文章，其中一个选定的群体读者已经以书籍手写的方式获得了相关的知识。然而，无法从以上话语推断出来的是，这些文本是以何种方式到达出版商这里的。虽然人们可以猜想，它不是那么轻易地来到出版商的手中，正如他这里写的，而是他将它们一个一个收集到这里的。然而理论上也是可以想象的，制定一个以手写文集为基础的出版计划，这样文本就不会脱离其出处的上下文，而且可以作为对特定群体复杂关系的摹写。这里可以留意到并非此种情况。杜·马尔托的集子指出，这种出版业务的所有特征恰恰就在于，从它们的上下文中独立出文本来，通过这样的方式用即兴诗'多彩的混合'取悦于匿名读者。而且这样一个前言——这个时代最成功的出版商查尔斯·德·塞尔西为他的文雅诗歌、他成功的诗集写的前言可以推出这样一个策略，出于美学原因他将这些作品彼此分离并且在"多样性"观点的支持下重新整理编排：

　　诗歌的美和作者的声誉一定是他们巨大成功的主要原因：但是我敢这样宣称，多样性和庞大的数量还是为此提供了不少的贡献；正如品味者的口味各不相同，在这里他们总能找到让他们满意的东西。我

1　《一些新的雅致作品合集，包括散文和诗歌》，皮埃尔·杜·马尔托，科隆，1663 年。引言出自拉切夫尔的《收藏目录》第三卷，第 19 页。

从未试图按照这些作品的本质或是不同的写作者将它们归类，抑或是按照这些作品的等级或是质量进行分类；［……］我非常注重，将粗犷的和婉约的、将严谨的和自由的、将激情似火的和柔情似水的作品结合在一起；简而言之，要让它们发光，可以通过对象的不同，也可以通过诗的长度，而且还可以通过多样性。[1]

　　如果人们忽视了这里已经显现的"古典主义"基本原则，那么以上引言尤其包含了以下有价值的提示：这解释了，为什么即兴诗文本被外部出版圈接受之前，大部分"雅致文集"最终只能限制性地用于他们的重建上，这个重建也反映在即兴诗中的一些复杂情况上。

　　然而这些确定原则需要详细说明：事实上这个时代最成功的选集，即所谓的《塞尔西选集》和《拉苏泽-佩利松选集》[2]绝对包含了那些复杂情况的痕迹。由塞尔西重新加工的第二卷田园诗歌，来自于《朱莉的花环》，这个著名的手稿产生于《蓝色房间》的相关话题。[3]《拉苏泽-佩利松选集》模仿了一系列类似于在玛德琳·德·斯库德里朋友间的论战式书信体诗句，它们可以作为所谓的《星期六的阴谋集团》编辑起来，然后被"温柔以待"地隆重发行。[4]然而不能否认的

1　查尔斯·德·塞尔西：《精选诗歌》第一卷，巴黎，1653年；引文根据拉切夫尔的《收藏目录》第二卷，第58—59页。
2　查尔斯·德·塞尔西：《诗歌选集》第一至五卷，巴黎，1653—1660年；加布里埃尔·奎内特：《德拉苏泽伯爵夫人和佩利松先生的诗歌散文选集》，巴黎，1664年。
3　关于《朱莉的花环》，见斯蒂芬妮·邦：《给朱莉的一个"花环"：朗布依埃侯爵夫人对"沙龙"的著名手稿》，载：《17世纪法国文学论文》，XXXVIII，75（2011），第347—360页。
4　对于更多关于玛德琳·德·斯库德里的爱的概念见尚塔尔·莫莱特-香塔拉：《法国作家参考书目：玛德琳·德·斯库德里》，巴黎，1997年；德尔芬·丹尼斯，安妮-伊丽莎白·斯皮卡：《玛德琳·德·斯库德里——一位17世纪的文学女性》，巴黎，2002年。

是，这里可以预估一种识别效果：这些被命名的群体在他们的诗歌被出版之时已经如此出名，以至于标识出社会实践的文章片段，对诗集的声望有积极的影响。而且从研究角度来看，这种自我参照的效应得到了加强：我们更加清楚地感受到了这些所谓的文本的复杂情况，因为其他的一些来源——书信、手写的集子、回忆录和名人轶事——总是会再次以通俗的方式强调和它们相联系的社会情况。[1] 在此背景之下，面对循环论证的危险，我们必须要面对这个问题：关于在文学史中常常喜欢引用的那个时代的'大量的沙龙'存在和性质问题，究竟《雅致文集》里说了什么？[2] 事实上，罕见的手写文集似乎以之前群体构建书面化的出版为依据，然而同时却没有指涉朗布依埃侯爵夫人的圈子，也没有提到玛德琳·德·斯库德里的社交圈，在以下将要讨论其中的一个罕见手写文集之前，应该首先介绍一个社会文学性的实践，也就是命名的雅致性。

雅致的名字：介于共同体和文学之间的虚构性

德尔芬·丹尼斯在她的关于 17 世纪《雅致档案》的研究中分析了在文学和社会学空间交叉点中的一种实践，这在不同出处的即兴诗中可以清晰地看到。[3] 丹尼斯称作的具名化"造型"，可以与一种罗

---

1 这里尤其涉及关于汽车，巴尔扎克和牧师的信件，关于雷奥市塔尔芒特的逸闻趣事以及关于所谓的《康拉特文集》，一个对未出版的材料的最全面的摘录选集，在巴黎的阿森纳图书馆。

2 作为 17 世纪范式化书写的'沙龙'研究中——朗布依埃侯爵夫人的《蓝色房间》和玛德琳·德·斯库德里的《星期六的阴谋集团》——涉及的恰好就是这个共同体，其覆盖广大社交面的社会实践如同一个广阔的互文，其中设计了一个特定群体的想象体。然而这个实践和其他的贵族社交圈相比与其说是规范下的行为还不如说成是一个例外。

3 丹尼斯：《文雅诗歌》，参见"面具和名字"这一章节，第 189—235 页。

杰·凯洛伊斯[1]称之为"模仿"的面具游戏相比较，在此过程中通过雅致的笔名可以切断和现实的联系。和一个普通的笔名不同，优雅的名字既不是让一个人完全藏在面具之后，也不是去欺骗其他所有人。根据丹尼斯的论述，只在特定上下文和一些情境中使用的名字更多是被看作一个人物形象，而不是对个人理想化个性的社会兼容式表达，这样的个性也许是和精英人物打交道的过程中培养出来的。和文学相关的优雅名字首先可以是具有形态学意义上的形式：所以玛德琳·德·斯库德里被她的朋友们称为'萨福'绝不是偶然的，这样古希腊罗马女诗人的榜样力量才能被唤起，如同她的长篇小说《伟大的居鲁士所在的阿特梅内》（1649—1653）中作者的"第二自我"所代表的那个形象一样。然而在优雅名字中所反映的虚构和文学之间的关系也比这个关键功能——在具有真实感的小说意义上——所暗示的要复杂得多。与社会和文学空间的限制性相关问题，不是说是否在'虚构的'萨福背后隐藏着'真正的'玛德琳·德·斯库德里，更有趣的是这样一种观察：怎样的随意性可以使得游戏虚拟性中的优雅名字可以进入文学的虚构性，反之亦然呢？当对于面具游戏，优雅名字可以作为一种虚拟标志时，并且个人在一个固定的时间和一个固定的空间被接纳进入一个共同体时，这个名字对于不知情的小说读者来说，恰恰反倒标志了一种可能的、与现实的相连性，然而事实上这个名字也不需要为此建立这样的现实性。[2]如此观察小说人物，在文学虚构性的框架内作为"典型"去追随和评判小说情节和人物互动，对于名字来说也是开放和随意的。然而当他想要参与这个解密的游戏时，他首

1 参见罗杰·凯洛伊斯：《游戏和男人：面具和眩晕》，巴黎，1958年，第39—45页。
2 同时代的对长篇小说的诗学反思表明，两种接受都是可能有的。（参见丹尼斯，《文雅诗歌》，第218页）

先就会陷入到局外人的境地，为了能够进入到参与者的共同体中，他必须获得一些特定的信息——名字密码。《雅致文集》具有一个对于文本类型来说不同寻常的很高的互文密度，借助于它可以很清楚地看到这种带有名字的入会和退会机制游戏。

所谓的《奥克塔维文集》出版于 1658 年，第一眼看上去和同样形式的手写文集没有太大区别。[1] 这个窄小的本子总共包含 59 篇即兴诗的文章，主要是诗歌，也有一些半散文半韵律的书信。这个文集的特别之处就在于它完全使用了雅致的笔名，它可以在互文之间相互指涉，甚至可以跨到副文本的层面：其中的献词也是用名字"奥克塔维"署名的，它将这个文集转交给一位女性贵族资助者，并且在其中特别指出了她的已逝朋友阿坎塔[2]的贡献。由阿坎塔又引出了这个文集的卷首语，是一封长长的半散文半韵文，关于作者对不同女性和不同朋友的爱的书信。[3] 这封信可以看作是接下来所有文章的"开始"，他的作者无一例外地使用了优雅的笔名，这都是第一次出现的。除了这本书里拥有最大话语权的阿坎塔，奥克塔维也在这个虚拟的共同体里占据重要位置：她是许多文本的接收人，区别于本身就是多首诗歌作者，并且偶尔以其他作者的交流对象身份出现的阿坎塔，奥克塔维还是这个团队被动的凝聚人物。两个名字"阿坎塔"和"奥克塔维"，用这样的方式既构成了一对副文本，也形成了一对互文本，串起其他

1　《诗歌散文杂集，献给马蒂尼翁夫人，经由奥克塔维》，巴黎，1658 年；针对这个文集，参见拉切夫尔《收藏目录》第二卷，第 1000—1001 页；《法国字母词典》，第 655 页。

2　Acanthe 是一种植物，学名叫老鼠簕。在希腊神话中，老鼠簕是仙女。太阳神阿波罗想要除掉她，而她抓伤了他的脸，为了报仇，阿波罗把她变成了一株带刺的植物，喜欢阳光。老鼠簕的花语是："爱艺术，什么都不能把我们分开"——译者注。

3　《诗歌散文杂集》，第 1—41 页。

人物的同时，这两根红线也组合在了一起。在这个组织结构中，凸显几个人物关系错综复杂的情节又再次分离。鉴于优雅笔名对于团队的教育功能，其中之一的情节也具有启发意义：一系列的即兴诗是指向一个名叫"马东特"的人物。[1]它涉及一些其他的效忠诗歌，即男性作者为了讨得贵族夫人的欢心，相互竞争所做的诗歌。首先阿坎塔和某个莱昂德尔提供了一个讽刺性的激烈论争，然后表演舞台上来一个叫"科罗曼"的新人。科罗曼很容易被不知情的读者认为是个门外汉，因为在他的献词里的第一行诗句里面就有一个错误。使用这样的顿呼"哦，美丽而神圣的阿马东特"[2]表明了他不知道他所爱慕的夫人的优雅笔名，而且他在弯路上搞到了错误的信息。页边的注释提供了对这次失败尝试的解释，并且有意列入参与者的圈子中：科罗曼使用了一个名字，使用了一个他相信书的拥有者可以看到的名字。不幸的是，在标签上的字样显示的是一种爱慕和好感"致 马东特"，如早已承认的那样，这个名字很容易被翻译为优雅的笔名"阿马东特"。谁有这样的损失，都不需要为这样的嘲讽而担忧，所以阿坎特在他的下一首用来取乐团队的致敬诗中，用顿呼"你，我们想称之为阿马东特的人"提到了科罗曼的错误。

从这个趣闻中可以获得一些结论：就行动中的人物来说，它形象表明了写作和社会互动的相互关联。它不仅展示了，个人如何通过篡夺识别身份特征的密码——优雅的笔名——来试图挤进那些相互用这个名字打招呼的圈子，而且同时还向读者展示了这个过程的道德约束力，即与此紧密相关的讽刺诗。将所有的即兴诗汇编起来，在这个层面上，首先闯入者的失败尝试却被看作是绝对成功的：最终名叫科

1　《诗歌散文杂集》，第103—105页。
2　阿马东特是马东特的女性化名字——译注。

罗曼的人物作为诗歌的创作者出现了，他的诗作完全可以和其他诗歌相媲美。不仅仅他的诗行是这卷书文本情节的一部分，而且作者的名字也融入到了所描绘的社会复杂情况之中。但是这里究竟描述了什么样的社会复杂状况呢？在"阿坎特""奥克塔维""马东特"或是"科罗曼"的名字之后隐藏着谁？因为对于读者来说，他们没有理解这些名字的钥匙，突然有一天他发现自己处在局外人的位置，而他又在情节层面上与科罗曼这些人物遥相呼应。将凸显在即兴诗之后的情节当作文学虚构来阅读，虽然对于读者来说是无所谓的，然而——比如说与斯库德里的长篇小说不同的是——对认识的获得减少了。在不同的文本片段里所铺陈的情节主干既没有指向哪里，它们之间也没有相互联系。读者要面对的是一个异质文本的奇特组合，这些文本常常无法自圆其说，因此在副文本中编著了最少的上下文知识。对于《雅致文集》的读者来说，一方面这种混杂性一定不陌生，另一方面，同时代的人对这种俏皮性的虚构也很熟悉，这种虚构性不仅是世俗文学的特征，也是由此生成的共同体的特征。因此我的疑虑是，在所谓的《奥克塔维文集》中涉及的专辑出版，已在第一个集中的圈子中流传开来，而 17 世纪的即兴诗也以这样不同的方式被接受，然而我们不知道的事实是，谁是奥克塔维，但这也没有妨碍她的专辑成为与她个人相关的社会实践的重要组成部分，如果我们能知道更多活跃其中的人物名字就更好了。[1]

1　因此这个《文集》可以归入"沙龙专辑"的文章形式中，根据玛格丽特·齐默尔曼的观点，这种文章形式描述了"一种多声部的文本空间"，也可以被定义为"具有沙龙特色的群体教育代表"。（玛格丽特·齐默尔曼：《沙龙》，载：弗里德里希·雅格（编）：《新时代百科全书》第 11 卷，斯图加特/魏玛，2010 年，第 549—556 页，这里第 554 页。）

总　结

17世纪就有沙龙了吗，对这个问题的回答当然依赖于，人们是怎么理解"沙龙"的？当罗杰·杜切内从分类学解释时，他显然是从一个几何的空间概念出发：

沙龙在17世纪并不存在，但这是令人无法想象的，上流人士、作家和学者的共同作用——人们习惯用这种表达方式去称呼——对这个时代的文学创作没有产生一定的影响。[1]

杜切内在这里前瞻式地描绘所建议的概念，和相对空间概念很靠近，它的世俗和文学含义在这篇文章中也凸显了出来。在具体的共同体里朗布依埃侯爵夫人和玛德琳·德·斯库德里不仅是最著名的，而且必然一定是和大部分原始材料有一定距离的人物。为了不必固定在具体的共同体中，它的名字"星云"依然十分模糊。直到目前为止看起来不是这样的，通过对《共同文集》和手写文集的系统研究可以找到其他大量的共同体，他们的自我感知和自我建构都可以和《蓝色房间》《星期六的阴谋集团》相提并论。对《奥克塔维文集》的分析更是可以确定两个群体的例外地位：当然是很可能的，在奥克塔维和她朋友们的面具背后隐藏着著名的历史人物。然而具有决定性的是，我们在这样的案例之外没有另外的材料来源，而这些东西恰恰可以产生一个特殊的共同想象体。仔细翻看，《奥克塔维文集》并未对加强

1　罗杰·杜切内：《从卧室到客厅：现实与表象》，载：罗杰·马歇尔（编）：《沙龙生活与文学活动生活，从玛格丽特·德·瓦卢瓦到德·斯达尔夫人》，南锡，2001年，第21—28页，这里第28页。

"17世纪存在大量沙龙"——这个足够著名但同时又未被充足证明的论点——作出什么贡献。然而在结构角度上,它的分析揭示了一个最终与这本选集的认识论问题相关的发现:17世纪的法国即兴诗有构建共同体的作用,这对那个时代正在形成的文学领域具有决定性的辅助塑造作用。通过在中心圈子形成的受众结构,文本越来越脱离于"即兴诗"的特点,而这些文本的产生却要归功于此,与它如此疏远地联系着,以至于从中产生出一种特殊的矛盾心理,转变为双方的一种审美愉悦。就拿优雅的笔名来说,可以看到这些文本如何在共同体的协作和抽象文学之间摇摆不定。17世纪的读者可以选择是否寻找现实的参考,即那些让他参与到虚拟世界的东西,或者他也可以选择是否依赖文本的虚拟身份,以及是否取消掉这个现实参考。然而今天的读者已没有这个自己进入虚拟世界的机会了。他只能在指涉性阅读和将文本赋予一种虚构地位的阅读之间作出选择。指涉性阅读是指在语用符号学的视角下将文本看作一种群体构建的活动。是否第二种阅读始终包含了文本的文学质量问题,这一点始终是开放的。对于我来说更重要的是,接下来将再次指出,这里着手研究的文本指涉性阅读,目的不是分析点状事件,而是要分析语言结构的运用。

参 考 文 献

Beasley, Faith E.: *Salons, History, and the Creation of 17th-Century France. Mastering Memory*, Aldershot/Burlington 2006.

Bung, Stephanie: „Une Guirlande pour Julie: le manuscrit prestigieux face au‚ salon' de la marquise de Rambouillet", in: *Papers on Seventeenth Century French Literature*, XXXVIII, 75 (2011), S. 347–360.

DeJean, Joan: *Tender Geographies. Women and the Origin of the Novel in France*, Columbia 1991.

Denis, Delphine, Spica, Anne-Élisabeth (Hg.): *Madeleine de Scudéry: une femme de lettres au XVIIe siècle*, Paris 2002.

Denis, Delphine: *Le Parnasse galant. Institution d'une catégorie littéraire au XVIIe siècle*, Paris 2001.

Dictionnaire des lettres françaises. Le XVIIe siècle, hg. v. Patrick Dandrey u.a., Paris 1996.

Dictionnaire universel, hg. von Antoine Furetière, Bd. III, Paris 1690.

Génetiot, Alain: *Poétique du loisir mondain, de Voiture à La Fontaine*, Paris 1997.

Jouhaud, Christian: *Les pouvoirs de la littérature. Histoire d'un paradoxe*, Paris 2000.

Lachèvre, Frédéric: *Bibliographie des recueils collectifs de poésie publiés de 1597 à 1700*, 4 Bde., Paris 1901–1905.

Magendie, Maurice: *La Politesse mondaine et les théories de l'honnêteté, en France, au XVIIe siècle, de 1600 à 1660*, Paris 1925.

Morlet-Chantalat, Chantal: *Bibliographie des écrivains français: Madeleine de Scudéry*, Paris 1997.

(OEuvres diverses tant en vers qu'en proses, dédiées à Madame de Mattignon. Par Octavie, Paris 1658.

Picard, Roger: *Les Salons littéraires et la société française, 1610–1789*, New York 1943.

Reynier, Gustave: *La Femme au XVIIe siècle*, Paris 1929.

Roger Caillois, *Le Jeux et les hommes: le masque et le vertige*, Paris 1958.

Roger Duchêne, De la chambre au salon: réalité et représentations, in: *Vie des salons et activités littéraires, de Marguerite de Valois à Mme de Staël*, hg. von Roger Marchal, Nancy 2001, S. 21–28.

Sainte-Beuve, Charles Augustin: *Causeries du Lundi*, Bd. II, Paris 1850.

Schapira, Nicolas: *Un professionnel des lettres au XVIIe siècle. Valentin Conrart: Une histoire sociale*, Champ Vallon 2003.

Simanowski, Robert: Einleitung: Der Salon als dreifache Vermittlungsinstanz, in: ders. (Hg.): *Europa – ein Salon? Beiträge zur Internationalität des literarischen Salons*, Göttingen 1999, S. 8–39.

Zimmermann, Margarete: „Salon", *in: Enzyklopädie der Neuzeit*, Bd. 11, hg. von Friedrich Jäger, Stuttgart, Weimar 2010, S. 549–556.

卡伦·斯特鲁夫

"一个由学者组成的社会"：
狄德罗与达朗贝尔所编《百科全书》中
的共同体、社会与学者（1751—1772）

在北纬 48° 地区发现了一个新的部落，它比加勒比地区的任何部落都更加狂野和可怕。人们把他们称之为嘎嘎（Quaquaken）：他们从不携带弓或是木棒，他们的头发打理得很有艺术感［……］他们所有的武器就是位于他们舌头下面的一种毒物；他们每说一个字［……］就会释放出这种毒液［……］。这个嘎嘎部落不注重社会和亲属联系，也没有友情和爱情关系：他们用同样的诡计对待所有的人。［……］[1]

在法国中部，被称为"卡库亚克"（Cacouacs）的野蛮人蔓延开来，他们可怕而阴险，只要他们一开口就会喷射出毒液。他们自私自利、谄媚，他们因为言语和缺乏社会能力而对整个社会构成了威胁。所以 1757 年雅考伯-尼古拉斯·莫罗才会去诋毁这些人。他们是什么人呢？他们是六年前第一次出现在大众面前、为这个时代的全部知

---

1 匿名，雅考伯-尼古拉斯·莫罗：《有用的意见，或关于卡库亚克的第一个回忆录》，载：《法兰西信使》第一卷（1757 年 10 月），第 15 页，载同样期刊的《服务于卡库亚克人历史的新记忆》第八期（1757 年），第 103—108 页，这里第 103 页。

识作系统记录的、一部独一无二的作品的作者们，这部作品就是《由文人协会编辑、百科全书或工艺详解词典》，出版人是狄德罗和达朗贝尔。

论战的尖锐性、百科全书派嘲讽的野蛮性以及他们自身的高标独立都是这个时代显著的标志，展现了法国启蒙时期重要著作及其作者具有怎样的爆炸性。这些作者本人，即这批文人，在这个百科全书里展示了一个迥异的自我形象：高屋建瓴般地站在这个时代繁复的知识之上，并且拥有足够的理智，整理、标记这些知识并使之让所有人都能够理解。在这一意义上，达朗贝尔在1751年的《前言》[1]中风格化地描述了自己作为"文人协会"成员的形象。"文人协会"以编撰百科全书为目标，正如书中条目"百科全书"所写的那样，它是"作家协会"为了同代和后世人们所做的努力。[2]

接下来将从两方面更加详细地分析这个特别的"文人协会"：第一，从活跃的人物和他们活动的方式来看，这些"文人们"究竟是谁？这个协会是由什么构成的？第二，他们具有哪些社会文化以及政治哲学功能？对于我来说以下两种方法是可能的：一种是文本外部的社会历史方法，它可以对百科全书派作者的生平和社会出身作出历史性重构[3]；另一种是文本内部的话语分析方法，它将自我理解看作是文

1　参见让·勒朗·达朗贝尔：《1751年版百科全书前言》，由埃里希·科勒出版并作序，汉堡，1955年，这里特别是指第84页，第86页。

2　"致与我们生活在一起的人，致那些将要追随我们的人"。德尼·狄德罗：《百科全书》，载：德尼·狄德罗，让·勒朗·达朗贝尔：《科学、工艺百科全书或详解词典（1751—1777）》，CD-ROM，2000年。

3　这已在研究中大量地分析过。参见弗兰克·A·卡夫克，塞雷娜·L.卡夫克：《作为个体的百科全书派——百科全书作者传记字典》，牛津，1988年；弗兰克·A.卡夫克：《作为团队的百科全书派——百科全书作者的共同传记》，牛津，1996年。其中百科全书派的社会出身，宗教倾向和写作能力被彻底质疑。这里紧接着是对百科全书派作用历史评价的话语分析研究：作为秘密社团和毒教——外来化的"卡库亚克"被作为历史背景来（转下页）

学家的社会性以及对文学-政治干预的目标。为了回答上面提出的问题，在下面文章的框架下，我将集中于第二种方法，分析在相关文章中"文人"的自我描述，并会对条目"社区"和"协会"进行一些补充。

1. 什么是"文人协会"？
活动家和他们的团队形式

为了描述"文人协会"的自我形象和自我认识，我将借助哈特穆特·罗莎等人的系统化研究，根据他们的说法，共同体一方面可以作为本体化的分类来理解和分析，其中涉及"基础的但却是重要的、关于人类共同体和团结性的非历史问题"[1]，或者另一方面，共同体可以理解为政治-伦理性分类，就是"分析、构建和评价共同体的具体特征"[2]。因为我在研究一个具体的共同体，即百科全书派，所以下文会将政治-伦理术语定义置于分析的中心位置，然而也会使用以本体论为基础的论证手段。在此视角下，借助于罗莎等人的论点，我将会涉及三个方面，并且这三点将会有效应用于"文人协会"特征的问题考察中。第一方面是个体和共同体的关系，第二方面是关于成员的中心

（接上页）使用——，参见让-路易·维西埃整理的论战稿，载《毒教：围绕狄德罗和达朗贝尔百科全书的争议》，普罗旺斯-艾克斯，1993年。或者是作为军队和前沿方阵，正如帕斯卡·杜普拉特这样描述他："百科全书派组成了一支完整的军队。[……]多么威武的作家方阵啊！"帕斯卡·杜普拉特：《百科全书作者——他们的工作、学说和影响》，布鲁塞尔/莱比锡/利沃诺，1866年，这里第41页。

1　哈特穆特·罗莎等：《共同体理论引论》，汉堡，2010年，这里第20页，参见，特别是之后的第21—27页。

2　同上，参见特别是之后的第27—30页。

共同体，第三方面是共同体概念的范围。[1]

在这一点上，我还想插入对专业术语"协会"和"社区"历史概念使用的简要反思。罗莎等人关于 19 世纪概念包含的选择性以及 18 世纪还未出现的术语分歧的论点[2]通过《百科全书》中的条目完全得到了证实。在《百科全书》里对同名条目的分析表明（和过去的 17 和 18 世纪的词典作历时比较[3]），这些概念几乎都在同义使用，并不总是通过简单的标准相互区分。

集体和个体

《百科全书，或科学、艺术和手工艺分类词典》，这是 1751 年第一卷封面上的标题，可以确定：

> 经由文人协会，由普鲁士皇家科学与文学院的狄德罗先生下令；至于数学部分，由巴黎皇家科学院和普鲁士与伦敦皇家学会的达朗贝尔先生负责。

《百科全书》的作者在这里是以集体作者（非个人）的方式出现的。只有两个编辑人，狄德罗和达朗贝尔被全名刊出并作为学术机构的成员合法化。其他作者仅仅被简单地归到"文人协会"的名下。

1　参见哈特穆特·罗莎等：《共同体理论引论》，汉堡，2010 年，第 28 页。

2　参见同上，第 30 页。

3　参见例如《法兰西学院词典》，其中既出现在 1649 年的第一版中，也出现在 1762 年的第四版中。1789 年的第五版和 1835 年的第六版的"社区"条目是这样写的："社区［……］几个人生活在一起的社会［……］"。查询结果如下：罗曼语言文学系，芝加哥大学：《ARTFL 项目——古代词典》，载：http://artflx. uchicago.edu/cgi-bin/dicos/pubdico1look.pl?strippedhw=communaut%C3%A9，2010 年 10 月 5 日。

图 1 百科全书封页图

基于共同的目标，他们形成了一个共同体；另一方面，百科全书通过许多"文人"的作者身份使其合法化。出版人常常背负着人类狂妄的批评，出于这样的原因，他们在《内容简介》[1] 和《前言》[2] 中都强调，这不是一个人写成的著作。超过 140 名作者一同参与了这部作品：著名的思想家如卢梭、马蒙特尔、孟德斯鸠、霍尔巴赫男爵，特别是伏尔泰都是其中的编者。最初一些是教士，但也有手工业者、医生或者建筑师参与其中，让百科全书的作者和制作铜版画的雕刻工人们在其工作室里对他们过目不忘，而且人们也可以在这个"舞台"上看到他们"在工作中"。[3] 所有的线，在狄德罗这里都串了起来。他编辑、修

1　在 1750 年发布的《内容简介》里狄德罗强调道，像《百科全书》这样的重量级著作只有由许多人共同承担来完成，也只有这样才能为它的完美作出贡献，即使它会降低编辑者的荣誉："为了支撑我们必须承受的重量，有必要来分享一下它 [……] 确实，这个计划使编辑的功劳降到了最低，但它增添了这本书的完美"。德尼·狄德罗：《内容简介》，加尼埃，1875—77 年【1750】，第 129—158 页，这里第 135 页。网站可供查阅 http://fr.wikisource.org/wiki/Prospectus_%28Diderot%29：2011 年 6 月 22 日。

2　"因此，我们解释道，我们决不会如此大胆，以至于让自己承受远远超出我们力量的负担。"在达朗贝尔引证狄德罗《内容简介》里的论述时强调到。让·勒朗·达朗贝尔：《百科全书序言》，这里第 11 页。

3　事实上，几乎所有在《百科全书》中工作的手工业者和其他人都是匿名的，在作者列表和签名列表中寻找他们的名字都是徒劳的；即使对于"舞台"大量的建造者来说，就仅仅只有一个名字（路易-雅克-古西耶）被提到。对铜版画手工业者有一个精神上的，但绝不是理想化的特征描述，并且没有一个模仿的范本与它相符。

改和审校文章，将校样发给作者，忽略已提交的文章和它们中间棘手的旁征博引，另外他自己又撰写了数百篇不同领域的文章。

作者个性化的不同在《百科全书》中是受到限制的：除了明确的名字命名之外，在《百科全书》里作者们可以以百科全书派的身份给自己命名，但是"百科全书派"这个概念在整个《百科全书》中只出现过三次。[1]与个性化写作者不同，一个团队的团结尤为重要。这样做的原因一定是让个别作家免于启蒙书籍的审查和逮捕，然而在《百科全书》中，在共同体的理念和在协会中都可以找到他的身影。在这一点上，我将回溯一下：

"文人"的共同性是什么？

共同性

"文人"，伏尔泰在同名条目中以范例形式表明了作者如何将自己风格化为知识的对象，他这样解释道，"文人"是在哲学–文学意义上被加以定义的，并置于历史的传统路线之中——也就是在话语策略上合法化了——所以这样来看，"文人"是具有共同体特征的。[2]如果追溯至古希腊罗马时期，可以发现，那时的"语法学家"就是广义上的学者，但这些古希腊罗马的榜样人物依然在知识上被超越了：18世纪的"文人"以他们丰富的语言知识傲然群雄；而且他们还是自然历史的学者，并且在广度上超越了古代先贤们。"文人"们通过他们在文学和科学领域的双重专业知识和权威，获得了收集知识甚至是构建知

---

1 百科全书"Vokal"（元音）、"Wolle"（羊毛）条目，德尼·狄德罗：《百科全书》，载：狄德罗，达朗贝尔：《百科全书》；尼古拉斯·博泽：《元音》，载：同上，以及路易斯·德·雅库尔：《羊毛》，载：同上。
2 伏尔泰：《文人》，载：同上。

识结构的合法性[1]（文学文本和科学[2]的相互依赖总是一再被强调），另外一个核心共同点也根植于他们的思想：他们都拥有哲学思维，这构成了他们的特点（"这似乎构成了文人墨客的性格。"[3]）

"文人"是如何联合成为一个"协会"的，这个问题可以在伏尔泰"文人"条目里的论述以及在本体论和文化人类学层面的"百科全书"条目里得到回答，同样也穿插在关于"协会"和"社区"的文章里，与此相应，"男人是为了生活在社会中"同样出现在条目"协会"的第一句话里。[4]人应该从天性出发，即在文化人类学的常量里，在一个共同体的活动中，因为作为一个单独的人，为了掌控生活中所有的挑战，他不需要在才能和能力上有必要的多样性。因此，按照亚里士多德的论述，人被描绘为"动物园政治"，也就是群体教育的生物。"为了汇集所有的人才，我谈论的是一个文人和艺术家的社会"，[5]这便是条目"百科全书"关于"文人"的论述，这些文人汇集了自己所有的力量，以应对百科全书编撰带来的挑战。

---

1 德·雅库尔在文章《文学，百科全书》里的论述，其中他为文学和自然科学的双重专业性和权威性辩解道："我们区分文人，是那些只培养多样化学习和充满乐趣的人，是那些把自己依附于抽象科学的人，以及那些更敏感的实用科学的人。但是，如果没有文学知识，他们就无法获得卓越的学位，文学遵循文学-科学本身，有它们之间的顺序、联系，也有分不开的关系"，路易斯·德·雅库尔：《文学》，百科全书版，载：同上。

2 除了如德·雅库尔所描述的通过知识使科学获得完善，科学也有助于完善和美化文学，希腊人已有过这样的表述："在希腊人中，人文学科的研究美化了科学的研究，并且科学的研究给人文学科带来了新的光芒"。特别是在文艺复兴的世纪，科学与文学相互丰富和促进："最后，文学和科学相互丰富"。此外它们还促进了民族教育，因为它们有助于灵魂的塑造和社会的福祉："所以我敢毫无偏见地说支持文学和科学，它们使国家繁荣，在人们心中传播正确理性的原则，传播甜蜜的种子、美德的种子，以及人类如此需要的社会的幸福"，路易斯·德·雅库尔：《文学》，百科全书版，载：同上。

3 伏尔泰：《文人》，载：同上。

4 狄德罗：《协会》，载：同上。

5 狄德罗：《百科全书》，载：狄德罗，达朗贝尔编辑：《百科全书》。

影响力

"文人"的归属性和团体概念的影响范围都基于共同的知识信念和狄德罗的编辑部。"给他的同事和朋友们"[1]，这样一个扉页寄语为《百科全书》的影响范围承载了感情的力量。通过亲密友好的关系建立的这样一个学者小圈子（像是狄德罗、罗素、达朗贝尔和德·雅库尔），这些作者中的大多数却仅仅与编辑者和狄德罗有联系。因此"文人"是一个集体作者，虽然是通过与百科全书派的自我形象紧密联合在一起，但是很少有人是基于作者之间的个人关系。

对于"协会"的自我经营和影响力，人们可以用团体协作的一个后现代概念更精确地定义它。根据本尼迪克特·安德森的理论，在一个"想象的共同体"意义上可以理解为，"在他们的头脑中有一个想象共同体的现实映照，尽管他们的成员缺乏实践经验"。[2] 是否文学中的共同体更像是神话或是可能性[3]，作为对这个问题的回答，可以用第一个近似表达，即百科全书派这个共同体并不代表思想实验意义上的纯粹可能性，因为他们是作为一个集体作者出现的，更是存在于数千个文章和类似于"文人"等条目的制定上。然而从安德森理论的意义上来看，它也是一个神话，因为"文学家"的共同体绝不是作为一个团体被制度化或被局部化书写的。

---

1   狄德罗：《百科全书》，载：狄德罗，达朗贝尔编辑：《百科全书》。

2   "之所以提出它是因为，即使是最少民族的成员绝大部分人都不会碰见或是仅仅是听说他们，但是在这个民族的头脑中，对这个共同体的想象是存在的。"本尼迪克特·安德森：《民族的发明：论一个有重要结果之方案的成功》，法兰克福（美因河畔）/纽约，1988年，这里第15页（强调原文）。

3   2010年10月在本选集出版之前召开的会议主题是"文学中的共同体——神话还是可能性？论文学-政治干预的现实性"。

2. 共同体有哪些社会文化和政治–哲学功能？

"文人"的功能——很明显，除了对《百科全书》编辑制定外——还在于在知识构建和社会、民族形成方面所树立的古典启蒙目标。[1]

"文人"，如伏尔泰在同名条目里所表述的那样，是有能力构建这个世界的认识，一如描绘学者书房里的知识（"为了世界也为了书房"）。他们周密和谦逊的理智（raison approfondie & épurée）惠及了整个民族，并为它增添了华彩（"à instruire & à polir la nation"），而且对于启蒙学者来说，它具有更深广的意义，它摧毁了所有可以污染社会的错误评价和偏见（包括占星术、玄术、迷信等）："它摧毁了社会所感染的所有偏见"。[2]

在上面提到的，在"文学"和科学的双重专业知识和权威中产生了一种细致的可用性并且标志了"文人"的自我认识，这些都可以通过百科全书的集体作者推动知识的世俗化和大众化（"为了大家"）。"文人"，说得更远一些，必须为大众服务，通过超越民族和时空界限的文字知识，愿意作为知识的传播者和翻译者奉献自己。[3]因此他们的任务在于作为团队进行文学–政治干预并且服务社会。[4]

---

1 具体"文人"和"同时代法国社会"的关系，参见米歇尔·高林：《法国百科全书时代文人的概念》，纽约等，1991年。
2 伏尔泰：《文人》，载：狄德罗，达朗贝尔：《百科全书》。
3 参见，路易斯·德·雅库尔：《文学》，百科全书版，载：同上。
4 百科全书派的自我形象和当时社会的相互依赖关系早在1970年阿尔弗雷德·奥皮茨就已研究分析过，他对百科全书派在社会学基础上论述过的文学理论进行了详细的分析。开篇确立了这样的论点，"社会和文学可以看作一个整体"（阿尔弗雷德·奥皮茨：《在百科全书派的文学理论中的作家和社会》，伯尔尼／法兰克福（美因河畔），1975年，这里第1—2页）中心（转下页）

因此可以看到有趣的反馈：他们不仅仅在编者的前言中自己定位自己，而且还在《百科全书》当中为他们自己创造了属于自己的条目，并在多篇文章中以他们自己为主题，这样，"文人"作为一个共同体自己生成了自己。他们赋予自己"文人"的属性，和他们在一般意义上赋予社会的属性是一致的，并且借助于此，他们完全形成了一个共同体的概念。对此，人们在探讨百科全书派时把他们视作一个共同体，它在文学中可以作为构想者或者在这种情况下作为规范化或理想化的对立面生成，然后通过"关于文学"的专业权威创造知识，也可以通过文学使得社会和共同体成为可能。

3. 总结和前瞻

正如在第一个概要中所确定的那样，"文人协会"赋予自我的形象是基于反对神学教义、迷信、致力于人类平等、知识自由传播的启蒙价值观。作者共同体代表了一个"自然"的人类社会，它使其成员的不同才能得以发挥，并致力于更高的目标。通过本体论的要素特征，人们赋予百科全书派这个团体以知识的意志、实用主义的意愿、解放和广博的决心。这个属性让他们如此危险——从这个"卡库亚克"的变化中就可以明显地看出——他们让《百科全书》成为"启蒙的标志"。[1]

（接上页）部分是论述在接受语境（"文人"的公众影响）和生产语境方面（比如说他们的经济状况），对百科全书派尤为典型的是"坚持文学工作的社会性"（同上，第271页），并且这里尤其关涉到百科全书派在"充斥着市民阶层不断增长的经济力量和与他们相对立的社会秩序"这样的斗争性环境下的地位。（同上，第255页）

[1] 塞尔斯廷·鲍尔-芬克：《18世纪法国文学：历史的发展》，载：英戈·科尔布姆，科奇·托马斯，雷切尔·爱德华（编）：《法语手册》，柏林，2002年，第703—711页，这里第707页。

对百科全书文本[1]深入的分析一方面可以探究一些处理方法，正如上文所引述的那样，"文人协会"可以从被偏见所挟制的社会得到这些处理方法。有趣的不仅仅是这些明显针对教会或等级制度或国家权威的文章，而且还有或多或少对当时社会的批评。比如说对社会批评的一篇暗讽文章就在条目"蜜蜂"当中出现，不难看出，其中有对贵族的讽喻式和漫画式夸张描写：雄蜂吃昂贵的蜂蜜，然而整天只在蜂巢附近飞一飞，而工蜂却从早到晚工作个不停。[2]

除了对社会的批评，另一方面还需对前述社会概念和共同体概念的影响和辐射范围作进一步的分析。对此我指的不是百科全书派的构成，而是本体论和道德方面的社会理念，比如其中"自由""平等"的普世理念，而这一切一直都是有关个人幸福的保障。[3]狄德罗在他的文章"百科全书"中甚至称人是一切思想的起点（"人是唯一可以开始的专业词汇"[4]），以这样的方式，人不仅开启了思想的共同

---

1 如果抛开文本本位的研究方法不谈，我们还需要提出这样一个问题，即百科全书编纂者的文学-政治干涉竟达到了何种程度，也就是说，纲领性的论述和作者们的政治干预在多大程度上是一致的。布洛姆对此阐述道，政治活动导致狄德罗被暂时关押在巴士底狱，最后被关押在万塞纳（法国一个市镇，位于巴黎东部近郊，译者按），这种审查最终不仅威胁到作品，还威胁作者本人。尽管如此，除了少数例外，百科全书作者在法国大革命中没有发挥作用——这当然不仅仅是因为他们相对年长。参见布洛姆：《理智的庞然大物》，第413页及后页。

2 "雄蜂体型大于工蜂，他们拥有一个更大的脑袋。他们只吃蜂蜜，然而工蜂们常常只能吃生的蜂蜡。只要晨光初现，工蜂们就要离开蜂巢去工作。然而雄蜂晚一些才会离开蜂巢，然后微微绕着蜂巢飞一飞，也不需要工作，在凉爽的夜晚到来之前，它们就回来了。它们既没有刺，也没有花粉篮，也没有像工蜂一样突出的牙齿。"皮埃尔·塔林：《蜜蜂》，载：德尼·狄德罗，让·勒朗·达朗贝尔：《百科全书》。

3 如狄德罗在社会这一条目中所阐述的那样，人类"经济"的目标在于达到和维护人类的幸福："我想要幸福，但是我和那些和我一样，同样想要追求他那部分幸福的人生活在一起；因此我们要寻找到一种方法，帮助我们获得我们要的幸福，正如他们其他人要的那样，或者至少不伤害他们。"狄德罗：《社会》，载：同上。

4 狄德罗：《百科全书》，载：同上。

体，而且还把思想本身作为思想的一个组成部分来把握。[1] 这样就直接提出一个问题，谁被排除在这个思想体之外，谁又被允许控制它。众所周知，人类共同体的归属性不仅仅指人类本身；在《百科全书》中它没有被当作一个客体：妇女、奴隶、黑人、野蛮人、霍顿托特人（Hottentotte）[2] 和其他许多人显然没有被暗示。如果正像开头引用的论战小册子中，攻击他们的敌人将百科全书派漫画成为野蛮人，认为他们不具有和"文人协会"相应的、合法的说话地位的话，那就是一种刻板和异域化的印象了。

参 考 文 献

D'Alembert, Jean le Rond: *Discours préliminaire de l'Encyclopédie* (1751). *Einleitung zur Enzyklopädie von 1751*, hg. u. eingeleitet v. Erich Köhler, Hamburg 1955.

Anderson, Benedict: *Die Erfindung der Nation: zur Karriere eines erfolgreichen Konzepts*, Frankfurt a.M./New York 1988.

Anonyme/Moreau, Jacob Nicolas: Avis utile, ou Premier Mémoire sur les cacouacs, in: *Mercure de France*, Vol. 1 (Octobre 1757), S. 15, in: *Ders.: Nouveau mémoire pour servir de l'histoire des Cacouacs*, No. 8 (1757), S. 103–108.

Bauer-Funke, Cerstin: Die französische Literatur des 18. Jahrhunderts: Historische Entwicklung, in: Kolboom, Ingo/Kotschi Thomas/Reichel Edward (Hg.): *Handbuch Französisch*, Berlin 2002, S. 703–711.

Beauzée, Nicolas: VOYELLE, in: Diderot, Denis/d'Alembert, Jean le Rond (Hg.): En*cyclopédie ou Dictionnaire Raisonné des Sciences, des Arts et des Métiers*

---

1 在此相关性下，克劳斯·塞姆施展示了百科全书诗学中隐喻言语的策略，参见克劳斯·塞姆施：《与修辞的距离——法国百科全书派和"修辞艺术"审美距离的结构与功能》，汉堡，1999 年，这里第 105—107 页。

2 Hottentotte 是对南非土著民族 Khoikhoi 的一种贬称——译注。

(1751–1777), CD-ROM 2000.

Blom, Philipp: *Das vernünftige Ungeheuer. Diderot, d'Alembert, de Jaucourt und die Große Enzyklopädie*, Frankfurt a.M. 2005.

Department of Romance Languages and Literatures, University of Chicago: The ARTFL Project. Dictionnaire d'autrefois, in: http://artflx.uchicago.edu/cgi-bin/dicos/pubdico1look.pl?strippedhw=communaut%C3%A9, Stand: 05.10.2010.

Diderot, Denis: *Prospectus,* Garnier, 1875–77 [1750], S. 129–158, hier: S. 135, online verfügbar unter: http://fr.wikisource.org/wiki/Prospectus_%28 Diderot%29, Stand: 22.06.2011.

Diderot, Denis/d'Alembert, Jean le Rond (Hg.): *Encyclopédie ou Dictionnaire Raisonné des Sciences, des Arts et des Métiers (1751–1777)*, CD-ROM 2000.

Diderot, Denis: L'ENCYCLOPÉDIE, in: Ders./d'Alembert, Jean le Rond (Hg.): *Encyclopédie ou Dictionnaire Raisonné des Sciences, des Arts et des Métiers (1751–1777)*, CD-ROM 2000.

Diderot, Denis: SOCIETE, in: Ders./d'Alembert, Jean le Rond (Hg.): *Encyclopédie ou Dictionnaire Raisonné des Sciences, des Arts et des Métiers (1751–1777)*, CD-ROM 2000.

Duprat, Pascal: *Les Encyclopédistes. Leurs travaux, leurs doctrines et leurs influences*, Bruxelles/Leipzig/Livourne 1866.

Gaulin, Michel: *Le concept de l'homme de lettres, en France, à l'époque de l'Encyclopédie*, New York et al. 1991.

de Jaucourt, Louis: LAINE, in: Diderot, Denis/d'Alembert, Jean le Rond (Hg.): *Encyclopédie ou Dictionnaire Raisonné des Sciences, des Arts et des Métiers (1751–1777)*, CD-ROM 2000.

de Jaucourt, Louis: LETTRES, les (Encyclopédie), in: Diderot, Denis/d'Alembert, Jean le Rond (Hg.): *Encyclopédie ou Dictionnaire Raisonné des Sciences, des Arts et des Métiers (1751–1777)*, CD-ROM 2000.

Kafker, Frank A./Kafker, Serena L.: T*he Encyclopedists as individuals. A biographical dictionary of the authors of the Encyclopédie*, Oxford 1988.

Kafker, Frank A.: *The Encyclopedists as a Group: A Collective Biography of the*

Authors of the Encyclopédie, Oxford 1996.

Opitz, Alfred: *Schriftsteller und Gesellschaft in der Literaturtheorie der französischen Enzyklopädisten*, Bern/Frankfurt a. M. 1975.

Rosa, Hartmut/Gertenbach, Lars/Laux, Henning/Strecker, David: *Theorien der Gemeinschaft zur Einführung*, Hamburg 2010.

Semsch, Klaus: *Abstand von der Rhetorik. Strukturen und Funktionen ästhetischer Distanznahme von der „ ars rhetorica" bei den französischen Enzyklopädisten*, Hamburg 1999.

Tarin, Pierre: ABEILLE, in: Diderot, Denis/d'Alembert, Jean le Rond (Hg.): *Encyclopédie ou Dictionnaire Raisonné des Sciences, des Arts et des Métiers (1751–1777)*, CD-ROM 2000.

Vissière, Jean-Louis: *La secte des empoisonneurs. Polémique autour de l'Encyclopédie de Diderot et d'Alembert*, Aix-en-Provence 1993.

Voltaire: GENS DE LETTRES, in: Diderot, Denis/d'Alembert, Jean le Rond (Hg.): *Encyclopédie ou Dictionnaire Raisonné des Sciences, des Arts et des Métiers (1751–1777)*, CD-ROM 2000.

西尔维娅·普里奇

作为媒介-政治的"多元书写"：
论如何通过多重作者身份更新共同体

多 元 书 写

以多重声音呈现作者身份这一设想，作为另外一种强调理解作者的概念出现在现代，这种想法也与背叛作者声音，创造共同干预方式的希望有关。早期浪漫派的写作共同体，即围绕施莱格尔兄弟和《雅典娜神殿》期刊组建的共同体也被擢升为典范。[1] "真正的读者"一定是"被拓宽的作者"，诺瓦利斯用这句格言质疑个性化的作者身份，同时他将片段作为对话性理解世界的天才诗学形式进行大力宣传和推广。[2] 60 年代初法国文学家莫里斯·布朗肖[3]也提到了这种集体文本生产的表达方式。对于他来说，这种浪漫范式作为一种

1　参见伊马努埃尔·阿洛阿：《没有范例——诺瓦利斯、本雅明和布朗肖作家共同体的乌托邦》，载：贝特·弗里克，克莱莫·马库斯，斯坦凡·诺伊纳：《图像与共同体——政治与艺术审美，文学与理论趋同性的研究》，慕尼黑，2011 年，第 315—341 页。

2　诺瓦利斯：《手稿》，载：理查德·塞缪尔，汉斯·J.梅尔，格哈德·舒尔茨，斯图加特，1965—68，II，470 页。引证根据阿洛阿，《范例》，载：弗里克等：《图像与共同体》，第 324 页。

3　同上。

创新，正如所预言的那样，在多元书写中所谓的共同书写的可能性，是诺瓦利斯在出版业的发展中所看到的预兆："报纸杂志原本是一种共同的书籍。在协会里写作是一种有趣的标志——它让人预感到一种伟大的写作教育。人们有一天也许可以在大众中写作、思考和行动"[……]。[1]

布朗肖本人之前也曾为了办一本国际杂志而极力推动这个提议，而最终也只在一期中实现了这个理念。在《国际评论》期刊项目里涉及了一种激进的方法，它赋予文学语言为一种政治干涉的共同手段。[2] *Écriture plurielle*，根据翻译的不同，可以译为"复合写作""在多样化中写作"或者也可以称为多元化的书写，代表了一种政治–伦理，也就是一个出版计划，它通过合作的、多人参加的和跨国界的工作方式而与众不同。

同样这样的希望，在跨国界区域合作工作也是与数字媒体的传播紧密相连的。融合成为集体制作人的整体由作者和读者构成，已成为

---

1 莫里斯·布朗肖：《雅典娜神殿》，载：沃尔克·博恩（编）：《浪漫主义：文学和哲学，有关诗学的国际文献》，法兰克福（美因河畔），1987年，第107—120页，这里第118页；诺瓦利斯等。

2 从1960到1964年的该项目，参与人数大约20人，有许多声名显赫的大作家（主要来自法国、意大利和德国），除了布朗肖和狄奥尼·马斯科洛等，还有罗伯特·安泰尔梅，罗兰·巴特，汉斯·马格努斯·恩岑斯伯格，沃尔特·博利希，乌维·约翰逊，伊塔洛·卡尔维诺，埃利奥·维托里尼，还有不少的女性成员，玛格丽特·杜拉斯，英格堡·巴赫曼，1963年吉纳维芙·塞罗加入了该项目。他们只是作出了唯一一部出版物——1964年的《格列佛》，而且还是作为原本已有的意大利杂志维托里尼斯和卡尔维诺斯主编的《梅纳博》的一期出版发行的（《格列佛–国际期刊》的一个版本，载：Il 文学的梅纳博，7（1964），都灵。罗曼·施密特形象描绘了同样是辛苦参与的这一过程——跨越欧洲界限的共同探讨，这里笔者主要引用的是他的分析（罗曼·施密特：《可能或不可能的共同体——莫里斯·布朗肖、圣·伯努瓦街社团和一个1960年国际杂志的想法》，柏林，2009年）——作者注。

一种对抗大众媒体信息霸权的核心理念力量，而这也将逐步导致——正如 2008 年"社交网站"[1] 里的中心引言所表达的乐观看法——"在知识生产所有领域中静态的、独特的作品的瓦解和与它一起出现的对作者个人主义认识的瓦解"正在发生。

作为核心隐喻，"网络"的地位越来越重要：鉴于 60 年代政治和社会现实的脆弱性，布朗肖要求意义和表现方式的碎片化[2]，然而自八九十年代起连接结构的创作作为对日常生活碎片化的回答已居于重要位置。"在传统秩序瓦解的过程中，网络访问和团结的发展对我们周围环境的获取和塑造变得越来越重要"，正如莫腾伯克和穆沙默尔将网络描述为团结和文化联系的现代性形式。[3] 这个想法不只是与互联网技术有关，而且也与其一道推动了大众化，并且在 60 年代仍有讨论价值：

"网络"这个理念比它的技术现实还要古老，并且已成为 60 年代的另类文化以及一个对政治、社会实用性要求的中心主题。通过现在的新技术，我们才发现了 60 年代的理想——一个"开放式的艺术作品"，它出现在参与者的交流之中，所有网民的"无支配性话语"也是 90 年代初期互联网意识形态和美学的基本形式。[4]

---

1 安雅·埃伯斯巴赫，马库斯·格拉泽，理查德·海格尔：《社交网站》，康斯坦茨，2008 年，第 9 页（前言由 R. 库勒撰写）
2 这里涉及更多的是不同方面的强调，因为布朗肖在追溯早期浪漫派时，也关注一系列的片段。参见，针对片段概念（以及针对早期浪漫派的不同）；莫里斯·布朗肖：《政治手稿 1958—1993》由马库斯·科伦从法语翻译并引进，柏林，2007 年，第 70 页及之后；施密特：《共同体》，第 123 页及后页。
3 彼得·莫腾伯克，赫尔格·穆沙默尔：《网络文化——在一个全球化世界中的联系艺术》，比勒菲尔德，2010 年，此处第 7 页。
4 迪特·丹尼尔斯：《互动的策略》，载：鲁道夫·弗里林，迪特·丹尼尔斯：《媒体艺术互动——德国的 80 年代和 90 年代》，维也纳 / 纽约，2000 年，第 142—169 页，这里：www.medienkunstnetz.de/quellentext/65/，2012 年 11 月 22 日。

与此同时，作为社会状况的描绘以及高科技时代（新自由主义）的理想（网络社会）和崭新的关系形式（"网络–社会性"），网络诞生了，并常常是和关于共同性丢失的描述并道而行的。[1] 与此同时，新项目不断涌现，它们将自己视为公共空间的对抗力量，并希望根据自己的想法以集体方式塑造它。对此有影响力的是哈特与内格里的"网络战"方案，他们将其"主要美德"确定为"创造、交流和自我组织性的合作"。[2]

从观察到的相似之处出发，根据问题应该着手研究共同表达的媒体形式之间的异同点。此次尝试从布朗肖的理论到电子杂志以及两个媒体艺术项目，都在多重作者概念上受到了示范性的质疑。与此同时也表明，即使这些概念涉及不同的政治方向，但 21 世纪 60 年代和 90 年代的概念——前者关系共产主义，后者关涉无政府主义，都证明了媒体共同体相似自由论者的基础。

文 学 杂 志

杂志项目《国际评论》的文学–政治纲领在 1960 年到 1964 年间得到了发展。[3] 杂志应该有别于传统文化杂志，成为一种"应该旨在反映世界，表达世界，就像通过作家的集体意识让世界变得可识

1　引用维特尔·卡斯特尔等人的论述总结出的结论，安德烈亚斯·赫普：《媒体艺术——媒介化世界的文化》，威斯巴登，2011 年，特别是第 88 页，第 96 页及后页。
2　迈克尔·哈特，安东尼奥·内格里：《大众：帝国主义时代的战争与民主》，法兰克福（美因河畔），2004 年，第 101 页。
3　虽然一方面"圣·伯努瓦街社团"和杜拉斯、安泰尔和马斯科洛有紧密的个人交流，但国际交流主要是通过信件往来。以下我将集中阐释布朗肖一些独特的设想，他不仅作为联合倡议人，而且还论述了全面的文学–政治纲领。

别、可质疑和可谴责一样"。[1] 人们赋予作家一个普遍干预的知识分子的角色，决定性的态度应该是抵制或对现状的拒绝（réfus），同时有助于共同体建设。"说不的友谊"是布朗肖为这种结合找到的公式。[2] 同时，杂志应该是"重要的、国际性的"，也就是一个"让文学、哲学、政治和社会问题［……］成为公共话题的地方和手段"。[3] 在编辑层面，布朗肖关心的是负责杂志内容和形式任务的共同分担问题。具体来说，它应在所有参与的国家出版，并将相同的文章翻译成各自的语言。

然而"多元书写"的计划远远超过一个纯外部的共同合作，就这点来说，布朗肖除了注重出版形式之外，还致力于宣传一种特定的"片段式"写作方法。布朗肖将文学片段定义为一个"语言空间"，它由大量无法一体化的独立因素构成，并且可以让一个多种声音的"文字言语"（parole d'écritur）被感受，它是非代表性的、并认可差异本身。[4] 这应该尤其可以在一个由所有编辑者共同编辑的栏目"事情的经过"中表现出来，布朗肖将其构想为片段的一个连续以及"不连贯的表达"，而作者应该退居其后，更为理想的方式是匿名写作。[5] 此处的共享作者身份也是来源于在手稿中作为发出多种声音的文学方式。

---

1 布朗肖在 1962 年给马斯克洛的一封信，在《国际评论》的档案中再版，载，《Lignes》11（1990），第 161—301 页。这里为第 256 页；转引自施密特：《共同体》，第 83 页。

2 布朗肖，《手稿》，第 21 页。在引用布朗肖的表述时，笔者使用了人称的阳性形式（原文为德文，德语名词分阴阳中三个属性——译者注），为了不去假定，女性是明确包括在内的。

3 同上，第 63 页及后页。

4 同上，第 71 页；莫里斯·布朗肖：《无限访谈》，巴黎：伽利玛出版社，1969，第 115 页。

5 参见布朗肖：《手稿》，第 66 页及后页。

用这样共同写作的形式，同时因为有助于"跨国界共同责任制"而限制编辑独立性的要求，特别是来自德语区的参与者不想再继续参与其中，以至于最终不得不放弃《国际评论》项目。[1] 另一方面，"无限制性国际化和跨学科出版物的梦想"还在延续，并且由不同的杂志项目在实体印刷和线上领域得以实现。[2]

相应的线上文化杂志表明了电子出版物和全球联系的巨大可能性。虽然一些个别项目，如法国期刊一样短暂易逝，或是在严重的财政困难下艰难运作，而另外一些则表明，一个以电子化形式运作的跨国界"大众写作"（诺瓦利斯，同上）是如何实现的。例如，由国家资助并在维也纳出版的《欧洲杂志》作为元媒体，将来自大约 80 个欧洲文化杂志的精选文章以翻译版本重新出版发行，并且在网站上以独立主体板块补充出版。[3]60 年代的中心需求似乎现在很容易用新媒体满足，更会被其超越：它涉及国际也就是欧洲网络的广阔范围以及发表文章的数量，据称有上千篇，由数百名作者写成，[4] 原则上可供无限的读者阅读。另一个重要的不同在于互联网的积累功能，这意味着个别问题不是简单的替换，而是发展成一个随时可以访问的综合档案——一个字面意义上的"杂志"。然而作者身份似乎在《欧洲杂志》这里继续受到大众媒体模式的控制，这不仅在于编辑团队决定文章的

1　施密特：《共同体》，第 95 页，第 137 页及后页。
2　弗兰克·伯贝里奇在前言《航海图，航海艺术》的表述（载：施密特：《共同体》，第 9—14 页，这里第 13 页）。这里杂志《国际文学》的编辑看到他的杂志和《国际评论》的通信。依循《国际评论》的想法建立了"Atopia"的电子杂志；它很少的一些在 2002 年至 2004 年出版的文章，仅可以以档案的形式接触查看。（http://netzspannung.org/database/235645/de）结构相似的讨论栏目，正如布朗肖想要努力达成的，可以在著名的《纽约书评》里找到（www.nybooks.com（2011 年 10 月 10 日）.）
3　www.eurozine.com（2012 年 7 月 30 日）。
4　这样的自我书写在：http://public.net/kultur-politik-eurozine.com（2012 年 7 月 30 日）。

质量和选择，还在于他们不利用社交网络的参与机会，不像在线出版物，可以更清楚地在一个文化批评的多样性中定位自己。[1]一方面"多样声音"的巨大丰富性和文学性使其更具可读性，而另一方面，相对封闭的方式几乎没有为实验性的碰撞和辩论中不可预见的发展提供空间——布朗肖和南希所拒绝的作品特点依然占主导地位。

多媒介交流空间

在网络交流的"生产者"时代，共同作者身份的可能性，比布朗肖曾经要求的或是在杂志形式的框架下所想象的，明显走得更远。这个不仅在数量上，即技术上的可能性允许大量社交成员的参与；而且在质量上，正如温特乐观地确认，"内容用户成为共享知识空间的生产者"，从而产生共同生产文本的集体所有——也是作为政治运动的基础："在这个过程中，产生许多非主流身份和另类亚文化，他们质疑主流文化并创建政治动员网络。"[2]似乎从共享文本空间突然就产生了知识空间和行动空间或者出现了二者相互转化。

网络艺术项目在这一发展过程中发挥了重要作用，正如约瑟芬·博斯玛在 2004 年所确定的那样，它们在早期阶段就专注于交流："邮件列表、公告栏、合作网站和艺术服务商形成并将继续形成网络艺术共同体的核心"。[3]由此产生出不同的共同体形式。米兰达·朱莱

---

1 参见以媒体政治为导向的《柏林日报》(www.berliner-gazette.de) 或（地理-）政治博客，如《女团》(www.maedchenmannschaft.de)，它们同样是以共同作者的身份"多元"写作。

2 雷纳·温特：《在网络中的对抗——以网络为基础的交流建构跨国界公众》，比勒菲尔德，2010 年，第 43 页。

3 约瑟芬·博斯玛：《媒体空间的构建、访问与参与：网络艺术作品的真正新意在哪里》(http://www.medienkunstnetz.de/themen/public_sphere_s/medienraeume/, 2012 年 11 月 10 日)。

和哈雷尔·弗莱彻的参与式网络艺术项目"学会更多地爱你"[1]创造了一种特殊形式的表演社群。艺术家们不断地在他们的网站上发布2002年至2009年间由主要来自北美和南美、西欧和东欧的8000人参与的艺术项目和活动说明,并再次在该网站上署名发表照片、视频和文章,因为有不同的选择,它们还在大量的展览会上被展出。自2009年以来,该项目一方面作为旧金山现代艺术博物馆的完整线上展览运行着,另一方面其他任务也在网络上发布、传播——在艺术家们友善的支持下(但是没有以他们的名义)。

重点不是像布朗肖所想的那样,以政治上的示威性去抗议拒绝,而是在六七十年代激进派运动的传统中,除了已建立的艺术事业之外,还呼吁艺术家自我赋权。[2]虽然该项目将项目参与者的注意力吸引到对他们自己日常行为的批判性质询上,但它在不同层面依然具有共同体建设的效果:来自当地周围环境的直接接触(通过指示"做邻居田野记录"(任务2号)或"拍一张陌生人牵手的照片"(任务30号)唤起并转化为互联网媒体产品之间的相遇。这样就产生了共同体构建的表达空间,可以作为"多元书写"去描述。在给定指示的具体化和实施过程中,意义被生产、被"登记",同时因为大量的回复而被迁延。作为共同体建设的契机,桑通强调档案的重要性:"将这些共同体的概念带到档案网站中,我们发现共同体确实是通过创建档案的过程产生的。"[3]可以将这种建立档案的活动理解为众多片段的链条或网络,其中意义获得了一致、对抗或是重叠。在这个艺术模型中,

---

1 www.learningtoloveyoumore.com(2012年10月10日)."表演社群"的名称来自于杰西卡·桑通:《学会记录更多》,载:.dpi13(2008)(dpi.studioxx.org/demo/?q=fr/no13/learning-document-more-jessicasantone, 2012年11月10日).——在此笔者衷心感谢瑞娜·奥纳特提供给我有关这个项目的说明和背景信息!

2 桑通:《记录》,同上。

3 同上。

作者身份没有被取消，而是很明确地划分为艺术指导和艺术执行，这样一方面在整体概念层面保留了发起人的艺术创作权，另一方面在单个模块层面可以进行划分，并在一段时间后完全移交给执行者。

以共同体为导向的交流空间可以在不同的网络形式下创建，这也是奥利弗·雷斯勒对多媒介艺术项目的关切。在众多项目中，雷斯勒借助整个媒体网络发起了公共、艺术和非艺术空间的交流。"Take the Square"（2012）项目同样构建了交际空间的双重性和互联性，他们通过"占领"运动，在马德里、雅典和纽约将公共场所运用于集会、论坛和工作小组活动，讨论一些广场占领运动和基本问题，如自我组织、目标等，这些讨论论坛也会被制作成影集，包括电影和由这些影片构成的多银幕投影，也会在国际上众多单独的电影首映式和展览上被展出，并在互联网上以片段摘录形式发表。[1] 关于直接民主的可能性和参与塑造国家的问题不仅是这个项目的内容，也是雷斯勒其他艺术项目的内容，而且这些问题本身也在他们前行的道路上开辟了跨国界谈判共同体形式的媒介空间。

正如雷斯勒在他的论文中所说的那样[2]，"政治艺术实践"的目标不在于"占领"运动代表了什么，而重要的是调解："[……]要作出这样的贡献，将运动中形成的知识传播开来，并且带动广场之间（区域之间）的翻译过程。"[3] 这里保留差异也是一个非常关键的问题。彼得·莫腾伯克和赫尔格·穆沙默尔在他们公共空间的另类网络文化调查（2010）中让雷斯勒建立跨国界交流空间的实践和让-吕克·南

1　www.ressler.at/de/take_the_square/（2012 年 11 月 10 日）.遗憾的是，这里无法研究不同的媒体效果，但广泛的交流渠道仍有待记录。
2　奥利弗·雷斯勒：《艺术适合政治辩论吗？朱莉娅·拉撒路的采访》2000 年 12 月 (www.world-information.org/（2012 年 12 月 22 日）。
3　www.ressler.at/de/take_the_square/（2012 年 11 月 10 日）.

希的交际共同体之间建立了明确的联系。雷斯勒的项目方法是要表明，"语言如何成为赋权的方法"，其中建立共同体不是作为对未来的承诺，而是在当下的过程中实现它。[1] 在这里也可以拿布朗肖的《无尽的谈话》来解读雷斯勒项目中的交流行为，将其视为一系列片段化的空间创造行为链，其中话语、信息和行为彼此交流而不融合（见下）。[2] 在内容层面上，特别是一些有名的采访对象以作者的身份将其有关理论、理念或是意见的声音大量地展现出来，然而在影片和多银幕投影中表达的分布和艺术性作者身份的规定依然属于艺术家。

共产主义与无政府主义之间

对于布朗肖提出的语言和政治干预之间的关系，它们的基础是对"共同体的可能性或不可能性"问题的协商，正如后来在《未被承认的共同体》中将其命名为"共产主义要求"（*exigence communiste*）。[3] 它们不仅对于布朗肖，而且对于圣·伯努瓦街社团的志同道合者，也包括和布朗肖保持紧密联系的让-吕克·南希，都意味着一个要采取立场的生存要求。布朗肖用不同的方式做到这一点，包括使用"共产主义写作"的公式："集体讲话或者多数人的讲话［parole collective ou plurielle］"。[4] 对于萨尔，这可以理解为"与空间相关的写作"，其

1　莫腾伯克，穆沙默尔：《网络》，第 119—123 页（这里引用的是雷斯勒的项目"另类经济学""另类社会学"，2004—2008）。
2　"马德里的一位代表从自身立场出发发表了一篇对于公开、无针对性目标的赞扬稿，在国际上从一地传播到另一地；一位希腊女性的陈述像是对此的回复，她谈到了团队中自我认知的改变。"（多米尼克·卡马尔扎德：通过谈话感染的风险，《标准》，2012 年 9 月 22 日）（http://derstandard.at/1347493314058/Ansteckungsgefahr-durch-Reden/，2012 年 11 月 22 日）。
3　莫里斯·布朗肖：《未被承认的共同体》，柏林，2007 年。
4　布朗肖：《共同体》，第 99 页。

中"文本、信息和行为相互交流,并且不会在一个共同的语言中存在。"[1]让-吕克·南希使用"文学共产主义"一词来表示一个可解锁的空间,其中共同体性发生在"文学共同体"或作为"表达"的"文字交流"中。[2]最终南希将文学共产主义的概念相对化为一个持续"要求"的概念:"对此我的意思是有关分享声音的理念和实践,通过这种分享声音的表达,独特性只会作为共同暴露的独特性出现,而共同性也只有当它在独特性的边界出现时,才有意义。"[3]文字、文学现在很适合共同体建设的功能:"它记录了我们如何受制于对方,如何承受在我们各自的死亡中,借此,我们能够在尤为极端的情况下接触彼此。"[4]与此相应,能够体验这种接触的优待场所是阅读和写作的行为,同时,铭刻"这种撤回和联系的边界接触"行为被理解为一种抵抗。[5]

回顾围绕"圣·伯努瓦街社团"的《国际评论》的产生背景可以看出,这里涉及的绝不是一个投射未来和文学的备受限制的共同体模型。联合写作项目以及政治激进主义(例如反对阿尔及利亚战争)的基础是施密特所描述的沙龙式共同体,它使"生活的世界成为理论形成的消失点",与此相应,它的生活方式也理解为"预期的共产主义"。[6]《国际评论》应该在友谊和亲和力的基础上跨越国际扩展这种共同体模式。

按照南希的观点,网络艺术项目可以被视为由独特性构成的共同

1　马丁·萨尔,莫里斯·布朗肖:《政治的中断》,载:乌尔里希·布鲁克林、罗伯特·费斯特尔:《政治的思考——当代立场》,比勒菲尔德,2010年,第181—197页,这里第192页。

2　让-吕克·南希:《不运作的共同体》,斯图加特,1988年,第162页及后页。

3　同上,第168页。

4　同上,第141页。

5　同上,第169页。

6　施密特:《共同体》,第45页及后页。

体发声。[1] 这里与激进主义背景有关系的，无论是网络会议、抗议营地或是"占领运动"的占领广场（常常申述其要求），它们都是无政府主义的主要契机。美国民族学家和活动家大卫·格雷伯认为，传统的无政府主义原则，"自治、自愿联合、自我组织、互助、直接民主"代表了全世界批判性的全球化运动的组织原则。[2] 与此相适应，也将具体组织活动的特征表述为"'功能性无政府状态'的微观模型"。[3]

作为基础的权力工具信息，其传播和控制也受到了极大的关注和重视，对此应该用数字媒体的投入和使用来应对。[4] 互联网技术本身被赋予了无政府主义结构的亲和力，它固定在横向联结的特征和权力自由的理想上；它联结在一个成功的"权力下放和统一联系"的希望上，也联结在无政府主义特征的"社会自由空间"的建设上。[5] 然而，这并不意味着一种自动化："没有运动的支持，解放性的互联网项目

---

1 针对 LTLYM 桑通写道："当参与者记录他们的活动时，他们每个人都给自己起一个名字，作为'任意'的奇点，并以此建立一个表演社群。网站上所代表的看似随意的人群集合展示了一个奇特的社群，他们不是由那些不会在彼此之间形成联系的个体来认证身份（为了地理的或其他原因）。"（桑通：《记录》，第1页）。

2 大卫·格雷伯：《无政府主义人类学的片段》，芝加哥，2004年，第2页。（www.prickly-paradigm.com/sites/default/files/Graeber_PPP_14_0.pdf，2012年12月12日）。乌韦·艾布林豪斯描绘了无政府主义和"占领运动"的关系：《左派乌托邦：谁害怕无政府主义？》（2012年1月30日）www.faz.net/aktuell/feuilleton/linke-utopien-wer-hat-angst-vor-anarchismus-11627790.html (2012年11月10日)。

3 印度媒体艺术家和活动家舒达布拉塔·森古塔：《斯特拉斯堡无国界营地：一篇报告》，2002年7月29日，http://mail.sarai.net/pipermail/readerlist/2002-July/001673.html（2012年11月22日）。

4 同上，以及马里昂·哈姆：《物理和虚拟空间中的激进主义或行动主义》，载：《共和派艺术》，2003年9月，www.republicart.net（2012年11月22日）。

5 弗兰克·诺德、集体作者：《无政府主义与互联网——互联网的发展与现状及其与无政府主义的相互借鉴》，载：汉斯·于尔根·德根，约亨·诺布劳赫：《无政府主义2.0.——现状分析与视角》，斯图加特，2009年，第247—275页，这里第254页及后页，第261页。

就无法持续和进一步发展。"[1]

正如这里可以看到的，自 60 年代起的激进民主运动中，是否推动了从共产主义到无政府主义的共同体想法？美国时事评论员芭芭拉·爱泼斯坦将反全球化运动中充斥的"无政府主义者的敏感"描述为一种"意识形态的流动性"，在这一点上，他们完全利用了无政府主义和马克思主义的原则，以至于"马克思主义对阶级剥削的抗议，以及自由主义对侵犯个人权利的愤怒"和一种指向现在的政策联系起来，该政策在基于共同利益的短期联盟中寻求自己的力量。[2]回顾《国际评论》的纲领，这里不同出身（如早期浪漫主义，超现实主义，马克思主义，草根无政府主义）的自由论者的基本原则都与共同体的想法相联系，其中在对社会政策变化的责任中充斥着共识原则、承认差异和跨国性、拒绝传统党派政策和权力等级制度。对此作者们将自己定位在远离他们所处时代的、马克思主义者、社会主义者与无政府主义者的传统冲突之中，由此赢得了吸引力。[3]

作为一种与 90 年代激进主义的理想联结，人们可以使用"众"[4]

1　弗兰克·诺德，集体作者：《无政府主义与互联网——互联网的发展与现状及其与无政府主义的相互借鉴》，载：汉斯·于尔根·德根、约亨·诺布劳赫：《无政府主义 2.0.——现状分析与视角》，斯图加特，2009 年，第 247—275 页，这里第 254 页及后页，第 261 页。

2　芭芭拉·爱泼斯坦：《无政府主义和反全球化运动》，载：《月刊》，2001 年 9 月 1 日，http:monthlyreview.org/2001/09/01/anarchism-and-the-antiglobalizations-movement（2012 年 11 月 12 日）。

3　施密特：《共同体》，第 45 页及后页，第 51 页。

4　Multitude，大多数时候译为群众、群体，这一政治术语最先由马基亚维利提出，后被斯宾诺莎重述。最近该词被重新提起，用于称呼一种新的反对全球化资本体制的模式，该概念最先由政治理论家迈克尔·哈特和安东尼奥·内格里在他们的全球畅销书《帝国》（2000）中作出描述，并在其随后的著作中《大众：帝国时代的战争与民主》（2004）中进行了概念扩充。其他最近使用过该术语的政治思想家们涉及自主论马克思主义及其后继思想，包括 Sylvère Lotringer，Paolo Virno，以及同名法语评论期刊 Multitudes 相关的思想家们——译者注。

的概念，它同时已经发展成为政治运动的一个集体术语。哈特和内格里作为新马克思主义者，将自己与无政府主义区分开来，然而单一性和集体性相结合的"众"概念显示出了与自由主义思想和行为形式的相似性，也被无政府主义一派接受并进行了讨论，讨论中该概念也极具争议。[1] 作为这里描述项目的共同关注点，可以将有关公共要求和个人自由紧张局势的谈判降到最低形式，并且与"共产主义"和"无政府主义"关键词紧密相连。

艺术与政治之间的交际共同体

总之，人们可以确定所描述项目的政治问题之间的某些共同之处。布朗肖采用的拒绝批判立场作为创建其他多种声音公共交流空间的起点，尤其可以在雷斯勒和他描述的抗议团体中的修订版中找到。寻求对集体和个人都公平的表达和交流形式，并且可以作为社会政治变革的起点，与被认为或是已形成的（"共产主义"或"无政府主义的"）的实验处在交互影响之下，尽管它们具有不同的语境特征。与技术媒体传播的交流相比，对于它们建设共同体的效果而言，情境体验绝对没有失去意义。更多的是，与媒体交际实践相联系的多样性合作表明了媒体共同体的复杂性。[2] 同时这样的交互性让人想到，技术媒体并未明显地对共同体建设起到作用，而是只有当在一种多样竞争

---

1 迈克尔·哈特，安东尼奥·内格里：《帝国——新的世界秩序》，法兰克福（美因河畔），2002 年，第 350 页。很遗憾这里无法给出网络链接，请参阅相关的互联网论坛。
2 这证实了赫普所说的"情境共同体体验"（《媒体文化》，第 97 页）。作为在政治行为中的"信息转换体"这样的实践，"在键盘上操作，就如同技术人员在手工房里工作一样，在街道上、在临时的媒体中心"，参见哈姆：《激进主义》，这里为第 6 页。

中，这种交互性被当作一种类似于社会实践来看待时，才起到实质性作用。这适用于布朗肖的"写作"或是南希的"表达空间"，同样也适用于雷斯勒和朱莱以及弗莱彻所共同创建的艺术产品项目的视频电影或是（电子）杂志。

与布朗肖相比，最近的项目表明了媒体条件的变化。正如诺瓦利斯所预言的那样，[1]"大众写作"和布朗肖所努力想达到的"多元书写"，在数字时代面临着新的挑战。虽然布朗肖和南希相信写作的解构力量，但今天提出的更尖锐的问题是，在大量同时发出的声音中，如何让个体声音在相互之间的碰撞中被听到。作为信息技术分发和网络化的基本特征，片段写作在数字交流的背景下获得了不同的意义维度。除了政治艺术野心之外，"碎片"和"网络"已经在这个组织原则层面上相互有机联系起来——但这并不能阻止强大的等级制度到语言暴力形式的形成。[2]然而，在数字化过程中，当档案成为积极构建的对象时，就会受到新的关注，就像 LTLYM。

在概念层面上，上述项目也关注消解语言的等级制度，然而这并不常见，如在布朗肖和南希那里仅仅涉及到单一媒体，即文学，或是和文学-政治重点相联系的。尽管如此，在网络艺术项目中的交际也与一般的概念"*écriture*（文字）"相联系，南希用它来描述一个地方，在这里共同体被表达为一种经验的分享、感动和差异的体验——"不属于任何人的和应归于我们所有人的是：文字的共同体和共同体的文字"。[3]

1　参见第 245 页注 1。
2　西尔维娅·普里奇：《互联网上的漏洞——关于拖沓的性别歧视言论》，载：《女性主义研究，跨学科女性和性别研究杂志》，2011 年第 2 期，第 232—247 页。
3　南希：《共同体》，第 92 页。

具体而言，明显不同的是，共享和多样化作者身份的表达方式。布朗肖的观点是，将写作定位为一种共同作者意识的表达和一种间接的文学过程，其中文本可以由所有参与者来书写，然而这种形式在今天看来既不现实，也让人不情愿。[1]雷斯勒对大量多种不同声音的处理让人想起了巴赫金的叙事复调概念，正如它也被哈特和内格里宣称为临时团结的理解典范。[2]有了这个概念，雷斯勒的方法也有同样的问题，即艺术家的权威往往会躲避视线并且不受质疑（即使在不同的共同体背景下的再阐释在雷斯勒这里也有可能发生）。相比之下，在朱莱和弗莱彻这里对作者身份的处理则显得务实得多，因为作者的权力地位没有被消除，而是被分散了。

如何赋予多元的、相互矛盾的表达一个形式，而不使这过程产生等级制的结构，这是作家身份要面对的最根本的进退两难的困境，即便是上述提及的方法也不能使它脱离这种困境——但此种困境却暗示了："我们方案的失败并不能证明这是一个乌托邦。未竟之事依然有完成的必要。"[3]布朗肖这一令人鼓舞的结语在今天依然有现实意义。

参 考 文 献

Alloa, Emmanuel: Ohne Leitbild. Die Utopie einer Gemeinschaft der Schreibenden bei Novalis, Benjamin und Blanchot, in: Fricke, Beate/Klammer, Markus/Neuner, Stefan (Hg.): *Bilder und Gemeinschaften. Studien zur Konvergenz*

1 尽管对布朗肖的"从自我中解放"（施密特：《共同体》，第62页）的文学和政治的关注和争论在今天显然是值得被再次肯定的。
2 哈特，内格里：《众》，第235页及后页。
3 莫里斯·布朗肖：《论民族主义》，载：《游戏规则》，1991年第3期，第221页及之后，摘自施密特小说，《乌托邦式的失败——两个杂志项目》，载：《黄蜂巢.益文图片杂志》，2010年第158期，第2—7页，这里第5页。（http://www.wespennest.at/w-zeitschrift.php?id=MTU4. 2012年12月10日）。

von Politik und Ästhetik in Kunst, Literatur und Theorie, München 2011, S. 315–341.

Blanchot, Maurice: *L'Entretien Infini*, Paris: Gallimard 1969.

Ders.: Das Athenäum, in: Bohn, Volker (Hg.): *Romantik: Literatur und Philosophie, Internationale Beiträge zur Poetik*, Frankfurt/M. 1987, S. 107–120.

Ders.: Blanchot, Maurice: Sur le nationalisme, in: *La règle du jeu 3* (1991). S. 221f.

Ders.: *Politische Schriften*, 1958–1993, aus d. Frz. übers. u. kommentiert v. Marcus Coelen, Berlin 2007.

Ders.: *Die uneingestehbare Gemeinschaft*, Berlin 2007.

Bosma, Josephine: Die Konstruktion von Medienräumen. Zugang und Engagement: das eigentlich Neue an der Netz(werk)kunst, in: *Medien Kunst Netz 2004* (http://www.medienkunstnetz.de/themen/public_sphere_s/medienraeume/, 10.11.2012).

Daniels, Dieter: Strategien der Interaktivität, in: Frieling, Rudolf/Daniels, Dieter: *Medien Kunst Interaktion, die 80er und 90er Jahre in Deutschland*, Wien/New York 2000, S. 142–169 (http://www.medienkunstnetz.de/quellentext/65/, 22.11.2012).

Ebersbach, Anja/Glaser, Markus/Heigl, Richard: *Social Web*, Konstanz 2008.

Ebbinghaus, Uwe: *Linke Utopien: Wer hat Angst vor Anarchismus?* (30.01.2012), www.faz.net/aktuell/feuilleton/linke-utopien-wer-hatangst-vor-anarchismus-11627790.html (10.11.2012).

Epstein, Barbara: Anarchism and the Anti-Globalization Movement, in: *Monthly Review* 01.09.2001 (http:monthlyreview.org/2001/09/01/anarchism-and-the-anti-globalizations-movement, 12.11.2012).

Graeber, David: *Fragments of an Anarchist Anthropology*, Chicago 2004 (www.prickly-paradigm.com/sites/default/files/Graeber_PPP_14_0.pdf, 12.12.2012).

Hamm, Marion: Ar/ctivism in physikalischen und virtuellen Räumen, in:*republicart* 09/2003, www.republicart.net (22.11.2012).

Hardt, Michael/Negri, Antonio: *Empire: Die neue Weltordnung*, Frankfurt/M.

2002.

Dies.: Multitude: *Krieg und Demokratie im Empire*, Frankfurt/M. 2004.

Hepp, Andreas: *Medienkultur. Die Kultur mediatisierter Welten*, Wiesbaden 2011.

Kamalzadeh, Dominik: Ansteckungsgefahr durch Reden, in: *Der Standard*, 22.9.2012 (http://derstandard.at/1347493314058/Ansteckungsgefahr-durch-Reden/, 22.11.2012).

Mörtenböck, Peter/Mooshammer, Helge: *Netzwerk Kultur. Die Kunst der Verbindung in einer globalisierten Welt*, Bielefeld 2010.

Nord, Frank/AutorInnenkollektiv: Anarchismus und Internet. Entwicklung und Situation des Internet sowie seine wechselseitigen Bezüge zum Anarchismus, in: Degen, Hans Jürgen/Knoblauch, Jochen (Hg.), *Anarchismus 2.0. Bestandsaufnahmen. Perspektiven*, Stuttgart 2009, S. 247–275.

Nancy, Jean-Luc: *Die undarstellbare Gemeinschaft*, Stuttgart 1988.

Novalis: *Schriften*, hg. v. Samuel, Richard/Mähl, Hans J./Schulz, Gerhard, Stuttgart 1965–68, Bd.II, S. 470.

Pritsch, Sylvia: Verletzbarkeit im Netz-zur sexistischen Rhetorik des Trollen, in: *Feministische Studien, Zeitschrift für interdisziplinäre Frauen- und Geschlechterforschung* 2 (2011), S. 232–247.

Ressler, Oliver: *Is art suitable for political argumentation?* Interview by Julia Lazarus, December 2000 (http://www.world-information.org/, 22.12.2012).

Saar, Martin: Maurice Blanchot: Unterbrechung der Politik, in: Bröckling, Ulrich/Feustel, Robert (Hg.): *Das Politische denken. Zeitgenössische Positionen*, Bielefeld 2010, S. 181–197.

Santone, Jessica: Learning to Document more, in: *.dpi* 13 (2008) (dpi.studioxx.org/demo/?q=fr/no13/learning-document-morejessica-santone, 10.11.2012).

Sengupta, Shuddhabrata: *No Border Camp Strasbourg : A Report*, 29 Jul. 2002, http://mail.sarai.net/pipermail/reader-list/2002-July/001673.html (22.12.2012).

Schmidt, Roman: *Die (un)mögliche Gemeinschaft. Maurice Blanchot, die Gruppe der rue Saint Benoit und die Idee einer internationalen Zeitschrift um 1960*, Berlin 2009.

Schmidt, Roman: Utopisch scheitern. Zwei Zeitschriftenprojekte, in: *wespennest*.

zeitschrift für brauchbare texte und bilder 158 (2010), S. 2–7 (http://www.
wespennest.at/w_zeitschrift.php?id=MTU4, 10.12.2012).

Winter, Rainer: *Widerstand im Netz. Zur Herausbildung einer transnationalen
Öffentlichkeit durch netzbasierte Kommunikation*, Bielefeld 2010.

杂志、电子杂志、项目

Atopia. Polylogic e-zine, http://netzspannung.org/database/235645/de (22.11.2012)

Berliner Gazette, www.berliner-gazette.de (10.10.2012)

Dossier de la, Revue Internationale, in: Lignes 11 (1990), Paris, S. 161–301.

Gulliver – Una rivista internazionale, in: Il Menabò di letteratura, 7 (1964), Turin.

Eurozine, www.eurozine.com; http://public.net/kultur-politik-eurozine.com
(30.07.2012).

Learning To Love You More (Miranda July/Harrell Fletcher/San Francisco Museum
of Modern Art), www.learningtoloveyoumore.com (10.10.2012).

Mädchenmannschaft (www.maedchenmannschaft.de) (10.10.2012)

Take the Square, 2012, Installation von Oliver Ressler (www.ressler.at/de/take_
the_square/, 10.11.2012).

The New York Review of Books, www.nybooks.com (10.10.2012).

塞西尔·科瓦夏齐

我写作，所以我被排除在共同体之外：
罗姆作家研究

　　罗姆文学已经存在大约有一百年了，或者说，我们可以探讨罗姆文学了。当然，多样的口头文学已经存在很多个世纪了，但是公开自称为罗姆作家，并将这种归属性写入他的作品，这种现象从 20 世纪 20 年代在苏联（如在罗姆人 [1] 的剧院中）才出现，或者说，19 世纪末在匈牙利（伴随着费伦茨·斯托伊卡的诗）产生了这一现象。然而有关罗姆文学的文学史知识还不是很细化，深入研究还是有必要的。虽然目前在社会科学领域有众多学者从不同的角度研究罗姆人，但对罗姆文学的研究仍很少见。正是这种研究视角提供了机会，通过从罗姆人的视角聚焦现实的（文学）建构，打破仍然普遍存在的固有思维模

1　罗姆人（贬义称呼为吉卜赛人）起源于印度北部，散居全世界的流浪民族。不过，"吉卜赛"一词源于欧洲人对罗姆人起源的误解，当时欧洲人认为罗姆人来自埃及，于是称之为"埃及人"，而"吉卜赛"是"埃及"的音变。而大多数罗姆人也认为"吉卜赛人"这个名称有歧视意义，所以并不使用。其他地区对罗姆人的称呼包括：波希米亚人（法国）、弗拉明戈人（西班牙）、茨冈人（俄罗斯）、埃弗吉特人（阿尔巴尼亚）、罗里人（伊朗）、阿金加诺人（希腊）、阿什卡利人与辛提人。罗姆人称自己为罗姆（Rom），叙利亚和波斯吉卜赛人的"多姆人"（Dom），在梵文中对应是「Doma」，现代印地语是「Dom」，意思是「靠歌舞为生的下等人」。在欧洲罗姆语中，"罗姆"的原意是"人"（故意省略掉"靠歌舞维生的下等"这段）——译者注。

式。据我所知，到目前为止，已经出版了五本关于罗姆文学的专著，近年来还举行了两次关于这个主题的座谈会。[1]就出版业而言，柏林墙倒塌、苏联解体以及在此之前，由于南斯拉夫战争导致的罗姆人移民，促使人们对罗姆文学产生了一定的兴趣。然而，这更多是偶然性而非系统性的方法决定它成为研究对象的，因此到目前为止只有很少的出版商（一个在法国，一个在奥地利）愿意将罗姆文学加入文学出版行列。无论如何，出版商的这种出版兴趣值得称赞，因为它明显区别于 20 世纪 60 年代和 70 年代民俗学的接受。由于今天人们对罗姆人和他们的文学作品初步展现了跨文化的兴趣，并且罗姆人自己，至少部分人可以接触文学话语[2]，因此理论家们是时候应该增强对这个题目的研究了，一方面可以促进相关知识的深入展开，另一方面也可以将该知识列入教育机构的教学计划之中。

下文意在分析罗姆作家所处的矛盾处境：他（她）将自己描述为在社会和他（她）自己文本中共同体的赞成者，然而后者却不承认他（她）。

吉卜赛人？罗姆人？文化语境下的专业术语

首先我想明确一下我在下文将要使用的术语。我会将术语"吉卜赛人"与"罗姆人和辛提人"置于同等的地位，也就是说我不会避免使用"吉卜赛人"这个词汇。为什么呢？在法国"茨冈人"（法语

1　此系列座谈会在笔者的主持下于 2008 年在利摩日大学和 2009 年在巴黎第四大学索邦大学举行，据我所知，这是关于该主题的第一次会议。

2　关于言论合法性的问题，参见塞西尔·科瓦夏齐：《抓住词汇》，载：朱莉娅·布兰福特，奥特鲁德·M.赫特拉普夫：《边境体验：在罗马尼亚的罗姆文学》，柏林，2011 年，第 101—108 页。

"吉卜赛人"的同价表达）是个中性的学术表达，而"罗姆人"这个概念在 2011 年关于驱逐茨冈人家族的讨论和抗议中，更多地变成一个在政治和经济领域内使用的术语。然而在德国，从 80 年代起，"吉卜赛人"这个词已经被禁止出现在公共场合的语言中，也就是在这个时候，关于二战期间吉卜赛人种族迫害的历史言论（受犹太人叙述的灵感启发）在德国和全欧洲已四处弥漫。新的历史编纂学促成了罗姆人民族概念的发展，以及无领土的民族意义内的人民概念，即跨国家民族。

我在这里使用"吉卜赛人"这个术语，出于以下三个原因：第一，它是一个历史概念，是第一批到达西欧的人称呼自己的名称；第二，因为我是用法语书写我的论文，在这个语言中，这个有数百年之久的历史称呼非常常见；第三，"辛提人和罗姆人"这个表达虽然强调了民族的异质性，而且常常被随意地归到"罗姆人／吉卜赛人"的称呼中去，但却忽略了很大一部分吉卜赛人，即吉塔诺人。

"罗姆女作家"和"罗姆文学"的意义

如果人们想要更确切地定义"罗姆女作家"和"罗姆文学"这两个名词的话，以下这两个特征可以作为其最小公分母：其关涉的作家在公开场合将自己定义为吉卜赛（或是罗姆人、信德人或吉塔诺人），并且他（她）的文学创作以这种归属感为主题。该定义不是基于以传记起源为中心的人种划分，更多的是将内容和自定义的属性看作重点。

19 世纪 90 年代的匈牙利，人们用罗姆语[1]创作诗歌。该匈牙利

1　罗姆语是许多罗姆人使用的印度–雅利安语言，但不是全部罗姆人都说。罗姆语根据地区的不同也有许多变种语言。此外，说罗姆语的人也至少会说一种其他语言，主要是他们原籍国的语言。

诗歌的作者是费伦茨·斯托伊卡，他是约瑟夫·冯·哈布斯堡的门徒。根据目前的研究状况，这些诗歌可以被视为罗姆文学的开端。即使有记录显示，在 18 世纪的匈牙利已经有一些由罗姆作家创作的戏剧，但是广泛的创作和接受是在 20 世纪 20 年代才开始，并且是在前苏联。彼时，那里正在推行一项国家文化政策，目的是提升少数族裔的价值。实际上这个政策是作为第二阶段——突出少数族裔特定的文化属性——拟定的，然后再用这样的目标，即创造一个统一的苏维埃文化（"新人类"）来毁灭它，然而却无形中促进了罗姆人自己独有的文学。当然这数百年来也一直有童话、音乐和口头的文学创作。但是从以上的时间节点来看，文学是以书面形式写就的，因此也被制度化了：人们用罗姆语书写和出版叙述文学、戏剧和杂志；罗姆语话剧就在当时建成的一个罗姆话剧院里演出。总之可以这样说，罗姆人的书面文学已经有几百年的历史了，它显示了罗姆人历史上一个相对较新的现象。另外值得考虑的是，与罗姆人的口头叙述文学相比，书面写作只占据着一个边缘地位。

"吉卜赛人共同体"？

谁属于罗姆人共同体呢？事实上，在"罗姆人"一词下可以找到很多不同的异质化人群：1. 辛特人（生活在德国、意大利和法国）：在 15 至 18 世纪期间，他们在贵族的职业军队中服役，因此地理的异质性和流动性上构成了他们的共同体；2. 在以前哈布斯堡王朝领地下的罗姆人：他们生活在一种特殊的地位下，并与封建领主联系在一起，这样他们就可以只定居在一个地方，如同欧洲其他已定居的居民一样。"这些人本质上是游牧民族"的传统偏见在这里根本不适用；3. 来自瓦拉几亚和摩尔多瓦的罗姆人：在这些受奥斯曼帝国影响的区域，罗姆人直到 1861 年都处在一种被歧视的边缘地位，作为奴隶被定义和被对待；4. 最后还有在宗教法庭时期来到西班牙的吉塔诺人，他们今天还生活在那里。

可以肯定的是，这些人最初来自印度北部，他们很有可能在 11 世纪初由于军事原因被伽色尼的马哈茂德从那里驱逐出境（在接下来的几个世纪里，历史进程和移民运动的政治背景当然变化很大）。然而，尽管存在这种异质性，人们还是可以说他们拥有一种共同的文化。这实际上是世界上独一无二的：一种地理上如此分散的口述文化，它经历了不同的民族历史，然而也成功地将自己独有的文化模式通过口述形式传承下去，并将其作为一个整体保存下来。虽然语言学家认为，一种超过三代人都没有使用过的语言将会消亡，但罗姆语已经保持了一千年的生命力。尽管存在地区和历史的异质性，但仍有一些文化共同体保留并延续了他们文化的一贯性——罗姆文化就是这种情况，但是这里绝对没有涉及政治的共同体。

加杰人常常以一种非常排斥和贬低的态度将这种特殊的共同体文化排除出去。与本卷书中文章讨论的其他共同体概念相比，关于"吉卜赛社区"，既不能说是共同体的毁灭，也不能说是共同体的乌托邦。它更多涉及这样一种状况，一个共同体的现实（不是一个神话）在持续不断地扩展：作为一种有如此文化现实的共同体，和记者、政治家以及"科学家"们在不精确的（与此同时大部分时候也是贬义的）、带有偏见性的大众话语中所赋予的意义相比，它具有更宽泛和更加不同的含义。

人们容易陷入和应该避免的混乱是，将政治和文化、公共和私人定位在同一个层面。这里有吉卜赛人的文化私人共同体，也有在亲属意义上的家庭共同体。但是却没有政治意义上的吉卜赛人共同体，当人们在政治领域谈论罗姆人的时候，是不应该谈论共同体的。然而这种混乱恰恰在政客、记者甚至是知识分子那里非常常见。比如这样的情况，如果人们相信假定的皇室家谱的虚构性（这个词来自于吉尔·德勒兹[1]），正如罗马尼亚人弗洛林·乔巴构建的那样，当他说他是吉卜赛人的国王，而他的女儿卢米尼扎，那个女作家，将自己扮演成公主。罗马尼亚媒体不断地将这两个人放在首要版面，并且强调他们的"王室"谱系，在一种低劣的异国情调和不可还原的改变之中徘徊。当然一个人可以虚构他的身世来源，但他也需要将共同体设想当作一种虚构来看待，就这一点来说，人们可以将罗姆人-共同体称作文明-共同体，但绝不是政治共同体。

特殊状况下的罗姆作家

由于多种原因，罗姆作家始终处在一种特殊情况之下：首先他们在一种特定的文化氛围下经营一种少数人的生意或从事着少数族裔的职业，这第一种例外不仅仅针对罗姆人的情况；第二，罗姆作家使用的是书面表达，而罗姆人的文化主要一直以口述形式为主。从这个意义上说，写作代表了一种颠覆性的行为，它与通过口头传统保留下来的共同体认同处在一种张力的关系之中，文学作品甚至被评价为是从文化共同体中走出的"叛徒"，正是在这样的背景之下，人们才能理解共同体内部对文学作品的极端暴力反应。举个例子：奥地利女作家塞亚·斯托伊卡的兄弟姐妹在她撰写关于集中营经历时与她断绝了关系（书名为《我们生活在看不见的秘密中，我是否梦想着，我还活着？》）。这里对于背叛的指责，当与女性相关时会尤为严厉，因为按照大众的观点，写作与传统的女性角色不

1　吉尔·德勒兹：《时间-影像》，巴黎，1985 年，第 288 页。

相符。[1]第三，罗姆作家表达自己并将其发表出来，与此同时，在沉默的法则下，共同体的身份得以建立。这里的"沉默"意味着，不去谈论自己的风俗习惯和标准，不会向社会外部妥协自己的文化特殊性，这种沉默的信条或交际的戒律可以视为罗姆文化的特征。这是一种文化生存策略和一条保存自己"想象的共同体"（根据本尼迪克特·安德森的"想象共同体"）的道路。正如法国人类学家帕特里克·威廉姆斯所言，这种沉默"保证了身份的坚定性和群体的持续性"，他曾研究过马努什人（辛提人）和奥弗涅的马努什人。[2]这种沉默是针对外界的：吉卜赛人不会告诉非吉卜赛人，他是谁。但是这种沉默也指向内心：他不会明确在他人面前表达自己的情感，如在为死者举行的仪式上，而是会共同实践这些仪式。这些文化实践在多大程度上得到亲历，它们是否既不会被说出也不会被讨论，对这个群体来说同时也是一个指向标，证明这个共同体是否还在起作用。共同体也以这样的方式维护和保存自己的文化："如果我们面对的不仅仅是对死者的忠诚，还有对沉默信条的忠诚呢？〔……〕对过去的询问没有任何意义。除了发现一个过程，历史的知识还能带给我们什么呢？"[3]

　　第四个特殊情况是，罗姆作家在语言层面上已远离共同体。当涉及罗姆语言的时候，尤其是这样的情况，数百年来它一直都是仅仅在

1　基于沉默的信条，即使是出版商有时也会陷入危险的境地：弗朗索瓦兹·明戈受到瓦拉达出版社的威胁，因为由该出版社出版的女作者库库·杜尔在她的自传《你要去哪里，马努什？》中将她的家庭成员一一署名进了文章。问题是，待这部作品出版之后没几年，这些家庭成员已经逝世了，而且传统规定，不能提供死者的名字。因此这本书的存在成为对共同体规则的质疑。（弗朗索瓦兹·明戈：《瓦勒达的经验——茨冈人演讲集锦》，载：《茨冈人研究》，2009年第37期，第130—173页）。
2　帕特里克·威廉姆斯：《我们不谈论这个——马努什人中的生者与死者》，巴黎，1993年，第63页。
3　同上，第62页。这种文体似乎是犹太人的文化，因此也是记忆文化和写作文化，与罗姆语文化区别开来（原文为法语，这里经德语翻译成中文）——译者注。

共同体中使用的语言，而且仅仅是在共同生活构建的共同体中被理解的语言。很长一段时间，非罗姆人对这种印度-雅利安语言的了解或重视程度太低，以至于它的起源问题成为绝对不科学的幻想对象。与此同时，语言学家们却已经开始对其进行深入研究，所以时至今日每个人都可以学习这门语言，甚至 2004 年还出现了一本《罗姆语：难懂的语言手册》。[1]

总之可以说，罗姆语作家处在一种极其矛盾和充满悖论的境地之中。他（她）在他（她）自己的文本中将自身塑造成为一个作家，他（她）代表那些不愿意说话和没有得到话语权的人。因此，他（她）理解并将自己表现为一个以沉默或静默信条为根本的共同体的倡导者。针对这种自相矛盾的情况，奥地利作家斯特凡·霍瓦特（1949—　）便是一个例子，他是《我不曾去过奥斯威辛集中营》（2003）和《猫砂》（2007）的作者；主题以上瓦特（奥地利城镇）罗姆人袭击案为背景，《猫砂》的出发点是叙述者的儿子因为在一次明显针对罗姆人的袭击案中被杀害，叙述者来到犯罪现场，然后感觉从现在开始，去讲述或记录下来发生的事情，对他来说是一种责任：

> 在那一刻我十分清楚，到目前为止我的生活不能再这样下去了，它已经为我打开了一个全新的维度。到现在这个时刻，我还是罗姆人定居点里最静默的人之一。从这一天开始，我敢于涉足公共领域了。我突然感觉，我身上有了负担，而且我必须去承担这个负担。[2]

那次攻击事件完全占据了他的心思，每晚都会在他的脑海中上映

1　莫泽斯·海因辛克，丹尼尔·克拉萨：《逐字逐句罗姆语》，比勒菲尔德，2004 年。
2　斯特凡·霍瓦特：《猫砂》，上瓦特（奥地利），2007 年，第 7 页。

一遍，最后叙述者意识到，他有必要将这个经历书写和记录下来：

> 突然一夜之间，所有的事情都和往常不一样了。那个刺客没有像炸弹一样在我的脑袋里爆炸，对我来说更像是集中营的罪行。这一次我明白了被囚禁的罗姆人。他们向我描述他们被遗忘的痛苦，他们对爱、认可和安全的追慕，他们对自由和正义的不可抑制的渴望。那天晚上，我第一次成为被遗忘的罗姆人的代言人了。我站了起来，并且记下了这次印象，于是有了一首诗。之后我整个人都变得更轻松了，可以安心地入睡了。[1]

其中，这里涉及在集体记忆上的一个回忆，它正如用旧如新的羊皮纸（古时刮去旧字后重复使用的羊皮纸—译者按），在上面，叙述者只是"回忆"（书写）了事件，但他自己并没有亲身经历它。

那吉卜赛人共同体如何对待他们历史上的文学佐证呢？根据我的经验和知识，这些罗姆人书写的文本几乎没有得到认可，更不用说唤起自豪感了。为何这些文本既得不到承认也无法获得认同感呢？一种猜测是：因为文学作品向非罗姆人透露了一种内在的真实：对于他们来说，关涉对本应留在共同体里的事物的背叛，其他人认为这些文学作品对他们自己的共同体来说基本上是无趣的。[2]因为人们认为，这些文本无论如何都是基于潜在读者的假定审美期望，也就是基于非罗姆人的读者群。但是一个来自共同体视角的"好的"文学作品是怎样的呢？捷克已故文学学者米莱娜·胡布施曼诺娃，也是迄今为止最有趣的罗姆作家，给出了这样的答案：

1　斯特凡·霍瓦特：《猫砂》，上瓦特（奥地利），2007年，第11—12页。
2　玛丽安娜·塞斯拉文斯卡娅：《当代俄罗斯罗姆作家出版物："内部""外部"和"真正的吉卜赛人"》，载：《吉卜赛研究》，2011年第43期，第128—149页。

> 一个没有明确"重点"的作品书写了罗姆人的真实、真相和经验（romano čačipen）［……］这种罗姆人的真实，加泽人（Gadže）无法共享，因为他们的生活经验（既包括个人的也包括共同体的）和谈论的、与书面记录下来的口头文化十分不一样。[1]

从以上说法可以看出，书面文学渐渐获得认可，然而其中不同的甚至是相互矛盾的审美标准和文化批评也发生着碰撞。

密集定位中的写作

鉴于上述罗姆作家所处的令人尴尬的矛盾处境，他们总是被定位在一个特殊的社会和审美境地之中。这种境地不是一种非场所（在人类学家马克·奥热[2]的概念中），而是相反，在一个密闭的地方，一个强迫会面的地方，一个冲突的地方，同时存在于罗姆人共同体之内（更广泛意义上作为家庭成员）和共同体之外（面对非罗姆语观众的写作者）。一本书的读者的问题同时也是罗姆人文学中的一个复杂问题：面对共同体（通过一个针对自己团体的复调文本[3]）或是在共同体面前（作为自己共同体的代言人，写作者一致对外），比如说，在匈牙利小说家梅尼赫特·拉卡托斯的自传体，同时富有高度文学性的长篇小说《苦烟——一部罗姆人小说》（《Füstös képek》，1978）中，叙

1　米莱娜·赫布施曼诺娃米莱娜：《我与吉卜赛人舒卡尔·拉维本的相遇》，载：《吉卜赛人研究》，36 卷，2008 年第 1 期，第 98—135 页，这里第 129—130 页。
2　马克·奥热：《非场所：超现代性人类学简介》。
3　复调在文学中的大概念是指，叙述文学中的一种结构原则，其中作者相较他的文中人物来说，处于隐形位置。在这种复调的小说中，人物不是作者的传声筒，也不代表作者的观点，而是拥有自己的声音，代表自己的态度和观点，而不一定是作者的，有时也在其中占同等重要的位置——译者按。

述者所有的话语似乎都在一条狭长的小径上移动，徘徊在密集和充满冲突的地带。书中的主人公是一个学校里的天才小孩，被很多老师青睐，与此同时来自吉卜赛氏族的同学却认为这一切都很奇怪，同时也觉得十分自豪，因为他们有一个既会读书也会写字的朋友。这本书反复讨了吉卜赛人艰难的社会定位，对于主人公和他的朋友们来说是这一种持续的不同身份模型的相遇与碰撞。

鉴于其它偏离传统的理智与情感形式，这些女作家们通过开放共同体，也参与了韦伯[1]意义上的社会化过程。作者有意识地为吉卜赛人共同体的归属性作辩护，然而他的写作却以他人，即对外的（美学或经济学）价值判断为基础。因此外部/内部的二分法两极并不固化不变，而更多地呈现了相互动态的联结。作家们以牺牲共同体为代价，创造了一种交流方式（一种建立在公共精神交流意义上的交流方式，我更愿意称之为"共通化"）。这也导致在共同体内、共同体化过程的断裂（韦伯[2]）。这里一个悲剧性的例子是波兰女诗人帕普萨（布罗尼斯瓦·瓦伊斯），她在二战之后在波兰用波兰语和罗姆语发表诗歌，其中包括倡导吉卜赛人定居生活方式的诗歌（人们并不清楚这一立场在多大程度上由她的出版商耶日·菲科夫斯基操纵）。结果由于这些诗歌的出版，公众宣布，这位女诗人应该永远从所有人的记忆中删除。帕普萨的生命最后以孤独告终，据说她疯了。

这种由文学构建起来的开放桥梁为非吉卜赛人提供了认识另外一个世界的机会，这个可能会被他们拒之门外的世界。只有当罗姆人共同体规则被逾越，罗姆文学似乎才能被非罗姆人的外部世界所感知，

1　韦伯断绝了和共同体/社会二分法的实质性规定，正如特尼尔斯实施的共同体一样，是为了表明，社会化是一个过程，不是消除共同生活的所有社会化形式。

2　马克斯·韦伯：《经济与社会》，I，1"社会学基本概念"。

被其他事物所接受。而问题依然是，罗姆文学是在什么条件下产生的，是否这一切可以通过一种开放来实现，一种罗姆人理解为与共同体的文化标准及价值理念相断裂的开放。

总　结

即便确实存在文化共同体，并且有时这样的文化共同体还非常稳定，但人们还是必须坚持一点，即罗姆人的文学共同体是不存在的。由罗姆人书写的文学还是太少、太异类、也太新。作家们尴尬的处境，导致他们在共同体内部十分疏离，因此在文学创作上也没有相互的联系，这可以从一个荒唐、奇怪的例子中表现出来：1986 年塞娅·斯托伊卡出版了一本关于她在集中营期间的自传，她的出版人卡琳·伯杰宣称，她是第一个打破沉默的人。在此前一年，菲洛梅娜·弗兰茨也出版了关于她在集中营经历的自传，并为此抱怨道，她才是首次说出真相的人。1984 年拉乔·查沃出版了他的自传：他也同样去过集中营，并且讲述了 1945 年之后的事情。据他所说，他的作品是第一个将这些经历展现出来的书籍。

可以肯定的是，互联网已经将这个局面改变，并持续改变着。其中罗姆作家之间的互动互联也已发展起来：比如说 2002 年罗姆作家和罗姆文化创作机构 IRWA（国际罗姆作家协会），这也许会允许人们建立一个文化共同性的新的形式。

但随后又出现了另外一个问题，即罗姆语的标准化或是它的非区域性变体。正如许多其他民族语言一样，罗姆语正在通向标准化的道路上；因为这个过程不是由政治当局，或是政治意愿推动的（这种现象正如在大多数语言中可以观察到的那样，它是和民族 / 政治项目紧紧联系在一起的：如德语和路德，法语与弗朗索瓦），所以罗姆语的标准化没有那么简单，也不可能畅通无阻地实现。这个也许是另外一篇论文的主题了！

参 考 文 献

原 始 文 献

Franz, Philomena: *Zwischen Liebe und Hass: Ein Zigeunerleben*, Rösrath 1985.

Horvath, Stefan: *Ich war nicht in Auschwitz*, Oberwart 2003.

Horvath, Stefan: *Katzenstreu*, Oberwart 2007.

Lakatos, Menyhért: *Bitterer Rauch. Ein Zigeunerroman* (Füstös képek 1975), übersetzt v. Andreas Borosch, Berlin 1978.

Stojka, Ceija: *Träume ich, dass ich lebe*, Wien 2005.

Stojka, Ceija: *Wir leben im Verborgenen. Erinnerungen einer Rom-Zigeunerin*, hg. Karin Berger, Wien 1988.

Sztojka, Ferenc: *Un dictionnaire rromani oublié: le „ Gyök-szótár“ (1890)*, hg. v. Marcel Courthiade, mit András Kányádi, Paris 2007.

研究性文献

Anderson, Benedict: *Imagined Community. Reflections on the Origin and Spread of Nationalism*, London 1983.

Augé, Marc: *Non-lieux: introduction à une anthropologie de la surmodernité*, Paris 1992.

Clanet dit Lamanit, Elisabeth: Fils du „ Vent de l'Histoire“: Une autre approche sur l'histoire de la migration des ancêtres des Roms, Sinté et Kalé, in: *Etudes Tsiganes*, 39–40 (2009), S. 218–253.

Deleuze, Gilles: *L'Image-temps*, Paris 1985.

Elias, Norbert *Über den Prozess der Zivilisation* (1939) Frankfurt am.Main. 1995.

Heinschink, Mozes/Daniel, Krasa: *Romani Wort für Wort*, Bielefeld 2004.

Hübschmannová, Milena: Mes rencontres avec le romano šukar laviben, in: *Etudes tsiganes*, hg. v. Cécile Kovacshazy, 36 (2008), S. 98–135.

Kovacshazy, Cécile (Hg.), *Etudes tsiganes, Littératures romani: construction ou réalité?*, 36 (2008).

Kovacshazy, Cécile: Einleitung, in: dies. (Hg.), *Etudes tsiganes*, 36 (2008), S. 4–7.

Kovacshazy, Cécile: La littérature romani: cas exemplaire de la littérature monde?, in: dies. (Hg.): *Etudes tsiganes*, 36 (2008), S. 136–145.

Kovacshazy, Cécile (Hg.), *Etudes tsiganes,* Littératures romani: construction ou réalité?, 37 (2009).

Kovacshazy, Cécile (Hg.), *Etudes tsiganes,* Une ou des littératures romani?, 43 (2011).

Kovacshazy, Cécile: Das Wort ergreifen, in: Blandfort, Julia/Hertrampf, Ortrud Marina (Hg.): *Grenzerfahrungen: Roma-Literaturen in der Romania*, Berlin 2011, S. 101–108.

Mingot, Françoise: Editer la parole tsigane. L'expérience de Wallâda, in: *Etudes tsiganes*, 37 (2009), S. 130–173.

Seslavinskaya, Marianna: Publications d'auteurs roms contemporains de Russie: ‚l'intérieur', ‚l'extérieur' et le ‚vrai Romano', in: *Etudes tsiganes*, 43 (2011), S. 128–149.

Weber, Max: *Wirtschaft und Gesellschaft*, 2 Bde., Tübingen 1956.

Williams, Patrick: *Nous, on n'en parle pas. Les vivants et les morts chez les Manouches*, Paris 1993.

共同体的文学–政治

维姆·佩特斯

共同体套话：波朗、布朗肖与贝克特思想研究

把它告诉花朵们：套话的恐怖统治——波朗

许多批评家简单地套用了塞缪尔·贝克特（Samuel Beckett）对自己文集《故事和无意义的片段》的评价，认为他将自己的这篇作品评价为失败的，并且将这一评语解读为所谓的作者创作危机的证明。[1] 然而，如果人们仔细去读《故事和无意义的片段》这篇文集的标题或者内容，那么——不管贝克特想或不想——他表述中的讽刺意味是非常显而易见的。在这部作品里，作者恰恰是在探讨拒绝的修辞法。文中的叙事声音还未触及**虚无**这一层面。贝克特略微提到的仅有来自存在主义哲学的、在那时经常被论述的主题——无意义，它是虚无主题的无数变体之一。贝克特提出了以下问题：在受保护的语言空间的管辖范围之外，喃喃低诉的声音是否能找到一个"流亡

---

[1] 1956 年，在同伊萨列·申克的访谈中，贝克特应当是作出了如下发言："我写的最后的东西——'故事和无意义的片段'——是一个跳脱出这种分离态度的尝试，但它失败了。"（伊萨列·申克：《喜怒无常的文人》，载：《纽约时报》，1956 年 5 月 6 日，星期日，第 2 版，第 1—2 页，转引自汉斯－哈根·西德布兰德：《贝克特的普鲁斯特图像：记忆和身份认同》，斯图加特，1980 年，此处第 30 页。）

之地"[1]。然而，声音却总是会被语言中的套话（Gemeinplätze）捕捉到。一方面，贝克特早已写过："事实很简单，我什么也做不了，人们会这么说。"（《故事和无意义的片段》，以下简称《故》，第23页）他认为，在一个被隔绝的地点，在文明的彼岸，会出现强调句子空洞性的"修辞短语"（Phrasen）（《故》，第39页），这些修辞短语有许多变体，又出现得很频繁，以至于人们怀疑它们将僵化为某种陈词滥调。贝克特认为，不同社会话语的元素始终存在于说话主体的意见表达中。作为说话主体的人一再陷入**他人的空话**或者**空文**中[2]，却不能对此进行限制性干预，这种可怕经历在贝克特的语言运用下产生了如此强烈的影响，以至于催生了一种"语言无力"文学。就这一点而言，如果一个在语言共同体之外发声的声音失败了，那么人们可以对这种失败进行完全相悖的理解：一方面，这种语言的失败应当被终结，另一方面，它却还从未被说出口。

在西方文化里，套话范围内的一切都是在最好的秩序下展开的。自古典文化鼎盛时期起，所有可用的措辞和论据都为了减轻演讲家和律师的工作，并由于某些固定的原因被编撰入手册中：这便是所谓的《惯用语句》和《罗马法警句汇编》。能在沟通中加强共同体感受的东西，比原创性的认识更为重要。这种演讲实践以一个界定好的空间为前提，在这个空间中，人们已经就某些东西的价值达成一致。套话普遍以共同体的名义发声，由此才能被个性化、灵活化地利用起来。修辞短语表示的还不是现如今人们理解的那种**乏味的**（banal）的意思；它们是共同体理念的表达。

1　塞缪尔·贝克特：《故事和无意义的片段》（1950），见同上：《中篇小说集》，埃尔玛·托普霍芬译，法兰克福（美因河畔），1995年，第121—172页，此处第124页。（后文中引文以文中注形式出现，标记方式为《故》加页码）。
2　参见马丁·海德格尔：《存在与时间》，图宾根，1967年，此处第35页。

形容词"乏味的"的原始意义是"一个法院管辖区里的公共福利的"。它"一开始被用来描述一些归属于居住在某个区域里的所有人的东西。从'共同的、公共福利'的意思演变成了'正常的'意思，后来进一步负面化，最终变为'毫无新意的'意思。"[1] **乏味之物**（**Das Banale**）那时与共同体还是和谐共存的。法律保障每个个体都有获得共同之**物**的途径。但另一方面，它又会阻止某个人独占一切。"法律的可接近性某种程度上与获得途径受法律规定之物的可接近性是同样的意思。"[2]法律就带着乏味之物的标记：它指向每一个个体，却又普遍适用于所有人；只有处于普遍性中，法律才能针对个体发挥作用。这种共同的乏味之物的存在取决于它的个体指向性，反过来说："只有个体获得了它，它才有意义，而这种获得又必须受到法律规定，由此，公共福利的普遍性便通过它的个体可接近性得以表明。"[3]人们遗忘了这个原意为"共同的、公共福利"的概念的起源，它也随之经历了从褒到贬的意义变迁。

如果人们问及套话，那么他们也必然会问及这个对自身语言的乏味性特质进行判断的（语言）共同体。当一个人从个人角度认为某句话"毫无新意"，那么他也必然考虑到了集体的评价范式。贝克特虽然强调修辞短语的空洞性，但同时又突出了修辞短语所依托的集体的力量。他指出，即便处于绝对的孤立隔绝状态下，修辞短语也无法完全脱离交流共同体的句法逻辑。对乏味性的提问与对语言暴力

1　弗里德里希·克鲁格：《德语词源辞典》，埃尔玛·塞波修订，第 24 版修订补充版，柏林/纽约，2002 年，第 87 页。

2　亚瑟·R. 博尔德尔：《"崇高之物也定会有必死之感吗？"：为了恢复乏味之物在文学和哲学中的名誉而作》，载：弗里德巴特·阿斯佩伯格，君特·A. 霍夫勒：《乏味的和崇高的———一切（并不）都是一致的》，因斯布鲁克/维也纳，1997，第 29—46 页，此处第 38 页。

3　亚瑟·R. 博尔德尔：《"崇高之物也定会有必死之感吗？"》，第 38 页。

（Gewalt）的提问是紧密相连的，而这个权力问题无法单凭个人之力解决。人们只能一再在某些圈子里就针对语言空洞性作出的固定评价达成新共识，才能规避语言的暴力。塞缪尔·贝克特在自己早期的文章《假设》（1929）中就已经发现了套话对自己而言所具有的爆发性的力量潜能："仅仅避免套话的扩张是不够的，最高的艺术是减少意义来获得意味莫名的完美炸弹。"[1]

贝克特在文章中将自己塑造为一个恐怖分子，而这并非巧合。作家、文笔极富挑衅意味的散文家让·波朗（Jean Paulhan）是他找到的这方面的权威，让·波朗曾是《新法兰西杂志》的出版人，因此对贝克特来说也不算陌生。让·波朗在《塔贝斯的花朵或文学中的恐怖统治》一书中研究了传统的围绕套话构建的修辞学之理想交流模式，以此发展出修辞学与恐怖统治的二分法，令人惊讶的是，这种二分法竟将套话的使用同法国大革命[2]的结尾相联系：1793—1794年间**革命党人**对法国进行了恐怖统治，企图以残忍的暴力实现自身对法国大革命的幻想。他们以革命理念之名，利用恐怖统治对代表旧政权的卖国者进行了追踪和迫害，这在语言学层面上便等同于出现了拥护套话的追随者——这个套话已由修辞学预先划定——和认为语言应当纯粹地传递概念的革命者，追随者受到控告，与革命者之间爆发了冲突。这种概念的传递不应再被日益损坏的语言表层所发出的沙沙声打扰。

人们总是将国家历史的某些阶段称为恐怖统治时期（它们通常在饥荒时期后出现），突然间，要统治这个国家好像不需要精明方略，

1　塞缪尔·贝克特：《假设》（1929），载：S. E. 康达斯琪（编）：《短篇散文全集》（1929—1989），纽约，1995年，第3—7页，此处第4页。
2　同样参见让·波朗的后续文章《1817年语言的窘境》（1945），载：同上：《文章全集》，第3卷，巴黎，1967年，第149—164页。

也不再需要科学和技术——即便拥有这所有的一切，人们也将一事无成——'而是需要灵魂极度的纯洁和市民普遍无罪带来的清新鲜活。这便导致市民自己，而非他们的作品，成为被考察的对象：对木匠进行考察，人们忽略了椅子，对医生进行考察，人们忽略了治疗手段。灵敏、智慧、熟练等品质变得可疑起来，好像在这些品质之后隐藏着一种信念的缺失。1793 年 8 月，议员勒庞颁布法令，阿拉斯的革命法庭会首先审判有杰出才干的被告'。[1]

波朗认为，这个模式也适用于对语言和文学的评判，这种评判完全不以表达能力和美学为依据，语言和文学从一开始就处于伪造理念的怀疑之下。这种恐怖统治产生于"仇视语言的思想之自主化"。[2] 莫里斯·布朗肖（Maurice Blanchot）在一篇稍长的评论性文章《文学如何成为可能？》（1941）[3] 里深入探讨了波朗这一简单且令人信服的修辞学 / 恐怖统治二分法的作用范围。[4] 在布朗肖的解读中，对语言内在固有虚无（Nichts）的提问和对语言的套话中的暴力之提问得以被联系

1　让·波朗：《塔贝斯的花朵或文学中的恐怖统治》，载同上：《塔贝斯的花朵和文学理论相关的其他文章》，汉斯-约斯特·弗雷编，弗里德赫尔姆·肯普译，巴塞尔维尔（莱茵河畔），2009 年，第 9—116 页，此处第 33 页。相关内容已体现在译文中，此处略去法语原文——译注。(Paulhan, Jean: Les Fleurs de Tarbes ou La terreur dans les lettres (1930, 1940), in: Paulhan, Jean: Œuvres complètes, Bd. 3, Paris 1967, S. 11–140, hier S. 32 f.)

2　汉斯-约斯特·弗雷：《后记：让·波朗文学理论中的反思和诗歌艺术》，载让·波朗：《塔贝斯的花朵》，第 341—363 页，此处第 349 页。

3　莫里斯·布朗肖：《文学如何成为可能？》（1941），载同上：《错误的一步》，巴黎，1975（1943），第 92—101 页。

4　很长一段时间里，布朗肖的文章中都体现出波朗语言反思的痕迹。他在下列书中直接表达了自己对波朗的看法：《文学如何成为可能？》（1941），《信中之谜》（1946），《死亡的便利》（1969）。参见吉罗姆·罗杰：《塔贝斯的花朵中的争议：布朗肖对波朗的解读》，载布朗肖·莫里斯：《批评叙事》，克里斯托弗·毕登，皮埃尔·维拉，图尔，2003 年，第 279—314 页。

在一起。套话会潜移默化地对语言造成污染。某种让人难以保持沉默的东西（etwas）通过套话产生了。由此，文学作品研究——从修辞学角度看——获得了某种套话理论，因着该理论和恐怖统治的关联，它同时也是某种共同体理论。[1]

对波朗而言，值得讨论的不只是词语和思想之间的、粗浅的、柏拉图式的差异性。从德国浪漫派到先锋派，激进派的诗学都试图通过语言净化措施来克服语言作为媒介的失败。布朗肖了解这类诗学的两大策略：[2] 在第一种策略变体中，人们早已不把语言这位代理人视作表达与翻译的媒介："语言真正的角色不是表达，而是沟通，不是翻译，而是存在；只将语言视作起媒介作用的、毫无价值的代理人是荒谬的。"[3] 语言可以无杂音地直接沟通，这一地位是不可转让的。文学直接从生活发声，它是非黑即白的。这种坚定的态度打破了人们的幻想，必然会导致不作为或者沉默。

在第二个策略中，人们应当屈服于一个正确的统治者，他会预先规定正确的表达。在这个策略下，人们已经做好准备，以这位独具魅力的君王之名传播其他所有不同表达方式已死的谣言："语言的使命是正确地表达思想，像服从于它认可的主人一样屈服于思想，做它忠诚的阐释者。"[4] 语言的任务是顺从地、忠实地阐释并传递思想。

1　对于布朗肖同波朗文字的相遇对法国的理论构建的意义，人们给予再高的评价都不为过。参见米歇尔·赛诺丁斯奇：《抵御重力：让·波朗对20世纪法国思想史的介入》，纽约州奥尔巴尼，1998年，第78页。

2　同上，第84页。

3　布朗肖：《文学如何成为可能？》，第95页。相关内容已体现在译文中，此处略去英语原文——译注。（莫里斯·布朗肖：《文学如何成为可能？》（1941），米歇尔·赛诺丁斯奇译，载米歇尔·霍兰德（编）：《布朗肖选集》，第二版，牛津/剑桥/麻省，1996年，第49—60页，此处第54页）。针对据笔者所查没有德语翻译版本的部分，笔者会在脚注中附上其英文译文——笔者注。

4　同上，第95页。相关内容已体现在译文中，此处略去英语原文——译注（ebd., S. 54）

这两个策略均被视为恐怖主义式的攻击模式，但它们却都不能完全终止意见表达的不可控的社会循环。两种模式都受到同一种盲目性的影响：人们不可能完全确保某个句子和原本的思想同时发生，不可能保证某个思想能一直被清晰地呈现出来，而不会在未来某刻作为套话被运用到一些极为不同的语境当中。波朗认为，唯一的希望在于认可语言的修辞表层，并在公众中将所有套话作为套话对待，把它们变为**共同的**东西：

以及和它们捆绑在一起的位点如规则、法律、人物、统一组织，它们处境一致，也受同样的法律约束。最多只需要几个清单、很少的评论、一点良好的意愿和一个简单的决定，人们便可以开始行动。如果一个人始终对彼此的理解问题以及对共同体的问题怀有同样的忧虑，而这个共同体之前秘密地使恐怖统治复活，此时在光天化日之下还在继续受到迫害，他又怎会拒绝套话呢？[1]

如果修辞学在共同体当中重新获得认可，那它的宝贵之处就不必再被遮掩起来，也免于不恰当地使用，作家就能利用这一点来提高其思想的贯彻力。套话创建共同体的能力也就能够得到最佳利用和个性化的调整。但是，波朗的上述想法真的有说服力吗？

文学家艾伦·斯托克（Allan Stoekl）便对此持保留意见：他认为，修辞学/恐怖主义的二分法缺乏精确性，一方面，这将导致人们无法传达一种不受语言束缚的核心理念；另一方面，它也会导致人们找不到一个能将其他所有表达以某种方式固化、透明化的"玩弄陈词

1　波朗：《塔贝斯的花朵》，第79页。相关内容已体现在译文中，此处略去英语原文——译注。（Paulhan, Les Fleurs de Tarbes, S. 80）.

滥调的高手"（master cliché）。[1] 没有这样的模范人物就无法形成一个足够广泛的基础，以使套话再度变成"乏味"一词的原始意义所表达的那样：成为所有人的公共福利但又有个性化的考量。波朗以这句话结束《塔贝斯的花朵》并非偶然："我们假设我什么都没说过。"[2]

波朗的最后一句话和这本书的象征——塔贝斯公园的花朵——让布朗肖认为，波朗文章的字里行间也许还隐藏着第二本爆炸性的秘密之书。这本书甚至可能蕴藏着哥白尼式或者康德式革命的潜力。布朗肖书评的标题《文学如何成为可能》便是对康德第一批判中的关键问题——"认知如何得以实现？"——的映射。康德在书中指出，唯有知性才能使人有权声称自己获得了某种认识。[3] 布朗肖阅读了波朗的文章后，认为是概念围绕着语言存在，而非相反：没有修辞学就没有革命的影踪，也就没有对一切的拒绝。那让文学成为不可能的事物，恰恰被证实是文学实现的前提。[4] 要逃离规则诗学，人们正应将自己所厌恶的、修辞学的套话用作秘密武器——这是怎样一句令人费解的革命口号？如果人们从波朗的恐怖主义式的语言理解中吸取其最纯粹的理念，那人们能有何收获？现代文学难道不正是依赖于这些幻想而存在的吗？

虽然波朗看似打算推进这场革命，但他文中的核心比喻却是相当平和的。他讲述了在塔贝斯的公园入口看见的牌子："**禁止带花入园！**"[5] 人们可以对这个花园进行两种比喻式解读。它一方面可以代

1　艾伦·斯托克：《知识分子的痛苦：20世纪法国传统中的承诺、主体性和表演性》，林肯/伦敦，1992年，第158页。
2　波朗：《塔贝斯的花朵》，第94页；波朗：《塔贝斯的花朵》，第93页。
3　伊曼努尔·康德：《纯粹理性批判》（1787）第一卷，威廉·魏舍德尔编，法兰克福（美因河畔），1995年，第26—27页；参见凯文·哈特：《黑暗的凝视：莫里斯·布朗肖和神圣之物》，芝加哥/伦敦，2004年，第46页。
4　同上。
5　波朗：《塔贝斯的花朵》，第20页。

表古典修辞学——一个被妥善维护的花园，园中栽种着高大的树木，树木在此处指修辞手段或套话。德国浪漫派以一种对野性的天然花园——森林——的狂热偏爱反抗这种有代表性的花园图景。另一种解读方式则是将波朗的"公园"视作失落的天堂花园，一个和外界毫无关系的地方。不管是公园还是天堂花园都需要保持"洁净"。在塔贝斯城市公园中，这样一个禁止标牌体现了秩序权力的规则。私人的和公共的花朵应当分开，这样一来，违法私用公园里花朵的行为才能受到制裁。而在花园的另一种变体——天然花园——当中，这块牌子则是新天堂的捍卫者的革命口号：花卉栽培早已不受欢迎。在花园比喻中，波朗讽刺地描述了公园访客为了规避禁令采用的托词。比如当他们私带花卉（修辞学的修辞手段）被逮住，为了给自己的行为辩护，他们会说想将更具异国风情的花朵引入园内（相当于某些人声称自己使用了能永葆原创性的修辞手段，它不会成为套话的一部分）。其他人则声称，这些花朵是从树上掉到了自己的头发里（拒绝承认作者的主动干预）。对公园守卫来说，这个禁令并没有使一切变得简单，因为它恰好激发了访客的创造能力，由此使得偷窃所得和合法私人财产（套话或是原创思想）的差别变得愈发难以看透。[1]

波朗的解决方法看似很容易理解。他将牌子换成了："**禁止手拿花朵进入公共花园。**"[2] 通过在"公园"前面加上"公共"一词，新的这块牌子得到进一步强调，它也表现出，大众对套话的理解达成了一致。[3] 只有通过有意识地塑造一种公共修辞法，人们才能克服恐怖分

---

[1] "其他人想出了一个点子，头上编着发髻而非戴着玫瑰去散步。"（同上，第26页）。参见赛诺丁斯奇：《抵御重力》，第87页。

[2] 波朗：《塔贝斯的花朵》，第93页；波朗：《塔贝斯的花朵》，第92页。

[3] 波朗的公园始终面临着形变为现代文学的其他知名公共花园——即萨特的布维尔公园——的危机。这个公共花园变成了一个非人道主义的、充满任意性的流放之地。（参见布朗肖：《文学如何成为可能？》，第96页；（转下页）

子们抱有的偏见和幻想，为文学创作清理出一条路，而文学创作又会在套话里再次发现修辞学的可靠性。[1]

在布朗肖推断的、波朗的文字间隐藏的第二本秘密之书中，被修改的这个标牌被赋予了优柔寡断的形象，它是一个"含糊不清的（［……］）怪物"[2]《塔贝斯的花朵》中的这个核心比喻不再试图通过清晰地标明花园的界限来定义文学，我们因此再也不能断言自己是在花园里还是不在其中。要想弄清波朗向我们递来的花朵到底来自哪里是不可能的。米歇尔·赛诺丁斯奇（Michael Syrotinski）谈到了其中的要点：

《塔贝斯的花朵》中的核心比喻远没有通过清晰地标明花园的界限来定义文学，它也使我们不能分辨自己到底是在花园内还是花园外，因为我们不可能知道波朗向我们递来的花朵到底是来自哪里。[3]

波朗修改标牌的这个狡计似乎与他本来的意图背道而驰了，公园

（接上页）参见斯托克：《知识分子的痛苦》，第159页。）在萨特那里，人们被判以自由，而布朗肖则说："你被判永不磨灭。"（莫里斯·布朗肖：《文学和死亡的权利》（1947），载同上：《从卡夫卡到卡夫卡》，克雷门斯-卡尔·海勒翻译并修订，法兰克福（美因河畔），1993年，第11—53页，此处第11页。）相关内容已体现在译文中，此处略去法语原文——译注。(Blanchot, Maurice: La littérature et le droit à la mort (1948), in: Ders.: La part du feu, Paris 1972 (1949), S. 291-331, hier S. 293.)

1　参见赛诺丁斯奇：《抵御重力》，第87页。可以说，浪漫派是在自我解构中开始的，这又通过他们对"德式双引号"的偏爱实现："［……］涉及文字时，人们不得不提到斜体字、引号和括号，修辞学一被废除，浪漫派人士对它们的使用便剧增。"（波朗：《塔贝斯的花朵》，第80页，脚注第49）相关内容已体现在译文中，此处略去法语原文——译注。(Paulhan, Les Fleurs de Tarbes, S. 81, n. 1).
2　布朗肖：《文学如何成为可能？》，第94页。
3　赛诺丁斯奇：《抵御重力》，第91页。

（或者说文学）这个机构以及这个新的标牌都因此变得多余。如果文学不能确保存在一个和自身不同的外部世界，那么修辞学/恐怖统治的差别也面临消失的危险，留下来的只有对那个更高权力的回忆，它被授权以共同体之名对语言作出判断。

《塔贝斯的花朵》结尾的这句话——"我们假设我什么都没说过"——也许不能再被理解成一种片面的谦虚姿态。它看似只是在劝说读者，一本以此为主题的书原则上讲是无解的，因为它呈现出一个述行性矛盾。人们如果能够读懂这句话，还会把这句当真吗？或者，这句话是否蕴藏着恐怖主义的爆炸性能量，倘使它能证明，一些表面上看起来十分乏味的、表示谦虚的陈词滥调在阅读时会招致怎样的后果？波朗运用述行的方式表明，问题的关键并不是要在修辞学和恐怖主义间做选择，人们也还不能一下子同时拥有二者。在波朗这本书的德语版后记中，汉斯-约斯特·弗雷（Hans-Jost Frey）强调道，人们不能简单地将这种恐怖主义的语言理解驳斥为一种幻想。这种"指涉性的幻想"存在于对某种无语言思考的信仰中，即便人们意识到这是幻想，它也不会消失。弗雷继续写道："人们寄希望于通往语言彼岸的可能性，这是必要的，而正是这种期待导致了恐怖主义的语言态度，因而所有发表意见的人都在某种程度上共有这种态度。"[1] 否则，讲话这个行为也许就没有意义了，共同体最终也会因此变得沉默无言。

对死亡词句的等待

莫里斯·布朗肖认为，波朗提出的修辞学和恐怖统治之间的矛盾展现的仅是一个问题的两个方面，这个问题便是对语言和死亡之关系

1　弗雷：《后记》，第351页。

的提问。人们可以在 1968 年 5 月发生的事件中观察到这一点。事后看来，1968 年的五月革命对布朗肖来说是一次最接近文学的革命。[1] 在他稍显理想化的记忆里，这次革命是词句的革命。虽然它能轻易地以血腥方式结束，但它最终没有，它没有从词句中找到出路。自每个人都获得了极端的说话自由的那一刻起，这场革命便认为自身的目标已经实现："说话行为本身优先于被说的内容，诗歌已变得日常化。"[2] 所有的交流都以这种方式被同等化，所有表达所蕴含的个体性都失去了力量，所有表述的主体都被强行一致化，他们因此获得一种类似于**无名氏**的状态。每句口号，每个句子都属于大众，它们变成了字面意义上的套话，所有的原创性都划归公共管理了。跟 1793—1794 年相反，1968 年五月革命的自身逻辑并没有强迫参与者否认自己的幻想。亚历山大·科耶夫（Alexandre Kojève）对黑格尔的阐释深刻影响了布朗肖，根据他的阐释，法国大革命期间的恐怖统治从未放弃过自己的理想，即发挥积极的作用，虽然它的负面性更为彻底，且使越来越多的人丢掉了性命。以断头台为威慑的恐怖统治最终同意给予市民的——作为否定一切的革命理念的宣言——只有死亡的绝对自由。[3] 对布朗肖来说，与之完全相反的是 1968 年五月革命所宣告的极端的说话自由。1968 年，从死亡的权利中演变出了无止境的、实质性的、在词句中表达自我的权利，由此，每次语言的否定都是无休止地在宣告旧政府的死亡，而不必真正执行。人们不必再对革命的失败缄默不

1　参见莫里斯·布朗肖：《不可言明的共同体》，巴黎，1983 年，第 52—53 页；德译版：盖尔德·贝格弗雷特译，柏林，2007 年，第 55 页。

2　同上，第 53 页；同上。

3　参见亚历山大·科耶夫：《黑格尔：对黑格尔思想的再现与对精神现象学的评述》（1947），艾琳·费彻和格哈德·雷姆布鲁赫译，第 4 版，法兰克福（美因河畔），1996 年，第 248 页。针对布朗肖对黑格尔的接受参见彼得·毕尔格：《文学和死亡：莫里斯·布朗肖》，载：《罗马文学史杂志》，1992 年第 1、2 期，第 168—182 页，此处第 172—176 页。

言，在"说"革命一词的时候，它就已经被包含在内了。然而，革命本身并不会因此变成虚构的，它的影响也不能由此被抵消。一个全新的**共产主义的**共同体诞生了，"它不能吸纳，也不能要求任何意识形态。"[1] 这个共同体却不能被最终**说出**。作为一种"爆炸性的沟通方式"[2]，它虽然始终处于实现的过程中，但却不能真正达到已实现的状态。它必须不断地说，且根据布朗肖的描述，它还永远需要回答一个问题，即它是否已经开始发生抑或还没有。[3] 它的有限性便存在于其中。所有的答案都会被接受，所以，所有的答案都只能用别的表述将这个问题继续传递下去。

人们能在罗兰·巴特（Roland Barthes）同时代的文章——1968年出版的《事件的文字》——里查阅到他给出的答案。对巴特来说，被说出的词句就是"事件本身"[4]。晶体管收音机使游行示威者能实时地对事件作出评论。"通过对时间的压缩和对行动的直接反馈，收音机扭曲或修改事件，一言以蔽之，它在书写事件。"巴特非常兴奋：他察觉到"文字和阅读关系的颠倒［……］而它是通过这次的文字革命实现的"。

对事件的提问本身成了一个词句的事件，演变成文学与文字问题：即便是文字也有什么都能说的自由，但又不知自己何时发生以及

1　布朗肖：《无法被承认的共同体》（德译版），第 55 页。相关内容已体现在译文中，此处略去法语原文——译者注。（Blanchot, La communauté inavouable, S. 53）。

2　布朗肖：《不可言明的共同体》（法译版），第 52 页；布朗肖：《无法被承认的共同体》（德译版），第 54 页。

3　同上，第 53 页；同上，第 56 页。

4　罗兰·巴特：《事件的文字》（1968），汉斯·蔡思乐译，载：《骚乱》，2010 年第 36 期，第 71—74 页，此处第 71 页。相关内容已体现在译文中，此处略去法语原文——译注。（Barthes, Roland: L'Écriture de l'événement, in: Communications, 12 (1968), S. 108–112, hier S. 108f.）

是否发生。无论文字在此过程中将自己想象为明确的意象还是纯粹的形式，它都无法从词句中找到答案。

人们可以扪心自问，将文学与恐怖统治相关联是否真的合法。对布朗肖而言，文学和恐怖统治皆以同一种方式将自己要求的"死亡权利"合法化：

> 每一个作家心中都深藏着一个逻辑的恶魔，它要求他给所有的文学形式致命一击，要他通过摆脱语言和文学的束缚认识到自己作为作家的尊严，简言之，要他对自己是什么以及自己做了什么提出不可言说的质疑。[1]

贝克特似乎对此很是狂热。在他所著的《故事和无意义的片段》一书中，叙事声音以摆脱语言共同体为口号，以将自己"说至死亡"（《故》，第166页）为目标。他处于一个未被定义的空间中，他在文明的彼岸，这种形式的空间只在艺术和文学中是可能的。与此同时，这个叙事声音又为不能离开这个狭小的文学空间而感到遗憾："人们说了什么，这其实是最微不足道的，不，应当说这就像在小说里，始终一直在小说里一样"（《故》，第169页）。要将自己说至死亡，为了达成这个目标，这个叙述者脱离了时间、空间以及人物的坐标，但他也必须能遇到"对的"词句——那些"会杀人的"（《故》，第146页）词句——才行。但结局好像能从其他无穷多的词汇中得到无止境的扩写。将自己说至死亡的尝试导致一切喋喋不休，在否定中打转：

1　布朗肖：《文学如何成为可能？》，第97页。相关内容已体现在译文中，此处略去英语原文——译者注。（Blanchot, How is literature possible?, S. 56）

不，人们必须得找到一些别的东西，一个更好的理由，这样一切就可以停止，一个别的词语，一个能在否定中被用起来的更好的点子，一个新的"不"，它能中止所有别的"不"，所有旧的"不"，这些旧的"不"将我埋进一个不属于任何地方的深渊里，这个深渊不是一个地点，它是一个时刻，一个暂时的永恒时刻，它名为此处；将我埋进名为我又什么也不是的存在的深渊里；将我埋进不可想象的声音的深渊里。所有这些旧的"不"停滞在黑暗里，就像一个梯子，由于醉意摇摇欲坠，是啊，一个新的"不"，它只能被说一次，它打开它的暗门，将我、影子和闲谈吞入名为不在场的陷阱里，这种不在场并不像存在的不在场一样徒劳无效。唉，我知道，一切不会以这种形式发生，我知道，什么也不会发生，什么也没有发生。而我依然——尤其是自我不再相信一切后——如人们所说，是活着的，在地面上某个地方，我是站在星点诡异灯光下的肉体，我将会把自己说至死亡。（《故》，第166页）

在否定中打转是恐怖统治的一个典型标志。它依赖于幻想而存在，幻想着革命早在旧秩序颠覆之时就已经完成。终极的自由也许紧跟着摧毁那刻便已经存在。恐怖统治的这种否定的暴力由此自主发展起来，克服它并走向积极一面的可能性也由此断绝。无止境的否定只通向虚无，或是同虚无一并毁灭。自由仅是在革命性自由理念和死亡之间做出的选择，在恐怖统治的无视法律的自由里只存在着"死亡的权利"，没有别的选择，没有别的去处。在极端逻辑里，"某物"和"虚无"，"某人"和"无人"之间的差异被宣称为过时且多余的东西。众生平等，他们处于恐怖统治之中就如处于死亡之中。除了恐怖统治以外只有"虚无"，而恐怖统治便是对这种"虚无"的否定。

贝克特的文章当然不是在参与恐怖统治对人类犯下的罪行，它分享的是一种结构性的否定原则。语言的环境被极端地否定掉了。以文学理念的自由之名，共同体的语言必须"相继死去"。语言和文学似乎在一个层面上达成了一致，认为每个词语中那个具体的、现实中独一无二的、被称为"物"的存在（由此当然也包括词语的物之现实）都应该"死亡"，通过这种否定，语言和文学才能摆脱对时空的依赖而发挥作用。但日常语言会在另一个额外的否定中排除这种否定，以此来维持某个理念世界和它主体地位的稳固，在这种情况下，文学便不会被迫以某个理念之名参与完成这种社会性、结构性的遗忘过程。文学能够将物的死亡在其所处环境中以不定的方式记录下来，而不必像在日常语言里那样在思想中使死亡"复活"。因此在日常语言的世界里，"死去的过程"不会结束，它寻不到死亡这一终点。文学不再受制于革命理念激进的自我贯彻力，所以它也摆脱了作为塑造之力的死亡。在文学中，否定性失去了它的用武之地。文学什么也不必做，它的做也是不做。文学并不能从死亡中生成有意义的行为，这迫使它不停地谈论"死亡的不可能性"，由此，它痛苦万分地失去了对生命和死亡的掌握。即按凯文·哈特（Kevin Hart）的话说：

> 文学摆脱了作为创造力存在的死亡，在此过程中，否定失去了力量。文学什么也不必做——或者，你可以这么说，它的做也是不做。不管怎么说，文学并不能从死去的过程里生成有意义的行为，这迫使它不停地谈论"死亡的不可能性"，它正痛苦万分地失去对生命和死亡的掌握。[1]

1　哈特：《黑暗的凝视》，第 86 页。此处引文为英文原文。——译者注

文学还是为这一决定付出了代价。首先，它无法采取任何可行的措施来打破自己的边界，因为它缺乏一个明确的革命议程，无法确定自己在何时何地开始和结束；第二，由于文学没有死亡的可能，所以它被判处探察死亡和虚无的彼岸。它面临两个选择，一方面，它可以通过与日常语言趋于一致，欺骗自己说已经将整个世界毫无保留地变成了文学。另一方面，它可以颠倒概念性和物质性之间的关系，将自己推上顶端：贝克特文章中的叙述者问道，如果常用概念都在"词句"中死去，将会发生什么？

不，没有灵魂，没有躯体，没有新生和生命，没有死亡，即便没有这一切，人们也必须继续下去，所有一切都已经在词句中死去，所有一切都是冗余的词句，它们什么别的也说不出［……］它们将会找到什么别的东西，随便什么，而我将继续下去，不，我将能够结束，或是能够开始，这是一个新鲜的谎言［……］（《故》，第 161 页）

词句不借助某个能被固化的意义而单凭自己，就不能说出自己的开始或结束，这是一句谎言。但若没有套话，文学就不能将自己不能达成的死亡通过词句表达出来。文学交流中物的物质性也不能幸免于此。文学交流不完全地呈现了物的不在场性，它不断地指向自身的物质性，却不能表达出纯粹的物质性。

1968 年的五月革命里，说话这个动作作为历史的一部分和共同体行为绑定在一起，而文学却可以使它的词句和它的世界在真实与不真实间摇摆。贝克特文中的叙述者只能等待那个终极的、救赎性的事件，这事件能让所有报道它的声音沉默：

一次觉醒将会发生，［……］一个故事将会诞生，某人会尝试讲述一个故事。对，官方的辟谣将会终止，一切都是假的，没人在那里，很明显，那里什么也没有，套话将会结束，在等待的过程中，我们想要被欺骗，被这些时刻欺骗，被所有时刻欺骗，直到一切过去，直到这些声音沉默，这只是一些声音，一些谎言。(《故》，第130页)

贝克特展示了文学恐怖统治的不可能性，当文学被语言共同体不负责任的嘈杂声音（rumeur，布朗肖）[1]污染时，它应该如何、在何处对这革命性的、恐怖统治和**死亡的权利**提起诉讼。多义性阻碍了词句的终结："同样的窃窃私语一直嗡嗡作响（murmure, ruisselant）[2]，没有停顿，它好似唯一一个无止境的，并且因此毫无意义的句子，因为只有终结才会赋予词句意义"（《故》，第151页）。贝克特对平淡发言的寻找也许会长久地在共同体的恐怖统治和共同体语言的重复之间进退两难，但是，这种寻找却会因为共同体的词句事件而变得理所当然。句子不能纯粹地表意，在极端情况下——作为一种试验性形式——也不能毫无意义[3]，所以，文学必须诉说**一切**，每个共同体都只会从中受益。

1　贝克特在《它如何》一文里对一些未指明发出者的表达进行了空泛地重复，如"人们讲"（如11页），"人们说"（如第72页），"道听途说"（如第15页），对这些表达的重复在文中很引人注目（《它如何》，埃尔玛·托普霍芬译，法兰克福（美因河畔），1986）。也参见布朗肖·莫里斯：《无止境的谈话》（1869），巴黎，1980，第484页；莫里斯·布朗肖：《不可摧毁之物：关于语言、文学和存在的一场无止境的谈话》（1969），汉斯-尤阿希姆·麦茨格译，慕尼黑/维也纳，1991年，第152页。要精准地翻译"rumeur"这一概念很难。"喃喃低语"这个意思被略去了，因为布朗肖此处运用了"murmure"一词。在其他情况下，这个词语既能表示"普通的喧闹之声""纷杂的声音"，也可表示"流言"和"闲话"。

2　贝克特：《故事和无意义的碎片》，第182页。

3　针对语言对描摹的坚持，参见伯纳·奥尔加：《代表的两难境遇》（1969），载：哈穆特·恩格哈德，迪特·麦特乐：《塞缪尔·贝克特的小说〈莫洛伊〉〈马龙之死〉和〈无名氏〉的相关文献》，迪特·麦特乐译，法兰克福（美因河畔）：1976年，第178—202页，此处第199页。

参 考 文 献

Barthes, Roland: Die Schrift des Ereignisses (1968), übers. v. Hanns Zischler, in: *Tumult*, 36 (2010), S. 71–74.

Barthes, Roland: L'Écriture de l'événement, in: *Communications*, 12 (1968), S. 108–112.

Beckett, Samuel: Assumption (1929). In: Gontarski, S.E. (Hg.): *The Complete Short Prose*. 1929–1989, New York 1995, S. 3–7.

Beckett, Samuel: Texte um Nichts (1950), in: Ders.: *Erzählungen*, übers. v. Elmar Tophoven, Frankfurt/M. 1995, S. 121–172.

Beckett, Samuel: Textes pour Rien (1950), in: Ders.: *Nouvelles et Textes pour Rien* (1958), Paris 1969, S. 127–220.

Beckett, Samuel: *Wie es ist* (1961), übers. v. Elmar Tophoven, Frankfurt/M. 1986.

Bernal, Olga: Das Dilemma der Repräsentation (1969), in: Engelhardt, Hartmut/Mettler, Dieter (Hg.): *Materialien zu Samuel Becketts Romanen 'Molloy', 'Malone stirbt', 'Der Namenlose'*, übers. v. Dieter Mettler, Frankfurt/M. 1976, S. 178–202.

Blanchot, Maurice: Comment la littérature est-elle possible? (1941), in: Ders.: *Faux Pas* (1943), Paris 1975, S. 92–101.

Blanchot, Maurice: *Die uneingestehbare Gemeinschaft* (1983), übers. v. Gerd Bergfleth, Berlin 2007.

Blanchot, Maurice: *Das Unzerstörbare. Ein unendliches Gespräch über Sprache, Literatur und Existenz* (1955, 1969), übers. v. Hans-Joachim Metzger u. Bernd Wilczek, München/Wien 1991.

Blanchot, Maurice: Die Literatur und das Recht auf den Tod (1947), in: Ders.: *Von Kafka zu Kafka*, übers. v. Clemens-Carl Härle u. für diese Ausg. überarb., Frankfurt/M. 1993, S. 11–53.

Blanchot, Maurice: How is Literature Possible? (1941), übers. v. Michael Syrotinski, in: Holland, Michael (Hg.): *The Blanchot Reader*. 2. Aufl., Oxford/Cambridge/Mass. 1996, S. 49–60.

Blanchot, Maurice: *L'Entretien infini* (1969), Paris 1980.

Blanchot, Maurice: *La communauté inavouable*, Paris 1983.

Blanchot, Maurice: La littérature et le droit à la mort (1948), in: Ders.: *Lapart du feu* (1949), Paris 1972, S. 291–331.

Boelderl, Artur R.: „Muß unter Sterblichen auch Das Hohe sich fühlen"? Zur Ehrenrettung des Banalen in Literatur und Philosophie, in: Aspetsberger, Friedbert/Höfler, Günther A. (Hg.): *Banal und erhaben-es ist (nicht) alles eins*, Innsbruck/Wien 1997, S. 29–46.

Bürger, Peter: Die Literatur und der Tod: Maurice Blanchot, in: *Romanistische Zeitschrift für Literaturgeschichte /Cahiers d'Histoire des Littératures Romanes*, 1/2 (1992), S. 168–182.

Frey, Hans-Jost: Nachwort. Reflexion und Poesie in Jean Paulhans Literaturtheorie, in: Jean Paulhan: *Die Blumen von Tarbes und weitere Schriften zur Theorie der Literatur*, hg. v. Hans-Jost Frey, übers. v. Hans-Jost Frey u. Friedhelm Kemp, Basel/Weil am Rhein 2009, S. 341–363.

Hart, Kevin: *The Dark Gaze. Maurice Blanchot and the Sacred*, Chicago/London 2004.

Heidegger, Martin: *Sein und Zeit*, Tübingen 1967.

Hildebrandt, Hans-Hagen: B*ecketts Proust-Bilder. Erinnerung und Identität*, Stuttgart 1980.

Kant, Immanuel: *Kritik der reinen Vernunft* (1787), Bd. 1, hg. v. Wilhelm Weischedel, Frankfurt/M. 1995.

Kluge, Friedrich: *Etymologisches Wörterbuch der deutschen Sprache*, überarb. v. Elmar Seebold, 24., durchgesehene u. erw. Aufl., Berlin/New York 2002.

Kojève, Alexandre: *Hegel. Eine Vergegenwärtigung seines Denkens. Kommentar zur Phänomenologie des Geistes* (1947), übers. v. Iring Fetscher u. Gerhard Lehmbruch, 4. Aufl., Frankfurt/M. 1996.

Paulhan, Jean: Die Blumen von Tarbes oder Der Terror in der Literatur, in: Ders.: *Die Blumen von Tarbes und weitere Schriften zur Theorie der* Literatur, hg. v. Hans-Jost Frey, übers. v. Hans-Jost Frey u. Friedhelm Kemp, Basel/Weil am Rhein 2009.

Paulhan, Jean: Les Fleurs de Tarbes ou La terreur dans les lettres (1930, 1940), in:

Ders.: *Œuvres complètes*, Bd. 3, Paris 1967, S. 11–140.

Paulhan, Jean: Un embarras de langage en 1817 (1945), in: Ders.: *Œuvres complètes*, Bd. 3., Paris 1967, S. 149–164.

Roger, Jérôme: La dispute des Fleurs de Tarbes: Blanchot lecteur de Paulhan, in: Blanchot, Maurice: *Récits critiques*, hg. v. Christophe Bidentu. Pierre Vilar, Tours 2003, S. 279–314.

Stoekl, Allen: *Agonies of the Intellectual. Commitment, Subjectivity, and the Performative in the Twentieth-Century French Tradition*, Lincoln/London 1992.

Syrotinski, Michael: *Defying Gravity. Jean Paulhan's Interventions in Twentieth-Century French Intellectual History*, Albany, NY 1998.

马库斯·维法恩

阅读共同体：理查德·罗蒂的
文学与团结

1. 从一个印第安人和他的医生们讲起

　　《密歇根季评》第 25 号年刊为人种学家克利福德·格尔兹（Clifford Geertz）和哲学家理查德·罗蒂（Richard Rorty）的学术性争论提供了舞台。这次争论一方面宣告了持续至今的、以多文化共同体产生和发展为主题的讨论的开始。另一方面则指明了当时政治思想中"文学转向"的种种迹象，[1] 它们应当会在接下来的几年里愈发凸显。辩论关注的焦点是一个案例，在这个耸人听闻的北美印第安人案例中，当事人对自身健康问题的看法和他在美国医疗体系框架内所获得的、令医护人员感到十分棘手的照料护理引发了许多大相径庭的解读。

　　正如格尔兹在他的文章《差异性的作用》中所阐述的，[2] 美国西南部的透析机曾经极其短缺，这导致人们需要先按照疾病的严重情况和

1　西蒙·斯托：《读者的共和国？政治思想和政治分析中的文学转向》，奥尔巴尼，2007 年。
2　克利福德·格尔茨：《差异性的作用》，载：《密歇根季评》，1986 年第 25 期，第 105—122 页。

使用机器的迫切程度为透析患者建立一个总的候诊名单。在公共卫生救济的框架内，这个名单非常符合现行的美国国家反歧视政策，有一位病重的印第安人也按照候诊名单成为优先进行透析治疗的病人之一，让大众吃惊的是，他却固执地违背了主治医生们在饮食和生活作风方面的所有医嘱，坚持继续毫无节制地大量饮酒，透析治疗也只是让他能够尽可能久地加大饮酒量。这位患者始终如一地忽视所有治疗指示，他冥顽不灵的态度激怒了一直关注着长长的候诊患者名单的主治医生们，其他患者虽然排在这位印第安人之后，但将会在接受治疗的时候尽可能做一切能够改善自身健康状况的事。医生们对这位不配合的病人的愤怒与日俱增，但值得注意的是，医患之间的这种持续冲突在此期间丝毫没有对医疗护理产生影响：这个印第安人的透析治疗毫无停顿地继续着，他也一直毫无节制地饮酒，并继续活了好几年后才去世。

在格尔兹看来，这个执拗的病人和被他激怒的医生的故事首先是呈现了一次令人沮丧的失败，"故事中任何一方都没有弄清，别人身上会发生什么，因此也不明白自己身上将会发生什么。没有人——至少看起来是这样——从这个事件中了解自己或是别人，除了与厌恶和痛苦有关的陈词滥调以外，他们对自身所遭遇事件的特点一无所知"。[1] 所以，这个事件其实证明了来自美国西南方的这位印第安人和来自东北方的医生们明显完全不同的观点间存在的一种相互的不理解，这导致双方都完全看不到对方的诉求，也因此始终不能理解对方的想法，或者正如格尔兹一针见血指出的那样："所有事情都发生在一片黑暗当中"。[2] 事件中双方既不能也不愿意去弄清对方的不同观

1　克利福德·格尔茨：《差异性的作用》，载：《密歇根季评》，1986 年第 25 期，第 117 页。
2　同上。

点，没有在评价对方想法和做法时将其观点纳入考量。格尔茨明确表示，这与其说是一个令人惋惜的特殊案例或者个案，不如说这正是体现文化分隔和文化封闭这一普遍趋势的典型案例，格尔兹用了一个意义模棱两可的术语——"种族中心主义"——来证明这种趋势的存在，在他看来，克劳德·列维-施特劳斯和理查德·罗蒂便是其最知名的辩护者。[1]

罗蒂被人以这种稍显不友好的方式拉入辩论中，随即撰写了题为《论种族中心主义：对克利福德·格尔兹的一个回应》的文章作出答复，在文章中，他也着手研究了上文简略提到的执拗印第安人和愤怒医生的故事，但却作出了完全不同的阐释，即并不像格尔兹那样将它视为对一次令人惋惜的失败的记录，而是相反地将其解读为一个不可思议的成功故事。[2]罗蒂改变了提问的方式，引入了他的新解读，借助这些提问，他在后文中将这个故事解读为社会进步历程的历史性证明：

　　归根结底，一个印第安人为什么会被允许进入诊所？为什么醉醺醺的印第安人们和雅皮士医生们，用格尔兹的话说，"是当代美国具有同样分量的两部分"？大体上说，是人类学家们使情况变成如此的。在一百年前的美国，醉醺醺的印第安人比现在更常见，但人类学家却更少见。因为缺少这些能把自己的行为置于充斥着一系列陌生信仰和愿望的语境中的、富有同情心的阐释者，所以醉醺醺的印第安人并不属于19世纪的美国，也就是说，19世纪的绝大多数美国人更关注心理变态的罪犯和乡村白痴，而非这些印第安人。不论这些印第安

1　克利福德·格尔茨：《差异性的作用》，第107—108页。
2　理查德·罗蒂：《论种族中心主义：对克利福德·格尔兹的一个回应》，载：《密歇根季评》，1986年第25期，第525—534页。

人是醉酒或是清醒，他们都是非人的，没有人类的尊严，仅是我们祖父那一辈达到目的的手段。人类学家让我们很难再继续以这种方式看待印第安人，也由此使他们成为了"当代美国的一部分"。[1]

格尔兹故事里醉酒的印第安人能够获得美国透析诊所的治疗，并由此成为美国社会的一部分，这到底是如何能发生的？在《密歇根季评》上的学术争论过去30年后，这个问题似乎依然激发着罗蒂积极思考，并在他之后的文章中带着不同的标记反复出现。他的尝试——找到决定和改变共同体布局的要素，并描述出能最终判定个体是否归属于共同体的标准——就和这个问题联系在一起。早在罗蒂同格尔兹的辩论中，人们就已经能发现实现这一尝试的若干关键要素了，但在接下来的几年里，这些要素又得到了一系列的精确化，它们由此首先引起了文学研究领域日益增长的兴趣，并促进了研究成果的不断丰富。[2]

2. 敏感化阅读

罗蒂对启蒙论的根本怀疑是他对共同体源起进行思考的出发点，这个启蒙论的观点是，"存在着一种叫人类共同天性的东西，它是一种形而上的基质，所谓的'权利'便根植于其中，这个基质相较于仅是'文化性的'上层建筑拥有道德上的优先权"。[3]罗蒂认为，人们往往从全人类的共有天性中引申出相似的权利，但共同体并非简单地建

1　理查德·罗蒂：《论种族中心主义：对克利福德·格尔兹的一个回应》，第529页。
2　罗蒂的学术道路将这位受过高等教育的哲学家的旅途最终引向了斯坦福大学的比较文学专业，从此处就已经初现端倪。
3　理查德·罗蒂：《论种族中心主义》，第530页。

立在对全人类共有天性大同小异的发现之上。[1]

　　上文提及的那些观察，即在美国，印第安人和精神病人一样在很长一段时间里都被视作"非人的"，后来才渐渐进入"人类的"这一概念原本所定义的范围里，罗蒂的观点这才引起了人们的关注。[2] 其实，共同体的构建显然一直与变化非常的、社会认可与否定的模式相关，而社会的认可与否定仅是基于历史和文化原因。是什么让人类在彼此的眼里成为人类和同类，让大家或多或少能感到彼此拥有一样的权利，都认为自己要在某种程度上为彼此的幸福和痛苦负责（这个问题可以简化为：罗蒂试图用"团结"这一概念表达什么）？这个东西正如罗蒂在代表作《偶然、反讽与团结》中所写的，"是被创造出来，而非被偶然碰上的，它是随着历史的发展才被构建出来的，并不是作为一个非历史性的真理为人所知的"。[3] 共同体被诊断出的偶然性特点在此过程中看起来绝不是一个弱点，反而是"不断更新的共同体意识的"一个坚实的基础，"我们同我们共同体的认同感——我们的社会、我们的政治传统、我们的知识遗产——会得到强化，当我们把这个共同体看作我们的而非天性的，被塑造的而非被找到的，把它看作人类

1　北美当代政治话语援引了不能转让的权利这一表达，学界对此进行了批判，罗蒂将其与这个批判类比。理查德·罗蒂：《知识分子和穷人》，载同上：《美、崇高和哲学家共同体》，阿尔布雷希特·维姆评论版，原文于美国出版，克里斯塔·克鲁格和尤根·布拉修斯译，法兰克福（美因河畔），2000 年，第 57—86 页。

2　朱迪斯·巴特勒的最后一本书在其他前提条件下对这些"非人"，这些"活着，却不被视认为一个'生命'的主体"（朱迪斯·巴特勒：《战争的框架策略——生命何时才值得哀悼？》，伦敦／纽约，2009 年，第 32 页）进行了研究。以当下"反恐战争"的军事策略以及美国公众对此的感知和评价为背景，这本书主要探讨了以下问题：在什么样的前提下，人的生命才被视为值得守护，它的逝去才被视为可哀悼的？在什么样的前提下不是、暂时不是或不再是？

3　理查德·罗蒂：《偶然、反讽与团结》，克里斯塔·克鲁格译，法兰克福（美因河畔），1992 年，第 314 页。

所创造的诸多事物中的一个"。[1]

罗蒂不断对共同体的团结进行着改变和历史化，以此实现了当前社会学讨论重点的根本迁移，它主要将重点放到了"共同体化"的过程上，由此，"实质性的概念理解被程序性的理解所取代"[2]。与此相关，关于构建团结之共同体需要的特殊条件的问题成了关注的焦点，这些问题反过来又要求人们去探寻具体的"共同体化机制"[3]。在诸多相关研究中，伊莱恩·斯卡里（Elaine Scarry）的研究成果最具启发性，[4] 她的研究集中分析了不同形式的虐待和侮辱产生的条件和造成的影响，罗蒂将这些研究视为自己思索共同体源起的基础，这在罗蒂关于团结构建的核心假设中有清晰的体现："它（指团结，本文作者注）通过以下方式得以实现，即当其他我们不熟识的人受到侮辱或感到痛苦时，我们要提高对这些痛苦和侮辱的特殊细节的敏感性"[5]。

根据罗蒂的研究，这种提高也能通过上文提及的"富有同情心的阐释者"的特殊调解作用实现，这些阐释者们有能力展现目前为止被忽略和取代的社会歧视及排挤的不同形式，并以这种方式推动"非人"向"人"的逐渐转化。在同格尔兹的争论中，罗蒂认为，正是人类学和人类学家扮演了这个角色，或者更准确地说，扮演了扩大共同体的角色，在之后的文章中，罗蒂还致力于将这个角色分配到越来越多人的肩膀上去。"我们逐渐将其他人视为'我们中的一员'而非'那个'的这个过程，依赖于我们以什么样的精确度去描述陌生人是

1　理查德·罗蒂：《实用主义、相对主义和非理性主义》，载：《实用主义的后果——论文：1972—1980 年》，明尼阿波利斯，1982 年，第 160—175 页，此处第 166 页。
2　哈特穆特·罗莎：《共同体理论引论》，汉堡，2010 年，第 66 页。
3　同上。
4　伊莱恩·斯卡里：《痛苦中的身体：脆弱性的密码和文化的发明》，法兰克福（美因河畔），1992 年。
5　理查德·罗蒂：《偶然、反讽与团结》，第 16 页。

怎样的和重新定义我们是怎样的。这不仅是理论研究的任务，也是其他领域如人种学、报刊报道、漫画书、纪录片以及首先是长篇小说需要完成的任务。"[1]

罗蒂在列举这些能够构建共同体的、极为纷繁复杂的媒介时赋予了长篇小说极为突出的意义，[2] 因为长篇小说有个决定性的优势："与理论家相比，小说家的重要之处在于他们长于描述细节。"[3] 根据罗蒂的观点，正是描述陌生痛苦和侮辱时的精确性、生动性和说服力激发了那种好似能从内部打开共同体，并让外部人变成内部人的移情反应。没有任何一种别的美学形式能像长篇小说一样为移情反应提供必要的前提条件，因为长篇小说能使读者的感观持续直面许多此前从不知晓或一直轻视的观点，所以它能不断拓宽拓展了的、规模更大的共同体的潜在基础，在此过程中，共同体的边界也变得容易通过。长篇小说通过自身的敏感化作用抵抗了作用相反的、被格尔兹谴责为种族中心主义主要弊端的封闭与分离趋势。[4]

1　理查德·罗蒂：《偶然、反讽与团结》，第18页。

2　在对特定文学作品产生的敏感化作用的强调上，罗蒂和斯卡里又达成了一致。后者认为，侮辱和暴力都是源于无知以及想象力的缺乏："我们对他人的伤害来源于我们对他们的不了解"（伊莱恩·斯卡里：《对他人进行想象的难度》，载：卡拉·黑塞，罗伯特·波斯特：《政治过渡时期的人权：从葛底斯堡到波斯尼亚》，纽约，1999年，第277—309页，此处第282页）。正是在这一点上，文学能有效发挥它的反向作用，因为"文学的核心便是将自己想象成另一个人"（同上，第285页）。与罗蒂不同的是，斯卡里显然并不想依赖于文学的特殊潜能，而是希望在减少所有类型歧视的过程中法律和宪法的相关实践能同步进行（参见同上，第302页）。

3　理查德·罗蒂：《哲学家、小说家和跨文化比较：海德格尔、昆德拉和狄更斯》，载：艾略特·多伊奇：《文化和现代性：东西方哲学视角》，火奴鲁鲁，1991年，第3—20页，此处第17页。

4　玛莎·C. 努斯鲍姆提出的"诗意的正义"这一概念强调小说读物具有令人产生认同和共情的作用，这一概念的形成是通过接受罗蒂的一系列基本思想，但在此过程中，努斯鲍姆终究还是想将长篇小说置于坚信存在原始且不可转让的权利的启蒙主义传统下，而这种启蒙主义式的、确立原始权利的行为在罗蒂看来是不具有构建共同体的潜力的："长篇小说作为一种（转下页）

在文学领域内，长篇小说的中心地位以一种有趣的方式使具有移情作用的典型文学类别——悲剧——的传统文学地位被置于争议中，[1]通过长篇小说的中心化，罗蒂显然试图在划分传统学术职能与任务时不断调整重点，因为按照他的阐释，构建和改造共同体的力量与其说存在于社会学的认知领域里，倒不如说存在于文学研究领域中。罗蒂的共同体并不是通过理性得以建立和扩大的，而是通过移情——共同体首先是阅读共同体，或者确切说是读者构成的共同体，他们通过文学这一媒介互相感受并评价彼此：

感受别人受到的侮辱并不是为了形而上地解释原因，而是为了富有想象力地移情于他人，也就是说，这关乎一种文学以及美学能力。被社会视作暴行并遭拒绝的行为必然会随着整个社会美学敏感性的发展程度和差异化程度的提高而增多。一切的关键在于通过文字对侮辱、暴行和痛苦予以表达，并以此使其可以辨认。[2]

3. 灵活的人性

共同体中的活跃要素总是伴随新文学篇章的发表和接受出现，这些篇章将社会转变和融合的过程写进文本中，此类过程最后也会体现

（接上页）文学体裁，就其最基本的结构和意愿来看，是启蒙运动所有人类生命平等且有尊严这一理想的捍卫者。"（玛莎·C.努斯鲍姆：《诗意的正义：文学的想象和公共的生活》，波士顿，1995年，第46页）。

1　"我们对主流现实主义长篇小说的看法可以借用亚里士多德对悲剧的观点：这种形式构建了读者的同情心，将他们定位为密切关心他人痛苦和厄运的人，使他们能同他人产生共情，因为这些人的经历也有可能发生在他们自己身上"（玛莎·C.努斯鲍姆：《诗意的正义》，第66页）。

2　瓦尔特·里斯-舍弗：《理查德·罗蒂理论导论》，汉堡，2006年，第108页。

在政治决策和法律规定中。[1] 被认识、认可为共同体一部分的过程被证实取决于预先的书写行为，这个行为首先会创造新的可见性（意即驱散了格尔兹所说的笼罩在那位执拗的印第安人和愤怒的医生周围，使他们不能真正认识彼此的那种黑暗），也能拓宽由同类人或者同国人所构成的潜在圈子，因为人类或者同类人所拥有的品质本身并不是已存在的或者是待发现的，而是总需要被重新书写的。从这个意义上讲，这过程首先是不间断阅读的结果，而阅读另一方面又可以在文学文本诞生和传播的历史背景下发挥作用。

然而，罗蒂运用了"拓宽"这一关键的概念范畴，相当明确地指出，文学发挥的共同体相关的作用与其说在于形成新的共同体，不如说在于扩大已存在的共同体："我们必须跳出我们所在的网络，跳出我们所认同的共同体"[2]，这句话已经成为"后现代主义资产阶级自由主义"的座右铭。早在 20 世纪 80 年代初，罗蒂就提出了"后现代主义资产阶级自由主义"的构想，以此为框架，他拒绝了对传统共生方式进行革命性变革的目标，试图对已存在的共同体进行改革。[3] 罗蒂

1　能够使人移情的文章具有激发某些事物的潜力，它能直接推动社会的变化过程，詹姆斯·哈罗德也对这种潜力寄予厚望："对我来说，共情的关键要素就是它这种激发某些事物的力量，例如激起人们想行动起来的愿望。真正好的虚构文本才能做到这点"（詹姆斯·哈罗德：《与虚构文本共情》，载《英国美学杂志》，2000 年第 40 期，第 340—355 页，此处第 349 页）。但是，据玛丽-凯瑟琳·哈里森的阐释，这种观点是建立在一个并非毫无问题的前提之下的，即读者不会区分文学文本的虚构领域和他们周边社会环境的真实领域二者所属范畴的差异："要想成为现实世界中自己认同的群体里最具代表性的成员，也就是说为了成为这个群体中能帮助他人的非虚构的人，读者需要先阐释虚构的人物"（玛丽-凯瑟琳·哈里森：《虚构文学的悖论和共情的伦理：重新审视狄更斯的现实主义》，载：《叙事》，2008 年第 16 期，第 256—278 页，此处第 266 页）。

2　理查德·罗蒂：《后现代主义的资产阶级自由主义》，载：《哲学杂志》，1983 年第 80 期，第 583—589 页，此处第 589 页。

3　柏林墙的倒塌和东欧现实社会主义体系的瓦解更加坚定了罗蒂的想法，他认为："资产阶级民主福利国家是我们能想象的最佳选择"（理查德·罗蒂：《社会主义终结时的知识分子》，载：《耶鲁评论》，1992 年第 80 期，（转下页）

的目标是将共同体扩大化、包容化，而不是建立其他共同体，他这种坚定的反乌托邦的行动方向，也许反映了他对美国移民社会历史上的融合成就的坚定信任。美国社会使不同人群逐步获得相同权利的这一能力体现了一种业已存在的、看似灵活的人性化模板，这种灵活的人性能不断提高人对发生于边缘人群中的侮辱和暴行的敏感性。

这种致力于共同体扩大化的理念认为，"阅读可以通过扩展公民的道德想像来促进自由民主的实践"，[1] 它单向调整了由文学驱动的共同体进化方向：罗蒂的阅读共同体始终体现着扩张型共同体的特点，因而，它会通过关注迄今为止一直被排除在外的人群，不断吸纳新的个体和团体进入。与之相对，由勒内·基拉尔首先提出的"共同体秩序只能通过结构性地排除他人得以形成"[2] 的观点以及"个体和团体不仅能被写入，还能被排除出共同体的这种反向发展是否可能"的问题都没有得到重视。尽管学界对启蒙论的社会理解有诸多批评，罗蒂也还怀着与之相同的社会进步乐观主义，这种乐观主义对反人性的行为与过程不感兴趣，而大屠杀语境下的文学作品却对后者发挥过决定性的作用，这些行为和过程恰恰说明，不仅有被写就的共同体，也有被写毁的共同体。

4. 社会小说

罗蒂描述了如何通过文学将个体书写进业已存在的共同体中，他

（接上页）第1—16页，此处第5页）这也使罗蒂坚定了自己对共产主义乌托邦式发展方向的根本质疑，他认为，共产主义"支持的是一种此前从未存在过的共同体，它把这个共同体视为自己的发展目标"（让-吕克·南希：《受到挑战的共同体》，原文于法国出版，伊斯特·冯·德·欧斯腾翻译，柏林，2007年，第20页）。

1　西蒙·斯托：《阅读我们的民主之路？文学和公共伦理》，载：《哲学与文学》，2006年第30页，第410—423页，此处第410页。

2　哈特穆特·罗莎等：《共同体理论引论》，第76页。

明确指出了自己在描述这过程时首先想到了哪些文章：它们主要是一些被罗蒂归入无甚特别的"'社会'小说"[1]范畴的书籍。典型作家包括查尔斯·狄更斯（Charles Dickens）、爱弥尔·左拉（Émile Zola）、哈里特·比彻·斯托（Harriet Beecher-Stowe）等人。问题的核心在于，罗蒂以此将文学对共同体发挥的作用同特定历史时期和特定文学类型，即现实主义长篇小说联系在一起，这必然使人思考，在特定的历史-美学框架下，文学能多大程度地发挥罗蒂所说的对共同体的作用，因为这些历史-美学框架在当下是否有效是存疑的。[2]

然而，这种联系似乎体现了一种隐性的挑衅，它有意识地切断了上述过程同政治和美学先锋派的关联，这些先锋派对最晚60年代以来的大部分文学理论建构都起到过指导性的作用。这种切断对罗蒂是富有吸引力的，这或许主要是因为他可以在自己的理论框架下赋予偏先锋派的文章别的作用：这类文章不像社会小说那样关注被蔑视和虐待的他人，而是证实了（根据哈罗德·布鲁姆（Harold Bloom）《影响的焦虑》中的观点）[3]，"写一些不用自己的语言就不能被重新描述出来的东西——这种以自我为中心的尝试确实存在，这些东西也使人不能成为他人美好模板的一个元素、一个新的部分"。[4]根据这种主要遵

1　理查德·罗蒂：《作为瓦解自我中心主义手段的长篇小说》，载：尤阿希姆·库伯，克里斯托弗·蒙克：《美学体验的维度》，法兰克福（美因河畔），2003年，第49—66页，此处第50页。

2　在这一点上，温弗里德·弗卢克斯也批判了努斯鲍姆的观点，弗卢克斯的研究焦点也是19世纪的现实主义小说："努斯鲍姆提出的文学可以成为哲学的一种有效形式的论点，首先依托于十八九世纪的特殊前现代小说。从她的哲学观点出发，这个论点是合情合理的，但它似乎证实了文学批评所持的怀疑，认为要恢复文学的伦理作用只能以牺牲过时的模仿美学为代价"（温弗里德·弗卢克斯：《虚构文学与正义》，载：《新文学史》，2003年第34期，第19—42页，此处第31页）。

3　哈罗德·布鲁姆：《影响的焦虑——诗歌理论》，纽约／牛津，1997年。

4　理查德·罗蒂：《偶然、反讽与团结》，第177—178页。

循公众和私人之间差异的双轨分类法，这类文章首先产生的并非社会性作用，而是个体性作用，它们激发的不是团结，而是独立性，它们使人关注差异，而非共性。这种分类的重点一方面在于个体异质性的自我完成过程中的不同形式，另一方面关注团结的共同体构建中采用的集体形式，这两种形式虽然在文本产生和接受的过程中有各自偏爱的媒介，并且有同样的权利，但从各自的作用来讲，二者却不能相互替代。

针对能构建或扩大共同体的文本，罗蒂还引入了一个重要条件，而他的目的显然是进一步巩固自己赋予长篇小说的优先地位。罗蒂同福柯（Michael Foucault）及其"对世界上不存在'被压迫者的语言'这一论断的反驳"[1]划清了界限，他再度提到了伊莱恩·斯卡利的相关研究，认为重新被书写共同体的过程不能从外部，只能从内部开始，不能由外部人员进行，而是只能由内部人员进行。罗蒂指出，做这种限制是因为被侮辱和虐待的"非人"所获得的受害者地位和（文学性）语言能力普遍上讲是相互排斥的："类似'被压迫者的声音'或是'受害者的语言'一类的东西是不存在的。受害者此前所使用的语言已经不再适用，而他们又承受了太多的痛苦，以至于没法再搜寻到新的词汇。因此必须有其他人从他们那里接手这个工作，把他们的处境用文字表述出来。能胜任这项工作的是长篇小说家、诗人和记者"。[2]

由此，被排斥者的失语也许意味着，被书写进共同体的过程并不能以自传性文章的形式进行。被边缘化的以及失去社会地位的人所处的这种局外人状态首先体现在语言上，这些人依赖于真正具有话语权的人，他们需要这些具有话语权的人关照他们并将他们书写进共同体

1　理查德·罗蒂：《偶然、反讽与团结》，第116页。
2　同上，第160页。

当中。这个过程需要利用特殊的表达方法来使处于社会边缘外的人得到共同体的感知和理解。因为阅读共同体只能从内部而非从外部被敏感化、被打开，所以被书写进共同体的过程也体现为一种传递过程，本质上讲，这种传递依赖于共同体内部业已建立的中介机构所采取的行动。

罗蒂认为，就以上这种关系而言，狄更斯的作品可称作典范："他（狄更斯）能够作为我们中的一员而发声——作为一个碰巧意识到某些东西的人，这些东西如果被我们其他人意识到，可以预料，我们的反应也定是和他一样愤慨"。[1] 成功的敏感化过程看来主要取决于文学篇章是否能通过运用使人敏感化的特殊词汇发挥作用，这些词汇使阅读共同体能关注并接收到对侮辱和暴行的描述。但是，共同体内部的人比外部的人更容易、更好接触并掌握到这些特殊词汇，对外部人员而言，他们按照罗蒂的角色分配能得到的只有完全失语且无力的受害者角色。

对罗蒂而言，仅是想被书写进、被读进既存共同体里的期待就能使共同体之外变成可居住之地，共同体之外是个全然没有权利和表达的空间，人们顶多能接受它作为一个暂时中转地存在，共同体之外的人都在那里等候进入。人们可以带着和共同体的差异活着，因为这个差异也有望在某天得到共同体的包容，尽管存在差异，这个共同体也会给予成员最低限度的归属权，这种归属权使他人的痛苦有意义、能获得关注。正因为如此，罗蒂才会认为格尔茨故事中那位美国透析诊所里的印第安人已经接近了他漫长思辨之旅的目标，而为他这场思辨之旅颁布通行证的正是人类学和文学。

1　理查德·罗蒂:《偶然、反讽与团结》，第15—16页。

参 考 文 献

Bloom, Harold: *The Anxiety of Influence.* A Theory of Poetry, New York, Oxford 1997.

Butler, Judith: *Frames of War. When is Life Grievable?* London, New York 2009.

Fluck, Winfried: Fiction and Justice, in: *New Literary History* 34 (2003), S. 19–42.

Geertz, Clifford: The Uses of Diversity, in: *The Michigan Quarterly Review* 25 (1986), S. 105–122.

Harold, James: Empathy with Fictions, in: *British Journal of Aesthetics* 40 (2000), S. 340–355.

Harrison, Mary-Catherine: The Paradox of Fiction and the Ethics of Empathy: Reconceiving Dicken's Realism, in: *NARRATIVE* 16 (2008), S. 256–278.

Nancy, Jean-Luc: *Die herausgeforderte Gemeinschaft,* aus d. Frz. v. Esther von der Osten, Berlin 2007.

Nussbaum, Martha C.: *Poetic Justice. The Literary Imagination and Public Life,* Boston 1995.

Reese-Schäfer, Walter: *Richard Rorty zur Einführung,* Hamburg 2006.

Rorty, Richard: Der Roman als Mittel zur Erlösung aus der Selbstbezogenheit, in: Küpper, Joachim/Menke, Christoph (Hg.): *Dimensionen ästhetischer Erfahrung,* Frankfurt/M. 2003, S. 49–66.

Rorty, Richard: Die Intellektuellen und die Armen, in: Ders.: D*ie Schönheit, die Erhabenheit und die Gemeinschaft der Philosophen,* mit einem. Komm. v. Albrecht Wellmer, aus d. Amerik, v. Christa Krüger u. Jürgen Blasius, Frankfurt/M. 2000, S. 57–86.

Rorty, Richard: *Kontingenz, Ironie und Solidarität,* übers. v. Christa Krüger, Frankfurt/M. 1992.

Rorty, Richard: On Ethnocentrism: A Reply to Clifford Geertz, in: *The Michigan Quarterly Review* 25 (1986), S. 525–534.

Rorty, Richard: Philosophers, Novelists, and Intercultural Comparisons: Heidegger, Kundera, and Dickens, in: Deutsch, Eliot (Hg.): *Culture and Modernity. East-West Philosophic Perspectives,* Honolulu 1991, S. 3–20.

Rorty, Richard: Postmodernist Bourgeois Liberalism, in: *The Journal of Philosophy* 80 (1983), S. 583–589.

Rorty, Richard: Pragmatism, Relativism, and Irrationalism, in: Ders.: *Consequences of Pragmatism. Essays: 1972–1980*, Minneapolis 1982, S. 160–175.

Rorty, Richard: The Intellectuals at the End of Socialism, in: *The Yale Review* 80 (1992), S. 1–16.

Rosa, Hartmut/Gertenbach, Lars/Laux, Henning/Strecker, David: *Theorien der Gemeinschaft zur Einführung*, Hamburg 2010.

Scarry, Elaine: *Der Körper im Schmerz. Die Chiffren der Verletzlichkeit und die Erfindung der Kultur*, Frankfurt/M. 1992.

Scarry, Elaine: The Difficulty of Imagining Others, in: Hesse, Carla/Post, Robert (Hg.): *Human Rights in Political Transitions: Gettysburg to Bosnia*, New York 1999, S. 277–309.

Stow, Simon: Reading Our Way to Democrazy? Literature and Public Ethics, in: *Philosophy and Literature* 30 (2006), S. 410–423.

Stow, Simon: *Republic of Readers? The Literary Turn in Political Thought and Analysis*, Albany 2007.

莱昂哈德·福斯特

矮人的政治：论当代文学和哲学中
一个特殊共同体的建构

　　儿童和矮人至少有那么一刻，会彼此平等地，相互平视地分享他们的某些希望与观点。但他们常常会在大人的世界里从下往上看。这一视角，特别是在政治话语中，可能会提供颠覆性的真相。然而，对真相的质疑也会显示（我们）成人或已长高之人某种特定的态度，因为它会展现一种倾向：要么是居高临下的样子（像君主对待他宫廷中的侏儒那样），要么具有服务性质（像仆人面对公主那样）或至少是尊敬的姿态（相关例证，有待寻找）。而且，那些寻求获得尊重的人也许会被要求，不是像平常那样就这么随便地谈论可爱和不那么可爱的小人儿，而是要对他们说话，甚至为他们说话。或许，要遵循莎士比亚的要求——"去和它说话，霍拉旭！"，得听从德里达的建议：不仅仅是在一旁观看，也不是至多就是谈论鬼魂（而且我把矮人也算在此列）——这是学术研究人员的观点——而是要对它们说话，也就是说：通过对攀谈来表达对幽灵的尊重[1]。对矮人说话，寻找一种促使他

1　雅克·德里达：《马克思的幽灵：债务国家、哀悼活动和新国际》（1993年），法兰克福（美因河畔），2004年，此处所引为第26页。另参见同上：《友情的政治》，法兰克福（美因河畔），2004年，此处所引为第384页。

们做出回答的语言（因为这语言触动了他们），这是一项政治任务。这里所涉及的不单是如何描述作为群体或共同体矮人的某种特性的问题，而是一个事关矮人塑造的问题。

　　但在讨论这个矮人共同体的建构问题之前，我想履行我的学术职责，介绍矮人在其最重要的媒介也就是文学中的源起与形成状况。与矮人政治性有关的信息，我将通过两个起源复合体来说明。这两个复合体后来也在新近的文献中至少是主题继承性地复现了。一个复合体，就像格林兄弟典范性地呈现那样，是民间神话中的传说和传奇[1]。另一个复合体可以归入帕拉塞尔苏斯的自然哲学和秘传系统。根据该系统，矮人或侏儒属于元素精灵，是土元素的代表[2]。传说、童话以及必然要谈到的幻想（现在暂不谈幻想文学）中的矮人，站在作为体系、学说和逻各斯之对象或主体的矮人之侧。海涅（Heinrich Heine）在他的文本《元素精灵》（1837）[3]中已经考虑到这两个方面，尤其是对提到的帕拉塞尔苏斯和格林表示了特别的敬意。而直到最近，矮人才在这双重视角下，作为并未特别加以讨论的边缘角色出现在吉奥乔·阿甘本的作品中：首先是作为被遗忘者群体的代表，那些出现在《亵渎》这本奇书中的"帮助者"[4]，他们为童话和神话中的伟大人物铺平道路，最后却被遗忘。其次，作为仙女——水元素精灵——的小兄弟，只是因为体系性的细致而被一并提及。这些矮人在从帕拉塞尔苏斯到阿比·沃伯格的一众学者笔下，曾有过辉煌的、同时也充满情欲

1　格林兄弟：《德国的传说》，法兰克福（美因河畔）。
2　帕拉塞尔苏斯：《神秘著作：小宇宙和大宇宙》，赫尔穆特·维尔讷，科隆 o.J.，第 155—172 页。
3　海因里希·海涅：《元素精灵》，载：同上：《全集》，汉斯·考夫曼，第 10 卷，慕尼黑，1964 年，第 7—71 页。
4　吉奥乔·阿甘本：《渎神》，施耐德·玛丽安妮，法兰克福（美因河畔），2005 年，此处所引为第 23 页。

色彩的生涯。他们因新的激情公式富于生机，特别是在阿甘本的《宁芙》中受到尊重[1]。

外 迁 者

让我们回顾一下这些传奇故事：矮人们在其中是作为一个生活在森林与崇山峻岭间的群体出现的，他们拥有各色物品和礼物、魔法和炼金术能力，害怕见人，隐居于世，在相当长的一段时间里，与人类比邻而居，相当平和地生活着。因此，大人国和小人国的民众间曾有一定的贸易往来。物品、设备、黄金、援助一次又一次地流动。需要注意的是，这些传说有一个突出特征：矮人们某一日已永远消失了。有各种故事谈到了他们离开的原因：统而言之，人类在某些时候对矮人来说太吵闹、太厚颜无耻，喜欢撒谎、欺瞒成性。一个特别的争论点是矮人的不可见问题。他们在雾帽的帮助下，努力获得并保持隐身状态。人类为了能够看到矮人，设计了各种诡计，还经常做出虚假的承诺来引诱他们等。简而言之，在某个时刻，矮人群体在纷争和悲伤中消失了。正如我已指出的，这一外迁在传奇中、但也被后来的作家不止一次地提及，这也就是为什么我们得以将矮人的消失与外迁作为一个决定性的标准来讨论。

因此，所有关于矮人的讨论都是后言说。而且，劝告既是必要的，也是徒劳的，似乎就是这样。因为人类的状况几乎没有变化，不足以邀约矮人回来。因此，他们过去和现在都是一个看不见的共同体，而且因为杰出，也许是一个不可描述的共同体，因为可以将到来或事件归咎于这一共同体——即使这是理想性的和推测性的——，正

1　吉奥乔·阿甘本：《宁芙》，柏林，2005 年。

如南希将到来或事件归结于无效的和不可描述的共同体那样。然而，这个到来只能是一个后人类的、但也是后弥赛亚主义的冒险——或者更准确的是借用南希的话说：这个名叫"共同体"的项目承受了"'不可估量的失败'"[1]。这也许只能是一种笑声，因为这笑声在维尔纳·赫尔佐格的电影《矮人也是从小时候开始成长的》（1970）的结尾处，在矮人这边，即在一家教育机构内发生的一次残酷、无目的且无意义的反抗中，发展成了几乎是不折不扣的捧腹大笑。教育机构位于兰萨罗特岛的黑色火山地带。这里俨然一派外星球景象，或者竟是伟大的人类，连同他们伟大的理想和思想一起共同清理出了这一方空间。因此，也是在20世纪，而且是到了20世纪，所有的矮人起义才变得无用和无意义。而矮人的到来不再与生机勃勃的乌托邦相关，而只意味着纯粹遗传过敏性质的各类带"后"字头的主义出场：后弥赛亚主义、后人类、后末世论和后历史主义出场。这种出场最终并不关涉矮人的不可见性，因为不再会有人证明这一不可见性或是其反面。难道这就是全部？

亡 灵 回 归

消失和遗忘的时刻与20世纪的矮人文学相关。矮人文学在此未形成真正的体裁，而只不过是时而严肃对待和时而不那么严肃对待传统的文本而已。正如上文借助阿甘本所指出的，作为帮助者的矮人是被遗忘的象征。通过阅读本雅明《柏林童年》中示范性的《驼背小人》，可以很好地理解这一点。然而，这篇作品表现的不仅仅是遗忘[2]。

1　让-吕克·南希：《不可描述的共同体》，斯图加特，1988年，第53页。
2　吉奥乔·阿甘本：《渎神》，第28页。

它早已被舒勒分外认真地对待，被视为本雅明微型作品的一个建构性诗学形象。后者在最后还能提醒我们：它从一开始就是参与了写作的[1]。恰恰是这个矮人的渺小、疲惫和畸形特征颇为凸显。此外，矮人在《论历史概念》的开篇寓言中找到了自己的对应物，他躲在那里，成功拉动了国际象棋机中一个木偶的线。木偶似乎每场比赛都能赢，在哲学辞典中可比之于历史唯物主义；而"驼背的矮人"则代表了为唯物主义服务的神学。神学的丑陋与渺小，"是无论如何不能让人看见的"[2]。

当然，人们可能会在阿甘本对救世主语气的偏好中听到本雅明的矮人与历史的天使一起哼唱。在泽巴尔德的作品中，那些同样该算作现代矮人共同体的小个子人物，也随身携带着似乎来自形而上学露天矿某些坑道内的工具。或许也应该在这里对列维-斯特劳斯的美学观念做一番检验。按照他的观点，矮小化会让"客体的整体性显得不那么富于成效"："玩偶对孩子来说不再是对手或竞争者；甚至不是对话伙伴；在玩偶中，通过玩偶，人成为了主体。"[3] 而事实上：只有当玩偶和矮人开始说话时，事情才变得危险。

然而，这里需要强调的是矮人在记忆、哀悼和灾难的政治与诗学框架内的代表性功能，尤其是奥斯维辛以来所具有的代表性功能。本雅明矮人的形变与泽巴尔德亡灵的肢体残损相关联，仿佛他们想忠实于从本雅明明确的论断中可得出的幽灵学任务："小人儿处处都抢在

---

1 玛丽安妮·苏勒：《碎片：瓦尔特·本雅明的小画像"驼背小人"》，载：同上和冈纳·施密特：《微生物学：小之文学与哲学形象》，比勒费尔德，2003，第58—76页，此处所引第72页。

2 瓦尔特·本雅明：《概念的历史》：载：同上，《全集》，罗尔夫·蒂德曼与赫尔曼·施韦彭豪泽，卷I 2，法兰克福（美因河畔），1991年，第693—704页。

3 克劳德·列维-斯特劳斯：《野性的思维》（1962），法兰克福（美因河畔），1968年，此处所引第37页。

我的前面"[1]。

起初，当死者和鬼魂在泽巴尔德的作品中被反复作为小人儿来描述时，人们可能会说这是一种巧合性归因。不妨举其散文集《墓地》中一个令人毛骨悚然的段落为例。之所以毛骨悚然，是因为叙述的我（在这里似乎不再致力于展示与作者有什么距离，从而带有自传性质），讲述了与死者的相遇，就仿佛是在超市排队时遇见了某个"漆黑的人"一般。这漆黑的个体属于那些"模糊与不相宜的生物。在他们身上，我总是注意到他们有点儿太小与近视，他们身上有某种独特的观望和暗中守候姿态，脸上则带着对我们抱有怨恨的一众所带有的表情。"那些死者依然在我们身边，"但有时我相信，他们也许很快会消失"——而且是在纪念和告别"带有一种掩饰不住的寒碜与匆促"的时候[2]。因此，在死者中的小人群体这里，涉及的也是他们最终消失（主要是活人要对此负责）的问题，而且涉及他们偶尔的重现，显然只留给少数几个能见鬼神者来辨识的重现。关于矮人主题与鬼魂主题交织的进一步证据，我引《奥斯特里茨》为例：

埃利亚斯总是将疾病和死亡与审判、公正的惩罚和罪责联系在一起，与此相反，埃文讲述的是那些时乖运蹇的死者。这些人感到被人骗走了自己的那份，并寻求恢复生命。埃文说，那些有眼力的人，经常能发现他们。乍一看，他们与常人无异，但如果仔细一点观察，就会注意到他们的脸模糊不清，或者脸的四周略有闪烁之光。他们大多也比活着的时候小一圈，因为死亡的经历，埃文声称，会使人缩小，

1　瓦尔特·本雅明：《驼背小人：一九〇〇年前后柏林的童年》，载：同上：《全集》，蒂尔曼·勒克斯罗特，卷IV 1，法兰克福（美因河畔），1991年，第235—304页，此处所引第303页。
2　《墓园》，法兰克福（美因河畔），2006年，此处所引第35页等。

就像一块亚麻布在第一次清洗的时候会缩水一样。死者几乎总是独自行走，但有时他们会以小队的形式四处走动；有人看到他们穿着五颜六色的制服裙子或灰色斗篷，在勉强高过他们头顶的场墙之间，轻敲鼓声，向村子上方的山丘行进。埃文讲起他的祖父，说他有一次，在从弗隆加斯特尔到皮尔绍的路上，不得不靠边站，让一支赶上他的幽灵队伍通过。这支队伍完全由矮人组成。他们略微弯着腰，用尖细的声音交谈着，匆匆忙忙地往前走[1]。

例如，《德国迷信小词典》报告说，矮人总是作为死者的灵魂出现在传奇和传说中[2]，而泽巴尔德显然没有以任何方式说明来源就接受了这一主题，要么是因为这些来源对他来说并不存在，要么是因为他更关心死者而不是关心其成长。可以说，这种归因只是强调了被忽视的事实，从而强调了死者在活人记忆中的边缘化命运。正如已指出的，泽巴尔德的诗歌以一种类似于本雅明或弗朗茨·卡夫卡的方式有效地反对这种遗忘。卡夫卡以其被德勒兹和瓜塔里证明过的小人儿文学和对小生命的偏爱来展现这种反抗。这一点也可以通过"矮小的鞑靼人"来解释。泽巴尔德的这个角色在《道法自然：自然要素之诗》带有自传性质的第三部分中作为一个神秘的象征出现：

不可明确诊勘的 / 灾难的象征性人物对我来说 / 从那时起就是一个矮小的鞑靼人 / 头戴红色头巾，插着一根白色 / 弯曲的羽毛。在人类学中，/ 这个人物往往与某些形式的 / 自残行为相关，/ 被证明是能

1　W. G. 泽巴尔德：《奥斯特里茨》，法兰克福（美因河畔），2003 年，此处所引　第 83 页。
2　《德国迷信小词典》，汉斯·贝希托尔德-施托伊布利，卷 9，柏林 / 纽约，　2000 年，第 1008—1138 页。

手 / 攀登雪山，长久 / 在那里停留，如所述，含着泪水。/ 在他内心的静止处 / 就像我最近读到的，他带着 / 一匹泥做的小马。神奇的 / 字谜，他喜欢喃喃说出，谈论 / 一个剪影、一个顶针、/ 一个针眼、记忆中的一块石头、/ 一个朝圣的地方和一小块 / 冰，染有一丝柏林蓝。/ 一长串微小的恐惧 / 来自第一个和第二个过去，/ 无法译成口语 / 当下的，它们仍然是 / 一个并不完备的语料库 [1]。

　　与里尔克在他的第十首《杜伊诺哀歌》里相仿，泽巴尔德他在其中将文本主题与埃及的神秘联系起来，也是为了服务于记忆诗学。在此诗学中，独特的混合形象例如天使或那些年轻的死者此外也回来了——泽巴尔德类似地或至少怀有相应的意图，在他的自然要素哀歌中致力于在文化记忆的石头上刻写神秘。关于这个矮人形象及其微小的恐惧，有许多东西颇费猜度；然而在这里，只需证明这一群像的小化并从诗学的角度加以思考即可，也就是意识到，泽巴尔德是在为一种小人儿美学辩护——不仅在这里，而且在《奥斯特里茨》那个段落里已有体现。其中便谈到了"按照国内建筑标准布置"的小建筑，如野外小屋或儿童别墅。而且，其中继续谈到，"至少向我们允诺了和平的光辉" [2]——以此也显然对审美-政治的妄自尊大提起了批判（但为了继续用列维·斯特劳斯的例子，让玩偶在自己的屋子里沉默，以便能至少片刻享受典范性整体的宁静，这么做并非没有风险）。不过，画家卢卡斯·冯·瓦尔肯博尔赫的一幅画的描述也值得注意。这幅画的描述甚至更适合于鞑靼人，因为其中主要描述的是"微小的角色"。特别是一位"淡黄色的女士"，看起来好像"刚才摔倒了，晕了

1　W. G. 泽巴尔德：《道法自然：自然要素之诗》，法兰克福（美因河畔），1995年，第 77 页等。

2　泽巴尔德：《奥斯特里茨》，第 31 页。

过去"，好像"这种肯定被大多数观察者忽视了小的不幸在一次又一次地发生，好像会永远不会停止一般"[1]。于是，这个小小的、异域的、亡魂似的人物站在那个鞑靼人旁，站在《道法自然：自然要素之诗》中的"中国小个子女验光师"旁[2]。

借用欧文·沃尔法特的观点来判断，正确的认识是，泽巴尔德在其小人物偏爱里并未表现出他"针对摇摇欲坠的、占优势地位的世界体系具有政治上的备选方案，或者说，他至少没有更大的选择方案"[3]。然而，更重要的是这样一个事实：这里涉及的不是什么困境，而是，如果人们愿意的话，是涉及小人物、被忽视者和被遗忘者的微观政治性平反。然而，之所以需要这样，恰恰是因为他们被排斥到了一边，总是被忧郁地遮蔽，结果被不幸所掩盖。

让我们来总结一下：很久以前，矮人从人类的想象中（也许不仅仅从想象中）作为他者涌现出来，作为矮小之人和看起来简单的人（可以同他们开玩笑，因为这么做并非有害）——这是一个方面。另一方面，对矮人本身很重要的隐身性，以及他们对人类的怨恨，他们一再展现出的有效祛魅和施展诅咒的能力，还有他们与死者灵魂不可思议的交情，最后还包括他们已消失了的这一历史状态，这一切都促使我们讨论人类与他们的这些他者之间不安宁的疏远。正如已指出的，泽巴尔德并没有明确地游戏这一传统，而只是变化了这一传统：他向死者的灵魂致敬，并将矮人作为最重要的政治和伦理忧郁标志来表达敬意。泽巴尔德自己曾经明确地将这种忧郁描述为

1　泽巴尔德：《奥斯特里茨》，第 24 页。
2　泽巴尔德：《道法自然：自然要素之诗》，第 82 页。
3　欧文·沃尔法尔特：《不合时宜：瓦尔特·本雅明与 W. G. 泽巴尔德之间的干扰》，载：《德国文学社会史国际档案》（2008），卷 33，第 2 册，第 184—242 页，此处所引第 216 页。

抵抗性的[1]，这并非他不能掩饰这种抵抗在政治上一直是无效的这一现实。因此，忧郁的诊断结论最终无法摆脱它所诊断的东西，深不可测。

在泽巴尔德的《道法自然：自然要素之诗》中，召唤不幸而且常常已消逝了的矮人——这种要素性，不单是要归因于个人的敏感，而是要感谢区分性、批评性思考的感性。这一点尤其体现在这一情形中：泽巴尔德调用了他在曼彻斯特时所获得的印象。在这类印象中，"曼彻斯特的工人阶级成了矮人一族"，而且话题是所谓"小矮人团"所招募的"矮人士兵"。泽巴尔德补充道：

> 在这种情况下，就像在另一种情况下一样 / 他们属于那些不知名的 / 一群，历史的进步 / 归功于他们。/ 从我的工作场所 / 我想我看到了他们灵魂的磷火，看见磷火怎样 / 像小的火炬之火 / 游荡在城市公司的垃圾场 / 一座冒着烟的 / 巨大山脉，它在我看来 / 绵延至远方。

这些图像将在回忆的"我"置身于"重度忧郁一种似乎在地、月之间的状态"中。而且接下来还的确添加了一个注解：这个"我"那时"在大学图书馆的地下室里 / 读了帕拉塞尔苏斯的著作"[2]。然而，这样一来，《道法自然：自然要素之诗》就至少与帕拉塞尔苏斯的《自由的水神、风神、火神和其他精灵》（Liber de nymphis, sylphis, pygmaeis et salamandris et de caeteris spiritibus）产生了间接或转喻性联系。在帕拉塞尔苏斯的著作中，如前所述，侏儒并不只是被视为幻象，而是自然坚实的组成部分。

1　W. G. 泽巴尔德：《对不幸的描述：论自施蒂夫特至汉德克的奥地利文学》，法兰克福（美因河畔），1994 年，第 12 页。
2　泽巴尔德：《道法自然：自然要素之诗》，第 84 页等。

炼金术和微观政治学

既然泽巴尔德已经用他的变异矮人、磷火、死者灵魂——没有一一列举——为我们的时代绘制了一幅"哀歌式画像"[1]，那么，借助20世纪和21世纪的矮人还应该做些什么？当然，这还远没有将所有类型学和文学史的各个方面与事实归纳起来。例如，托尔金或罗琳最近在奇幻文学中所实现的切实的矮人复活就应当给予高度评价。然而就这几位作家和其他人物而言，在政治方面是可以表达这么一种担忧的：这个矮人共同体或许不再有能力实施如德里达所指的"复仇"了——也就是不能经历作为劫数的复归了。

针对这一想法也许该提出一个问题：为什么吉奥乔·阿甘本在上述《渎神》一书中居然这么详细地讨论那些"处于迷雾阶段的生命"，而且还讨论了天才，我们心中那个小小的正转身离去的男孩（与之相遇，可能只是"快乐的密教"的一部分），最后还探讨了幸福和魔法。魔法只在于赋予事物神秘的名字——那么，这算是什么呢？[2] 文学上的恶作剧？阿甘本在历史阶段的政治目标就是亵渎神明。在此历史阶段，按照他的观点，也正如他在其他地方所说，哲学、文学和宗教已经失去自己的力量，堕落成了私人表演。因此，渎神就是要重新征服语言之用。语言已被消费产业和喧嚣社会据为己有[3]。正是为了服务于语言，阿甘本像泽巴尔德那样，与医生和占星家帕拉塞尔苏斯建立起联系，以追踪元素精灵，探索事物的特征，并与沃伯格一样，梦想着激情公式和动态图。这里发生的事情，就像泽巴尔德那里那样，是一

1　泽巴尔德：《道法自然：自然要素之诗》，第17页。
2　阿甘本：《渎神》，第23页；第49页等。
3　同上，第81页等。

种神秘主义和炼金术传统的延续，目的是将语言作为一种档案空间和知识、思维和经验的媒介来保存。而在文学-语文学实验模式中被理解或至少被解释的蜕变与嬗变，同样也要被理解成一种话语政治和微观政治之策略的一部分。为了强调这些准炼金术过程的政治性，我们还可以参考伯纳德·斯蒂格勒最近提出的"发展药理学"方案[1]。这里所涉及的是媒介及其毒性与疗效，也关涉这一呼吁：发明解毒剂来治疗很普遍的注意力集中障碍症[2]。

而这与矮人有什么关系呢？很简单，矮人是，也只有他们才能是，一种准炼金术政治的代表，这种政治不仅在记忆及其困扰的基础上发挥作用，而且还执着于策略的转变。认真对待这些特殊的写作和阅读技巧，并不会产生一个知识分子的英雄故事（一个伟大的故事），而是首先致力于对差异——也许还包括对某种态度的关注。

让我们再回过头来看看：本雅明、卡夫卡，顺便说一下还有罗伯特·瓦尔泽、泽巴尔德、阿甘本等人都是小人物的辩护士——而且不是因为窘迫。我们可以把马克斯·韦伯这段值得纪念的话放进来，这段话选自他到现在已经有近百年历史的著作《以学术为志业》：

> 这是我们这个时代的命运：因为其所独有的理性化与理智化，最主要的是因为世界的祛魅，恰恰是那些终极性的、最崇高的价值已从公共领域退场，它们要么进入神秘生活之世俗背后的领域，要么进入个人之间直接关系的友爱之中。我们的最高艺术是一种私密性的而非纪念碑式的艺术，这绝非偶然；同样并非偶然的是，今天只是在最小

---

1 伯恩纳德·施蒂格勒：《从生命政治到精神力量》，法兰克福（美因河畔），2009 年，此处所引第 180 页。
2 莱昂哈德·福斯特：《药理学》，www.dekonstrukte.de (29.12.2011)。

的社交圈子里，从个人到个人，在极微弱的声音中，才会有那一种东西在跳动。那大抵是在过去，先知的普纽玛，以烈火的形态穿越伟大的共同体，将它们熔接在一起。如果我们试图强求和"发明"一种纪念碑式的艺术精神，其结果将是会产生过去20年间在许多纪念碑身上所发生的那种悲惨的畸变。如果人们试图在没有新的、真正的预言的情况下思考新的宗教形式，那么在内在的意义上就会产生类似的东西，那一定会显得更加糟糕。而讲台上传出的预言绝对只会创造出狂热的派别，但绝不会创造出真正的共同体[1]。

谁要是不能忍受这种魔力缺失的情况，那就回到教堂去吧，但最好是诚实地遵从白昼的要求。"但如果每个人都能找到并服从掌握他生命之弦的恶魔，那么这个要求就朴实而简单了"[2]，文中这样总结道。这个魔鬼应该身材高大吧？他与阿甘本式的天才，那个"顽固的男童"[3]没有关系吗？然而：时代已经改变。那么，何处还存在"最崇高的价值"，前台世界和背景世界之间的界线又在哪里？现在会不会是展开新启蒙和实施辩证法的时候，包括必须重新定义魔法的功能？按照阿甘本的观点，对祛魅之喧嚣社会的渎神难道不是首先通过魔法来实现的吗——当然，也要时刻想着赫尔曼·布罗赫的《魔法》？但是，无论我们今天怎样翻阅那些伟大的历史哲学、政治学词汇和——更不要忘了——那些语文学词汇，似乎都有一种并非毫无根据的转向小型词汇的趋势。不仅是因为我们偶尔会感到倦怠，也就是当托马斯·伯恩哈德写到那些伟大的句子和那些伟大的词时，他肯定感到过

1　马克斯·韦伯：《以学术为志业》，载：同上：《科学理论卷》，米夏埃尔·苏卡莱（编），斯图加特，1991年，第237—273页，此处所引第272页。
2　同上，第273页。
3　阿甘本：《渎神》，第14页。

的那种倦怠。这些大词是"人们不能听从的无能"[1]。每一种美学和政治喧嚣首先都必定是在小的范围内激荡——而且是在诊勘与建构-表演性方面——为了形成一个正如韦伯所说的"真正的共同体"。这就是我们(不管是谁)会变成的矮人们的共同体。

不管愿意不愿意,在可称之为政治的框架内,知识分子隐形化的状况或许早已出现。在这种情况下,我们这些隐形人,正如加拿大哲学家布莱恩·马苏米最近所提出的,也许还是可以献身于一种愉快的微观政治。马苏米将福柯的《权力微观物理学》和德勒兹与瓜塔里关于"微观政治学"的大量辩护词铭记在心,以便以此在补充的意义上,在学术和非学术环境中用微观政治学的批判和实践来与宏观政治话语做比较。他认为概念上的区分和批判不足以改变什么。相反,要推动的是一种依靠情感的微观政治学,一种此外以如下诊勘为基础的微观政治学:

> 如果你理性地看待事物,如果你考虑到世界各地财富和医疗保健方面日益扩大的差距,如果你考虑到环境的破坏正在扩大,如果你将经济基本面呈现的灾难也计算进来,如果你看看全球能源和粮食危机,尤其是看到这些是如何相互关联的,如果你察觉到民族主义情绪复苏和文化冲突是如此激烈,那也的确就是没有希望了。微观政治问题是,我们如何在这种无望境地的边界内,在继续尝试解决部分宏观问题的同时,能够以更强的生存能力,更深入、最充分地生活[2]。

马苏米想通过他的微观视角,在政治的意义上将个人的日常环

1　托马斯·伯恩哈德:《地窖》,慕尼黑,1979 年,此处所引第 132 页。
2　布莱恩·马苏米:《本体力量:艺术、冲动与政治的事件》,柏林,2010 年,此处所引第 100 页等。

境宣示为重要的行动领域。在这一领域，行动最终对于宏观政治安排来说不会是无足轻重的。简言之，这里涉及的是艺术家和学者之间所尝试的姿态和实验。我认为，德里达要求与鬼魂交流，而不是谈论它们，就属于这些姿态的范畴。通过首先在宏观政治方面确认自己的地位和身份，以便随后在微观政治方面即便不是为了实现壮举但也是为了完成切实的事，同那些矮人交谈，把自己放在与他们一般的高度上展开交流——如果说有什么与矮人的共同体建构相涉，那么，上面这些也许就是。与尼采和德里达笔下的稻草人不同[1]，矮人不是妖怪。不过，他们还是属于不合时宜而且并非最坏的精灵，因为他们不仅来自过去，也来自未来，属于某个共同体，其成员成为朋友，即使或许正是因为他们彼此疏远。然而，在涉及来自文学和学术界的起床号时，我们也不要太自欺欺人：即便某个语文学家可能偶尔会使用话筒[2]，那他最终也会发现，通过大声和小声说出的评述去产生哪怕只是微观政治上的成效，其前景也并不比一个句号大多少。

参 考 文 献

Agamben, Giorgio: *Profanierungen*, übers. v. Marianne Schneider, Frankfurt/M. 2005.

Agamben, Giorgio: *Nymphae*, Berlin 2005.

Benjamin, Walter: Über den Begriff der Geschichte, in: Ders.: *Gesammelte Schriften*, hg. von Rolf Tiedemann und Hermann Schweppenhäuser, Bd. I 2, Frankfurt/M. 1991, S. 693–704.

Benjamin, Walter: Berliner Kindheit um Neunzehnhundert, in: Ders.: *Gesammelte*

1　德里达：《友情的政治》，第 65 页。
2　莱昂哈德·福斯特：《变成矮人吧！采访马克西米利安·普罗普斯特》，载：《日报》，2011 年 3 月 5 日。

Schriften, hg. von Tillmann Rexroth, Bd. IV 1, Frankfurt/M. 1991, S. 235–304.

Bernhard, Thomas: *Der Keller. Eine Entziehung*, München 1979.

Derrida, Jacques: *Marx' Gespenster. Der Staat der Schuld, die Trauerarbeit und die neue Internationale* (1993), Frankfurt/M. 2004.

Derrida, Jacques: *Politik der Freundschaft* (1994), Frankfurt/M. 2002.

Grimm, Gebrüder: *Deutsche Sagen*, Frankfurt/M. 2010.

Fuest, Leonhard: Für eine Pharmakopoetik, www.dekonstrukte.de, 2011 (28. 12. 2011).

Fuest, Leonhard: Werdet Zwerge! *Interview geführt von Maximilian Probst*, taz 30.05.2011.

Handwörterbuch des deutschen Aberglaubens, hg. von Hanns Bächtold-Stäubli, Bd. 9, Berlin, New York 2000.

Heine, Heinrich: Elementargeister, in: Ders.: *Sämtliche Werke*, hg. von Hans Kaufmann, Bd. 10, München 1964, S. 7–71.

Lévi-Strauss, Claude: *Das wilde Denken* (1962), Frankfurt/M. 1968.

Massumi, Brian: *Ontomacht. Kunst, Affekt und das Ereignis des Politischen*, Berlin 2010.

Nancy, Jean-Luc: *Die undarstellbare Gemeinschaft*, Stuttgart 1988.

Paracelsus: *Okkulte Schriften. Mikrokosmos und Makrokosmos*, hg. von Helmut Werner, Köln o.J.

Schuller, Marianne: Scherben. W. Benjamins Miniatur, Das bucklichte Männlein', in: Dies. u. Gunnar Schmidt: *Mikrologien. Literarische und philosophische Figuren des Kleinen*, Bielefeld 2003, S. 58–76.

Sebald, W.G.: *Die Beschreibung des Unglücks. Zur österreichischen Literatur von Stifter bis Handke*, Frankfurt/M. 1994.

Sebald, W.G.: *Nach der Natur. Ein Elementargedicht*, Frankfurt/M. 1995.

Sebald, W.G.: *Austerlitz*. Frankfurt/M. 2003.

Sebald, W.G.: *Campo santo*, Frankfurt/M. 2006.

Stiegler, Bernard: *Von der Biopolitik zur Psychomacht*, Frankfurt/M. 2009.

Weber, Max: Wissenschaft als Beruf, in: Ders.: *Schriften zur Wissenschaftslehre*, hg. von Michael Sukale, Stuttgart 1991, S. 237–273.

Wohlfarth, Irving: Anachronie. Interferenzen zwischen Walter Benjamin und W.G. Sebald, in: *Internationales Archiv für Sozialgeschichte der deutschen Literatur* (2008), Bd. 33, H. 2, S. 184–242.

奥特马尔·埃特

追寻失落的共同生活：论马里奥·巴尔加斯·略萨《公羊的节日》里关于融洽的文学知识

一

2010 年诺贝尔文学奖获奖者、秘鲁作家和好论战的知识分子马里奥·巴尔加斯·略萨，以其 2000 年出版的小说《公羊的节日》，向我们提供了一个内容丰富、至少第一眼看上去似乎整条线索都是在讲述一个共同生活失败故事的叙事文本。作家（1936 年出生于阿雷基帕）凭借这部小说，以一种娴熟而心领神会的方式，并点缀大量互文性影射，将自己纳入独裁者小说的子类型中。小说将一个巨大的暴力世界展现在读者和女主人公乌拉尼娅面前。实际上，这个暴力的世界就是美洲最血腥军事独裁政权统治下的多米尼加共和国——乌拉尼娅的祖国。独裁者特鲁希略，因其无节制的"男子气概"常被人称为"小山羊"。他的这个时代，在国家和国际层面和平的共同生活都以一种极其残酷的方式遭受了失败——美国几十年来对民众屠夫特鲁希略表现出的仁慈"宽容"只能被理解为成千上万谋杀、镇压与掠夺的蓄意共谋——而且在家庭和个体层面也是如此。这一点从一开始就通过主人公家庭的内、外在运动表现了出来：乌拉尼娅回到圣多明各——

也就是以前的特鲁希略城——短期度假。她甚至没有告知留在家乡所在岛屿上的家人她已回来的消息。她孤独的慢跑在小说的开始处就已表明，这个依然有魅力的女人在她的人生道路上走得多么孤独。因为她作为一个来自多米尼加共和国富裕家庭的年轻女孩所不得不经历的事情，让她失去了享受任何形式之亲密融洽的能力。

岛屿是一个自成一体、形成了自己世界的世界，同时又是一个复杂的、具有多样联系的世界。它融入与其他岛屿和大陆之间建立的世界性关系网络之中。岛屿倾覆性的形象体现了这部小说的结构特征。正如之前一项研究所显示的[1]，小说结构受到了分形结构与模式的影响。乌拉尼娅从早已成为她第二天性和家园的生活空间的美国纽约曼哈顿岛飞往加勒比海。她从一开始就感受到无疑很熟悉的海岛独特的时间性与空间性，但她很快意识到这个世界对她已变得多么陌生。在这里，一个美丽的女子独自生活，仍然几乎是一桩丑闻，而曾无处不在的特鲁希略独裁政权——其迹象对她自己来说无所不在，在所有城市与人类的表达形式中都清晰可见——却已被推至背景中，而且是集体性的排斥。这种势所必然而又普遍的失忆症，构成了岛上仍在继续的后特鲁希略时代共同生活的基础。为什么家族成员或整个多米尼加共和国的公民也仍然要为"奇沃"——淫邪山羊的这个时代而烦恼？难道独裁统治就没有不可否认的好的一面吗？

但乌拉尼娅像一块知识磁铁，像《知识星球》，不想也不能忘记，不愿也不能排抵她身体、她家庭和她的岛屿的故事。她在寻找一段不愿消失的失落时光。她被美国的修女们救往美国，得以摆脱那个年迈、受到大小便失禁困扰、却并未因此而减少其危险性的独裁者的再

1　此处参见第七章，载：奥特马尔·埃特：《共同生活知识：全球化标准下的疚计、重负、快乐、文学的融洽》（关于生活知识 Ⅲ），柏林：卡德摩斯文化出版社，2010 年。

一次控制，且以专业和社会地位上的进一步发展圆满完成了她在哈佛大学的辉煌事业。多年来，她深入研究那个父权制独裁政权的所有方面。她的父亲也曾在那个政权中扮演一个主要的、极不光彩的角色。

乌拉尼娅像得了强迫症似的试图去深入探究那些决定性地影响了多米尼加共和国生活、她家庭、她父母、但首先是她自己生活和她自己身体认知的权力与暴力机制。她在曼哈顿的"家"就是她作为世界银行律师和法学家那间高雅、宽敞的公寓。里面摆满了书籍，显示出风雅的女主人饱读诗书、颇有文化修养。但是，在这个精心布置的"图书世界"的社会层面之外，还存在另一个不同的层面。因为在女主人公的卧室里，她从未与其他人同床共枕过，也从未找到过爱情。所有那些涉及她原籍所在岛屿的书籍，就像放在曼哈顿中心的一个小岛上那样放在那里——乌拉尼娅非常清楚特鲁希略在她父亲的积极协助对海地（与多米尼加共和国共享伊斯帕尼奥拉岛）犯下的罪行。关于独裁历史的研究、论文和调查揭示并触及了很多东西，但与乌拉尼娅的生活认知仍保持有距离。

在这些分析特鲁希略独裁统治不同侧面的书籍中，也反复出现过一个叫卡布拉尔的人。此人曾绰号"机灵鬼"（Cerebrito）。他不是别人，正是乌拉尼娅的父亲。他作为"机灵鬼"为"公羊"或者说为"老板"——正如他当时对独裁者特鲁希略所称呼的——服务，并作为策划者帮助他建立极权暴力结构，协助他履行各种权力职责。这是男人间的友谊吗？根本不是。这个只是在独裁统治最后阶段才看似无缘由地失宠了的卡布拉尔，对自己在极权统治中的权力颇感自得，而且作为独裁者最重要的党羽之一，尚未能预见"机灵鬼"这个绰号不仅包含着他的崛起，也意味着他的结局。他要遭受一次中风，从此再也不会恢复过来，变得软弱无能，而且会失去语言能力——就像一个命定要做哑巴的矮人。他注定得倾听他的乌拉尼娅讲述。乌拉尼娅回到了家所在的房子，回到了她在其中失去了童年的那个家。

我在曼哈顿的公寓里满是书，乌拉尼娅从头开始讲道。就像在这所房子里，在我还是孩子的时候那样。都是关于法律、经济和历史的书。但在我的卧室里，只有关于多米尼加的东西。证词、散文、回忆录、大量的历史书籍。你能猜到是关于哪个时期的吗？特鲁希略时期。还能是哪个时期呢！最重要的事情是五百年来发生在我们身上的事情。你说得很有道理。没错，爸爸。自所谓征服发生以来我们背负在身的一切苦难，在这三十一年里沉淀下来。你出现在这里面的一些书中，仿佛是个什么角色。国务秘书、参议员、多米尼加党主席。有什么是你没有做过的吗，爸爸？我已经成了研究特鲁希略的专家。我不打桥牌，不打高尔夫，不骑马或看歌剧，我的爱好就是卑微地想弄清楚那些年发生的事。只可惜，我们不能交谈。你和你的老板（他可是对你的忠诚回报恶劣啊）一起经历过的所有那些事，你能给我解释一二吗？例如，我想知道，您的阁下是否也和我母亲发生过关系？[1]

家庭和国家层面上曾如此强大的父亲与女儿重逢了。这是女儿逃跑后第一次同她的父亲面对面在一起。在此相遇的关键场景中，在家庭内部层面，不仅含蓄地指向这样一个事实："机灵鬼"为了重新获得他失去的宠爱，将他自己未成年的女儿留给他老板去破贞，而且还提及这样一种可能性：这个父亲可能以同样的方式，用他的妻子——乌拉尼娅早已去世的母亲去维持宠爱。远在曼哈顿的乌拉尼娅采取行

---

1 原文为西班牙文，在本注解中由论集编者译成了德语。相关中文翻译内容，已体现在正文中，在此不再列示——译者注。

动,让她父亲脑溢血后继续活下去,并支付相关费用,这不是没有理由的。在她自己被父权出卖的背景前,似乎隐含着她母亲的身体被"暂时转让"的证据。乌拉尼娅暗自猜到的这种情况,清楚地表明,在这个小家庭里,共同生活的基础与让人深信不疑的融洽早已破碎并被毁灭。想到这个当权者不仅为他的女儿,而且在此之前还为他的妻子做了皮条客,这一点让人无法忍受。女人们因为这个家庭的父亲自己而成了那个独裁者众所周知的性病理学的牺牲品,被以国家利益至上原则和维持自身荣华之名强迫卖淫——这样一个故事里的所谓家庭融洽,难道还是可以想象的吗?

然而,这一可怕的经历,这些恐怖的记忆,还只是乌拉尼娅努力要完整获得却不可能完善的知识的一个方面。女主人公已尽最大可能广泛地掌握多米尼加共和国的历史编纂学、政治学和社会学知识,希望这些知识能让她理解许多一直影响着她本人和她生活的东西。但也是为了理解为什么这样一个血腥的暴政可以在多米尼加共和国建立起来,并掌握权力几十年。同样是为了理解,那些勇敢的刺客何以会被这个暴政以最残酷的方式追捕、折磨和谋杀的。在年老的"公羊"去他的"红木之家",从而给另一个进贡给他的女孩破处的路上,刺客们将他杀死。马里奥·巴尔加斯·略萨的小说在这里沿用了多明戈·福斯蒂诺·萨米恩托那个著名的表达方式。后者 1845 年在其《法昆多》引言部分描述了如何呼请法昆多·基罗加影子的情景。这种呼请方式想从被谋杀多年的暴君卡迪罗身上破解那个巨大的、似乎深不可测的谜题:这所有野蛮的暴力是何以成为可能的?

这个贯穿整个拉美文学史的问题,成为乌拉尼娅的生命和生存问题。这个来自所谓上等人家庭的多米尼加人将自己的经验知识(部分成为了她的身体知识)与从非虚构类书籍和科学论文中发展而来的阅读知识结合起来,因此她所经历的和她所阅读的东西便产生了相互联系。然而，她仍缺乏那种决定性的知识成分，能让她摆脱尽管职业成功但生活依然不幸的状态，从而使遮蔽了她所有成功之处的可怕的记忆能够向未来之物、向可塑造的未来敞开。因为乌拉尼娅的问题——其名字就带有希腊神话色彩并因此展现了与记忆的联系——是一个双重意义上的问题：所有这些野蛮的暴力是如何成为可能的？而之后，又如何能再次活出融洽来？

只有那道强烈的光（luz viva）[1]，在多重意义上立即照亮了父亲房间里的女律师，才给了这位女律师勇气，让她在小说最后一章向家里那些她以前从未回信问候过的女性成员讲起另外那所房子，那个"红木之家"，其军事化封控的围墙后那些室内布置。乌拉尼娅只有调用她所有的力量才能讲述室内布置媚俗与权力两相混杂的情形，因为她所经历的和目前正经历的事情给她沉重负担。毫无疑问，这是乌拉尼娅最难讲的故事，必须一次次从头开始对抗和走近针对她自己与针对她家人（以阿德丽娜姨妈的形象出现）的叙说禁忌。但同时，这一讲述却是唯一途径，只有这样才能创造一种可能性：也就是不回到那个岛上去与多米尼加的家人共同生活，却可同听这个故事听得入迷的小玛丽亚妮塔建立也许长久的联系：

乌拉尼娅与玛丽亚妮塔告别时，被后者紧紧抱着。小女孩仿佛要同她融为一体，沉入她的体内。她瘦瘦的身体像纸一样颤抖着。

---

1 "迎接她的是一道强烈的光，从开着的窗户进射出来。反光晃得她足有几秒钟看不见东西；然后才看清铺着他灰色床垫的床、安有椭圆形镜子的老式抽屉柜和墙上的那些照片——他怎么弄到她哈佛大学毕业照的？——最后，在那张有宽大靠背和宽大扶手的老式皮沙发上，坐着一位穿着蓝色睡衣和拖鞋的老人。他似乎在座位上茫然不知所措。他已变得像羊皮纸似的，而且很干瘦，就像房子一样。她父亲脚边的一个白色物体吸引了她的注意：是一个装了一半尿液的罐子。"（马里奥·巴尔加斯·略萨：《节日》，第65页）。

"我会非常喜欢你的，乌拉尼娅姑妈"，她在乌拉尼娅耳边悄声说道。乌拉尼娅感到悲伤朝自己袭来。"我每个月都会给你写信的。如果你不回答，我也不介意。"[1]

很明显，小说最后一页展现的这一幕，不是幸福的承诺，也不能确保乌拉尼娅从一次又一次向她袭来的悲伤中得到救助。但它确实带来了希望，也就是可能建立或重建以前鉴于所发生的事情而无法维持的关系。在小玛丽亚妮塔尚未长大的身体里，这位纽约律师遇到了作为沟通层面的另一个我。这一层面将叙述的力量转变成了一种治疗乌拉尼娅的力量。在寻找失去的共同生活的过程中，随着叙述的展开，出现了一种远超记忆问题的新知识：因为这种多义虚构性生活知识构成了一个新的融洽的基础。

二

在叙事研究中，最近出现了这样一种观点："文学和共同生活紧密相连"，而且这两者的联系可以被认为是"显而易见"[2]的联系。杰罗姆·布鲁纳（Jerome Bruner）为大家相当广泛接受的见解是，叙事"与其说是解决问题的手段，倒不如说是发现问题的手段"[3]。即使文学与日常叙事相比，可能——如反复所传播的那样——显示出与生活存

1　马里奥·巴尔加斯·略萨：《节日》，第525页。原文为西班牙文，在本注解中由论集编者译成了德语。相关中文翻译内容，已体现在正文中，因此在此不再列示——译注。

2　薇拉·钮宁：《文学、叙事和共同生活》，载：奥特马尔·埃特：《共同生活的知识形式与知识标准——弗赖堡大学高等研究院研讨会文存》，柏林/纽约：德古意特出版社，2012年，第35页。

3　同上，第49页。

在较大的距离，从而被认为"更远离生活"，甚至"更异于生活"，但我们也不应被诸如此类的论点所诱导，认为很大程度上可以割裂文学与生活之间的关系——甚至在占优势地位的自主性美学之外也经常默然地假设存在这种割裂性。因为情况可能完全相反。薇拉·纽宁理由充分地解释道：

在日常生活中，我们必须以节制的方式对待我们的时间，并且通常会依赖熟悉的解释模式；同时我们必须将自己同那些与我们所喜爱的观察方式背道而驰的东西隔离开来。但在文学创作过程中，我们可以想象其他一些替代性世界——那些为我们展现了解释世界新方式的世界。因此，所谓与生活更大的距离，同时也导致了更大的接近，促成了文学叙事更大的作用潜能[1]。

因此，在这个意义上，当马里奥·巴尔加斯·略萨谈到另一种生活，谈到那些通过叙事与——以浓缩的形式——通过文学向我们敞开的超越我们实际生活的另一种生活时，这种生活绝不可被理解为对现实的逃避，对亚里士多德意义上历史事实世界的逃避。作者从发展史上在共存与共同生活之间做了清晰的区分——"共存不等于共同生活。"[2]——因此，共同生活的前提是一个"精细的交流系统"[3]。而事实上：融洽远远超出了共存。

这种文化史的反思也意味着语言史的反思：只有通过语言，人

1　薇拉·纽宁：《文学、叙事和共同生活》，载：奥特马尔·埃特：《共同生活的知识形式与知识标准——弗赖堡大学高等研究院研讨会文存》，柏林/纽约：德古意特出版社，2012，第45页。
2　马里奥·巴尔加斯·略萨：《虚构的旅行——欧涅堤的世界》，利马：桑蒂亚那出版社，2008年，第12页。
3　同上。

类才迈出了"去动物化过程"中[1]决定性的一步，才会产生"一个社会，一个由具有语言能力并因此能思考的人类所构成的共同体"[2]。一个真正的共同体只有借助某位叙述者的声音才会产生。人们聚集在叙述者周围，为了最终自由地发挥他们的想象力，进入那样一个世界去生活，也就是去"过另一种生活，一种杜撰的生活，他们以隐蔽的同谋关系为自己同站在舞台中央大声虚构的这个男人或这个女人一起构建的那种生活"[3]。马里奥·巴尔加斯·略萨在其中发现了文学真正的（而且我们可以补充地指出：生命科学基础牢固的）基础，这已有较长一段时间。

多亏有最多样化的知识形式和知识规范、最多样性的行为形式和行为规范相结合与凝聚，文学才得以使其特定的知识运动和流转起来：也就是，一种关于生活的知识，与生活之间保持着一种基本的张力关系——因此也会是处于一种无动于衷的关联中。毫无疑问，人们在此可以带着几分确信地认识到文学真正的力量，或者更确切地说：它对历史暴力强有力的对抗作用：它有能力创造这样一个世界，既不与我们喜欢不假思索地称之为"现实生活"的世界相分隔，也不会与之叠合。

然而，根据亚里士多德那些著名的表述，文学的目的在于描述事情如何发生[4]，从而追问可能会同时产生影响的力量，探究其他可能更强有力或以不同方式发挥作用的逻辑。正是在这一方面，文学比历史学更严肃，更具有哲学性。在一个很可能被描述为悖论的思维模式

---

1 马里奥·巴尔加斯·略萨：《虚构的旅行——欧涅堤的世界》，利马：桑蒂亚那出版社，2008 年，第 14 页。
2 同上。
3 同上，第 15 页。
4 亚里士多德：《诗学》，希腊语／德语，曼弗雷德·福尔曼译、编。斯图加特：雷克拉姆出版社，1982 年，第 29—31 页。

中，这位希腊哲学家，正是从文学（或者说诗歌艺术）对个体视角的聚焦中，由个体的传记、教育、观点和生活知识，看到了恰恰不是去领会特殊（例如在历史学中），而是去把握一般的可能性；因此，是去描述某个人身上的这个人，而不是在其每每彼此各不相同的"历史监狱"[1]中一次又一次事实性地失去对这个人的关注。正是这一点构成了实验空间，构成了文学深刻的实验特性。因为通过聚焦某种生活知识，对生活的认识可以具有代表性，从而使生活一定会超越各个所选择的聚焦点。文学因为无限性地超越其之所是，所以它是叙事性展开的、一再重新调整自身的生活。这种生活在体验、寻找和虚构过程中不能被简化为贯穿一切的、极权性控制的逻辑，甚至也不能简化为在此处总是飘忽不定的主导文化。

正如马里奥·巴尔加斯·略萨在研究胡安·卡洛斯·奥内蒂时所表达的那样，如果没有文学虚构这一基本的虚构形式，那也就不可能有人类的任何发明了。文学虚构也恰恰就是发生在我们怀着巨大恐惧并惊慌的时刻。那是数百万年前，我们在"大家身体紧贴身体、抱团取暖"[2]的山洞里，开始听那些带着我们去进行精神旅行的叙述者讲故事的时候。

文学虚构是构成人的东西，体现真正的人性，是人的虚构才能和巨大欲望的表达，但最重要的是共同体的前提条件——这些就是按照马里奥·巴尔加斯·略萨的观点，文学所释放并使之运动的力量。上

---

1 "多亏了它的帮助，我们是更多的人，而且也是其他人，当然也没有停止保持做我们自己。在文学中，我们溶解开来，并自我繁殖。其途径是，如果我们不是继续拘泥于真实问题，如果我们不走出历史的监狱，我们会过上比我们所拥有的那种生活或者比我们可能过的那些生活多得多的生活。"（马里奥·巴尔加斯·略萨：《塞万提斯与小说艺术》，巴塞尔：施瓦布出版社，2001 年，第 19 页）。

2 马里奥·巴尔加斯·略萨：《虚构的旅行：欧涅堤的世界》，第 26 页。

述思考完全可以从一种生活与多种生活、我们的现实生活与文学虚构之间的二元区分，向一个更复杂同时也更开放的结构转移。在此结构中，被发现之物（仿佛"历史的监狱"）同被发明之物（也就是"虚构"）之间建立了一种已被体验和将被体验的关系，就像在其所有矛盾性中、同样也在作家的小说世界中所呈现的那样。

因为只有从这种开放性的结构中，重负（即我们不得不生活在其中的历史监狱）、狡计（即我们的发明和虚构）与快乐（罗兰·巴特在其快乐美学中所展现的那种巨大的力量[1]）的相互作用才变得可以理解和可以重温。只有这种相互作用，才使我们在文学中理解自其发端——例如这类发端在《一千零一夜》延展千年的框架叙事中仍有体现[2]——以来的叙事与文学特殊（审美）的力量。审美的力量使谢赫拉扎德能够以狡计中断事情的进程，让苏丹放弃了一个接一个杀害那些陪他度过一夜春宵的妇女，并打开了一个共同生活、实现基础性融洽的空间。这一审美力量标示了世界之文学多逻辑性的气质。因为从其发端开始，文学就以最多样的表达形式保留了这样一种知识：能认识其促生融洽的那种力量，能认识生活中另一种或另外一些生活。这一知识调动起并传播了共同生活中极不相同的行为形式与行为规范。在这里，文学呈现了一个以叙事来实现的拯救与创造生命的故事，因为这一叙事的目的就是要实现一种超越共存的融洽。谢赫拉扎德同苏丹最终结为夫妻，并生下了孩子，这也并非是没有原因的。

我们在之前对《公羊的节日》所做的思考中看到，乌拉尼娅对小玛丽亚妮塔讲述了她生活中在独裁者"红木之家"中度过的那几个可怕至极的小时。叙述对小玛丽亚妮塔产生了直接的身体上的作用，并

1　参见罗兰·巴特《文本的快乐》之评注本。《文本的快乐》，奥特马尔·埃特自法文译出并评注，柏林：苏尔坎普出版社，2010 年。
2　参见第 1 章，载：埃特：《共同生活》。

由此重新创建了一个似永远失去了的家庭共同体。小女孩的身体仿佛变成了纸，让人联想到写作。但这不是乌拉尼娅的写作，而将是玛丽亚妮塔的写作，因为乌拉尼娅自己并不写作。

不论小说中真正的知识分子角色乌拉尼娅与文本外真正的作者马里奥·巴尔加斯·略萨有多少共通之处，真正的作者和其主人公之间决定性的、不可避免的区分，不仅在于这一事实——在角色和作者这里涉及一个文本内部和文本外部的角色问题，而且主要在于这位秘鲁出生的作家在写作，而乌拉尼娅虽然也阅读，但自己却没有能力至少是将文学性的东西写在纸上。与乌拉尼娅不同，马里奥·巴尔加斯·略萨的成功是在他的小说中采用虚构方式扩展并变化了在发现（即根据书籍、文件或其他证据梳理而得的知识）与体验（即其先前和当下维度的经验知识）之间的联系，从而在这三者中形成了一种新的、高度浓缩的知识，文学的知识：这是一种关于生活的知识，其中包含着一种关于如何活下去的知识与共同生活的知识。

三

在特定的时期和特定的语境中，文化和社会共同发展出一种关于共同生活的知识，不仅要一直继续积累，而且还可能或多或少地丢失或被破坏。这可能——正如马里奥·巴尔加斯·略萨的小说《公羊的节日》以多米尼加共和国为例展开的那样——主要与特定的社会和家庭相关，但当然也可能——正如法国和德国之间或巴尔干地区不同国家间关于共同生活的知识显示有变动那样——以根本性的方式影响不同国家之间的关系。文学作为高度动态性和互动性生活知识的存储器与发生器，是一种多语言知识构成，其中以浓缩的形式存在着关于生活、继续生存与共同生活之知识的核心要义。后者对我们地球及其殊异的生命形式之未来具有决定性意义。

即使我们在这一点上不能去研究继续生存的知识在文学中的具体要义，但也有充分的理由在将暴力转化为叙事能力的过程中认识到文学的一个基本动力[1]。因为针对我们在所有暴力场景中不难认识到的极度的话语贫乏，针对有目的地将话语简化成一些预先确定的话语模式和彼此排斥的对立（而且这类对立还颇不少见地被感兴趣的一方严格地对立起来并尖锐化），文学可利用其生动呈现的能力，引导基于生活复杂性的多义性与多逻辑性去反抗传播开来的暴力话语和话语暴力。在其多逻辑话语中，文学总是能清楚地展现，基于排斥机制的身份建构，只是为了排斥他者，并以单一的归属性（归属于单一宗教观、单一国家、民族或政党）来取代这种排斥，才构建一个他者。而这正是有意的建构，是在好战的同语的（而且属于潜在极权主义性质的）军事共同体意义上创建共同体。

因为文学启动了一种知识，使我们能够以浓缩的生活之审美力量，仿佛是以一种绝对没有与文学以外的生活分隔开但也没有与之叠合的文学生命力，来对抗总括性的还原论。语文学最崇高的任务之一当是展开文学这种前瞻性的、面向未来的维度，并将之与整个生活的广度关联起来。

文学在其一直在翻译的层面和整合其他语言与文化的维度上，展示了包容机制。后者有效地反抗话语的贫困化，因此也反抗暴力，并尝试替代性行为方式。如果语文学把自己理解为关于生活的科学，那它就可以用新的概念来帮助科学和那些寻找其他知识形式的人获得对生活和共同生活的新理解。尽管存在种种气短的晦气话，文学的游戏却远未结束，而是在当下的全球化阶段面临着巨大的挑战——也就是

1　参见第8章，载：埃特：《共同生活》。

世界范围内的共同生活危机问题。

如果这点获得成功——融洽绝不只是针对过去，针对记忆，而是在寻求共同生活的新形式与新规范的过程中，首先让文学面向未来的生命力发挥作用——那么，融洽将跃升为文学和文化研究中一个决定性的关键概念。在此新方法论基础上，语文学将能够在新的道路上完成其古老的、由埃里希·奥尔巴赫在第二次世界大战的灾难之后有意识重申了的任务："确定人类在宇宙中的位置"[1]。

参 考 文 献

原 始 文 献

Vargas Llosa, Mario: *El viaje a la ficción. El mundo de Juan Carlos Onetti*, Lima: Santillana Editores 2008.

Ders.: *La Fiesta del Chivo*. Madrid: Alfaguara^6 2006.

Ders.: *Cervantes y la ficción–Cervantes and the Craft of Fiction*, Basel: Schwabe & Co. Verlag 2001.

研究性文献

Aristoteles: *Poetik. Griechisch / Deutsch*, übers. u. hg. v. Manfred Fuhrmann, Stuttgart: Philipp Reclam jun. 1982.

Auerbach, Erich: Philologie der Weltliteratur, in: *Weltliteratur*, Festgabe für Fritz Strich, Bern 1952, S. 39–50.

Barthes, Roland: *Die Lust am Text*, aus dem Französischen von Ottmar Ette,

---

1　埃里希·奥厄巴赫：《世界文学的语文学》，载：《世界文学》，弗里茨·施特希，伯尔尼，1952年，第39—50页；重印版，载：埃里希·奥厄巴赫：《罗曼语族语文学文集》，弗里茨·沙尔克和古斯塔夫·康拉德，伯尔尼/慕尼黑：弗兰克出版社，1967年，第310页。

Kommentar von Ottmar Ette, Berlin: Suhrkamp Verlag 2010.

Ette, Ottmar (Hg.): *Wissensformen und Wissensnormen des Zusammenlebens.* Akten der Tagung am Freiburg Institute for Advanced Studies, Berlin/New York: Walter de Gruyter 2012.

Ders.: *ZusammenLebensWissen. List, Last und Lust literarischer Konvivenz im globalen Maßstab (ÜberLebenswissen III)*, Berlin: Kulturverlag Kadmos 2010.

Nünning, Vera: Literatur – Erzählen – ZusammenLeben. In: Ette, Ottmar (Hg.): *Wissensformen und Wissensnormen des Zusammenlebens.* Akten der Tagung am Freiburg Institute for Advanced Studies, Berlin/New York: Walter de Gruyter 2012.

作者名称索引

　　沃尔夫冈·阿肖尔特是奥斯纳布吕克大学罗曼语文学专业退休教授，曾修罗曼语语言文学和历史学，于明斯特大学获得博士学位与大学授课资格，曾先后在奥斯纳布吕克大学和波茨坦大学获得教授席位，后又重回奥斯纳布吕克大学并获得教授席位。阿肖尔特在巴黎第四大学、巴黎第三大学与克莱蒙费朗大学任客座教授，是弗赖堡高等研究院（FRIAS）成员，自 2000 年以来担任《翌日》杂志主编。研究重点为 19 和 20 世纪的法语及西班牙语文学、先锋派理论、文学与历史。最新出版（节选）：与奥特马尔·埃特合编：《作为生命科学的文学：纲领–项目–视角》，图宾根：纳尔出版社，2009 年（《翌日》杂志第 20 期出版版本）；与 M. 卡乐–克鲁伯、D. 孔布合编：《阿西娅·杰巴尔：文学与传播》，巴黎：索邦新闻出版社，2010 年；与 D. 维亚特合著：《法语虚构文学》第二卷，见"对话访谈"板块 http://revue-critique-de-fixxion-francaise-contemporaine.org/（2011 年 7 月）。

　　卡罗琳·本岑自 2009 年起在根特大学德语语言与文学研究所担任科研人员和讲师，自 2010 年起在比利时德意志学术交流中心担任讲师。她曾于卡塞尔大学、都柏林大学与波恩大学学习比较文学、日耳曼学与政治学。2007—2009 年，她获得了教育与科学基金会的博士奖学金。她的博士论文研究了拒绝这一行为在文学中的游戏形式。其他研究重点为古典文学时期现代派文学、德国及瑞士当代文学和移民文学。此外，她曾在国内外学术会议上发表关于库尔特·艾伯利当代散文中的时间性现象和梅琳达·纳吉·安本吉文中的流浪者身份认同和阈值空间的演讲。

玛戈·布林克是柏林洪堡大学罗曼语语言文学研究所的编外讲师。她曾在不来梅大学学习法语和文化学并获博士学位，她的博士论文研究了 19 和 20 世纪日记文学中的主体性理念。2011 年，她撰写了题为《对放弃的惯用修辞：17 世纪罗曼语文学作品中爱情否定和婚姻否定的理念、写法和空间》的论文，获得大学授课资格。其他研究重点为文学中的共同体理念、文学和哲学的关系、主体性和现代派、性别研究、文化和文学理论。出版（节选）：《文学中的注视主题（洛尔、萨特和巴塔耶）》，见《洛尔手札》，2013 年第 1 期，第 62—73 页；同 C. 佐尔特-格雷塞尔合编：《写作：文学和哲学边界之外的思考与写作方式》，图宾根，2004 年；《我写故我成：玛丽·巴什基尔采夫、玛丽-勒内鲁和卡特琳·波兹日记中的无效体验和自我创造》，法兰克福（美因河畔）：赫尔墨出版社，1999 年（博士论文）。

乌尔斯·布特纳曾在哈根、艾希施泰特、康斯坦茨、图宾根和哈佛学习日耳曼学、社会学与哲学。2012 年，他撰写了题为《"社会性之物"的聚集：从阿希姆·冯·阿尼姆的早期诗学到海德堡浪漫主义时期的语境和起源研究（1800—1808）》的博士论文，在图宾根获得近代德语文学专业博士学位，并开始在汉诺威大学担任助理研究员。他的研究兴趣集中在知识史、电影与文化理论领域。他的最新研究重点为"文学气象学"。出版（节选）：同克里斯托夫·巴雷瑟合著并担任编者：《弗里茨·朗"M——一个城寻找着一个谋杀者"——文本和语境》，维尔茨堡：2010 年；同马丁·格林等合著并担任编者：《各种象征形式的潜力——恩斯特·卡西尔思想的跨学科导读》，维尔茨堡：2011 年；同格奥尔格·布劳恩加特合著并担任编者：《风和天气：文化-知识-美学》，慕尼黑：2013 年。

　　斯蒂芬妮·邦格自 2011 年 12 月起担任柏林自由大学罗曼语语文学研究所编外讲师。她曾在美因茨和第戎学习罗曼语语言文学、日耳曼学和艺术史。2004 年，她撰写题为《爱情的形象：保尔·瓦雷里和卡特琳·波兹的话语和文学创作》（哥廷根：瓦伦施泰因出版社，2005 年）的论文，在美因茨大学获得博士学位。她曾在柏林自由大学法国中心担任科研助理至 2011 年 9 月。她后又撰写题为《游戏和目标：精英灭绝和纯文学之间的 17 世纪法国沙龙文化》（图宾根：君特·纳尔出版社，2013 年）的论文，获得大学授课资格。她的教学和科研重点为法国和意大利现代诗歌、安地列斯群岛西班牙语及法语文学、性别研究、广播剧和广播书里的声音和文字、欧洲近代早期的学会和沙龙。

　　伊达·丹丘自 2010 年起担任汉堡大学罗曼语语言文学研究所西班牙语文学方向研究助理和罗马尼亚语语法方向兼职讲师。她于英科·古尼亚教授门下攻读博士，以古巴作家阿比留·雅斯蒂维兹、安东尼奥·约瑟·庞特和英纳·卢西亚·波特拉的叙事中对哈瓦那城不断变化的想象为主题撰写论文，获得博士学位。2010 年，她以柏林自由大学拉丁美洲研究所博士的身份参加了国际研究生组织"空间之间"项目。2008 年，她获得德意志学术交流中心的资助，前往阿根廷罗莎里奥进行调研。她曾在埃尔朗根－纽伦堡大学和塞维利亚学习伊比利亚罗曼语语文学和教育学。在目前为止的出版作品中，她主要从事安东尼亚·约瑟·庞特的叙事学和 1990 年以来的古巴文学相关研究。她的研究重点为空间理论、空间的文学呈现、共同体理念、共同体的文学想象、全球化与文学的关系以及叙事学、文化学和传媒学相关问题。

　　奥特马尔·埃特自 1995 年起在波茨坦大学担任罗曼语文学专业教授（在罗曼语文学专业、普通文学专业和比较文学专业享有特许任教资格）。1990 年于布赖斯高的弗赖堡大学获得博士学位，1995 年于艾希施泰特天主教大学获得大学授课资格。他曾在拉丁美洲多国和美国多次获得客座讲师席位，曾为柏林科学学会（2004/2005）及弗赖堡高等研究院（FRIAS，2010）成员，自 2010 年起为欧洲科学院正式成员。最新重要著作（节选）：《融洽：天堂之后的文学与生活》，柏林：卡得姆斯出版社，2012 年；（担任编者）：《共同生活的知识形式与标准：文学、文化、历史和媒介》，柏林 / 波士顿：德古意特出版社，2012 年；《生命的符号：罗兰·巴特导论》，汉堡：朱尼厄斯出版社，2011 年；《共同体生活知识：全球化标准下的狡计、重负、快乐、文学的融洽》（关于生活知识Ⅲ），柏林：卡得姆斯文化出版社，2010 年；《在不同世界之间写作：无定处的文学》，柏林：卡得姆斯文化出版社，2005 年（关于生活知识Ⅱ）；《生存知识：语文学的任务》，柏林：卡得姆斯文化出版社，2004 年（关于生活知识Ⅰ)；《作为生命科学的文学：人文科学之年的纲领性文章》，载《翌日》，2007 年第 1 卷第 32 期，第 7—32 页。

莱昂哈德·福斯特是汉堡大学日耳曼学Ⅱ研究所近代德语文学专业的编外讲师。1999 年，他以托马斯·伯恩哈德的作品为研究对象撰写论文，获得明斯特大学近代德语语文学专业博士学位，2008 年，他以文学中的无为为主题撰写论文，在汉堡大学获得大学授课资格，同年起在汉堡大学担任教授一职至 2010 年。2011—2012 年间作为格赖夫斯瓦尔德市阿尔弗里德·克虏伯科学学会成员着手研究诗歌药理学的理论基础构建和实践方案，该诗歌药理学目前为止的相关内容皆登载于由福斯特参与建立的互联网组织网页 dekonstrukte.de 上。重要出版著作：《无可救药的艺术的疯狂：托马斯·伯恩哈德作品研究》，法兰克福（美因河畔）等：彼得·朗出版社，2000 年；《无为的诗学：1800 年以来文学中的拒绝策略》，慕尼黑：威廉·芬克出版社，2008

年；《巴黎的黑暗旗帜：忧郁之光笼罩下的爱之城》，汉堡：科沃索出版社，2010 年。

塞西尔·科瓦夏齐是（法国）利摩日大学比较文学专业（Maître de conférences）讲师。她的重点研究领域为 19—21 世纪的散文文学、文学中的身份认同话语、文学理论和少数派文学。她曾组织头几届的罗姆文学大会（2008 年于利摩日，2009 年于巴黎），大会成果发表于杂志《吉卜赛研究》（第 36、37 期，"罗姆文学：构思或是现实？"以及第 43 期，"一篇或多篇罗马尼亚文学"，附英文摘要）。她针对罗姆文学、20 世纪文学中的二重身（《简单的二重身》，卡尼尔经典出版社，2012 年；德语译本准备中）、中欧文学、当代文学和电影中的不稳定性以及现代科幻小说中的女佣人形象等主题均有著作出版（部分以德语撰写）。

多里特·梅斯林是埃尔福特大学马克思·韦伯学院文化学及社会学助理研究员。她曾在柏林洪堡大学学习日耳曼学和哲学，2009 年，她以弗里德里希·施莱格尔为研究对象撰写论文《古代和现代：弗里德里希·施莱格尔的诗学、哲学和生命艺术》（柏林、纽约：德古意特出版社，2011 年），获得博士学位。2010—2011 年，她曾作为博士后在（埃尔福特大学）研究生院工作，研究方向为现代化进程中的宗教。目前，她正以《夸张、偏离和过量：夸张语言的话语历史研究》为题撰写论文，申请大学授课资格。她的研究重点为知识和科学史、文化和文学理论、现代化理论以及文学与哲学关系。

维姆·佩特斯在多特蒙德工业大学德语语言与文学研究所教授课程并进行科研工作。2008 年，他以《闲谈的权利：现代时期言语的效果和呈现》为题撰写论文，获得博士学位。其他重点研究领域为叙事文学和评论、劝告、社会排斥和摄影。出版（节选）：《911 和日常生活的坚持：新闻摄影和德国当代文学》，载桑德拉·波普、托斯滕·许勒、萨沙·塞勒（编）：《作为文化转折点的 911：文化话语、文学和视觉媒体对 2001 年 9 月 11 日的呈现》，比勒费尔德：2009 年；同米歇尔·尼豪斯（编）合著：《亚伯拉罕的神话：从〈创世纪〉到弗里德里希·克里斯蒂安·德里乌斯的文章》，斯图加特：2009 年；《现代文学家的评论之舞：贝纳布、博尔赫斯、布罗什和维吉尔》，见格奥尔格·麦因（编）：《阐释者的文明：皮埃尔·勒让德尔作品研究》，维也纳、柏林：2012 年；同米歇尔·尼豪斯合著：《反劝告者的谈话之地：小型文选》，见《非科幻小说：其他文学类型合集》（"劝告者"主题卷），2003 年第 1 期。

西尔维娅·普里奇是奥登堡大学女性与性别跨学科研究中心的助理研究员。她曾在汉堡学习德语、文学以及人种学，后以《主体的修辞学：女性主义与其他后现代话语中文本主体的建构》为题撰写论文，在不来梅大学获得博士学位。2009—2011 年，她作为客座教授在柏林艺术大学从事文化学视域下性别与媒体理论方向的授课和科研工作。其他研究重点为文本与文化理论以及媒体共同体。最新出版：（同 A. 麦克弗森、B. 保罗、M. 昂赛得和 S. 温克合著并担任编者）《性别学视角下的迁徙、移民和变形》，比勒费尔德：2013 年；《网络中的易损性：有关"溜走"这一动作的男性至上主义的修辞学研究》见《女性主义研究》，第 29 年卷，2011 年第 2 期。

布里吉特·桑迪格曾在柏林科学院文学史中心研究所担任助理研究员一职至 1991 年（研究领域：19 和 20 世纪的法国文学）；1990 年获大学授课资格；任代理教授一职至 1997 年，同年起任波茨坦大学罗曼语文学及法语教授；2009 年退休。曾以加缪、纪德、贝尔纳诺斯、马尔罗、蒙泰朗、尤瑟纳尔、夏多布里昂、康斯坦特，启蒙接受史，非洲法语圈文学和文学与殖民主义关系为研究对象撰写并出版著作。《人类叙事：本杰明·康斯坦特、乔治·桑、乔治·贝尔纳诺斯、阿尔贝·加缪、南希·休斯顿，19和20世纪文学及哲学中的人类地位研究》，2009年；以集权主义条件下文学的功能为主题撰写文艺短评数篇；她倡议以加缪在东欧各国的影响为主题进行相关文献资料汇编工作。当前研究兴趣点为最近两个世纪的文学中个人主义和集体精神间的紧张关系。2012年被授予教育一级勋章。

克里斯蒂安·施密特是不来梅大学近代德语文学史专业拥有教授席位的科研人员。他曾在明斯特、莱顿和阿姆斯特丹学习日耳曼学、尼德兰学和历史学，2008年，他以电影的激情为主题撰写论文，获得博士学位。他的研究重点为修辞学理论和修辞学史、电影和文学符号学、民族话语、19世纪文学和知识以及性别研究。最新出版：（和莉莉娅·别列日娜亚合著并担任编者）《讽刺性的转向：1989年来东欧影片中的民族和宗教》，莱顿：布里尔出版社，2013年；《'斯芬克斯从大理石板画中苏醒'：浪漫主义抒情诗中埃及的复苏》，见《考古学的文学：18与19世纪的物质性和修辞学》，扬·布洛赫、约尔格·朗编，慕尼黑：芬克出版社，2012年，第155—175页；《德国狩猎主题作品：20世纪50年代乡土影片中的狩猎专家和狩猎共同体》，载《民族的想象：论文学和电影对政治范畴的坚持》，卡塔琳娜·格拉伯等编，比勒费尔德：书稿出版社，2012年，第131—162页；《电影激情：现代电影中的伟大感受》，柏林：贝尔茨&菲舍出版社，2009年。

尤利亚讷·舍恩艾希曾在德国奥斯纳布吕克大学和英国基尔大学学习文学、传媒学和政治学。她曾在塞尔维亚贝尔格莱德和美国新奥尔良负责大学生教学辅导工作；自2007年起，在奥斯纳布吕克大学任教；2011年起，兼任该校的学术科研工作者。目前，她正以前东德女性撰写的抒情诗中的转让与形变为主题撰写论文，申请博士学位。她论文的主要研究对象为克尔斯丁·亨泽尔、芭芭拉·科勒和卡特琳·施密特的抒情诗作。

克里斯蒂安讷·佐尔特-格雷塞尔自 2009 年起在德国萨尔大学一般文学与综合比较文学专业任教授。她曾先后在不来梅和巴黎学习日耳曼学和罗曼语语言文学，2000 年，她以十七八世纪书信交换中的对话式主体性为主题撰写论文，获得博士学位。2007 年，她研究了 1929—1949 年的欧洲叙述散文对日常的文学性塑造，以此为题撰写论文，获得德国不来梅大学比较文学专业授课资格，同年，她成为法国普罗旺斯大学，即马赛第一大学客座教授。2008—2009 年，她在德国法兰克福大学法语文学及拉丁语文学专业任代理教授。

佐尔特-格雷塞尔的重点研究领域为叙事研究、文学与哲学关系、历史与日常的美学呈现以及文学理论，她是比较文学与文化学方向萨尔布吕肯文选系列的编者之一。

卡伦·斯特鲁夫曾在不来梅大学学习罗曼语语言文学和文化学。2007 年，他以"马格里布文学"中的跨文化写作为主题撰写论文，获得不来梅大学法语文学专业博士学位，该论文也获得 2008 年日耳曼·德·斯塔尔奖。她的研究重点为后结构主义及后殖民时代的文学文化理论、法语圈现代文学（20—21 世纪）、18—19 世纪法语文学以及文学中的空间构建、历史构建和身份认同构建。出版（节选）：《霍米·巴巴的现实意义研究》，威斯巴登：VS 出版社，2013 年；（同 E. 雷西特和 N. 尤克曼合编）《巴尔扎克的"萨拉金"和文学理论：十二种范式分析》，斯图加特：雷克拉姆出版社，2011 年；《马格里布文学中的跨文化诗学》，见奥尔夫索·德·托罗、哈立德·泽克里、雷达·本斯麦雅、哈费得·加法伊特（编）：《对马格里布和欧洲的反思：混合-交杂-流散化》，巴黎：拉玛坦出版社，2010 年，第 151—164 页。自 2009 年起，他作为不来梅大学博士后重点研究百科全书中差异性建构和殖民知识秩序的关系。

马库斯·维法恩曾在慕尼黑大学和赛尔齐-蓬多瓦兹大学学习近现代德语文学、社会学和政治学。他在文学博士课程框架下于慕尼黑大学获得博士学位，自 2009 年起担任该校博士课程协调员以及科研小组"现代的开端"成员。出版（节选）：《证明：文本认同和自我认同的形式研究》，维尔茨堡：艾贡出版社，2010 年；（合编）《撰稿者：文学语境讨论文集》，慕尼黑：迈登·鲍尔出版社，2008 年。

译者简介

谢建文，博士，教授，博士生导师 / 博士后合作导师；德语系党委书记兼系常务副主任。中国外国文学学会德语文学研究分会副会长，主要从事德语现当代文学研究。出版学术专著 3 部，编著与译著若干，发表学术论文 70 余篇。曾获"第九届上海市民诗歌节暨第十七届上海市民诗歌创作活动""诗歌创作奖"三等奖（2023）、上海市"教学成果奖（高等教育）"特等奖（2022）、上海市"优秀党务工作者"（2021）、"宝钢优秀教师奖"（2020）和"冯至德语文学研究奖"二等奖（2001）等。

张潇，博士，安徽大学外语学院德语系讲师。

高歌，上海外国语大学德语系博士生。

谢眉青，德国柏林自由大学博士生。

黄爱玲，博士，重庆大学外语学院德语系讲师。